HARUKI MURAKAMI

村上春树 著

HARUKI MURAKAMI

奇鸟行状录

林少华 译

上海译文出版社

图书在版编目(CIP)数据
奇鸟行状录/(日)村上春树著；林少华译. —上海：上海译文出版社，2014.5(2021.9 重印)
ISBN 978-7-5327-6550-8

Ⅰ.①奇… Ⅱ.①村…②林… Ⅲ.①长篇小说—日本—现代 Ⅳ.①I313.45

中国版本图书馆 CIP 数据核字(2014)第 051931 号

奇鸟行状录 ［日］村上春树/著 林少华/译

上海译文出版社有限公司出版、发行
网址：www.yiwen.com.cn
200001 上海福建中路 193 号
浙江新华数码印务有限公司印刷

开本 850×1168 1/32 印张 23.25 插页 6 字数 426,000
2014 年 5 月第 1 版 2021 年 9 月第 9 次印刷
印数：39,001 - 43,000 册

ISBN 978-7-5327-6550-8/I·3920
定价：98.00 元

追问暴力：从“小资”到斗士

林少华

如果问我村上作品中最佩服哪一部，我会毫不犹豫地举出《奇鸟行状录》[直译应为“拧发条鸟年代记（编年史）”，以下简称《鸟》]。这是一部真正的鸿篇巨制，日文为上中下厚厚三大卷。时间跨越半个世纪，空间远至蒙古沙漠和西伯利亚荒原。出场人物众多，纷至沓来而各具面目；情节多头推进，山重水复，雾锁云笼。更重要的是，在这部作品中，村上完全走出寂寞而温馨的心灵花园，开始闯入波谲云诡的广阔沙场，由孤独的“小资”或都市隐居者成长为孤高的斗士。在这点上，我很赞同我几次提及的哈佛大学教授杰·鲁宾（Jay Rubin）的见解：《鸟》“很明显是村上创作的转折点，也许是他创作生涯中最伟大的作品”。

这部小说是在美国创作的。1991年初，村上应邀赴普林斯顿大学做访问学者（Visiting Fellow）。去美国大使馆签证时，在出租车上听得第一次海湾战争正式打响的消息，村上的心情顿时黯淡下来，他觉得这是个不好的前兆。虽说美国成为战场的可能性微乎其微，但遭受恐怖袭击的可能性还是存在的。作为他，当然不想去正在打仗的“当事国”。但一来事情已经进展到不宜后退的地步，二来也不好给帮忙邀请他的朋友添麻烦，只好硬着头皮前往。到了美国一看，发现这个国家正处于“准战时体制”之下，即使普林斯顿这样优雅安静的大学城也到处飘扬着星条旗，人们无不为开战而欢欣鼓舞，爱国浪潮汹涌澎湃。电视上反复播放空袭巴格达炮火连天的场面和英姿飒爽斗志昂扬的前线将士形象——一场“有组织的暴力同有组织的暴力的正面冲撞”就这样不容分说地开始了。

> 《奇鸟行状录》这部长篇小说就是在这样的环境中动笔的。我想，无须说，这种“准战时体制”的紧张空气对我写的小说有不少影响。假如不去美国而是在日本写这部小说，那么很可能写成和现在多少有所不同的东西。人生中是没有什么“假如”的，这点我当然清楚。尽管如此，我还是认为这个“假如”应具有很大的意义。
>
> （《村上春树全作品 1990—2000》第 4 卷“解题”，讲谈社 2003 年 5 月版）

至于村上不去美国而在日本写这部小说会写成什么样子，自是不得而知——正如村上所说，人生中是没有什么假如的——但有一点是很明确的：这部小说含有“美国”因素。

村上夫妇是 1991 年 2 月抵达美国的。所谓访问学者只是个虚衔，没有非做不可的事，无须专门演讲，无须带班上课，总之就像是“客人”，可以自由支配时间，想干什么就干什么。这正合村上心意，3 月即投入《鸟》的写作。每天凌晨四点多起来，喝着咖啡聚精会神写到九点左右。他用来写作的房间朝北，窗外有一棵大树。“树的上方住着勤劳的松鼠一家，这一家子总是急匆匆搜集地面可吃的东西。附近有一只大猫赶来，时不时打松鼠的主意，但在我所见的时间里，一次也未能得手。青松鸦夫妇（我以为）大声叫着飞临，在树枝间往来飞跃，很快不知去了哪里。随着季节的更迭而从南向北或由北往南迁徙的加拿大鹅，成群结队落在院子里稍事歇息。那艳丽的翅膀在阳光下闪着青色的幽光……日后每当我看见《奇鸟行状录》这本书，脑海中就浮现出这幅田园牧歌式的光景。”也就是说，村上是看着这些鸟、听着鸟的叫声写这部长篇的。如果说第一次海湾战争是村上写《鸟》的大环境，院里的鸟则是其小环境。村上是个喜欢深度思考而又感性敏锐细腻的作家。可以推想，如此看鸟听鸟的时间里，难免对鸟发生特殊兴趣，由此形成了“拧发条鸟”的神奇想象——作品中，每当故事出现重大转机，都有拧发条鸟的叫声传来，“吱吱吱吱”不断拧紧世界的发条，于是下一个情节很快从作者笔下弹出。

如此写了四五个小时，村上暂且和鸟们告别，走出房间去附近散步或跑步。他跑得很远，往往跑十到十五公里。跑完去学校游泳池尽情游泳。作为运动量来说，的确十分了得。村上几次强调，写长篇莫如说是体力活儿，是同体力的较量，没有好的体力根本熬不住。“总之那时候一是锻炼身体，二是集中写小说，每天只考虑这两件事。”写了将近一年，第一部“贼喜鹊篇”和第二部“预言鸟篇”写完初稿。第三部“捕鸟人篇”则是在波士顿郊外的剑桥城（坎布里奇）写的。1993 年 7 月村上从普林斯顿搬来这里，在塔夫兹大学当驻校作家。这最后一部大约于 1993 年底动笔，1995 年 4 月脱稿，《鸟》三部曲至此大功告成，两个月后他动身返回日本。也就是说，旅美四年半时间大部分用来创作这部长篇，是村上花费时间最长、倾注心血最多的作品。村上回忆说：

> 开始写这部小说的时候，书名还没决定。不久，得了《拧发条鸟年代记》这个书名。没怎么为此伤脑筋，是很自然浮上脑海的。至于 chronicle（年代记）一词到底从何而来，我则不很清楚。没有意义没有目的，只是作为普通词儿、作为音节一下子浮上脑海的。不

过我想，既然取了 chronicle 这个书名，那么就应该有时间纵轴即历史那样的东西牵扯进来。也就是说，不是由内容设定一个词，而是反过来由一个词设定内容。而且，实际上《鸟》这部作品也成了历史色彩很浓的故事。那大概自然而然地、本能地要求我写那样一个故事。

（同上引）

在谈到《鸟》第三部的时候，村上这样写道：

关于那一时期是以怎样的心情写《鸟》第三部的，时至今日我已记不确切了，只记得写得非常投入，如醉如痴。那个故事在等待我写它，我所做的不外乎把它顺利地解放出来。既然故事的轮廓已经转动，那么我只要乘坐上去即可。我在第一部、第二部印行之后不久即推出第三部，所以写得相当入迷。那时我已不再使用电子文字处理机，而改用 Macintosh 电脑来写。新书房朝东，清晨的阳光闪闪耀眼。我同样早早四五点起床，一边用低音量听着巴罗克音乐一边写。那里有书写迄今自己从未书写过的东西那种静静的兴奋。我这样讲给自己听：我正在踏入新的领域，而这对我是非同一般的。由于写得太入迷了，以致最后阶段神志变得相当模糊，这点记得很清楚。离开桌子后身体东摇西晃，好半天开不了口。为了清醒脑袋，我时常去查尔斯河畔散步。

（同上引）

这两段引文中有一个共同点特别值得注意，那就是：不是村上想写《鸟》，而是《鸟》让村上写。前面提到的大小两个环境影响，终究是外部影响，而这里透露的则是内在驱动力——是那个故事“自然而然地、本能地要求我写”，“等待我写”，是故事推动我“踏入新的领域”。换句话说，村上是在故事本身的召唤下甚至被动地写这部长篇的。那么，到底是什么故事、是故事中的什么因素在深层次上召唤和促使作者非写不可呢？**暴力！**暴力是这部长篇小说的中心点。有两条线交叉穿过这个中心点：纵线是历史线（“时间纵轴”）亦即“年代记”，其主轴是诺门坎（又译“诺门罕”）战役；横线是现实线，现在进行时，主轴是一个男人到处寻找老婆，寻找下落不明的老婆。两条线都缀满暴力，或者说都是暴力这个中心点的延伸。在充分演示暴力的过程中，两条线共同指向一个靶心：“Violence，the key to Japan”（暴力，就是打开日本的钥匙）！这是村上明确说过的原话，引自前面提过的杰·鲁宾的专著《倾听村上春树——村上春树的艺术世界》。毋庸置疑，此乃村上这部伟大作品的主题。

先看纵线，看作为主轴的诺门坎战役（日本习称“诺门坎事件”）。这场战役是1939年春夏之交在靠近内蒙新巴尔虎左旗诺门坎村的中蒙（日本当时称“满蒙”）国境地带展开的。交战方一方是日本关东军，一方是苏蒙联军。关东军投入六万兵力，结果在强大的苏军机械化部队势不可挡的反击下丢盔弃甲，死伤和失踪近两万之众，一个师团全军覆灭，致使关东军不得不重新考虑进攻苏联的计划。这样一场五十多年前的战役何以引起村上的特别注意呢？据村上在那篇“解题”中解释，他所去的普林斯顿大学有几个图书馆，他最常去的是“东洋学科”附属的图书馆，那里有很多关于日本的书籍。一次在历史书架上东找西找时间里，发现有不少图书写的是“诺门坎事件”。村上说他小时候在图书馆翻书时，有一本书上有形状奇特的飞机和坦克图片，看文字说明，得知是诺门坎战场用过的武器。不知何故，自那以来，他就对那场历时短暂然而异常血腥的战役怀有按捺不住的强烈兴趣，同时为“Nomonhan”（诺门坎）一词的异国声韵而心醉神迷。

而现在，我在同日本相距遥远的普林斯顿大学图书馆里，作为同少年时代相距遥远的一个中年人，手拿关于诺门坎战役的书啪啪啦啦翻动书页。我发觉自己至今仍为这个词的声韵而迷恋得无以自拔。于是我随意把这些书一本本拿在手中忘我地读了起来。这样的邂逅说不可思议也真是不可思议。

阅读之间，我忽然想到：这正是自己始终寻求的题材。那是一场奇妙而残酷的战役。哪一方都没获胜，哪一方都没失败。围绕一块几乎没有战略价值的地方的原本不存在的国境线投入大量军队和武器，众多士兵丢掉性命。最后由于政治决断而一切在暧昧之中结束战事。非现实战略催生非现实战斗，流出现实的血，然而将军们的大半都没有为此负责。我决心将这场战役作为小说中的一个纵轴使用。我一边看书一边把自己带往1939年的蒙古草原。我听到了炮声，肌肤感受到了掠过沙漠的风。

（同上引）

不难看出，村上所以将诺门坎战役作为纵穿小说的一个基轴，除了偶然因素，还因为这场战役有四个特点：奇妙而残酷；决策的非现实性(草率)；暧昧(不了了之)；无人负责。而这在很大程度上恰恰是日本近现代史、日本式暴力的主要特点。更重要的是，村上切切实实感觉出这样的历史、这样的暴力至今仍在继续，不仅在国家组织或其理念中继续，甚至还在包括自己本身在内的个人身上继续。应当说，正是这种长期潜伏于内心底层的可怕的感觉、直觉“自然而然地本能地”要求村上拿起笔来，书写暴力，追究暴力，清算暴力，从而减少暴力以至拒绝暴力。

回顾起来，村上笔下很早就写过暴力和邪恶，如《寻羊冒险记》(1982)中的“先生”、《世界尽头与冷酷仙境》中的“夜鬼”和“组织”，等等，但真正自觉地、深刻地、纵横交错淋漓酣畅地描写暴力并以暴力为中心点则是第一次——《鸟》的确堪称村上创作道路上一个里程碑式的转折点。

就历史这条线来说，暴力主要集中在三个点：诺门坎、侵华战争和太平洋战争，尤其集中在前两个点上。发生在诺门坎的暴力通过“间宫中尉的长话”加以表现，其中剥人皮的场面可谓暴力的极致，触目惊心，不寒而栗，每一个字都在滴血都在惨叫都闪着刀光，视线简直不敢再往下移动。间宫中尉本人被逼跳入茫茫沙漠正中的一口深不见底的枯井，在对苏军作战中被坦克压掉一只胳膊。虽然后来九死一生返回日本，但整个人已彻底成了“空壳”，不爱任何人，也不被任何人爱，山本在他的梦境中不知被剥了多少次皮，耳畔不知多少次响起山本凄绝的惨叫。“沦为空壳的心和沦为空壳的肉体所产生的，无非是空壳人生罢了”，只是履行“继续存活这一职责”罢了。唯一让他略感安慰的是，他在即将“作为空壳从此消失在一片漆黑”中之前，终于有勇气把这段亲身经历的暴力讲给了主人公“我”听。也就是说，“我”是唯一了解间宫中尉的历史之人。由此不难看出暴力对人的伤害何等惨重：暴力不仅在肉体上使人“变成血肉模糊的块体”，而且在精神上使人沦为“空壳”，使人对历史缄口不语。换言之，历史在此中断，其真相被埋葬，民众无人知晓。民众知晓的乃是被官方修正液涂抹过的历史。唯其如此，村上才决心下到历史的深井，启封那段充满血腥味的黑色历史，回放暴力！

历史纵线的另一个暴力集中点就是侵华战争。主要通过第三部第二十八章“拧发条鸟年代记#8(或第二次不得要领的杀戮)”提起在“战前的满洲”即我国东北地区发生的暴力。在苏军即将攻入东北之际，关东军司令部的一名中尉会计官奉命处理“满洲国首都”新京特别市(今长春市)的一座动物园里的动物，枪杀除了大象的所有动物之后，八个关东军士兵端枪押来四个中国人。

四人是“满洲国军军官学校”的学生，因杀死两个日本教官逃跑被抓而面临处决。其中三人被用刺刀刺死，“五脏六腑被剜得一塌糊涂，血流满地”。最后一人被棒球棍打死（因为他用棒球棍打死了两名日本教官），一个士兵将棒球棍“全力朝中国人后脑勺砸下”。不料被砸死的中国人“却以不知从何而来的最后一滴生命力像老虎钳子一般紧紧抓住”脸上有青痣的日本兽医的手腕，一起栽进事先挖好的坑中，即使脑袋两次被子弹打中也还是抓住兽医不肯松手。在场的中尉和士兵看得目瞪口呆。小说后来借间宫中尉之口明确说道：“我们日本人在满洲干的也不例外。在海拉尔秘密要塞设计和修建过程中，为了杀人灭口，我们不知杀了多少中国人！”

在“间宫中尉的长话”中同时还谈到中国其他战场发生的暴力：“战线迅速推进，给养跟不上，我们只有掠夺。收容俘虏的地方没有粮食给俘虏，只好杀死。这是错的。在南京一带干的坏事可不得了，我们部队也干了。把几十人推下井去，再从上边扔几颗手榴弹。还有的勾当都说不出口。”显然“在南京一带干的坏事”是指南京大屠杀。尤其难得的是，村上在第三部第二十八章指出了日本兵干“坏事”的原因：“他们大多数农村出身，少年时代正值经济萧条的30年代，在贫困多难中度过，满脑袋灌输的都是被夸大了的妄想式国家至上主义，对上级下达的无论怎样的命令都毫不怀疑地坚决执行。若以天皇的名义下令‘将地道挖到巴西’，他们也会即刻拿起铁锹开挖。”在这里，村上固然没有绕开天皇，点出了天皇对于二战中的日军暴力负有责任，但相对说来，其笔锋的指向更是以天皇的名义下达命令的暴力机器，即没有人对致使“众多士兵丢掉性命”的缺乏现实性的草率战略决策负责的、暧昧的封闭性国家组织。村上认为这才是暴力的源头，也是诺门坎战役吸引他的根本原因及这一题材的意义所在。

更危险和可怕的是，这一封闭性系统至今仍在，因此暴力仍在。而将其具象化的便是那条现实横线——主人公寻找失踪的老婆过程中遭遇的种种怪事和阻碍。其最大的阻碍来自妻子久美子的哥哥绵谷升。绵谷升无疑是带有暴力性的邪恶人物。不过较之《寻羊冒险记》中的“先生”和剥皮鲍里斯等历史上暴力性邪恶形象，绵谷升显然更具欺骗性和时代特征：“绵谷升堪称头脑敏捷的变色龙，根据对手颜色改变自身颜色，随时随地炮制出行之有效的逻辑，并为此动员所有的修辞手段。”其职业当然不是军人而是大学老师，是写了厚厚一本经济学专著的学者。作为“变色龙”，绵谷升尤其擅长利用电视表现自己，面对摄像机显得风流倜傥游刃有余，穿一身价格昂贵做工考究的西装，扎一条相得益彰的领带，架一副文质彬彬的眼镜。“神情和悦，语声安静，谙熟给对方后背以致命一击的诀窍”，而且熟知如何才能操纵民众的情绪。事实上也博得了民众的好感和喝彩，“即使相当博学多识的人亦受其蛊惑”。然而就是这个人以莫名其妙的手段害死了久美子的姐姐，以莫名其妙的方式玷污了加纳克里他，又以莫名其妙的招数将久美子从主人公手里夺走据为己有。总之，绵谷升“始终如一地损毁着各种各样的人，并且将继续损毁下去”。下一步情况更糟糕：这种暴力性邪恶人物当上了国会议员，成了政治家，其政治目标“是要使日本摆脱当今的政治边缘状态，将其提升到堪称政治及文化楷模的地位”。

令人惊异和沉思的是，以上种种描述竟同现实中的日本某些政治家形象如出一辙。而且其从政之路也毫无二致。绵谷升的叔父是国会议员，其当选是因为承袭叔父选区之故，而其叔父战前曾作为专门搞兵站学的年轻技术官僚于1932年前往成立不久的“满洲国”考察满蒙地区羊毛供给情况，以便为进攻苏联的日军装备防寒服做准备。此人在奉天（沈阳）见到了策划“九一八事变”的陆军中将石原莞尔，两人谈得甚为投机，战后也未间断“亲密交往”。绵谷升的父亲是运输省精英官僚，“自视甚高，独断专行，习惯于下达命令，对自己所属世界的价值观丝毫不加怀疑。对他来说，等级制度就是一切。对高于自己的权威自然唯命是从，而对芸芸众生则毫不犹豫地践之踏之”。他认为日本这个国家体制上固然是民主国家，但同时又是极度弱肉强食的等级社会，若不成为精英，在这个国家几乎就谈不上有什么生存意义，只能在石磨缝里被慢慢挤瘪碾碎。他把这种“大成问题的哲学和畸形世界观”彻底灌入绵谷升的脑袋，绝对不允许儿子甘拜任何人下风。也就是说，战前那个暴力性国家组织或其理念仍然流淌在此人血液中并极力传给了儿子绵谷升。而绵谷升那个同二战有千丝万缕关系的叔父又提供了政治地盘使其继承了国会席位——村上就是这样勾勒出了暴力的传承路线。一句话，暴力仍在！

因此，作者必须使主人公投入战斗。

> 《鸟》是妻子突然下落不明、作为主人公的丈夫寻找其下落的故事。我的小说的一个重要主题（motif）就是在很多场合“寻找丢失的什么”。例如《寻羊冒险记》中主人公寻找带有星形斑纹的特殊的羊和不见了的朋友，《世界尽头与冷酷仙境》中主人公为寻找失踪的少女而进入没有影子的小镇。但《鸟》与此前作品的不同之处在于，主人公积极主动地期盼寻找并为此进行战斗。我以前小说的主人公，总的说来被动“卷入”事物流程的色彩很浓，但是《鸟》的主人公冈田亨则具有“无论如何也要找到妻子”的始终一贯的坚强意志。在世人眼里他决非强人，可他有个特点：一旦下定决心就不后退。所以无论他妻子的哥哥绵谷升说“你没必要找我妹妹”，还是妻子本身提出“你别找我”，他都不屈不挠地寻找下

去。因为主人公完全清楚寻找妻子一事不是为了别人，而是为了自己本身。

我想，这种积极性或战斗性是贯穿整个作品的。或者说如果没有如此明确的积极向上的意志，要最后完成这么长的故事也是不可能的。在这个意义上，《鸟》这部作品在我作为作家的生涯中——特别是在获得第三部以后（这一经过容以后述说）——起到了转折点的作用。也就是说，写这部作品之前同之后相比，我作为作家的姿态有很大不同。现在回头看去，毫无疑问，《鸟》以后的我的作品无不朝着逐渐失却都市式洗炼（sophistication）和轻俏的方向行进，一种类似“介入”意志那样的东西开始在出场人物身上一点点显现出来。

（同上引）

后来在为2003年7月出版的《村上春树全作品1990—2000》第5卷写的“解题”中，村上果然进一步强调了第三部的主题：“一言以蔽之，就是也只能是‘战斗’和‘救赎’。”说起来，按村上原来的设想或以往的创作风格，写完第一部和第二部就算写完了。但作为单行本出版之后村上脑袋里产生了一个疑问，而且疑问越来越大。他问自己：自己想写的东西在第一、二部完全写尽了么？他觉得没有写尽，还有东西确确实实剩了下来，也就是说，故事还在脑袋里继续。至少有几个谜团没有解开——主人公的妻子久美子为什么突然离家出走？绵谷升在多大程度上同久美子的失踪有关？主人公如何同其“对决”？尤其最后一点让村上欲罢不能。在第一、二部里，主人公的“对决”或战斗姿态没有得到充分展现，还在“寻找”途中（包括井下）苦苦求索，真正的战斗尚未开始。应该说，主要是这点让当时的村上——若是以前的村上倒也罢了——感到意犹未尽。于是村上在相隔大约一年半之后开始第三部的创作。这回他旗帜鲜明地将重点置于“战斗性”，让主人公义无反顾地把久美子从作为邪恶象征的绵谷升手里夺回。

> 为此，冈田亨势必同阻挡他去路的一切障碍进行对决，势必通过战斗予以排除，这当中势必有暴力性发生。暴力这东西或人的活动所产生的恶性物的存在——这是任何人都无法否定的历史事实，在某种情况下是无可回避的。所以，小说中，大约五十年前的间宫中尉和剥皮鲍里斯的对决同当代冈田亨和绵谷升的对决基本齐头并进。冈田亨怀着强烈的愤怒操起棒球棍在黑暗中打死“莫名其妙的东西”——间宫中尉未能做到的事情由他完成了。最后，尽管他已遍体鳞伤，但还是找回了同样遍体鳞伤的妻子。
>
> （《村上春树全作品 1990—2000》第 5 卷“解题”，讲谈社 2003 年 7 月版）

值得注意的是，在构思和创作第三部期间，村上实际去中蒙边境考察了诺门坎战役的战场遗址。考察时有两件事让他格外惊异，一是实际目睹的旧战场同他想象和在《鸟》第一部描写的场景几乎一模一样，二是当他捡起迫击炮弹残片和子弹带回宾馆后，半夜醒来发觉整个房间咔咔作响地剧烈摇晃，连走出房间都不可能。村上以为发生了地震，摸黑爬出房间，而刚一开门爬到走廊，摇晃戛然而止，平静如初。1995 年 11 月他在同著名心理学家河合隼雄对谈时就此这样说道：“我猜想这大概类似一种精神波段相互吻合的东西。所以如此，我想是因为自己在故事中介入(commit)诺门坎介入到相应程度的关系。虽说我不认为这是超常现象什么的，但还是感觉到了那样的作用、那样的关联。”(河合隼雄、村上春树《村上春树去见河合隼雄》，新潮社 1996 年 1 月版)此外村上在他的《边境　近境》中更具体地谈到了这一体验。对于村上的这番奇异体验，较之作为著名心理学家的河合隼雄，倒是那位哈佛大学的日本文学教授杰·鲁宾的分析来得简洁明快：

> 换句话说，村上其实坐在超自然的界限之上。一方面他会斩截地否认其存在，而另一方面他又觉得意识这种东西不是科学能完全解释得了的。正因为如此，他对诺门坎的实地考察对于廓清他要写的东西意义匪浅，其成果就是《鸟》的第三部。也正是在这里，冈田邂逅了他内心深处的战争与暴力，仿佛它们一直潜伏在那里等着他去发现。
>
> **（杰·鲁宾《倾听村上春树——村上春树的艺术世界》，冯涛译，上海译文出版社**2006**年**6**月版，原书名为**“Haruki Murakami and the Music of Words”）

鲁宾还说：“只有第三部可以说受益于他对这个自学生时期就一直挥之不去的实地勘察(准确说来是自上小学的时候)。”所谓受益或者影响，一方面是活生生的战场给了村上更真切的触动，加深了他对诺门坎战役和暴力的认识——在海拉尔他实际看了“为了杀人灭口我们不知杀害了多少中国人”的海拉尔秘密要塞——另一方面就是他觉察出了那种鲁宾认为是“超自然的”奇异的“关联”（つながり）。在第三部他进一步写了那种“关联”。例如“满洲国”新京动物园的兽医(肉豆蔻的父亲、肉桂的祖父)脸上有一块青痣，主人公冈田亨从深井上来之后脸上也有了一块青痣。再如日本兵用棒球棍打死了中国人，冈田亨同样用棒球棍打死了绵谷升。拧发条鸟更是从五十年前的过去一直叫到现在：在新京动物园打死中国人的年轻日本兵听见了，冈田亨夫妇听见了，第三部第五章“深夜怪事”中的少年听见了。在这里，不相信任何宗教的村上较之强调生死轮回（虽说他相信“偶然”），毋宁说是暗示历史与现在之间的某种“关联”，亦即：历史不容割断，更不应忘记！

当然，最主要的关联体现在绵谷升身上：

> 在冈田能够把久美子从黑暗中带回真实的世界之前，他必须直面他最深的恐惧：由绵谷升所代表的邪恶。绵谷升对大众传媒的娴熟操控使他在政治上如鱼得水，他是其叔叔一辈大陆掠夺政策的继承人。他代表的邪恶正是《寻羊冒险记》中那种以右翼组织老板为化身的邪恶。村上将之与日本政府的独裁传统联系到一起，正是这种传统要为侵华战争中杀害的无数中国人及战争中牺牲的数百万日本民众以及镇压1960年代后期理想主义的学生运动负全责。这一因素大大扩展了小说的空间，使其远远超越了一个失败了的婚姻故事的范畴。冈田在追寻妻子及其自身过程中的发现远远超越了他的预期。他发现了他的祖国近代历史中最丑恶的一面，其最主要的成分是暴力和恐怖，而且就浅浅地隐藏于日常生活的表面之下，喷薄欲出。当他用棒球棍几乎将一位民歌手打死时，他也发现了隐藏于自身的暴力倾向。
>
> ……《鸟》确确实实是一部编年史，故事的背景虽精确地设定于1980年代中期，却一直深挖至战争年代的暴力，亦即日本现代疾患的病根。
>
> （同上引）

鲁宾不愧同时也是《鸟》英译本的译者（他的夫人是日本人），在他这部专著中，看得出他对《鸟》的文本最为熟悉，对这只奇鸟情有独钟，因而评论也写得最为充分和最见功力，笔触独到，深刻犀利，尽管个别地方因过于得意而逻辑上略显芜杂。日本文学评论界也注意到了这种“暴力的传承”，不乏中肯的评论。如铃村和成认为村上是在纵览暴力以扭曲形式寻求排泄口的世界，村上从美国看日本时，日本看上去像是“翻卷着莫名其妙的暴力漩涡的国家”；重冈彻认为村上意在通过绵谷升来表现法西斯主义，“绵谷是潜藏于人的无意识暗处的弱小感、劣等感、积怨、憎恶、杀意等的显在化身，是将其正当化并作为对外暴力有组织地加以动用的力量”；风丸良彦认为村上是将绵谷升作为封锁真实历史之意义的“权力”世界的象征来塑造的，作品中含有以往不曾有过的政治信息；日置俊次认为小说对“暴力”的描写及作为史实的战争插曲、剥皮和井的象征性同《沉默的羔羊》的羊、刀、剥皮、井等意象难分彼此。不过相比之下，其评论力度似乎都不及鲁宾那样观点鲜明，一针见血。就这点而言，不妨认为，日本一些主流文学评论家缺乏借助《鸟》这样的契机直面和反思本国历史应有的良知、勇气和远见卓识。两相对照，也就更显出村上的卓尔不群和难能可贵。

确如鲁宾所说，正是村上的这种“发现”，或者说正是村上在诺门坎所感觉到的“关联”促使他写出了这部了不起的作品，也就是说在催生村上的历史责任感和社会责任感过程中起了决定性作用。其实，村上本人已然就此说得相当肯定。他在写完第三部半年后同河合隼雄的那次对谈——上面已经提过——中强调：为了把久美子从黑暗世界拉回光明世界不得不使用暴力。这里所说的黑暗世界，就是不断积累的“历史性暴力”所在的世界，也就是有剥皮场面和残忍杀害中国人场面出现的世界。而为了将久美子从黑暗世界拉回光明世界使用的暴力，其中有一种“同历史性暴力遥相呼应的盖然性”——村上在这里再次确认了那种割不断的“关联”，他认为这似乎是自己的“历史认识”。随后村上毫不暧昧地断言：

归根结底，日本最大的问题，就是战争结束后没有把那场战争的压倒性暴力相对化。人人都以受害者的面目出现，偷梁换柱地以非常暧昧的言词说“再不重复这一错误了”，而没有哪个人对那个暴力装置负内在责任。

……我所以花费如此漫长的岁月最后着眼于暴力性，也是觉得这大概是对于那种暧昧东西的决算。所以，说到底，往后我的课题就是把应该在历史中均衡的暴力性带往何处，这恐怕也是我们的世代性责任。

（河合隼雄、村上春树《村上春树去见河合隼雄》，

新潮社 1996 年 1 月版）

恕我重复，村上认为这种历史性“关联”或暴力的传承不仅表现在国家这一系统及其理念之中，还表现在——亦如鲁宾指出的——个体身上，存在于自己心中。因此，还必须清算自己自身内部的第二次世界大战。“我渐渐明白，珍珠港也好诺门坎也好，这类五花八门的东西都存在于自身内部。与此同时，我开始觉察，现在的日本社会，尽管战争结束后进行了各种各样的重建，但本质上没有任何改变。这也是我想在《鸟》中写诺门坎的一个理由。”对谈快结束时，村上追问河合隼雄日本社会发生质变了么，河合再也无法回避了，回答说“这要看怎么看，换个看法，也可以说几乎没有什么改变”。通读两人对谈这本书，很容易看出两人在这个问题上的温差：村上十分明确，河合比较暧昧，甚至不无“狡猾”。相对说来，河合关注更多的是村上小说的“心灵治愈”（心の愈し）作用，而不是历史的、社会的治愈力。在这里，鲁宾这位美国学者再次显示出其行文的“战斗性”及其关注的重点：

在写第三部的过程中，村上在一次采访中被问道：“为什么你们这一代人要为你们出生前就已结束的战争负责？”他的回答是：“因为我们是日本人。当我在书中读到日军在中国的暴行时，我都不敢相信这是真的。那是如此愚蠢，如此荒谬和如此丧心病狂。那是我的父辈和祖辈的暴行。我想知道到底是什么驱使他们干出这样的事：屠戮成千上万的平民。我试图去理解，却怎么也做不到。”

（杰·鲁宾《倾听村上春树——村上春树的艺术世界》，冯涛译，上海译文出版社2006年6月版，原书名为“Haraki Murakami and Music of Words”）

显然，正是这样的历史责任感和社会责任感成就了《鸟》这部之于村上的里程碑式力作，同时使村上从一般意义的作家转变为人文知识分子，从“小资”成长为斗士。

耐人寻味的是，小说收尾之际，村上笔锋一转，再次提起中国：“轮廓分明的冬月冻僵似的悬在空中。上弦月，弧形尖锐，犹如一把中国刀。”这是村上在《鸟》中用的最后一个比喻，一个象征，一个意象。

《鸟》在艺术上也很成功，无论行文风格还是情节设计完全不同于日本传统小说，气势恢宏，时空辽阔，纵横捭阖，风起云涌。1996年获得了层次很高的“读卖文学奖”。评委、文学评论家丸谷才一在评语中这样写道：“这个格局庞大的故事尽管临近结尾部分不无紊乱，但仍极富魅力。若干小故事纵使收入《一千零一夜》亦不逊色，堪称奇才之作。这里有通过睿智而洗炼的独特笔调带来的不安、忧伤、残忍和温情。村上春树给我们的文学以新的梦境。”（加藤典洋等《群像日本作家：村上春树》，小学馆1997年5月版）据杰·鲁宾在他那部专著中介绍，在颁奖典礼上，评奖委员会主席、诺贝尔文学奖获得者大江健三郎高声朗诵了《鸟》中关于间宫中尉在井底得到阳光“宠幸”从而参透生死的描述。大江说村上能够一方面严肃探索其内心深处的主题，一方面使众多读者产生共鸣。鲁宾这样描述了授奖仪式结束后的情景：

> 授奖仪式结束后，来宾们纷纷举杯祝酒，开始将注意力转向丰盛的佳肴。但大江周围却被一大堆仰慕者团团包围，都想有亲炙大师的机缘，搞得大江几乎无缘享用美酒佳肴。然而大江一旦得以脱身，就主动走向村上，他周围那群仰慕者只得分列两旁，让这位诺贝尔奖获得者通过。
>
> 大江满面红光，显然因为有将自己介绍给村上的机会而真心高兴，而村上只回以紧张的微笑。当谈话转向两位作家都深深热爱的爵士乐时，紧张状态才基本上烟消云散。大江身着一套蓝色细条纹西装，戴着他那招牌似的圆眼镜，而前来受奖的村上则足蹬一双白色网球鞋，穿一件松松垮垮的运动外套和一条斜纹棉布裤。大群摄影师麇集周围捕捉这重要的一刻。在众目睽睽下，村上和大江几乎无法进行任何较为私密或深入的对话。两人热诚地交谈了十分钟左右即友好地分手，此后这两位作家再未谋面。
>
> 虽然大江与村上的生活方式和创作的小说世界迥然相异，但这两位作家所具有的共同点或许比双方乐于承认的都大得多。……这两位作家都在深入探讨记忆与历史、传奇与故事讲述的问题，并都继续深入到情感的黑暗森林，追问作为个人、作为世界的公民、作为日本人的他们到底是谁。

鲁宾还说村上景仰大江，认为大江尽到了作为一位“纯文学”作家肩负的职责，为他因此获得诺贝尔文学奖表示高兴。对于大江拒绝接受日本天皇随后授予的文化勋章以捍卫自己始终一贯的反主流文化立场，村上同样致以敬意。

村上和大江，这两位当今日本最有影响和代表性的作家，一位自称是彻底的个人主义者，一位是纯粹的民主主义者，两人似乎分属遥远的两极，但骨子里的东西都意外相近。至少在对待历史、对待极权主义、权威主义等封闭性暧昧性社会体制上，两人都是当之无愧的斗士。

2005 年 6 月 3 日于窥海斋
时青岛百花争艳万木葱茏

［附白］ 值此新版付梓之际，依责任编辑沈维藩先生的建议，新写了这篇“个序”代替原来的“总序”，旨在为深度阅读进一步提供若干背景资料，介绍较新的有关见解，也谈了译者个人一点点肤浅的思考。欢迎读者朋友继续不吝赐教，来信请寄：266100 青岛市崂山区松岭路 238 号中国海洋大学外国语学院。

目　录

第一部　贼喜鹊篇

第二部　预言鸟篇

第三部　捕鸟人篇

第一部　贼喜鹊篇

一九八四年六月至七月

1　星期二的拧发条鸟、六根手指与四个乳房

在厨房煮意大利面条的时候，一个电话打来。我正随着调频广播吹口哨，吹罗西尼的《贼喜鹊》。这首乐曲特别适合用来煮意式面条。

听得电话铃响，我本想不予理睬。一来面条正煮在火候上，二来克劳迪奥·阿巴多正准备将伦敦乐团驱往乐章的峰巅。但终归我还是拧小煤气，去客厅拿起听筒。说不定有朋友打电话介绍新的工作，我想。

“十分钟，我需要十分钟。”女郎劈头就是一句。

我对于音色的记忆颇具信心。这却是个陌生的声音。

“请问，您这是打给谁？”我客客气气地询问。

“打给您呀！只需十分钟，十分钟就行。那样，就会相互明白过来的。”女郎道。声音轻柔柔、飘忽忽的。

“相互明白？”

“心情啊！”

我从门口探头看一眼厨房。面条锅白气蒸腾，克劳迪奥·阿巴多继续指挥《贼喜鹊》。

“对不起，我正在煮意大利面条，过会儿再打来可以吗？”

“意大利面条？”女郎惊愕地说，“上午十点三十分煮面条？”

“这不碍您什么事吧！什么时候吃什么是我的自由。”我有点压不住火。

“那倒是的。”女郎以没了表情的干巴巴的声音说。看来感

情稍一变化即会使其声调截然不同。“也好，过会儿再打就是。”

“等等，”我慌忙道，“您要是要什么推销员手法，再打多少次也是枉然。我眼下是失业之身，根本没有购置新东西的余地。”

“知道知道，放心好了。”

“知道？知道什么？”

“不就是失业期间吗？知道的，那点事儿。还是快煮你那宝贝面条去好了。”

“喂喂，您到底……”没待我说完，对方挂断电话，挂得甚为猝然。

我一时无所适从，望着手中的听筒。良久，才想起锅里的面条，遂走入厨房。我关掉煤气，把意式面条捞进笊篱。由于电话的关系，面条多少有点儿过火，好在还不至于无可救药。

相互明白？我边吃面条边想，十分钟能够相互明白对方的心情？我可是无法理解那女郎想说什么。很可能不过是捣乱电话，或许是一种新式推销招数。反正都与我无关。

话虽这么说，折回客厅坐在沙发看小说时，仍要不时觑一眼电话机，心里嘀咕：女郎说十分钟即可相互明白指的是什么呢？十分钟到底可以明白什么呢？现在想来，十分钟是那女郎一开始便掐算好了的，对这十分钟推算似乎相当充满自信：九分钟太短，十一分钟过长。恰如煮意大利面条的标准火候。

如此思来想去之间，早已没了看书心绪，于是想熨烫衬衫。每次心慌意乱，我都要熨烫衬衫，老习惯。我熨衬衫的工序分12道，由(1)领(前领)开始，至(12)左袖(袖口)结束。我逐一数着序号，有条不紊地熨烫下去，也只有这样方觉得心应手。

熨罢三件衬衫，确认再无皱纹，挂上衣架。然后关掉熨斗，连同熨衣板放进壁橱，思绪这才有了些条理。

刚要进厨房喝水，电话铃再次响起。我略一迟疑，还是提起听筒。若是那个女郎第二次打来，只消说正在熨衣服挂断即可。

不料打电话来的是久美子。时针正指在十一点三十分。

“可好？”她问。

“还好。”我答。

“干什么呢？”

“熨衣服。”

“出什么事了？”声音里略带紧张感。她知晓我心情不佳时便要熨衣服。

“熨熨衬衫，没什么。”我坐在椅子上，把听筒从左手换到右手。“有事？”

“你会写诗吧？”

“诗？”我愕然反问。诗？诗是什么？到底？

“有熟人在的一家杂志社办了份面向年轻女孩的小说期刊，正在物色人评选和修改诗歌来稿，还要求每月写一首扉页用的短诗。事虽简单，报酬却不低。当然喽，也还超不出临时工标准。不过干得好，说不定有编辑工作落到你头上……”

“简单？”我说，“慢着，我要找的可是法律方面的工作。这诗歌修改却是从何而来？”

“你不是说高中时代写过什么的吗？”

“那是小报，高中校刊！什么足球赛哪个班踢赢了，什么物理老师跌下楼梯住院了，全是些无聊透顶的玩意儿。不是诗，诗我可写不来。”

“说是诗，不过是给女高中生看的。又不是让你写千秋传诵的名篇佳句，适当应付一下就行了。明白？”

“适当也罢什么也罢反正诗是绝对写不来。没写过，也没心思写。”我一口回绝。那东西如何写得来！

“噢——”妻透出遗憾，“不过法律方面的工作，可是不大好找的吧？”

“打过好些招呼，差不多到该有着落的时候了。万一不行，到时再作打算不迟。”

“是吗？那样也好。对了，今天星期几？”

“星期二。”我沉吟一下回答。

“那，能去银行交一下煤气费电话费吗？”

“快要去买东西准备晚饭了，顺路去银行就是。”

“晚饭做什么？”

“还没定，买东西时再说。”

“我说，”妻一副郑重其事的语气，“我想了想，觉得你好像用不着那么急于找工作。”

“为什么？”我又是一惊。大约世界上所有女人都打电话来让我不得心宁。“失业保险也快到期了，总不能老这么游游逛逛吧？”

“反正我工资也提了，兼职收入也一帆风顺，还有存款。只要不大手大脚，吃饭总没问题吧。或者说你不愿意像现在这样在家做家务？对这种生活不感兴趣？”

“说不清楚。”我直言相告。是不清楚。

“那就慢慢考虑好了。”妻说，“对了，猫可回来了？”

我这才意识到自己从早上到现在全未想起猫来。“哪里，还没回来。”

“去附近找找可好？都不见一个多星期了。”

我含糊应着，把听筒又换回左手。

“我想可能在**胡同**里头那座空屋的院子里，就是有石雕鸟的那个院子。在那里见过几次来着。”

“胡同？”我问，“你什么时候去的胡同？这事你以前可一次都没……”

“对不起，电话得放下了。手头还有工作等着。猫的事儿拜托了。”

电话挂断。我又望了一会儿听筒，之后放下。

久美子何苦去什么胡同呢？进那胡同须从院里翻过混凝土预制块围墙，况且根本就没什么必要费此周折。

我去厨房喝罢水，走到檐廊看了看猫食碗。碗里的煮鱼干仍是昨晚的样子，一条也未减少：猫还是没有回来。我站在檐廊里眼望涌进初夏阳光的自家小院。其实望也望不出什么赏心悦目的景致。由于一天之中只很短时间有阳光照进来，土总是黑乎乎湿乎乎的。园木也仅有角落里两三丛不起眼的绣球花，而我又压根儿就不喜欢绣球花那种花。附近树上传来规则的鸟鸣，吱吱吱吱，简直同拧发条声无异，我们于是称其为“拧发条鸟”，是久美子命名的。真名无从知晓，连是何模样也不知道。反正拧发条鸟每天都飞临附近树上，拧动我们所属的这个静谧天地的发条。

罢了罢了，竟忘了找猫。我一向喜欢猫，对这只猫也很喜欢。猫自有猫的生活方式。猫绝非等闲之辈。猫的失踪，不外乎意味着猫想去某处。等它饿得饥肠辘辘，迟早自然返回。不过，最终我恐怕还是要为久美子找猫，除此别无事干。

我是四月初辞去已做了很久的法律事务所的工作的。没什么特殊缘由，也并非工作内容不合心意。虽说内容本身谈不上令人欢欣鼓舞，但薪水不薄，办公室气氛也够融洽。

谈起我在法律事务所的作用，简言之只是个专业性差役。可我觉得自己干得有声有色。自己说来未免不够谦虚——就履行那类事务性职责而言，我是相当精明强干的人选。头脑反应敏捷，行动雷厉风行，牢骚一句不发，想法稳妥现实。所以，当我提出辞职时，那位老先生也就是作为事务所主人的父子律师中的长者挽留说不妨加点工资。

然而我还是离开了那家事务所。倒也不是说辞职后有什么成竹在胸的鸿图大志，至于再一次闭门不出准备应付司法考试，无论如何都没那份心机。更何况时至如今也并非很想当律师。只不过是我不打算在那家事务所长此以往，而若辞职，正可谓此其时也。倘旷日持久，我这一生势必在那里消耗殆尽。毕竟已年届三十。

晚餐桌上，我开口说想辞去这份工作。久美子应了一声“是吗”。这“是吗”是何含义，我一时吃不大透。她则再无下文。

我也同样不语。

“既然你想辞，辞也未尝不可嘛，”她说，“那是你的人生，尽可随心所欲。”如此说罢，便只顾用筷子将鱼刺拨往盘边。

妻在一家专门介绍健康食品和天然食品的杂志社当编辑，工资也还过得去，而且有在其他杂志当编辑的朋友委托搞一点图案设计（她大学时代一直学设计，目标就是当一名不隶属于人的图案设计专家），故而收入相当可观。而我失业之后又可以享受失业保险。再说，我若在家老老实实做家务，诸如外餐费洗衣费等开销即可节省下来，同我上班挣钱相比，生活水准当没甚差别。

这么着，我辞去了工作。

食品采购回来正往冰箱里塞的时候，电话铃响了，在我听来响得分外急迫。我把塑料盒才撕开一半的豆腐放在餐桌上，去客厅拿起听筒。

“意大利面条可结束了？”那个女郎问。

“结束了。”我说，“不过马上就得去找猫。”

“推迟十分钟也不要紧吧？找猫，又不是煮面条。”

不知为什么，我未能一下放下电话。女郎的语声里像有一种什么东西吸引我。“也罢，要是仅仅十分钟……”我说。

“那样，我们就能互相明白喽，嗯？”女郎平静地说。那气氛，很可能在电话机的另一头稳稳当当坐在椅子上，且架起二郎腿。

“能不能呢？”我应道，“就十分钟。”

“十分钟说不定比你想的长咧。”

“真认得我？”我试探道。

“那当然，见过好几次的。”

“什么时候？什么地点？”

“某个时候，某个地点。”女郎说，“一五一十跟你细说起来，十分钟可是不够的哟！重要的是此时此刻，对吧？”

“你得拿出个证据才行——认得我的证据。”

“例如？”

“我的年纪。”

“三十。”女郎应声回答，“三十岁零两个月。可以了吧？”

我默然。不错，她是晓得我。可是无论我怎么回想，记忆中都无此语声。

“那，这回你就对我想象一下如何？”女郎劝诱道，“根据声音想，想象我是个怎样的女人，如年纪多少，在哪里做着怎样的姿势……”

“想象不出。”我说。

“试试嘛！”

我觑了眼表：才一分零五秒。“想象不出。”我重复一句。

“那我告诉你就是，”女郎说，“我在床上呢，刚淋浴完毕，一丝不挂。”

得得，我想，岂不活活成了色情录音带！

“你说是穿三角裤好呢，还是长筒袜合适？哪种性感？”

“哪种都无所谓，悉听尊便。想穿什么穿什么，不想穿就光着。抱歉，我没兴致在电话中谈这个。一来有事等着我做……”

“十分钟即可。为我消费十分钟，你的人生也不至于蒙受致命的损失，不是吗？总之回答我的提问：是赤身裸体的好，还是穿上什么好？我嘛，应有尽有，带黑色花边的三角裤啦……”

“就那样算了。”我说。

“赤身裸体的好喽？”

“是的，赤身裸体的好。”我说。四分钟。

“下面还湿着呢，”女郎说，“没使劲用毛巾擦，所以还湿着。暖融融湿乎乎的，柔软得很咧。很黑很黑，毛毛茸茸，摸一下……”

“喂，对不起……”

“那里面要温暖得多哩，就像一块加热了的奶油糕，温乎乎暖乎乎的，不骗你。猜我现在什么姿势？右腿支起，左腿横放，用时针打比方，也就十时五分左右吧。”

从语气听来，显然她并非说谎。她真的是两腿开成十时五分角度，下部温暖而湿润。

“摸一下，慢慢地。再打开，慢慢地。用手指肚慢慢摸。对了，要很慢很慢。再用一只手抓乳房。从下往上轻轻抚摸，轻捏乳头，一遍又一遍地，直到我快冲顶为止。”

我再不言语，放下电话。随后倒在沙发上，望着座钟长吁了口气。电话中和那女郎大约谈了五六分钟。

十分钟后电话铃再度响起。这回我没提听筒。铃声响了十五次，止息了。止息后，冰冷的沉默深深地压将下来。

快两点时，我翻过预制块院墙，跳进胡同。说是胡同，其实算不上真正意义的胡同，不过是别无其他称呼的代名词罢了。准确说来，连道路都算不上的。道路乃是一种通道，有入口有出口，顺其而行即可抵达某一场所。然这条胡同却一无入口二无出口，两头不通，甚至死胡同都当之有愧，因为死胡同至少有个入口。附近人们只不过姑且称其为胡同罢了。胡同飞针走线似的穿过各家后院，长约二百米。路面虽有一米多一点宽，但由于围墙外占，加之墙上放了诸多杂物，致使好几处须侧起身子方得通过。

听人说——说的人是我舅舅，他以惊人低的租金将房子租给我们——胡同也曾有过入口出口，作为捷径发挥过连接此路与彼路的功能。但随着经济起飞，原为空地之处建起了新的住宅之后，路面受压被挤，骤然变窄起来。而居民们也不喜欢别人在自家前檐后院出出入入，小径便被封死了。起始只是不甚起眼的掩体样的东西挡人视线，后来有户人家扩展院落，索性用预制墙将一端入口堵得严严实实，进而两相呼应似的另一端入口也被牢不可破的粗铁丝网封死，狗都休想钻过。居民们本来就很少利用这条通道，堵住两端也无人说三道四，何况又利于防盗。因此，如今这条通道已俨然被废弃的运河一般无人光顾，唯一作用便是作为缓冲地带将住宅与住宅分隔开来。路面杂草丛生，处处挂满黏乎乎的蜘蛛网。

妻是出于什么目的数次出入这种地方的，我全然揣度不出，连我以前也仅仅踏入这“胡同”两次。再说久美子原本就讨厌蜘蛛。也罢，我想，既然久美子下令去胡同找猫，找就是。较之守在家中等电话铃响，如此在外面四下游逛要快活许多。

初夏异常亮丽的阳光，将头顶树枝的阴影斑斑驳驳地印在地上。无风，树影看上去竟如生来便固定于地表的斑痕。周围阒无声息，仿佛草叶在阳光下呼吸的声音都可听到。天空飘浮着几片不大的云絮，鲜明而简洁，宛如中世纪铜版画上的背景。目力所及，所有物象无不历历然轮廓分明，竟使我感觉自家肉体似乎成了虚无缥缈的什么物件，且热得出奇。

我穿的是T恤、薄布裤和网球鞋，但头顶太阳行走多时，腋下胸口还是津津沁出汗来。T恤和裤子都是早上从塞满夏令衣物的箱子刚刚拉出来的，卫生球味儿直冲鼻孔。

四周房屋有的是原有的，有的是新建的，二者判然有别。新房一般较小，院子也窄，晾衣竿有的甚至伸进胡同，须不时在毛巾衬衣床单的队列中穿梭般前行。房檐下间或清晰地传来电视和水冲厕所的声响，或飘来咖喱的气味。

相形之下，原有老房则几乎感受不出生活气息，院墙为掩人视线而栽植的各种灌木和贝冢圆柏，搭配得恰到好处，透过间隙可以窥见精心修整过的舒展的庭园。

一家后院墙角孤零零地扔着一棵早已枯焦的圣诞树。还有一家院里摆着种类齐全的儿童玩具：三轮车、套圈、塑料剑、皮球、龟形偶人、小棒球棍，应有尽有，俨然若干男女以此来传达他们对少年时光的留恋之情。也有的院子里安有篮球架。还有的摆有花园椅和瓷桌。白色的花园椅怕是闲置了好些个月（或好些年），上面满是灰尘。桌上粘着被雨打落的紫色的木兰花瓣。

还有一家，可以透过铝合金玻璃窗一览居室内部：一套皮沙发，一台大画面电视，一个博古架（上面有热带鱼水箱和两个什么奖杯），一盏装饰性落地灯，俨然电视剧中一组完整的道具。另一院落里有座养大狗用的偌大狗舍，里面却不见狗，门大敞四开。粗铁丝网胀鼓鼓的，大约有人从里面凭靠了数月之久。

久美子说的空屋在这有狗舍人家的稍前一点。是空屋这点一目了然，而且并非空两三个月那种一般的空。其实房子式样颇新，二层，唯独关得风雨不透的木板套窗显得格外旧，二楼窗外的铁栏杆也生出一层红锈。院落不大，安放着显然是展翅飞鸟形状的石雕。石雕鸟坐在齐胸高的台座上，周围是气势蓬勃的杂草，尤其是高个子的“一枝黄花”，尖头已触到了鸟爪。鸟——是何种属我固然不晓——看上去是在为尽早尽快逃离这难受的场所而展翅欲飞。除此石雕，院里再无像样的装饰。房檐下堆着几把旧塑料花园椅。旁边，山杜鹃缀着色彩鲜艳但又无端地缺乏实在感的红花。此外便是满目杂草了。

我靠着齐胸高的铁丝篱笆把这院子看了好一会。院子看来的确符合猫的口味，却不见猫，唯见房脊电视天线上落有一只鸽子在向四周播送单调的鸣声。石雕鸟则把姿影投在茂密的杂草叶片上，于是影子被弄得支离破碎。

我从衣袋掏出柠檬糖，剥开纸投进嘴里。烟借辞职之机戒掉了，结果这柠檬糖便不得离手。“柠檬糖中毒，”妻说，“几天就满口虫牙！”而我却欲罢不能。在我看院子的时间里，鸽子始终站在天线上犹如办事员给一叠账单打编号一般以同样的调门有板有眼地叫个不停。我已记不清在铁丝篱笆上靠了多久，只记得柠檬糖在口中变得甚是甜腻而被我将剩下的一半吐在地上。之后我重新将视线投回石雕鸟，这时，像有人从背后叫我。

一回头，见对面人家后院站着一个女孩，个子不高，头发梳成马尾巴，戴一副米黄框深色太阳镜，穿一件天蓝色无袖 T 恤，从中探出的两条细细的胳膊，梅雨季节未过便已晒得完美动人。她一只手插进短裤袋，一只手扶着齐胸高的对开竹门并不安稳地支撑着身体，跟我相距不过一米左右。

“热啊！”女孩对我说。

“是热。”我附和道。

如此寒暄完毕，她以同样姿势看了我一会，然后从短裤袋里掏出一盒短支“希望”，抽出一支叼在嘴上。嘴很小，上唇有点儿肿。她以熟练的手势擦了根火柴，点燃香烟。女孩低头时，可以清晰地看到她的耳形。耳很漂亮，光溜溜的，仿佛刚刚生成。短短的茸毛在单薄的耳轮边缘闪着光。

女孩将火柴杆扔在地上，噘起嘴唇吐了口烟，突然想起似的抬眼看着我。镜片颜色太深，加上有反光功能，无法透视里边的眼睛。

“附近的？”女孩问。

“是啊。”我想指一下自家方位，却又搞不准究竟位于哪个方向。来时拐了好几个弯，且弯的角度均很奇妙。遂虚晃一枪，随便指了个方向。

“找猫。”我在裤子上蹭着出汗的手心，辩解似的说道，“一个星期没回家了。有人在这边看见过。”

“什么样的？”

“大公猫。褐色花纹，尾巴尖有点儿弯曲，还秃了。”

“名字？”

“阿升。”我回答，“绵谷·升。”

“就猫来说，名字倒蛮气派。”

“老婆哥哥的名字。感觉上类似，就开玩笑叫开了。”

“怎么个类似法？”

“反正有点类似。走路姿势啦，惺忪的眼神啦……”

女孩这才好看地一笑。一笑，远比一开始的印象有孩子气，也就十五六岁吧。略微发肿的上唇以莫可名状的角度朝上翘起。于是我好像听到了那声“摸一下”。那是电话女郎的语声。我用手背揩去额头的汗。

“褐色花纹，尾巴尖儿有点弯曲，是吧？”女孩确认似的重复道，“可有项圈什么的？”

“有个防虱用的，黑色。”

女孩一只手仍扶着对开门，沉思了十至十五秒，随后将吸短的香烟扔在脚下，用拖鞋底碾灭。

“那样的猫嘛，有可能见过。”女孩说，“尾巴怎么个弯法倒没看清，总之是虎皮色，大大的，项圈大概也戴着。”

“什么时候见的？”

“呃——，什么时候来着？也就这三四天吧。我家院子成了附近猫们的通道，很多猫时常走来走去。全都从瀑谷家穿过我家院子，进到那边宫胁家院子去了。”

女孩说着，指了指对面空屋。石雕鸟仍在那里展翅欲飞，“一枝黄花”仍在那里受用初夏的阳光，鸽子仍在电视天线上单调地鸣叫不已。

“嗳，怎么样，不来我家院里等等？反正猫要穿过我家院子往那边去的。再说总在这里东张西望的，会被人看成小偷报告警察的哟！这以前都有过好几次了呢。”

我迟疑不决。

“不怕，家里就我一个，两人在院子里一边晒日光浴一边等猫不就行了！我嘛，眼睛好使，正派上用场。”

我看了看表。二时三十六分。今天未完成的工作，只剩天黑前将洗涤物收回和准备晚饭了。

我打开栅栏门进去，随女孩走上草坪。这时才发觉她右腿有点儿跛。每走几步，女孩就停下回头看我。

“坐在摩托车后头甩下去摔的。”女孩无所谓似的说，“前不久的事儿。”

草坪边上有一棵大橡树，下面并放着两把帆布折叠椅。一把靠背上搭一条蓝色的大毛巾，另一把上面杂乱地放着一盒未开盒的“希望”、烟灰缸、打火机、大收录机和杂志。收录机扩音器正以低音传出节奏强烈的硬摇滚乐。女孩把帆布椅上散摆着的东西移到草坪上，叫我落座，关上收录机。坐在椅上，可以从树木空隙看到一胡同之隔的空房。石雕鸟、“一枝黄花”、铁丝网全部映入眼帘。女孩肯定坐在这里监视我来着。

院子蛮大，草坪呈徐缓的坡面舒展开去，到处点缀着树木。帆布椅左边有个相当大的混凝土水池，大约水已放空很久了，变成浅绿色的池底兀自对着太阳。身后树木的后边可以看到一座旧洋房式样的正房。房子本身并不很大，结构也不显豪华。唯独庭院宽阔，修整得无微不至。

“这么大的庭院，修整起来怕是够辛苦的吧？”我环顾着问道。

“辛苦吗？”女孩说。

“过去我给草坪修剪公司打过零工。”我说。

“噢。”女孩似乎并无兴致。

“总是你一个人？”我问。

“嗯，是啊。白天总我一个人在这儿。早晨和傍晚有个帮忙搞家务的阿姨来，剩下时间就我一个。你，不喝点什么冷饮？啤酒也有的。”

“不，不必了。”

“真不喝？用不着客气。”

我摇摇头，“你不去上学？”

“你不去工作？”

“去也没工作。”

“失业？”

“算是吧，最近辞了。”

“辞之前做什么来着？”

“给律师跑腿学舌。”我说，“或去政府和中央部门收集各类文件，或整理资料，或核对案例，或办理法院事务性手续，尽是些杂事。”

“干吗不做了？”

“这个嘛……”

“太太工作？”

“工作。”我说。

对面房顶鸣叫的鸽子不知何时去了哪里。注意到时，已陷入沉寂——大约是沉寂。

“猫常从那里经过。”女孩手指草坪的那一端说，“看得见瀑谷家院墙后面的焚烧炉吧？就从那旁边冒头，一直顺着这草坪走来，再从木板门下钻过，朝那边院子走去。路线就这一条。对了，那位瀑谷先生，是位有名的插图画家呢，叫托尼瀑谷。”

“托尼瀑谷？”

女孩向我介绍起托尼瀑谷来：本名叫瀑谷托尼，专门画工笔插图，太太死于交通事故，只一人住在房子里，几乎闭门不出，同附近任何人都不往来。

“不是坏人，”女孩说，“话是没说过。”

女孩把太阳镜推上额头，眯细眼睛打量四周，又拉下太阳镜，吐了口烟。移开太阳镜时，见她左眼旁有条两厘米长的伤疤，很深，恐怕一生都难以平复。想必是为掩饰伤疤才戴眼镜的。脸形并不特别漂亮，但有一种吸引人的东西，大概来源于活泼的眼神和有特征的嘴唇。

“晓得宫胁先生？”

“不晓得。”我说。

“在那空屋里住过的，是所谓**地地道道**的人。两个女儿，都在一所有名的私立女校上学。户主经营两三家适合全家人聚餐的饭馆来着。”

“为什么人没了？”

女孩噘了噘嘴，像是说不晓得。

“怕是负债什么的吧。夜逃似的手忙脚乱地不见了，有一年了。杂草长得发疯，猫又多，怪吓人的，妈常发牢骚。”

“有那么多猫？”

女孩口叼香烟仰脸望天。

“好多种咧，秃毛的，单眼的……眼珠掉了，那儿成了个肉块。不得了吧？”

我点点头。

“亲戚里还有六根指头的呢。是个比我年龄大点儿的女孩，小指旁又生出一根指头来，活像婴儿指头。不过平时总是灵巧地蜷起，不细心发现不了。好漂亮的女孩呢！”

“唔。”

“那东西你说可是遗传？怎么说呢……血统上。”

我说不大明白遗传上的事。

她默然良久。我一边含柠檬糖，一边定定地注视猫的通道。猫一只也没露面。

“嗳，你真的不喝点什么？我可要喝可乐喽。”女孩说。

我说不要。

女孩从帆布椅上起身，轻拖一条腿消失在树荫里。我拿起脚下一本杂志“啪啪啦啦”翻了翻。出乎意料，居然是以男人为对象的月刊。中间一幅摄影图片上，一个只穿三角裤隐约可见隐秘处形状和毛丛的女子坐在凳子上以造作的姿势大大张开两腿。罢了罢了！我把杂志放回原处，双臂抱在胸前，目光重新对准猫通道。

过了好些时间，女孩才拿了可乐杯返回。这是个炎热的下午。如此在帆布椅上一动不动地晒太阳，脑袋不觉昏昏沉沉，懒得再去思考什么了。

“嗳，要是你晓得自己喜欢的女孩有六根手指，你怎么办？”女孩继续刚才的话题。

“卖给马戏团！”我说。

“当真？”

“说着玩嘛，”我笑道，“我想大概不会介意。”

“即使有遗传给后代的可能？”

我略一沉吟，“我想不至于介意。手指多一根也碍不了什么。”

“乳房要是有四个呢？”

我就此亦沉吟一番。“不知道。”我说。乳房有四个？看样子她还要絮絮不止，于是我转变话题：“你十几？”

“十六岁。”女孩道，“刚刚十六岁。高一。”

“一直没去上学？”

“走远了脚疼，况且眼旁又弄出块伤疤。学校可烦人着呢，要是知道是从摩托车上掉下去摔的，又要给人编排个没完……所以嘛，就请了病假。休学一年无所谓，又不是急着上高二。话又说回来，你是说同六指女孩结婚没什么要紧，但讨厌有四个乳房的，对吧？”

“我没说讨厌，是说不知道。”

“为什么不知道呢？”

“想象不好嘛。”

“六根手指就能想象得好？”

“总可以的。”

“能有什么差别？六根手指和四个乳房？”

我想了想，但想不出合适的说法。

“哦，我是不是问多了？”

“给人这么说过？”

“有时候。”

我把视线收回到猫通道。我在这里算干什么呢？我想。猫一只也未出现！我双手叉在胸前，闭目二十至三十秒。紧紧合起眼睛，觉得身体没一个部位不在冒汗。太阳光带着奇异的重量倾泻在我的身上。女孩晃了下玻璃杯，冰块发出牧铃般的响声。

“困了你就睡。有猫来我叫你。”女孩小声道。

我仍闭着眼睛，默默点头。

没有风，四下万籁俱寂。鸽子大概早已远走高飞。我想起那个电话女郎。莫不是我真的认识她？从语声和语气都无从印证。而女郎却对我一清二楚。活像基里柯① 画中的情景。女子唯独身影穿过马路朝我长长伸来，而实体却远在我意识之外。电话铃声在我耳畔响个不停。

“喂，睡过去了？”女孩问，声音低得几乎听不见。

“没有。”

“再靠近点可以？还是小声说话觉得轻松。”

“没关系的。”我一直闭着眼睛。

女孩把自己的帆布椅横向移过，像是紧贴在我的椅上，“咣”一声发出木框相碰的干响。

奇怪！睁眼听到的女孩声调同闭眼听到的竟全然不同。

“稍微说点什么好么？”女孩道，“用极小的声音说，你不应声也可以，听着听着睡过去也不怪你。”

“好的。”

“人死是很妙的吧？”女孩在我耳旁说，话语连同温暖湿润

---

① 意大利画家(Giorgio de Chirico，1888—1978)。

的气息静静沁入我的肌体。

“什么意思？”我问。

女孩一根手指放在我唇上，像要封住我的嘴。

“别问，”她说，“也别睁眼睛，明白？”

我微微点头。轻微得同她的语声同样微小。

女孩手指从我嘴唇移开，这回放在我腕上。

“我很想用手术刀切开看看。不是死尸，是**死那样的块体**。那东西应该在什么地方，我觉得。像垒球一样钝钝的、软软的，神经是麻痹的。我很想把它从死去的人身上取出切开看个究竟。里边什么样子呢，我常这样想。就像牙膏在软管里变硬，那里头会不会有什么变得硬邦邦的？你不这样认为？不用回答，不用。外围软乎乎的，只有那东西越往里越硬。所以，我想先将表皮切开，取出里面软乎乎的东西，再用手术刀和刮刀样的刀片把软乎乎的东西剥开。这么着，那软乎乎的东西越往里去越硬，最后变成一个小硬芯，像滚珠轴承的滚珠一样小，可硬着呢！你不这样觉得？”

女孩低声咳了两三下。

“最近我时常这么想，肯定是每天闲着没事的关系。什么事都没得做，思想就一下子跑得很远很远。远得不着边际，从后面追都追不上。”

女孩把放在我腕上的手移开，拿杯子喝剩下的可乐。从冰块的声响可以知道杯已经空了。

“猫给你好好看着呢，放心。绵谷·升一亮相就马上报告，只管照样闭眼就是。这工夫，绵谷·升肯定在这附近散步呢，一会儿保准出现。绵谷·升穿过草地，钻过篱笆，时不时停下来嗅嗅花香，正步步朝这边走来——就这样想象一下。”

可我想象出来的猫，终不过是逆光照片般极为模糊的图像。

一来太阳光透过眼睑将眼前的黑暗弄得摇摇颤颤，二来任凭我怎么努力也无法准确地想出猫之形象。想出来的是一幅画得一塌糊涂的肖像画，不伦不类，面目全非。特征虽不离谱，关键部位却相去甚远，甚至走路姿态也无从记起。

女孩将手指再次放回我手腕，在上面画着变换不定的图形。而这样一来，一种和刚才不同种类的黑暗和图形与之呼应似的潜入我的意识。大概是自己昏昏欲睡的缘故，我思忖道。我不想睡，又不能不睡。在这庭院的帆布椅上，我觉得自己身体重得出奇，如他人的死尸。

如此黑暗中，唯见绵谷·升的四条腿浮现出来。那是四条安静的褐毛腿，脚底板软绵绵厚墩墩的。便是这样的脚无声无息地踩着某处的地面。

何处的地面？

只需十分钟！ 电话女郎说。不止，我想，十分钟并非十分钟，而可以伸缩，这骗不过我。

睁眼醒来，只剩我一人。旁边紧靠的帆布椅上已不见了女孩。毛巾、香烟和杂志倒是原样，可乐杯和收录机则消失了。

太阳略微西斜，橡树枝影探到了我的膝部。手表是四时十五分。我从椅上欠身打量四周：舒展的草坪、无水的水池、石雕鸟、“一枝黄花”、电视天线。无猫，亦无女孩。

我仍坐在帆布椅上，眼盯猫通道，等女孩回来。十分钟过去了，猫和女孩均无动静。周围一切都静止了。睡过去的时间里，我好像一下子老了许多。

我站起身，朝正房那边望去。同样一片沉寂，唯独凸窗玻璃在西斜阳光下闪闪耀眼。无奈，我穿过草坪，走进胡同，返回家来。猫没觅得，但觅的努力我已尽了。

回到家，马上把晾的衣物收回，为晚饭做了下准备。五时三十分电话铃响了十二次，我没拿听筒。铃声止后，余韵仍如尘埃一般在房间淡淡的晚照中游移。座钟则以其坚硬的指甲尖“嗑嗑嗑”叩击着浮于空间的透明板。

蓦地，我想不妨写一首关于拧发条鸟的诗。然最初一节怎么也抓挠不出，何况女高中生们不至于喜欢什么拧发条鸟诗。

久美子回来是七时三十分。近一个月来，她回家时间一天迟于一天。时过八点已不足为奇，十点以后亦曾有过。也可能因为有我在家准备饭食而不急于返回。她解释说，原本人手不足，一个同事近来又时常请病假。

“对不起，工作老是谈不完。”妻说，“来帮工的女孩根本不管用。”

我进厨房做了黄油烧鱼、色拉和酱汤。这时间里妻坐在厨房桌前发呆。

“噢，五点三十分时你可出去了？”妻问，“打电话来着，想告诉你晚点回家。”

“黄油没了买去了。”我说谎道。

“顺便到银行了？”

“当然。”我回答。

“猫呢？”

“没找到。你说的那家空屋也去了，连个猫影也没摸着。怕是跑远了吧。”

久美子再没表示什么。

饭后我洗完澡出来，见久美子在熄掉灯的客厅黑暗中孤单单地坐着。穿灰色衬衫的她如此在黑暗中静静缩起身子，仿佛一件被扔错地方的行李。

我拿浴巾擦头发，在久美子对面沙发坐下。

“猫肯定没命了。”久美子小声道。

“不至于吧，”我说，“在哪里得意地游逛呢！肚子饿了就会回来的。以前不也同样有过一次吗？在高圆寺住时就……”

“这次不同，这次不是那样的，我知道的。猫已经死了，正在哪片草丛里腐烂。空屋院里的草丛可找过了？”

“喂喂，屋子再空也是人家的，怎么好随便进去呢！”

“那你到底找什么地方了？”妻说，“你根本就没心思找，所以才找不到！”

我叹了口气，又拿浴巾擦头。我想说点什么，知道久美子哭了，遂作罢。也难怪，我想，这只猫是一结婚就开始养的，她一直很疼爱。我把浴巾扔进浴室衣篓，进厨房从冰箱里拿啤酒喝着。一塌糊涂的一天，一塌糊涂的年度中一塌糊涂的月份里一塌糊涂的一天。

绵谷·升啊，你这家伙在哪呢？拧发条鸟已不再拧你的发条了不成？

简直是一首诗：

> 绵谷·升啊，
> 你这家伙在哪呢？
> 拧发条鸟已不再拧
> 　　你的发条了不成？

啤酒喝到一半，电话铃响了。

“接呀！”我对着客厅里的黑暗喊。

“不嘛，你接嘛！”久美子说。

“懒得动。”我说。

没人接，电话铃响个不停。铃声迟滞地搅拌着黑暗中飘浮的尘埃。我和久美子此时都一言未发。我喝啤酒，久美子无声地啜泣。我数至二十遍，便不再数了，任铃声响去。总不能永远数这玩意儿。

2　满月与日食、仓房中死去的马们

一个人完全理解另外一个人果真是可能的吗？

也就是说，为了解某某人而旷日持久地连续付出实实在在的努力，其结果能使我们在何种程度上触及对方的本质呢？我们对我们深以为充分了解的对象，难道真的知道其关键事情吗？

我认真思索这个问题，大约是从辞去法律事务所工作一周后开始的。而在此之前的人生旅途中，一次都未曾真正痛切地怀有此类疑问。为什么呢？大概是因为维持生计这一作业本身已足以使自己焦头烂额，而无暇考虑自身。

如同世上所有重要事物的开端无不大抵如此一样，使我怀有此类疑问的起因也是极其微不足道的。久美子匆匆吃罢早餐出门之后，我把要洗的东西放进洗衣机。此间整理床铺，刷盘洗碗，给地板吸尘，接下来便是和猫坐在檐廊里翻看报纸上的招聘广告和减价商品广告。时至中午，随便弄一个人的午餐吃了，就去自选商场采购。买罢晚餐用料，在减价商品专柜买洗衣粉，买纸巾和卫生纸。然后回家为晚饭做好准备，便倒在沙发上边看书边等妻回来。

那还是刚失业不久的时候，那样的生活对我莫如说是新鲜的。再也不必挤电车去事务所上班，也不必见不想见的人。既无须接受某某的命令，也无须命令某某。用不着和同事一起在附近拥挤的餐馆吃什么套餐，用不着被迫听昨晚棒球比赛如何如何。读卖巨人队四号击球手二死满垒本打也罢三打也罢，早已与我了无干系。这委实令人惬意。更无比惬意的是可以在自己中意的时候看自己中意的书。至于这样的时光能维持多久我自是不知，反正一周来随心所欲的生活正合吾意，尽可不必去考虑将来。这好比是自己人生当中的一种休假，迟早会结束，但结束之前不妨尽情受用。

不管怎么说，纯粹出于自身兴趣看书尤其看小说是久违的享受了。这些年来看的书，不是法律方面的，便是通勤电车中可草草读毕的小开本，别无其他。倒也不是有人作出规定，但法律事务所里的人如若手捧多少有点看头的小说，纵然不被说成品行不端，亦被视为不宜之举。一旦此类书在自己公文包或抽屉中给人发现，人们势必视我如生癞的狗，并且无疑要说什么"啧啧，你喜欢小说，我也喜欢来着，年轻那阵子常看"。对他们来说，小说那东西是年轻时看的，犹如春天摘草莓秋季收葡萄。

然而，那天傍晚我却无法像往常那样沉浸在读书的愉悦中——久美子没有回来。她回家一般最晚不超过六点三十分，若再推迟——即使推迟十分钟——必定先打招呼。这类事情上她一向循规蹈矩得甚至不无迂腐。不料这天七点都过了也没回来，且连个电话都没有。晚饭准备我早已做好，以便久美子一回来即可下锅。其实也没什么太麻烦的东西：将薄牛肉片和元葱青椒豆芽推进中国式铁锅用猛火混炒，再洒上细盐胡椒粉浇上酱油，最后淋上啤酒即可。独身时代常这样做。饭已煮好，酱汤热过，菜已整齐地分列盘中只等下锅，可久美子就是不回来。我肚子饿了，很想做了自己那份先吃，却又不知何故提不起兴致。特殊根据自然没有，但总觉得此举不够光明正大。

我坐在餐桌前，喝了啤酒，嚼了几片餐橱里残存的发潮的咸苏打饼干。之后便茫然看着座钟，看钟的短针慢慢指向七时三十分，又划过七时三十分。

久美子回来时九点都已过了。她满脸倦容，眼睛发红，充血一般。征兆不妙。她眼睛红时，必有糟糕事发生。我提醒自己：冷静些，多余的话一句别说，静静地，自然地，别刺激她！

“对不起，工作怎么也做不完。也想打个电话来着，结果这个那个的没打成。”

“没关系，不要紧，别介意。”我若无其事地说。实际上我没怎么心生不快。我也有过几次这样的体验。外出工作并不那么好玩，不如摘一朵院子里开得最鲜艳的蔷薇将其送至两路之隔的感冒卧床的老婆婆枕边从而度过一天那般平和那般美妙，有时还不得不同不地道的家伙一起干不地道的勾当。无论如何也抓不到往家里打电话的机会的时候也是有的。“今天晚些回去”这样的电话三十秒足矣，电话也无所不在，然而有时偏偏无可奈何。

我开始做饭。给煤气打火，往锅里倒油。久美子从冰箱里取出啤酒，从餐橱里拿下玻璃杯，检查一遍马上下锅的材料，然后一声不吭地坐在餐桌前喝啤酒。从其神情看，啤酒大概不甚可口。

“你先吃就好了！”她说。

“无所谓，又不是很饿。”我说。

我炒菜时，久美子起身进了卫生间，传来在洗漱台洗脸刷牙的响动。稍顷出来时，两手拿着件什么。原来是我白天在自选商场买的纸巾和卫生纸。

“怎么买这东西回来？”她声音疲惫地问。

我手端铁锅看久美子的脸，看她手里的纸巾盒和卫生纸卷。我揣度不出她想说什么。

“不明白，”我说，“不就是纸巾和卫生纸吗？没有了不好办吧？存货倒还有一点儿，可多一些也不至于腐烂嘛！”

“买纸巾和卫生纸是一点儿也不碍事的，还用说！我问的是为什么买**蓝色的**纸巾和**带花纹的**卫生纸。”

“我还是不明白，”我耐住性子，“不错，蓝色的纸巾和带花纹的卫生纸是我买的。两种都是便宜货。用蓝纸巾擦鼻子鼻子也不至于变蓝，又有什么不好的呢？”

“就不好嘛！我讨厌蓝纸巾和花纹卫生纸。不知道？”

“不知道。”我说，“讨厌可有理由？”

“理由不理由我也不清楚。”她说，“你不也是讨厌什么电话机罩什么花纹保温瓶什么带铆钉的喇叭筒牛仔裤么？我又不是讨厌染指甲，如何能一一道出理由，纯属个人好恶罢了。”

我自是可以阐释个中理由，当然我没阐释。“明白了，仅仅是你的好恶，完全明白了。不过，婚后六年时间难道就一次也没买过蓝色的纸巾和带花纹的卫生纸？”

“没有。”久美子一口咬定。

“真的？”

“真的。”久美子道，“我买的纸巾或是白色或是黄色或是粉色，只这三色；我买的卫生纸绝对不带花纹。你同我生活这么久就没注意到，怪事！”

对我也是怪事。六年时间里我居然一次也未用过蓝纸巾和花纹卫生纸！

“还有一点要说，”妻继续道，“我顶顶讨厌青椒炒牛肉，可知道？”

“不知道。”

“反正就是讨厌，别问理由。理由我也不知道。总之两样东西炒在一个锅里味道受不了。”

“这六年从来就没青椒牛肉一起炒过？”

妻摇头道：“青椒色拉我吃，牛肉元葱可以一起炒，但青椒炒牛肉一次也没有过。”

“得得。”我说。

“你就一次也没纳闷过？”

“根本就没留意嘛。”我说。我开始回想婚后至今是否吃过青椒炒牛肉，但想不起来。

“你人和我一起生活，可实际上几乎就没有把我放在心上，不是吗？你活着每天只想你自己，肯定。”妻说。

我关上煤气，锅放回煤气灶。“喂喂，慢着慢着，别这么把所有东西都搅和在一起。不错，或许我没注意纸巾和卫生纸，没注意牛肉和青椒的关系，这点我承认。但我想这并不等于说我始终没把你放在心上。事实上纸巾色调之类我全无所谓。当然，要是一团黑纸巾放在桌上是会让人吓一跳，而白的还是蓝的，我则没有兴趣，牛肉和青椒也如此。对我来说，牛肉和青椒一起炒也罢分开炒也罢，怎么都没关系。即使青椒炒牛肉这一搭配从世界上永久消失，我也毫不理会，因为这同你这个人的本质基本没有关系，不是吗？”

久美子再没开口，两口喝干杯里剩的啤酒，然后默然看着桌面的空瓶。

我将锅里的东西一古脑儿倒进垃圾箱。牛肉、青椒、元葱和豆芽就势蜷缩在那里。不可思议，刚刚还是食品来着，现在却成了垃圾，普通垃圾。我打开啤酒瓶盖，对着瓶嘴便喝。

“怎么扔了？”妻问。

“你讨厌嘛。”

“你吃不就行了？”

“不想吃，”我说，“再也不想吃什么青椒炒牛肉！”

妻缩缩脖子，道了声“请便”。

之后，妻把双臂放在桌上，脸伏在上面，如此静止不动。既非哭，亦非打盹。我望着煤气灶上空空的锅，望着妻，将所剩啤酒一饮而尽。乖乖，我想，这算怎么回事，不就是纸巾和卫生纸和青椒吗！

我还是走到妻身旁，手放在她肩上。“好了，明白了，再不买蓝色的纸巾和带花纹的卫生纸了，一言为定。已买回来的明天去商店换成别的就是。不给换就在院子里烧掉，灰扔到大海里去。青椒和牛肉已做了处理，味道或许还有一点，那也马上消失干净。所以，全都忘掉好了！”

妻仍旧一声不吭。我想她若出门散步一小时回来心情完全好转该有多妙，但这种情况发生的可能性是零。这是必须由我亲手解决的问题。

“你累了。”我说，“先休息一下，然后去附近小店吃比萨饼什么的，好久没吃了。凤尾鱼和元葱馅的，一人一半。偶尔到外面吃一次也遭不了什么报应的。”

然而久美子还是闷声不响，只管一动不动地伏着脸。

我再无话可说，坐在餐桌对面，注视妻的头。短短的黑发间闪出耳朵。耳垂上坠着我不曾见过的耳环，金的，小小的，鱼状。久美子何时在何处买的呢？我想吸烟。戒烟还不出一个月。我想象自己从衣袋掏出香烟和打火机，把一支过滤嘴香烟衔在嘴上点燃的情景。我大大地往胸里吸了口气。混有青椒元葱炒牛肉的闷乎乎气味儿的空气直刺鼻孔。老实说，我肚子已彻底瘪了。

接下去，目光不由落在墙壁挂历上。挂历上有月亮圆缺标记，眼下正向满月过渡。这么说，妻怕是快来月经了，我想。

实在说来，结婚后我才得以真真切切地感受到自己属于居住在地球这个太阳系第三行星上的人类的一员。我住在地球上，地球绕着太阳转，月亮绕着地球转。我喜欢也罢不喜欢也罢，事情永远（相对于自己生命的长度而言，这里使用永远一词恐怕并无不可）如此。我的这一认识，始自妻大约每隔二十九天必来一次的月经，且其来临同月亮的圆缺巧妙地遥相呼应。妻的月经很厉害，来前几天精神便极不稳定，动辄极不耐烦。而对于我，虽是间接的，亦属相当重要的周期。我必须有所准备地处理妥当，避免发生不必要的龃龉。结婚前我几乎未曾留神过月的圆缺。蓦然看天偶尔也是有的，但月亮呈何形状同我毫不相干。而婚后，我脑海里基本印有月亮的形状。

婚前我同几个女孩有过交往，当然她们也分别受困于月经，或重，或轻，或三天退潮了事，或整整折腾一周，或按部就班该来即来，或姗姗来迟达十天之久，弄得我胆战心惊。既有极度烦躁的女孩，也有几乎不当回事的。但在同久美子结婚之前，我一次也没和女性共同生活过。对我而言，所谓自然周期无非季节的周而复始。冬天来了拿出大衣，夏天到了掏出拖鞋，如此而已。然而结婚却使我不得不和同居人一起面对月之圆缺这一新的周期概念。妻有好几个月没了周期性，那期间她怀了孕。

"原谅我，"久美子抬起脸道，"不是我存心跟你发火，只是有点儿累，心烦意乱的。"

"没事儿，"我说，"别介意。累的时候最好找人发发火，发出去就畅快了。"

久美子缓缓吸气，憋在肺里好一会儿，然后徐徐吐出。

"你怎么样？"她问。

"什么我怎么样？"

"你累的时候也不对谁发火是吧？发火的好像全是我，怎么回事呢？"

我摇下头："这我倒没注意。"

"你身上怕是有一眼敞开盖的深井什么的吧，只消朝里面喊一声'国王的耳朵是驴的耳朵'，就一切烟消云散了。"

我就她的话想了想，"或许，"我说。

久美子再次看起空瓶子来。看标签，看瓶口，捏着瓶颈来回转动。

“我，快来月经了，所以才心烦意乱的，我想。”

“知道的。”我说，“不用介意。受此困扰的也不就你一个。马也是每逢满月就死好多好多的。”

久美子把手从啤酒瓶上拿开，张嘴看我的脸。“什么，你说？怎么突然冒出马来了？”

“近来看报看到的。一直想跟你说来着，忘了。是一个兽医接受采访时说的。说马是受月亮圆缺影响非常大的动物，无论肉体上还是精神上。随着满月的临近，马的精神波变得异常紊乱，肉体也出现各种各样的障碍。每到满月之夜，必有许多马得病，死马的数量也远在平时之上。至于何以至此，谁也弄不明白。但统计数字的确是这样显示的。专门医马的兽医一到满月那天就忙得连睡觉时间都没有。”

妻“唔”了一声。

“不过，比满月更糟的是日食。日食之日马的处境更是悲剧性的。日全食那天有多少匹马死去，我想你肯定估算不出。总之我想说的是：此时此刻也有马在世界什么地方一匹接一匹死去。与此相比，你冲谁发发火又算得了什么呢！这种事用不着往心里去。想想死去的马好了：满月的夜晚在仓房稻草上横躺竖卧口吐白沫，痛苦地喘着粗气……”

她就仓房中死去的马们思索良久。“你的话的确有一种莫名其妙的说服力，”她甘拜下风似的说，“无法不承认这点。”

“那好，换上衣服到外面吃比萨饼去！”我说。

夜里，我在熄了灯的卧室里躺在久美子身旁，看着天花板暗问自己对这个女子究竟了解多少。时钟已指向后半夜两点。久美子睡得正酣。我在黑暗中思考蓝色的纸巾、带花纹的卫生纸和青椒炒牛肉。我始终不知晓她忍受不了这种种物体。事情本身委实琐碎得不值一提，按理可以一笑置之，不值得大吵大闹。大概不出几天我们就会把这场无聊的口角忘得一干二净。

然而我对这件事甚是耿耿于怀，就像扎在喉头的小鱼刺一样使我浑身不自在。**说不定这乃是**致命之事，**这是可以成为**致命之事的。有可能这实际上不过是更为重大更为致命事件的开端。这仅仅是个入口而已，入口里面说不定横亘着我尚不知晓的仅仅属于久美子一个人的世界。这使我在想象中推出一个漆黑巨大的空间，我手里攥着小小的打火机置身其间。借打火机光所能看见的，只是房间小得可怜的一部分。

何时我才能把握其全貌呢？莫非到老都对她稀里糊涂，并稀里糊涂地死去不成？果真如此，我这进行中的婚姻生活到底算什么呢？同这位并不了解的配偶朝夕相处同床共寝的我的人生又算怎么回事呢？

以上便是那时我所考虑并且后来也一直断断续续考虑的。再后来我才明白，原来那时我的脚恰恰踏入了问题的核心。

3 加纳马耳他的帽子、果汁冰淇淋色调与艾伦·金斯伯格①与十字军

准备午饭时电话铃响了。

我在厨房里切面包夹黄油和芥末，再夹进西红柿片和奶酪片，之后放在菜板上准备用刀一切为二——正要切时电话打来了。

等电话铃响过三遍，我用刀把面包切成两半，放在盘子上，擦罢刀放进抽屉，又把热过的咖啡倒进杯子。

电话铃还是响个不停，估计响了十五遍。只好拿起听筒。可能的话，真不想接，却又怕是久美子的。

"喂喂，"一个女子的声音。全然不曾听过。既非妻的，又不是最近煮意大利面条时打来奇妙电话的那个女郎，而是别的我不熟悉的女子的声音。

"请问是冈田·亨先生府上吗？"女子道。语调俨然在照本宣科。

"是的。"

"您是冈田·久美子女士的夫君吗？"

"是的，冈田·久美子是我的妻子。"

"绵谷·升是您太太的兄长吗？"

"是的，"我耐住性子回答，"绵谷升的确是我妻子的哥哥。"

"我们姓加纳。"

我一声不响地等待下文。猝然冒出妻子哥哥的名字来使我很

是警觉。我拿起电话机旁的铅笔，用笔杆搔了搔脖后。对方沉默了五六秒。不光语声，听筒中任何声音都听不到。女子正用手按着送话口同近处什么人说话也未可知。

“喂喂，”我不安起来，招呼道。

“实在失礼了。那么，改时间再打给您。”女子突然说道。

“喂，等等，这——”但此时电话已经收线。我手握听筒，定定地看了好一会儿，再次把听筒贴回耳朵——毫无疑问，电话业已挂断。

我心里怅怅的，对着餐桌喝咖啡，吃三明治。我已记不起接电话前自己想什么来着。右手拿刀正要切面包的时候，我确乎想了什么，且是事关重大的什么，是长期以来想也未曾想起的什么，就是那个什么在我要切面包时倏然浮上脑海，然而现在全然无从记起。我边吃三明治边努力回忆，但无济于事。记忆已返回其原来生息的意识王国黑暗的边陲。

吃罢午饭，刚收拾好碟碗，电话铃又响了。这回我即刻抓起话筒。

“喂喂。”女子道。妻的声音。

“喂喂。”我应道。

“还好吗？午饭吃了？”妻说。

“吃了。你吃的什么？”我问。

“谈不上吃，”妻说，“一早就开始忙，吃东西的工夫都没有。过会儿在附近买点三明治什么的吃。你午饭吃了什么？”

我汇报了自己的食谱。她“唔”了一声，似乎不甚羡慕。

---

① Allen Ginsberg（1926—　），美国诗人。代表作有反映现代社会悲惨景况的《吠》以及《美国的没落》等。

"忘说了一件事儿——早上就想跟你说来着——有个姓加纳的人今天应该有电话打给你。"

"已经打了，"我说，"刚刚。列举了我的你的你哥哥的名字，列举完什么事也没说就挂断了。到底算什么呀，那？"

"挂断了？"

"嗯。说过会儿再打来。"

"那好，要是加纳再次打来，可要按她说的做哟，事关重大！说不定要去见见那个人的，我想。"

"见？今天就？"

"今天有什么安排或约会不成？"

"没有。"我说。昨天也罢今天也罢明天也罢，我都没什么安排没什么约会。"可那加纳究竟是什么人？找我究竟有什么事？不能告诉我？我也多少想知道什么事怎么样的嘛。要是跟我找工作有关，我可不愿意在这上面跟你哥哥打交道，我想以前也向你说过的。"

"不是什么你找工作的事。"妻不无厌烦地说，"猫，猫的事。"

"猫的事？"

"跟你说，现在脱不开手，人家等着呢，电话是勉强打的。不是说午饭还没吃么！放下可好？有空儿再打过去。"

"忙我知道。不过，突然把这莫名其妙的勾当推到我头上我可没兴趣哟！猫又怎么了？那个姓加纳的……"

"反正按那个人说的办好了，明白？这可不是开玩笑。好好在家等着，等那个人的电话，嗯？挂了！"

电话果然挂断。

两点半电话铃响时，我正在沙发上迷迷糊糊打盹。起始我以为是闹钟响，伸手去按钟脑袋想止住铃声，但那里没闹钟。我躺的不是床，是在沙发上。时候也不是清晨，是下午。我爬起去接电话。

“喂喂。”我开口道。

“喂喂。”和上午打电话那个女子是同一声音，“请问是冈田·亨先生吗？”

“是，我是冈田亨。”

“我姓加纳。”

“刚才打来电话的那位？”

“是的，刚才太抱歉了，您今天往下有什么安排没有呢？”

“倒也没什么特殊安排。”我说。

“那么恕我冒昧，从现在开始可有同您见面的可能性？”女子道。

“今天，现在就？”

“不错。”

我看了下表——三十秒前刚刚看过，并无必要再看，但出于慎重又看了一次——时间仍是下午二时三十分。

“要很长时间吗？”我试着问。

“我想不至于太长。但也可能比预想的要长。此时此刻我也无法说得很准，请原谅。”女子说。

问题是我已没有更多的选择余地，即使时间花得再长。我想起电话中久美子的话。她让我按对方说的去做，并说事关重大。我只有言听计从而已。既然她说事关重大，那就一定事关重大。

“明白了。那，去哪里拜会您呢？”我问。

“知道品川站前那家太平洋宾馆吗？”

“知道。”

“一楼有间咖啡屋，四点我在那里等您。可以吗？”

“可以。”

“我三十一岁，头戴一顶红色的塑料帽。”她说。

哎呀呀，我不由叫苦。这女子说话方式颇有点奇特，刹那间就使得我陷入困惑。至于女子话中到底什么东西奇特，我却又说不清道不明。三十一岁的女人不可以戴红塑料帽的理由倒是哪里都没有。

“明白了。”我说，“应该能找到，我想。”

“那么，为慎重起见，可以把您的外部特征讲给我听一下吗？”

我开始归纳自己的外部特征。我究竟有何外部特征呢？

“三十岁。身高一米七二，体重六十三公斤，短发。没戴眼镜。”不不，这无论如何算不得特征，我边介绍边想。如此外表的人，品川太平洋宾馆咖啡屋里很可能有五十人之多。以前我到过那里一次，是个十分宽敞的咖啡屋。恐怕要有较为不同寻常的醒目特征才行，可我又想不出任何那样的特征。我有迈尔斯·戴维斯签名的《西班牙素描》。脉搏跳动相当迟缓，一分钟通常四十七次，高烧三十八度五时也不过七十次。失业。《卡拉马佐夫兄弟》中的兄弟姓名记得滚瓜烂熟。然而这些当然从外表上看不出。

“打算穿什么样的衣服呢？”女子询问。

“这个嘛……”我说。可我考虑不好。“说不准，还没定呢，事出突然嘛。”

“那就请系水珠形图案的领带来好了。”女子以一副不容分说的口气说，“水珠形图案的领带您是有的吧？”

“有的。”我说。我是有一条藏青色带奶油色小小水珠图案的领带，还是三年前过生日时妻送的。

“就请系那条领带。好了，四点钟见面。”言毕，女子放下电话。

我打开西服柜寻找水珠领带，不料领带架上没有。我又拉开所有的抽屉，壁橱的衣箱也全部打开看了，但哪里都没有水珠领带。倘若那领带就在家中，我绝对可以找它出来。在衣服整理方面久美子可谓一丝不苟，不能设想我的领带会被置于它平时所在场所以外的场所。西服——无论她的还是我的——一如往常整理得井井有条。衬衫一道褶也没有地躺在抽屉里。塞满毛衣的箱子里密密麻麻摆满卫生球，稍一开盖都觉眼睛作痛。一个箱子里装有她学生时代的衣服，带花的小连衣裙、藏青色的高中校服之类归纳得俨然旧日影集。我猜想不出她为何特意保存这些东西，或许始终没有扔弃的机会而随身带到现在。也可能打算某个时候捐给孟加拉国，或者留给将来作文化史料。总之，我的水珠形图案领带是哪里也无从觅得。

我手扶西服柜拉门，回想最后一次系此领带是什么时候，可偏偏想不起来。那是一条蛮有品位的漂亮领带，在法律事务所系出来多少有点浪漫过头。若系那样的领带到事务所上班，保准有人午休时凑到我跟前说什么"好漂亮的领带嘛，色调好，视觉明快"，而且说个没完没了。然而那是一种警告。我所在的事务所，被人夸奖领带绝对不是光彩事。因而我不曾系那条领带上班。系那条领带时仅限于属私人性质且较为讲排场的场合，如去欣赏音乐或去吃正儿八经的西餐，亦即妻提议我"今天出门要好好打扮打扮"之时。机会诚然不多，但那种时候我系的便是这水珠领带，与藏青色西装相得益彰，妻也对这条领带青眼有加。而最后系这条领带是什么时候呢？我硬是全无记忆。

我又检查了一遍西服柜，然后作罢。看来水珠领带是因某种缘故下落不明了，于是我只好穿上藏青色西装，往蓝衬衫上系了一条斜纹领带。到时再说就是。也许她看不出我，但只要我发现一个戴红帽子的三十一岁女人，问题也就解决了。

我一身西装坐在沙发上，盯视墙壁多时。实在有好久没穿西装了。一般说来藏青色西装这个季节穿来未免有点过热，所幸这天因下雨的关系，就六月来说还稍带凉意。我最后上班那天（四月间的事了）穿的即是这同一件西装。蓦地心里一动，逐个往衣袋里摸去，在内胸袋底端发现一张日期为去年秋天的收据。是在哪里搭出租车的收据，原本是可以向事务所报销的，现在则为时过晚。我将收据揉成一个球扔进垃圾箱。

辞去工作以来两个月时间里，西装竟一次也没上身，时隔许久穿起西装来，觉得自己的身体好像被紧紧箍在什么异质物里面，沉沉的硬硬的，同身体格格不入。我起身在房间里兜了一会儿，又去镜前拉了拉袖口和下襟，促使其同身体和平共处。我使劲伸直胳膊，使劲呼吸，弯腰屈体，检查这两个月时间里体型是否有所变异，而后重新坐回沙发，可还是心神不定。

直到今年春天我还每天穿西装上班来着，并未曾因此而感到有什么别扭。我供职的事务所是个对衣装相当挑剔的地方，就连我这等下级职员也被要求以西装革履。所以，我穿西装上班是极为顺理成章之举。

然而现在如此身着西装独自往客厅沙发上一坐，竟觉得自己似乎是在搞什么违背规范的不良行为，有一种类似出于某种卑鄙目的伪造履历或偷偷男扮女装的负疚感，于是我渐渐呼吸不畅起来。

我走至门口，从鞋架上掏出褐色皮鞋，用鞋拔穿上。鞋面薄薄地积了层白灰。

无须找那女子，女子先找见了我。我一进咖啡屋便环顾四周搜寻红帽子，但头戴红帽子的女人一个也没有。看表，到四点尚有十分钟。我在椅子上坐定，喝了口送来的白水，向女侍点了个咖啡。这当儿，一个女子语声从背后叫我的名字：“是冈田亨先生吧？”我愕然回头。距我环顾四周坐定还不到三分钟。

女子白外衣黄色丝质衬衫，头上一顶红塑料帽。我条件反射地站起身，同女子面面相觑。相对说来，女子还蛮漂亮，起码比我根据电话声想象的漂亮许多。身段苗条，化妆适可而止，穿着也无可挑剔。无论外衣还是衬衫都是手工考究的高档货，外衣领上羽毛状金饰闪闪生辉，纵然说是一流大公司的女秘书也未尝不可。唯独那红帽子无论如何都显得不伦不类。衣着上如此滴水不漏，何苦非特意冠以红塑料帽不可呢？我实在不明缘由。也可能每次与人约会都戴此红帽以为标识。主意似乎并不坏。就显眼而言，确实一目了然。

她在我对面坐下，我也重新落回自家座位。

“这么快就认出我了？”我不解地问，“水珠形图案领带没找到。绝对位于什么地方，就是找不出来。没办法，就系了条斜纹的。本想由我找你来着，可你是怎么认出是我的呢？”

“当然认得出。”女子道。她把手中的白漆皮手袋放在桌上，摘下红塑料帽扣在上面。手袋整个儿躲在了帽子底下。气氛活像要开始变什么戏法。莫非拿开帽子时下面的手袋会不翼而飞……

“可领带图案变了啊！”我说。

“领带？”说着，她以不可思议的眼神看着我的领带，似乎在说瞧这人说的什么呀，尔后点了一下头：“没关系的，那种事儿，别介意。”

那眼神甚是无可捉摸，我想。居然没有纵深感。那般美丽的眼睛，却好像什么也没有看，平板板的，犹如假目。可当然不是假目：无疑在动，在眨。

我全然不能理解她何以在如此混杂的咖啡屋一眼就认出从未

谋面的我来。偌大的咖啡屋差不多座无虚席，而我这般光景的男人又比比皆是。我很想询问为什么能从这里边即刻辨出是我，但看情形还是少说废话为佳，所以我便没再问下去。

女子叫住忙得团团转的男侍，点了沛绿雅矿泉水，男侍说没有，无色奎宁汽水倒是有的。女子略一沉吟，说那就要那个吧。无色奎宁汽水端来之前，女子一声不响，我也默然以对。

片刻，女子拿起桌面上的红帽，打开下面手袋的金属卡口，从里边取出一个尺寸比盒式磁带稍小些的黑色发亮的皮盒。名片盒。名片盒居然也带卡口。我还是第一次目睹所谓带卡口的名片盒。女子有点舍不得似的从中拈出一枚名片递给我。我也想递名片，手插进西装口袋后，方才想起未带名片。

那名片是用薄薄的塑料制作的，像是微微漾出一股卫生香味儿。凑近鼻子一闻，卫生香味儿就更不容置疑了。确确实实是卫生香的气味儿。上面只以一行黑黑的小字印着姓名：

加纳马耳他

马耳他？

我又翻过来看。

背面什么也没写。

我开始反复思索这名片的含义。正思索间，男侍走来在她面前放了一个装有冰块的玻璃杯，注入仅及半杯的奎宁水。杯中有切成楔形的柠檬片。其后，一名手端银色咖啡壶和浅盘的女侍近前，在我面前放下咖啡杯，斟上咖啡，旋即就像把一支不吉利的坏签硬塞给别人似的把账单往账单插里一插走了。

“什么也没写的。”加纳马耳他对我说。

我再次呆呆地看着空无一字的名片背面。

“只有名字。电话号码和住址对我没有必要。因为谁也不给我打电话，而由我给别人打。”

“原来如此。”我说。这种无意义的腔调的附和像《格列佛游记》里那个悬浮空中的孤岛一样在桌面上方徒然地漂了好久。

女子双手支撑似的握住杯子，用吸管吸了小小一口，旋即皱起眉头，兴味索然地把杯子推到一边。

“马耳他不是我真正的名字，”加纳马耳他说，“真名叫加纳。马耳他是职业用名，取自马耳他岛。冈田先生可去过马耳他？”

“没有，”我说。我没去过马耳他岛，近期内亦无去的安排，甚至没动去的念头。我关于马耳他岛的知识，仅限于哈布·阿尔巴特演奏的《马耳他岛的砂砾》。这曲子百分之百拙劣透顶。

“我在马耳他待了三年。三年住在那里。马耳他是个水不好喝的地方，根本无法下咽，跟喝稀释过的海水似的。面包也咸滋滋的。倒不是因为加盐，水本来就是咸的。不过面包的味道不坏。我喜欢马耳他的面包。”

我点点头，呷了口咖啡。

“马耳他那地方尽管水那么难喝，但岛上特定地点涌出的水却对身体的构成有极好的影响。那是一种不妨称之为神秘之水的特殊水，而且只涌现在马耳他岛那一个地方。位于山中，从山脚下的村落爬到那里要好几个小时。”女子继续道，“水带不走。只消换个地方，水就完全失效。所以，必须本人去那里才能喝到。十字军时代的文献里都有关于那水的记载，他们称为灵水。艾伦·金斯伯格就喝过那水，基恩·理查德也去过。我在那里住了三年，在山脚下一个小村子里，种菜、学织布。每天都去泉边喝水。从一九七六年喝到一九七九年。甚至一个星期什么也不吃只喝水的时候也是有的。一周时间里除了那水什么都不得入口。这种训练是必要的，我想不妨称为修行，就是说以此净化身体。那实在是妙不可言的体验。这样，返回日本以后，我就选马耳他这个地名作为职业用名。”

“恕我冒昧，您从事的是怎样一种职业呢？”

加纳马耳他摇摇头道：“准确说来不是职业，因为并非以此挣钱。我只是提供咨询，就身体的构成同大家交谈。也研究水，对身体有作用的水。钱不成问题，我有一定的财产。父亲经营医院，以生前赠送的形式转让给我和妹妹一些股票和不动产，由税务方面的专家代为管理。每年还有不少数目的收入。也写了几本书，虽然不多，却也带来部分进款。我关于身体构成的工作完全是无偿的，所以没写电话号码和住址，由我打电话过去。”

我点下头，也唯有点头而已。她口中一词一句的意思我固然理解，但整体上意味着什么，我则无从把握。

身体的构成？

艾伦·金斯伯格？

渐渐地，我有些沉不住气。我绝非直觉出类拔萃那一类型的人，但这里边绝对含有某种新的纷争的征兆。

“对不起，能否多少说得条理清晰点儿？刚才听妻子说同您见面只是为了找猫。坦率地说，听您谈了这许多，我却还是弄不清事情的前后关联。莫非这同我家的猫有什么关系不成？”

“正是。”女子说，“但在此之前，有一点想向您交代一下。”

加纳马耳他再次打开手袋卡口，从中取出一个白色信封。信封中有张照片，女子递过，说是她妹妹的。彩色照片上有两个女子。一个是加纳马耳他，相片上也同样戴着帽子，是黄色针织帽，且同服装搭配得有欠吉利。那个妹妹——从其谈话进展来看应该是她妹妹——身穿颇似六十年代初期流行的那种中间色西服套裙，戴一顶颜色同套裙相吻合的帽子。我觉得人们似乎曾将这样的颜色称为“果汁冰淇淋色调”。我猜测这对姐妹对帽子情有独钟。发型酷似身为总统夫人时代的杰奎琳·肯尼迪，暗示出喷洒了相当用量的发胶。化妆多少有些浓艳，好在脸型本身端庄得堪称美貌，年龄约在二十一至二十五岁之间。我看了一会儿把照片还给加纳马耳他。她将照片放回信封，装入手袋，对上卡口。

“妹妹比我小五岁。”加纳马耳他说，“妹妹被绵谷升先生玷污了，是被强奸的。”

我暗暗叫苦，恨不能马上默默离席而去，但不可能。我从衣里袋摸出手帕，擦了下嘴角，又放回衣袋，故意咳了一声。

“详情我虽还不清楚，但若你妹妹因此受了伤害，作为我也深感痛心。”我开口了，“不过需要说明的一点是：我同妻子的哥哥私人关系并不密切。所以，如果在这件事上……”

“我不是因此责备您，”加纳马耳他语气很干脆，“假如应该有谁因此受到责备的话，那么第一个受责备的应该是我。我没有充分提醒她。本来我必须全力保护妹妹，但由于各种各样的原因，我未能尽到责任。听我说，冈田先生，这样的事是能够发生的。您也知道，这个世界是暴力性的、混乱的世界，其内侧有的地方就更有暴力性更加混乱，明白吗？发生过的事就是发生过了。妹妹应该可以从创伤从玷污中重新站立起来。庆幸的是那不是致命性质的。我跟妹妹也说了：**情况原本是可以更惨的**。在这里我最注重的是妹妹身体的构成。”

“构成……”我重复道。看来她谈话的主题始终离不开身体的构成。

“至于事情的来龙去脉我不可能一一介绍。说来话长，复杂。这么说或许失礼——在现阶段您理解这样的事情的核心意义我想是有困难的，因为这是由我们专门处理的领域。因此，把您叫出来并非为了向您发牢骚。您当然没有任何责任。我只是想请您知道，我妹妹的身体构成被绵谷先生玷污了，尽管是暂时性的。我估计日后您有可能同我妹妹以某种形式发生往来，因为妹妹的工作类似当我的助手，这点刚才已说过了。在那种情况下，您大致明了绵谷先生与我妹妹之间有过什么事还是有益处的。我们想请您做好精神准备：那样的事是能够发生的。”

往下是短时间的沉默。加纳马耳他完全陷入沉默，神情像是在说您思想上也要多少对此有所准备。我就此稍加思考——关于绵谷升对加纳马耳他妹妹实施的强奸，关于强奸同身体构成的关联，关于这些与我家猫之失踪的关系。

“就是说，”我战战兢兢开口道，“您和妹妹都没有将此事捅给外界或找警察报案啰？”

“当然。”加纳马耳他面无表情地说，“准确说来，我们没有怪罪任何人。我们仅仅想更为准确地了解是什么因素造成了这样的后果。如果不了解不加以解决，甚至有可能发生更糟糕的事情。”

听到这里，我多少有些释然。纵使绵谷升被逮捕判罪收监，我也是不以为意的，甚至觉得罪有应得。不过，由于妻的哥哥在社会上算是混得颇为得意的名流，那样势必惹出一条小小的新闻，而久美子无疑将因此受到打击。作为我，即便出于心理卫生的需要，也不希望弄到那个地步。

“今天见面纯粹是为了猫的事，”加纳马耳他说，“是为猫而接受绵谷先生的咨询的。您的太太冈田久美子女士向她哥哥绵谷先生提起去向不明的猫，绵谷先生就此找我商量。”

原来如此，如此不难明白。她是有特异灵感的什么人物，能够就猫的下落提供咨询。绵谷一家以前笃信占卜、风水之类。那自然属于个人自由，想信什么信就是了。可是，**为什么非特意强奸对方的妹妹不可呢**？为什么非惹此不必要的麻烦不可呢？

“您专门寻找这类失物吗？”我试着发问。

加纳马耳他以其没有纵深感的眼睛盯视我的脸，仿佛从空屋的窗外往里窥视。由眼神判断，她好像完全不能领会我发问的用意。

“你住在不可思议的地方啊！”她对我的问话置若罔闻。

“是吗？”我说，“到底怎么样地不可思议呢？”

加纳马耳他并不回答，她将几乎没碰的奎宁水又往一旁推了十厘米。“而且，猫那东西是极为敏感的动物。”

我同加纳马耳他之间笼罩了片刻沉默。

“我住的是不可思议的地方，猫是敏感的动物，这我明白了。”我说，“问题是我们已在此住了很久，我们和猫一起。为什么它如今才心血来潮地出走呢？为什么不早些出走呢？”

“这还不清楚，恐怕是水流变化造成的吧。大概水流因某种缘故受阻。”

“水流？”我问。

“猫是不是还活着我还不知道，但眼下猫不在你家附近则是确切无疑的。因此您在家附近怎么找猫都找不到，是吧？”

我拿起杯子，啜了口凉了的咖啡。可以看出玻璃窗外正飘着细雨。天空乌云低垂。人们甚为抑郁地打着伞在人行桥上上上下下。

“请伸出手。”她对我说。

我把右手心朝上伸到桌面。想必要看我手相。不料加纳马耳他对手似乎毫无兴致。她直刺刺地伸出手，将手心压在我手心上，继而闭起眼睛，一动不动保持着这个姿势，仿佛在静静地埋怨负心的情人。女侍走来，做出没有看见我和加纳马耳他在桌上默默对手心的样子往我杯里倒上新的咖啡。邻桌的人时而朝这边瞥上一眼。但愿没有哪个熟人在场才好。

“想出今天到这里之前看到的东西，一样即可。”加纳马耳他说。

“一样即可？”我问。

“一样即可。”

我想出妻子衣箱中那件带花纹的小连衣裙。不知为什么想出这个，反正蓦然浮上脑海。

我们的手心又默默对了五分钟。时间似乎极长。不光是因为顾虑周围人躲躲闪闪的目光，还因为她的对掌方式有某种令人心神不定的东西。她的手相当小，不凉也不热，感触既无情人小手那样的亲昵，也不带有医生之手那种职业功能。手的感触同她的眼神非常相似。我觉得自己成了一座四壁萧然的空屋——就像被她定定注视时的感觉一样——里面没有家具没有窗帘没有地毯，形同空空如也的壁橱。稍顷，加纳马耳他移开手，深深呼吸，频频点头。

“冈田先生，”加纳马耳他说，“您身上往后一段时间里我想将发生各种事情。猫恐怕仅仅是个开端。”

“各种事情？”我问，“是好事情吗？或者说是坏事情？”

加纳马耳他沉思似的略微歪了歪头。“好事情也有，坏事情也有的吧。既有初看上去是好事的坏事情，又有初看上去是坏事的好事情，大概。”

“这样的说法总的听来很有些笼统。”我想，“就没有稍微具体点的信息？”

“如您所言，我所说的听起来确实都很笼统，”加纳马耳他接道，“不过，冈田先生，事情的本质那种东西，绝大多数情况下是只能笼统论之的，这点望您谅解。我们一不是算命先生，二不是预言家，我们所能谈论的仅仅限于这些空泛模糊的东西。很多时候那是无须特意叙说的理所当然的事情，有时甚至属于迂腐之论。但坦率说来，我们又只能进行到这一步。具体的事物或许的确光彩诱人，然而其大部分无非是鸡毛蒜皮的表象，也就是说类似某种不必要的捷径。而越是力图远观，事物便越是急剧地变得笼统起来。”

我默然颔首，但我当然完全未能理解她话里的含意。

“可以再给您打电话吗？”加纳马耳他问。

“嗯。”我应道。老实说来，我是不愿意任何人来电话的，但我又只能以“嗯”作答。

她麻利地抓过桌面上的红塑料帽，拿起罩在下面的手袋站起身。我不知如何应对，兀自静坐不动。

“最后奉告一件无谓的小事，”加纳马耳他戴上红帽，鸟瞰般地看着我道，“你那条水珠形图案的领带，应该在您家以外的场所找到。”

4　高塔与深井、或远离诺门坎

久美子回到家时情绪蛮好，甚至可以说极好。我见罢加纳马耳他回到家已快六点了，没时间在久美子下班前充分准备晚餐，便用冷冻食品简单做了一顿，两人边喝啤酒边吃。她像平日高兴时那样谈起工作，如这天在办公室见了谁，做了什么，哪个同事有能力哪个相反等等。

我边听边随口附和。话固然只听进去一半，但对听本身并不生厌。话的内容无所谓，我喜欢的是她在餐桌上热心谈论工作的神情举止。家！在这里我们履行着分到自己头上的职责，她谈单位里的事，我准备晚饭并当听众。这同我婚前在脑海里粗线条描绘的家庭场景相当不同，但不管怎样，是我自己的选择。不用说，小时候也拥有自己的家，但那并非自行选择的，而是先天的、不由分说分配给自己的。相反，现在我是置身于以自己意志选定的后天性天地中。我的家！当然很难说是完美无缺的家，但无论面临怎样的问题，我基本上还是主动接受这个家的，因为说到底这是我自身的选择。假如里边有什么问题，那也应该属于我自身在本质上包蕴的问题本身，我认为。

"对了，猫怎么样？"她问。

我简单说了在品川那家宾馆面见加纳马耳他时的情形，说了水珠领带，说了水珠领带不知何故未从西服柜里找到，说了尽管如此加纳马耳他仍然在人头攒动的咖啡屋一眼将我认出，说了她打扮怎样言谈如何等等。久美子对加纳马耳他那顶红塑料帽很有兴趣，但对于猫的下落未得到明确回答似乎很有些失望。

"就是说，那个人也不晓得猫怎么样了？"她脸上多云地问道，"晓得的仅仅是猫不在家附近是吧？"

"噢，怕是这样的吧。"我说。至于加纳马耳他指出我们居住的是所谓水流受阻之地一事有可能同猫的走失有关这点，我则隐去未谈，因我担心她对此耿耿于怀。我委实不想再增添麻烦。倘若她提出既然此地不妙那就搬家可不好办，以我们眼下的经济实力，根本别想搬去别处。

"猫已不在这附近——那个人就这么说的。"

"那么说，猫是再不能回家的了？"

"那我不知道。"我说，"说法非常暧昧，全都是暗示性的。倒是还说得知详情再联系来着。"

"你觉得可以信赖，那个人？"

"那可看不明白。这方面我是十足的门外汉。"

我给自己的杯子倒上啤酒，看着泡沫慢慢老实下来。这时间里久美子在桌上支颐坐着。

"钱呀什么的，人家不接受所有形式的酬谢。"

"那好，"我说，"那就不存在任何问题。钱不要，灵魂不要，小公主也不领走，一无所失。"

"希望你意识到：那猫对我的确是举足轻重的存在。"妻说，"或者说，**对我们**的确是举足轻重的存在，我想。那猫是我们婚后第二周两人一起发现的。还记得吗，捡猫时的情景？"

"记得，当然记得。"我说。

"还是个小猫崽，给雨打得湿淋淋的。那是个大雨天，我去车站接你，拿着伞，回来路上在小酒馆旁边发现一只小猫被扔在啤酒箱子里。那就是我生来第一次饲养的猫。对我来说，它简直像是个重要的象征，所以我不能失去那只猫。"

"这我十分理解。"我说。

"问题是无论怎么找——无论怎么请你找就是找不到。丢了都十天了，这才不得不给哥哥打电话，问他熟人里边有没有能卜善算或有特异灵感的人可以帮助找到猫。你也许不愿意求我哥哥帮忙，可他毕竟得到我父亲的遗传，对这类事了解得非常详细。"

"家庭传统。"我以荡过海湾的晚风般沉静的声音说，"可绵谷升同那女子究竟是怎么一种关系的熟人呢？"

妻耸了耸肩，"肯定在什么地方碰巧认识的么。他近来好像交游很广。"

"或许。"

"哥说那个人本领十分高强，相当与众不同。"妻一边用叉子机械地戳着奶汁通心粉一边说，"叫什么来着，那人的名字？"

"加纳马耳他，"我说，"在马耳他岛修行过的加纳马耳他。"

"呃，是那么个加纳马耳他。你怎么看的，对她？"

"这个——"我注视自己桌面上的手，"至少同她交谈并不无聊，不无聊可是不错的哟！反正莫名其妙的事这世上多的是，而且必须有人来填这个空白。既然必须有人来填，那么不无聊的人来填就比无聊的人好得多。是吧？比如本田先生那样的。"

听到这个，妻开心地笑了："你说，那个人你不觉得是好人？我可是挺喜欢本田先生的。"

"我也是。"我说。

婚后大约一年时间里，我们每月去一位姓本田的老人家里一次。他是得到绵谷家高度评价的"神灵附体者"之一，耳朵严重失聪，听不大清我们说的什么。助听器固然戴了，还是几乎听不清楚。由此之故，我们必须用差不多震得窗纸发颤那么高的声音跟他说话。我曾想聋到那个地步岂非神灵之言都听不清么，或者说耳朵不好反而容易听清也未可知。老人耳朵的不好使，是打仗负伤造成的。他曾作为关东军下级军官参加了一九三九年发生于诺门坎的战役，在中国东北与外蒙古接壤地带同苏蒙联合部队作战时被大炮或者手榴弹震坏了耳膜。

我们之所以去见本田，倒不是因为什么相信特异神通。我对那东西并无兴趣，久美子对那种超自然能力的信仰也比其父母兄长远为淡薄，她有某种程度的迷信心理，遇到不吉利的预言也郁郁寡欢，但她不愿意主动介入。

我们去见本田，是秉承了她父亲的旨意。话又说回来，这本是他同意我们结婚的交换条件。作为结婚条件可谓相当奇特，但为避免无谓的纠葛，我们应允下来了。老实说，我也好久美子也好都没以为她父母会如此轻易地同意我们的婚事。她父亲是官吏，出身于新潟县一个不算富裕的农家，且是次子，但本人挣得奖学金以优异成绩从东京大学毕业出来，当上了运输省精英官僚。若仅仅如此，我也自是心悦诚服。然而正如此类人物每每流露出来的那样，他自视甚高，独断专行，习惯于下达命令，对自己所属世界的价值观丝毫不加怀疑。对他来说，等级制度就是一切，对高于自己的权威自然唯命是从，而对芸芸众生则毫不犹豫地践之踏之。我和久美子压根儿就没有想到如此人物会慨然接受我这等既无地位钱财又无可炫耀的门第、学历也不过硬、前途亦几乎不见光明，而且身无分文的二十四岁青年作为其千金的结婚对象。我们原本打算遭到父母强烈反对时擅自结婚，不同他们发生关系。我们深深相爱，都还年轻，坚信纵然同家人绝交，纵然一文不名，两个人也可以幸福地生活下去。

实际上我去她家求婚时，她父母的反应也是极其冷淡的，就像世界上所有冰箱同时大敞四开。随后他们就我的家庭背景进行了彻底调查。我家不好也不坏，没有任何值得大书特书的家庭背景，因而调查也是徒然落得费时费钱。在那之前我全然不晓得自己的先祖在江户时期干了些什么事。据他们调查，我的先祖总的倾向是以僧侣和学者居多，教育程度虽然整体上很高，但不甚具有现实功利性(即掘金才能)，既无堪称天才之人，又没有作案犯罪分子，没人捞得勋章，也没人同女演员一起视死如归。其中仅有一人属新撰组[①]成员，名字虽全然不见经传，却是明治维新之际因忧虑日本国前途而在某处寺院门口剖腹自杀的志士。这是我先祖中最具光彩的人物。不过，他们似乎没从我的诸位先祖身上得到特别美好的印象。

那时我已在法律事务所工作。他们问我是否打算参加司法考试，我说有此念头。事实上当时尽管相当犹豫，毕竟学了一场，也还是打算多少挣扎一下争取中榜的，然而若查阅我在大学的成绩，中榜的希望是微乎其微的，这点一目了然。总之，我是不适合同他们女儿结婚的人选。

但他们终究——尽管很不情愿——同意了我的求婚。这一近乎奇迹的转折得归功于本田先生。本田先生在听取了有关我的各种情况之后，断言若府上千金结婚，此人乃无与伦比的最佳郎君，既然千金本人有意，万万反对不得，否则后果不堪设想。久美子父母当时百分之百信赖本田先生，自然唱不得反调，于是无可奈何地接受我为他们女儿的丈夫。

但归根结蒂，对他们来说我属于进错门槛的局外人，是未被邀请的来客。同久美子结婚之初，我们半义务性地每月去他们家聚餐两次。那乃是介于毫无意义可言的苦行与残忍的拷问的正中间的一种行为，委实令人难以忍受。吃饭时间里，感觉上他们用

① 日本幕府末期警备京都的浪人队伍。曾参与明治维新，后被镇压。

的好像是足可与新宿站等量齐观那么长的餐桌。桌的另一端他们在吃着什么说着什么，而我这一存在由于相距甚远，在他们眼里无疑相当渺小。婚后大约一年，我同她父亲惊天动地地吵了一架，此后再未见面。我因此总算从心里往外舒了口长气。再没有比无意义且不必要的努力更使人心力交瘁的了。

不过婚后起始那一段时间，我还是尽我所能，努力同妻的家人尽量保持良好关系。在诸多努力当中，每月一次同本田先生的见面显然是痛苦最少的。

本田先生的酬金全部由妻的父亲支付，我俩只消提一瓶一升装白酒，每月去坐落于目黑的本田家拜访一次即算完事。听他说话，听完回家，仅此而已。

而且我们很快喜欢上了本田先生。除去因耳聋总是把电视机开到最大音量(那实在吵得很)这点之外，他是位十分和蔼可亲的长者，喜欢酒，我们拿一升装酒瓶去，他便显出乐不可支的样子。

我们去本田家一般是在上午。无论冬夏，本田先生总是坐在客厅的坑式地炉旁，冬天上面蒙棉被下面生火，夏天则没有棉被也不生火。他虽说是很有名气的算卦先生，但生活极其简朴，莫如说近乎隐士生活。房子很小，门口空地仅可容一个人脱鞋穿鞋。榻榻米磨花了，打裂的玻璃窗上粘着胶带。房子对面是汽车修理厂，经常有人大声吆喝。身上穿的是既像睡衣又像工作服那样的东西，几乎找不出不久前洗涤过的痕迹。一个人生活，每天有个女佣前来清扫和做饭。不知何故，他好像坚决拒绝别人洗自己的衣服。瘦削的脸颊上稀稀落落长着不加修剪的白胡须。

室内陈设多少像模像样的，是那台不无威严之感的超大型彩电。荧屏上显示的总是 NHK① 节目。不知是本田先生特别钟爱

① 日本广播协会的略称。

NHK，还是仅仅因为懒得转换频道，抑或电视机特殊而只能接收NHK，总之我无从判断。

我们去时，他正面对壁龛里的电视坐着，在地炉上横七竖八地摆弄卜签。同一时间里，NHK分秒不停地大音量播送烹调讲座、盆栽花木修剪技巧、定时新闻和政治座谈会等等。我向来就怎么也听不惯NHK播音员的腔调，因此每次去本田家都有些烦躁。一听NHK播音员开口，就觉得好像某人正试图通过人为地磨损人们的正常感觉来将社会的不健全性施与他们的种种痛楚消除掉。

“你恐怕不大适合搞法律。”本田先生一天对我说——也许是对后面二十米开外的一个人说。

“是吗？”我问。

“法律这东西，一言以蔽之，是司掌人间事象的。这个世界里，阴即阴，阳即阳，我即我，彼即彼。所谓‘我即我彼即彼，秋日正西垂’。可是，你不属于这个世界。你属于的是：其上或其下。”

“其上或其下，哪个好些呢？”我出于单纯的好奇心问。

“不是哪个好些的问题。”本田先生说，然后咳嗽了好一阵子，“呸”一声在粗草纸上吐了口痰。他盯视了一会儿自己的痰，团起草纸扔在垃圾箱里。“不是哪个好哪个坏那种性质的东西。不要逆流而动，该上则上，该下则下。该上之时，瞄准最高的塔上到塔尖；该下之时，找到最深的井下到井底。没有水流的时候，就老实待着别动。若是逆流而动，一切都将干涸。一切都干涸了，人世就一片漆黑。‘我即彼彼即我，春宵何悠悠’。舍我方有我。”

“现在是没有水流的时候吗？”久美子问。

“什么？”

“现在是没有水流的时候吗？”久美子大吼大叫。

“现在没有，”本田先生径自颔首道，“所以乖乖待着别动即可，什么都不用做。只是最好注意水。你这人往后很可能在水方面遇到麻烦。该有水的地方没有，不该有的地方有了。一句话，最好多注意水。”

久美子在旁边神情极其肃然地点头，但我知道她是强忍住笑。

“什么水呢？”我试着问。

“不知道，水就是了。”本田说。

电视荧屏上一所大学的老师正在讲什么日语文法的混乱同生活方式的混乱步调一致地里应外合，“准确说来不能称之为混乱。所谓文法，可以说和空气是同一道理，纵使有人在上面决定以后应如何如何，也不可能乖乖就范。”这话题听来蛮有意思，而本田则继续谈水。

“说实话，我也曾被水搞得好苦。”本田先生说，“诺门坎根本就没有水。战线错综复杂，给养接续不上。没有水，没有粮食，没有绷带，没有弹药。那场战役简直一塌糊涂。后方的官老爷只对快点攻占某地某处感兴趣，没有一个人关心什么给养。一次我差不多三天没喝到水。清早把毛巾放在外面沾一点露水，拧几滴润润嗓子，如此而已。此外根本不存在算是水的东西。那时候真想一死了之。世上再没有比渴更难受的了，甚至觉得渴到那个程度还不如被一枪打死好受。腹部受伤的战友们喊叫着要水喝，有的都疯了。简直是人间地狱。眼前就淌着一条大河，去那里水多少都有，但就是去不成。我们同河之间一辆接一辆排列着苏联的大型坦克，都带有火焰喷射器。机关枪阵地就像针山一般排列着。山冈上还有一手好枪法的狙击兵。夜里他们接二连三打照明弹。我们身上只有三八式步枪和每人二十五发子弹。然而我的战友还是有不少去河边取水，实在渴得忍无可忍，但没有一个生还，都死了。明白吗？该老实别动的时候，就老实待着别动。”

他拿起一张粗草纸，很大声地擤了把鼻涕，又对着鼻涕审视一会儿，团了团扔了。

“等待水流出现诚然不是个滋味，但必须等待的时候就只能等待，权当那时间里死过去就是。”

“就是说，我在一段时间里最好当自己死过去啰？”我问。

“什么？”

“我在一段时间里最好当自己死过去啰？”

“对对，”他说，“死而后生！诺门坎！”

往下一个小时他讲的仍然全是诺门坎，我们只管听着。每月去一次本田家，持续去了一年。但我们几乎没得到他的“指示”。他几乎没怎么卜算，对我们讲的差不多全是诺门坎之战——什么身旁一个中尉的脑袋给炮弹削去半边，什么扑上去用火焰瓶烧苏联坦克，什么众人围追射杀误入沙漠的苏联飞行员，如此不一而足。故事固然每一个都妙趣横生惊险刺激，但作为人之常情，任何故事反复听上七八遍，其光度也未免有所黯然，何况并非是“讲故事”用的普通音量。那感觉，就像风大之日冲着悬崖对面大发雷霆，或者说犹如在城郊简陋电影院最前排看黑泽明早期的电影。我们走出本田家好些时候耳朵都几乎听不清什么。

不过，我们、至少我是乐意听本田先生说话的。那些话超越我们想象的范围，虽说大部分带有血腥味，但从一个一身脏衣服仿佛奄奄一息的老人嘴里听到一场战役的来龙去脉，便觉得近乎一个童话，缺少真实感。而半个世纪前他们的确在中国东北与外蒙交界地带围绕一片几乎寸草不生的荒野展开过激战。在听本田先生讲起之前，我对诺门坎几乎一无所知，然而那确是一场根本无从想象的酷烈的鏖战。他们几乎是赤手空拳扑向苏军精锐的机械化部队，被其碾为肉饼。几支部队都零落不堪以至全军覆没。为避免全军覆没而下令后撤的指挥官被上级强迫自杀死于非命。被苏军俘虏的士兵大多因惧怕被问以临阵逃脱之罪而在战后拒绝作为交换俘虏返回，将骨头埋在了蒙古荒原。本田先生则因听觉受损退伍回来，成了算卦先生。

“但从结果上看，也许那倒不坏。”本田先生说，“我如果耳朵不受伤，很可能被派往南洋群岛死在那里。事实上，诺门坎战役死里逃生的大部分人都在南洋没命了。因为诺门坎之战对帝国陆军是活活受辱的战役，从那里活下来的官兵势必被派往最凶险的战场，简直等于叫人去那里送死。在诺门坎瞎指挥的参谋们后来爬到了中央，有的家伙战后甚至成了政治家，而在他们下面死命拼杀的人却十有八九硬是给弄死了。”

“为什么诺门坎战役对陆军就是奇耻大辱呢？”我问，“将士们不都打得很卖命很勇敢么，不是死了很多人么，为什么生还的人非受那样的歧视不可呢？”

但我的提问未能传到他耳朵。他重新“哗哗啦啦”摆弄起卜签来。

“注意水为好。”他说。

这是这天最后一句话。

同妻的父亲吵架之后，我们便再也没去本田先生那里。酬金是由妻的父亲支付的，自然不便持续下去；而若由自己支付（还真估计不出究竟多大数目），经济上又没有那样的余地。我们结婚时的经济景况，仅能维持两人在水面上勉强露出脑袋。这么着，不久我们就把本田先生忘了，如同大多数年轻而忙碌的人不觉之间忘掉大多数老人一样。

上了床，我还在想本田先生，将本田先生关于水的告诫同加纳马耳他关于水的说法捏在一起。本田先生叫我注意水。加纳马耳他为研究水而在马耳他岛修行不懈。也许是偶然的巧合，双方都对水甚是关心。这点让我多少有点儿放不下。随即我在脑海中推出诺门坎战场。苏联坦克机关枪阵地，对面流淌的河水，忍无可忍的极度口渴。黑暗中我真真切切听到了河水的流动声。

“喂，”妻低声说，“还没睡？”

“没睡。”我说。

“领带嘛——，总算想起来了。那条水珠形图案的领带是去年末送去洗衣店的。皱皱巴巴，想拿去熨烫一下。结果一直忘了取回。”

“去年末？”我问，“半年都过了！”

“嗯。这种事本不该有的。你知道我的性格吧？这样的事原本绝对不至于忘的。可惜，好漂亮的一条领带来着。”她伸手碰了下我的臂，“站前那家洗衣店，你说还能有么？”

“明天去看看，也许还有。”

“为什么以为还有？都过去半年了。一般洗衣店三个月不来取就处理了，那是正常的。为什么觉得还能有？”

“加纳马耳他说不要紧的。”我说，“说领带大概可以在家以外的地方找到。”

黑暗中我感觉出妻朝这边转过脸来。“你相信？相信她说的？”

“好像可以相信。”

“说不定什么时候你也会同我哥哥谈得拢哩。”妻用不无欣慰的语气说。

“或许。”我说。

妻睡过去后我还在想诺门坎战场。所有士兵都长眠在那里。头上满天星斗闪烁，地上无数蟋蟀齐鸣。我还听到了河水的流动声，就在这水流声中睡了过去。

5　柠檬糖中毒、不能飞的鸟与干涸的井

吃罢早餐收拾好，我骑自行车来到站前洗衣店。店主是个额头有很深皱纹的四十五六岁的瘦男人，正在用货架上的收录机听The Percy Faith交响乐团的磁带。那是个配有低音专用扩音器的JVC大型收录机，旁边一堆磁带。管弦乐队正驱使华丽的弦乐器演奏《Tara's Theme》，店主在里边一面随音乐吹口哨一面欢快地用蒸汽熨斗熨烫衬衣。我在柜台前站定，招呼说“对不起，去年年底送来一条领带一直忘取了”。对于他那清晨九时三十分静谧的小天地来说，我的出现无异于希腊悲剧中带来不幸消息的使者。

“当然是没有取货单的喽？”洗衣店主人发出极其缺乏重量的语声。他并非对我说，而是对着柜台一头墙上的挂历说的。挂历六月份的彩照是阿尔卑斯风光，上面翠绿的峡谷，牛群悠悠然啃着青草，远处马特霍恩山或勃朗峰上飘浮着明快的白云。随后，店主浮现出像是说要是忘了就一直忘着该有多好的表情看我的脸，表情甚是不加掩饰的斩钉截铁。

“去年年底？那怕不好办。半年前的事了嘛，找倒是可以找找。”

他关掉蒸汽熨斗，把它竖放在熨衣板上，随磁带吹着《夏日之恋》口哨，在里面房间的货架上“窸窸窣窣”搜寻着。

那部电影我是高中时代同女朋友两人一起看的。影片有特罗伊·德纳休和山德拉·迪出场。那是旧片重映，大约是同克尼·弗朗希思的《诱惑少年》（“Boy Hunt”）两部连起来放的。在我

的记忆中，《避暑地奇遇》并非怎么出色的电影，但相隔十三年在洗衣店柜台前听到这首主题音乐，浮上心头的却是当时快乐的回忆。看罢电影，两人走进公园自助餐馆喝咖啡、吃点心。既然《避暑地奇遇》同《诱惑少年》两部影片一起重映，那应该是暑假里的事。餐馆有小蜂，两只小蜂落在她的点心上——我记起了小蜂微弱的振翅声。

“喂，说的是水珠形图案的蓝色领带？”洗衣店主人问，“可姓冈田？”

“是是。”我应道。

“你运气不错。”他说。

回到家马上给妻单位打电话。“领带好端端的呢！”我说。

“不简单嘛！”妻说。

妻的语气听起来带有人工味儿，像在夸奖拿回好成绩的孩子，这使我有点儿不是滋味。看来电话还是等到午休时间打好。

“找到就放心了。哎，现在腾不出手，突如其来的电话嘛。中午重新打来可好？抱歉。”

“中午再打。”我说。

放下电话，我拿起报纸走进檐廊，像往常一样全身放松地趴在那里打开招聘广告版，不慌不忙地看这充满不可思议的暗号和暗示的广告，连角落都不放过。世界上存在着所有门类的职业，把个报纸版面弄得活像新辟墓地分配图，布满了井然有序的条条块块，可我觉得几乎没有可能从中发现适合自己的职业。因为，那些条条块块诚然在传达信息传达事实——尽管支离破碎——但那些信息那些事实终究未能同远景图像邂逅。密密麻麻罗列的名字、符号和数字由于过于零敲碎打过于分崩离析，在我眼里竟成了永远无法复原的动物骨骸，久久地目不转睛地盯视招聘广告的时间里，我开始产生某种常有的类似麻痹的感觉。自己现在到底在寻求什么呢？往下到底想去哪里呢？或者**不想去哪里呢**？对此我愈发糊涂起来。

照例听得拧发条鸟在某处树上一连声鸣叫：吱吱吱吱吱吱。我放下报纸爬起身，靠在柱子打量小院。须臾，鸟又叫了一遍：吱吱吱吱吱吱吱。声音是从邻院松树上头传来的。我凝目细望，但找不出鸟影，唯独鸣声一如既往。总之全世界一日量的发条俱被如此拧紧了。

快十点时下起了雨。不是什么了不得的雨，细细微微，几乎分不出下还是不下。仔细看去，才晓得的确在下。世界上有下雨的情况和不下雨的情况，二者须在某处有条分界线才是。于是我在檐廊上坐下，久久盯视某处应有的分界线。

接着，我开始犹豫，不知去附近区营游泳池游到午饭时间好呢，还是该去胡同找猫。我背靠檐廊立柱，眼望院子里下的雨举棋不定。

游泳池/找猫

最终，我决定去找猫。加纳马耳他宣称猫已不在附近，但这天早上我还是觉得应该找猫。找猫已成为我日常生活的一部分。再说久美子若知我出去找猫，情绪也许会好些。我披上薄薄的雨衣——不带伞——蹬上网球鞋，把房门钥匙和柠檬糖揣进雨衣袋走出门去。穿过院子把手搭在围墙上时，听得有电话铃响。我便以如此姿势侧耳倾听，但分辨不出是自家电话铃响，还是别人家的。电话铃这种声响，只消离家一步，听起来全都一样。我不再听了，翻墙下到胡同。

草软绵绵的连网球鞋薄薄的鞋底都感受得出。胡同比往常安静。我在那里站了一会儿，屏息细听。不闻任何声响。电话铃亦已止息。不闻鸟鸣，不闻街上的噪音。天空被整个涂得一色灰，无一分间隙。我思忖如此天气的日子里云大概把地表所有声响都吸了进去。不止，它们吸的不仅仅是音响，还包括其他好些东西，甚至包括感觉之类。

我手插雨衣口袋穿过狭窄的胡同，侧起身子钻过被晾衣架挤窄了的院墙间的空隙，通过一户人家的房檐，在这犹如被废弃的运河一般的路上蹑手蹑脚地走着。网球鞋的胶底在草地上全无一丝声响。其间有一家开着收音机，是我听到的唯一算是声音的声音。收音机播放的是人生咨询节目。一个中年男人的语声，在列举其岳母的种种不是。我只听得只言片语。似乎岳母六十八岁，被赛马迷得魂不守舍。走过这家之后，收音机声渐次变小，俄而消失。也不光是收音机声，原本应存在于这世界某处的中年男子和赛马狂岳母也好像一点点依稀莫辨、杳无踪影了。

不多时，我来到空房跟前。空房依旧静悄悄地坐落在那里。木板套窗钉得风雨不透的这座二层楼房，以摇摇欲坠的灰色雨云为背景，心事重重地矗立不动，看上去仿佛是一艘很久以前一个暴风雨之夜在海湾触礁而被就势抛弃的货轮。倘若不是院里的杂草比上次看时长高了，即使说时间由于某种原因而单单在此停滞不前我或许也会相信。几天持续不断的梅雨，使得草叶闪着鲜亮的绿光，向四周释放出唯独植根于泥土的生物方能释放的肆无忌惮的气味。草浪正中间位置，石雕鸟仍以上次那个姿态展翅欲飞，但它当然已不存在飞的可能性。这点我明白，鸟也明白。鸟已被固定在那里，等待它的或是被搬或是被毁，此外它甭想离开这院子。若说还有动的东西，便是草尖上往来彷徨的落后于季节的白粉蝶。白粉蝶很像一个找东西却找着找着忘了找什么的人。迷迷糊糊找了大约五分钟后，蝶也不知去哪里了。

我口含柠檬糖，靠着铁丝网篱笆观望了一会儿院子。没有猫出现的动静，任何动静都没有。仿佛有一种强大的力将自然移动的水流不容分说堵塞在了这里。

蓦地，我感觉背后好像有人，回头看时，却谁也没有。有隔着胡同的对面人家的院墙，有一扇小门，就是上次那个女孩手扶着的门。门扇关着，墙内院里亦无人影。一切一切都噙着微微的潮气，阒无声息。杂草和梅雨味儿。我身上的雨衣味儿，舌头底下融化了一半的柠檬糖。每当大口吸气时，各种味儿便合而为一。我再次环顾四周，还是空无一人。侧耳谛听，远处传来直升机沉闷的声响。它们大概在云层上面飞行。这声响也慢慢远逝，俄顷一切又被笼罩在原来的沉默中。

空屋四周的铁丝网篱笆上安着也是铁丝网做的门扇。试着一推，没费力就开了，简直像要请我进去。门仿佛在对我说：无所谓，容易得很，偷偷进来就行了嘛！不过，即便是空屋，擅自踏入别人的宅基地也属于违法行径。这点无须端出我不厌其详地积蓄了将近八年的法律知识我也知晓，假如附近居民发现我在空屋院里而心生诧异报告警察，警察马上就会前来盘问。而我大概回答是在找猫，养的猫下落不明了，在附近转圈找一找。估计警察还将问我的住址和职业。那一来，我势必交代正在失业。而这一事实肯定使对方提高警惕。警察最近被极左恐怖分子搞得甚为神经兮兮，他们坚定地认为东京无处不有恐怖分子的庇护所，地板下藏着一批批来复枪和自制炸弹。弄不好甚至有可能往妻单位打电话核实我所言的真伪。万一如此，久美子想必十分心烦意乱。

可我还是走进院子，用手麻利地带好门。管它呢！发生什么发生时再说。要是**想发生**什么，就请发生好了！管它那么多！

我一边观察周围动静一边缓缓穿越院子。踩在草上的网球鞋仍无一点足音。有几棵叫不出名的矮果树，有一方相当大的长势旺盛的草坪。但现在一切都被草淹没了，几乎分辨不出什么是什么。果树中有两棵给丑陋的转心莲缠得脱身不得，真担心就那么被缠死。沿铁丝网长成一排的金桂被虫卵污染得浑身雪白。小小的飞虫在耳畔令人心烦地嗡嗡了许久。

我从石雕鸟旁穿过，来到房檐下一摞白塑料圆椅前，拿起椅子看了看，最上面的满是污泥，而再下面一把的则没那么脏。我用手拂去表面灰尘，在这椅上落下身来。由于这个位置有茂密的荒草掩护，所以从胡同里看不见我，而且是在屋檐下面，不用担心淋雨。我坐在这里，一边观望霏霏细雨中的院落，一边低声吹着口哨。好半天没意识到吹的什么曲子，但那是罗西尼的《贼喜鹊》序曲。莫名其妙的女郎打来电话时我煮着面条吹的，也是这支曲。

如此坐在谁也没有的院子里眼望杂草和石雕鸟吹起这不怎么拿手的口哨，觉得好像返回了童年时光。我置身于谁也不知道的场所，谁也看不见我。想到这里，心情变得格外宁静，很想往哪里抛块石子，瞄准什么扔一颗石子过去。打石雕鸟恐怕正合适。扔时不要用劲，打中也只是“咕”一声低响。小时候常常一个人玩这游戏。远远放一个空罐，往里边扔石子扔满为止。我可以百扔不厌地扔好几个小时，可现在脚下没有石子。应有尽有的场所根本不存在。

我把腿搬到椅子上，弓膝支着下巴，尔后闭目良久。依然不闻音响。闭目时的黑暗颇似布满阴云的天空，但灰的色调较其浓些，而且每隔几分钟便有人前来改涂感觉上略为不同的灰色。有间杂金色的灰，有加进绿色的灰，有红色明显的灰。想不到竟存在这许许多多的灰。人这东西真是不可思议。只要闭目十来分钟，即可看到如此种类齐全的灰色。

就这样，我一边欣赏灰色的样品，一边不假思索地吹着口哨。

“喂！”有人叫了一声。

我赶忙睁眼，向一旁探出身子，透过杂草的浓荫往铁丝网门口看去。门开了，大敞四开。有人随我进来。心跳陡然加快。

“喂！”又是一声。女人的声音。她从石雕鸟背后闪身朝我走来。原来是上次在对面人家院子里晒太阳的那个女孩。女孩上身同样是天蓝色阿迪达斯T恤，下面一条短裤，微微拖着一条腿。与上次不同的是没戴太阳镜。

“嗳，在这种地方干什么呀？”她问。

“找猫。”我说。

“真的？”她说，“我看不像。再说，在这种地方呆呆坐着闭眼吹口哨，猫又怎么找得到呢？”

我有点儿脸热。

“我倒怎么都无所谓，可给陌生人看见你这德性，会想你是不是变态了。当心点哟！”她说，“不是变态吧，你？”

“我想不是。”我说。

她走到我身边，从檐下一摞圆椅中花时间挑了一把污痕少的，又仔细检查一遍，这才放在地面坐下。

“还有，什么曲子不知道，可你那口哨，怎么也听不出旋律来。对了，你不至于是什么**同性恋者**吧？”

“我想不是。”我说，“怎么问起这个？”

“听说**同性恋者**吹不好口哨。那，可是真的？”

“是不是呢？”我说。

“你是**同性恋者**也好，变态者也好，什么我都不在乎。”她说，“你叫什么名字？不知名字不好称呼。”

“冈田·亨。”我回答。

她在口中重复了几遍我的名字。“名字不怎么响亮，是不？”

“可能。”我说，“不过冈田·亨这名字，很有点战前外务大臣的味道。”

“那种事我可不明白，历史我不拿手。算了算了，这个。可你还有什么外号没有，冈田·亨先生？有没有容易上口的什么……”

我想了想，外号却是一个也想不出来。生来至今，从来没被人取过外号。为什么呢？

“没有。”我说。

“例如黑熊啦青蛙啦？”

“没有。”

“瞧你瞧你，”她说，“就想一个嘛！”

“拧发条鸟。”我说。

“拧发条鸟？”她半张着口看我的脸，“什么呀，那是？”

“拧发条的鸟嘛，”我说，“每天早上在树上拧世界上的发条，‘吱吱吱吱吱吱’地。”

女孩再次凝视我的脸。

我叹了口气。“忽然想起的罢了。而且那鸟每天都来我家附近，在邻居树上‘吱吱吱吱吱吱’地叫。不过还没有人看见过它什么样。”

“唔——”她说，“也好。也够拗口的了，但总比冈田亨强好多，拧发条鸟！”

“谢谢。”我说。

她把腿提到椅上，下颏搭于膝盖。

“那么你的名字呢？”我问。

“笠原May。”她说，“五月的May。”

“五月出生的？”

“还用说！要是六月出生的，取个五月份名字，岂不多此一举！”

“那倒是。”我说，“你还没到学校去？”

“一直观察你呢，拧发条鸟。”笠原 May 所答非所问，“从房间里用望远镜看你打开铁丝门进这院子来着。我手上总带一个小望远镜，监视这胡同里的一切。你或许不晓得，其实这里有不少人出出入入呢。不光人，动物也不少。你一个人坐在这种地方干什么呀，到底？”

“闲得无聊。”我说，“想想往事，吹吹口哨。”

笠原 May 咬了下指甲：“你是有点怪。”

“没什么怪，人人如此。”

“也许，不过没有人特意进到附近空屋院子里吹什么口哨。只是闲得无聊，只是想回想往事，想吹口哨的话，在自家院里不也可以的么！”

的确言之有理。

“不管怎样，绵谷·升猫还没有回家喽？”她问。

我摇摇头说：“你就没有看见我家的猫，那以后？”

“褐色带花纹尾巴尖有点弯曲的家伙吧？一次也没看见。一直留神来着。”

笠原 May 从短裤袋里掏出短支“希望”，拿火柴点燃，不声不响吸了会烟，然后盯住我问：“你头发没有变稀？”

我下意识地摸了下头发。

“不对，”笠原 May 说，“不是那儿，是额头上边。你不觉得后退得过分了？”

“没太注意。”

“肯定从那儿秃上去，知道的，我。你这种情况，要这样一步步向后发展。”她一把抓起自己的头发往后拽，把露出的白额头对着我，“最好注意些。”

我试着把手放在自己额头上边那里。经她如此一说——也许神经过敏——额上的头发是好像比以前多少有所后退。我有点沉不住气了。

“叫我注意，可怎么个注意法呢？”

“噢，实际上也是没办法注意的。”她说，“没有针对秃头的对抗性措施。秃的人秃，秃的时候秃。就是说，无可抗阻。不是常说精心护理就可以不秃的么？纯属扯谎骗人！不信你去新宿站观察一下那里横躺竖卧的流浪汉伯伯好了，一个秃的都没有。你以为那些人会每天每日用什么克里尼克什么萨森洗发香波洗头？会每天每日‘咔嗤咔嗤’涂什么护发剂？那玩意儿不过是化妆品厂家花言巧语存心用来从头发稀少的人口袋里掏钱罢了。”

“说的是。”我心悦诚服，“不过你对秃头怎么了解得这么详细？”

“我嘛，近来一直在假发公司打临时工。反正不上学，有时间。征询意见，搞调查什么的。所以对秃脑瓜的人了解得相当详细，情报无所不有。”

“呃。”

“不过嘛，”说着，她把烟蒂扔在地上，用鞋底碾灭，“我打工的那家公司绝对不允许使用‘秃’这个词儿。我们必须说‘头发简约者’。这‘秃’字，喏，是歧视性字眼。一次我开玩笑说了句‘头发不如意者’，结果给狠狠训了一顿，告诉我这种事可开不得玩笑。大家都在非常非常认真地工作。知道不？世上的人大都是非常非常认真的哟！”

我从衣袋里掏出柠檬糖，投一块进嘴，并问笠原 May 要不要，她摇摇头，又掏出烟来。

“嗳，拧发条鸟，”笠原 May 说，“你是失业了吧？还在失业？”

“还失业。”

“可有认真工作的打算？”

“有啊。”但我对自己的话有些没有信心。“不清楚，”我改口道，“怎么说呢，我觉得我恐怕需要思考的时间。自己都稀里糊涂，所以说不好的。”

笠原 May 一时间边咬指甲边看我的脸。

“嗳，拧发条鸟，可以的话，下回和我一起去那家假发公司打零工可好？工钱虽不怎么样，但很轻松，时间上也相当随便。所以嘛，别想那么多，偶尔做点这样的事打发时光，说不定那时间里很多事情会变得明朗起来呢，又可换换空气。”

不坏，我想。“主意不坏。”我说。

“OK，下次去接你。”她说，“你家在哪儿？”

“不大容易说清，反正顺这胡同往前走，拐几个弯，左边有户人家停着一辆红色的思域牌本田汽车，车的前保险杠贴一道‘祈愿世界和平’字样的不干胶标语。再往前一户就是我家。没门对着胡同，得翻过预制块围墙。墙倒是比我稍矮一点儿。”

“不怕，那样的墙保准一越而过。”

“腿不痛了？”

她发出叹气似的声音，吐了口烟。“放心。是我不愿上学故意装瘸的，在父母面前摆摆样子罢了。岂料不知不觉之间成了习惯，没人看的时候和一个人在房间的时候竟也那么装起瘸来。我嘛，是完美主义者。要欺骗他人，必须先欺骗自己，是吧？拧发条鸟，你算是有勇气的？”

“没有多少。”我说。

“过去就一直没有？”

“过去一直没有，以后怕也一如既往。”

“好奇心有吗？”

“好奇心倒多少有一点。”

“勇气和好奇心不是彼此彼此的么？”笠原May说，“有勇气才有好奇心，有好奇心才有勇气，是不？”

“或许。确实像有类似的地方。”我说，“在某种情况下，很可能像你说的那样，好奇心和勇气彼此难分难解。”

“例如悄悄进入别人家院子的时候。”

“是的，”我把柠檬糖在舌面上打个转，“悄悄进入别人家院子这种情况，看上去是好像好奇心和勇气同时付诸行动。有时候，好奇心崛起甚至驱使勇气。但是好奇心这东西稍纵即逝，而勇气则必须坚持走完漫长的路程。好奇心这玩意儿同嘴上说得好听而实际上靠不住的朋友一个样，甚至有时候把你煎熬得死去活来，之后却伺机逃得无影无踪。那样一来，往下你就必须一个人收拾自己的勇气拼搏下去。”

笠原May沉思有顷。“是啊，”她说，“事情的确可以这样想。”然后她从椅子上起身，用手拍拍短裤屁股沾的灰，朝下看我的脸说，“嗳，拧发条鸟，不想看井？”

“井？”我问。井？

“有一眼枯井，这里。”她说，“我比较中意那井。你不想看看？”

井在穿过院子再拐过空屋山墙往里的地方。是直径一点五米左右的圆形井，上面盖着厚墩墩的圆木板盖，盖上压着作为镇石的两个水泥块。高出地面一米多的井裙旁，有一株老树摆出井之卫士样的架势。像是棵什么果树，名字不得而知。

井亦如这房子所属的其他物件，看上去已被搁置以至弃置相当之久，令人产生一种不妨称为“灭顶式无感觉”的感觉。当人们不再投以视线的时候，无生物说不定变得会更具无生物性质。假如以“被废弃的房子”为题将这儿的房子收进一幅画，这口井恐怕是省略不得的。看来它同塑料圆椅、石雕鸟、褪色板窗一样，将在被人遗忘、废弃的时间里沿着缓缓的时间斜坡朝着命中注定的毁灭无声无息地滑落下去。

但我近前仔细看时，原来这井实际上要比周围物件的制作年代久远得多。大概还没有房子的时候井便早早存在于此了，就盖板来说都已十分古色古香。井壁虽然牢不可破地抹了水泥，但那似乎是在原有的什么壁面上——想必为了加固——后抹上去的，就连井旁矗立的树都俨然在强调自己比其他树资格老得多。

我搬去水泥块，撤掉两块半月形木板中的一块，手扶井裙探身往里俯视。但怎么也看不到井底，井看来不是一般的深，没等到底便被黑暗整个吞没了。我嗅了嗅，多少有股霉味儿。

“没有水的，”笠原May说，“没有水的井。”

不能飞的鸟，没有水的井，我想，**没有出口的胡同**，加上……

女孩捡起脚前的小砖头，投下井去。过一会儿才“砰”一声传出低沉而干涩的声音，只此一声。声音干干巴巴，简直可以放在手心搓碎。我直起身看着笠原May道：“怎么会没有水呢？干涸的，还是谁埋的？”

她耸了下肩。“要是谁埋的，还不全埋上？这样半途而废只留个井口有什么意思，人掉下去岂不危险？你不这么认为？”

“的确。”我承认。“那恐怕还是因为什么变故干涸的吧！”

我忽然想起以前本田先生的话：该上之时，瞄准最高的塔上到塔尖；该下之时，找到最深的井下到井底。井姑且在这里找到一眼了，我想。

我再次弯下腰，不自禁地静静俯视里边的黑暗。在这样的地方、这样的大白天，竟有这般深沉的黑暗！我咳嗽一声，吞了口口水。咳嗽声在黑暗中发出仿佛他人咳嗽的回响。口水则残留有柠檬糖味儿。

我把井盖移回井口，水泥块也照原样压回去。快十一点三十分了，午间须给久美子打个电话。

“差不多该回家了。”我说。

笠原 May 略微蹙下眉头，说：“可以的，拧发条鸟，就回家好了。”

我们穿过院子时，石雕鸟仍旧以干枯的眼睛瞪视天空。天空依然灰云密布，不见一丝空隙，雨早已停了。笠原 May 揪一把草叶，撕碎抛向空中。无风，碎叶又按原路一片片落回她脚下。

“咳，这往下到天黑可还有好长时间哟！”她并不看我地说。

“是有好长。”我说。

6 冈田久美子如何成长、绵谷升如何成长

我没有兄弟，很难想象已经成人并各自开始独立生活的兄弟姐妹是以怎样的心情相互交往的。久美子提到绵谷升时，脸上每每现出不无奇妙的表情，就好像误吞了什么怪味东西。至于那表情背后潜伏怎样的感情，我自然揣度不出。久美子知道我对她哥哥没有一丝一毫堪称好感的感情，并认为那实属理所当然。就她本身而言，也绝对不欣赏绵谷升其人。所以，假如她同绵谷升之间不存在兄妹血缘关系，我想两人亲密交谈的可能性基本是零。但实际上两人是兄妹，遂使事态表现得有点复杂。

时下，久美子同绵谷升极少有实际见面的机会。我同妻的家人全无往来。前面说过，我是同久美子父亲吵了一架而彻底决裂的，吵得相当激烈。有生以来我同人吵架次数极其有限，但一旦交锋就十分投入，中间无法收兵。奇怪的是，在一吐为快之后，对她父亲倒没什么气了，只有如释重负——旷日持久的重负——之感。憎恶也罢气恼也罢尽皆荡然无存，甚至觉得他的人生——不管采取在我看来如何不快如何愚昧的形式——恐怕也是相当不易的。“再也不见你父母了，”我对久美子说，“你想见是你的自由，与我无关。”但久美子也无意去见。“也好，无所谓的。这以前原本也不是因为想见才见的。”久美子说。

绵谷升当时已经同父母住在一起，但丝毫没有参与我同其父亲的争吵，超然物外遁去了哪里。这也不足为怪：绵谷升对我这个人根本就不怀有兴趣，他拒绝同我发生个人关系，除非迫不得已。故而，在同妻的娘家中断往来之后，我和绵谷升见面的起因

就不复存在了。久美子也是同样。他忙，她也忙，况且两人的兄妹关系本来就不甚亲密。

尽管如此，久美子还是不时往学校研究室打电话找绵谷升说话，绵谷升也不时有电话打到她单位(往我们家是绝对不打的)。久美子每每向我汇报，什么今天给哥哥那里打电话啦，什么今天哥哥往自己单位打电话来啦之类。但我不知晓两人电话里谈的什么。我不特地问，她没必要也不特地说。

我并非对妻同绵谷升间的谈话内容有什么兴致，也并非对妻同绵谷升用电话交谈有什么不快。毋庸讳言地说，只是有点费解。久美子同绵谷升这两个无论怎么看都说不到一块儿的人之间究竟能有什么话题可谈呢？抑或那话题是通过所谓兄妹特殊血缘的过滤网方得以成立的不成?

我的妻同绵谷升虽是兄妹，但年龄相差九岁之多。也是因为久美子从小被祖父母领去抚育了好几年，两人之间看不出有什么类似兄妹亲情的东西。

本来不单是绵谷升和久美子兄妹两人的，中间还有一个算是久美子姐姐的女孩，大久美子五岁。就是说原是兄妹三人。但久美子三岁时以近乎寄养的形式离开东京去了父亲的父母家，由祖母一手抚养。后来她被告知，寄养的原因是由于她天生身体不大好，而空气新鲜的乡下对发育有益处。但久美子对此则不大想得通，因为她并非那么弱不禁风，未曾患过什么大病，在乡下期间也不记得周围有人特别注意她的身体。“无非借口罢了，想必。”久美子说。

时隔很久才从一个亲戚口里得知，原来久美子祖母同久美子母亲长期严重不和，久美子的寄养于新潟老家，类似双方间的临时和约。久美子双亲暂时把她送过去以平息祖母的愤怒，而祖母也大概因为有个孙女留在身边而得以具体确认自己同儿子(即久美子父亲)间的纽带。久美子等于成了人质。

“况且，”久美子说，“已经有了哥哥和姐姐，没我一个也没什么不便。当然父母不是要把我扔掉，但以为我还小没什么要紧那种无所谓的心情我想是有的，所以才把我让了出去。这恐怕在多种意义上对大家都是最省事的方案。那种说法能让人相信?什么原因我不知道，反正那些人根本就不明白，不明白那将给小孩子带来多么糟糕的影响。”

她在新潟祖母膝下从三岁长到六岁。那绝非扭曲不幸的岁月。久美子是在祖母的溺爱下生长，且较之同年龄有距离的哥哥姐姐一起，同年龄相仿的堂姐妹一块儿玩耍反倒更为快活自在。直到该上小学时她才终于返回东京。当时父母对久美子长期不在身边渐渐感到不安，便趁着所谓为时不晚的时候硬把她领回东京。然而在某种意义上已经晚了。决定返京前的几星期时间里，祖母气急败坏，情绪亢奋到了极点。绝食，几乎通宵失眠。时而哭，时而大发脾气，时而一声不吭。有时把久美子一把搂紧不放，有时却又突然拿尺子狠命打她胳膊，打得蚯蚓似的一道道肿起，继而对着久美子恶狠狠地咒骂她母亲如何不是好东西。一会儿说不愿意放你走，看不见你还不如一死了之；一会儿又说再不愿见你，赶快滚到什么地方去！甚至拿出剪刀要扎自己的手腕。久美子全然闹不清自己周围到底要发生什么。

那时久美子所做的，便是把心暂时封闭起来，断绝同外界的联系，不再想什么不再期待什么。事态的发展已远远超出她的判断能力。久美子闭起眼睛，塞起耳朵，停止思考。此后几个月的事她几乎全无记忆。她说不记得那期间发生了什么，一样也不记得。总之等她意识到时，她业已在新家里了。这是她本该在的家，这里有父母，有哥哥和姐姐。但又不是**她的家**，仅仅是新环境。

久美子尽管不明白是什么原因使自己离开祖母而被领回这里的，但她本能地意识到已不可能重回新潟那个家了。问题是这新环境对于六岁的久美子来说几乎是她智能上无从理解的世界。同她迄今所在的世界相比，这个世界一切都面目全非，即使看上去相似的东西，动起来也截然不同。她无法把握这个世界赖以成立的基本价值观和原理，甚至不能同这个新家的人交谈。

在这样的新环境中久美子长成一个沉默寡言不易接触的少女。她分辨不出谁可以信任谁可以无条件地依赖，偶尔被父母抱在膝上心也松不开来。父母身上的气味是她陌生的东西，那气味使她极度惶惶不安，甚至有时她憎恨那气味。家里唯一能勉强使她敞开心扉的是姐姐。父母对久美子的难以接近感到困惑，哥哥甚至当时便已开始对她的存在采取近乎漠视的态度，唯独姐姐知道她不知所措，知道她静静呆坐在孤独之中。姐姐极有耐心地照料她，同她在一个房间睡觉，同她一点点这个那个地说话，同她一起上学，放学回来看她做功课。久美子一个人躲在房间角落一连哭几个小时时，姐姐总是在身旁静静地抱紧她。姐姐是想尽可能打开一点妹妹的心，所以，假如姐姐不是在她回家第二年死于食物中毒的话，想必很多情况便明显会是另外一个样子。

“要是姐姐一直活着，我想我们一家会多少融洽些的。”久美子说，“姐姐当时虽是小学六年级，但已成为我们家的中枢性存在。如果她不死活到现在，我们很可能都比现在地道些，起码我会比今天多少活得轻松。嗯，明白？从那以来我就始终在家人面前有一种负罪感，暗想自己为什么就没替姐姐死去呢？反正我这样活着对谁都没有帮助，不能使任何人开心。而我父母也好哥哥也好，明明觉察到我有这种想法，也从没对我说一句叫人心暖的话。不仅如此，还每有机会就提起死去的姐姐，说她如何漂亮，如何聪明伶俐，如何惹人喜爱，如何懂得体贴人，如何会弹钢琴。知道么，也让我学钢琴来着，因为姐姐死后留下一架钢琴在家里。可我对钢琴连兴趣都谈不上。我晓得自己不可能有姐姐弹得好，也不愿意一一证明自己所有方面都比姐姐低能。我当不了谁的替身，也不想当。但我的话家人压根儿就听不进去，**我的话谁也不听的**。所以，我至今都一看见钢琴就头疼，看见弹钢琴的人也头疼。”

从久美子口里听到这些话时，我对她家人气愤起来——气愤他们对久美子有过的行为，气愤他们对久美子没有过的行为。那时我们还没结婚，相识也不过才两个月多一点点。那是一个周日宁静的早晨，两人躺在床上。她像解绳疙瘩似的一个个慢慢摸索着讲起自己的少女时代，如此长时间谈自己对久美子来说还是第一次。那以前我对她的家她的成长过程几乎一无所知。对久美子我所知道的仅仅是她的沉默寡言，她的喜欢绘画，她笔直泻下的一头秀发，以及她右肩胛骨上的两颗痣。此外，对她来说，同我这次是第一次性体验。

说着说着，久美子轻轻哭了。我完全体会得出她想哭的心情。我抱着她，抚摸她的头发。

“要是姐姐还活着，我想你也肯定喜欢她。任何人都会看一眼就喜欢上她的。”久美子说。

“也可能那样，”我说，“但我反正就是喜欢你。喏，这事再简单不过。这是我和你的事，同你姐姐毫不相关。”

之后，久美子好一会儿紧闭着嘴静静地在思索什么。星期日早上七点三十分，所有声响都含有柔和而虚幻的韵味。我听到宿舍屋脊上有鸽的足音，听到远处有人呼唤狗的名字。久美子盯视着天花板的某一点，实在盯视了许久。

“你喜欢猫？”久美子问。

“喜欢的，”我说，“非常喜欢。小时就一直养猫，跟猫一块儿玩，睡觉也一起睡来着。”

“那有多好啊！我小时候也很想养猫，想得不行。可就是不让养。妈讨厌猫。活这么大，真正想得到的东西还一次也没到手过，**一次也**没有哟！不相信吧？你肯定想不出那是怎样的人生。而人一旦习惯了自己总是有求不得的人生，久而久之，甚至对自己真正需求什么都渐渐糊涂起来。”

我拉过她的手。“过去或许的确是那个样子。但你已不是小孩，有权利选择自己的人生。想养猫，选择可以养猫的人生就是。简单得很。你有这样的权利。是吧？”我说。

久美子凝眸注视我的脸。“是啊，”她说。

几个月后，我和久美子谈到了结婚。

如果说久美子在这个家庭里送走了曲折复杂的少女时代，绵谷升则在另外的意义上度过了扭曲变形的少年岁月。他的双亲溺爱这个独生子，但并非仅仅是疼爱，还同时对他提出极多的要求。父亲的信念是：为了在日本这个社会中过上像样的生活，就必须极力争取优异成绩，极力把更多的人挤到一边去。这是他唯一的信念，对此深信不疑。

还是婚后不久从岳父口中直接听来的：人生来就谈不上什么平等，他说，所谓人人平等，不过是学校里教的官样文章，纯属梦呓。日本这个国家体制上固然是民主国家，但同时又是极度弱肉强食的等级社会。若不成为精英，在这个国家几乎就谈不上有什么生存意义，只能落得在石磨缝里被慢慢挤瘪碾碎，所以人们才往梯子上爬，哪怕多爬一格也好。这属于极为健康正常的欲望，一旦人们失去这种欲望，这个国家便只有坐以待毙。对岳父这个见解我未发表任何感想，他也并非要征求我的意见或感想，而仅仅是倾吐自己万世不变的信念。

那时我心想，此后很长时期自己都恐怕不得不在这个世上同这般人物呼吸相同的空气。这是第一步，而这一步不知将多少遍地重复下去。想到这里，我从骨髓里产生了一种疲惫感。这乃是浅薄的可怖的不可一世的哲学，其视野中不存在真正从根本上支撑这个社会的无名众生，缺乏对于人的内心世界、人生意义的省察，缺乏想象力，缺乏怀疑的目光。然而此人由衷地相信自己正确，没有任何东西能撼动他的信念。

岳母是在东京山手养尊处优的环境中长大的高级官僚之女，不具有足以反驳丈夫意见的见解和人格。至少依我的观察，她对于大凡超越自己目力所及范围的事物(实际上她也是高度近视)不具有任何见解。在需要就相对广大的世界表达自己看法时，她总是借用丈夫的意见，或许这样可以免使她给任何人添加麻烦。而她的缺点——如此类女性常常表现的那样——就是无可救药的虚荣。既然不具备自己的价值观，那么便只有借助他人的尺度和视角方能确定自己立足的位置。支配她头脑的仅仅是“自己在别人眼里如何”，如此而已。这样，她便成了心目中只有丈夫在省[①]内地位和儿子学历的心胸狭窄的神经质女人。而大凡未进入她视野的，对于她便毫无意义可言。对于儿子，要求他进最有名的高中上最有名的大学，至于儿子作为一个人其少年时代是否幸福以及在此过程中形成怎样的人生观，则远在她的想象力之外。如果有人对此流露出哪怕半点怀疑，她恐怕都将认真地气恼一番。在她听来，那无异于无端的人身侮辱。

就这样，父母往绵谷升幼小的脑袋里彻底灌满了他们大成问题的哲学和畸形世界观。两人的关心集中于儿子绵谷升一人身

---

① 日本的“省”即内阁的部，如外务省相当于外交部等。

上。父母绝对不允许绵谷升甘拜任何人下风。在班级和学校这种狭小的空间都不能排名第一之人，如何能在更广阔的世界里独占鳌头呢！父亲如此训导说。父母总是请最好的家庭教师，不懈地敲打儿子屁股。若是拿回优异成绩，作为奖赏儿子要什么买什么，儿子因此送走了物质上得天独厚的少年时代。但在这人生最为多愁善感的阶段，他无暇找女朋友，无暇跟同学纵情厮欢。他必须为继续保持第一名——仅仅为这一个目标而拼出吃奶力气。至于这样的生活绵谷升是否喜欢，我不得而知，久美子也不知晓。对她也好对父母也好以至对任何人也好，绵谷升都不会和盘托出自己的所思所想。不过，无论他喜欢还是不喜欢，恐怕除了这种生活他也别无选择。某种思维程序将因其片面性和单纯性而变得无可反驳，我认为。但不管怎样，绵谷升从名牌私立高中考入东大经济系，以接近优异的成绩毕业出来。

父亲期望他大学毕业后当官或进入某大企业，但他选择了留校当学者的道路。绵谷升并不傻，较之踏入现实社会在集体中行动，还是留在需要系统性处理知识的技能和相对注重个人才学的天地里于自己更为适合。他去耶鲁的研究生院留学两年后返回东大研究生院，回国后不久依照父亲安排相亲结了婚，结果婚姻生活两年便告结束。离婚后他索性回家同父母住在一起。我第一次见到时，绵谷升业已成了一个相当奇妙的令人不快的角色。

他在距今三年前即三十四岁时写出一本厚书出版了。书是经济学专著，我也拿到手翻过，老实说，完全如坠云雾。可以说每一页都令我不知所云，甚至文字本身都莫名其妙，无法卒读。不知是内容本身难以理解，抑或仅仅行文诘屈聱牙，总之叫人摸不着头脑。不料此书在专家中间却成了不大不小的话题。几个评论家写了书评，推崇备至，说该书是“以全新观点撰写的全新品种的经济学”。而对于我，就连书评所云何物都全然不得其解。不久，媒体开始将他作为新时代的宠儿加以介绍，甚至出现了几本专门阐释他这本书的书。他在书中使用的“性经济与排泄经济”一词竟成了当年的流行语，报纸杂志为此发了专版专刊，将其捧为新时代的智囊人物之一。但我无论如何都不认为他们理解得了绵谷升这本经济学专著的内容，甚至怀疑他们是否翻开过一次。但对于他们这是无关紧要的，重要的是绵谷升年轻并独身，脑袋聪明得写出了一本莫名其妙的书。

总之该书的出版使得绵谷升声名鹊起。他开始为五花八门的杂志写评论模样的文章，还上电视充任经济、政治问题评论员，又过不久居然成了“焦点讨论”节目的正式聘员。绵谷升周围的人（也包括我和久美子）谁都不认为他适合干如此风光无限的活计。大家认为他相对有些神经质，属于仅对专业问题感兴趣的学者型人物。岂料一旦登上舆论宣传这方舞台，他居然将派给自己的角色演得令人叹为观止，面对摄像机比面对现实世界远为显得游刃有余。我们全都目瞪口呆地看着绵谷升如此神速的蜕变。出现在电视画面上的绵谷升身上包装着一看便知是价格昂贵做工考究的西装，扎着相得益彰的领带，架着文质彬彬的玳瑁眼镜，发型也变得新潮起来。想必身边有服装发型方面的专门顾问，因为这以前从来没见他穿过什么像样的衣服。不过，纵令是去电视台等场所的临时装扮，他也算是一拍即合地习惯了这种装扮，就差没宣称自己一向如此风流倜傥。当时我暗忖这小子到底是怎么回事呢？其本来面目到底何处去了呢？

摄像机前他毋宁说是表现得沉默寡言。被问及意见时他使用的是浅显的词句和平明的逻辑，简明而扼要。人们高声争辩时他也总是那么沉着恬淡，不主动挑衅，让对手畅所欲言，最后才将对手论点一语击溃。神情和悦，语声安详，谙熟给对方后背以致命一击的诀窍。而且反映在电视画面上时，不知何故，看上去他远比“实物”富有才气值得信赖。长相虽算不得英俊潇洒，但身材颀长，显得发育极佳。一句话，绵谷升在电视这一舆论阵地找到了绝对适合自己的位置。媒体欢喜地接受了他，他也欢喜地接受了媒体。

然而我是讨厌读他的文章，讨厌在电视上看见他。他确实有才华有能力，我也承认。他能够用简短的语句在短暂的时间里将对方一拳击倒在地，具有瞬间捕捉风向的动物性直觉。但若留心听他的意见看他写的东西，便不难发现其中缺乏连贯性。他不具有植根于深层信念的世界观，他所有的不过是将片面性思维系统进行整合组装而形成的货色。他可以根据需要刹那间将这一组装品改头换面。那是思维序列的巧妙组合，称为一门艺术亦未尝不可。但让我来说，那玩意儿纯属儿戏。如果说他的见解有连贯性可言，其连贯性无非是“他的见解始终没有连贯性”；如果说他尚有世界观可言，其世界观不外乎“自己不具有世界观”。但反过来说，此类缺点甚至又是他的睿智性资产。所谓连贯性及稳固的世界观这种劳什子，对于将世间切成细小条块的媒体的随机应变的机动战是不必要的，而无须背负这样的重荷于绵谷升便成了一大优势。

他没有任何需要保护的东西。故而可以调动全副神经投入纯粹的战斗行为。他只消进攻即可，只消打翻对手即可。在这个意义上，绵谷升堪称头脑敏捷的变色龙，根据对手颜色改变自身颜色，随时随地炮制出行之有效的逻辑，并为此动员所有的修辞手段。修辞手段大多是从某处现炒现买来的，在某种场合显然空洞无物。但他常如魔术师一般迅速而巧妙地取之于空中，要当场指出其空洞无物几乎是不可能的。更何况即使人们偶尔窥觉其逻辑的蒙骗性，也还是认为要比其他多数人阐述的正论（正论或许的确纯正地道，无奈要旨推进缓慢，大多数情况下只能给视听众以平庸印象）远为新鲜，远为引人入胜。如此招法究竟得自何处我无从推测，但他确实熟知直接操纵民众感情的诀窍。大多数人易受何种逻辑驱使，他完全了如指掌。准确地说，这里无须逻辑，只要乔装打扮成逻辑即可。关键在于其能否调动民众的情绪。

他可以根据需要将深奥的学术用语之类的玩意儿源源不断地排列出来。当然几乎任何人都全然不懂其正确含义，而他却能在这种情况下制造出“如果你们不懂，责任在于不懂的你们”这样的空气。也有时接二连三兜售一串串数字。这些数字已一一铭刻在他脑子里，而数字自是极具说服力的。但事后细想，数字的出处果真是公正的吗？或者说根据果真是可信赖的吗？对此从来没有过认真的讨论。数字那东西，或立或卧完全取决于引用方式，这点尽人皆知。然而由于其战术的天衣无缝，多数人不可能轻易发觉其危害性。

如此巧妙的战术使我十分不快，但我无法将这不快恰如其分地讲给别人听。我没有办法加以论证，恰如同不具实体的幽灵较量拳击，无论怎样出拳都只能扑空，因为那里压根儿就没有实实在在的对手。我瞠目结舌地看着即使相当博学多识的人亦受其蛊惑，我为之不可思议为之坐立不安。

如此一来二去，绵谷升得以被视为最有才气的人物之一。对世人来说，连贯性那东西大约早已变得可有可无，人们追逐的是电视画面上展开的学识性击剑比赛，人们想看的是那上面灿然流动的鲜血，纵令同一人星期一和星期四所云牛头不对马嘴，恐也无人理会。

我同绵谷升第一次见面，是在我和久美子决定结婚的时候。我打算见她父亲之前见一次绵谷升，因我以为儿子自然比父亲同自己年龄接近，事先疏通一下，说不定能为我们周旋一二。

“我看还是别指望他好，”久美子有些难以启齿地说，“说我是说不好，总之他那人不是那种类型。”

“反正早晚得见面的吧？”我说。

“那倒是，倒的确是那样的……”久美子道。

“那就不妨试试，凡事试在先嘛！”

“怕也是，也许真的可行。”

打电话过去，绵谷升似乎对同我见面不大感兴趣，但还是说如果无论如何都想见，三十分钟左右总可抽得出来。于是我们约定在御茶水站附近一家咖啡馆碰头。当时他还是没写出什么书的大学普通助教，衣着也不怎么光鲜。夹克口袋因长期插手而胀鼓鼓地平不下去，头发也长了两个星期的生长量。芥末色港衫配蓝灰色苏格兰花呢夹克，颜色根本不谐调，完全是哪所大学都有的年轻助教那副寒酸相。大约他一大早就在图书馆查阅资料而现在稍稍抽身出来，眼睛似有些倦意，但仔细看去，眼底深处还是透出锐利而冷峻的光。

自我介绍后，我说不久打算同久美子结婚。我尽可能坦诚地告诉他：自己时下在一家法律事务所工作，准确说来这并不符合自己的理想，尚处于自身摸索阶段。我这样的人要同久美子结婚也许近乎非分之想，但我爱她，自以为可以使她幸福，我们可以相互安慰，相互鼓励。

然而我的话似乎几乎未被绵谷升所理解。他抱着胳膊，不声不响听我叙说，说完后他也良久一动未动，仿佛在沉思其他什么。

在他面前，一开始我就感到甚不舒坦，想必是自己所处位置的关系。实际上对着初次见面之人开口就说想同你妹妹结婚也的确不可能令人心里舒坦。但在同他面对面的时间里，我渐渐越过不舒坦之感而变得不快起来，一如释放酸臭气味儿的异物一点点沉积在胃底。并不是说他的言行举止刺激了我，我厌恶的是绵谷升这个人的这张脸。当时我直观地觉得此人脸上蒙着一层别的什么。脸出了差错，不是他真正的脸，我觉得。

可能的话，很想当下离席而去。但既然话已开头，便不能如此不了了之。于是我呷着凉了的咖啡，就此打住，等他开口。

“直率地说，”他以俨然节约能源般低小的声音开腔了，“对你刚才所说的，我觉得一不很理解，二不太感兴趣。我感兴趣的是种类不同的东西，但我想你恐怕又不理解也不感兴趣。从结论上简而言之，既然你想同久美子结婚，久美子想同你结婚，那么我对此既无反对的权利，又无反对的理由，所以不反对，也无须考虑。但希望此后不要对我抱有任何期待，不要再剥夺我个人的时间——这对我是再重要不过的。”

旋即他觑了眼表，欠身立起。也许他说法上多少有所不同，我未能连具体词句也一一记住，但毫无疑问，这是他当时发言的核心，十分简明扼要。没有多余部分，没有欠缺之处。对他要表达的我已豁然领悟，对他对我这个人有怎样的印象也大致了然。

我们就此告别。

同久美子结婚使我成了此人的妹夫，自然此后亦有几次同绵谷升交谈的机会。其实那也算不上交谈。两人之间确如他所说不存在共同基盘，所以不论怎么谈也不成其为交谈。我们似乎分别在用完全不同的语种说话。较之我们的所谓交谈，艾里克·杜尔菲[1]通过低音单簧管音色的变化来向行将就木的达赖喇嘛讲解选择汽车发动机油的重要性或许多少有益且有效一些。

因同某人交往而情绪长期遭受干扰的情况在我几乎是没有的。由于心情不快而为某人感到气恼或焦躁当然也有，但都时间

① Eric Dolphy，美国爵士乐手（1928—1964）。

不长。我有能力(我想不妨称为能力。非我自吹，这绝不是轻易之举)将自身与他人作为分属截然不同领域的存在区别开来。就是说，当自己心生不快或焦躁不安之时，便将对方暂且移往同自己个人没有关系的另一领域，继而作如是想：好咧！今天我是不愉快不释然来着，但其原因已不在这里而打发去了别处，等以后慢慢查证慢慢处理好了！从而得以将自己的情绪暂时冻结起来。事后解冻慢慢查证的过程中，情绪有时的确还受其困扰，但这已近乎例外。经过一定时间之后，大多东西都会挥发掉毒气而成为无害物，我自然迟早将其忘去脑后。

在已然过往的人生途中，我运用这种情感处理方式避免了许许多多不必要的麻烦，使我的自身世界得以处于较为安详稳定的状态，以致我对自己拥有如此有效的方式感到不无自豪。

然而用在绵谷升身上，这一方式可以说毫不奏效。我无法将绵谷升其人一举打入“与己无关的领域”，甚至适得其反，而由绵谷升将自己本身轻易打入“与己无关的领域”。这一现实使我焦躁不安。不错，久美子父亲是傲慢是令人不快，但他终归是固守单一信念的视野狭隘的小人物，所以我可以将他忘得一干二净。但绵谷升不同，他清楚地觉悟到自己是怎样的存在，并且可能对我这个人的内涵亦有相当精确的了解。若他有意，他甚至足以把我打得体无完肤。他之所以未这样做，不外乎由于他对我毫无兴趣。我之于他，乃是个不值得花费时间和精力打击的对手。我想我对绵谷升感到无奈和不安的原因即在这里。本质上他是卑鄙的小人，是个华而不实的利己主义者，然而他显然比我本领高强。

同他见面之后好一段时间我都排遣不掉一种作呕感，就像嘴里硬是被人塞进一团催人反胃的毛毛虫。虫固然吐了，但感触仍留在口中。一连数日我一直在想这个绵谷升，努力去想别的也还是非转回他身上不可。我去听音乐会，去看电影，和单位同事一起去看棒球比赛，喝酒，看一直想看而留着没看的书，然而绵谷升仍旧赖在我的脑海里。他抱着双臂，以泥沼样黏滞的不祥的目光看着我。这使我烦躁不安，使我立足的地基剧烈震荡。

其后见到久美子时，久美子问我对她哥哥感觉如何。但我不可能直言相告。我很想向久美子问个水落石出，问他罩在脸上的假面具，问藏在其假面具后面的扭曲变形的什么东西。我恨不得一吐为快，吐出心中的块垒和迷乱，但最终只字未吐，因我觉得自己无论如何也是说不明白的，况且即使说得明白，恐也不宜对她说。

“的确有点和一般人不同。”我说。我本想再适当补充一句，却未想出。久美子也没有再问，只是默然点头。

我对于绵谷升的心情，直到现在也没有改变。至今仍对他感到一如当初的无奈和不安，犹如低烧不肯退去。我家里没有电视机，但奇怪的是，每当我在什么场所无意中看一眼电视，里面就未尝不有正在侃侃而谈的绵谷升；每当在哪里的休息室拿本杂志一翻，上面也未尝不有绵谷升的照片绵谷升的文章。简直就像绵谷升埋伏在世界各个拐角处等着我，我甚至觉得。

OK，让我老实承认吧：**或许我憎恶绵谷升。**

7　幸福的洗衣店、加纳克里他的出现

我将久美子的衬衫和裙子拿去站前的洗衣店。平时我总是把要洗的东西送往附近一家洗衣店，并非出于偏爱，只是因为离家近。而妻上班路上时常利用站前的洗衣店，上班途中交出，回家路上捎回。她说价钱虽贵一点儿，但功夫比家附近的考究。于是大凡自己珍惜的衣服，即使麻烦些她也拿去站前。所以这天我才决定专门骑自行车跑一次站前。料想她对我把她衣服送去那里是乐意的。

我穿上薄些的绿色棉布裤，蹬上网球鞋，套上久美子从哪里拿回来的为唱片公司做广告用的范·海伦黄色 T 恤，抱起衬衫裙子走出家门。洗衣店的主人仍用上次那般大的音量听 JVC 收录机。今早听的是安迪·威廉姆斯的磁带。我推开门时《夏威夷婚曲》刚完，正接着放《加拿大落日》。店主一边用圆珠笔往本子上一个劲写着什么，一边合着旋律很幸福地吹口哨。货架上堆积的盒式音乐磁带中部分曲名可以看清，如《塞吉奥·梅迪斯》、《贝尔特·肯普斐特》和《101 弦乐》。他大概是轻音乐的狂热爱好者。我不由心想，难道真有 Albert Ayler、Don Cherry 和 Cecil Taylor 的热烈追随者成为站前商业街洗衣店主人这类故事吗？有也未可知。只是他们恐怕不大可能成为幸福的洗衣店主。

我把绿花衬衫和鼠尾草色喇叭裙放在柜台上，他马上打开，粗粗看了一遍，以工整的字体在账单上写了衫裙字样。我喜欢字迹工整的洗衣店主，此外若再爱好安迪·威廉姆斯，简直是无可挑剔。

“是冈田先生吧？”他问。我说是的。他写上我的名字，把复写的那张撕下递给我。“下周二来取，这回请别忘取哟。”他说，“太太的衣服？”

“嗯。”我应道。

“蛮漂亮的颜色嘛。”他说。

天空阴沉沉的。天气预报说有雨。现在九时三十分都过了，仍有拿着公文包和折叠伞上班的人朝车站楼梯快步赶路。怕是上班时间迟些的工薪阶层吧。早晨就很闷热，但他们对此无动于衷，全都煞有介事地裹着西装，煞有介事地扎着领带，煞有介事地穿着黑皮鞋。我见到不少同我年龄相仿的职员模样的人，却没有一个人身穿范·海伦T恤。他们西装领上别着公司徽章，腋下挟着《日本经济新闻》。月台铃响了，几个人跑上楼梯。我已经好久没目睹这类人的身影了。回想起来，这一个星期我只在家和自选商场和图书馆和附近区营游泳池之间走来走去。这星期我所见到的，全是主妇和老人和孩子和若干店主。我在这里站立片刻，怔怔地打量穿西装扎领带的人们。

好容易出来一次，我思忖是否该进站前的咖啡馆受用一杯早咖啡什么的，又嫌啰嗦作罢。其实也并非很想喝咖啡。我看了看自己映在花店橱窗里的姿影，T恤下襟不知什么时候染了番茄汁上去。

骑自行车回家途中，我情不自禁地用口哨吹起了《加拿大落日》。

十一时，加纳马耳他打来电话。

“喂喂。”我拿起听筒。

“喂喂，”加纳马耳他道，“是冈田先生府上吗？”

“是的，我是冈田亨。”第一声就听出打来电话的是加纳马耳他。

“我叫加纳马耳他，上次失礼了。请问，您今天下午有什么安排吗？”

我说没有。如候鸟没有用来抵押的资产，我也没有所谓安排。

“那样的话，今天一点我妹妹加纳克里他去府上拜访。”

“加纳克里他？”我以干涩的声音问。

“我妹妹，前几天给您看过照片的，我想。”

“呃，你妹妹我倒是记得。不过……”

“加纳克里他是我妹妹的名字。妹妹作为我的代理前往拜访，一点钟可以吗？”

“可以是可以……”

“那就这样吧。”加纳马耳他放下电话。

加纳克里他？

我拿出吸尘器吸地板，整理房间。把报纸归在一处，用绳子捆了扔进壁橱，将散乱的音乐磁带放到架上排列好。在厨房把要洗的东西洗了，然后淋浴，洗头，换上新衣服。又新煮了咖啡，吃了奶油三明治和煮鸡蛋。吃罢坐在沙发上翻看《生活指南》，考虑做何晚餐。我在“羊栖菜 · 豆腐色拉”那里画了个记号，在采购备忘录上写下所需材料。打开调频收音机，迈克尔 · 杰克逊正在唱《比利 · 金》。我开始想加纳马耳他，想加纳克里他。见鬼，这对姐妹，双双取的什么名字？岂不简直成了相声搭档！加纳马耳他、加纳克里他。

毫无疑问，我的人生是在朝奇妙的方向发展。猫跑了。莫名其妙的女郎打来莫名其妙的电话。同一个不可思议的女孩相识并开始在胡同一间空屋里进进出出。绵谷升强奸了加纳克里他。加纳马耳他预言领带失而复得。妻告诉我不工作也未尝不可。

我关掉收音机，把《生活指南》放回书架，又喝了杯咖啡。

一时整，加纳克里他按响门铃。果然同照片上的一模一样：个儿不高，年纪大约不超过二十五岁，样子很文静，而且一看即知她惟妙惟肖地保持着六十年代初期的打扮。如果以日本为舞台拍摄《美国怀旧》，加纳克里他想必可以凭这副打扮被遴选为特约演员。她一如照片上那样头发蓬蓬松松，发端呈螺旋状。脑门上的头发被紧紧拽往脑后，卡了一把闪烁其辉的发夹。黑色的眉毛用眉笔勾勒得跃然脸上，睫毛油渲染出不无神秘意味的眼影，口红也恰到好处地再现了当时的流行色。若让她拿起麦克风，很可能径自唱起《安琪儿乔尼》。

当然，她的衣着要比其化妆简朴得多普通得多，甚至可以说是事务性的。上身是式样简单的白衬衫，下身是同样简单的绿色紧身裙，饰物之类一概没有。腋下一个白色的漆皮包，脚上白色的尖头船形鞋，是小号的，后跟尖尖细细如铅笔芯，同玩具鞋无异。我不由大为折服：穿这样的东西居然也能走到这里来。

较之照片，真人远为漂亮，漂亮得说是模特都不为夸张。看见她，恍惚在看往日的东宝电影：加山雄三和星由里子出场了，坂本九郎扮演送外销饭的伙计，这当儿哥斯拉[①]扑上前来……

不管怎样，我把克里他让进家中，请她在客厅沙发坐下，热了咖啡端上。我问她吃了午饭没有，因看上去她总好像还空着肚子。她说还没吃。

“不必介意，”她慌忙补充道，“不用管我的，午间一般只

---

① 日本东宝制片厂1954年摄制的一部影片名称，亦为影片主人公的怪兽的名字。在海底沉睡的怪兽因原子弹爆炸醒来大肆毁坏城市。影片以其特殊摄影技巧在当时大受欢迎。

吃一点点。”

“真的？”我说，“做三明治不费什么事，用不着客气。这类小东西我早已做惯了，手到擒来。”

她轻轻摇了好几下头，说：“谢谢您的好意。真的没有关系，请别再张罗。咖啡就足可以了。”

但我还是在碟子里装了巧克力小甜饼端出来。加纳克里他吃了四个，看上去吃得很香。我也吃了两个，喝了咖啡。

吃罢饼干喝完咖啡，她多少显得舒缓下来。

“今天我是代替姐姐来的。”她说，“我叫加纳克里他，加纳马耳他的妹妹。当然这不是我的原名，原名叫加纳节子。现在的名字是给姐姐当帮手之后才启用的。怎么说呢，算是职业用名吧，和克里特岛① 没什么关系，也没去过克里特岛。只是姐姐用了马耳他那个名字，就适当选了个相关的称呼。克里他这个名字是马耳他选的。对了，冈田先生您去过克里特岛吗？”

很遗憾，没去过，我回答。没去过，短时间里也没去的打算。

“克里特岛迟早要去一次。”她说，旋即以甚为一本正经的神情点了下头。“克里特是希腊距非洲最近的海岛，是个大岛，古代文明很发达。姐姐马耳他也到了克里特岛，说那里好极了。风大，蜂蜜特别香甜。我特别喜欢蜂蜜。”

我点头。我不怎么喜欢蜂蜜。

“今天来有一事相求，”加纳克里他说，“请允许取一点府上的水。”

---

① “克里特”和“克里他”在本书原文中为同一词。但在日语中，“克里特”之“特”与“马耳他”之“他”同音（ta），作者的原意是借此提示加纳马耳他与加纳克里他的姐妹关系，故译文中逢人名译作“克里他”，以体现作者此意。

“水？”我问，“你是说自来水？”

“自来水就行。此外如果这附近有井，也想取一点井水。”

“我想附近没有井，但在别人家院子里倒是有一眼，不过干了出不来水。”

加纳克里他以颇有些复杂的眼神看着我，“那井真的出不来水么？的确是那样的？”

我想起女孩往井里扔砖块时那“砰”一声干巴巴的声响，说：“的确干涸了，没错儿。”

“也罢。那就取府上自来水好了。”

我领她走进厨房。她从白漆皮包里拿出两个小药瓶样的容器，在一个里面装满自来水，小心翼翼拧紧盖子。然后她说想去浴室。我把她领进浴室。浴室里晾满了妻的内衣裤和长筒袜，加纳克里他并不介意，拧开水龙头往另一瓶里灌了水，拧好瓶盖，倒过来看是否漏水。两个瓶盖颜色不同，以区别浴室水和厨房水。装浴室水那个是蓝色，装厨房水那个是绿色。

折回客厅，她把两个小药瓶塞进小小的塑料冷藏盒，封上拉链式盒盖，很珍贵似的收入白漆皮包。随着“咔”一声脆响，皮包卡口合上。看那手势，不难知道同样作业她不知重复过多少次。

“这就行了？”我问。

“嗯，现在这就行了。”说罢，加纳克里他理一下裙摆，做出要挟包从沙发上站起的姿态。

“等等，”我说，我全然没料到她将如此唐突地离去，很有点狼狈，“请等一下，猫的下落那以后怎么样了？老婆很想知道。不见都快两个星期了，要是有一点点线索，务请指点才好……”

加纳克里他生怕被人抢走似的挟着漆皮包注视我的脸，随后微微点了几下头。一点头，下端卷起的头发像六十年代初期流行的那样蓬蓬松松地摇摇颤颤。而一眨眼，又黑又长的假睫毛便如黑奴手上的长柄扇一般慢慢一上一下。

“直言相告，姐姐说这话讲起来恐怕比眼睛看到的还要长。”

“比眼睛看到的还要长？”

“还要长”这一说法，使我联想起一望无际且一无所有的旷野上唯一高高耸立的木桩。随着太阳的西斜，桩影迅速伸长，前端肉眼早已看不见了。

“是的。因为这不仅仅限于猫的失踪。”

我有些困惑。“可我只是希望弄清猫的下落。仅此一点。猫找到就可以了。如果死了，我想核实一下。这怎么会变得**还要长**呢？我不明白。”

“我也不大明白。”说着，她把手放在头上闪闪发光的发夹上，稍稍往后推了推。“但请你相信我姐姐。当然不是说姐姐无所不知。不过既然姐姐说‘讲起来话长’，那么那里边就的确应有‘讲起来话长’的情由。”

我默然颔首，再无话可说。

“您现在忙吗？往下可有什么安排？”加纳克里他以郑重其事的语调问。

“一点也不忙，什么安排也没有。”我说。犹如切根虫夫妇不具有避孕知识，我也不具有什么安排。不错，我是打算在妻回来之前去附近自选商场买几样东西，做“羊栖菜·豆腐色拉”和里加托尼虾番茄酱。但一来时间绰绰有余，二来并不是非做不可。

“那么，就稍微说说我自身的事好么？”加纳克里他道。她把手里的白漆皮包放在沙发上，手交叉置于绿色紧身裙的膝部。

两手的指甲染成好看的粉红色，戒指则一个也没戴。

就请说吧，我说。于是我的人生——加纳克里他按门铃时我便已充分预料到了——愈发朝奇妙的方向伸展下去。

8 加纳克里他的长话、关于痛苦的考察

“我生于五月二十九日。”加纳克里他开始讲述，“二十岁生日的晚上，我决心中断自己的生命。”

我把换上新咖啡的咖啡杯放在她面前，她往里放进牛奶，用羹匙缓缓搅拌，没加糖。我像平日那样不加糖也不放奶，干喝一口。座钟发出“嗑嗑嗑”的干涩声音叩击时间的墙壁。

加纳克里他目不转睛地逼视我说：“还是按顺序从更早一点讲起吧，也就是从我的出生地、家庭环境讲起，好吗？”

“请随便讲好了，无拘无束地、水到渠成地。”

“我们兄妹三人，我是老三。”加纳克里他说，“姐姐马耳他上边有个哥哥。父亲在神奈川县开一家医院。家庭方面不存在任何问题，一个普普通通的随处可见的家庭。父母崇尚勤劳，做人十分认真，对我们管教虽严，但在不给别人添麻烦的情况下，小事情上我觉得还是允许我们有一定自主性的。经济上比较宽裕，但父母的方针是不铺张浪费，不给孩子不必要的钱，过的是莫如说更接近简朴的生活。

“姐姐马耳他比我大五岁，她从很小时候就多少有与人不同的地方。她可以说中很多事情：刚才几点几点病房有患者去世啦，不见了的钱包掉在哪里哪里啦，简直百发百中。起始大家觉得有趣，如获至宝似的，但不久就渐渐有点害怕起来。父母告诉她不可在别人面前说(那种没有确切根据的事)。况且父亲身为医院的院长，从这个角度也不愿意让别人知道女儿具有这种超自然能力。从那以来马耳他就紧紧闭上了嘴巴，不仅不说(那种没有

确切根据的事），就连家常话也几乎不参与了。

“只是，马耳他对我这个妹妹一向畅所欲言。我们姐妹很要好。她先说千万别跟别人说哟，然后悄悄告诉我什么附近不久会有火灾啦，住在世田谷的婶母病情要不妙啦等等。实际上也给她说中了。我还是个孩子，觉得好玩得不得了，根本就没感觉什么不是滋味什么不寒而栗。从我刚一懂事，就一直跟马耳他形影不离，一直听她的（预言）。

“马耳他这种特殊能力伴随年龄的增长越来越强，但她不懂得如何对待自己身上的这种能力，不懂得如何发挥，始终为此感到烦恼。她不能找人商量，不能请人指教。在这个意义上，十几岁二十来岁的她是个非常孤独的人。马耳他必须靠自己一个人的力量解决这一切，必须自己一个人找出所有答案。在我们家里，马耳他生活得绝不幸福，心情一刻也松弛不下来。她必须抑制自己的能力，躲开别人的注意，正像一棵总想往大处长的植物被按在小花盆里栽培。这是不自然的，错误的。马耳他只明白一点，就是自己必须尽早尽快脱离这个家。她开始认为在世界某处应该有属于自己的正常天地，有属于自己的生活方式。不过她必须乖乖忍到高中毕业。

“走出高中，马耳他没上大学，她决心单独去外国另辟新路。但我的父母过的都是极其常规的人生，不可能轻易答应她。于是马耳他千方百计攒钱，瞒着父母偷偷远走高飞。她先到夏威夷，在考爱岛住了两年。因为她从一本书上得知考爱岛北海岸有个水较好的地方。马耳他从那时就对水怀有极浓的兴趣，她坚信水的成分对人的存在起着举足轻重的作用，因此决定在考爱岛生活。考爱岛当时还有个不大的嬉皮士团体，她就作为团体的一员生活在那里。那里的水给马耳他的灵性以很大的影响。她可以将水纳入体内从而使肉体与灵性‘更加融合起来’。她写信告诉我那里实在妙不可言，我读了也十分高兴。但过了不久，她就不很满足于那个地方了。那里确实美丽而平和，人们摈除物欲追求精神的恬适，然而人们又过于依赖致幻剂和性的放纵，而这是加纳马耳他所不需要的。于是两年后她离开了考爱岛。

“接着她到了加拿大，在美洲北部各处转了转，然后去了欧洲大陆。她每到一地都喝那里的水，发现了好几处出水极好的地方，但都不是完全的水。马耳他就这样不断地旅行，钱用完了，就占卜算卦，从失物和寻人的人手里取得酬金。她并不喜欢拿酬金，将天赋能力换为物质绝不是好事，但当时她别无谋生手段。马耳他的卜算在哪里都得到好评，弄钱没费多少时间。在英国还帮了警察的忙，找出埋藏一个失踪小女孩尸体的场所，还在那附近找到犯人掉下的手套。结果犯人被捕，很快招供。这事还上了报纸呢！下次有机会给您看看那张剪报。就这样她在欧洲四处流浪，最后来到马耳他岛。到马耳他已是她离开日本第五个年头了，那是她找水的最后一站。那儿的情况您一定听马耳他讲过了吧？”

我点下头。

“马耳他流浪期间总给我写信——因故写不成的时候除外——一般每星期都写一封长信来，写她现在哪里干什么。我们是对十分要好的姐妹。虽说天各一方，但信使我们息息相通，在某种程度上。信写得真好，您读了也会了解到马耳他是何等难能可贵的好人。我通过她的信了解了世界的丰富多彩，知道了形形色色有趣的人物。姐姐的信就是这样给我以鼓励，帮助我成长，在这点上我深深感谢姐姐，不想否认。不过，信总归是信。在我一二十岁最艰难的阶段最需要姐姐在身边的时候，姐姐始终远在天边，伸手摸哪里也没有姐姐。在家中我孤零零一人，我的人生是孤独的。我送走了充满痛苦的——这痛苦一会儿再细说——青春时代，没有人可以商量。在这个意义上我和姐姐同样孤独。假定那时有马耳他在旁边，我想我的人生肯定同现在多少有所不同。她会提供中肯的建议，把我救出困境，可现在再怎么说也是没用的了。正如马耳他必须自己一个人寻求自己的出路一样，我也必须自己一个人找到自己的归宿。二十岁时我决心自杀。”

加纳克里他拿起咖啡杯，喝里面剩的咖啡。

“好香的咖啡嘛！”她说。

“谢谢。”我装作不经意地说，“有刚煮好的鸡蛋，可以的话，尝尝好么？”

她略一迟疑，说那就吃一个吧。我从厨房拿来煮蛋和盐末，往杯里倒咖啡。我和加纳克里他慢慢剥鸡蛋吃，喝着咖啡。这时间里电话铃响了，我没接。响了十五或十六次后戛然而止。加纳克里他看上去根本就没意识到电话铃响。

吃罢鸡蛋，加纳克里他从白色的漆皮包里掏出小手帕拭了下嘴角，还拉了拉裙摆。

“下决心死后，我准备写遗书。我在桌前坐了一个多小时，想写下自己寻死的原因。我要留下话说自己的死不怪任何人，完全由于我自身的缘故。我不希望我死后有人误以为是自己的责任。

“然而我没能把遗书写完。我反复改写了好多次，但无论怎么改写，都觉得十分滑稽好笑。甚至越是认真地写，越觉得滑稽。最终，决定什么也不写。考虑死后如何又有什么用呢！我把写坏的遗书统统撕得粉碎。

“这其实很简单，我想，不外乎因为自己对人生失望罢了。我无法继续忍受自己的人生持续施与自己的种种样样的痛苦。二十年时间里我始终遭受这些痛苦。我的所谓人生，无非长达二十年的痛苦连续，而在那之前我一直努力忍受痛苦。对努力我绝对怀有自信，我可以拍着胸口在这里断言：我努力的程度敢和任何人相比。就是说我没有轻易放弃抗争。可是在迎来二十岁生日那天我终于这样想道：实际上人生并不具有我为之付出如此努力的价值，二十年简直活得一文不值，这些痛苦我再也不能忍受下去了！”

她一时沉默下来，摆正膝上白手帕的四个角。垂头时，黑黑的假睫毛在她脸上投下安详的阴影。

我清清嗓子，很想说点什么，又不知说什么好，遂默然不语。远处传来拧发条鸟的鸣声。

“我决心死完全由于痛苦。由于**疼痛**。”加纳克里他说，“但我所说的痛不是精神上的痛，不是比喻性质的痛，我说的痛纯粹是**肉体**上的痛，单纯的、日常的、直接的、物理的，因而实实在在的痛。具体说来，有头痛、牙痛、月经痛、腰痛、肩酸、发烧、肌肉痛、烫伤、冻伤、扭伤、骨折、跌伤……就是这类痛。我远比别人频繁而强烈得多地体验这种种痛苦。例如，我的牙似乎生来就有毛病，一年到头总有地方痛，即使刷得再仔细次数再多再少吃甜东西，也还是无济于事。无论怎么预防都必得虫牙。加之我又属于麻醉药不大见效的体质，看牙医对我真就像是噩梦。那实在是无可形容的痛苦，是恐怖！此外月经痛也非同小可。我的月经极端地痛，整整一个星期下腹部都像有锥子往里钻似的痛。还有头痛。您恐怕很难明白，那实在痛得叫人掉泪。每个月都有一个星期遭受这严刑拷打般的痛苦。

“坐飞机时，气压的变化总是把脑袋弄得像要裂开似的。医生说大概是耳朵结构的问题，说如果内耳结构对气压变化敏感，就会出现这样的现象。乘电梯也经常如此。所以即使上很高的楼我也不乘电梯，一乘脑袋就痛得像要四分五裂像血要从里边喷出。另外，一星期还至少有一次胃痛，一绞一绞地痛，早上简直起不来床。去医院查了几次，都查不出原因。医生说可能是精神因素造成的。不管什么原因，反正痛是照样痛。然而在那种情况下我也坚持上学，因为要是一痛就不上学，差不多就别想上学了。

“撞上什么东西，身体必定留下痕迹。每次对浴室镜子照自己身体时，都恨不得哭上一场，身上就像开始腐烂的苹果，到处黑一块紫一块。所以我不愿意在人前穿游泳衣，懂事后就几乎没去游过水。脚的大小左右不一样，每次买新鞋都伤透脑筋，很难买到左右差那么多的。

“这么着，我极少参加体育活动。上初中时一次硬给别人拉去溜了一次冰，结果滑倒跌伤了腰，那以来每到冬天那个部位就一剜一剜地痛得厉害，就像一根粗针猛扎进去一样。从椅子起立都跌倒过好几次。

“还严重便秘，三四天排一次，除了痛苦没别的。肩酸也非比一般。酸起来肩简直硬成一块石头，站都站不稳，可躺下也还是受不了。过去从什么书上得知中国有一种刑罚，把人好几年关在狭窄的木笼里，我想那个痛苦大概就是这种滋味。肩酸最厉害时几乎气都喘不上来。

“此外不知还能举出多少自己感受过的痛苦，不过没完没了尽说这个您怕也觉得枯燥，还是适可而止吧。我想告诉您的是：我的身体百分之百是一部痛苦记录簿。所有所有的痛苦都降落在我头上。我想自己是在被什么诅咒。无论谁怎么说，我都认为人生是不公平不公正的。假如全世界的人都同我一样背负痛苦活着，我也未尝不能忍受。可是并非如此。痛是非常不公平的东西。关于痛我问过很多很多人，但谁都不晓得真正的痛是怎么回事。世上大多数人平时都几乎感觉不到什么痛。得知这点(明确认识到是在刚上初中的时候)我悲伤得差点儿落泪。为什么单单我一个人非得背负如此残酷的重荷活下去不可呢？可能的话，真想一死了之。

“但同时我也这么想来着：不怕，这种情况不会永远持续下去，肯定哪天早上醒来时痛苦会不告而辞地突然消失，而我将开始无忧无虑无苦无痛的全新的人生。可我毕竟对此没有足够的信心。

“我一咬牙如实告诉了姐姐，说自己不情愿活得这么辛苦，问到底怎么办才好。马耳他想了一会，对我这样说道：‘我也觉得你确实出了什么差错，至于错在哪里，我还弄不清楚，也不知道如何是好。我还不具有做出那种判断的能力，我能说的只是——无论如何你都最好等到二十岁，熬到二十岁再决定各种事情。’

“这样，我就决定死活熬到二十岁再说。可好几年过去，情况半点也不见好转。不但不好转，反而痛得变本加厉。我明白过来的只有一点，就是‘伴随着身体的长大，痛苦的量也相应增大’。但八年时间我都挺过来了，我尽量注意去发掘人生美好的一面。我已不再对任何人发牢骚，再痛苦我也总是努力面带微笑，哪怕痛得站立不稳我也迫使自己做出若无其事的样子。反正哭也罢发牢骚也罢都减轻不了痛苦，只有徒然使自己更加窝囊委屈。通过这样的努力，我开始受到很多人喜欢。人们认为我是个老实和气的姑娘，比我大的人信赖我，同年龄的人不少和我成了朋友。要是没有痛苦，我的人生我的青春真可能充满阳光。可惜痛苦总跟着我，就像我的影子。每当我稍稍开始忘记的时候，痛苦就马上赶来猛击我身体某个部位。

“上大学后我有了个恋人，大学一年级时失去了处女的贞洁。但那对我——当然在预料之中——彻头彻尾是一种痛苦。有过体验的女友告诉我忍耐一段时间就习惯了，习惯了就不痛了，不要紧。然而事实上忍耐多久痛苦都不肯离去。每次和恋人睡我都痛得直流泪，对性交也就完全没了兴致。一天我对恋人说我固然喜欢你，但这种痛我再不想遭受第二次了。他大为意外，说哪有这么荒唐的事。'肯定是你精神上有什么问题，'他说，'放松一点就行了，痛就没有了，甚至觉得舒坦。大家不都在干么，怎么可能就你干不了呢！你努力不够，说到底是太姑息自己了。你把所有的问题都归罪于疼痛，啰嗦这个强调那个又顶什么用呢！'

"听他这么说，以前的忍耐一下子山洪暴发。'开什么玩笑！'我说，'你懂得什么叫痛苦！我感到的痛可不是一般的痛，我知道大凡所有种类的痛。我说痛时就**真正地痛**！'接着我一古脑儿说了以前自己体验过的所有的痛，但他似乎一样也理解不了。真正的痛这东西，没有体验的人是绝对理解不了的。就这样我们分了手。

"随后我迎来了二十岁生日。我苦苦忍耐了二十年，总以为会有一个根本上的光辉转折，然而不存在那样的奇迹。我彻底绝望了，后悔不如早死！我不过绕着弯路延长自己的痛苦罢了。"

一气说到这里，加纳克里他深深吸了口气。她面前放着盛蛋壳的盘子和喝光了的咖啡杯，裙子膝部放着叠得方方正正的手帕。她陡然想起似的觑了眼搁板上的座钟。

"抱歉，"加纳克里他用低涩的声音说，"话比预想的长多了。再占用时间恐怕您也为难。废话连篇，不知怎么道歉才好……"

说着，她抓起白漆皮包带，从沙发上站起。

"请等等，"我慌忙劝阻。不管怎样，我不愿意她这么有头无尾地就此结束。"如果介意我的时间，那没有这个必要。反正今天下午有空闲，既然说到这里了，就请说到底如何？还有很长没说吗？”

“当然很长。”加纳克里他站着俯视我道。她双手紧攥包带。“不妨说，这还只算是序言吧。”

我请她稍等一下，走进厨房，对着洗碗池做两次深呼吸，从餐橱里拿出两个玻璃杯，放冰块进去，斟上冰箱里的橙汁，将两个杯放到小托盘上，端起折回客厅。这些动作是慢慢花时间进行的，但折回时加纳克里他仍凝然伫立未动。当我把橙汁杯放在跟前时，她这才改变主意似的在沙发上坐下，把皮包放在旁边。

“真的不要紧吗？”她确认似的问，“把话彻底讲完？”

“当然。”我说。

加纳克里他把橙汁喝了一半，开始继续下文。

“不用说，我没有死成。我想您也知道，要是死成了，根本就不可能这么坐在这里喝橙汁。”说罢，加纳克里他盯住我的眼睛。我用微笑表示同意。她继续说：“我要是按计划死去，问题也就最后解决了。死了，永远没了意识，也就再感觉不出疼痛了，而这正是我希望的。不幸的是我选择了错误的方法。

“五月二十九日晚上九点，我去哥哥房间提出借车用一下。刚买的新车，哥哥脸色不大好看。我没管那么多。买车时他也向我借了钱，没办法拒绝。我接过车钥匙，钻进那辆闪闪发光的丰田 MR2，开车跑了三十分钟。新车，才跑了一千八百公里，很轻快，一踩加速板就忽地冲向前去，正合我意。快到多摩川大堤的时候，我物色到一堵看上去坚不可摧的石墙，那是一座公寓楼的外墙，又碰巧位于丁字路口的横头。为了加速，我保持足够的距离，而后将加速板一踩到底，驱车一头扎向墙壁。我想时速应有一百五十公里。车头撞墙的一瞬间，我失去了知觉。

“然而对我来说不幸的是，墙壁远比外表酥软得多。大概工匠偷工减料没打好墙基，墙壁倒塌，车头一下成了馅饼。但仅此而已。墙壁不够硬，承受不住车撞。而且，也许我脑袋乱套了——竟忘了解安全带。

“这样，我剩了条命。不光命剩了，身上还几乎完好无损。更奇怪的是，痛也几乎没有感到。真有点儿鬼使神差。我被送去医院，折断的一条肋骨很快接好了。警察来医院调查，我说什么也不记得。也许说过把加速板错当刹车板踩了。警察对我的话全部信以为真，毕竟我才二十岁，拿驾驶执照还不过半年，再说表面上我怎么也不像想自杀那种类型，何况根本就没有系着安全带自杀的。

“但出院后有几个伤脑筋的现实问题等着我。首先我必须代还那辆报废 MR2 车的分期付款。糟糕的是由于同保险公司在手续上有一点出入，车还没进保险范围。

“早知如此，借保险手续完备的外租车就好了！但当时没想到什么保险，更不至于想到哥哥那辆傻车没入保险而自己又自杀未遂。毕竟以一百五十公里时速冲向石墙，能这么活下来已很是不可思议。

“不久，公寓管理协会来单子讨修墙费。付款通知单上写着 1 364 294 日元。这个我必须支付，须用现金马上支付。无奈，我向父亲借钱付了。但父亲这人在金钱上一丝不苟，叫我分期偿还。他说事故说到底是你惹出来的，钱要一元不少地好好还！实际上父亲也没什么钱，当时医院扩建，他也正为筹款伤脑筋。

“我再次考虑去死，这回一定要死得利利索索。我打算从大学主楼十五层跳下，死保准不成问题。我察看了好几次，找准一个可以跳下的窗口。说实话，我真险些从那儿跳下。

“但当时有什么把我制止了，有什么发生了变异，有什么爬上了心头。‘有什么’在紧急关头恰如从后面拦腰抱住我似的将我制止了。但我意识到这‘有什么’到底是什么却花了相当长时间。

“疼痛没有了。

“自那次事故住院以来，我几乎感觉不到疼痛。事情一个接一个，一时天昏地暗，致使我未能觉察到。但疼痛那东西的确从我身上不翼而飞了，头痛没有了，胃痛也没有了，连折断的肋骨也差不多感觉不出痛。我闹不清发生了什么，总之所有疼痛都消失了。

“于是我想暂且活着试试。我来了兴致，想多少体味一下没有疼痛的人生是怎么一码事。死反正随时可死。

“但对我来说，活着不死也就意味着还债。债款总共超过三百万日元。这样，为还债我当了妓女。”

“当妓女？”我愕然道。

“是的，”加纳克里他满不在乎地说，“我要在短时间内搞到钱。我想尽快还清债款，而此外我又别无立竿见影的弄钱手段。这完全没有什么好踌躇的。我认真地想死过，而且迟早也还是要死。那时也无非是对于没有疼痛的人生的好奇心使我暂且活着。同死相比，出卖肉体算不得什么。”

“那倒也是。”

加纳克里他用吸管搅拌着冰已融化的橙汁，呷了一小口。

“问个问题可以吗？”我问。

“可以，请说好了。”

“你没有就此跟姐姐商量过么？”

“马耳他那时一直在马耳他岛修行。修行期间姐姐绝对不告诉我她的地址，怕分散注意力，妨碍修行。所以，姐姐在马耳他三年时间，我几乎没能给她写信。”

“是这样。”我说，“不再喝点咖啡？”

“谢谢。”加纳克里他说。

我去厨房热咖啡。这时间我望着排气扇，做了几次深呼吸。咖啡热好后，倒进杯子，同装有巧克力小甜饼干的碟子一起放在盘上端回客厅。我们吃着小甜饼喝了一会儿咖啡。

“你想自杀是什么时候的事呢？”我问。

“二十岁时，距今六年前，也就是一九七八年五月的事。”加纳克里他回答。

一九七八年五月是我们结婚的月份。其时正值加纳克里他要自杀，加纳马耳他在马耳他岛修行。

“我到热闹场所跟合适的男人打招呼，谈好价，就去附近旅馆上床。”加纳克里他说，“对性交我再也感觉不到任何肉体痛苦。不痛了，不像以前。快感也丝毫没有，但痛苦没有了，只是肉体的动作罢了。我为钱性交，对此没有任何负罪感。我被一种深不见底的麻木感笼罩着。

“进款非常可观。第一个月我就存了差不多一百万。如此持续三四个月，还债应该绰绰有余。大学上课回来，傍晚上街，最迟不超过十点干完回到家里。对父母我说是在饭馆当女侍。谁也没有怀疑我。一次还钱太多难免惹人生疑，我就一个月只还十万，其余存入银行。

“不料一天晚上，我仍像往常那样来到车站附近，正要向男人打招呼时，胳膊突然被两个男的从背后抓住了。我以为是警察，但细看之下，原来是这一带的地痞。他们把我拉进小胡同亮出匕首样的东西，直接把我带到附近的事务所。他们将我推进里边一个房间，扒光绑了，然后慢慢花时间强奸我，并把整个过程用摄像机录下来。那时间里我紧闭眼睛，尽量什么也不想。这不难做到，因为既无痛感又无快感。

“之后，他们给我看了录像，说若我怕被公开，就得加入他们的团伙。他们没收了我钱包里的学生证，说要是说个不字，就把录像带拷贝寄到我父母那儿，把钱统统榨干。我别无选择。我说无所谓，照你们说的做就是。当时我真的觉得没什么大不了。‘不错，加入到我们团伙里边做，或许到手的钱少些，’他们说，‘因为我们拿进款的七成。但你省去拉客时间，也不用担心给警察抓走，还给你找品质好些的客人。像你这样没个分晓地向男人打招呼，早晚要给人勒死在旅馆里！’

“我再不用站街头了，只消傍晚到他们事务所报到，按他们说的去指定旅馆就行。他们给我找的确实是上等客，为什么不晓得，反正我受到特殊对待。外表上我是怯生生的，还似乎比其他女孩有教养，想必有不少客人喜欢我这种类型。别的女孩一天一般至少接三个客，我一天一两个也可以的。别的女孩手袋里装有BP机，一听事务所叫必须急忙赶到哪里一座低档旅馆，同来路不明的男人上床。而我大体上都是事先约好了的，场所也基本上是一流旅馆，也有时去什么公寓的套间。对象大多是中年人，个别时候也有年轻人。

“每星期去事务所领一次钱。款额是没有以前多，但若加上客人单独给的小费，也还是够可以的。提出格要求的客人当然有，但我什么都不在乎。要求越是出格，他们给的小费就越多。有几个客人好几次指名要我，他们通常都是出手大方的人。我把钱分存在几家银行里。实际上那时候钞票已不在话下了，不过是数字的罗列罢了。我大约只是为确认自己的麻木感而一天天活着。

“早上醒来，躺在床上确认自己身上是否有可以称为疼痛的感觉。我睁开眼睛，慢慢集中注意力，从头顶到脚尖依序确认自己肉体的感觉。哪里也不再痛。至于是疼痛不存在，还是疼痛本身存在而我感觉不到，我无由判断。但不管怎样，疼痛消失了。不仅痛感，任何种类的感觉都荡然无存。确认完起床，去卫生间刷牙。我脱掉睡衣，光身用热水淋浴。我觉得身体轻得很，轻飘飘的，感觉不出是自己的身体，就好像自己的灵魂寄生于不属于自己的肉体。我对着镜子照了照，但照在里边的人仿佛距自己很远很远。

“没有疼痛的生活——这是长期梦寐以求的。然而实现之后，我却不能够在新的无痛生活中很好地找到自己的位置。里边有一种类似错位——显然是错位——的东西。这使我不知所措。我觉得自己这个人好像同世界的任何场所都格格不入。以前我对这个世界深恶痛绝，日甚一日地憎恶它的不公平不公正。然而至少在那里边我是我，世界是世界。可现在呢，世界甚至不成其为世界，我也甚至不成其为我了。

“我开始变得好哭了。白天一个人去新宿御苑或代代木公园，坐在草坪上哭。有时一哭就是一两个小时，甚至哭出声来，往来的人直盯盯地看着我也不在乎。我后悔那时没有死成。要是五月二十九日晚上一死了之该有多妙！而眼下在这麻木感的笼罩中，我连自行中断生命的气力都没有了。那里没有疼痛没有欢喜，什么都没有了。有的只是麻木不仁。我甚至不是我自己了。”

加纳克里他深深吸了口气，拿起咖啡杯，往杯里俯视有时，尔后轻轻摇下头，把杯放回托碟。

“见绵谷升先生也是那期间的事。”

“见绵谷升？”我一惊，“作为客人？”

加纳克里他静静地点头。

“可是，”我停了一会，默默斟酌词句，“不好明白啊！你姐姐跟我说你好像是被绵谷升强奸了的。莫不是另外一回？”

加纳克里他拿起膝上的手帕，再次轻擦一下嘴角，继而窥视似的看我的眼睛，瞳仁里有一种让我困惑的东西。

“对不起，能再来一杯咖啡？”

“好的好的。”说着，我把茶几上的杯子撤到盘里，去厨房热咖啡。我双手插进裤袋，倚着控水台等咖啡煮沸。当我手拿咖啡杯折回客厅时，沙发上的加纳克里他不见了，她的皮包她的手帕一切都不见了。我去门口看，她的鞋也不见了。

糟糕！

9 电气的绝对不足与暗渠、笠原May关于假发的考察

早上送走久美子，我去区营游泳池游泳，上午是游泳池人最少的时间。游罢回家，在厨房煮了咖啡，边喝边反复思索加纳克里他尚未讲完的奇妙身世。我依序一一回想她的话，越想越觉得奇妙。但想着想着脑袋运转不灵了。困了，要晕过去似的困。我倒在沙发上闭起眼睛，很快睡了过去。我做了个梦。

梦中加纳克里他出现了。但最先出现的是加纳马耳他。梦境中的加纳马耳他戴一顶蒂罗尔式帽，帽上有一支又大又鲜艳的羽毛。尽管那里（大约是宽敞的大厅）人多拥挤，但我一眼就看到了头戴新潮帽子的加纳马耳他，她一个人坐在吧台那里，眼前放一个大玻璃杯，杯里好像装着热带果汁饮料。但加纳马耳他沾没沾嘴唇，我还看不清楚。

我身穿西装，扎着那条带水珠形图案的领带。见到她，想立即过去，但被人堆挡着前进不得。好歹挤到柜台前时，加纳马耳他已不见了，唯独热带果汁饮杯孤零零地放着。我在邻座坐下，要了杯加冰块的苏格兰威士忌。酒吧侍者问苏格兰要哪种，我说要 Cutty Sark①。牌子什么都无所谓，只是最初浮上脑际的是 Cutty Sark。

还没等要的酒上来，背后有人像抓什么易碎器皿似的悄悄抓起我的胳膊。回头，见是一个没有面孔的男子。是否真的没有面孔我闹不清楚，反正该有面孔的部位被阴影整个遮住，看不清阴影下有什么。“这边请，冈田先生。”男子说。我想说句什么，他却不给工夫开口。“请到这边来，时间不多，快点！”他抓着我

的胳膊快步穿过嘈杂的大厅，来到走廊。我没怎么挣扎，由他领着沿走廊走去。此人起码知道我的姓名，不会不分青红皂白见人就做此举动，其中必有某种缘由和目的。

无面男子沿走廊走了一会，在一扇门前止住脚步。门上房号牌写着 208。“没锁，你来开门。”我顺从地打开门。里面房间很大，颇像旧式酒店的套间。天花板很高，垂着古色古香的枝形吊灯。但吊灯没开，只有小小的壁灯发出幽幽的光。所有窗帘都拉得严严实实。

“威士忌那里有，你要喝的是 Cutty Sark 吧？别客气，只管喝好了。”无面男子指着门旁的酒柜道，旋即把我留下，悄悄关上门。我全然摸不着头脑，在房间正中久久伫立不动。

房间墙上挂着大幅油画，画的是河。为了平复心情，我看了一会油画。河上一轮月亮，月亮隐隐约约照着河对岸。对岸到底是怎样的风景我无法把握。月光过于朦胧，所有轮廓都扑朔迷离。

如此时间里，我开始特别想喝威士忌。我准备按无面男子的吩咐开酒柜喝威士忌，可是酒柜怎么也打不开。原来看似拉门的，全是足可乱真的装饰门。我试着推拉大凡凸起的部位，还是没办法打开。

“没那么好开的哟，冈田先生。”加纳克里他道。我这才发觉加纳克里他也在。她依然那身六十年代初期装束。“打开需要花费时间。今天是不可能了，别再费劲了！”

当着我的面，她像剥豆荚一样三下五除二脱光身子。没有声明没有解释。“喂，冈田先生，抽不出足够的时间，尽快完事吧！事情很复杂，来这一次都好不容易的。”言毕，她来到我跟

---

① 原为神话中的妖婆名，十九世纪曾用为英国运茶商船名。

前拉开我裤前拉链，极其顺理成章似的取出我那东西，随即悄然俯下粘有假睫毛的眼睛，整个放入口中。

她的口比我想的大得多。我那东西马上在她口中变硬变大。她每次动舌头，卷曲的头发都有如微风吹拂般地轻轻摇颤，发尖触摸着我的大腿根。我所看见的，只有她的秀发和假睫毛。我坐在床沿上，她跪于地板，把脸埋在我的小腹。“不行了。”我说，“绵谷升马上就要来了，碰在一起可不得了。我可不愿意在这种地方见到那小子。”

“不怕。”加纳克里他把嘴移开，“那点时间还是有的，别担心。”

接着，她再次把舌尖舔在那里。我不想射，却不能不射。感觉上就好像被什么吞没了一样。她的嘴唇和舌头一如滑溜溜的生命体牢牢钳住我不放。我一泻而出，旋即醒来。

简直一塌糊涂！我去浴室洗内裤，又用热水细细冲洗身体，以便将黏糊糊的感触去掉。多少年没遗精了？最后一次遗精是什么时候？我努力回想，但想不起来。总之是久远得无从想起的往事了。

淋浴出来正用浴巾擦身时，电话铃响了，是久美子打来的。刚刚梦里在别的女人身上发泄过，同久美子说话多少有点紧张。

“声音怪怪的，出什么事了？”久美子说。她对这类事敏感得可怕。

“没什么的，”我说，“晕乎乎打了个盹，刚醒。”

“唔。”她满腹狐疑地说。那狐疑从听筒里传导过来，弄得我愈发紧张。

“对不起，今天要晚点儿回去，很可能九点以后，反正饭在外边吃。”

“好的，晚饭我一个人随便对付一顿。”

“请原谅。”她说，像蓦然想起补充上去似的。尔后稍停一下，放下电话。

我注视了一会儿听筒，然后走进厨房，削个苹果吃了。

自六年前同久美子结婚到现在，我一次也没同别的女人睡过。倒也不是说自己对久美子以外的女性全然感觉不到性欲，也并非压根儿没这样的机会，不过是我没刻意追求罢了。原因我解释不好，大约类似人生途中事物的先后顺序吧。

只有一次由于偶然的势之所趋在一个女孩宿舍住过。我对那女孩怀有好感，她也觉得同我睡觉未尝不可。对方这个心思我也看得出来，但我并未同她睡。

她在事务所和我一起工作了几年，年龄比我小两三岁。她负责接电话，协调大家的工作日程。在这方面她确实能干，直觉好，记忆力出色。谁现在何处做何工作，有何资料入何卷柜——她几乎有问必答。所有约定也由她安排。大家喜欢她，信任她。我和她个人之间也算要好的，两人单独出去喝了几次。很难说长得漂亮，但我中意她的脸形。

她因准备结婚而辞去工作的时候(男方由于工作关系调往九州)，最后一天我同单位其他几个人一起邀她去喝酒。归途乘同一电车，时间也晚了，我便把她送到宿舍。到宿舍门口，她问我可否进去喝杯咖啡。我虽然记挂末班电车时间，但一来往后说不定见不到了，二来也想借咖啡醒醒酒，便进到里边。的确像是单身女孩住的房间，里面有一个人用不无豪华的大冰箱和缩在书柜里的小组合音响。她说冰箱是一个熟人白送的。她在隔壁换上便服，进厨房做了咖啡，两人并排坐在地板上说话。

“嗳，冈田，你可有什么特别害怕的东西？具体点儿说。”交谈中顿时，她突如其来地问。

“没什么特别害怕的，我想。”我略一沉吟答道。害怕的倒可能有几样，但若说到**特别**，还想不起来。“你呢？”

“我害怕暗渠。”她双臂搂着膝盖说，“暗渠知道吧？不露出地面的水渠，盖着盖子的黑漆漆的暗流。”

“知道。”我说，但我想不起字怎么写。

“我是在福冈乡下长大的。家附近淌着一条小河，就是常见的灌溉用的小河。河淌着淌着就成了暗渠。那时我两三岁，和附近年龄比我大的孩子一起玩耍来着，同伴们让我坐上小船顺流而下，那肯定是他们常玩的游戏。可是当时下雨涨水，小船从同伴手中挣脱开来，带着我射箭似的朝渠口冲去。要不是附近一位老伯伯正巧路过那里，我想我保准被吞入暗渠，世上再没有我这个人了。”

她用左手指碰了下嘴角，仿佛在再次确认自己是否活着。

“那时的情景现在还历历在目。我仰面朝天躺着，两边是石墙似的河岸，上面是无边无际的很好看的蓝天。我就这样一个劲儿一个劲儿顺流而下，不知道情况有什么变化。但过了一会我忽然明白前头有暗渠，**真的有**！暗渠很快就要临近，把我一口吞下。一股阴森森冰冷冷的感触即将把我包笼起来。这是我人生中第一个记忆。”

她啜了口咖啡。

“我害怕，冈田，”她说，“怕得不行，怕得受不了，和那时候一样。我被一个劲儿冲去**那里**。我没有办法从那里逃开。”

她从手袋里掏出烟衔上一支，擦火柴点燃，慢慢吐了一口。这是我第一次见她吸烟。

“你是说结婚的事？”

她点下头：“是，是结婚的事。”

“结婚上可有什么具体问题？”我问。

她摇摇头："倒也没什么可以称为具体问题的问题，我想。当然细节性的说起来是说不完的。"

我不知道说什么好，但气氛上我又必须说点什么。

"即将同谁结婚这种问题，任何人恐怕都多多少少有着差不多同样的心情，例如担心弄不好自己会犯大错什么的。莫如说感到不安是正常的，毕竟决定同谁生活一辈子不是个小事。但那么害怕我想是不必要的。"

"那么说倒简单。什么任何人都如此，什么全都差不多……"

时针已转过十一点，必须设法适当结束谈话离开。

不料没等我开口，她突然提出希望我紧紧拥抱她。

"这是为何？"我吃了一惊。

"给我充电嘛！"她说。

"充电？"

"身体缺电，"她说，"好些天来，我几乎每天都睡不实。刚睡就醒，醒就再也睡不着。什么都想不成。那种时候我就很想有个人给我充电，要不然很难活下去，不骗你。"

我怀疑她醉得厉害，便细看她的眼睛，但眼睛和往常一样机灵而冷静，丝毫没有醉意。

"可你下周要结婚了哟！叫他抱不就行了，怎么抱都行，每天晚上抱都行。结婚那玩意儿为的就是这个。往后就不至于电气不足了。"

她不应声，双唇紧闭，定定地看着自己的脚。两只脚整齐地并在一起。脚白白的，很小，生着十只形状姣好的脚趾。

"问题是现在，"她说，"不是什么明天什么下周什么下个月，**是现在不足！**"

看样子她是的的确确想得到谁的拥抱，于是我姑且搂紧她的身体。事情也真是奇妙。在我眼里，她是个能干而随和的同事，在一个房间工作，开玩笑，有时一块儿喝酒，然而离开工作在她宿舍抱起其身体来，她不过是暖融融的肉团儿。说到底，我们仅仅是在单位这个舞台上扮演各自的角色，一旦走下舞台，抹去在台上相互给予对方的临时形象，我们便不过是不安稳不中用的普通肉团儿，不过是具有一副骨骼和消化器官和心脏和大脑和生殖器的半热不冷的肉团儿。我搂着她的背，她把乳房紧紧贴在我身上。实际接触起来，她的乳房比我想的要丰满柔软。我在地板上倚墙坐着，她全身瘫软地靠住我。两人一声不响，就这样久久抱在一起。

“这回可以了吧？”我问。听起来不是自己的声音，好像别的什么人在替我说话。我察觉她点了下头。

她身穿一件运动衫和一条及膝的薄裙，但我很快得知她那下面什么也没有穿。于是我几乎自动勃起。她似乎也感觉到了我的勃起。她热乎乎的气息一直呼到我脖颈上。

我没和她睡，但最终给她“充电”充到两点。她请求我不要丢下她回家，要我在这里抱她抱到她睡着。我把她带到床上，让她躺下，但她总是睡不着。我就一直抱着已换穿睡衣的她“充电”。我感觉到她的脸颊在我的臂弯里变热，胸口怦怦直跳。我不知道我这样做是否地道，但此外又找不出处理这种情况的办法。最简单不过的是同她睡，而我尽量将这一可能性逐出脑海。我的本能告诉我不应该那样。

“嗳，冈田，别为今天的事讨厌我，我只是缺电缺得不知怎么好。”

“没什么，我很理解。”我说。

我本想往家打个电话。问题是该如何向久美子解释呢？说谎我不愿意，而逐一道明原委我也不认为就能得到久美子的理解。想了一会，索性作罢。车到山前必有路，我想。两点离开她房间，回到家已三点了。找出租车费了时间。

无须说，久美子很生气。她没有睡，坐在厨房餐桌旁等我。我说和同事喝酒了，喝完又打了麻将。她问为什么连个电话都不能打，我说没想起来。她当然不信，谎言马上露了马脚。因为我有好几年没打什么麻将了，况且我这人天生就不会说谎。最终，只好如实招供，从头到尾招供——只省略了勃起部分。我说真的和她什么事也没有。

久美子三天没和我开口，全然没有开口。睡觉分两个房间，饭各吃各的。可以说是我们婚姻生活遭遇的最大危机。她对我真的动了气，我也十分理解她所以动气的心情。

“如果你处于我这个角度，你会怎么想？”沉默三天后，久美子对我这样说道。这是她第一句话。“如果我一个电话也不打，星期天下半夜三点才回来，回来说刚才跟一个男的躺在一张床上，但什么事也没干放心好了相信我，只是给那个人充电，这就吃早餐吃完好好睡个大觉，你能不生气你能相信？”

我默然。

“你可是比这还严重！”久美子说，“你起始说谎来着！起始你说跟某某喝酒打麻将。不折不扣的谎话！又怎么能让我相信你没和那人睡？怎么能让我相信你那不是谎话？”

“一开始说谎是我的不对，”我说，“所以说谎，是因为说实话太麻烦，三言两语说不清。但这点希望你相信：的确没发生什么不好的事。”

久美子在桌上趴了一会。我觉得周围空气似乎正一点点稀薄下去。

“我说不好，除了说希望你相信，说不出别的来。”我说。

“既然你说希望我相信，相信就相信吧。”她说，“不过有一点你记住：我也许迟早会对你做出同样的事，那时你可得相信我。我有这样做的权利。”

她还没有行使这个权利，我不时想她行使时我会怎样。或许我会相信她，但恐怕同样是以一种复杂而无奈的心情。何苦非特意那样做不可呢？而那无疑是久美子当时对我怀有的心情。

“拧发条鸟！”有谁在院子里喊我。原来是笠原May。

我边用浴巾擦头发边走进檐廊。她坐在檐廊里咬着拇指指甲，戴一副同第一次见面时一样的深色太阳镜，乳黄色棉布裤，黑色港衫，手里拿着资料夹。

“从那儿跳墙过来的。”笠原May手指砌块墙，拍了拍裤子的灰，说，“估计差不多才跳的，幸好真是你家。跳错跳到别人家可就不大妙了。”

她从衣袋掏出短支“希望”点燃。

“噢，还好？”

“凑合吧。”我说。

“跟你说，我马上就去打工，可以的话不一块儿去？这工作要两人一组，和认识的人一起做，我也轻松些。不是么，第一次见面的人总是问这问那，什么十几岁啦，干吗不上学啦，啰啰嗦嗦的。弄不好，还可能碰上变态分子，这种情况也不是没有的吧？所以，要是你肯同我搭档，作为我也松了口气。”

“可是上次你说过的假发公司那项调查？”

“正是，”她说，“一点到四点在银座数秃脑袋瓜子的个数罢了，容易着哩。再说对你也有帮助。你这光景，早晚也要秃的，趁现在多多观察研究一番，岂不很有好处？”

“可你大白天不上学在银座做这个，不会给抓去教养？”

“只消说是社会实践课搞调查就行了嘛。总是用这手蒙混过关，没事儿。”

我没有特别要做的事，于是决定与她同行。笠原May往公司打电话，说马上就过去。电话中她说话还是很像样的：是的，我想和那个人搭伴儿一起做。嗯，是那样的。没关系。谢谢。知道了，明白了，我想十二点多可以赶到。考虑到妻可能提前回来，我留了个字条，说六时返回，然后同笠原May一块儿出门。

假发公司位于新桥。笠原May在地铁中简单介绍了调查内容。她说就是站在街头数点来往行人中秃脑袋（或称头发简约者）的人数，并根据秃的程度分成三个等级。梅——看上去头发约略稀疏者；竹——相当稀疏者；松——彻底光秃。她打开资料夹，取出调查用的小册子，给我看里面的各种秃例，果然根据程度将所有秃法划分为松竹梅三级。

“基本要领这就明白了吧？就是说秃成什么样的人归为哪一等级？细说倒多得说不完的，大致哪种属哪级该心中有数了吧？差不多就行。”

“大致是明白了。”我信心不大足。

她旁边坐着一个明显达到“竹”级的职员模样的胖男人，显得很不自在地不时往那小册子斜上一眼。笠原May则全然不当回事。

“我负责区分松竹梅，你在旁边，当我说松说竹时往调查表上记录就成，怎么样，容易吧？”

“倒也是。”我说，“不过这项调查到底有什么用处呢？”

“那我就不晓得了。”她说，“那帮人四处搞这调查的，新宿呀涩谷呀青山呀，怕是调查哪条街上秃头人最多吧，或许调查松竹梅人口比例也不一定。反正不管怎样，那帮人有余钱，所以才往这方面开销。毕竟假发是赚钱行当，奖金比那一带的贸易公司还多出好多。晓得为什么吗？”

“这——”

“因为假发的寿命实际上相当有限。你也许不知，一般都超不过两三年。最近的假发做得十分精巧，消耗也就格外厉害。顶多两三年一过，就要换新的了。由于紧贴头皮，压得假发下面的原生发比以前更薄，必须换戴更为严实合缝的。这么着——总之就是说——要是你用假发用两年不能再用了，你难道会这么想：呃，这假发玩完了，报销了，可买新的又花钱，也罢，明天开始我就不戴假发上班好了！你会这么想不成？”

我摇摇头：“大概不至于。”

“就是嘛，不至于的嘛。就是说，人一旦启用假发，就注定要一直用下去，所以假发公司才发财的。一句话，跟药品经销商一回事，一旦抓住客人，那人就一直是客人，恐怕一直到死。不是么，你听说哪个秃脑瓜子一下子生出黑油油的头发来？假发那玩意儿，价格差不多个个都五十万，最费工的要一百万哩！两年就更新一个，活活要命，这。汽车还开四五年嘛！而且不是还能以旧换新吗？可假发周期比这还短，又没什么以旧换新。”

“有道理。”我说。

“再说假发公司还直接经营美容院，人们都在那里洗假发剪真发。还用说，总不好意思去普通理发店往镜前一坐，道一声‘好咧’取下假发叫人理发吧，话说不出口嘛。光是美容院这项收入都好大一笔。”

“你知道的事可真不少！”我叹服道。她身旁那位“竹”级职员模样的人物全神贯注地听我们谈话。

“噢，我嘛，跟公司关系不错，问了好多好多事，”笠原May说，“那些人赚得一塌糊涂嘛。让东南亚那种低工资地方做假发，毛发都是当地收购的，泰国啦菲律宾啦。那地方的女孩们把头发剪了卖给假发厂。有的地方女孩嫁妆钱就是这么来的。世界也真是变了，我们这儿哪位老伯伯的假发，原本可是长在印度尼西亚女孩头上的哟！”

给她这么一说，我和那位“竹”级职员不由得条件反射地环视车厢。

我们两人到新桥那家假发公司领了装在纸袋里的调查表和铅笔。这家公司销售额据说在同行业排名第二，但公司门口简直静得鸦雀无声，招牌一个也没挂，以便顾客无拘无束地出入，纸袋和表格上也只字未印公司名称。我把姓名住址学历年龄填在临时工登记表上交给调查科，这里也静得出奇，没有人对着电话大吼大叫，没有人挽起衣袖物我两忘地猛敲电脑键盘。个个衣着整洁，工作悄无声息。或许理所当然吧，假发公司见不到有人秃头。其中说不定有人头上扣着自己公司的产品，但我分不清哪个戴假发哪个没戴。在我此前见过的公司中，这里的气氛最为奇妙。

我们从这里乘地铁来到银座大街。还有点时间，肚子也饿了，两人进“日日皇后”吃了汉堡包。

“喂，拧发条鸟，”笠原May说，“你要是秃了，戴不戴假发？”

“戴不戴呢，”我沉吟道，“我这人凡事就怕麻烦，秃就秃吧，或许就那样算了。”

“嗯，肯定那样合适，”她拿纸巾擦去嘴角沾的番茄酱，“秃那玩意儿，我觉得并不像本人想的那么惨，用不着放在心上。”

我“唔”了一声。

吃罢，两人来到和光前面的地铁入口处坐下，数了两三个小时头发稀疏者人数。坐在地铁入口往下看上下阶梯的人的脑袋，确实最能准确无误地把握头发的态势。笠原May一报松或竹，我就记在纸上。看来她对此项作业甚为熟练，一次也没迟疑、含糊或改口过，极其迅速而准确地将发疏程度分为三级。为了不引起步行者注意，她以低而短促的声音报出“松”、“竹”。有时一次好几个头发稀疏者通过，这时她就要“梅梅竹松竹梅”地快嘴快舌。一次有一位颇有风度的老绅士(他本身一头银发)观看了一阵子我俩的作业，然后向我问道：“请问，二位在此做的是什么呢？”

“调查。”我简短回答。

“什么调查？”他问。

“社会调查。”我说。

“梅竹梅。”笠原May低声对我说。

老绅士以不解的神情又看了一会，终于作罢离去。

一路之隔的三越百货大楼的时钟告知四点，两人结束调查，又去“日日皇后”喝咖啡。工作倒像不费什么力气，但肩部和脖颈异常酸硬。也可能是我对暗暗数点秃头人数这一行为有某种类似愧疚的感觉所使然。乘地铁返回新桥公司途中，一看见秃头者就反射性地区分以松以竹。这很难说是令人惬意的事，却又怎么也控制不住，犹势之所趋。我们将调查表交给调查科，领了酬金。就劳动时间和内容而言，款额相当可以。我在收据上签了字，将钱装入衣袋。我和笠原May乘地铁到新宿，转小田急线回家。差不多到下班高峰了，我实在有好久没挤电车了，但并无什么亲切感。

“工作不坏吧？”笠原May在电车上开口道，“轻松，报酬也过得去。”

“不坏。”我含着柠檬糖道。

“下回还一起去？一周就一次。”

“去也无所谓。”

“喂，拧发条鸟，”沉默了一会，笠原May突然想起似的说，“我这么想来着，人们所以怕秃，大概因为秃容易使人想起人生末日什么的。就是说，人一开始秃，就觉得自己的人生似乎正在遭受磨损，觉得自己朝着死亡朝着最后消耗跨进了一大步。”

我就此想了想，说：“这种想法的确有可能成立。”

“嗯，拧发条鸟，我时常心想：慢慢花时间一点点死去，到底是怎么一种滋味呢？”

我不大明白她究竟要问什么，依然抓着吊环，换个姿势盯视笠原May的脸：“慢慢一点点地死去，这具体指哪种情况呢，比如说？”

“比如说吧……对了，比如被单独关在一个黑暗的地方，没吃没喝，一点一点地渐渐死去。”

“那恐怕确实难受、痛苦，”我说，“尽可能不要那样的死法。”

“不过，拧发条鸟，人生在根本上或许就是那样的吧——大家都被关进一个黑洞洞的地方，吃的喝的都被没收了，慢慢地、渐渐地死去，一点一点地。”

我笑道：“以你这个年纪，就时不时有这么极为pessimistic[①]的念头！”

“pess ……什么意思？”

“pessimistic。就是只找世间阴暗面来看。”

---

① 英语“悲观厌世”之意。

pessimistic，她在口中重复了几遍。

“拧发条鸟，”她扬起脸目不转睛地看着我道，“我才十六岁，不太晓得世上的事，但有一点可以充分断定：假如我是 pessimistic 的，那么世上不 pessimistic 的大人统统都是傻瓜蛋！”

10 魔感、浴缸中的死、遗物分发者

搬来现在这座独门独院的房子，是婚后第二年秋天。那以前住的高圆寺公寓因要改建，不得不从中迁出，我们到处物色又便宜又方便的住房，但不超过预算的很不容易找到。我舅舅听说此事，便问暂时住到他在世田谷的自有房子去如何。那是他还年轻的时候买下的，自己住了十几年。舅舅本打算把变旧的房子拆了，另建一座更好用些的新房，但由于建筑规定的关系未能称心如愿。有消息说不久将放松规定，舅舅就一直等着。但那期间若无人入住成为空屋，势必被课以税金。而若租给陌生人，又怕不再租时惹出麻烦。所以舅舅说，为了避免征税，作为名义上的租金只付给此前所付公寓租金（那是相当低廉的）那个数目就行了，只是需搬出时得在三个月内搬出。对此我和妻亦无意见。税金上的事固然不大明了，但能以低租金住上独门独院——即使为期不长——实在是求之不得的。距小田急线是有相当一段路，好在房子四周环境好，位于幽静的住宅地段，虽小也还有个院子。房子诚然是人家的，但实际搬来一住，很有一种我辈也“自立门户”的实感。

舅舅是我母亲的弟弟。此人从不说三道四，性格基本算得上爽快开通。但唯其不多说话，也就多少有点高深莫测的地方。然而亲戚中我对这位舅舅最有好感。他从东京一所大学毕业出来就进广播电台当了播音员，连续播了十来年后，道一声“腻了”辞职离开，在银座开了一间酒吧。酒吧小而朴实无华，却以配制地道的鸡尾酒而小有名气，几年工夫便另外拥有了几家饮食店。他

似乎具有适合做此买卖的才智，每家店都相当红火。当学生时一次我问舅舅你开的店怎么都那么一帆风顺呢，例如在银座同一地段几家看上去同样的店有的热火朝天有的关门大吉，其中缘故我不明白。舅舅摊开双手给我看：“魔感。”舅舅一脸认真的神情，此外再没说什么。

舅舅身上真可能有类似魔感的东西，但不止于此，他还有到处发掘优秀人才的本事。舅舅以高薪优待那些人，那些人也仰慕舅舅而勤恳工作。“对正合心意的人要舍得花钱，舍得给机会。”舅舅一次对我说，“大凡能用钱买下的，最好别计较得失，买下就是。剩下的精力花在不能用钱买的方面不迟。”

舅舅晚婚，到四十五岁经济上取得成功后才终于成家。对方比他小三四岁，离过婚，也有相当的资产。至于在何处如何同其相识的，舅舅不说，我也揣度不出。总之一看便知是个有教养的敦厚的女性。两人没有子女。似乎她前次婚姻也未生育，也许因此不欢而散亦未可知。不管怎么说，舅舅作为四十五岁之人，即使称不上阔佬，也算到了不为钱玩命劳作也未尝不可的地步。除店里的收益之外，还有出租房屋和公寓的收入，投资分红亦非小数。由于在生意场中周旋的关系，在我们这个以从事保守性职业和生活节俭而为人知的家族中，舅舅多少有点被视以白眼，而他本人原本也不喜与亲戚交往，唯独对我这个外甥向来没少关照，自我上大学那年母亲去世而同再婚的父亲闹别扭之后更是如此。作为一个大学生在东京过清苦日子的时候，舅舅常让我在他设在银座的几家店里白吃白喝。

舅舅舅母说独门独院住起来麻烦，便搬到麻布坂上的一座公寓居住。舅舅不甚追求奢华的生活，唯一的嗜好是买罕见的小汽车。车库里有老式的美洲豹和阿尔发罗密欧，两辆都已近乎古董了，但由于保养十分精心，竟如初生婴儿一般通体焕然。

因事给舅舅打电话时，顺便问起笠原 May 家——有件事我不大释然。

“笠原——”舅舅沉吟了一会，“笠原这个姓记忆中没有。在那里住时我独身一人，和近邻根本没往来。”

“同笠原家隔条胡同的后面，有座空房子。”我说，“以前像有个姓宫胁的人住，现在空着，木板套窗上钉了钉子。”

“宫胁我很清楚，”舅舅说，“那人过去开了几家饭店，银座也有一家。也是生意上的关系，见面聊过几次。老实说，店倒不是什么了不得的店，但位置好，经营上我想还是顺利的。宫胁那个人脾性随和得很，公子哥儿出身吧！不知他是不晓得辛苦还是辛苦与他无缘，总之属于总长不大那种类型。被什么人引诱着玩起了股票，好家伙，行情不妙的时候扔了好些钱进去，结果遭殃了，土地房子饭馆全都得脱手。事也不巧，当时他为开新店刚把房子土地抵押进去，正好比撤了顶梁柱又遭横来风。好像有两个正是好年纪的女儿吧……”

“那以来房子就一直没人住吧？”

“哦，”舅舅说，“没人住？那，肯定是所有权上出了差错，资产处于冻结状态或有其他什么吧。不过，那房子再便宜也最好别买哟！”

“当然，再便宜也买不起的。”我笑道，“可又是为什么呢？”

“我买自己房子时大致查问过，那里有很多蹊跷事。”

“闹鬼什么的不成？”

“闹不闹鬼我不知道，反正在宅基方面听不到什么吉利话。”舅舅说，“战前那里住着一个什么相当有名的军人。大校，是陆军顶呱呱的拔尖人物，战争期间在华北来着。他率领的部队在那边立了不少战功，同时也好像干了很多丧尽天良的勾当。一次就杀了将近五百个战俘，抓了好几万农民当劳工，大半被虐待死了——听说的，具体不清楚。战争快结束时他被召回国内，在东京迎来停战。从周围情况看，他很有可能因战犯嫌疑被送上远东军事法庭。在中国飞扬跋扈的将军、校官一级的一个接一个被 MP[①] 押走，而他不打算受审，不想当众受斥后被处以绞刑，认为与其那样，还不如自行绝命。所以，当这个大校看见美军吉普在家门口停下，美国兵从车上下来时，便毫不犹豫地用手枪打穿了自己的脑袋。本想剖腹，但已没那个工夫了。手枪可以速死。他太太也追着丈夫吊死在厨房了。”

“噢。”

“其实来的是个普通 GI[②]，找女朋友家迷了路，停吉普车只是想找人问路。你也知道，他家一带的路，第一次来的人不大容易搞清。人这东西，把握生死关头可不是件简单事。”

“是啊。”

“于是那房子就空了一段时间，后来给一个女电影演员买下了。过去的人，又不是名演员，想必你不知晓名字。女演员在那里——对了—— 住了十年左右吧。独身，和女佣两个人住。岂料女演员搬进那房子不出几年就患了眼疾，眼花，很近的东西看起来都模模糊糊。但身为演员，总不能戴着眼镜表演，那年月隐形眼镜也没现在这么好用，又不普及。因此，她总是事先仔细察看拍摄现场的地面情况，从这里前行几步有什么，从那里往这边几步又有什么——这么一一记在脑袋里之后才表演。往日松竹[③] 的室内剧好歹可以应付下来，但有一天她一如往常察看完现场，放

① Military Police 之略，美国宪兵队。

② Government Issue 之略，美国兵的俗称。

③ 日本的电影制片厂名。

心回到休息室后，一个不知内情的年轻摄影师把已固定妥当的好多物件都移动了一下。”

“唔——”

“结果她一脚踩空摔落下去，不能走路了。视力也越来越差——怕是同这次事故有关——简直跟失明差不多。可怜，人还年轻，又漂亮。电影当然不能演了，光在家里静静待着。如此一来二去，她彻底信任的女佣同一个男的卷逃了，从银行存款到股票，干干净净。不像话！你猜她怎么样了？”

“从事情发展看，反正不会是叫人开心的结局吧？”

“是啊，”舅舅说，“给浴缸装满水，把脸浸进去自杀了。我想你也明白，那样的死法不是意志很坚强的人是做不到的。”

“真不开心。”

“半点都不开心。”舅舅说，“那以后不久，宫胁买了那片地。环境好，地势高，日照充足，地方又大，谁都想弄到手。但他也听说了以前住户不大好的下场，就索性把旧房子连同地基全部拆除，重新建了一座，还请人驱了邪。然而看来还是不行。住在那里总没好事！世上就有这样的地方。白给我都不要。”

在附近自选商场采购完回来，我准备好晚餐用料，收回晾好的衣服，叠好放进抽屉，进厨房煮咖啡喝了。电话铃一次未响，安静的一天。我歪在沙发上看书，无任何人打扰。院子里时而响起拧发条鸟的鸣声，此外再无堪称声响的声响。

四时许有人按门铃。是邮递员。说是挂号信，递过一封很厚的信。我在回执上盖了印章，接过信来。

漂亮的和纸[1]信封上用毛笔黑黑地写着我的姓名住址。看背

---

① 一种日本纸。

面，寄信人姓名是“间宫德太郎”，住址是广岛县某某郡。无论间宫德太郎这姓名还是其广岛县住址，我都全无印象，而且从毛笔字迹来看，间宫德太郎像是相当上年纪的人。

我坐在沙发上拿剪刀剪开信的封口。信笺是旧式长卷和纸，同样是一气流注的毛笔字。字委实漂亮，像是出自有教养人之手。而我这方面无此教养，读起来甚为吃力。行文亦相当古板，但慢慢细读之下，上面写的内容大致还是懂了。信上说，本田先生——我们过去常去见面的占卜师本田先生已于两周前在目黑自己家中去世。死于心脏病发作。据医生介绍，没怎么受折磨，很短时间就停止了呼吸。信中还写道，他是孤身一人，这也算是不幸中的一幸吧。早上帮忙做家务的人前来打扫房间时，发现他已趴在地炉上死了。间宫德太郎说他二战期间曾作为陆军中尉在中国东北驻扎过，战斗中因偶然机会同本田伍长② 成为生死之交。这次遭逢本田大石氏去世，按故人恳切的遗愿代其分发纪念性遗物。故人就此留下了非常详尽的指示。“本人仿佛已预料到自己死期将近，遗书详细而缜密。其中写道倘若冈田亨先生亦肯屈纳一件将深感荣幸云云。”信中继续道，“想必冈田先生正处于百忙之中，但如蒙念及故人遗愿而收此藉以缅怀故人的些许纪念性遗物，作为同样来日无多的故人战友，委实不胜欣慰之至。”信最后写有其在东京的下榻处——文京区本乡二丁目××号间宫某某转交。他大概是住在亲戚家。

我在厨房餐桌上写回信。本想用明信片就事谈事，拿起笔来却硬是想不起合适字眼。最终这样写道：有缘承故人生前诸多关照。想到本田先生已不在人世，往日若干场景蓦然萦回脑际。虽然年龄殊异，且仅仅往来一年，但深感故人身上有某种摇撼人心

---

② 日本旧军衔，相当于下士。

之处。先生对不才如我亦指名留物纪念，坦率说来实出意料之外。但既是故人所望，自然恭受不辞，还望于便中明示。

我把明信片投进附近的邮筒。

死而后生，诺门坎——我自言自语道。

久美子回来时已快夜里十点了。六点前打来电话，说今天可能晚归，叫我先吃，她在外面对付一餐。我说可以，便一个人简单做晚饭吃了，然后继续看书。久美子回来后说想喝啤酒，我取出中瓶啤酒，两人各喝一半。她显出疲倦的样子，面对厨房餐桌支颐坐着，我搭话也不怎么应声，似乎在想别的什么。我告诉她本田先生去世了。哦？本田先生去世了？她叹息说道。不过也到年龄了，耳朵又听不清，她说。但当我说到给我留了纪念物时，她像看见天上突然掉下什么似的惊道：

“给你留下纪念物了，那个人？”

“是啊。我也想不出为什么给我留纪念物。”

久美子皱眉沉思良久。

“或许你合他的心思吧。”

“可我跟那个人话都没怎么说上几句呀！”我说，“至少我这方面没怎么开口，反正说什么对方都听不明白，只是每月一次跟你老老实实坐在他面前洗耳恭听罢了。而且他讲的几乎全是诺门坎打仗的事，扔燃烧弹哪辆坦克起火哪辆没起火等等，尽是这些。”

“不明白啊。反正是你什么地方合他的意了，肯定。那种人脑袋里的事我是理解不了。”

说完她又沉默下去。一种不大舒服的沉默。我扫了一眼墙上的挂历。到来月经尚有时日。也许单位里有什么不愉快的事，我猜想。

“工作太忙？”我试着问。

“多少。”久美子眼望仅喝过一口的啤酒杯说，口气里夹杂着一点儿挑衅意味。“晚回来是我不好。办杂志嘛，总有忙的时候。不过这么晚以前不常有的吧？这还是没等做完硬回来的，理由是自己结婚有家。”

我点头道：“工作嘛，难免晚些，这个没关系。我只是担心你是不是累了。”

她淋浴的时间很长。我喝着啤酒，“啪啪啦啦”翻看她买回来的杂志。

无意间手往裤袋里一插，里边仍揣着打工酬金。我还没有把钱从信封里取出，也没对久美子说起打工的事。倒不是有意隐瞒，只是一错过说的机会就不了了之了。而且时间一过，我竟莫名其妙地有些难以启齿起来。认识了附近一个奇特的十六岁女孩，两人一起去假发公司打工，报酬意外地好——这么一说也就罢了。若久美子再应一句“噢是吗不错嘛”，事情或许也就过去了。问题是她说不定想知道笠原 May 其人，说不定不欣赏我同一个十六岁女孩的相识。那样一来，我势必从头至尾一一说明笠原 May 是怎样一个女孩，同我在何处如何相识。而我又不大擅长一五一十向别人讲述事情的来龙去脉。

我从信封里掏出钱，放进钱夹，将信封揉成团扔进废纸篓。人大约就是这样一点点弄出秘密来的，我想。其实并非我存心对久美子保密。原本就不是重要事项，说与不说均无不可。然而一旦通过了这段微妙的河道，无论最初用意如何，终归还是蒙上了秘密这层不透明外衣。加纳克里他一事亦是如此。加纳马耳他妹妹来访的事我对妻说了，告诉说其妹妹的名字叫加纳克里他，六十年代初期打扮，来我们家取自来水水样，但加纳克里他随后突然和盘托出其莫名其妙的身世、没等说完又突然不辞而别，这些则略去未说。原因是加纳克里他的身世异乎寻常，要向妻完整地传达其细微的意趣于我几乎是无能为力的。也可能久美子不喜欢加纳克里他事毕后仍长时间赖着不走向我公开其个人啰啰嗦嗦的过去。于是这个在我也成了小小的秘密。

而作为久美子，说不定也对我保有类似的秘密，我想。果真如此我也不能责备她。任何人都有一点秘密，只是，我保有秘密的倾向恐怕比她要强些。相对说来，久美子属于心直口快那种类型，边说边想那种类型，可我却不是。

我有点感到不安，便去卫生间看她。卫生间门大开着，我站在门口看妻的背影。她已换了素蓝色睡袍，站在镜前用浴巾擦头发。

“哎，找工作的事，”我对妻说，“作为我还是反复想了许多，跟朋友打个招呼，自己也四下打听过。工作不是没有，想做什么时候都能做，只要我定下心，明天就可以上班。可是心总好像定不下来。我也闹不明白，不知该不该差不多就把工作落实下来。”

“所以不是跟你说过了么，你乐意怎么样就怎么样。”她看着我映在镜中的脸道，“又不是今天明天非落实不可。要是担心经济上的事就不必了。但如果说你觉得不工作精神不踏实，对我一人外出工作而你在家做家务有心理负担的话，暂且找点事做也行。我反正怎么都无所谓。”

“当然早晚必找事做，这是不言而喻的。总不能一辈子就这样东游西逛混日子，迟早要工作的。但老实说，现在的我不晓得做什么工作合适。辞职后有一段时间我本想再找法律方面的工作干干，毕竟那方面的门路我多少有一点，可现在心情变了，离开法律工作的时间越久，就越觉得法律那东西枯燥无味，觉得那不是自己干的活计。”

妻看着我镜中的脸。

“但若问我自己想干什么，却又没有想干的。有人命令我干我觉得一般事都干得来，但对自己想干的事却画不出图像。这就是我眼下面临的问题：没有图像！”

“那，一开始你为什么想搞法律呢？”

“反正就是想来着。”我说，“原来就喜欢看书，我原想在大学学文学的，但在选择专业时又这样想来着：文学那玩意儿——怎么说呢——怕更是属于自发性质的。”

“自发性质？”

“就是说，文学那东西不是专门学习研究的东西，而大约是从极为平常的人生中自然涌现出来的。因此我选择了法律。当然对法律的确是有过兴趣的。”

“现在没了？”

我喝了口啤酒。“不可思议啊。在事务所工作那阵子也还是干得蛮来劲的。所谓法律，无非高效率搜集资料归纳疑点，里边有战略，有诀窍，所以认真干起来也还是蛮好玩的。可一旦远离那个世界，就再也觉不出它有什么吸引力了。”

“我说，”妻放下浴巾，转向我道，“讨厌法律，不干什么法律工作不就是了？司法考试什么的忘去脑后不就是了？没有必要慌手慌脚找工作嘛。既然没有图像，那就等图像出现好了。可以吧？”

我点头道：“早就想跟你说明一下，说一下我是如何如何想的。”

她“唔”了一声。

我进厨房洗杯子。妻走出卫生间，在厨房餐桌前坐下。

“对了，今天下午我哥来了个电话。”她说。

“噢。”

“他像在考虑参加竞选，或者说差不多已决定出马了。”

“竞选？”我吃了一惊，惊得好半天说不出话，“竞选？莫不是竞选国会议员？”

“是啊。新潟伯父选区那边问他下次选举能否出任候选人。”

“可不是说已定下由伯父的一个儿子作为继承人在那个选区出马，也就是你那个在电通当董事什么的堂兄退职回新潟吗？”

她取出一支棉球签开始捅耳朵。“差不多是那样定下的，但最终堂兄还是提出不干，说家已安在东京，工作也有滋有味的，懒得现在又回新潟当什么议员。太太反对也是一大原因。总之不乐意牺牲家庭。”

久美子父亲的长兄由新潟选区当选为众议院议员，已连任四五届。虽算不得重量级，但还是有一定资历，一度坐过不甚重要的大臣交椅。他年事已高，又有心脏病，下届选举很难出马，因而需要有人承袭那个选区的地盘。伯父有两个儿子，长子压根儿无意当政治家，担子自然落到了次子头上。

“加上选区那边无论如何都想要哥哥过去。人家要的是年轻有为脑袋好使顶呱呱的人，要的是能够连任几届有希望在中央成为实权派的人。这么着，哥哥就成了最佳人选。知名度高，又可拉到年轻人的票。说起来，在当地滚爬摔打他那人是死活做不来的，好在后援会厉害，说那个包在他们身上，愿意住在东京也不要紧，只要选举时带着身子回去就成。”

我想象不好绵谷升当国会议员是怎么个架势。“对这个你怎么看？”

“他那人跟我没关系。当国会议员也罢当宇航员也罢，想当什么随他当去。”

“可他又为什么特意找你商量呢？”

“何至于！”她换上冷淡的语气，“不是找我商量，他那人哪里会找我商量呢！只是告诉我一声罢了，说有这么回事，好坏把我当作家族一员。”

“唔。”我说，“不过离过婚，单身，作为国会议员候选人不会成为问题？”

“会不会呢？”久美子说，“什么政治呀选举呀，我不太懂，也没兴趣。这个且不管，不过他那人再不结婚倒有可能，**无论跟谁**。本来就不该结什么婚的。他追求的是**别的东西**，和你我追求的**截然不同**，这点我早知道。”

“哦。”我应了一声。

久美子把两支棉球签用纸巾卷了扔进垃圾篓，然后扬脸凝视着我说：“过去，一次哥哥正手淫的时候给我撞见了。我以为谁也不在就开门进去了，原来他在里边。”

“手淫谁都搞的嘛！”

“不是那个意思，”她叹了口气说，“大约是姐姐死后三年吧。他是大学生，我小学四年级，大概。母亲拿不定主意是把死去的姐姐的衣服处理掉还是怎么办，结果还是留下了，认为我长大了或许可以穿。衣服放在纸壳箱里，塞进壁橱。哥哥把那衣服找出来，边闻边干那个。”

我默然。

“我那时还小，对性一无所知，搞不清哥哥在干什么，但有一点我是懂的：那是不该看见的不光彩行为。其实他那行为要比表面上的根深蒂固得多。”说着，她轻轻摇了下头。

“绵谷升知道你看见了？”

“他长眼睛的嘛！”

我点了下头。

“衣服后来怎么样了？你长大穿姐姐的衣服了？”

“哪里。”她回答。

“他是喜欢你姐姐的喽？”

“说不清。”久美子说，“对姐姐有没有性方面的兴趣我不知道，不过里面肯定有什么，而他又好像离不开那什么，我觉得。我说他不该结什么婚，就是指这个。”

随后久美子沉默了一会儿，我也没作声。

“在这个意义上，他那人有着相当严重的精神问题。当然我们每人也都或多或少有精神问题，可是他那人的精神问题跟我们的是不同的东西，那要深得多也硬得多。而他又绝对不肯、无论如何也不肯把那种创伤或痛处暴露给别人。我说的意思，可明白？就这次竞选来说，我也有点儿担心。”

“担心，担心什么？”

“不知道。那个嘛！”她说，“累了，脑袋再想不下去了。今天这就睡吧。”

我去卫生间边刷牙边照自己的脸。辞去工作三个月，几乎没到外部世界去，只在附近商场和区营游泳池和自家房子之间走来走去。除去银座和光的前面和品川那家宾馆，我去离家最远的地方就是站前的洗衣店。这期间我差不多谁也没见。整整三个月我可以称得上“见”了的人，除去妻，不外乎加纳马耳他克里他姐妹和笠原 May 三人。这世界确实够狭小的了，且几乎死水一潭。然而，我置身其间的世界越是如此狭小如此静止不动，我越是觉得里边充满了莫名其妙的事和莫名其妙的人，就好像它们和他们屏息敛气躲在阴暗处等我停下脚步，而且每当拧发条鸟来院子拧一次发条，世界便加深一次迷乱的程度。

漱罢口，我又照了半天自己的脸。

没有图像，我对自己道，我年已三十，一旦止步，再无图像。

走出卫生间进寝室时，久美子已经睡了过去。

11　间宫中尉的出现、温沼来客、香水

三天后，间宫德太郎打来电话。早晨七点三十分，我正和妻一起吃早餐。

“一大早打电话实在对不起，但愿不是把您从床上叫醒……”间宫满怀歉意地说。

我说早上一般六点刚过就起床了，没关系。

他说明信片收到了，谢谢。说无论如何想趁我上班前联系上，并说如果今天午休时间能见到我就太好了，哪怕一小会儿也好，因为他想尽可能今晚赶乘新干线回广岛。本来应该可以再稍住些时日，但出了急事，今明两天内必须赶回。

我说眼下自己没有工作，自由之身，天天赋闲，上午也好中午也好下午也好，什么时候悉听尊便。

“可您没有什么安排吗？”他彬彬有礼地问。

我回答安排一概没有。

“如果那样的话，我想上午十点到府上拜访，可以吗？”

“可以可以。”

“那么，一会儿见。”说罢，他放下电话。

电话放下后，我才想起忘了跟他说车站到我家的路线。不过不要紧，我想，地址他知道，要来怎么都会找到的。

“谁？”久美子问。

“分送本田先生纪念物的人，说要今天上午特意送来。”

她“呃”一声，接着喝咖啡，往面包上抹奶油。“人倒够热心的。”

“百分之百。”

“我说，是不是该去本田那儿上炷香什么的，哪怕你一个人去也好。”

“可也是。这事儿也问一下看。”我说。

出门前，久美子来我面前叫我给她拉连衣裙背部拉链。那连衣裙和身体吻合极好，拉起来费了些劲。她耳后发出极好闻的气味儿，很有夏日清晨气息。“新香水？”我问。她未回答，迅速看一眼手表，抬手按一下头发。“得走了！”说着拿起桌上的手袋。

收拾久美子工作用的四叠半① 房间、归拢里面要扔的东西时，纸篓中一条黄绸带引起了我的注意。带子从写坏的二百格稿纸和邮寄广告等下面稍稍探出。之所以注意到是因为那绸带黄得甚是鲜艳醒目。是礼品包装用的那种，花似的团成一团。我从纸篓中取出看了看，同绸带一起扔的还有松屋百货店包装纸，包装纸里面是印有克里斯汀·迪奥标记的纸盒。打开盒盖，现出瓶状凹托。光看盒子就不难得知东西相当昂贵。我拿盒走进卫生间，打开久美子化妆品抽屉，从中发现一瓶几乎未用过的克里斯汀·迪奥牌香水。瓶子与盒子的凹托正相吻合。我拧开金黄色瓶盖，气味同刚才从久美子耳后闻到的完全相同。

我坐在沙发上，边喝早上剩下的咖啡边清理思绪。估计有谁向久美子赠送了香水，且价格相当昂贵。在松屋百货店买的，让售货员扎上送礼用的绸带。倘若是男人送的，对方应该同久美子关系相当密切。关系一般的男人断不至于向女性（尤其是已婚女

---

① 叠即“榻榻米”，一种日本草席。四叠半即铺有 4 张半榻榻米大小的房间，约 7.2 平方米。

性）送什么香水。而如果来自同性朋友……难道女性当真会向同性朋友赠送什么香水不成？这我不甚清楚。我清楚的只是这段时间久美子并无接受他人礼物的任何理由。她生日是五月，我们结婚也在五月。也有可能她自己买了香水又让扎了条包装用的漂亮绸带，而那目的又何在呢？

我叹口气，望着天花板。

是否应该直接问问久美子呢？问那瓶香水谁送的。她或许会这样回答：啊，那个嘛，是由于我帮一个一起工作的女孩办了点私事。说起来话长，总之见她焦头烂额，就好心帮了个忙，于是她送礼表示感谢。味儿极好吧？可贵着哩，这个。

OK，无懈可击，话就此结束。那么我何苦特意问这个呢？何苦把这个放在心上呢？

然而我脑袋里还是有什么挥之不去。哪怕她就这香水向我交代一句也好。到家走进自己房间，独自解开绸带，剥下包装纸，打开盒子，其他全部扔进纸篓，只把瓶子放进卫生间化妆品抽屉——有如此时间，应该可以向我说一句“今天单位一个女孩送我这个了呢”，然而她没说，也许以为不值得特意说。但即便真是这样，这东西现在也还是披上了“秘密”这层薄薄的外衣，使我不能释然。

我久久地茫然对着天花板。我努力去想别的，但想什么脑袋都运转不灵。我想起拉连衣裙拉链时久美子那光滑白皙的背和耳后的清香。很想吸支烟——好久没吸了——很想叼支烟给烟头点上火狠狠往肺里吸上一口。我想那样心情会多少沉静下来，但没香烟，无奈只能拿一粒柠檬糖含着。

九点五十分，电话铃响了。估计是间宫中尉。我家住的地方相当难找，来过几次的人有时都迷路。但不是间宫中尉。从听筒里传来的，是上次那个打来莫名其妙电话的谜一样的女郎。

“你好，好久没联系了。”女郎说，“如何？上次可舒服？多少有点感觉吧？干吗半当中放下电话啊？正当要登峰造极的时候。”

一瞬间我以为她说的是那次因梦见加纳克里他而遗精的事。那当然不可能。她指的是上次煮意大利面条时那个电话。

“喂，抱歉，现在忙着。”我说，“十分钟后有客人来，不少准备工作要做。”

“就失业期间而言，每天还真够忙的。”她以揶揄的语气道。和上次一样，音质悄然一变。“煮意式面条，等客人。别担心，十分钟足够。两人就聊十分钟。客人到时挂断不就行了？”

我想默然放下电话，但未能那样。妻的香水搞得我有点心神不定，很想找个人说说话，谁都好。

“我不知道你是谁，”我拿起电话机旁的铅笔，挟在指间来回旋转，“难道我真的知道你？”

“那还用说！我知道你，你知道我，这种事怎么好说谎呢！我也没闲工夫给素不相识的人打电话嘛！你记忆里肯定有个死角什么的。”

“我不明白，就是说……”

“好了好了，”女郎一下子打断我的话，“别这个那个没完啦。我知道你，你知道我。最重要的是——跟你说，是我会很温柔很温柔地待你，你却什么都不用做。你不觉得这很妙？你什么都不用做，什么责任都不用负，我提供一切，一切哟！如何，不觉得这相当够意思？别想得那么严重，大脑空空即可。就像在春天温暖的下午‘骨碌’一声躺在软乎乎的泥沼里一样。”

我默然。

“像睡觉，像做梦，像倒在暖融融的泥沼中……太太忘到一边去！失业呀将来呀也忘到九霄云外去！全都忘得干干净净！我们都是从暖融融的泥沼里来的，早晚还要回到暖融融的泥沼里去。一句话——嗳，冈田，可记得上次是什么时候跟太太做爱的？说不定是相当往前的事了吧？对了，两星期前？”

“对不起，客人就要到了。”我说。

“唔，实际还要往前，听声音感觉得出。喂，三个星期以前对吧？”

我没作声。

“啊，那也就罢了。”她说。声音听起来就像用小扫帚窣窣地清扫百叶窗上的灰尘。“那终归属于你和你太太之间的问题，而我可是你需要什么就提供什么，并且不要你对我负任何责任，冈田先生！拐过一个角，就实实在在有那样的地方，那里横亘着你见所未见的世界。我不是说你有死角吗？你还执迷不悟呢！”

我握着听筒始终保持沉默。

“请环视你的周围，”她说，“然后告诉我，那里有什么，能看见什么。”

这时门铃响了。我舒了口气，一声不响地放下电话。

间宫中尉是个脑袋秃得利利索索的高个子老人，戴一副金边眼镜。的确像是从事适度体力劳动的人，皮肤微黑，气色极佳，身架硬朗。两眼眼角分别整齐地刻着三条很深的皱纹，给人的印象就好像给太阳光晃得直眯缝眼睛似的。年龄看不大准，想必已过七十岁。年轻时大概身体相当壮实，这从其姿势的端正、衣着的简练不难看出。举止谈吐十分谦和礼貌，而又含有不加矫饰的坦诚。看上去间宫中尉这个人早已习惯于以自己的能力判断事物、自己承担责任。身上是普普通通的浅灰色西装、白衬衫，打一条灰黑相间的条纹领带。那件穿得一丝不苟的西装于七月闷热的上午看上去质地未免过厚，但他竟一颗汗珠也没现出。左手是假手，假手上戴着与西装相同的浅灰色薄手套。较之汗毛晒得很黑的右手背，戴手套的手显得格外没有活力和冷漠。

我把他让到客厅沙发坐下，端上茶。

他道歉说没带名片。“在广岛一所乡间高中当过社会科老师，到年纪退休了。那以后什么也没做。因为多少有点地，就一半出于兴趣地做点简单的农活，所以连个名片也没印，请多包涵。”

我也没印名片。

“恕我冒昧，您贵庚几何？”

“三十岁。”我说。

他点下头，喝口茶。我不晓得自己三十岁这点给他以怎样的感想。

“府上可真是幽静啊！”他改变了话题。

我介绍说这房子是以低租金从舅舅那儿租来的，告诉他一般情况下以我们这样的收入连这一半大的房子怕也住不起。他点着头拘谨地环视房子，我也同样环视一番。**请环视你的周围**，那女郎说。环视一遍后，觉得房里好像飘浮着给人以陌生感的空气。

“在东京一连住两个星期了。”间宫中尉说，“您是这回分送遗物的最后一位，这样我也就可以放心地回广岛了。”

“可以的话，我想去本田府上上一炷香……”

“您的心意实在难得，但本田先生的老家在北海道旭川，墓地也在那边。这次家人从旭川来京，把他目黑住处的东西全部打点运回，那里已经空了。”

“原来这样。”我说，“那么说本田先生是离开家人独自住在东京的了？”

“是的，旭川的长子对他一个老年人住在东京放心不下，加上别人说起来也不好听，所以劝他回去一起住，但他怎么也不愿意。”

“有子女？”我不无愕然。一向觉得本田先生很有些天涯孤旅的味道。“那么，太太已经过世了？”

“此话说起来复杂。本田先生的太太其实战后不久就同一个男的殉情了。大概是一九五〇年或一九五一年吧。具体情况我不清楚，本田先生不详谈，我也不便一一细问。”

我点点头。

“那以后本田先生一个男人家把一男一女抚养成人，子女各自独立之后，他单身来到东京，开始从事您也知道的占卜一类的活动。”

“在旭川做什么工作来着？”

“和哥哥两人共同经营一家印刷厂。”

我试着想象身穿工作服的本田先生在机器前检查清样的光景。不过对我来说，本田先生永远是位身穿脏兮兮衣服腰缠睡袍式腰带冬夏都坐在地炉前摆弄卜签的老人。

说到这里，间宫中尉用一只手灵巧地解开带来的包袱，取出一个状如小糕点盒的东西。盒子外包着牛皮纸，又结结实实缠了好几道细绳。他把盒放在茶几上，推来我这边。

“这就是本田先生留给您的纪念物。”间宫中尉说。

我接在手中。几乎没有重量，无从判断里面所装何物。

“就在这打开看可以吗？”

间宫中尉摇头道：“不，对不起，故人指示请您在独自一人时打开。”

我点头把盒放回茶几。

“其实，”间宫中尉开口道，“我是在本田先生去世前一天才接到他的信的。信上说自己恐不久人世。‘死毫不足畏，乃天命，唯从天命而已。但尚有事未办——家中壁橱留有种种物品，平日我即已想好，拟传于诸多人士。但自己已无力实施，故想求助于你，按另纸所示代为分赠。自知实为厚颜之托，尚祈体察此乃我最后心愿，务请辛劳一遭为盼。’我很有些吃惊。因为我与本田先生已好多年——六七年吧——不通音讯，现在却突然收到这么一封信。我当即给本田先生回了信，但接到的却是本田先生儿子寄来的病故通知。”

他拿杯子啜了口茶。

“他那人知道自己什么时候死。肯定已达到我等望尘莫及的境界。如您在明信片上写的那样，他的的确确有一种摇撼人心的东西。我一九三八年春第一次见到他时就有这个感觉。”

“诺门坎战役你和本田先生一个部队？”

“不，”间宫中尉说着轻咬嘴唇，“不是的。我和他是两个部队，分属两个师。我们一同行动是在诺门坎战役前一次小规模作战的时候。那以后本田伍长在诺门坎战役中负伤被送回国内，我则没参加诺门坎的战斗。我……”间宫中尉举起戴手套的左手，“这只左手是一九四五年八月苏军进攻时丢掉的。正打坦克时肩部中了一颗重机枪子弹，一时失去知觉，偏巧又给苏军坦克的履带碾上了。之后我成了苏军俘虏，在赤塔做了手术，接着被送往西伯利亚收容所，一直被扣到一九四九年。一九三七年被派往满洲，一共在大陆待了十二年，其间一次也没有回国。家人亲戚都以为我在同苏军作战时死了，故乡墓地都有了我的墓。离开日本前，尽管有点含糊，也算是同一个女子订了婚的，而她早已同别的男人结了婚。没办法的事，十二年说起来毕竟是长了。”

我点点头。

“您这样的年轻人，怕是对过去的老话不感兴趣吧，”他说，“有一点我想说的是：我们也曾是和您一样的普普通通的青年。我一次、哪怕一次也没想过要当什么军人。我想当的是教师，可是大学一毕业就应征入伍，半强制性地当了军官候补生，再没返回国内，青春就那么过去了。我的人生真像是一场梦。”间宫中尉就此缄口不语。

“如果可以的话，请给我讲讲您和本田先生相识时的事好吗？”我试探着问。我真的很想了解，想了解本田先生曾是怎样一个人物。

间宫中尉两手规规矩矩地置于膝盖，沉吟良久。并非迟疑，只是在想什么。

“说起来可能话长……”

“没关系。”我说。

“这件事我还没对任何人说过，”他说，“本田先生也不至于向谁说过。这是因为，我们曾约定不告诉任何人。但本田先生已不在人世，只剩下我一个，说出来也不会给谁添麻烦了。”

于是间宫中尉开始讲述。

12　间宫中尉的长话（其一）

“我到满洲是一九三七年年初的事，”间宫中尉开始说道，“我是作为少尉到新京[1]关东军参谋本部报到的。我在大学学的是地理，所以被分配到专门搞地图的‘兵要地志班’。对我这实在是求之不得的事，因为我受命负责的工作，坦率地说，作为军事勤务是相当舒服的那一类。

“而且，当时满洲的形势比较安稳，或者说算是稳定的了。‘日支事变’[2]的发生使战争舞台从满洲移往中国内地，投入作战的部队也由关东军变为中国派遣军。扫荡抗日游击队的战斗虽然还在继续，但大多是在比较边远的地区，总体上大的难关已经过了。关东军把精锐部队放在满洲，以便一边监视北部边境，一边维持独立不久的‘满洲国’的稳定与治安。

“虽说安稳，毕竟是战时，演习还是时常有的，但我没有参加的必要。这也是值得庆幸的。在零下四十度甚至五十度的冰天雪地里演习，可不是闹着玩的，演习中弄不好都可能没命。每演习一次，都有几百士兵冻伤，或住院或送往温泉治疗。新京虽说还称不上是了不得的大城市，但富有异国情调，很有意思，想玩还是可以玩得相当尽兴的。我们新来的单身军官住的不是兵营，而是集中住在类似公寓那样的地方，快活得莫如说是学校生活的继续。我天真地想，要是这样的安稳日子一直持续下去，平安无事服完兵役可就再好不过了。

“无须说，那不过是表面上的和平。离开这块避风港马上就是正在进行的残酷战争。中国战场必然成为进退不得的泥沼——

我想大多数日本人都明白这点，当然这里指的是头脑正常的日本人。纵使局部打几个胜仗，日本也是没有可能长期占领统治那么大的国家的。这点冷静考虑一下就不难明白。果不其然，仗越拖越久，伤亡数量有增无减，同美国的关系也像滚下坡似的急剧恶化。即便在日本国内也感觉得出战争阴影正在一天天扩大。一九三七、一九三八年就是这样的黑暗岁月。然而新京的军官生活却过得悠然自得，老实说，甚至不知战争为何物。我们只管通宵达旦地喝酒，嘴里胡说八道，去有白俄姑娘的酒吧寻欢作乐。

“不料有一天，大约是一九三八年四月末吧，我被参谋本部一个上司叫去，让我见一个叫山本的便服汉子。此人短发，仁丹胡，个头不怎么高，年龄三十五六岁，脖子上有一道刀砍过似的伤疤。上司介绍说：山本是民间人士，受军方委托正在调查‘满洲国’境内蒙古族人的生活习俗，这次要去呼伦贝尔草原同外蒙接壤的边境地带调查，军方准备派几名护卫随行，你也作为一员同去。但我不相信这番话。因为山本这个人固然身穿便服，但怎么看都是职业军人，眼神、说话方式和举止都说明了这一点。我猜测是高级军官，且是情报方面的，大概出于任务性质而不便公开军人身份。这里边已经透出了凶多吉少的预感。

“与山本同行的连我共三人。作为护卫来说未免过少，但若增加人数，势必相应引起边境附近外蒙军队的注意。看样子少而精，实际并非如此，因为唯一身为军官的我就根本没有实战经验。要说战斗力，只有浜野军曹③一人。浜野是参谋本部下属的士兵，连我也很熟悉，可说是从行伍中滚爬出来的，还在中国战

---

① 伪“满洲国”的“首都”，今长春市。

② 我国称“七·七”事变。

③ 日本旧军衔，相当于中士。

场立了战功。此人胆大，关键时刻能顶得住。但我不晓得一个姓本田的伍长何以也参加进来。本田和我一样刚从国内派来不久，当然也谈不上实战经验，看上去人很老实，沉默寡言，打起仗来不像能有多大用处。再说他属第七师，就是说，是参谋本部为执行此次使命特意把他从第七师选拔出来的，这也就意味着他具有这个价值，而真正明白个中缘由则是很久以后的事了。

“我之所以被选为这些警卫士兵的指挥官，是因为我主要负责满洲西部边境和哈拉哈河流域的地理情况，充实这方面的地图是我的主要任务，曾坐飞机在那一带上空飞行过几次，所以想必上司认为派我去多少方便些。此外还交给我一项任务，就是在护卫的同时详尽地搜集该地区的地理情报，提高地图准确度，即所谓一举两得。我们当时手中关于呼伦贝尔草原与外蒙交界一带的地图，老实说是相当粗糙的，不过是把清代地图加加工罢了。关东军自满洲建国以来勘察过好几次，准备绘制准确些的地图，无奈那儿过于辽阔，加之满洲西部全是沙漠般漫无边际的荒野，边界线有也等于没有。况且那里原本住的是蒙古牧民，他们几千年来从不需要边界线，也没那个概念。

“此外政治上的原因也推迟了地图的准确绘制。因为，如果单方面擅自划定边界线搞正式地图，很可能引起大规模军事纠纷。与满洲接壤的苏联和外蒙对犯境极为神经质，以前就为边界线发生过几次激烈战斗。在当时那个阶段，陆军不愿意同苏联交火。陆军已将主力投入到中国战场，没有分兵大规模对苏作战的余力。不但师团数量不足，坦克、重炮、战机数量也不够。军部认为当务之急是使建立不久的‘满洲国’国体稳定下来，而北部、西北部边界线的明确划分不妨推迟一步，目的在于暂且模糊着以争取时间。风头正劲的关东军也大体尊重这一见解，采取了静观姿态，于是一切就这么稀里糊涂地搁置下来了。

“问题是无论用心如何，一旦打起仗来(实际上诺门坎第二年就打起来了)，我们没有地图是无法作战的。并且普通民用地图还不行，需要作战用的专门地图，比如适合在何处构筑何种工事，重炮置于何处最有效，步兵步行到彼处需几日时间，何处可取得饮用水，马匹粮草需要多少——需要包括这些详细情报的地图。没有这样的地图，打现代战争是不可能的。因此我们的工作同情报部的工作有相当多的交叉部分，频繁同关东军情报部和设在海拉尔的特务机关交换情报，人员也大致相互认得。但山本这个人却是第一次见。

“经过五天准备，我们乘火车从新京去海拉尔，再从海拉尔转乘卡车经过有一座叫坎杜尔庙的喇嘛寺院的地方，来到哈拉哈河附近‘满洲国’军的国境监视所。准确数字记不清了，作为距离我想有三百至三百五十公里。一眼望去，真个是什么也没有的空荡荡的荒野。出于工作性质，我一直在卡车上拿地图同地形对照，但实际上没有任何堪称标志的东西可以利用。长满篷篷荒草的丘陵绵延不断，地平线无限扩展开去，唯独天空有云片飘浮。在地图上根本没办法搞清我们到底处于什么位置，只能通过计算行进时间来大体判断方位。

“在这荒凉风景中默默行进起来，有时会涌起一股错觉，觉得自己这个人正在失去轮廓渐渐淡化下去。周围空间过于辽阔，难以把握自己这一存在的平衡感。明白吗？只有意识同风景一起迅速膨胀、迅速扩散，而无法将其维系在自己的肉体上。这是我置身于蒙古大草原正中的感觉。多么辽阔的地方啊！感觉上与其说是荒野，倒不如说更像是大海。太阳从东边地平线升起，缓缓跨过中天，在西边地平线沉下，这是我们四周所能看到的唯一有变化的物体。它的运行使我感觉到某种或许可以称为宇宙巨大慈爱的情怀。

“在‘满洲国’军的监视所，我们下了卡车改为骑马。除供我们骑的四匹马外，那里还另备了两匹马驮运粮食、水和装备。我们的装备比较轻便，我和那个叫山本的只带手枪，浜野和本田是手枪加三八枪，各有两颗手榴弹。

“指挥我们的实际上是山本，他决定一切，向我们下达指令。他公开身份是民间人士，按军队规则本应由我任指挥官，但谁也没对归山本指挥这点怀有疑问，因为无论在谁眼里指挥官都非他莫属，而我虽军衔是少尉，实际上不过是全无实战经验的科室人员。军人这东西一眼即可看出这种实力，他们自然而然听命于有实力人的指挥。况且出发前上级已再三交代我要绝对尊重山本的指示，总之就是要破例听山本的。

“来到哈拉哈河，我们沿河南下。雪化了，河水上涨。可以看到河里边很大的鱼，有时还可发现远处有狼。不是纯种狼，大概是狼和野狗的混血，但不管怎样无疑都有危险。夜里为保护马不受狼侵害，我们必须轮流站岗放哨。还有鸟，大多像是返回西伯利亚的候鸟。我和山本就地势交谈了很多，两人一边用地图确认大致的行军路线，一边把眼睛捕捉到的零碎情况一一记录下来。但除了同我交换这类专门情报之外，山本几乎不开口。他默默策马前进，吃饭时一人离开，睡觉时一声不响躺下，给我的印象是这一带他并非第一次来。关于这一带的地形、方位，他具有准确得惊人的知识。

“往南平安无事走了两天后，山本把我叫过去，说明天黎明过哈拉哈河。我大吃一惊：哈拉哈对岸属外蒙领土！我们现在所在的河右岸其实也是有边界纠纷的危险地带，外蒙宣称是本国领土，‘满洲国’主张说为‘满洲国’所有，不时发生武装冲突。但在这边我们即使被蒙军俘获，只要是在右岸，由于双方各持己见，尚属情有可原。加之正值雪融时节，一般没有蒙军过河而来，同其遭遇的现实危险不大。但若发生在河左岸，事情可就另当别论了。那边肯定有外蒙军巡逻队，一旦被其抓住，势必无言可辩。因为显然是犯境，弄不好就成政治问题，当场被击毙也无话可说。再说我并未接得上级可以越过边界线的指示，接受的是服从山本指挥的指示。但我一来无法当场判断这里边是否包含属于犯境这样的严重行为，二来刚才也说过了，此时正值哈拉哈河涨水，而且势头很猛，不易过河。何况又是雪水，凉得不得了。就连牧民们这时期也不愿过河，他们过河大多选在结冰期，或水流多少减缓气温上升的夏季。

“我这么一说，山本盯了我一会儿，随后点几下头。‘你对犯境的担心我很理解，’他以恳切的语气说，‘身为带兵的军官，你理所当然要表明自己责任的所在，将部下性命无谓地置于危险境地不可能是你的本愿。但这点还是请让我负责好了，我对这次行动负完全责任。因立场关系我不能告诉你更多情况，总之军部最上层都知晓此事。关于渡河，技术上不存在问题，完全有足以渡河的地点，想必你也知道的。以前我从那里越境过几次，去年也在同一时期同一地点进入过外蒙，不必担心。’

“的确，熟悉这一带地理情况的外蒙军即使在融雪期也曾往哈拉哈河右岸运送过几次部队，尽管人数不多。只要有意，哈拉哈河确实存在能以部队为单位渡河的地点。既然他们可以渡河，山本这个人当然可以，我们渡河便也不是不可能。

“看情形那是外蒙军构筑的秘密渡河地点，伪装得很巧妙，一眼很难发现。板桥沉在浅滩之间的水下，系有绳索以免被急流冲走。显而易见，如果水势稍缓，运兵车装甲车和坦克即可顺利通过。由于桥在水中，飞机侦察也极难发现。于是我们抓着绳索过河。山本先过，确认没有外蒙军巡逻队之后，我们接着过去。水凉得几乎使脚失去感觉，但不管怎样，我们终于连人带马站到了哈拉哈河左岸。左岸比右岸高得多，右岸横亘的沙漠尽收眼底，这也是诺门坎战役中苏军始终占据优势的一个原因，地势的高度差同大炮的着弹精确度有直接关系。这且不说，总之记得当时觉得河的这边与那边光景竟那样不同。在冰冷冷的河水中浸过的身体，神经久久处于麻痹状态，甚至声音都发不自然。但想到自己不折不扣置身于敌方阵地，老实说，早已紧张得忘了寒冷。

“之后，我们沿河南下。哈拉哈河像蛇一样在我们的左眼下弯弯曲曲流淌不止。走了一会，山本对我们说最好把军章摘下，我们按他说的做了。被敌人捉住时暴露军衔恐怕不合适，这么想着，我把军官穿的长筒靴也脱下换了绑腿。

“渡过哈拉哈河那天傍晚，我们正在做野营准备时，来了一个汉子。是蒙古人。蒙古人的马鞍比一般马鞍高，远远即可看出。浜野军曹发现后端起步枪，山本忙喝令‘不许打’，浜野于是不声不响慢慢放下了步枪。四人定定站在那里，等待那个汉子骑马走近。来人斜背着苏制步枪，腰间别一把毛瑟手枪，满脸胡须，戴一顶有护耳的帽子，衣服虽脏得跟牧民一个样，但其举止马上告诉我们这是个职业军人。

“来人跳下马，对山本说话。估计说的是蒙古语。俄语和汉语我都大致听得懂，而他说的两种都不是，所以我想定是蒙古语无疑。山本对来人同样讲蒙古语，这使我确信山本到底是情报部军官。

“‘间宫少尉，我跟他一道出去。’山本说，‘去多长时间还不知道，你们原地等着别动。我想这就不用交代了——一定得有人坚持放哨。如果我三十六小时后还不返回，就向司令部报告，派一人过河去满军监视所！’我说明白了。山本当即上马，同蒙古人一起向西跑去。

“我们三人做好野营准备，简单吃了晚饭。不能煮饭，不能生火。一眼望去，除了低矮的沙丘，再无任何掩蔽物。弄出烟来转眼就会给敌人捉住。我们在沙丘阴坡低低地支起帐篷，大气不敢出地嚼了饼干，吃了冻肉罐头。太阳落下地平线后，黑暗马上压来，空中数不清的星星闪闪烁烁。狼不知在哪里嚎叫，叫声随着哈拉哈河滔滔的流水声传来。我们躺在沙土上以消除白天的疲劳。

"'少尉，'浜野军曹对我说，'情况凶多吉少啊！'

"'是啊。'我回答。

"那时我同浜野军曹、本田伍长已相当谈得拢了。我是个军历几乎空白的新军官，本应受到浜野这个久经沙场的兵油子的抢白愚弄，可是他和我之间却没发生这样的事。我是在大学受过专门教育的军官，他对我怀有类似敬意的心情；我则不介意军衔，有意尊重他的实战经验和现实判断力。而且他家在山口，我家在同山口相邻的广岛，自然有亲近感，说话投机。他向我讲起这场在中国进行的战争。他虽然不过小学毕业，命中注定的小兵，但对在中国大陆这场无休无止的糟糕战争也怀有自己的疑问，并坦率地道出了这种心情。'自己是个兵，打仗倒无所谓，'他说，'为国家死也没关系，这是我的买卖。问题是我们在这里打的这场战争，无论怎么看都不是地道的战争，少尉！这不是有战线、同敌人正面交锋的正正规规的战争。我们前进，敌人不战自退。退却的中国兵脱去军装钻到老百姓堆里，这一来，我们连谁是敌人都分辨不出，所以就口称什么剿匪什么收拾残兵把很多无辜的人杀死，掠夺粮食。战线迅速推进，给养跟不上，我们只有掠夺。没有收容俘虏的地方没有给他们吃的粮食，只好杀死。这是错的。在南京一带干的坏事可不得了，我们部队也干了。把几十人推下井去，再从上边扔几颗手榴弹。还有的勾当都说不出口。少尉，这场战争根本没有大义，什么都没有，纯粹是互相残杀。

遭殃的说到底全是贫苦农民。他们没什么思想，国民党也好张学良也好八路军也好日本军也好，都无所谓，只要有口饭吃就行。我是穷苦渔民的儿子，最懂穷百姓的心情。老百姓从早到晚忙个不停，到头来只能糊口，少尉！把这些人不分青红皂白地一个接一个杀死，无论如何我都不认为对日本有好处。’

“相比之下，本田伍长不愿多谈自己。他总的来说人比较沉默，总是听我们讲而不插嘴。但他的沉默不属于沉闷那一类，只是自己不主动开口罢了。所以，觉得这个人不好捉摸的时候的确也是有的，但并不因此感到不快，莫如说他那沉静之中有一种使人安然放心的东西。或许可以称为从容不迫吧，反正不管遇到什么事都几乎没有惊慌失措的时候。他老家在旭川，父亲在那里经营一家小印刷厂。年龄比我小两岁，初中毕业后就和哥哥一起给父亲当帮手。兄弟三人没有姐妹，他是老幺。最上边的哥哥两年前在中国战死了。喜欢看书，有一点点自由时间也歪倒在那儿翻看佛教方面的书。

“前边说过，本田虽然没有实战经验，只在国内受过一年训练，但作为士兵却相当出色。每个小队里必然有一两个这样的士兵，他们吃苦耐劳，从不发牢骚，一丝不苟地履行义务。有体力，直觉也好，能够即刻领会上边交代的事情，做起来不出差错。他就是这样一个士兵。还作为骑兵受过训练，四个人中他对马最熟悉，六匹马照料得很好。那可不是一般照料，我们觉得他恐怕对马的情绪都了如指掌。浜野军曹也马上看出本田伍长的能力，不少事都放心托付给他。

“这么着，作为临时拼凑的小组，我觉得我们之间沟通起来相当顺利。由于不是正规分队，也就少了死板板的清规戒律。说起来，很有一种萍水相逢亦是缘的轻松感。所以浜野军曹也得以不受官兵间框框的限制而畅所欲言。

“‘少尉，你怎么看山本那个人？’浜野问我。

“‘大概是特务机关的吧，’我说，‘蒙古话都会说，可算是相当够格的专家，又很了解这一带的详情。’

“‘我也那么看的。一开始以为是讨得军部上层欢心的什么一旗组马贼或大陆浪人，但不是。那类人我很清楚。那帮家伙只会喋喋不休地有的也说没的也说，动不动就想露一手好枪法什么的。可是山本那个人没那种轻薄的地方，胆子好像很大，有股高级军官味儿。我也是稍微听得一点消息——军部这回大约是想网罗兴安军出身的蒙古人组建一支间谍部队，并为此招了几名专门搞间谍的日本军官。山本说不定和这个有关。’

“本田伍长在稍离开一点的地方拿着步枪放哨。我把勃朗宁手枪放在身旁地上，以便随时抓在手里。浜野军曹解开绑腿揉脚。

“‘这不过是我的猜测，’浜野继续道，‘说不定那个蒙古人是内通日军的反苏派外蒙军官。’

“‘有这个可能。’我说，‘不过在别处尽量别多说，弄不好要掉脑袋的。’

“‘我也没那么傻，在这里才说的。’浜野笑嘻嘻应道，随即神情肃然，‘不过，少尉，如果真是这样，眼下可就不是儿戏，说不定会捅出一场战争。’

“我点了下头。外蒙虽说是独立国家，其实完全是被苏联摁着脖子的卫星国，这点同实权掌握在日军手里的‘满洲国’是半斤八两。只是外蒙内部有反苏秘密活动，这已没什么好隐瞒的。以前反苏派就同‘满洲国’日军里应外合，搞过几次叛乱。叛乱分子的骨干是对苏军的飞扬跋扈心怀不满的外蒙军人、反对强制实行农业集体化的地主阶级和数量超过十万之众的喇嘛。这些反苏派能够依靠的外部势力只有驻满洲的日军，而且较之俄国人，他们似乎更对同是亚洲人的日本人怀有好感。前年也就是一九三七年大规模叛乱计划暴露后，反苏派在首都乌兰巴托遭到大规模清洗，数以千计的军人和喇嘛以通日反革命的罪名被处死。但即使这样，反苏感情也没消失，而在各个方面潜伏下来伺机反扑。所以，日本情报军官越过哈拉哈河偷偷同外蒙军官联系也就无足为奇了。外蒙军也加强了警戒，派警备队频繁巡逻，将距满蒙边界线十至二十公里地带辟为军事禁区。但毕竟边界地带广阔，没办法布下天罗地网。

“显而易见，即使他们叛乱成功，苏军也将立即介入镇压反革命。而若苏军介入，叛军必然请求日军增援。这样一来，作为关东军就有了进行军事干预的所谓正当理由，因为占领外蒙无异于给苏联西伯利亚战略从侧腹插上一刀。就算国内大本营从中掣肘，野心勃勃的关东军参谋们也不可能这样坐失良机，果真如此，那就不是什么边界纠纷，很可能成为日苏间真正的战争。一旦满蒙边境日苏正式开战，希特勒很可能遥相呼应，进攻波兰和捷克——浜野军曹所要说的就是这个意思。

“天亮了山本也没返回。站最后一班岗的是我。我借了浜野军曹的步枪，坐在略微高些的沙丘上，一动不动凝望东边的天空。蒙古的黎明实在美丽动人。地平线一瞬间变成一条虚线在黑暗中浮现出来，然后静静向上提升，就好像天上伸出一只巨手，把夜幕一点一点从地面上剥开，十分瑰丽壮观。前面已说过，那是一种远远超越我自身意识的壮观。望着望着，我甚至觉得自己的生命正这么地慢慢稀释慢慢消失。这里边不包含任何所谓人之活动这类微不足道的名堂。从全然不存在堪称生命之物的太古开始，这里便是如此光景，业已重复了数亿次数十亿次之多。我早已把站岗放哨忘到九霄云外，只顾忘情地对着眼前黎明的天光。

“太阳完全升上地平线后，我点燃一支烟，吸口壶里的水，小便。我想起了日本。想故乡五月初的风景，想花的芳香、河水的琤玐、天上的云影，想往日的朋友和家人，还想软乎乎的槲叶年糕。我其实不大喜欢甜食，但这时却想槲叶年糕想得要死。要是能在这儿吃上那年糕，我宁可花去半年津贴。想到日本，我觉得自己好像被彻底抛在了天涯海角。为什么要豁出命来争夺这片只有乱蓬蓬的脏草和臭虫的一眼望不到边的荒地，争夺这片几乎谈不上军事价值和产业价值的不毛之地呢？我理解不了。如果是为保卫故乡的土地，那我万死不辞，可现在却是要为这片连棵庄稼都不长的荒土地抛弃这仅有一条的性命，实在傻气透顶。”

“山本回来已是第二天天亮时分了。那天早上也是我站最后一班岗。正当我冲着河发怔的时候，听得背后有马嘶声，慌忙回过头去，却一无所见。我朝传来马鸣的方向一动不动地架着步枪，咽口唾液，竟‘咕噜’一下发出很大的声响，大得自己都陡然一惊，钩住扳机的手指不停地发抖。在那以前我还没向任何人开过枪。

“但几秒钟后，摇摇晃晃地从沙丘上出现的，是骑在马上的山本。我仍手钩扳机环顾四周，除山本外没发现其他身影。没见到前来接他的蒙古人，也没见到敌兵，只有又白又大的月亮如不吉祥的巨石悬在东边的天空。看样子他左臂负了伤，臂上缚的手帕给血染红了。我叫醒本田伍长，叫他照料山本骑回的马。马大概跑了很远的路，大口大口喘着气，满身是汗。浜野代我放哨。我取出药品箱给山本治疗臂伤。

“‘子弹穿过去了，血也不再出了。’山本说。的确，子弹恰好利利索索地一穿而过，只在那里剜了一个肉洞。我解下代替绷带的手帕，用酒精给伤口消毒，缠上新绷带。这时间里他眉头都没皱一下，仅上唇上边那里细细地沁出一层汗珠。他用水壶里的水润润嗓子，然后点支烟，十分香甜地把烟吸入肺去，继而掏出勃朗宁手枪插在腰间。又拔出弹舱，单手灵巧地塞入三发子弹。‘间宫少尉，我们马上撤离这里，过哈拉哈河去满军监视所。’

“我们几乎没再开口，便匆匆收拾野营用品，骑马赶往渡河地点。至于到底那里发生了什么，遭到什么人枪击，我一句也没问山本。一来以我的身份不应向他问起，二来纵然我有资格问，他也未必回答。总之当时我脑袋里的念头只是争分夺秒撤离敌方地带，渡河去较为安全的右岸。

“我们只顾在草原上默默驱马前进。依然谁也没有开口，显然大家脑袋里考虑的是同一问题——**果真能安全渡河么**？仅此而已。倘若外蒙军抢先到达桥头，我们就万事休矣，无论如何也无望获胜。记得我腋下汗出得厉害，一直就没干过。

“‘间宫少尉，以前你遭过枪击吗？’经过长时间的沉默，山本在马上问我。

“我答说没有。

“‘开枪打过谁吗？’

“没有，我重复同样的回答。

“我不知道对这样的回答他作何感想，也不晓得他问的目的究竟何在。

“‘这里有文件必须送交司令部。’说着，他把手放在马鞍袋上。‘万一无法送到，必须坚决处理掉。烧埋都行，千万不可落入敌手，千万千万！这是头等优先事项，你一定要牢记在心，这是非常非常重要的！’

“‘明白了。’我说。

“山本定定地注视着我的眼睛。‘如果情况不妙，首先朝我开枪！毫不犹豫地！’他说，‘自己能开就自己开。但我手臂负伤，情况可能不允许我顺利自绝。那时就要开枪打我，务必

打死！’

“我默默点头。”

“日落前到达渡河地点时，情况证明我路上的疑惧不是没有根据的。外蒙军已在那里布置了小股部队。我和山本登上稍高些的沙丘，轮流用望远镜窥望。对方人数并不多，八个，但以边界巡逻队来说装备却相当可观，带轻机枪的一个人，稍高些的地方架一挺重机枪，旁边堆着沙袋。机关枪无疑是用来封锁河面的。看来他们在此安营扎寨的目的就是不让我们渡往对岸。他们在河边支起帐篷，打桩拴了十多匹马，估计不抓获我们是不会离开这里的。

“‘此外没有渡河地点了么？’我试着问。

“山本眼睛离开望远镜，看着我摇头道：‘有是有，但太远了，从这里骑马要两天整，而我们又没有那么多时间。就算冒险也只能从这里过。’

“‘就是说夜间偷渡了？’

“‘是的，别无他法。马留在这里。只要干掉哨兵就行，其他人恐怕睡得死死的。一般声响全都被水流声吞没了，不必担心。哨兵我来干。干之前没什么可做，趁现在好好睡觉休整。’

“我们的渡河作战时间定在后半夜三点。本田伍长把马背上的东西全部卸下，把马领去远处放了，剩下的粮食弹药挖深坑埋了。我们身上只带一天用的粮食、枪和少量弹药。万一同火力占绝对优势的外蒙军交火，弹药再多也绝对不可能获胜。接下来我们准备在渡河时间到来前睡上一觉。因为如果渡河成功，往下一段时间很难有睡觉机会，要睡只有现在睡。安排本田伍长放第一班哨，再由浜野军曹换班。

“在帐篷里一倒，山本马上睡了过去。大概此前他基本上没睡过。他把装有重要文件的皮包放在了枕旁。一会儿浜野也睡了。我们都累了。但我由于紧张，久久没能入睡。困得要死，偏偏睡不成。想到杀死外蒙军哨兵以及重机枪朝渡河的我们喷吐火舌的情景，神经愈发兴奋起来。手心汗湿淋淋的，太阳穴一剜一剜地作痛。我已经没了信心，不知自己能否在危急关头做出无愧于军官的行为。我爬出帐篷，走到站岗的本田伍长那里，挨他坐下。

"'本田，我们有可能死在这里。'我说。

"'是啊。'本田回答。

"我们沉默片刻。但我对他那声'是啊'所含有的什么有点不悦。里边带有某种犹疑意味。我不是直觉好的人，但也听得出他有所隐瞒而含糊其辞。我叮问他有什么只管说出，再不说怕没机会了，肚子里有什么说什么好了。

"本田双唇紧闭，手指摸弄了一阵子脚旁的沙地。看得出他内心有什么相持不下。'少尉，'稍顷他开口道，眼睛紧紧盯住我的脸，'我们四人当中，您活得最久，将死在日本，要比您自己预想的活得长久得多。'

"这回轮到我紧紧盯住他的脸了。

"'您大概纳闷我何以知道吧？这我自己也解释不了，只是知道就是。'

"'那就是所谓灵感什么的？'

"'或许。但灵感这个说法不符合自己的心情。没有那么神乎其神。刚才也说来着，只是知道，如此罢了。'

"'你这种倾向，以前就有？'

"'有。'他声音果断，'不过自懂事开始，我就一直向别人隐瞒这点，这回讲出来完全是因为处于生死关头，而且是讲给您听。'

“‘那，其他人怎么样？那你也知道吧？’

“他摇头道：‘有的知道，有的不知道。作为您恐怕还是不知道为好。您大学毕业，我这样的人向您说这种自以为了不起的话，未免有些犯上：人的命运这种东西，要在它已经过去之后才能回头看见，而不能抢先跑到前面去看。对此我已差不多习惯了，可您还没有习惯。’

“‘总之我不会死在这里是吧？’

“他抓起脚边一把沙粒，又从指间沙沙拉拉漏下。‘这一点可以断定：在此中国大陆，您不会死。’

“我还想说下去，但本田伍长就此缄口，似已沉入自己的思索或冥想之中。他拿着步枪，目不转睛地瞪视着旷野。我再说什么想来也不会传进他的耳朵。

“我返回沙丘阴面低低拉开的帐篷里，躺在浜野身旁闭上眼睛。这回睡意袭来了。我睡得很沉，就好像有人抓起我的脚把我拖进了大海深处。”

13　间宫中尉的长话（其二）

“把我惊醒的是来复枪‘咔嚓’一声打开保险栓的金属声响。战场上的士兵，哪怕睡得再沉，也不可能听漏这样的声响。怎么说呢，那是一种特别声响，它同死本身一般重，一般冷。我几乎条件反射地伸手去抓枕边勃朗宁手枪，但太阳穴被谁用鞋底踢了一脚，刹那间眼前一黑。待我喘过气来微微睁眼一看，一个恐怕是踢我的人正弯腰拾起我的勃朗宁手枪。慢慢抬头，见两支来复枪口正对着我脑袋。顺着枪口看去可以看见蒙古兵。

“昨天晚上应该是在帐篷里。不知什么时候帐篷被拆除了，头上满天星斗。其他蒙古兵把轻机枪对准旁边山本的头。山本大概自忖反抗也无济于事，以一种简直像在节约体力的姿势静静躺着不动。蒙古兵都穿着大衣，戴着作战用的钢盔。有两个人手拿大电筒，照定我和山本。一开始我还没完全反应过来到底发生了什么，想必因为睡得太死，而受的震动又太大。但目睹蒙古兵、目睹山本的脸的时间里，我终于明白了事态：原来他们抢在我们渡河之前发现了我们的帐篷。

“接着挂上心头的是本田和浜野情况如何。我缓缓转头张望四周，哪里也找不见这两人。不知是已死于蒙古兵之手，还是逃之夭夭了。

“看来他们是我们来到时在渡河地点看到的巡逻队。人数不多，装备也就是一挺轻机枪和几支步枪。指挥的是大个头下级军官，唯独他一人穿着像样的皮靴，最初踢我脑袋的即是此人。他弯腰拾起山本枕旁的皮包，打开往里看，然后口子朝下‘啪啦啪啦’地抖动。然而掉在地上的只有一盒香烟。我一惊，因为我亲眼看见山本把文件塞进这个皮包。他从马鞍袋里取出文件，装进这手提包放在枕边。山本也尽力装出无所谓的样子，但我没有放过他表情开始崩溃的一瞬间。文件何时何故不见了，他也似乎全然摸不着头脑。但不管怎样，这对他是求之不得的。因为如他对我所说，我们的头等优先事项就是不使文件落入敌手。

“蒙古兵把我们的物品全部翻过来巨细无遗地检查了一遍，但里边没有任何重要的东西。接下去让我们脱去所有衣服，一个一个衣袋检查，并用刺刀划开衣服和背囊，还是没找到文件。他们没收了我们身上的香烟、钢笔、钱夹、手册和手表，揣进自己腰包，还轮流试穿我们的鞋，将号码合适的据为己有。为了谁该拿什么，士兵之间争得面红耳赤，下级军官则佯装不知。大概没收俘虏和敌方战死者的所有物，在蒙古是理所当然的事。下级军官自己拿了山本的手表，其余任由士兵们瓜分。最后剩下的军用品——我们的手枪弹药地图指南针望远镜等一应物件，一古脑儿装进一个口袋，想必要送往乌兰巴托的司令部。

“然后，他们把赤身裸体的我们两人用又细又结实的绳子紧紧捆了。蒙古兵们靠近时，身上发出一股就跟长期没清扫的牛棚羊圈一样的气味，军装也粗糙不堪，脏得一塌糊涂，处处是泥巴、灰尘和饭菜污痕，以致衣服原先是什么颜色都辨不出了。鞋也破破烂烂满是窟窿，眼看要分崩离析似的，难怪想要我们的鞋。多半人的脸甚是粗野，牙齿污浊，胡须乱蓬蓬的，乍看与其说是士兵，莫如说更像马贼盗贼，唯独手上的苏制武器和带星的衔章表示他们是蒙古人民共和国的正规部队。不过在我眼里，他们作为战斗集体的整体意识和士气并不很高。蒙古人吃苦耐劳，作为士兵相当厉害，但不大适合集团作战的现代战争。

“夜间冷得能把人冻僵，蒙古兵呼出的气在黑暗中不断白泛泛地升上去又不断消失。看到这个光景，我无法马上作为现实接受下来，就好像自己被阴差阳错地纳入一场噩梦的片断之中。也的确是噩梦，但仅仅是——当然是后来才明白的——巨大噩梦的开端。

“这时间里，一个蒙古兵从黑暗中吃力地拖着什么走来，奸笑一下，‘通’一声甩在我们旁边。是浜野的尸体。浜野的鞋不知落入谁手，光着脚。随即他们将浜野尸体扒光，把衣袋里的东西全部掏出检查，手表钱夹香烟被没收了。分罢香烟，喷着烟查看钱夹。里边有几张‘满洲国’纸币和大约是他母亲的女性照片。负责指挥的下级军官说了句什么拿走纸币，母亲照片则被扔在地上。

“料想浜野是放哨时被蒙古兵从背后摸上来用匕首割了喉咙。就是说，他们先下手干了我们想干的事。鲜红鲜红的血从豁然张开的刀口流出。但现在血似乎流干了，刀口虽大，从中流出的血并不很多。一个蒙古兵从腰间拔出一把刃长十五厘米左右的弯刀给我看。我还是第一次看到式样如此奇特的匕首，大概有其特殊用途。这个蒙古兵用来比划一下割喉咙的手势，‘咻’地带出一声响。几个蒙古兵笑了。匕首估计不是部队发的，是他的私有物，因为其他人全都腰挎长刀，插着弯形匕首的只他一人。看来，割浜野喉咙用的便是这玩意儿。他在手中‘骨碌骨碌’灵巧地转了几圈后，把匕首插回皮鞘。

“山本一声不响，只是转动眼珠一闪瞥了我一下。尽管只那么一闪，但我当下领会了他在向我说什么。他的眼睛在问：本田难道巧妙逃脱了？在这混乱与惊恐当中，其实我也在想同一问题：本田伍长到底去了哪里？假如他能从敌人的偷袭中巧妙地脱身逃走，那么我们未必就没有这样的机会，尽管十分渺茫。而想到本田一个人又能做什么时，我的心不禁十分沉重。但机会总归是机会，毕竟比没有好。

“我们两人被绑着躺在那个沙丘上，一直躺到天明。拿轻机枪的蒙古兵和一个拿步枪的留下看守我们，其余的像是因为捉获我们而暂时放下心来，聚集在稍离开些的地方抽烟，说说笑笑。我和山本一句话也没说。虽然时值五月，但黎明时的温度仍降至零下。两人浑身精光，直担心就这样冻死过去。不过较之恐惧，寒冷实在算不得什么了。我猜测不出下一步我们将被如何发落。他们仅仅是巡逻队，不会对我们自行处理，只能等待上级命令。所以，暂时我们还不至于被弄死。但再往下如何发展，就全然无法预料了。山本大约是间谍，和他一起被捕，自然成了同谋。总之不可能简单了结。

“天亮后不久，天上传来飞机轰鸣的声响。接着，一架银白色飞机飞入视野。是带有外蒙军标志的苏制侦察机。侦察机在我们头顶盘旋了几圈，蒙古兵们一齐招手。飞机上下摆动几下机翼，朝我们这边发出信号，之后扬起沙尘落在附近开阔的沙地。这一带地表结实，无障碍物，没有跑道也较容易着陆。或许他们以前便已同样利用过几次。一个蒙古兵骑上马，牵着两匹备用马朝那边跑去。折回时蒙古兵牵去的马上骑着两个高级军官模样的汉子。一个俄国人，一个蒙古人。我估计巡逻队的下级军官把抓获我们的情况用无线电报告给司令部，于是两个军官从乌兰巴托赶来审问。想必是情报部门的军官。听说几年前大量逮捕清洗反政府派时，背后操纵的便是GPU①。

“两个军官军装都很整洁，胡须刮得干干净净。俄国人身穿有腰带的双排扣防雨大衣式样的外衣，从大衣底端探出的长筒靴

① Gosudarstvennoe Politicheskoe Upravlenie 之略，原苏联国家政治保安部。

闪闪发亮，一尘不染。就俄国人来说个头不甚高，身材瘦削，年龄三十四五岁，宽额头，窄鼻梁，皮肤近乎粉红色，架着金边眼镜。总的来说，长相并无堪称特征的特征。外蒙军官则同俄国人恰恰相反，小个头，黑皮肤，敦敦实实，活活一头小黑熊。

“外蒙军官叫去下级军官，三人站在稍离开点的地方说着什么。我猜想怕是听取详细汇报。下级军官拿来装有从我们身上缴获的东西的布袋，给两个人看里面的东西。俄国人逐个仔细察看一遍，稍顷又全部装回。俄国人对外蒙军官说了句什么，外蒙军官又对下级军官说了句什么，随后俄国人从胸前衣袋掏出香烟，也劝外蒙军官和下级军官抽了。三人吸着烟商量什么。俄国人一边好几次用右拳捶左手心，一边对两人说话。他像是有点焦躁。外蒙军官阴沉着脸抱起双臂，下级军官晃几下脑袋。

“不一会，三人朝我们所在位置缓步走来，在我和山本跟前站定。‘吸烟吗，’他用俄语问我们。我在大学学过俄语，前面说过，可以听懂俄语基本会话。但我不愿节外生枝，便做出完全听不懂的样子。‘谢谢。不要。’山本用俄语回答。俄语说得相当地道。

“‘好，’苏联军官说，‘能说俄语就省事了。’

“他摘下手套，揣进大衣袋。左手无名指闪出小小的金戒指。‘我想你也十分清楚，我们在寻找一样东西，不惜一切代价地找，而我们又知道你有。怎么知道的你不必问，只是知道。然而又不在你身上。这就是说，在逻辑上被捕前你把它藏在了某处。还没有——’说着他指了指哈拉哈河对岸，‘还没有送往那边。谁都还没有过河。信件应该藏在河这边一个地方。我说的你懂吗？’

“山本点头道：‘你说的我懂。但关于信件我什么也不知道。’

“‘好，’俄国人面无表情地说，‘那么问你一个小问题：你们到底在这里干什么了？你们也十分清楚，这里是蒙古人民共和国的领土。你们是以什么目的进入别人地界的？把缘由讲给我们听听。’

“我们是搞地图的，山本解释道，我是在地图社工作的民间人士，这个人和被杀的那个人是作为我的警卫跟来的。我晓得河这边是诸位的领土，对越境这点我感到抱歉。但我们没有犯境意识。作为我们，只是想从这边河岸的高处看地形。

“俄国军官有些兴味索然地咧着薄嘴唇笑了笑。‘**感到抱歉**，’他缓缓地重复山本的话，‘原来如此，想从高处看地形？不错不错。高处视野开阔嘛！言之有理。’

“他朝天上的云默默地望了一会，而后收回视线，缓缓摇头，叹了口气。

“‘我想，如果能够相信你所说的那该有多好！如果我能拍拍你的肩膀说道明白了好啦过河去吧下回可得小心哟，那该有多妙！不骗你，我的确这样想。然而遗憾的是，我无法那样做。因为我充分了解你是谁，也充分了解你在这里的所作所为。我们在海拉尔有几个朋友，正如你们在乌兰巴托有几个朋友一样。’

“俄国人从衣袋里取出手套，重新叠了叠又揣了回去。‘坦率地说，我对折磨你们或杀害你们并没有什么个人兴趣。只要交出信件，就什么事也没有了。我可以做主使你们当场获释。你们可以直接过河返回对岸。对此我以我的名誉保证。至于以后的事，属于我们国内问题，与你们无关。’

“从东边天空射下的阳光，总算开始温暖我们的身体了。没有风，天空飘着几块有棱角的白云。

“长时间沉默。谁也没吐半个字。俄国军官也好外蒙军官也好巡逻队士兵也好山本也好，全都闷声不响。山本看上去被捕时即已做好了死的准备，脸上没有一丝可以称为表情的反应。

"'你们两人、都有可能、在此、送命，'俄国人一顿一顿劝小孩似的说，'而且将是相当相当惨不忍睹的死法。他们——'说到这里，俄国人看了眼蒙古兵。端着轻机枪的蒙古兵看着我的脸，龇着脏牙一笑。'他们最喜欢采用繁琐而考究的杀人方法。可以说，他们是那种杀法的专家。自从成吉思汗时代开始，蒙古人便对残忍至极的杀戮津津乐道，同时精通相应的方法。我们俄国人算是领教够了。在学校历史课上学过，知道蒙古人在俄国干下了什么。他们侵入俄国的时候，杀了几百万人，几乎全是无谓的杀戮。知道在基辅一次干掉几百俄国贵族的事吧？他们做了一块巨大的原木板，把贵族们一排排垫在下面，然后大家在板上开庆功宴会，贵族们就这样被压死了。那无论如何不是普通人能想得出的，你们不这样认为？花费时间，准备工作也不比一般，岂非纯粹自讨麻烦？然而他们偏要这样做。为什么？因为那对他们是一种乐趣。时至今日他们依然乐此不疲。以前我曾亲眼看过一次。我自以为迄今为止见识过不少可怖场面，但那天晚上到底没了食欲，至今我还记得。我说的话可领会了？我讲得不是太快吧？'

"山本摇了下头。

"'那好，'说着，他清清嗓子，停了停，'这回是第二次，根据情况，晚饭前或可恢复食欲。不过，作为我来说，可能的话，也还是想避免不必要的杀生。'

"俄国人背过手，仰面望了一会儿天空，之后取出手套，往飞机那边看去。'好天气！'他说，'春天了。还有点冷，不过蛮好。再升温，蚊子就出来了，这些家伙可不饶人。较之夏天，春天好得多。'他再次掏出香烟，叼上一支，擦火柴点燃，慢慢吸一大口，悠悠然吐出。'再问一次：你是说真不知道信件吗？'

"'尼特①。'山本简单回答。

"'好，'俄国人说，'那好！'他转向外蒙军官用蒙语说了句什么，那军官点点头，向士兵们传达命令。士兵们不知从哪里找来木头，用刺刀灵巧地削尖一头，做成四根木桩样的东西，然后用步子量好所需距离，将四根木桩大致按等边四角形用石块牢牢打进地面。仅这项准备我想就花了大约二十分钟，而往下将发生什么，我全然看不出来。

"'对于他们，好的杀戮同好的菜肴是同一回事，'俄国人说，'准备的时间越长，快乐也就越大。若仅仅是处死，砰一声枪响就行了，转瞬即可。但那样一来——'他用指尖缓缓抚摸着光溜溜的下颏，'毫不尽兴。'

"他们解开山本身上的绳子，把他带到木桩那边，就那样赤身裸体地将手脚绑在桩上。他呈大字形仰卧的身体上有好几处伤，全是血淋淋的新伤。

"'你们也知道，他们是牧民。'军官道，'牧民养羊，吃羊肉，剪羊毛，剥羊皮。就是说，羊对于他们仅仅是动物。他们和羊一起生活，和羊一起活着。他们剥羊皮剥得非常得心应手，用羊皮做帐篷，做衣服。你看过他们剥羊皮的情景吗？'

"'要杀快杀！'山本说。

"俄国人合起手心，慢慢地搓着点头道：'放心，杀是肯定杀的，无须担心。没有任何可担心的，多少要花些时间，但必死无疑，不用担心，不必着急。这里是一望无际的荒原，什么也没有，唯独时间绰绰有余。况且，我也有很多话要说。对了，刚才提到的剥皮作业，任何群体中都有一个剥皮专家那样的人，行家里手！他们实在剥得巧妙，简直堪称奇迹，艺术品！转眼之间就

---

① 俄语"不，没有"之意。

剥完。纵使活剥，也剥得飞快，你几乎觉察不到剥的过程。可是——’说到这里，他再次从胸前衣袋里掏出香烟盒，左手拿着，用右指尖敲得橐橐有声。‘——当然不可能觉察不到。活活剥皮，被剥的人痛不可耐，想象不到地痛，况且到死要花很长很长时间。流血过多致死，只是要花时间。’

“他‘啪’地打了声响指。于是同他一起乘飞机来的外蒙军官跨步上前。他从大衣袋取出一把带鞘的短刀，形状同刚才做割喉手势的那个士兵拿的一模一样。他把短刀从刀鞘中拔出，在空中画了个圈。钢刃在清晨的阳光下白刷刷地闪着钝光。

“‘他就是那方面的专家之一。’俄国军官说，‘看好了么？好好看看这刀。这是剥皮专用刀，做得好极了，刀刃如剃刀一般薄一般锋利。他们的制作技术极其高超，毕竟剥动物皮剥了数千年之久。他们将像剥桃子皮一样剥人皮，熟练，漂亮，完美无缺。我讲得太快吗？’

“山本一声不响。

“‘一点一点地剥。’俄国军官继续道，‘若想剥得完好无损，慢剥最好。剥的过程中如果你想说什么，可以马上停止，只管作声。那样即可免死。他以前剥过几次，而直到最后都不开口的人却是一个也没有的。这点希望你记住：如想中止，尽可能快些最好。双方都可轻松些。’

“那个手握短刀的熊一样的军官，看着山本冷冷地一笑。我至今仍真切地记着那笑，至今仍梦见那笑，无论如何忘却不了那笑。随后，军官开始作业。士兵们用手和膝按住山本的身体，军官用刀小心翼翼地剥皮。他果真像剥桃子皮那样剥山本的皮。我无法直视。我闭上眼睛。而一闭眼，蒙古兵便用枪托打我，一直打到我睁开。但睁眼也罢闭眼也罢，怎么都要听见山本的呻吟。开始他百般忍耐，后来开始惨叫，很难认为是人世声音的惨叫。

那个人首先在山本右肩‘刷’地划开一道口子，由上往下剥右臂的皮。剥得很慢，小心翼翼，一副不胜怜爱的样子。那手法确如俄国军官所说，不妨称之为艺术创作，假如不闻惨叫声，甚至不会让人觉得伴随有任何疼痛。然而惨叫声却在分明地诉说那是何等的痛不欲生。

“不多时，右臂的皮被彻底剥下，成了一块薄布。剥皮人把它递给旁边的士兵，士兵用手指捏住打开给众人看。皮还在‘啪嗒啪嗒’滴血。剥皮军官接着处理左臂，如法炮制。而后剥双腿，割下阳物和睾丸，削掉耳朵，再剥头皮、脸皮，不久全部剥光。山本昏迷过去，苏醒过来，又昏迷过去。昏迷时不再呻吟，苏醒时即惨叫不止。但声音渐渐微弱，最后完全消失。这时间里俄国军官一直用长筒靴后跟在地面画着单调的图形。蒙古兵全都鸦雀无声，定定地注视着剥皮作业。他们均无表情。无厌恶神色，亦无激动无惊愕，一如我们散步当中顺路观看某个施工现场那样看着山本的皮肤被一张张剥去。

“我吐了好几次，最后再没东西可吐了，可还是吐个不止。熊一般的外蒙军官最后把利利索索剥下的山本胴体的皮整张打开，那上面甚至连着乳头，那般惨不忍睹的东西那以前那以后我都没见过。一个人拿起来像晾床单一样晾在一边。剩下的唯有被整个剥去皮肤而成为血淋淋血块的山本尸体骨碌碌倒在那里。最为目不忍视的是他的脸。白亮亮的大眼珠在红肉中瞪得圆圆的。牙齿毕露的口仿佛呼叫什么似的大大地张开。鼻子被削掉了，只有小孔留下。地面一片血海。

“俄国军官往地面吐口唾液，看了我一眼，然后从衣袋里掏出手帕擦了擦嘴角。‘看来他是真的不知道了。’说着，手帕又放回衣袋，声音较刚才有些木然，‘知道绝对招认。白要了条命。但不管怎么说他都是专门干这个的，反正迟早不得好死，无

可幸免。这且罢了。既然他不知道，你更是不可能知道的喽？’

“俄国军官衔支烟，擦燃火柴。

“‘这就是说，你已不再具有利用价值。既无拷问使你开口的价值，又没有作为俘虏关押的价值。说实在话，作为我们，是打算秘密处理此次事件的，不想声张出去。所以，把你带回乌兰巴托不大好办。最好的办法是马上朝你脑袋开一枪，埋在某处，或烧了让哈拉哈河冲走。这样一切就简单了结了。是这样的吧？’如此说罢，他死死盯住我的脸，但我继续装出不知所云的样子。‘看来你是听不懂俄语，再这么一一说下去也是白费时间。也罢，算我自言自语就是，你就当我自言自语听下去：有个好消息告诉你，我决定不杀你。不妨理解为这是我对意外误杀你朋友的一点点歉疚之心。今天一早大家尽情尽兴欣赏了杀生，这种事一天一次足矣。所以不杀你，而给你提供活命的机会，如果幸运，将会得救。可能性诚然不大，可以说接近于无，但机会总归是机会，至少比剥皮强似百倍，对吧？’

“他扬手叫来外蒙军官。外蒙军官刚刚用壶水精心洗罢短刀，拿小磨石磨好。士兵们把从山本身上剥下的皮摊开，在皮前议论着什么，大约是就剥皮技术的细节交换意见。外蒙军官短刀入鞘，插进大衣袋，朝这边走来。他看一会我的脸，又看了看俄国人。俄国人用蒙语对他简单交代一句，蒙古人表情呆板地点头。士兵为他们牵来两匹马。

“‘我们这就乘飞机返回乌兰巴托，’俄国人对我说，‘空手而归固然遗憾，但无可奈何。事情这东西有时顺利，有时不顺利。但愿晚饭前能恢复食欲——把握不大！’

“两人乘马离去。飞机起飞，变成一个小银点消失在西边的天空。于是仅剩下我和蒙古兵，还有马。”

“蒙古兵把我牢牢绑在马鞍上，列队向北进发。我前面的蒙古兵低声唱着旋律单调的小曲。此外听到的，便只是马蹄‘嚓嚓’刨扬沙土的枯燥声响。我猜不出他们要把我带往何处，不晓得往下究竟会遭遇怎样的下场，我所明白的仅仅是这样一个事实——我成了对他们毫无价值可言的多余存在。我在脑袋里反复推出那个俄国军官的话。他说不杀我。杀绝对不杀，却又几乎没有活命机会，他说。这具体意味着什么呢？我不知道。他的话过于空泛。或者拿我搞一个什么恶作剧也未可知。可能并不一下子杀死我，而打算慢慢受用一场恶作剧。

“尽管如此，我还是松了口气，毕竟没有在那里被当场处死，尤其没有像山本那样被活活剥皮。事既至此，自然难逃一死，可我不愿意死得那么惨。而且不管怎么说，至少我还这样活着，这样呼吸。如果对俄国军官的话完全信以为真，那么我不至于马上遇害，离死尚有若干时间，因而也就有了延长性命的可能性。哪怕可能性微乎其微，我也只能紧抓住不放。

“之后，本田伍长那句奇妙的预言倏然掠过脑际：在此中国大陆我不会死。绑在马鞍上的我，一边任由沙漠的太阳火辣辣地晒着脊背，一边反复回想他当时的表情、声调的抑扬和语句的余韵。我宁愿打心眼里相信他的话。是的，自己不会在这种地方乖乖送命，一定要逃离这里活着踏上故乡的土地——我坚定地对自己说道。

“往北走了两三个小时，在一处有喇嘛教石塔的地方停下。这样的石塔被称为敖包，类似道祖神①，在沙漠中起着路标的重要作用。他们在敖包前跳下马，解开我身上的绳索，两个士兵从

① 日本立在岔路口或村边山顶的小石像，据说可以保护行路人的安全。

两侧架着我，把我带到稍离开些的地方。我心想他们将在这里弄死我。我被带到的地方，地面开一口井，井围着一米多高的石墙。他们让我跪在井沿跟前，按着后颈让我往里看。井似乎很深，里面黑洞洞的什么也看不见。穿长筒靴的下级军官拾来一个拳头大小的石块投进井里，过一会儿才‘橐’地传出一声干响。像是一口枯井，大约往昔发挥过沙漠水井的功能，后来由于地下水脉的移动而干涸了。从石头到达井底的时间来看，该有相当的深度。

“下级军官冲我不怀好意地一笑，旋即从腰带皮套上拔出自动手枪，打开保险栓，‘咔嚓’一声子弹上膛，枪口对准我的脑袋。

“但他久久没有扣动扳机，转而缓缓放下枪身，举起左手指着我背后的井。我舔着干巴巴的嘴唇静静地注视他的手枪。总之意思是说我可以从两种命运中任选其一，一是当即由他开枪干干脆脆地死去，二是自己主动跳进井去。井很深，碰得不得当很可能碰死；否则，就将在黑暗的井底一点点坐以待毙。我终于明白过来，原来这就是俄国人说的机会。接着，下级军官亮出现已归他所有的山本那块手表，伸出五个手指，表示给我五秒钟考虑时间。待他数到三时，我脚一蹬石墙，猛地扎入井中。此外我别无选择。我本想抓着井壁顺壁下滑，但实际上我没有那样的时间。我抓了个空，直接跌落下去。

“井是很深，感觉上身体接触地面好像花了很长时间。当然事实上顶多几秒钟，绝对谈不上‘很长时间’。不过我确实记得在黑暗中跌落的过程里想了许多许多。我想起了遥远的故乡，想起了仅在出征前亲热过一次的女子，想起了父亲母亲。我很感谢我有个妹妹而不是弟弟。我在这里死了，至少还有她留在父母身边而不至于被抓去当兵。我想起了槲叶年糕，随即身体摔在干地上，刹那间人事不省，就好像身上所有的气立时排泄一空。我的身体如沙袋一样重重摔在了井底。

“但我觉得摔得不省人事仅是一瞬间。苏醒过来时，有什么水点样的东西溅在我身上。起始我以为下雨，但不是。是尿。蒙古兵一起向井底的我撒尿。一直向上望去，他们站在圆形井口轮流撒尿的身影犹如剪影般小小地浮现出来，在我眼里恍若虚拟物，简直与吸毒产生的幻觉无异。然而那是现实。我位于井底，他们朝我洒射实实在在的尿液。全部洒完之后，一个用手电筒往我身上照。有笑声传来。旋即他们从井口消失了。他们走后，一切都陷入深深的沉默。

“好半天我脸贴在那里纹丝不动，观察他们是否返回。二十分钟过去，三十分钟也过去了（当然没表，大致估计），他们没有返回，大概撤离了。我一个人留在这里，留在了沙漠当中的井底。知道他们再不返回，我首先检查自己身体如何。摸黑检查自己的身体状况是十分困难的事。我看不见自己的身体，无法用眼睛确认处于何种状态，只能通过感觉来把握。问题是处于黑暗中弄不清自己此时此刻的感觉是否真的正确，甚至觉得自己好像被愚弄被欺骗了似的。委实是一种极为奇妙的感觉。

“但我还是一点一点、慢而又慢地逐一把握了自己的处境。首先弄明白而且对我幸运之至的是：井底是较为柔软的沙地。否则以井深来说我的大多数骨骼都应在触地之际摔碎或摔断才是。我深深地吸口长气，开始试着启动身体。先动了动手指。手指虽然有点莫可名状，但总还能动。继而我想从地面起身，可我无法支起自己的身体。我觉得所有的感觉都在我体内荡然无存，意识好端端的，但意识和肉体各行其是，我没有办法将自己的意愿转换为肉体的行动，无论我想做什么。于是我放弃了努力，在黑暗中躺着不动。

“我不知道自己静止了多久，但感觉总算缓慢恢复过来。随着感觉的恢复，疼痛也理所当然地找上身来。痛得相当厉害。腿怕是断了，我思忖，肩也许脱臼，或不巧摔断了。

“于是我以原来的姿势忍痛不动。泪水不知不觉顺颊而下。泪来自疼痛，更来自绝望。一个人被孤零零地抛弃在世界尽头处沙漠正中的深井里，在一团漆黑中忍受剧痛的袭击，这是何等孤独何等绝望，我想你无论如何也是体会不到的。我甚至后悔没让那个下级军官一枪打死。如果给人打死，起码我的死还有他们知道。而若死在这里，那的的确确是孤单单的死，不为任何人知晓的无声无息的死。

“时而有风声传来。风掠过地面时在井口发出奇妙的声音，仿佛遥远世界里女人的啜泣。那个遥远世界与这个世界之间有一细孔相通相连，因而啜泣声得以传来这里。但那声音的传来转瞬即逝，过后我还是独自留在深深的沉默与深深的黑暗中。

“我忍着痛，用手轻轻触摸周围地面。井底平平的，面积不大，直径也就一米六七。触摸地面当中手突然碰到一个尖尖硬硬的东西，我惊得反射性地一下子缩回手，尔后再次慢慢地朝那边摸去，手指重新碰到那个尖东西。一开始我以为是树枝之类，后来明白原来是骨头。不是人的，是小得多的动物骨骸。大概因为天长日久，或是给我掉下来砸的，骨头已经破碎。除这小动物的骨头，井底便什么也没有了，有的只是沙沙拉拉的细沙。

“接着，我用手心抚摸井壁。井壁像是用瘪平的石块砌成的。白天地面其实相当热，却热不到这地下世界里来，壁面冰凉冰凉。我的手在壁面滑动，一条一条确认石块之间的缝隙，心想碰巧说不定可以蹬着爬上地面。然而那缝隙实在太细太窄了，没办法搁脚。加之我又负伤，希望近乎于零。

“我拖着身子从地面撑起，好歹靠上井壁。身体一动，肩和脚简直疼得像被扎进许多根粗针。一时间里我觉得似乎每呼吸一次身体都有可能哗啦啦解体。一摸肩，那里又热又肿。”

“不知过了多少时间。忽然，某一时刻发生了意想不到的事情：太阳光竟如有神灵指点一般飒然泻入井内。霎时间我看清了周围所有的东西。井内流光溢彩，简直是光的洪流。面对这劈头盖脸的光明，我几乎透不过气来。黑暗和阴冷一瞬间被驱逐一空。温暖的阳光深情地拥揽我的裸体，就连疼痛也像在接受阳光的祝福。身旁有小动物的骨头，白刷刷的骨同样沐浴着温暖的阳光。阳光中，这不吉利的骨头也成了自己亲切的伙伴。我可以看清包围着我的石壁了。置身于阳光的时间里，我甚至忘却了恐惧、疼痛以至绝望，只顾目瞪口呆地坐在辉煌的光芒中。可惜好景不长，稍顷，阳光如来时一般倏然逝去，深重的黑暗重新压来。时间的确短暂，以分秒计算我想至多十秒或十五秒。太阳光所以直上直下地射入深深的井底，大概是由于角度的关系，一天之中仅有一次。在我尚未弄清所以然之时，光的洪流已倏然远逝。

“阳光的消失，使我陷入了更深的黑暗。我想动下身体都无能为力。没吃没喝。一丝不挂。悠长的下午过去了，夜晚随之降临。身体渴求睡眠，而寒冷却像无数针尖猛刺我的全身。恍惚中生命之芯仿佛在变僵变硬而步步走向死亡。朝上看去，头顶有冻僵似的星星，数量多得可怕。我凝神仰望星斗缓慢的移行，据此我可以确切知道时间仍在流逝。我打了个瞌睡。冻醒痛醒。又打了个瞌睡。又一次醒来。

“不久，早晨来临。历历在目的星星从圆形井口渐渐模糊下去，淡淡的晨光圆圆地浮现出来。天亮后星星也没消失，模糊虽然模糊，但总是守候在那里。我舔着壁石的晨露滋润干渴的喉头，作为量当然少得可怜，但对我已是天之恩赐了。想来，我至少整整一天没喝水没吃东西了，却又丝毫觉不出食欲这玩意儿。

“我一动不动地待在井底，此外别无他能，甚至思考什么都无从谈起。我那时的绝望和孤独便是那样地深重。我什么也不做，什么也不想，一味静坐不动。但我在无意识之中期待着那道光束，那道一天之中仅有一瞬间笔直泻入井底、亮得眼前发黑的光束。从物理上说，阳光成直角射于地表是在太阳位于最高空的时候，因此应是正午时分。我一心盼望光的到来，因为此外无任何可期盼的东西。

“那以后又过了很多时间。不觉之间我昏昏沉沉睡了过去。当我意识到什么猛然睁眼时，光已在那里了。我知道自己再次笼罩在压倒一切的光芒中。我几乎下意识地大大张开双手迎接这片阳光。它比第一次强烈得多，也比第一次持续时间长，至少感觉上是这样。阳光中我泪水涟涟而下，仿佛全身液体都化为泪水从眼中倾流一空，甚至觉得身体本身也融为液体就势流干流尽。在这辉煌的祝福中我想死又何妨。实际上我**也想死去**。此时此刻，似乎这里的一切都浑然融为一体，无可抗拒的一体感。是的，人生真正的意义就在这仅仅持续十几秒的光照中。我应该在此就这样一**死了之**。

“然而光照还是毫不留恋地离去了。意识到时，我仍孑然一身留在这凄惨惨的井中，一如前次。黑暗与阴冷牢牢钳着我，就像在告诉我那光照压根儿就不存在。接下去很长时间我一动不动蹲在那里。脸让泪水湿得一塌糊涂。整个人就像被一股巨力彻底摧毁了，我想不成什么更做不成什么，连自身的存在都感觉不出，仿佛成了干瘪的残骸或一个空壳。其后，本田伍长的预言再次回到我如同一无所有的空房间一般的脑袋中，他预言我不会死在中国大陆。在这光照来而复去的现在，我可以对他的预言确信无疑了。因为在这应该死的地方应该死的时间里我未能死。我不是**不死在这里**，而是**不能死在这里**。明白吗？我就这样错过了得天独厚的宠幸。”

说到这里，间宫中尉觑了眼表。

“如您所见，我现在就在这里坐着。”他静静地说，像要抖去肉眼看不见的记忆丝线似的摇了摇头。“一如本田先生所说，我没死在中国大陆，四人中我又活得最长。”

我点点头。

“对不起，话说得长了。一个没有死成的老人的往事，听得不耐烦了吧！”说罢，间宫中尉在沙发上正襟端坐，“再唠叨下去，怕要赶不上新干线列车了。”

“等等，请等等，”我慌忙道，“请别就此打住，那以后到底怎么样？我很想听听下文。”

间宫中尉看了一会我的脸。

“这样好吗？我真的没有时间了，和我一起走去汽车站可以么？估计路上我可以把剩下的话简单讲完。”

我和间宫中尉一起出门，朝汽车站走去。

“第三天早上我被本田伍长救了出来。我们被捕的那天夜里，他察觉到蒙古兵要来，便一人溜出帐篷一直躲在什么地方。那时他从皮包里取出了山本的文件。毕竟对我们来说头等优先事项是不使文件落入敌手，无论付出怎样的牺牲。或许你要问既然知道蒙古兵要来，那为什么不叫醒我们一起跑呢？为什么自己一个人溜走呢？问题是即使那样我们也根本逃脱不掉。因为他们知道我们在哪里，那里是他们的地盘，人数和装备也都占上风。他们可以不费吹灰之力找到我们，把我们一网打尽，拿走文件。就是说，在那样的情况下需要他单独逃生。本田伍长的行为在战场上显然是临阵脱逃，但在执行那种特殊任务时，随机应变是再重要不过的。

“他目睹了俄国人他们前来并整个活剥山本皮的情形，也看见了我给蒙古兵带走。但他没有了马，无法立即尾随而来，只能步行。本田伍长挖出埋在土里的武器，再把文件埋在那里，然后追赶我们。说起来简单，实际上他赶到井边十分不易，因为他连我们去哪个方向都不晓得。”

“本田先生是怎么找到井的呢？”我询问。

“我也不清楚，他从没就此多说什么。**总之他就是知道**，我想。找到我，他撕开衣服搓成长绳，想方设法把几乎失去知觉的我从井底拉了上来，又不知从哪里寻来一匹马，驮起我翻过山丘，渡河，一直领到满军监视所。在那里我得到治疗，又被送上司令部派来的卡车拉到海拉尔医院。”

“文件或信件什么的到底怎么样了？”

“想必仍然躺在哈拉哈河附近的沙土里。我和本田伍长没工夫挖它，也没任何理由非去挖不可。我们得出的结论是：权当那东西压根儿就不存在好了。上级审查时我们统一口径，都说没有听说什么文件，因我们觉得若不那样说，很可能被追究未带回文件的责任。以治疗的名义，我们在严格监视下被隔离在两个病室，每天都接受审查。来了好几名高级军官，不得不三番五次重复同样的话。他们的提问详尽而狡黠，但他们好像相信了我俩的话。我毫无保留地述说了我的经历，唯独小心地避开文件一点。他们把我说的整理成文，交代我说此次行动属机密事项，军队不存正式记录，因此一切情况不得外传，一旦得知外传，必定严惩不贷。两个星期后，我被放回原部门，本田先生想必也返回了原来的部队。”

“还有一点不大明白，本田先生为什么从那个部队被特意叫出来呢？”我问。

“这点本田先生也没对我多说什么。估计他被禁止提及此事，或者认为我还是什么都不知道为好。但我从他话中推想山本那个人同本田先生之间有某种个人关系，而且可能是有关他特异功能方面的。因为陆军设有专门研究那类特异功能的部门，从全国搜集具有某种特异神通和特殊精神能量的人，进行各种各样的试验，这我也听说过，料想本田先生是因此同山本相识的。再说如果实际上他不具有那方面的能力，也不可能找到我的位置并把我准确地领到满军监视所。那可是在一无地图二无指南针的情况下毫不迟疑地径直赶到那里的，在常识上可说是无法设想的。我是地图专家，那一类地理大体知晓，然而即便是我也绝对做不到。大概山本指望的也就是本田先生的这种能力。”

我们走到汽车站等车。

“当然现在也仍有谜没解开。”间宫中尉说，“我至今还有很多事想不明白：在那里同我们接头的蒙古军官到底是谁？假如我们把文件带回司令部情况又将如何？为什么山本没有把我们甩在哈拉哈河右岸而独自过河？那样他行动上理应容易得多。说不定他原本打算把我们留作蒙军饵料而一人逃命来着，而客观上这是可行的。或许本田伍长一开始便看透了这点，所以才对山本见死不救的。

“不管怎样，我和本田伍长自那以来很长时期都一次也没见面。我们两人一到海拉尔就马上被隔离开来，禁止见面和交谈。我很想最后说一句感谢话都没能说上。就这样，他在诺门坎战役中负伤被送回国内，我留在满洲直到战争结束，之后被押往西伯利亚。我得知他的住址，已是从西伯利亚回国几年以后的事了。那以来我们见过几次面，偶尔通通信，但本田先生似乎有意避开哈拉哈河那件事，我也不是很想提起，因为对我们两人来说，那件事情实在过于重大。我们通过就此缄口不语而得以共同拥有了那段经历，明白吗？

“话是说长了，但我最终想告诉您的是：我真正的人生或许早已结束在外蒙沙漠那口深井里了。我觉得自己生命的内核——大约是内核——业已在井底那一天仅射进十秒或十五秒的强烈光束中焚毁一尽。那光束对我便是神秘到了那般程度。很难解释为什么，总之如实说来，从那以后我无论目睹什么经历什么，内心都全然不为所动。就连面对苏军大型坦克部队，就连失去左臂，就连身陷地狱般的西伯利亚收容所的时候，我也处于某种无感觉之中。说来奇怪，那些对于我已怎么都无所谓了。我身上的**什么**早已死掉。或许如我当时所感觉的那样，我本应在那束光照中死去，无声无形地一死了之。那是我的死期。然而不出本田所料，我没有死在那里——或者该说是**没有死成**。

“我在失去左臂和十二年宝贵光阴之后返回了日本。回到广岛时，父母和妹妹已不在人世。妹妹被征用在广岛市内一座工厂做工时碰上扔原子弹死了。父亲当时偏巧去看望妹妹也没了命。母亲受不住精神打击卧床不起，于一九四七年去世。前边已经说过，我以为算是私下同我订婚的女子已跟别的男人结了婚，有了两个孩子。墓地里有我的墓。我什么也没剩下，自己本身也好像整个儿成了空壳。我不该返回这里的，我想。那以后直到今天，我记不清自己是怎样活过来的。我当了社会科教师，在高中教地理和历史，但在真正意义上我并没有活着，我只是一个个完成分配给我的现实任务而已。我没有一个堪称朋友的人，同学生之间也不存在感情纽带。我不爱任何人，已不懂得爱上一个人是怎么回事。每当闭上眼睛，被活活剥皮的山本就浮现出来，也梦见了好几次。山本在我的梦境中不知被剥了多少次皮，每次都变成血肉模糊的块体，我可以真切地听到山本凄绝的悲鸣。我还不止一次梦见自己在井底活着腐朽下去，有时甚至以为那才是真正的现实，而眼下日复一日的人生倒是梦幻。

“本田先生在哈拉哈河畔说我不会死在中国大陆的时候，听得我很是欣喜。信不信是另一回事，当时的我哪怕一根稻草也恨不得抓住不放。或许本田先生察觉出了这点，为了安慰我才那样讲的。然而现实中并不存在什么欣喜。返回日本以后，我始终像空壳一样活着。而成为空壳，即使长命百岁也算不得真活。沦为空壳的心和沦为空壳的肉体所产生的，无非是空壳人生罢了。我想请您理解的，实际上只此一点。”

“那么说，您回国后一次也没结过婚？”我问。

“当然。”间宫中尉回答，“没有妻子，没有父母兄弟，彻底孤身一个。”

我略一迟疑问道：“您认为没听到本田先生那个预言倒好些是吗？”

间宫中尉默然良久，凝视着我道：“或许是那样的。本田先生或许不该把它说出口，我或许也不该听。正如本田先生当时所说，命运这东西大约是事后回头看的，而不该预先知道。不过我想，时至如今怎么都是一回事了。我只是在履行至今继续存活这一职责而已。”

公共汽车驶来。间宫中尉朝我深深一躬，道歉说占了我的时间。“这就告辞了。”间宫中尉说，“实在谢谢了。不管怎样，算是把那个交给您了，这样我也总算告一段落，可以放心回去了。”他用假手和右手熟练地取出硬币，投入公共汽车收费箱。

我站在那里，凝眸看着汽车拐弯消失。车一消失，我顿时奇异地觉得心里空落落的，是一个被丢在人地两生的街头的孩子所感受到的那种毫无着落的心情。

我回到家，坐在客厅沙发上，打开本田先生作为纪念留给我的包。费力剥去好几层严严实实的包装纸后，露出一个很结实的硬纸盒。是 Cutty Sark 送礼用的包装盒，但从重量得知里边装的不是威士忌。我打开盒，发现里边什么也没有。空空如也。本田先生留给我的，仅是个空盒。

第二部　预言鸟篇

一九八四年七月至十月

1 尽可能具体的事情、文学里的食欲

把间宫中尉送去公共汽车站这天夜晚，久美子没有回家。我一边看书听音乐一边等她，等到时针转过十二点只好作罢，上床躺下，不觉之间开着灯睡了过去。醒来快早上六点了，窗外天光大亮，薄薄的窗帘外传来鸟的鸣啭。身旁不见妻子。洁白的枕头仍好端端地鼓胀着，显然夜间没什么人往上边放过脑袋。床头柜上整齐地叠放着昨天刚洗过的她的夏令睡衣，我洗的，我叠的。我关掉枕边的灯，像调整时间流程似的做了个深呼吸。

我仍旧穿着睡衣，在家中寻找了一番。先进厨房，再望客厅，察看她的工作间，搜查浴室和厕所。为慎重起见，连壁橱也打开看了。然而哪里也没有久美子的影子。也许是心里不踏实的关系，家中看上去比平日冷清，好像我一个人在上蹿下跳破坏这寂静的和谐。

无事可干，我便去厨房往水壶灌了水，打开煤气灶。水开后用来冲了咖啡，坐在餐桌旁喝着。然后用电烤箱烤了面包，从冰箱里拿出土豆色拉吃了。单独吃早餐真是相隔好久的事了。想起来，从结婚到现在，我还一次没放弃过早餐。午餐不吃倒是常事，晚餐也有时作罢，但早餐却无论如何也不曾免过。这是一种默契，几乎近于仪式。我们上床再晚，清晨也早早爬起，尽可能做正规些的早餐，只要时间允许就慢悠悠地吞食。

但这天早上久美子不在座位上。我一个人默默喝咖啡，默默吃面包。对面仅有一把无人坐的空椅。看着这椅子，我想起昨天早上她身上的香水，想象有可能赠给她香水的男人，想象久美子

同那男人在床上拥作一团的光景，想象男人的手爱抚她裸体的场面，回想昨天早上为她拉连衣裙拉链时目睹的她那瓷瓶般光滑的背。

不知何故，咖啡有一股香皂味儿。喝罢一口过不一会儿，口中便觉不是滋味。最初以为错觉，但喝第二口后仍是一个味儿。我把杯中的咖啡倒进洗碗池，换一个杯子斟上，一喝香皂味儿还是不退。何以有香皂味儿呢？我不得其解。壶洗得甚为仔细，水也不成问题，然而那毫无疑问是香皂水味儿或化妆水味儿。我把咖啡壶里的咖啡倾倒一空，重新换水加温，又觉得麻烦，遂半途而废。随后用咖啡杯接自来水，权当咖啡喝了。反正也不是特别想喝咖啡。

等到九点三十分，往她单位打电话，对接电话的女孩说麻烦找一下冈田久美子。女孩说冈田好像还没来上班，我道谢放下电话。之后我开始打扫房间。平时心里七上八下时我总是这样。旧报纸和杂志收在一起用绳子捆了，厨房洗碗池和餐橱擦干净了，厕所和浴缸刷了，镜子和窗玻璃用玻璃除垢器抹了，灯罩取下冲了，床单换下洗了，又铺上新床单。

十一点时，我再次往久美子单位打电话。还是那个女孩接的，还是那句回答。“冈田还没来上班呢。”她说。

“今天不来了么？”我问。

“这——没听说啊……”她声音里不含任何感情，如实口述那里现存的事实而已。

不管怎么说，十一点久美子都没上班这情况非同寻常。出版社编辑部那种地方上下班时间一般是颠三倒四的，但久美子的出版社不然，办的是健康和自然食品方面的杂志，相关的撰稿人、食品公司和农场人员、医生们全都是早早起床工作一直忙到傍晚那类人，因此久美子和她的同事们也都与其协调一致，早上九点全体准时上班，除去发稿忙的时候，平日是六点下班。

放下电话，进卧室大致检查了一遍久美子挂在立柜里的连衣裙、衬衫和西装裙。如果离家出走，她该拿走自己的衣服。当然我并不一一记得她的所有衣服。自己有什么都稀里糊涂，不可能记清别人的服装细目。不过，因为时常把久美子的衣服拿去洗衣店又拿回，所以大体把握得住她经常穿什么衣服爱惜什么衣服，而且据我记忆，她的衣服基本集中在这一处。

况且久美子也没有更多空间拿走衣服。我再次精确地回忆她昨天早上离家时的情形——穿什么衣服，带什么包。她带的只是上班时常带的挎包。里面满满地塞着手册、化妆品、钱夹、笔、手帕、纸巾等物，根本容纳不进替换衣服。

我打开她的抽屉柜察看。抽屉里整整齐齐地放着服饰、袜子、太阳镜、内衣、运动衫等等，怎么也看不出少了什么。内衣、长筒袜倒有可能放进挎包，但转念想来，那东西随便在哪儿都买得到，用不着特意带走。

接着去浴室再次检查化妆品抽屉。也没有什么明显变化，里面仍密密麻麻塞满了化妆品和饰物之类。我打开那个克里斯汀·迪奥牌香水瓶盖，重新闻了闻。气味一如上次，一股极有夏日清晨气息的清芬。我又想起她的耳朵和白皙的背。

折回客厅，我歪倒在沙发上，闭目侧耳倾听，但除了时钟记录时间的音响，不闻任何像样的声籁，不闻汽车声不闻鸟鸣声。往下我便不知如何是好了。我拿起听筒，拨动号码盘，再次往她单位打电话，但想到仍会是那个女孩接电话，不由心里沉沉的，遂中途作罢。但这样一来，我就没任何事可做了。唯一可做的就是死等下去。说不准她将我甩了——理由不得而知。总之这是**能够发生的事**。问题是即使在这种情况下，她也不至于全然一声不吭，久美子不是那种人，就算弃我而去，也该尽量详尽地告诉我她何以如此，对此我几乎有百分之百的把握。

也可能走路时遭遇意外，被汽车撞倒送去医院也未可知，且昏迷不醒正在接受输血。想到这里，我胸口怦怦直跳。可是，她挎包里有驾驶证、信用卡和家庭住址，就算万一发生这类事，医院或警察也会往家里联系。

我坐在檐廊里怅然望着庭院。其实我什么也没望。本打算想点什么，但精神无法集中在特定一点上。我反反复复地回想拉连衣裙拉链时见到的久美子的背，回想她耳畔的香水味儿。

一点多时，电话铃响了。我从沙发上站起拿过听筒。

"喂喂，是冈田先生府上吗？"女子的语声。加纳马耳他。

"是的。"我应道。

"我叫加纳马耳他。打电话是为猫的事……"

"猫？"我怔怔地反问一声。我早已把什么猫忘到脑后，当然马上想了起来。只觉得那仿佛是远古的事了。

"就是太太正找的那只猫。"加纳马耳他说。

"啊是吗？就是就是。"

加纳马耳他在电话另一头揣测什么似的沉默有时。或许我的声调使她察觉到什么。我清清嗓子，把听筒换到另一只手上。

加纳马耳他道："我想猫是再也找不到了，除非发生奇迹。最好还是别再找了，尽管令人惋惜。猫已经离去，恐怕一去不复返。"

"除非发生奇迹？"我反问道。但没有回答。

加纳马耳他长时间缄口不语。我等待着她开口，可是无论怎样侧耳细听，听筒里连个呼吸声都没有。在我开始怀疑电话出故障的时候，她好歹开口了。

"冈田先生，"她说，"这么说或许不无冒昧：除了猫，其他没有什么需我帮忙的吗？”

对此没办法马上回答。我靠墙握着听筒。语句出口需要一点时间。

“有很多事还弄不清楚。”我说，“清楚的事还一样都没掌握，只是在脑袋里想。总之我想老婆离家去了哪里。”接着我把久美子昨天夜不归宿和今早没去上班的事告诉了加纳马耳他。

加纳马耳他似乎在电话另一端沉思。

“这想必是让人担心，”有顷，加纳马耳他说道，“此刻我还无可奉告。不过为时不久，很多事情就会逐渐明朗起来。眼下唯有等待。滋味是不好受，但事情本身有个时机问题，恰如潮涨潮落。谁都不可能予以改变，需要等待时只有等待而已。”

“加纳马耳他小姐，猫的事啰啰嗦嗦给您添了不少麻烦。我也知道不该这样讲话——但我现在确实没心绪听堂而皇之的泛泛之论。总的说来，我已一筹莫展，真的一筹莫展，而且有一种不妙的预感。完全不知所措。知道吗，放下这电话我也不知所措。我需要的是具体的事实，哪怕再微不足道。知道吗？就是可看可触的事实。”

电话另一端传来什么东西落地的动静。不太重，大约是铜球什么的滚落到地板上的声响。随即又像有什么东西在磨擦，很像手指挟住一张绘图纸猛然往两边扯拉。声音距电话似乎不太远也不很近，但加纳马耳他则好像对声响没特别介意。

“明白了。需要具体的对吧？”加纳马耳他以平板板的声音说。

“是的，尽可能具体的。”

“等电话。”

“电话现在也一直在等啊。”

“大概一个姓名发音以‘O’开头的人马上有电话打来。”

“那人可晓得久美子什么消息？”

“我很难明白到那种地步。您不是说什么都行，只是想知道具体的么，所以才这么跟您说。还有一点：半月或许持续一段时间。”

“半月？”我问，“就是天上的月亮？”

“不错，是天上的月亮。但不管怎样，您总要等待。等待就是一切。好，改日再聊。”说罢，加纳马耳他放下电话。

我拿来桌面上的电话号码簿，打开“O”字页，上面写着久美子端庄的小字，共有四个人的名字及其住址和电话号码。打头的是我父亲——冈[①]田忠雄。一个叫小野田，我大学时代的同学，一个姓大塚的牙科医生，再一个是大村酒店，附近卖酒的商店。

酒店可以首先排除，走路才十来分钟的距离，除偶尔打电话请其送箱啤酒上门外，我们同那酒店不存在任何特殊交情。牙医也不相干。我还是两年前在那里看过一次槽牙，久美子则一次也未去过，至少同我结婚以后，她就没找过任何牙医。小野田这个同学与我已好多年没见面了。他大学毕业后进银行工作，转年被调往札幌分行，那以后一直住北海道，如今只有贺年片往来。他同久美子见没见过我都记不起来。

这样就只剩下我父亲，但很难设想久美子同我父亲有什么深些的来往。母亲去世父亲再婚以后，我同父亲从没见过面，没通过信，没打过电话，何况久美子一次也没见过我父亲。

“啪啦啪啦”翻动电话簿的时间里，我再次认识到我们这对夫妻人际关系是何等的差。结婚六年，除了和单位同事间的权宜

---

① “冈”的日语发音以“O”开头，下同。

性交际，差不多没同任何人打交道，而仅仅两人深居简出地生活。

我又准备煮意大利面条作午餐。肚子其实不饿，不仅不饿，连食欲都几乎无从提起，可又不能总是坐在沙发上死等电话铃响。需要暂且朝着什么目标活动活动身子。我往锅里放水，打开煤气，水开之前一边听调频收音机一边煮番茄酱。调频收音机正在播放巴赫的无伴奏小提琴奏鸣曲，技艺炉火纯青，但里面似乎有一种令人浮躁的东西。至于原因在演奏者方面，还是在于听的人自己此时的精神状态，我却弄不明白。结果我关掉收音机，继续默默做菜。橄榄油加热后，放大蒜进去，又投进切得细细的洋葱炒了。在洋葱开始着色的时候将预先切好和控好水的西红柿推入锅中。切切炒炒这活计不坏，这里边有实实在在的手感，有声音，有气味。

锅水开了以后，放盐，投一束意大利面条进去，把定时器调到十分钟那里，开始在洗碗池里洗东西。然而面对煮好的意大利面条时，竟丝毫上不来食欲。好不容易吃下一半，其余扔了。剩下的番茄酱倒进容器放入冰箱。没办法，原本就没有食欲的。

记得过去在哪里读过一个故事，说一个男的在等待什么的时间里老是吃个不停。使劲想了半天，终于想起是海明威的《永别了，武器》。主人公(名字忘了)从意大利乘小艇越境好歹逃到瑞士，在瑞士一座小镇上等待妻子分娩，等的时间里不时走进医院对面的咖啡馆吃喝。小说情节差不多忘光了，只是清楚记得接近尾声的场面：主人公在异国他乡等待妻子分娩时接二连三地进食。我之所以记得这个场面，是因为觉得这里边含有强烈的真实性。较之因坐立不安而吃不下东西，食欲异乎寻常地汹涌而来反倒更有文学上的真实性，我觉得。

然而真正在这冷冷清清的家中对着时钟指针老实等起什么

来，却是不同于《永别了，武器》，全然上不来食欲。如此时间里，我陡然觉得，所以上不来食欲，很可能因为自己身上缺乏文学上的真实性因素。自己自身好像成了写得差劲儿的小说情节的一部分，仿佛有人在指责我根本就不真实。实际上怕也的确如此。

电话铃是下午快两点时响的，我当即抓起听筒。

"是冈田先生府上吗？"一个没听见过的男子语声，低沉而有媚气，很年轻。

"是的。"我的声音不无紧张。

"是二丁目二十六号的冈田先生吧？"

"是的。"

"我是大村酒店，经常承蒙关照。这就想过去收款，不知您是否方便？"

"收款？"

"嗯。两箱啤酒一箱果汁的款。"

"可以可以，还要在家待一会的。"我说。我们的谈话就此结束。

放下听筒，我试着回想这几句交谈是否包含有关久美子的什么信息。但无论从哪个角度，都无非酒店关于收款的简短而现实的电话。我确实订过啤酒和果汁，也确实是酒店送上门的。三十分钟后，酒店的人来了，我付给他两箱啤酒一箱果汁的欠款。

酒店这个年轻店员很讨人喜欢。我递过钱，他笑眯眯地写收据。

"冈田先生，今早站前出了事故，您知道吗？今早九点。"

"事故？"我一惊，"谁出事故？"

"一个小女孩，给倒车的货厢车碾了。伤势像不轻。事故发生时我偏巧从那里路过，一大早不愿意看那场景。小孩子防不胜防——倒车时收不到后视镜里去。站前那家洗衣店知道吧？就在那门前。那地方放着自行车堆着废纸箱，看不清路面。”

酒店的人回去后，我再也无法在家中困守下去了。家中好像突然变得闷热、幽暗，窄小得让人透不过气。我穿上鞋，先出门再说。锁没上，窗没拉，厨房灯没关。我口含柠檬糖在附近漫无目的地游来转去，但在脑海中再现同酒店那个店员交谈内容的时间里，忽然想起一直放在站前洗衣店没取的衣服。是久美子的衬衫和裙子。取衣单在家里，但我想去了总会有办法。

街上看起来和平时有所不同，路上擦肩而过的人都好像有欠自然，带有某种技巧性。我边走边观察每一个人的面孔。他们到底算哪一类人呢？我想。到底住怎样的房子，有怎样的妻室，过怎样的日子呢？他们是否同妻子以外的女人睡觉或同丈夫以外的男人上床呢？幸福吗？知道自身在别人眼里显得不自然带有技巧性痕迹吗？

洗衣店前面仍活生生地保留着事故现场。路面有大约是警察划的白粉笔线，几个购物客聚在一起神情肃然地议论事故。但店里光景一如往日，那个黑色收录两用机照例在播放气氛音乐，里边的老式空调机“唔唔”叫着，熨斗的水蒸气很壮观地直冲天花板。乐曲是《退潮》，罗伯特·马科思威尔的竖琴。去海滨该有多妙！我联想到沙滩的气息、海涛拍岸的声响，想海鸥的姿影，想冰透的易拉罐啤酒。

我对店主说：“这次忘带取衣单了，大约上周五或周六送来的衬衫和裙子……”

“冈田先生吧？冈田……”店主说着，翻动大学生用的笔记本，“唔，有的有的，衬衫裙子。不过，太太已经取走了哟，冈田先生。”

“是吗？”我吃了一惊。

“昨天早上来取的。我直接交付的，记得很清楚。像是上班途中顺便取的，还带了取衣单来。”

我一时语塞，默然看着他的脸。

“一会儿问太太好了，没错。”洗衣店主说。然后拿起收款机上的一盒烟，抽一支衔在嘴上，用打火机点燃。

“昨天早上？”我问，“不是晚上？”

“早上。八点左右吧。您太太是早上第一位顾客，所以记得真切。喏，早上第一位顾客是年轻女子，不是很让人心情舒畅的么？”

我不知该做什么表情好，发出的声音也好像不是自己的。“可以了，不晓得老婆来取过。”

店主点下头，瞥了我一眼，碾灭刚吸两口的香烟，继续熨烫。看样子他对我有点兴趣，想向我说什么，但终究还是决定什么也不说。作为我也有不少话想问他，例如久美子来取衣服时是怎么个样子，手里拿着什么等等。可是我头脑混乱，嗓子渴得冒烟。得先坐在哪里喝杯冷饮，不然好像什么都想不成。

离开洗衣店，走进附近一家咖啡馆，要了加冰红茶。咖啡馆里凉凉爽爽，客人只我一个。墙上的小音箱正在播放大型管弦乐队的披头士《八天一星期》。我重新回想大海，在脑际推出自己赤脚在沙滩上朝浪头奔跑的光景。沙滩热得发烫，风带有浓重的潮水味儿，我深深吸了一口，仰望天空。向上张开双手时，可以明显感到夏日太阳的热量。稍顷，波浪开始凉冰冰地冲刷我的脚。

久美子去单位之前到洗衣店取走衣服——此事怎么想都不正常，因为若是那样，必须提着刚刚烫好的衣服钻进满员电车，而且回家时也势必同样提着衣服挤车。不方便且不说，特意拿去洗衣店打理的衣服还要被挤得皱皱巴巴。久美子一向对衣服皱纹和污痕很是神经质，不可能做此无意义的举动。下班顺便去洗衣店就可以了嘛！倘若下班晚，叫我去取也就完事了。能设想的可能性只有一种：**当时的久美子已没有回家的打算**。想必手提衫裙直接去了什么地方，这样她便暂且有了可替换的衣服，其他东西在哪里买即可。她有信用卡，有银行提款卡，有自己单独的户头。想去哪里都可以去，只要她喜欢。

并且，她可能同一个人——一个男的在一起。此外她应该别无离家出走的理由。

事态看来相当严重。久美子把衣服皮鞋置之不顾而杳无踪影。她喜欢购置衣服，又精心爱护，对此全然不顾而几乎光身一人离家远去，那可是要下相当大的决心的。然而久美子毅然决然地——我以为——只拎着衬衫裙子离家不见了。不，或许久美子那时根本没把什么衣服放在心上。

我背靠咖啡馆的椅子，半听不听地听着严格消毒过的背景音乐。我想象久美子手提装在洗衣店塑料袋里且仍带有铁丝衣架的衬衫裙子正往满员电车里钻的形象，想起她身上连衣裙的颜色，想起她耳后香水的清香，想起她光洁完美的背。我好像很累很累了，真怕一闭眼就往别的什么场所踉跄而去。

2　这一章里好消息一个没有

出得咖啡馆，我又在那一带走来走去。走着走着，午后的炎热弄得我心情渐渐不好受起来，甚至有一种发疟疾之感。我不想回家，想到在静悄悄的家中死等不知来不来的电话，就感到窒息得不行。

能想得起来的活计，也就是去看看笠原 May。我回家翻过院墙，顺胡同走到她家后院，背靠一胡同之隔的对面“空屋”的篱笆，眼望有石雕鸟的院子。站在这里，笠原 May 应该不久即可发现我。除了去假发公司打工，她基本上都在注意这胡同的动静，无论是做日光浴，还是在自己房间。

不料笠原 May 偏偏不肯露头。天上一片云也没有。夏日阳光火辣辣灼着我的脖颈。青草气息从脚下蒸腾而上。我一边眼望石雕鸟，一边回想前些天舅舅的话，准备就曾在那房子住过的人们的命运作一番思索，结果浮上脑海的只有大海。冷冷的蓝蓝的海。我做了好几次深呼吸，觑了眼表。正当我灰心地想今天算是不行了的时候，笠原 May 却亮相了。她穿过庭院，朝这边姗姗走来，身上是粗斜纹棉布短裤和蓝色港衫，脚上是红色塑胶拖鞋。她站到我跟前，从太阳镜里边递出微笑。

“你好，拧发条鸟。猫找到了，绵谷·升君？”

“哪里，还没有。”我说，“不过你今天可是花了不少时间才出现的哟！”

笠原 May 双手插进粗布短裤袋，好笑似的环视四周。“喂喂，拧发条鸟，我就是再闲也不至于从早到晚瞪大眼珠一个劲儿监视这胡同嘛。我也多少有我要做的事。也罢，就算我的不是。等了许久？”

“久倒不是许久，问题是站在这里极热。”

笠原May看我的脸看了半天，微微蹙起眉头：“怎么搞的，拧发条鸟？你这脸很不成样子哟，好像在哪里埋了很久好容易才扒出来似的。往这边一点儿，在树荫下歇歇不好么？”

她拉起我的手，领去她家院子，把院里一个折叠椅搬到橡树下让我坐了。密密匝匝的绿树枝投下透出生命芬芳的凉荫。

“不怕的，家里一个人也没有，总没有的，一点也不用介意。在这里什么也别想，好好休息一会儿。”

“嗯，有件事想求你一下。”我说。

“说说看。”

“替我打个电话。”我从衣袋摸出手册和圆珠笔，写上妻单位的电话号码，撕下那页递给她。塑料皮手册给汗水弄得热乎乎的。“往这儿打个电话，问叫冈田久美子的去没去上班。如果没去，再问昨天去了没有。就求你办这件事。”

笠原May接过纸片，咬着嘴唇凝视，而后看着我说：“放心，交给我好了。你就把脑袋弄空在这儿躺着，不许动哟！就去就回。”

笠原May走后，我按她说的躺下闭起眼睛。浑身汗水淋漓。每次要想什么，脑袋深处就一剜一剜地痛。胃底好像有一团乱麻沉淀不动，不时有一股闷乎乎直要反胃的预感。四周阒无声息。如此说来，确有很长时间没听到拧发条鸟鸣叫了。我蓦地心想，最后一次听到是什么时候呢？大约四五天前吧。记不准了。意识到时，已经没了拧发条鸟的叫声。那鸟或许是随着季节更替而迁移的。这么说，听到拧发条鸟的鸣叫也就是这一个月里的事，这期间拧发条鸟日复一日持续拧动我们所居住的这一小小世界的发条，那是拧发条鸟的季节。

十分钟后，笠原May返回。她把手中的大玻璃杯递给我，递时“咣啷咣啷”有冰块响。响声仿佛来自遥远的世界。我所在的场所同那个世界之间隔着若干扇门，而现在碰巧所有的门一齐敞开，响声于是得以传来。但那实在是暂时性的，迟早都要关上。哪怕关上一扇，我就再也听不到响声。“水里有柠檬片，喝吧！”她说，“喝了脑袋会清爽些。”

我勉强喝了一半，把杯子还给她。凉水通过喉咙，缓缓地在我身体里往下降。旋即剧烈的呕吐感朝我袭来。胃中开始腐烂的乱麻分解开来，步步为营地直朝嗓子眼进攻。我闭目合眼，勉强挺了过去。而一闭眼，手拎衬衫裙子上电车的久美子便浮上眼帘。也许吐出好些，我想。但没吐。几次深呼吸的时间里，呕吐感渐渐减弱消失。

“不要紧？”笠原May问。

“不要紧。”我说。

“电话打了。我说我是她亲戚，合适吧？”

“嗯。”

“那人，是你太太吧？”

“是。”

“说是昨天也没上班，”笠原May说，“跟单位也没打招呼，反正就是没去。单位的人也正伤脑筋呢，说她原本不是那类人。”

“是的，不是连个招呼也不打就不去上班那类人。”

“昨天不见的？”

我点点头。

“可怜啊，拧发条鸟！”笠原May说，而且真像觉得我很可怜似的。她伸手放在我额头上，“可有什么我能帮忙的？”

“眼下什么也没有，我想。”我说，“总之谢谢了。”

“嗳，再问问可好？还是最好不问？”

“问无所谓，能不能回答是另一回事。”

“太太是跟男人一起出走的？”

“不晓得，”我说，“不过或许是那样的，那种可能性我想是有的。”

“可你们不是一起生活的吗，一直？一起生活怎么会连这个都不晓得呢？”

的确如此，我想。怎么会连这个都不晓得呢？

“可怜啊，拧发条鸟！”她重复道，“要是我能告诉你什么就好了，遗憾的是我一窍不通，不明白婚姻是怎么个玩意儿。”

我从椅子上站起来。竟费了好大劲儿才站起来。

“实在谢谢了，帮了大忙。差不多该回去了。”我说，“家那边可能有什么消息——说不定有人打电话来。”

“到家马上淋浴。首先淋浴，明白？再换件好看的衣服，然后刮刮胡子。”

“胡子？”我用手摸摸下巴。果然忘了刮须。从早上到现在我还一次也没想到什么胡须。

“这类小事是比较重要的哟，拧发条鸟！”笠原 May 透视般地盯住我的眼睛，“回家好好儿照照镜子！”

“照办就是。”

“再过去玩儿可好？”

“好的。”我说，接着补充一句：“你来我很欢迎。”

笠原 May 悄然点头。

回到家，我注视自己映在镜中的脸。脸确实狼狈不堪。我脱去衣服，淋浴，仔仔细细地洗发、刮须、刷牙、往脸上抹护肤水，然后再次细细审视镜中自己的脸。似乎比刚才好了一点儿，呕吐感也收敛起来，唯独脑袋有点儿发涨。

我穿上短裤，拿出一件新港衫穿了，而后在檐廊里背靠柱子坐下，边看院子边等头发干。我试图归纳一下这几天自己身边发生的事。先是间宫中尉打来电话，那是昨天早上——对，毫无疑问是昨天早上。继之妻出走。我拉了她连衣裙后背的拉链，发现了香水包装盒。接着间宫中尉来访，讲了一次奇特的遭遇——被蒙古兵捉住扔到井里。间宫留下本田先生送的纪念品，但那仅仅是个空盒。再往下久美子夜不归宿。那天早上她在站前洗衣店取走衣裙，就势无影无踪，跟她单位也没打招呼。这是昨天的事。

只是，我很难相信这些事全部发生在同一天。发生的实在太多了。

如此思来想去时间里，困意汹涌而来。不是一般的困，其剧烈程度简直近乎暴力。困意就像从一个放弃抵抗的人身上撕掉衣服一般撕去我的知觉。我什么也不再想，进卧室脱去衣服，只穿内衣钻进被窝。本想看一眼床头钟，但脖子无法歪向一边。于是我闭起眼睛，急速滑进深不见底的睡眠中。

睡梦中我给久美子拉连衣裙的拉链。眼前是白皙光洁的背。但拉到顶头时，才知不是久美子，是加纳克里他。房间里只有我和加纳克里他。

并且同是上次梦境中那个房间。宾馆套房。桌上有 Cutty Sark 瓶和两只玻璃杯，还有满满装着冰块的不锈钢冰筒。外面走廊里有人大声说话走过，声音听不甚真切，像是外国话。天花板垂着尚未打开的枝形吊灯，给房间照明的仅是若明若暗的壁灯。厚墩墩的窗帘依旧拉得严严实实。

加纳克里他身上是久美子的夏令连衣裙，天蓝色，带有镂雕般的小鸟图案，裙摆在膝盖稍上一点。加纳克里他一如往常化妆化得俨然杰奎琳·肯尼迪，左腕戴着两个串在一起的手镯。

“喂，那连衣裙怎么回事？可是你的？”

加纳克里他朝我转过脸，摇摇头。一摇头，向上卷起的发尖便很得意地颤抖起来。“不，不是我的。临时借穿一下。不过你别介意，冈田先生。不会因此给谁添麻烦。”

“这里到底是什么地方？”我问。

加纳克里他没有答话。我仍像上次那样坐在床沿，身着西装，扎着带有水珠形图案的领带。

“什么都不必想，冈田先生，”加纳克里他说，“没有任何可担心的。放心，大家都做得满顺利。”

她一如上次那样拉开我裤前拉链。抓出我的阳物，含在嘴里。不同的是这次她没脱衣服，一直穿着久美子的连衣裙。我想动动身子。但纹丝动弹不得，身体像被无形的细绳捆住了。阳物顿时在她口中膨胀变硬。

我看见她的假睫毛在动，卷起的发梢摇摇颤颤。一对手镯发出干涩的响声。她的舌头长而柔软，缠绕似的舔着我，难解难分。当我差点儿要射出的时候，她突然离开，开始慢慢地给我脱衣服。脱去上衣，解开领带，拉掉裤子，剥去衬衫，褪下三角裤，让我一丝不挂地仰卧在床上，而她自己却不脱光。她坐在床上，拉过我的手，悄悄引到连衣裙里面。她没穿内裤，我的手指感觉出她下部的温暖，又深、又暖、湿漉漉的。手指没遇到任何阻力，简直像被吸入一般滑入其中。

“我说，绵谷升马上就来这里的吧？你不是在这儿等他么？”我问。

加纳克里他并不应声，手轻轻放在我额头。“你什么也不用考虑，一切由我们负责，交给我们好了！”

"我们？"我问。

但没有回答。

她骑一样跨到我身上，抓住我已经变硬的阳物，一下子插进她的那里。插到底后，开始缓缓转动腰肢，天蓝色的连衣裙下摆与其腰身相呼应似的撩抚着我赤裸的腹部和双腿。在我身上展开连衣裙的加纳克里他浑如一株巨大而柔嫩的鲜菇，又如在夜幕下悄悄舒展纤维从落叶中偷偷探出头来的阴花植物。她的那个部位温暖而又爽凉，拥裹着我，诱导着我，同时又企图将我挤压出去。我的阳物愈发变硬变粗，几欲胀裂。那是一种不可思议的感觉，一种超越性欲和性快感的感觉。仿佛她身上一种什么、一种什么特殊的东西正通过我的阳物一点点潜入我的体内。

加纳克里他闭目合眼，微扬下颏，像做梦一样静静地前后摇晃腰肢。连衣裙里面的胸部随着呼吸忽而胀大忽而收缩。头发垂下几根轻拂她的额头。我想象自己一个人漂浮在浩渺的海面正中。我闭上眼睛，侧起耳朵，谛听打在脸上的微波细浪的吟唱。身体如整个沉浸在温吞吞的海水中。潮水缓缓流移。我浮在上面，漂往某个地方。我决定按加纳克里他说的什么也不去想。眼睛闭上，全身放松，身体付予潮水。

蓦然回神，房间已漆黑一团。我环顾房间，几乎一无所见。壁灯已不知何时被统统熄掉，只有加纳克里他在我身上轻轻摇曳的蓝色连衣裙犹如剪影依稀可辨。"忘掉！"她说。却又不是加纳克里他的语声。"全都忘得一干二净——像睡觉，像做梦，像倒在暖融融的泥沼中。我们都是从暖泥中来的，当然还要返回。"

这是电话女郎的声音。骑在我身上正同我交欢的是那个谜一样的电话女郎。她也身穿久美子的连衣裙，在我迷迷糊糊的时间里将加纳克里他取而代之。我想说什么，又不知说什么。反正我想说什么。但我思绪乱作一团，出声不得，嘴里出来的，只是一块块热的气体。我毅然睁开眼睛，我要弄清我身上女郎的面孔。然而房间过于黑暗。

女郎再不言语，开始更为性感地扭动腰肢。她那绵软的肉将我包笼起来，轻轻加压，浑如自行其是的活物。我听到她背后传来圆形门拉手转动的声响。是错觉亦未可知。黑暗中一道白光凛然一闪。或许是桌上冰筒反射走廊的灯光，也可能是锋利刀具的一晃。我的思维能力已经瘫痪。旋即一泻而出。

我冲了淋浴，洗罢身体，用手洗了沾满精液的内裤。我暗暗叫苦。何苦偏在这焦头烂额的时刻来什么遗精呢！

我重新换上衣服，重新坐在檐廊里打量庭院。太阳光在密密匝匝的绿荫里躲躲闪闪地跳跃。一连几天的雨，使得鲜绿鲜绿的杂草到处一阵疯长，给院子投下颓废与停滞的微妙阴翳。

加纳克里他也不是个玩意儿！不长时间竟使我遗精两次，两次对象都是这加纳克里他。而我想同其睡觉的念头原本一次也没有过的，哪怕一闪之念，然而我总是在那房间里同她云雨。不知何以如此。中途同加纳克里他换班的那个电话女郎又究竟是谁呢？女郎认得我，还说我也认得她。我开始逐个回想迄今为止同自己有性关系的对象，但电话女郎不属其中任何一个。尽管这样，我心里仍有不尽释然之处，这使我浮躁不安。

似乎有某个记忆想从我脑海中显露头角。我可以感觉到什么东西正在蠢蠢欲动。只消一个启示即可。只消拉出那条线，所有的结即可解开。我在等着解开，问题是我无法找到那条线。

稍顷，我放弃了思索。“全都忘得一干二净——像睡觉，像做梦，像倒在暖融融的泥沼中。我们都是从暖泥中来的，当然还要返回。”

直到六点也没等到一个电话，只是笠原May来了。她说想尝尝啤酒，我从冰箱里取出冰镇的，两人各喝一半。我又觉得饿了，把火腿和莴笋夹在面包里吃起来。看见我吃，笠原May也提出想吃同样的东西。我给她如法炮制一个，两人默默地吃三明治喝啤酒。我不时瞥一眼挂钟。

"这屋里没电视？"笠原May问。

"没电视。"我说。

笠原May轻轻咬了下唇边，说："我就多少有这感觉，觉得这房子里可能没电视。讨厌电视？"

"倒也不特别讨厌，只是没有也没什么不便。"

笠原May就此沉吟一会儿。"你结婚几年了？"

"六年。"我说。

"就是说一直没电视过了六年？"

"是啊。一开始没有多余的钱买电视，后来过惯了没电视的生活。静，不坏。"

"肯定很幸福是吧？"

"何以见得？"

笠原May皱下眉，说："我没电视一天都活不了嘛！"

"那是因为你不幸？"

笠原May没有回答。"可久美子阿姨不回家了，所以你已经不那么幸福了。"

我点头喝口啤酒，说："是那么回事吧。"大体是那么回事。

她衔起一支烟，以训练有素的手势擦火柴点燃。"嗳，希望你怎么想怎么说：觉得我丑是吗？"

我放下啤酒杯，重新端详笠原May的长相。原本一边同她说话一边怔怔地想别的事来着。她穿一件松松垮垮的开胸式黑色短袖衫，稍一俯身，见那小小隆起的富有少女韵味的乳房的上半部即清楚闪了出来。

“你半点也不丑，的确不丑。为什么特意问这个呢？”

“跟我交往的男孩常这么说来着：你真个是丑小鸭，胸都鼓不起来。”

“就是骑摩托出事的那个男孩？”

“嗯。”

我望着烟从笠原May口中徐徐吐出。“那个年纪的男孩总好那么说话。因为没有办法恰如其分地表达自己的心情，就故意说出或做出根本不着边际的事，无谓地伤害别人或伤害自己。反正你丁点儿不丑，我认为非常可爱，不骗你也不是恭维你。”

笠原May就我的话沉思好一会儿。她把烟灰弹进啤酒罐：“太太长得漂亮？”

“怎么说呢，我不大清楚。有人那么说，有人不那么说。属于喜好问题。”

笠原May“唔”一声，用指甲尖百无聊赖似的“嗑嗑”敲了几下玻璃杯。

“对了，你那个摩托男友怎么了？再不见他了？”我询问。

“再也不见。”笠原May说。她用手指轻轻按了下左眼旁边的伤疤，“再也不会见他了，百分之二百，赌右脚小趾都行。不过现在懒得谈那个。怎么说好呢，有的话一出口听起来就像谎言是吧？不知这个你懂不懂？”

“我想我懂。”说着，我不经意地瞥了一眼电话。电话在桌子上裹着沉默的外衣，活像装出无生命物的样子伏在那里静等猎物通过的深海动物。

“嗳，拧发条鸟，迟早我会跟你讲那男孩的事，等我想讲的时候。现在不成，一点儿都没那个情绪。”随后她看了眼表，

“噢，该回家了。谢谢你的啤酒。”

我把笠原May送至院墙那里。一轮接近圆满的明月把粗粗的光粒子泻到地面。看见满月，我想起久美子月经期将近。不过归根结蒂，或许那已经同我不相干了。如此一想，一股犹如自己体内充满未知液体的奇异感触朝我袭来。那大约类似某种悲凉。

笠原May手扶院墙看着我说：“拧发条鸟，你还喜欢久美子阿姨吧？”

“我想是的。”

“即使太太有了情人跟情人一起跑了你也喜欢？要是太太说还想回到你这里，你仍可能接受？”

我叹息一声，“这问题复杂啊。只能果真那样时再考虑了。”

“或许是我多嘴，”笠原May轻咂下舌头，“你可别生气。我纯粹是想了解一下太太突然离家出走究竟是怎么回事。喏，我有一大堆不明白的事哩。”

“没生什么气。”说罢，我又抬头眼望月亮。

“那，打起精神，拧发条鸟！但愿太太回来，一切一帆风顺。”言毕，笠原May轻捷得惊人地翻过院墙，消失在夏日的夜色中。

笠原May走后，我又变得形单影只。我坐在檐廊里，思索笠原May的提问。假如久美子有了情人同其一道出走，我难道还能重新接受她吗？我不明白，**真的不明白**。我也有一大堆不明白的事。

突然，电话铃响了。我几乎条件反射地伸手拿起听筒。

“喂喂，”女子的声音，是加纳马耳他。“我是加纳马耳他，屡屡电话打扰，十分抱歉。是这样，明天您可有什么安排吗？”

什么安排也没有，我说。我没有什么好安排的，总之。

“那么，如果可以，我想明天中午时分见您一下。”

“同久美子的事有什么关系吗？”

“有那样的可能性。”加纳马耳他字斟句酌地说，“绵谷升先生恐怕也将在座。”

听到这里，听筒险些脱手掉下。“就是说，我们三人一起聚会？”

“大约是那样的。”加纳马耳他说，“眼下需要那样做。电话中很难说得具体。”

“明白了，可以的。”我说。

“那么，一点钟还在上次碰头的老地方如何？品川太平洋宾馆的咖啡屋。”

一点钟在品川太平洋宾馆的咖啡屋，我复诵一遍，放下话筒。

十点笠原 May 打来电话。没有什么事，只是说想找人聊聊。两人聊了一会不咸不淡的话。最后她问：“嗳，拧发条鸟，后来可有什么好消息？”

“好消息没有，”我回答，“一个也没有。”

3 绵谷升的话、下流岛上的下流猴

到得咖啡屋，尽管距约定时间尚有十几分钟，绵谷升和加纳马耳他早已在座位上等我了。正是午饭时间，咖啡屋里拥挤混杂，但我一眼就认出了加纳马耳他。天气晴好的夏日午后戴一顶红塑料帽的人，这世上可谓为数不多。倘若她不是收集有好几顶同一式样和颜色的塑料帽，那应该同第一次见面时的是同一顶。打扮也一如上次，飒爽而不失品味。白色的短袖麻质夹克衫，里面是圆领布衬衣。夹克和衬衣都雪白雪白的，无一道折痕。没有饰物，没有化妆，唯独红塑料帽与这装束无论气氛还是质地抑或其他什么全都格格不入。我落座后，她迫不及待摘下帽子置于桌面，帽旁放有黄色的手袋。她要的大约是奎宁水样的饮料，一口未动，饮料在细细高高的平底杯里浑身不自在似的徒然泛着小泡。

绵谷升戴一副绿色太阳镜，我落座后他即摘下，拿在手上盯视镜片，俄尔戴回。身上是藏青色棉质长裤棉质夹克，里面套一件白色港衫，新得俨然刚出厂。面前放了一杯加冰红茶，也几乎没有碰过。

我点罢咖啡，喝口冷水。

一时间谁也没开口。绵谷升仿佛连我的到来也没注意到。为确认自己并非透明体，我将手掌数次伸在桌面翻看。片刻，男侍走来在我前面放了咖啡杯，用壶注入咖啡。男侍走后，加纳马耳他像试麦克风似的低声清了清嗓子，但一言未发。

首先开口的是绵谷升。“时间不多，尽可能简洁地坦率地说好了。”他说。初看上去他像在对着桌子正中间的不锈钢冰筒说话，但其发话对象显然非我莫属。他是姑且利用介于二者中间位置的冰筒。

“你要简洁地坦率地说什么？”我坦率地问。

绵谷升这回总算摘下太阳镜在桌上折好，之后注视我的脸。最后一次见他已是三年前的事了，但现在这么坐在一起竟全无阔别之感，想必是因为我不时在电视杂志看到这副尊容的缘故。某种信息的存在，你喜欢也罢不喜欢也罢，希求也罢不希求也罢，反正就是要如烟如雾地钻进你的意识你的眼睛。

不过面对面认真看去，发觉这三年时间里他的面部已有相当变化。以前那种黏黏糊糊的类似无可言状的淤泥样的货色已被他打入深宫，而代之以潇洒而富于技巧性的什么物件。一言以蔽之，绵谷升业已弄到一副更为洗练更为时髦的假面具。它的确制作精良，喻为一层新的皮肤亦未尝不可。但无论那是假面具也好皮肤也好，我——就连我——都不能不承认其中有一种大约可称为魅力的风采。我不由感叹，简直是在看电视画面。他像在电视荧屏上那样说话，像在电视荧屏上那样做动作。我觉得我与他之间无时不隔着一层玻璃。我在这边，他在那边。

“关于说什么，你恐怕也心中有数——久美子的事！”绵谷升道，“也就是你们今后何去何从，你和久美子。”

“这何去何从，具体说是怎么一码事呢？”我拿起咖啡杯，啜了一口。

绵谷升以近乎不可思议的无表情眼神盯住我：“怎么一码事？你也不至于就这样长此以往吧？久美子另找个男人走了，剩你光身一个了，就这码事嘛。这对谁都无益处。”

“找了个男人？”我问。

“喂喂喂，等等请等等，”加纳马耳他此时插进嘴来，“事情总有个顺序，二位还是请按顺序说吧！”

“我不明白，本来就没什么顺序可言，不是吗？”绵谷升冷冷地说道，“到底哪里存在顺序呢？”

“让他先说好了，”我对加纳马耳他道，“然后大家再适当排顺序不迟——假如有那玩意儿的话。”

加纳马耳他轻咬嘴唇看一会我的脸，微微点下头。“也罢，那就先请绵谷升先生讲吧。”

“久美子除你另有个男人，并且和那男人一道出走了。这已毋庸置疑。这样，你们的婚姻再持续下去就没有意义了，对吧？所幸没有孩子，鉴于诸般缘由亦无交涉精神损失费[①]的必要，解决倒也容易，只消脱离户籍即可。在律师准备好的文件上签字盖章就算完事。出于慎重我还要告诉你：我所讲的，也是绵谷家最后的意见。”

我合拢双臂，就其所言略加思索。“有若干疑点想问。第一，你何以晓得久美子另有男人呢？”

“从久美子口里直接听来的。”绵谷升回答。

我不知如何应对，双手置于桌面默然良久。久美子居然向绵谷升公开这种个人秘密，未免有些费解。

“大约一周前的事了，久美子打电话给我，说有事要谈。”绵谷升道，“于是我们见面谈了。久美子明确告诉我她有交往中的男人。”

我好久没吸烟了，想吸支烟。当然哪里都没烟可吸，便代之喝口咖啡，尔后把杯放回托碟，“咣啷”，声音又响又脆。

“因而久美子出走了。”他说。

“明白了。”我说，“既然你这么说，想必就是这样。久美

① 日本法律规定离婚时女方可向男方要求支付精神损失费。

子有了情人，并就此找你商量，对吧？我固然还难相信，不过很难设想你会为此特意向我说谎。”

“当然没说什么谎。”绵谷升道，嘴角甚至漾出一丝笑意。

“那么，你要说的结束喽？久美子跟男人走了，要我同意离婚？”

绵谷升像节约能源似的微微点下头：“我想你大概也知道，我当初就不赞成久美子同你结婚。之所以没积极反对，是因为事不关己。如今想来不免后悔未坚持己见。”说着，他喝口水，把杯子轻轻放回桌面，继续下文，“自第一次见面时起，我就对你这个人不怀任何希望，认为你这个人身上根本就不存在成就一桩事业或把自身锻炼成为有用之才的积极向上的因素。自己原本不发光，又不能使别人发光。你的所作所为无一不将半途而废，终归一事无成。事实恰恰如此。你们结婚六年过去了，这期间你到底干了什么？什么也没干，对吧？六年时间里你唯一干的就是把工作丢掉和把久美子的人生弄得颠三倒四。眼下你既无工作，又没有想做什么的计划。一句话，你脑袋里几乎全是垃圾和石碴。

“我至今还不理解久美子为什么和你结合。也许她对你脑袋里装的垃圾和石碴般的玩意儿发生了兴趣。然而归根结蒂垃圾总是垃圾，石碴总是石碴。一句话，一开始就属阴差阳错。诚然，久美子也存在问题。她由于种种情况自小性格就多少有点乖戾。唯其如此，才被你一时吸引，我想。但这个也已告终。总之事已至此，还是速战速决为好。久美子的事由我和家父家母考虑，你不必再插手。久美子在哪也不必找，这已不属于你的问题，你出头只能使事情复杂化。你还是在别的什么地方开始适合于你的人生好了！这对双方都有利。”

为表示话已结束，绵谷升喝干杯里剩的水，又叫男侍续上。

“此外没什么想说的了？”我询问。

绵谷升再次漾出笑意，这回把头往一旁偏了偏。

“那么，”我转向加纳马耳他，“那么这话到底哪里有顺序呢？”

加纳马耳他从手袋里取出小小的白手帕，抹了抹嘴角，然后拿起桌面上的红塑料帽放在手袋上。

“此事我想对冈田先生您是个打击。”加纳马耳他说，“即使对我们来说，面对面谈这件事心里也分外痛苦，我想这您能理解。”

绵谷升觑了眼表，以确认地球正在自转，宝贵时间正在流失。

“明白了，”加纳马耳他说，“开门见山地、简明扼要地说吧：您太太见了我，找我商量来着。”

“我介绍的，”绵谷升插嘴，“久美子问我如何找猫，我就为两人引见了。”

“在我见你之前，还是之后呢？”我问加纳马耳他。

“之前。”加纳马耳他说。

“这就是说，”我对加纳马耳他道，“如果整理顺序，应该是这样的吧：久美子以前就通过绵谷升先生得知你的存在，并就猫的丢失找你商量。事后——什么原因我不知道——隐瞒自己已先见你的事没说，而又叫我去见你。我就在这一地点同你见面交谈。简言之是这样的吧？”

“大体如此。”加纳马耳他显得有些难以启齿，“最初纯粹是为了找猫，但我察觉里边有更深一层的东西，所以想见见您，想直接跟您谈谈。这样，我就必然要再见一次您太太，询问各种更深一层的个人情况。”

“于是久美子对你说自己有了情人。”

“简单说是那样的。更详细的从我的角度不大好说……”加纳马耳他道。

我一声喟叹。喟叹亦无济于事，却又不能不叹。“如此说来，久美子同那男人很久以前就有交往了？”

“大约有两个半月了，想必。”

“两个半月，”我说，“长达两个半月我怎么一点也没察觉？”

“那是因为您对太太毫不怀疑。”加纳马耳他说。

我点点头。“确实如你所说，我一次，甚至半次都没怀疑过会有这种事。我不认为久美子会在这方面说谎，现在也难以相信。”

“结果如何且不论，能全面相信一个人毕竟是人的一项地道素质。”

“实非常人可为。”绵谷升道。

男侍走来往我杯里续咖啡。邻桌有年轻女子高声浪笑。

“那么，我们凑在一起本来的主题究竟是什么呢？”我转问绵谷升，“我们三个人是为了什么凑在这里的呢？是为了叫我答应同久美子离婚？还是有什么更深的用意？你们说的乍听上去似乎头头是道，但关键部分却含糊不清。你说久美子有了男人因而离家出走，请问离家去了哪里？在那里干什么？独自去的？还是同那男的一起？久美子为什么全然不同我联系？若是另有男人，自是奈何不得。但我要从久美子口里听取一切，在听此之前一概不予相信。听清楚：当事人是我和久美子，问题应由我们两人协商解决，无须你指手画脚。”

绵谷升将尚未碰过的加冰红茶推向一边。“我们出现在这里，是为了向你通告。加纳来是我请的。我想有第三者参加总比两人单独谈要好。至于久美子的那个男人是何人物，现在何处，我可不晓得那么多！久美子也是大人，行动有她的自由。也许纵使知道在何处也无意告诉你。久美子不和你联系，是因为不愿和你说话。”

“久美子到底对你讲了什么？据我理解，你们两人关系似乎并不怎么亲密嘛。”我说。

“久美子要是跟你甚是亲密，为何同别的男人睡觉呢？”绵谷升道。

加纳马耳他低低咳嗽一声。

“久美子说她同别的男人发生了关系，说想彻底了结各种事情。我提议离婚算了，久美子说想想看。”绵谷升说。

“就这些？”我问。

“除此还有什么，到底？”

“我仍然费解，”我说，“坦率地说，很难认为久美子专为这点事找你商量。这么说或许不太合适——若是这个程度的事，根本不会找你商量。她会自己动脑筋思考，或直接跟我说。说不定有什么别的事，有什么必须由你同久美子单独见面商量的事情……”

绵谷升沁出一丝微笑，这回是犹如黎明空中悬浮的月牙般淡淡冷冷的微笑。“所谓不打自招，嗯？”他用低沉然而清澈的声音道。

“不打自招。”我试着喃喃有声。

“不是吗？老婆给别的男人睡了，又出走了，自己竟然把责任推到别人头上，我还从未听说过如此寡廉鲜耻的怪事！我也不是愿意来而来这里的，迫不得已而已。纯属消耗！简直是往脏水沟里扔时间！”

他如此说罢，接下去是深深的沉默。

“知道下流岛上下流猴的故事吗？”我问绵谷升。

绵谷升兴味索然地摇头道声“不知道”。

“很远很远的地方，有个下流岛。没有岛名，不配有岛名。是个形状非常下流的下流岛，岛上长着树形下流的椰子树，树上结着味道下流的椰子果。那里住着下流猴，喜欢吃味道下流的椰子果，然后拉出下流屎。屎掉在地上滋养下流土，土里长出的下流椰子树于是更下流。如此循环不止。”

我喝掉剩的咖啡。

“看见你，我就不由想起这个下流岛故事。”我对绵谷升说，“我想表达的是以下意思：某种下流因子，某种沉淀物，某种阴暗东西，以其自身的能量以其自身的循环迅速繁殖下去。而一旦通过某个点，便任何人都无法阻止——纵令是当事人本身。”

绵谷升面部未现出任何类似表情的表情。微笑不知去向，焦躁亦无踪影，唯见眉间一道细小皱纹——大约是皱纹。至于这皱纹是否原先即在那里，我没有印象。

我继续说下去：“听着，我完全清楚你实际是怎样一个人物。你说我像什么垃圾什么石碴，以为只要自己有意即可不费吹灰之力把我打瘪砸烂。然而事情没那么容易。我之于你，以你的价值观衡量也许真个如垃圾如石碴，但我并没有你想的那么愚蠢。我清楚你那张对着电视对着公众的滑溜溜的假面具下面是什么货色，知道个中秘密。久美子知道，我也知道。只要我愿意，我可以将假面具撕开，让它暴露在光天化日之下。这也许要花些时间，但我可以做到。我这人或许一文不值，可至少不是沙囊，而是个活人，必以其人之道还治其人之身，这点你最好牢记别忘！”

绵谷升一声不吭，以无表情的面孔定定地看着我。面孔俨然悬在空中的一块石头。我所说的几乎全是虚张声势。我根本不晓得绵谷升的什么秘密，其中应有某种严重扭曲的东西我固然想象得出，而具体是何物则无由得知。但我似乎说中了什么，我可以真切地从其脸上察觉出他内心的震撼。绵谷升没有像平日在电视讨论会上那样对我的发言或冷嘲热讽或吹毛求疵或巧妙地乘机反驳。他差不多纹丝不动，死死地默然不语。

继而，绵谷升面部开始约略出现奇妙的变化：一点点变红，且红得不可思议，几处红得不可再红，几处浅得不可再浅，其余部位则莫名其妙地白里泛青，这令我联想起多种落叶树和常青树肆意交织因而色彩一片斑斓的暮秋山林。

不久，绵谷升默默离座，从衣袋里掏出太阳镜戴上。脸色仍然那么离奇地一片斑斓，那斑斓说不定会在他脸上永远定居下去。加纳马耳他一声不响，一动不动，兀自坐在那里。我佯装不知。看样子，绵谷升想向我说什么，但终究转念作罢。他悄然离桌消失。

绵谷升走后，我和加纳马耳他好一会没开口。我极端地累。男侍走来问我换杯咖啡如何，我说不必了。加纳马耳他把桌上的红帽拿在手上，盯视两三分钟，放在身旁椅子上。

口中一股苦味。我喝口杯里的水，想把苦味冲掉，但无济于事。

片刻，加纳马耳他开口了："情绪这东西，有时是需要向外释放的，不然会在体内沉淀下来。想说的倾吐一空，心里畅快了吧？"

"多多少少。"我说，"但什么也没解决，什么也没完结。"

"您是不喜欢绵谷升先生吧？"

"跟这小子说话，每次都搞得我失魂落魄，周围无论什么都显得虚无缥缈，大凡眼睛看到的，全都好像没了形体，而自己又很难用语言准确述说何以如此。由于这个缘故，我往往说出不应是我说的话，做出不应是我做的事，事后心里窝囊得不行。如能再不同这小子见面，实在谢天谢地。”

加纳马耳他连连摇头：“遗憾的是，往后您恐怕要和绵谷升先生见面不止一次。这是无可回避的。”

想必如她所言。同此人怕是很难一刀两断。

我拿过桌上的杯子，又喝了口水。那股不好的味道不知是从何处来的。

“不过有一点我想问问：在这件事上，你是站在哪一边的呢？绵谷升那边，还是我这边？”我这样向加纳马耳他问道。

加纳马耳他两肘支在桌面，双手合在脸前。“哪边也不站。”她说，**“因为这里没有可称为‘边’的东西。**不存在那种东西。不属于分上下、有左右、分表里那类问题，冈田先生。”

“活像说禅。以思维方式而言自然有趣，但这本身等于什么也没说。”

她点了下头，把合在脸前的双手约拉开五厘米，角度稍稍斜向我这边。手的形状很好看。“不错，我说的是叫人摸不着头脑，你生气也理所当然。问题是我现在即使告诉你什么，现实中恐也毫无用处。不但无用，还可能弄巧成拙。这件事，只能以你自身的力以你自己的手取胜。”

“野生王国。”我微笑道，“以其人之道还治其人之身。”

“正是，”加纳马耳他说，“完全如此。”言毕，简直像回收什么人的遗物似的轻轻抓起手袋，戴上红塑料帽。而一戴帽，加纳马耳他便酿出时间就此告一段落那样不可思议的氛围。

加纳马耳他离去后，我半想不想地一个人久坐不动，因为起身也全然想不出该去哪里。但又不能永远在此呆坐下去。大约二十分钟后，我付罢三个人的账款走出咖啡屋。那两人终究谁也没付账。

4　失却的宠幸、意识娼妇

回家窥看信箱，里面一封厚厚的信。间宫中尉来的。信封照例是一手考究的毛笔字，黑黑地写着我的姓名住址。我先换衣服去浴室洗把脸，进厨房喝两杯冷水，喘口气，然后剪开信封。

薄薄的信笺上，间宫中尉用自来水笔满满写着小字，一共怕有十张。我"啪啪"翻了翻，又装回信封。要读这么长的信太累了，也没有注意力。眼睛在一行行亲笔字上大致一扫，竟恍如一群奇形怪状的蓝色小爬虫，且脑袋里再次微微回响起绵谷升的语声。

我躺在沙发上，不思不想合起眼睛。所谓不思不想，对此时的我来说并非什么难事，只消对各种事情各想一点，各想一点之后直接弃置空中即可达此目的。

决心阅读间宫中尉的来信，已是傍晚快五点的事了。我倚柱坐在檐廊里，从信封中取出信笺。

第一张满纸是时令寒暄和对日前来访的谢意，以及坐了那么长时间说了那么多废话等一大堆道歉文字。间宫中尉这人极其注重礼节，毕竟是从礼节占日常生活很重要一部分那个时代活过来的。这部分我一眼带过，转入下页。

"开场白过于冗长，尚希见谅，"间宫中尉写道，"这次所以不揣冒昧不顾打扰给您写这封信，目的在于想请您理解我日前所说的那些，既非无中生有，也不是老年人添枝加叶的旧话重提，而是每个细节都确凿无误的事实。如您所知，战争已过去很多岁月了，记忆这东西也自然随之变质，犹如人将变老，记忆和情思亦会老化。然而其中有的情思是绝不至于老化的，有的记忆是绝不至于褪色的。

“直至现在，除了您我还没对任何人提起这段往事。在世间大多数人听来，我的这段往事也许带有荒唐无稽胡编乱造的意味。因为多数人总是将自己理解范围以外的事物统统作为不合情理无考虑价值的东西嗤之以鼻以至抹杀，甚至作为我也但愿这段往事纯属荒唐无稽的胡编乱造，但愿那是自己的误会或仅仅是臆想是梦幻。我所以苟活至今日，便是因为总是这样地一厢情愿。我三番五次地试图说服自己，告诉自己那是想入非非是某种误会。可是每当我力图将这段记忆强行推入黑暗之时，它却一次比一次更顽强更鲜明地卷土重来，进而犹如癌细胞一般在我的意识中扎根并深深侵蚀我的肌体。

“我至今也能历历如昨地记起每一个细节，甚至可以抓把沙草嗅其气味，可以想出天空浮云的形状，可以在脸颊上感觉出挟带沙尘的干风。对我来说，其后自己身上发生的种种事情倒近乎似梦非梦的荒诞臆想。

“堪可称为我自身属物那样的人生茎干，早已僵冻和焚毁在无边无际无遮无拦的外蒙荒原之中。那以后我越过边境，在与攻来的苏军坦克部队的鏖战中失去一条手臂，在冰天雪地的西伯利亚收容所里饱尝了超出想象的艰辛，回国后作为一名高中社会课教员供职三十余载，之后躬耕田垄，孤身至今。然这些岁月于我竟如一幕幕幻景。这些岁月既是岁月又不是岁月，我的记忆总是瞬间跨越这些徒具形骸的岁月而直返呼伦贝尔草原。

“我的人生所以如此失落如此化为空骸，原因大约潜于我在那口井底目睹的光照之中，即那仅仅射入井底十或二十秒的辉煌的阳光里。光一日仅来一次，突如其来而至，倏忽之间逝去。然而恰恰在那稍纵即逝的光之洪流中，我见到了穷尽毕生精力也无法见到的景物，而见之后的我便成了与见之前的我截然不同的人。

“那井底所发生的究竟意味着什么呢？对此即使在时过四十年的今天我仍未能把握准确。所以，下面我述说的无论如何只是我的一个假设，没有任何可以称为理论根据的要素，但现阶段我认为这一假设有可能最为接近我所体验之事的实相。

“我被外蒙士兵扔进蒙古荒原正中央的一口黑洞洞的深井，摔伤了肩、腿，没吃没喝，只能坐以待毙。那之前我目睹了一个人被活活剥皮。在那种特殊情况下，我的意识业已被高度浓缩，加之瞬间强光的照射，使得我直上直下地滑入自身意识的内核那样的场所——我想大概会是这样。总之我看见了那里的存在物。我的四周笼罩在辉煌的光照中，我置身于光之洪流的正中，眼睛什么也看不见。我彻头彻尾被光整个包笼起来，但那里可以看见什么。有什么正在我暂时性失明的时间里熔铸其形体。那就是**那个什么**，就是有生命的那个什么。光照中，那个什么恰似日食一般黑魆魆浮现出来。可是，我未能真切看出其形体。它准备朝我这边靠近，准备给我以某种宠幸。我浑身战栗地等着。不料**那个什么**不知是中途转念，抑或时间不够，总之没有来到我跟前，而在形体完全铸成前的一瞬间倏然解体，重新隐没在光照中。光渐次淡薄——光射入的时间结束了。

“这一情形持续了两整天，重复得一模一样。流溢的光照中有什么正欲呈现其形体，却未果而中途消失。我在井中又饿又渴，痛苦绝非一般，但这在至根至本上并不是大不了的问题。我在井中最痛苦的是未能彻底看清光照中的**那个什么**。那是未能看见应该看见之物的饥饿，是未能知晓应该知晓之物的干渴。假如能够真真切切目睹其形体，我宁可就那么饿死渴死。我真是那么想的。为了看那形体，我绝对万死不辞。

“然而那形体被永远地从我眼前夺走了，其宠幸未能赋予我便不复存在了。前面我已说过，从井里出来后的我的人生，彻底成了空壳样的东西。所以战争最后阶段苏军攻入满洲的时候，我自愿奔赴前线，在西伯利亚收容所里我有意识地尽可能将自己置于恶劣情况下，却无论如何也没死成。如本田伍长那天夜里预言的那样，命运使我返回了日本，使我寿命惊人地长。记得最初听到时我很高兴，然而莫如说那句预言更近乎咒语。我不是**不死**，而是**未死成**。本田伍长说得不错，我还是不知晓那种事为好。

“原因在于，我失却憬悟和宠幸之时，也就失却了我的人生。自己曾经拥有的生命体、因此而具有若干价值的东西，在那之后荡然无存，毁尽死绝。它们在锐不可当的光照中全部化为灰烬。也可能是那憬悟那宠幸所释放的热能将我这个人的生命之核彻底烧尽，我不具有足以抵抗其热能的力。因此，我不畏惧死，迎接肉体的死对我毋宁说是一种解脱。死可以使我从我之所以为我的痛苦中、从无望获救的囚牢中永远解放出来。

“话又说长了，请原谅。但我真正想告诉您的是：我是因某种偶然机会失却自己的人生并且同这失却的人生相伴度过四十余年的人。作为处于我这种境地的人，我以为人生这东西要比正处在其漩涡中的人们所认为的有限得多。光芒射入人生这一行为过程的时间是极其短暂的，仅有十几秒亦未可知。它一旦过去，而自己又未能捕捉其所提供的憬悟，便不存在第二次机会，人就可能不得不在无可救药的深重的孤独与忏悔中度过其后的人生。在那种黄昏世界里，人再也等不到什么。他所能抓到手上的，无非本应拥有的东西的虚骸。

“不管怎么说，我很高兴见到您并得以诉说这段往事。至于对您是否多少有用，我很难预知，但我是觉得自己因说出这段往事而得到了某种慰藉。尽管这慰藉微不足道，但即使微不足道的慰藉于我也贵如珍宝。而且我也同样有赖于本田先生的指点，对此我不能不感受到命运之丝的悬存。默默祝愿您日后人生幸福。”

我把信再次从头慢慢看了一遍，装回信封。

间宫中尉的信神奇地拨动了我的心弦。尽管这样，它带给我的只是远处扑朔迷离的图像。我可以相信并接受间宫中尉这个人，也可以作为事实接受他一再称为事实的一切，然而诸如事实及真实这类字眼本身对现在的我并无多大说服力。他信中最能强烈打动我的，是字里行间蕴含的焦躁——那种想要描写却描写不好想要说明却说明不成的焦躁感。

我进厨房喝罢水，在房子里到处转了一圈，然后走进卧室，坐在床沿上眼望立柜中排列的久美子的衣服，思索自己迄今为止的人生究竟为何物。我可以充分理解绵谷升的话。给他说时固然心怀不平，但事后想来其言果然不差。

“你们结婚六年过去了。这期间你到底干了什么？六年时间里你唯一干的就是把工作丢掉和把久美子的人生弄得颠三倒四。眼下的你既无工作，又没有想做什么的计划。一句话，你脑袋里几乎全是垃圾和石碴”——绵谷升这样说道。我不能不承认其说法是正确的。客观地看，这六年时间我的确几乎没干任何一件有意义的事，脑袋里也的确装的是垃圾和石碴。我是零。诚哉斯言！

可我果真将久美子的人生弄得颠三倒四了么？

我久久地望着她立柜中的连衣裙、衬衫和西服裙。这些是她留在身后的影子。影子失去了主体，有气无力地垂在那里。接着，我走进洗脸间，从抽屉拿出人家送给她的克里斯汀·迪奥香水瓶闻了闻，瓶里发出同久美子出走那天早上我在她耳后闻到的一样的气味儿。我把瓶中物全部慢慢倒进洗脸池。液体淌入排水孔，强烈的花香(我怎么也想不起花名)像狠狠搅拌我的记忆一般充满整个洗脸间。我便在这扑鼻的气味中洗了脸，刷了牙。之后，决定去一下笠原 May 那里。

我像往常那样站在胡同宫胁家的后面等笠原 May 出现，但左等右等也不露头。我靠着篱笆，含着柠檬糖，望着石雕鸟，想着间宫中尉的信。如此一来二去，四下渐渐黑了下来。我已差不多等了三十分钟，只好作罢。大概笠原 May 去了外面哪里。

我重新顺胡同回到自家房后，翻墙进屋。家中静悄悄地铺满了夏日蓝幽幽的夕晖。加纳克里他在里面。一阵错觉袭来，以为自己在做梦，然而是现实的持续。房间仍微微荡漾着我倒的香水味儿。加纳克里他坐在沙发上，双手置于膝部，我走近她也凝然不动，仿佛时间在她身上停止了。我打开房间灯，在对面椅子上坐下。

“门没锁，”加纳克里他说，“就擅自进来了。”

“没关系，进就进吧，我出门时一般都不上锁的。”

加纳克里他身穿花边白衬衫，翩翩然的淡紫色裙子，耳上一对大大的耳环，左腕套着两只大大的手镯。手镯使我心里一震，因为形状几乎同我梦见的毫无二致。发型和化妆一如往常，头发仍像从美容院出来直奔这里似的用发胶固定得齐齐整整。

“时间不多，”加纳克里他说，“要赶快回去，但有件事怎么也得跟您说。今天见了我姐姐和绵谷升先生了吧？”

“不过话不投机。”我说。

“那，可有什么想问我的？”

一个接一个有人前来，一件又一件问我问题。

“想多了解绵谷升这个人。我觉得必须了解他。”

她点下头："我也想了解绵谷升先生。想必姐姐说过了，那个人很早以前就玷污了我，今天在这里很难说明白，早晚讲给您听就是。那是违背我意愿进行的。因我本来就被安排同他交媾，所以不是通常意义上的强奸。然而他玷污了我，而且在多种意义上大大改变了我这个人。我好歹从中振作起来，或者说我由于那次体验而将自己——当然有加纳马耳他帮助——提升到了更高的境地。但无论结果如何，都改变不了当时我是被绵谷升先生奸污这一事实。那是错误的，是十分危险的，甚至含有永远迷失自己的可能性。您理解吗？"

我当然不理解。

"当然，我也同你交合了，但那是在正确的目的下以正确的方法进行的，在那样的交合中我不至于被玷污。"

我像注视局部变色的墙壁一样注视了一会儿加纳克里他的脸。"同我交合了？"

"对。"加纳克里他说，"第一次只用嘴，第二次交合了，两次都在同一房间。还记得么？头一次没多少时间，不得不匆匆了事，第二次才多少充裕些。"

我不好应对。

"第二次我穿您太太的连衣裙来着，蓝色的连衣裙，左腕戴着和这个一样的手镯。不是吗？"她朝我伸出戴一对手镯的左腕。

我点点头。

加纳克里他道："当然事实上我们并没有交合。射精时您不是射在我体内，是射在您自身意识里。明白吗？那是人工构筑的意识。尽管如此，我们还是共同拥有了交合这一意识。"

"这是何苦？"

"为了了解。"她说，"为了更多更深的了解。"

我叹息一声。不管谁这么说都太离谱了。但她一一说中了我梦中的场景。我用手指摸着嘴角，许久地注视着她左腕上的一对手镯。

“或许我脑袋迟钝，很难说我充分理解了你说的内容。”我淡淡地说道。

“第二次出现在您梦境里，正当我和您交合时被一个不认识的女子替换下来。我不知那女子是谁，但那应该给您以某种暗示。我想告诉您的就是这点。”

我默然。

“同我交合您不必有什么负罪感。”加纳克里他说，“跟您说，冈田先生，我是娼妇。过去是肉体娼妇，如今是意识娼妇。我是过来之人。”

随即，加纳克里他离开沙发跪在我身旁，抓住我的手。手不大，柔软，温煦。“嗯，冈田先生，就在这儿抱住我！”加纳克里他说。

我抱住她。老实说，我实在不知该怎么做。不过此刻在此抱住加纳克里他我觉得绝对不属于错误行为。解释不好，总之是这样觉得。我以起舞般的感觉将手臂搂住加纳克里他苗条的腰身。她个子比我矮得多，头只及我下颏往上一点。乳房紧贴在我胃部，脸颊静静靠在我胸口。加纳克里他不出声地哭了。我的T恤给她的眼泪打得暖暖的湿湿的。我看着她齐整整的短发微微摇颤不已。像在做一场甚是完美的梦，但不是梦。

如此姿势一动不动保持了许久许久。之后她突然想起什么似的撤开身子，顺势后退，从稍离开些的地方注视我。

“很感谢您，冈田先生，今天这就请让我回去。”加纳克里他说。尽管哭得相当厉害，但化妆几乎没有破坏。现实感正在奇异地失去。

“你什么时候还会出现在我梦里？”我问。

“那我不知道。”她轻轻摇头，“我也不知道。但请相信我，无论发生什么也请您别惧怕我戒备我。好么，冈田先生？”

我点点头。

加纳克里他旋即离去。

夜色更浓了。我的T恤胸口湿成一片。这天夜里我直到天亮也没睡。不困，又怕睡过去，觉得睡过去后说不定会被流沙样的水流冲走，一直冲往另一世界，再也无法重返这个天地。我在沙发上边喝白兰地边思索加纳克里他的话，直到翌日清晨。加纳克里他的存在感和克里斯汀·迪奥香水味儿天亮时仍留在室中，浑如被囚禁的影子。

5　远方街市的风景、永远的弯月、固定的绳梯

刚刚睡去，电话铃便几乎同时响起。起始我试图不理什么电话接着往下睡，但电话仿佛看透了我的心思，十遍二十遍不屈不挠地鸣叫不止。我慢吞吞地睁眼看了下床头钟，早上六点多一点，窗外天光大亮。有可能是久美子的电话。我跳下床，进客厅拿起听筒。

我“喂喂”两声。对方却一言不发。喘息告诉我另一端有人，但对方不肯开口。我也吞声不响，只管耳朵贴着听筒，静听对方微微的呼吸。

“哪位呀？”

对方仍不言语。

“如果是常往家里打电话的那个人，稍后一会再打来好么？”我说，“早饭前没心绪谈性交什么的。”

“谁？谁常往你家打电话？”对方突然出声。原来是笠原May。“喂，你要跟谁谈性交啊？”

“谁也不是。”我说。

“是昨晚你在檐廊里搂抱的那个女人？和她在电话里谈性交？”

“不不，不是她。”

“拧发条鸟，你身边到底有几个女人，太太以外？”

“说起来话长，很长很长，”我说，“毕竟才早上六点，昨夜又没睡好。反正你昨晚来过我这儿是吧？”

“而且撞见你正和那女人抱作一团。”

“实际什么事也没有。怎么说好呢，就像一种小小的仪式什么的。”

“用不着跟我辩解什么，拧发条鸟。”笠原May冷冷地说，“我又不是你太太。不过有一句话要跟你说：你是有什么问题的。”

“可能。”

“不管你眼下遭遇多么严重的不幸——我想应该是严重的不幸——那恐怕也都是你自作自受，我觉得。你存在着一种根本性问题，它像磁石一样引来各种各样的麻烦。因此，心眼多少有点灵活的女人，都想赶快从你身旁逃走。”

“或许。”

笠原May在电话另一头默然良久。而后假咳一声，“你么，昨天傍晚来胡同了吧？一直在我家房后站着了吧？活像呆头呆脑的小偷。我看得一清二楚。”

“那为什么不出来？”

“女孩子也有不乐意出去的时候，拧发条鸟。”笠原May说，“有那种存心捉弄人的时候。既然等，就让你一直等下去好了——有时就有这样的念头。”

“噢。”

“不过到底过意不去，后来特意去了你家一次，傻乎乎的。”

“结果我正和那女人抱在一起。”

“跟你说，那女人是不是有点不正常？”笠原May说，“如今可没有谁那么打扮那么化妆哟！如果不是时光倒流的话。她恐怕最好还是去医生那儿检查检查脑袋瓜，是吧？”

“这你不必介意。脑袋也没什么不正常。人之爱好各有不同罢了。”

“爱好倒各随其便。只是，一般人就是再爱好我想也不至于到那个地步。那个人，从脑瓜顶到脚趾尖——怎么说呢——活脱脱像从好多年好多年前的画报上走下来的一般，不是么？”

我不作声。

“嗳，拧发条鸟，和她睡了？”

“没睡。”我迟疑一下答道。

“真的？”

“真的。没有那种**肉体**关系。”

“那干吗搂搂抱抱？”

“女人有时候是想让人搂抱的。”

“也许。不过那样的念头可是多少有点危险的哟！”笠原May说。

“确实。”我承认。

“那人叫什么名字？”

“加纳克里他。”

笠原May又在电话另一头沉吟一会说：“这不是玩笑？”

“不是玩笑。”我说，“她姐姐叫加纳马耳他。”

“不至于是真名吧？”

“不是真名，职业用名。”

“这两人莫不是相声搭档什么的？或者说和地中海有什么关系？”

“和地中海稍稍有关。”

“姐姐那人打扮可地道？”

“基本地道，我想，起码比妹妹地道许多。倒是经常戴一顶同样的红塑料帽……”

“另一个好像也算不上怎么地道。你干吗非得跟这些脑袋缺根弦的人来往呢？”

“这里有很长很长的过程。”我说，“早晚等各种事情稳定一些后，或许可以跟你解释明白。现在不行，脑袋里一团乱麻，情况更是一团乱麻。”

“嗬。”笠原May不无狐疑地“嗬”了一声，“反正太太还是没回来吧？”

“嗯，没回来。”我说。

“喂，拧发条鸟，你也老大不小了，就不能多少动脑筋想想？要是太太昨天晚上回心转意回来时看见你正和那女人紧紧抱作一团，你以为她会怎样想？”

“这种可能性当然也是有的。”

“要是刚才打电话的不是我是你太太，而你又提起什么性交来，你太太到底会作何感想？”

“的确如你所说。”

“你还是相当有问题的。”笠原May说着，叹了口气。

“是有问题。”我承认。

“别这样什么都痛快承认，别以为只要老实认错道歉就万事大吉。承认也罢不承认也罢，错误那东西终归还是错误。”

“言之有理。”我说。百分之百言之有理。

“你这个人！”笠原May不胜惊愕地说，“对了，昨晚你找我有什么事？你是有事相求才来我家这儿吧？”

“那已经可以了。”我说。

“可以了？”

“嗯。就是说，那事——已经可以了。”

“抱了那女人就跟我没事了？”

“哪里，不是那样的。那只是一时心血来潮……”

笠原May再不说什么，放下电话。罢了罢了！笠原May、加纳马耳他、加纳克里他、电话女郎，加上久美子。确如笠原May

所说，最近我周围女人数量是叫人觉得未免多过头了，而且每个都有莫名其妙的问题。

但我终究太困了，没办法再思考下去。当务之急是睡觉。这回醒来可就有事干了。

我折身上床，睡了过去。

醒来后，我从壁橱里拿出简易背囊。背囊是应急用的，里面有水壶、咸饼干、手电筒和打火机，是搬来这里时害怕大地震的久美子从哪里成套买回来的。但水壶早已空了，咸饼干潮乎乎地发软，手电筒电池已经没电了。我往水壶里灌了水，咸饼干扔掉，给手电筒换上新电池，然后去附近杂货店买来火灾逃命用的绳梯。我想了想此外是否还有必备的东西，除柠檬糖外再想不出一样。我原地转身环视一遍家中，关上所有窗户，熄掉灯盏想锁门又转念作罢。或许有谁前来找我，久美子也可能回来，何况家里边没有什么怕偷的东西。我在厨房餐桌上留一张字条：

“出去一些时日，还回来。T”

我想象久美子回来看见字条的情景。她看了将作何感想呢？我撕掉字条，重新写道：

“因要事暂时外出，不日回来。请等我。T”

我身穿棉布裤和半袖港衫，背起简易背囊，从檐廊下到院子。四下望去，端的是不折不扣的夏天，没有任何附加条件的完完全全的夏天。太阳的光线，天空的色调，风的气息，云的形状，蝉的鸣声，一切一切无不在宣告货真价实的美好夏日的光临。我背上背囊，翻过后院围墙，跳下胡同。

小时候曾离家出走一次，恰好也是在这样一个晴朗朗的夏日清晨。离家出走的原因已经记不起来了，大概是对父母有口气咽不下去吧。总之也是同样背起背囊，把攒的钱放进衣袋离开家的。对母亲谎说要和几个同学一块儿去郊游，让母亲做了盒饭。家附近有几座适合郊游的山，因此几个小孩子去那儿爬山也不是什么稀罕事。一出家门，我便乘上事先想定的公共汽车，坐到终点。对我来说，那是“远方的陌生街市”。在那里又转乘别的公共汽车，到了另一处“远方（更远的）的陌生街市”。在这连名字都不知晓的街市下了车，我只管漫无目标来回转来转去。那地方没有可以称为特征的特征。比我住的街市多少热闹些，也多少脏些。有商业区，有电车站，有小工厂，有条河，河边有座电影院。电影院广告板贴着西部片广告。到了中午，坐在公园长椅上吃盒饭。我在那街市待到傍晚，但暮色越来越暗，心也随之忐忑起来。这已是返回的最后时机了，我想，再暗下去，恐怕就回不去了！于是我乘上来时坐的公共汽车。回到家已快七点了。谁也没觉察出我的出走，父母以为我和同学一块儿爬山去了。

此事我早已忘去脑后，但在背着背囊翻越院墙的一瞬间，当时的心情——在陌生的街头、陌生的人们、陌生的人家之间只身伫立，眼望夕阳渐次失去光色，那种莫可言喻的寂寥感——忽然复苏过来。旋即我想起久美子，想起只带挎包和从洗衣店取出的衣裙不知遁往何处的久美子。她已经错过了可以返回的最后时机，此刻恐怕正形影相吊地伫立在远方陌生的街市。想到这里，我很有些坐立不安。

不，她未必形影相吊，我想。说不定正同那男的一起，这样想要合乎情理得多。

我就此打住，不再去想久美子。

我穿过胡同。

脚下杂草已失去梅雨时节方可见到的那种水灵灵的鲜绿气势，现已完全换上夏日荒草特有的死皮赖脸的迟钝样子。移步之间，草中不时有蓝蚂蚱一跃而起，青蛙也时而蹿出。眼下胡同是这些小东西的领地，我成了扰乱它们常规生活的入侵者。

来到宫胁家空屋跟前，我打开木门径直进入院子，分开荒草往院里走去，走过依然凝望天空的脏兮兮的石雕鸟身边，绕到房侧。但愿这一过程别给笠原May看见。

到得井前，我搬下井盖上的石头，把两块半月形盖板拿开一块，往里扔了颗石子看底下是否仍旧没水。石子一如上次发出“砰”一声干巴巴的声响，没有水。我放下背囊，从中掏出绳梯，一头系于附近树干，然后猛劲拉了几次，确认会不会脱扣。再慎重也不为过，万一不巧脱扣，可就甭想返回地面了。

我抱起团成一团的绳梯，慢慢垂入井中。长长的绳梯全部放下去后，仍没有到底的手感。绳梯相当长，无论如何也不至于不够长。井的确很深，直上直下往里打手电筒也弄不清绳梯是否到底，光束中途即被黑暗吞噬。

我坐在井边侧耳倾听。几只蝈蝈简直像在比赛谁声音响谁肺活量大似的在树间拼命鼓噪，鸟声却是不闻。我怀念起拧发条鸟，或许拧发条鸟懒得同蝈蝈们竞争而迁往别处了。

接着，我手心朝上接太阳光。手心当下变热，仿佛所有皱纹和指纹都有阳光侵入。百分之百光的王国。周围一切一切无不尽情沐浴阳光，闪耀夏日的光彩，甚至时间和记忆等不具形体的存在也在享受夏日光照的恩惠。我把一块柠檬糖扔进嘴里，在井边一直坐到糖彻底融化。之后为慎重起见再次用足力气拉了拉绳梯，得知它确实被牢牢固定住了。

顺着软柔的绳梯下井，要比预想的辛苦。绳梯是棉与尼龙的混纺，结实程度自然没有问题，但脚下甚是不稳，网球鞋底稍用力一踩就“吱溜”滑开，因此手心必须紧紧攥住绳梯，直攥得手心作痛。我一格一格小心翼翼向下爬去，却怎么也不到底，似乎永远下降不完。我想起小石子碰到井底的声响。不怕，有底！无非爬这不争气的绳梯要花费时间罢了。

不料数至第二十格时，一阵恐惧感袭来。恐惧感犹如电流不期而至，使我的四肢立时变僵。肌肉硬如石，浑身冒汗，双腿不住发颤。无论如何这井也太深了，哪有这么深的井呢！这里毕竟是东京中心，就在**我住的房子**后头。我屏息侧耳，然而一无所闻。蝉鸣也不闻。唯独自己心脏大起大落的声音在耳中回响。我喘口粗气，在这第二十格处紧贴绳梯，既上不去也下不得。井内空气凉飕飕的，一股土腥味。这里是同夏日太阳朗朗普照的地面两相隔绝的世界。抬头上望，井口变得很小。圆形井口恰好被余下半块的盖板从正中间削去半边，从下面看去宛如夜空悬浮的半月。**半月或许持续一段时间**，加纳马耳他说。她是在电话中这样预言的。

我心中叫苦。而一叫苦，身上憋的劲儿消了一点，肌肉开始放松，似有一股硬邦邦的气从体内排出。

我再次使出浑身力气顺梯下爬。我鼓励自己说再下一点儿再下一点儿，别怕，反正有底。数到第二十三格时，终于到达井底，脚踩在土上。

黑暗中，我仍手抓梯格不放——以便有什么情况可随时逃离——同时用脚尖“窣窣”地划了划地面。没水，也没有莫名其妙的物体。如此确认完毕，才落脚立于地面。我放下背囊，摸索着拉开拉链，从中取出手电筒。手电筒发出的光束将井底情景照得历历在目。地面既不甚硬，也不很软。好在土是干的，有几块大约什么人扔下的石子，此外有一个装炸薯片的空塑料袋。手电筒照射下的井底，令我想起过去在电视上看到的月球表面。

井壁本身是普普通通的水泥，平扁扁的，斑斑点点生着青苔样的东西，如烟囱一般笔直向上拔起，最顶端闪出半月形光孔。直直地仰面望去，不由再度切实感到井的深邃。我再次用力拉了下绳梯，仍有实实在在的手感。不要紧，只要梯在，随时都可返回地面。我深深吸口气，略带霉气味儿，但绝不算坏。对井我最担心的就是空气。井底容易积淀空气。尤其枯井，往往有毒气从土层中冒出，过去我曾从报纸上看到掏井工因沼气中毒在井底丧命的报道。

我嘘口气，弓身坐在井底，背靠井壁。然后闭上眼睛，让身体习惯这一场所。噢，我想，自己此刻如此位于井底！

6　遗产继承、关于水母的研究、近似乖戾感的感觉

我坐在黑暗中。头顶被盖板齐刷刷切成半月形的光依然像什么标记一般孤单单地悬浮着，但地上的光探不到井底。

随着时间的推移，眼睛逐渐适应黑暗，可以凑近看见——尽管影影绰绰——手的形状了。周围诸多物件开始慢慢现出依稀的轮廓，恰如胆怯的小动物一点点对对手放松警惕。但是，就算眼睛习惯了，黑暗终究是黑暗。每当我要定睛看清什么的时候，它们便倏忽间隐身敛形，悄然化入无明。或许不妨以“幽暗”称之，然而幽暗亦有幽暗的浓度，在某种情况下，反而比完全的黑暗更含有深刻的内涵，于中既有所见，又一无所见。

就在这内涵奇特的幽暗中，我的回忆开始带有未曾有过的强大力度。那些每遇时机便在我心中唤起种种图像的记忆断片，此时竟是那般鲜明真切，几乎可以巨细无遗地捧在手中。我闭起眼睛，回忆差不多八年前第一次见到久美子的情景。

碰见久美子，是在神田一所大学附属医院的患者家属休息室里。我当时因一桩遗产继承事项每天每日去见在此住院的委托人。委托人六十八岁，是一位拥有主要分布在千叶县的很多山林土地的有产者，名字曾一度出现在巨额纳税人排名栏里。伤脑筋的是其嗜好之一（之二之三我自然无由得知）是定期改写遗嘱，看情形他从此种繁琐至极的行为中觅得了常人无可估量的乐趣。事务所的人全给此人的为人和怪癖弄得不胜其烦，但对方毕竟是数得上的富翁，且每改写一次都有一笔绝不为少的手续费进来，加

之遗嘱改写手续本身又不特别难弄，作为事务所不便说三道四，于是直接负责的差事就落到我这个刚进所的新手头上。

当然，因我不具有律师资格，所谓负责也比跑腿学舌强不了多少。专业律师听取委托人所希望的遗嘱内容，从法律角度提出务实性建议(正式遗嘱有固定格式和规定，如不合乎有可能不被承认为遗嘱)，决定主要条目，据此将遗嘱草稿打印成文，我则将其拿到委托人那里朗读。若无异义，这回由委托人将遗嘱亲笔重写一遍，签名盖章。所以如此，是因为本人写的遗嘱法律上称为“亲笔自证遗嘱”。如这名堂所示，全文必须由本人亲自笔书。

顺利写毕，装入信封加封，我如获至宝地拿回事务所，由事务所放入保险柜保存。按理至此即告结束，然而此人却没这么简单。因其卧病在床，一次写不了多少，且遗嘱又长，写完要一个星期左右，这期间我须天天去医院答疑(我也算是基本学过法律之人，常识范围内的可以回答)。回答不出的，每次便给事务所打电话请示。此人性喜啰嗦，对小事百般计较，甚至一个个字眼都纠缠不休。尽管这样，每天多少总有进展。而只要进展，这令人生厌的作业便总有完的希望。岂料，每当好歹熬到透亮当口，此人肯定会想起前面忘说了什么什么，抑或一举推翻前面业已定好的事项。若是细小变更，不妨以附录形式处理；而若事关重大，势必重新折腾。

总之就是如此过程永无休止的周而复始。加之在此期间又有手术又有检查等等，即使按约定时间去了医院，也未必能马上同他见面商谈。甚至有时他吩咐几时几时前去，而去了之后又说心情欠佳叫改时再来，等两三个小时方得见面亦无足为奇。这么着，两三周时间里我差不多每天都必须死死坐在医院的住院患者家属休息室的椅子上打发仿佛永不消逝的时光。

我想任何人都不难想象，医院休息室绝非温情脉脉的场所。沙发的塑料皮面硬如僵尸，吸口空气都觉得不出片刻就会大病一场。电视上总是不三不四的节目。自动售货机里的咖啡一股煮报纸味儿。人人都一副阴沉沉死板板的面孔。倘若蒙克为卡夫卡小说插图，料想必是如此场景。但我反正在此见到了久美子。久美子为照料住院做十二指肠溃疡手术的母亲，每天利用大学课间课余时间来医院一次。她大多身穿蓝色的牛仔裤或爽快利落的稍短些的裙子，一件毛衣，梳着马尾辫。时值十一月初，有时穿风衣有时不穿。肩上一个挎包，总挟着几本大约是大学教材和素描册样的书本。

自我第一次去医院那天下午，久美子就已经在那里了。她坐在沙发上，并着穿低跟鞋的脚专心看书。我坐在她对面，每隔五分钟看一眼表，等待同委托人会面时间的到来。不知何故——何故不至于告诉我——拖延了一个半小时。久美子几乎没从书上抬起眼睛。记得她的腿异常漂亮。看见她，我的心情多少开朗一点。年轻，长相也给人以好感（至少显得非常聪颖），又有两条动人的腿——我不由暗想，拥有这些将给她带来怎样的心境呢？

几次见面之后，我同久美子开始聊些轻松的日常闲话，交换自己看过的杂志，分吃多余的探病水果。说到底，两人都百无聊赖，需要年龄相近而又地道些的谈话对象。

久美子问我可是自己亲人在这里住院，于是我开始绵绵不绝地向她述说遗嘱委托人乖戾扭曲的脾性。我对这工作早已忍无可忍，早就想找个人一吐为快。话很长，色调又全是灰的，但久美子还是静静地听着。偶尔自己担心对方听得无聊而突然止住时，她便浮起安详的微笑，意思像是在说没关系听着呢接着讲好了。

“他太太去世六年了，四个子女。儿子两个女儿两个。四个子女哪怕有一个像那么回事的也好，偏巧个个都压根儿提不起来。长子迟早要继承父业，但这人简直奸猾透顶，脑袋里除钱没别的。不知是气量小，还是光是小气，因几个小钱马上火蹿头顶。性格怕最像老子。可父子两个又冰火不同炉，动不动就吵得对抓起来。在医院倒没大动干戈，到底顾忌外人笑话。

“第二个儿子搞不动产交易。光是嘴巴说得天花乱坠，最喜欢沾尖取巧。五年前惹出一起诈骗案，闹到警署，因老子用钱压住而不了了之。可眼下仍不干正经勾当，大概跟地产方面的地痞无赖不清不浑，总有一天蹲四面墙。不料不知什么缘故，子女里边好像只有这个儿子最合老头子的意。

“大女儿十六岁时跟父亲手下一个男的私奔了。当时把老头子的钱偷去许多。如今在横滨经营两家美容院，活得有滋有味。论经营才干在四兄妹里边倒好像首屈一指。五年前偷的钱也还了，总算同父亲言归于好。不知受的什么家庭教育，别人不愿听的话她硬是大声喋喋不休。小女儿不到三十岁，独身，在夏威夷买了房子，高尔夫球成天打个没完。除了买衣服打高尔夫球，脑袋里什么也没有。这么说或许不礼貌，长相个个一塌糊涂。倒也不一定是丑，总之属于看着叫人心情晦暗那种类型。”

“四个你都见了？”

“因为事关遗产继承，全都正儿八经地领着老婆孩子前来探望。要是不常来报到，遗嘱上写的什么就不晓得了嘛。来时赶上我在场，老头子就特意把我介绍一番，说我是法律事务所里的，好让子女们神经紧张，还告诉说眼下正修改遗嘱。”

“病情怎样？遗嘱一定得那么火急火燎的？”

“怎么说呢——，详细的我不知道。听说是肝脏不好，像是切除了什么的。心脏怕也不大正常，心律不齐。不过，以我的预感，此人至少还能再活二十年，遗嘱估计要改写一百五十遍左右。”

“有钱倒也够折腾人的。”

“因人而异，”我说，“有钱过静心日子的人也有，那些人可不怎么到法律事务所来。”

我们在医院附近简单吃了几次饭。离开医院不能太久，所以吃饭也无非在麦当劳吃汉堡包或比萨饼之类，但总比医院食堂里浑如死尸的烤鱼好得多。起初她很沉默，很少开口，但在我半开玩笑地讲过几个趣闻之后，她开始一点点放松下来。每当我长长地说完一通，她便回报似的谈几句自己的事。她在东京一所女大读书，学的是社会学专业，爱好是绘画。参加了学校里的美术沙龙，较之油画更喜欢线条画和水彩画。可能的话，想搞服装设计什么的。

“我妈不是什么大不了的手术。”一次久美子边用刀削苹果边兴味索然地说，“十二指肠溃疡也是很小一块，不过是及早切除为好那个程度。问题是生来第一次住院，本人就像死到临头似的，所以哪怕我一天不露面都会大发脾气。妈一发脾气，爸就跟着大动肝火，我只好每天都来这儿一次。她属完全护理，大凡需要的无不齐全，我来也没什么可干，况且眼下正忙着应付考试。”

但她对自己的家庭不愿再多谈下去。我问起什么，她总是浮起模棱两可的微笑，支吾过去。那时我在久美子家庭方面得到的知识，仅知她有个哥哥，父亲是官员，以及她无论对父亲还是对母亲都抱有一种较之亲情更近乎无所谓的心情。我想象她大概是生活相当充裕的富家女儿，因为她衣着总是那么整洁得体，母亲(没见过)住的又是单人病房。听人说这家医院的单人病房是要相当一笔费用和门路才住得进的。

我和久美子之间，一开始就好像有某种息息相通之处。那不是一见面就麻酥酥地强烈感受到的那种冲动性的、强有力的东西，性质上要安稳平和得多。打比方说吧，就像两个微小的光点在无边的黑暗中并排行进时双方都不由自主渐渐靠向一起那样的感觉。随着同久美子见面次数的增多，去医院便不再那么难以忍受了。意识到这点，自己都觉得有点不可思议。感觉上较之碰到一个新朋友，更像是同梦绕魂萦的老朋友不期而遇。

我时常心想，要是两人不老是在医院这种场所利用什么间隙零敲碎打地说话，而是到别的地方慢慢单独畅谈一番该有多妙！一天，我鼓足勇气试请久美子赴约。

“我们是不是需要换换空气什么的啊？”我说，“两人逃离这里，换个地方！哪里都行，只要没有病人没有委托人就行。”

久美子略一沉吟：“水族馆？”

那便是我们的初次约会。星期天早上久美子把母亲的替换衣服送来医院，在休息室和我会齐。那天风和日丽，久美子身穿式样较为简练的连衣裙，披一件淡蓝色对襟毛衣。那时她就在打扮上有令人赞叹的表现。哪怕很平常的衣服，她只要稍加一点点创意，或在袖口的折挽、领口的翻卷上稍加改变，就能马上给人以焕然一新之感。对这类诀窍她很是得心应手，而且对自己的衣服极为珍视，充满爱意。每次同久美子见面，我都边同她并肩行走边欣赏她的衣着。衬衫一道褶也没有，衣线总是那么横平竖直，白色的总是白得刚买来一般，皮鞋一尘不染。看到她身上的衣服，我脑海里每每浮现出衣箱中角对角叠得整整齐齐的衬衫、毛衣以及套着塑料袋挂在立柜中的半身裙和连衣裙（事实上婚后我也目睹了如此光景）。

那天我们在上野动物园的水族馆度过了一个下午。难得一个好天气，我觉得还是去动物园悠然漫步更为惬意，便在去上野的电车中略微暗示一下，但她似乎一开始就定下了要去水族馆。当然，既然她想去，我也并无异议。正赶上水族馆有水母特别展，我们便逐个看起了从全世界搜集来的珍稀水母。小到指肚大小的绒绒毛状物，大到伞径大于一米的怪模样，委实种类纷繁，均在水槽中飘摇起舞。虽是星期日，但水族馆并没多少人，甚至称得上空空荡荡。如此大好天气，想必任何人都选择在动物园看大象和长颈鹿，而不在水族馆看哪家子水母。

对久美子我自是没说，其实我顶顶讨厌水母。小时候在家附近的海里游泳被水母蜇过好几回。一个人往海里游时还钻进水母群当中一次，等注意到时周围已全是水母。当时水母那滑溜溜凉飕飕的感触至今仍记得真真切切。我在水母漩涡的核心感到一阵剧烈的恐怖，像被拖进黑洞洞的深渊。不知为什么，身体倒未被蜇，但仓皇中呛了好几口水。由此之故，如果可能，我很想跳过水母特别展去看金枪鱼比目鱼等普通鱼们。

然而久美子却好像给水母迷得如醉如痴，在每一个水槽前停住脚，探长脖子看个没完没了，时间都像忘去了脑后。“喏，瞧这个！”她对我说，“世上居然有红得这么鲜亮的水母，游得多好看啊！这些‘人’一辈子都在世界所有的海里这么飘飘忽忽的——嗯？你不觉得这样好极了？”

“是好极了。”我说。但在无可奈何陪她逐一逼视水母的时间里，我渐渐变得胸闷起来，不觉懒得开口，心神不定地反复数点衣袋里的硬币，不时掏手帕抹一下嘴角，暗暗祈祷水母槽快快结束。不料水母却一个接一个层出不穷。全世界的海里也的确有花样繁多的水母。忍了半个小时，由于紧张的关系脑袋晕乎起来，最后靠扶手站着都觉困难，独自走到近处椅子颓然坐下。久美子来我身旁担心地问是不是心里不舒服，我如实告诉她对不起这水母看着看着脑袋就眩晕起来。

久美子认真地盯视了一会我的眼睛。“真的，眼神恍恍惚惚。难以相信，看看水母人就成了这样子！”久美子大为惊愕地说，不过总算拉起我的胳膊，把我从潮乎乎阴暗暗的水族馆领到阳光下。

在公园里坐了将近十分钟，慢慢大口呼吸，意识开始一点点恢复正常。秋天的阳光很让人舒坦地闪闪照着，干透了的银杏树叶在风中摇曳着低吟浅唱。良久，久美子问我要不要紧。

“怪人！那么讨厌水母，一开始直说不就成了，用不着非忍到心里难受不可嘛。”

天高气爽，微风轻拂，周围往来度周日的人们全都显得心旷神怡。一个身段苗条的漂亮女孩在遛一条长毛大狗，头戴礼帽的老人看着荡秋千的孙女，几对情侣和我们同样坐在长椅上，有人在远处练习萨克斯管音阶。

“你怎么那样喜欢水母？”我问。

“是啊，光是觉得可爱吧，大概。”她说，“不过，刚才盯看水母的时候，我忽然这么想来着：我们如此目睹的光景，不过是世界极小极小一部分。我们习惯上认为**这便是世界**的世界，其实并不是的。真正的世界位于更深更暗的地方，大部分由水母这样的生物占领着，我们只是把这点给忘了。你不这样想？地球表面三分之二是海，我们肉眼所看见的**仅仅是海面这层表皮**，而表皮下面到底有什么，我们还基本不知道。”

之后我们散步很长时间。五点钟，久美子说得去医院，我把她送到医院。“今天谢谢你了。”分别时她对我说。我发现她的微笑中有一种以前所没有过的温柔的光闪，这使我得知今天一天里自己朝她靠近了一步。大约是托水母的福，我猜想。

那以后我同久美子约会了几次。她母亲平安出院，我的委托人遗嘱骚动告一段落，再无须去医院之后，我们也每星期见一次。看电影，听音乐，或一味散步。随着见面次数的增多，我们越来越适应了对方的存在。和她一起我很快乐，身体哪怕偶一接触胸口都怦怦直跳，周末临近时甚至工作都做不踏实。她也无疑对我怀有好感，若不然根本不会每周都见我。

但我不想把两人的关系过快地深入下去，因为她总给我一种好像对什么都感到迷惘的印象，倒也不是说具体有什么表现，但久美子的言谈举止，总有时蓦然闪出类似迷惘的东西。我问起什么，回答有时也慢一两拍，出现极短暂的停顿。而在一瞬间的停顿中，我不能不察出其中有一种什么“阴影”。

秋去冬来，新的一年开始了。我们继续每周见面。我一句也没问起那“一种什么”，久美子也只字未谈。两人见面，去哪里转，吃饭，无关痛痒地闲聊。

“嗯，你怕有个恋人或男朋友吧？”一天，我一咬牙问道。

久美子注视了一阵子我的脸，问道：“这话怎么说？”

“总有那样的感觉。”我说。两人那时走在冬日寥无人影的新宿御苑。

“具体地说？”

“你好像想说什么。要是能说的话，就对我说好了。”

我看出久美子脸上泛起轻微的涟漪。的确轻微，轻微得几乎捕捉不到。她可能有点困惑。但结论一开始就很明确：“谢谢。不过没有什么要重新说的，总之。”

“你还没有回答我最初的问话。”

“我有什么男朋友或恋人什么的？”

“嗯。”

久美子止住脚步，摘下手套，塞进风衣袋，然后抓住我没戴手套的手。她的手又热又软。我轻轻回捏一下，她呼出的气似乎更小、更白了。

“这就去你住处可以么？”

“当然可以。”我不无愕然，“去是一点问题也没有，只是并非什么可炫耀的地方。”

我当时住在阿佐谷。仅一个房间，附带小厨房和厕所和公共电话亭大小的淋浴室。房间朝南，二楼，窗外是一家建筑公司的建材堆放场，因此阳光充足。房间的确不怎么起眼，好在有采光好这一项优点。我和久美子许久地并排坐在那片阳光下。

那天是我第一次拥抱久美子。但现在我仍认为，那天是她在期待我抱她，在某种意义上是她主动的。倒不是具体说了什么表示了什么，只是当我把手搭在她身上的时候，我感觉得出她早就希望我这样。身体软绵绵的，没有抵触感。

对于久美子来说那是她的第一次性体验。事完后久美子好久好久没有开口，我几次试着搭话都不应答。她冲罢淋浴，穿上衣服，又在那片阳光中坐下。我不知说什么好，便也挨她坐下，就那么始终默默坐着。太阳移动，我们也随之一点点移动。黄昏时分，久美子说该回家了，我送她回去。

“你是有什么想说吧？”电车中我再次问。

久美子摇摇头，低声道：“可以了，那个。”

以后我再未重提。归根结蒂久美子选择由我抱她，纵然她内心有什么难以启齿的事，随着时间的推移也会自然化解。

那以后我们仍每周约会一次。差不多都是她来我宿舍，在那里亲热。相互拥抱爱抚的时间里，她开始一点一点谈起自己，关于自己本身，关于迄今经历的种种事物，以及对那些事物的感受和想法。我因之得以逐步理解她眼睛捕捉到的世界姿影，并得以向她慢慢讲述自己眼中世界的样态。我深深爱上了久美子，久美子也说不愿意离开我。等她大学毕业，我们就结了婚。

婚后，我们生活得很幸福，没有发生任何可以算是问题的问题。尽管如此，有时我还是不能不感到久美子心里像有一块我不得进入的仅属于她自己的园地。例如，本来两人一直很正常或很起劲儿地说着话，久美子不知何故突然陷入沉默，就是说在没有什么特殊原因（至少我没意识到有什么使之如此的原因）的情况下交谈陡然中断，就好像走路当中嗵一声掉进了陷阱。沉默本身固然时间不长，但之后她好半天都一副"心不在焉"的样子，而且需经过一定时间后方能恢复过来。向她说什么她也只是无可无不可地应付只言片语，如"唔，是啊"、"的确"、"就算是吧"等等。但脑袋似乎在想别的什么。结婚之初，每当她那样时我就问她："嗯，怎么了？"因我对她深感困惑，生怕自己哪句话刺伤她。但久美子每每莞尔一笑，说一声"没什么的"。过了一些时候，她又恢复如初。

记得第一次进入久美子体内的时候，我便有与此相似的奇妙的困惑感。久美子初次感觉到的应该只有疼痛。她觉得痛，身体始终硬邦邦的。但我感到困惑的缘由则不止于此。其中似有一种异常冷静的东西。很难表达确切，但确有一种乖离感。自己搂抱的身体会不会是同刚才并坐亲切交谈的女子不同的另外什么人呢，会不会在自己没注意的时候换成另外一个人的肉体呢——便是这么一种奇怪的念头捉住了我。抱她的过程中我一直用手心在她背部抚摸。小巧而光滑的背。这一感触使我忘乎所以，但同时又恍惚觉得这背位于远离自己的场所。似乎久美子尽管在我怀中，却又在遥远的地方正考虑别的什么。我甚至觉得自己此刻搂抱着的，不过是临时位于此处的权宜性肉体。或许由于这个原因，尽管我很冲动，但到射出仍费了相当一些时间。

不过，产生这种感觉仅限于第一次交合。从第二次开始，她的存在便开始给我以亲切感了，肉体也开始做出敏感的反应。也许，那时我之所以觉得有乖离感，多半是由于那对她来说是第一次。

如此追溯记忆的过程中，我不时伸手抓住绳梯猛地一拉，确认是否脱扣。我一直怀有恐惧，怕绳梯万一因为什么脱扣。而一想到脱扣，我在黑暗中便极度惶惶然，心跳得几乎自己都能听到声音。但在拉过几次——大约二三十次后，我心里渐渐踏实下来。绳梯牢牢拴在树上，不可能轻易脱开。

看表，夜光针即将指向三点。下午三时。头上悬浮着半月形光板。井外地面应该洒满夏日绚丽的阳光。我可以在脑海中推出光闪闪流淌的小溪，随风摇颤颤的绿叶。就在这可谓弥天盈地的光的脚下，竟存在如此种类的黑暗。只消顺绳梯往下移动一点点即可，那里是如此浓重的黑暗。

我再次拉一下绳梯，绳梯仍固定未动。我头靠井壁闭起眼睛。俄顷，困意犹如缓缓上涨的潮水朝我漫来。

7 关于妊娠的回想与对话、有关痛苦的实验性考察

一觉醒来，半月形井口已变成夜幕降临时分的黛蓝。时针指在七点半。晚间七时三十分。这么说，我在此睡了四小时三十分钟。

井底空气凉飕飕的。刚下来时，也许是兴奋的关系，没顾上什么温度，而现在则明显感到四下冷气袭人。我用手心搓着裸露的双臂，心想背囊里若塞进一件可披在T恤外面的衣服就好了。竟全然忘记了井底与地面的温差。

此刻，浓重的黑暗包笼了我，怎么凝眸也什么都看不见，连自己的手脚在哪都搞不清。我把手贴于井壁，摸索着抓到绳梯，拉了拉。绳梯仍好端端固定在地面。黑暗中我动一动手，都好像黑暗也微微随之摇颤。单单是眼睛的错觉也未可知。

无法以自己的眼睛看见自己应该位于此处的身体很有些不可思议。在黑暗中如此静止不动，自己存在于此的事实难免渐渐变得难以令人认同。所以我时不时干咳一声，或用手心摸下自己的脸。这样，我的耳朵便得以确认自己声音的存在，我的手便得以确认自己面孔的存在，我的面孔便也得以确认自己手的存在。

但无论怎么努力，自己的躯体都犹如水中流沙一般一点点失去了密度和重量。好比我内部正在举行激烈的拔河比赛，我的意识正将我的肉体步步拉入其自身地界。是黑暗将原来的平衡弄得乱七八糟。我不由想道，所谓肉体云云，归根结蒂不过是为了意识而将染色体这种符号适当重新编排而成的暂时性空壳而已。一

旦这符号被再次重新编排，我便可能进入与上次截然不同的肉体。加纳克里他曾说她是“意识娼妇”，现在我可以顺利接受这一说法了。我们甚至能够以意识交媾而在现实中射精。的确，黑暗中所有怪事都将成为可能。

我晃晃头，力图把自己的意识重新收回到自己的肉体。

我在黑暗中齐刷刷地合拢十指。拇指对拇指，食指对食指。我以右手五指确认左手五指的存在，复以左手五指确认右手五指的存在，然后缓缓做深呼吸。别再想意识了，想更现实些的好了，想肉体所属的现实世界好了！我是为此而下到这里来的，为了思考现实。我觉得思考现实最好尽可能远离现实，譬如下到井底这类场所。“该下之时，找到最深的井下到井底，”本田先生说。我依然背靠井壁，徐徐吸了口带有霉味儿的空气。

我们没举行婚礼，两人经济上不具有那种实力，又不愿意父母帮忙。较之形式上的东西，我们首先是要在自己力所能及的范围内开始两人单独的生活。星期天早上去区政府周日办事窗口，按铃叫醒仍在睡梦里的值班干部，递交了结婚申请。之后走进平时不大敢进的一家高级法国餐馆，要了瓶葡萄酒，吃了全套西餐，权作婚礼。对我们来说有此即足矣。

结婚时两人几乎没有存款（去世的母亲倒是给留下一点钱，我决定不动用以备不时之需），也没有像样的家具，就连前景也不够明朗。我不具备律师资格，在法律事务所干下去前途没什么保证，她上班的地方是家名字都无人知晓的小出版社。若久美子愿意，大学毕业时凭她父亲的门路不愁找不到理想些的工作，而她不喜欢那样，工作是靠自己力量找的。但我们并无不满，两人只要能活下去就别无他求了。

话又说回来，两个人一切从零构筑不是那么容易的事。我具有独生子常有的孤独癖，要认真干什么的时候喜欢自己单干。较之向别人一一说明以取得理解，还不如独自闷头做来得痛快，即使费时费事。而久美子呢，自从姐姐去世以后便对家人关闭了心扉，也是差不多单枪匹马生活过来的，天大的事也不找家里任何人商量。在这个意义上我们两人可谓物以类聚。

尽管如此，我和久美子还是为“我们的家”这个新天地而相互将身心同化起来，反复训练两人一道思考什么感受什么，尽量将各自身上发生的种种事情作为“两人的东西”予以接受和共有。自然，有时顺利有时不顺利，但我们莫如说将那些摸索过程中的差错视为新鲜事物而感到津津有味，其间纵使出现暴风骤雨，也能在两人的拥抱当中忘个精光。

婚后第三年久美子怀孕了。因一直小心翼翼注意避孕，所以对我们——至少对我——简直是晴天霹雳。大概是哪里疏忽了。想固然想不出，但此外别无解释。问题是无论如何我们不具有养育孩子的经济能力。久美子刚刚适应出版社工作，可能的话打算长期干下去。毕竟出版社很小，没有所谓产假那种堂皇的制度。若有人想生孩子，只有辞职了事。那样一来，一大段时间里必须靠我一人的工资养家糊口，而这在实际上几乎是不可能的。

“噢，这次怕是只有人工流产了吧？”去医院问过检查结果后，久美子有气无力地对我说。

我也觉得此外恐无法可想，无论从哪个角度这都是最稳妥的结论。我们还年轻，完全没有生儿育女的准备。我也罢久美子也罢都需要自己的时间。首先要打好两人的生活基础，这是当务之急，生孩子的机会以后多的是。

说心里话，我并不希望久美子做流产手术。大学二年级时我曾使一个女孩妊娠过一次，对方是在打工那里认识的比我小一岁的女孩，性格好，说话也合得来。不用说，我们互相怀有好感，但一来算不得恋人关系，二来将来如何也无从谈起，只是两人都很寂寞，不期然地需要别人的拥抱。

怀孕的原因很清楚。同她睡时我次次使用避孕套，但那天不巧忘了准备，就是说没有备用品了。我这么一说，女孩迟疑了两三秒，说："唔，是么，今天不怕的，或许。"然而一发即中，她怀孕了。

自己是没有使谁"怀孕"的实感，但怎么考虑都只有人工流产一条路。手术费我设法筹措了，一起跟去医院。两人乘上电车，前往她熟人介绍的千叶县一个小镇上的医院。在名都没听说过的那个站下车，沿徐缓的坡路走去。一眼望去，到处鳞次栉比地挤满了商品住宅楼，是近几年为在东京买不起住房的较年轻工薪阶层开发的大规模新兴住宅群。车站本身也崭新崭新，站前尚剩有几片农田。走出检票口，眼前一泓大得见所未见的水塘，街道上触目皆是不动产广告。

医院候诊室果然全是抱着大肚子的孕妇。大半是结婚四五年好歹以分期付款方式在这郊区买得一个小套间，在里面安顿下来准备生孩子的妇女。平日大白天在这种地方转来转去的年轻男人大约只我一个，更何况是妇产科候诊室。孕妇们无不饶有兴味地一闪一闪打量我，很难说是友好的视线，因为在任何人眼里我的年龄都不会大于二年级大学生，明显是误使女友怀孕而陪着前来做流产手术的。

手术结束后，我同女孩一起返回东京。时候尚未黄昏，开往东京的电车空荡荡没几个人。车中我向她道歉，说是自己不慎使她受此委屈。

"没关系的，别那么放在心上。"她说，"至少你这么一起跟来医院，钱你也出了。”

那以后，我和她双方都不约而同地没再见面，所以不晓得她后来怎么样了，在哪里干什么。只是手术后相当长的时间里，我在不再见她之后也仍一直感到心神不宁。一回想当时，脑海便浮现出挤满医院候诊室的脸上充满自信的年轻孕妇，屡屡后悔不该使她怀孕。

电车中她为了安慰我——**为了安慰我**——详细地告诉我那不是什么了不得的手术。“没有你想的那么严重。时间不长，又不怎么疼。只是脱去衣服，躺在那儿不动就行了。说不好意思也是不好意思，幸好医生是好人，护士也都客气。倒是告诫我以后可一定小心避孕来着。别放在心上！再说我也有责任。不是我说不怕的么，是不？所以嘛，打起精神来！”

然而在坐电车去千叶县那个小镇又坐电车返回的时间里，在某种意义上我变成了另一个人。把她送到家门口，回自己住处一个人躺在床上眼望天花板。望着望着，我豁然明白了我的变化——我认识到，位于这里的我是“**新的我**”，而再不会重返原来的场所。位于此处的我已不再纯洁了。那既不是道德意义上的负罪感，也不属于自责之念。我明白自己是在什么地方犯了错误，却又无意因此责备自己。那是超越自责与否的“**物理性**”事实，我必须冷静而理智地与之面对。

得知久美子妊娠时，我脑海中首先浮上来的便是挤满妇产科医院候诊室的年轻孕妇形象。那里荡漾着一股独特的气味儿。到底是何气味儿，我则不得而知。或者并非具体的**什么**气味儿，而仅仅是气味儿**似的什么**也有可能。护士叫到名时，那女孩从硬邦邦的塑料面椅子上慢慢立起，径直朝门口走去。起身前她瞥了我一眼，嘴角沁出想说什么而又中途作罢那样一丝浅浅的微笑。

我对久美子说，生小孩是不现实的这点自己当然知道，但难道就没有免做手术的办法么?

“这个我们不知说过多少次了，眼下就生小孩儿，我的工作也就干到头了。为了养活我和孩子，你势必到别的什么地方找工资更高的工作才行。而那样一来，什么生活上的宽裕等等可就完全破灭了，想干的事也统统干不成了。就算我们往下要做什么，成功的可能性也会被现实挤压得微乎其微——这样难道你也无所谓？”

“我觉得好像无所谓。”我回答。

“当真？”

“只要想干，工作我想总还是找得到的。例如舅舅就缺人帮忙，要开新店，但因物色不到可靠的人还没开成。那里工资估计比眼下高得多。同法律工作倒没了关系，可说到底，现在也并不是想干才干的嘛。”

“你经营餐馆？”

“也没什么干不了的吧！再说实在不行，还多少有母亲留下的存款，总不至于饿死。”

久美子默然良久，眼角聚起细细的皱纹沉思。我喜欢她这般表情。“你莫不是想要孩子？”

“说不清楚，”我说，“你怀孕这点我清楚，但没有自己可能当父亲的实感，实际有了孩子后生活上将有怎样的变化我也不清楚。你中意现在这份工作，从你手中夺走工作我也认为似乎不对。有时觉得我们恐怕更需要眼下这样两口人的生活，有时又觉得有了孩子可以使我们的天地变得更广阔。至于哪个对哪个不对我不清楚，只是单纯在心情上不希望你做流产手术。所以我什么都不能保证，既没有坚定不移的信心，也没有一鸣惊人的妙计，只是心里那么觉得罢了。”

久美子想了一会儿，不时用手心摸下自己的肚子。“哎，怎么会怀孕呢？你可有什么预感？”

我摇头道：“在避孕上我始终很注意，就怕出事后这个那个烦恼个没完。所以我没有过预感，想不出为什么会这样。”

“没以为我跟别人乱来？没想过那样的可能性？”

“没有。”

“为什么？”

“很难说我这人直觉怎么好，不过这点事还是知道的。”

那时久美子和我坐在厨房餐桌旁喝葡萄酒。夜深了，万籁俱寂。久美子眯细眼睛，望着杯中约剩一口的红葡萄酒。平时她几乎不喝酒，但睡不着时往往喝上一杯，只一杯便能保证入睡。我也陪着喝。没有葡萄酒杯那么乖巧的玩意儿，用附近小酒店送的小啤酒杯来代替。

“和谁睡觉来着？”我蓦地警觉起来，试探道。

久美子笑着摇几下头：“何至于。怎么会做那种事呢？我只是纯粹作为可能性问题提一下罢了。”随后，她神情严肃起来，臂肘拄在桌面上：“不过，说老实话，有时候我有很多事情搞不清楚——什么是真的什么不是真的？什么是实际发生的什么不是实际发生的？……有时候。”

“那么，现在是那有时候喽？”

“……算是吧。你没有这样的时候？”

我思索一下，说：“一下子想不出很具体的。”

“怎么说呢，我认为是现实的同真正的现实之间存在着误差。有时我觉得自己身上什么地方似乎潜伏着一点什么，就好像一个小偷溜进家来直接躲在了壁橱里，而又时不时跑出来扰乱我本身的各种顺序和思路什么的，如同磁场弄得仪器失灵。”

“一点什么？小偷？”我问，旋即笑道，“你说得太笼统了啊！”

“是笼统了，实际上。”久美子说着，喝干杯里剩的葡萄酒。

我注视了一会久美子的脸。“那，你莫不是认为自己这次怀孕同那一点什么之间有连带关系？”

久美子摇摇头，说：“不是说有没有关系，而是说我有时候搞不清事物的顺序。我想说的只是这一点。”

久美子话语中开始渐渐带有焦躁。时针已过一点，是收场的时候了。我伸出手，隔桌握住她的手。

“我说，这件事让我拿主意可好？”久美子对我说，“当然这是两人间的重大问题，我也完全知道。但这次还是希望让我来决定。我没有办法明确表达自己所想的和感觉到的，我也觉得很抱歉的……”

“总的说来是你有决定权，我尊重你这项权利。”

“大概下个月内就必须正式决定怎么办了，我想。这段时间两人一直在谈论这个，你的心情我大体理解了，所以往下让我来考虑，暂时就别再提这个了。”

久美子做流产手术时我在北海道。原本我这种当下手的很少被派去出差，但当时人手奇缺，便安排我去了。由我把文件装进公文包带去，简单交代一下，再把对方的文件带回。文件至关重要，不能邮寄或托付他人。札幌至东京的班机甚是紧张，只好在札幌的商务旅店住一晚。久美子便在此时间里一个人去医院做了流产手术。夜间十点多给我住的旅店打来电话，告诉我下午做了手术。

“先斩后奏，是我不对。不过一来安排得较为突然，二来我想你不在时由我独自决定处理或许双方都好受些。”

“不必介意，”我说，“既然你认为那样合适，那就是合适。”

“还有话想说，现在说不出来。我想我是有话必须向你说的……”

“等回东京慢慢说吧。”

放下电话，我穿上大衣走出旅店房间，在札幌街头信步踱去。时值三月初，路旁高高堆着积雪，寒气砭人肌肤，行人呼出的气白白地泛起又消失了。人们裹着厚墩墩的大衣，戴着手套，围巾一直缠到嘴巴，十分小心地在冰冻的路面上行走。轮胎带有防滑链的出租车发出嘎吱嘎吱的声响往来驶过。当身上冷得受不住时，我走进闪入眼帘的一家酒吧，干喝了几杯威士忌，尔后继续上街行走。

走了相当一些时间。时而有雪花飘零，小小的轻轻的，仿佛如烟的记忆。我走进的第二家酒吧位于地下，里边比门口给人的印象宽敞得多。酒柜旁边有个不大的舞台，一个戴眼镜的瘦男人在台上弹着吉他唱歌。歌手跷着二郎腿坐在铁椅上，脚下放着吉他盒。

我在吧台前坐下，边喝酒边半听不听地听他唱歌。间歇时歌手介绍说这些歌曲均由他自己作词作曲。他二十五六岁，一张平庸的脸上架着褐色塑料边眼镜，蓝牛仔裤，系带长筒皮靴，法兰绒花格便衫，衫襟露在裤外。很难说是什么歌，若在过去，大约近似所谓“日本土造西餐叉”。单调的和音，单一的旋律，不咸不淡的歌词，不是我喜欢听的那类。

若是平时，我怕不至于听这样的歌，喝罢一杯便会付款转身离去。但这天夜晚我简直冷彻骨髓，在彻底暖和过来之前，无论如何我不想出门。我喝干一杯纯威士忌，马上又要一杯。好半天我都没脱大衣，也没解围脖。侍者问我是否要下酒物，我点了奶酪，吃了一小片。我想思考点什么，但头脑运转不灵，就连应思考什么都把握不住。身体仿佛成了一座四壁萧然的空屋，音乐在里边发出空洞洞干巴巴的回声。

男子唱罢数曲，顾客噼里啪啦地拍手。拍得既不怎么热情，又不尽是应付。酒吧里不是很挤，顾客我想一共也就是十五人。那歌手从椅子上立起致意，说了一句类似玩笑的话，几个客人笑了。我叫来侍者要了第三杯威士忌，然后解下围脖，脱掉大衣。

“我的歌今晚到此结束。”歌手说。停顿一下后，他转身环视一圈，说：“不过，诸位里边可能有哪位认为我的歌枯燥无味，下面我就为这样的客人表演个小节目助兴。平日我是不搞的，今天算是特别表演。所以，今天能够在此观看的诸位可说是大有眼福。”

歌手将吉他轻轻放在脚边，从吉他盒里拿出一支蜡烛，蜡烛很白很粗。他用火柴点燃，往碟上滴几滴烛液立定，随后以俨然希腊哲学家的架势擎起碟子。“把灯光调暗些好么？”他说。于是一个酒吧里的人把房间照明调暗。“最好再暗一点儿。”于是房间变得更暗，可以真切看到他擎起的烛火。我一边把威士忌杯拢在手心里取暖，一边望着他和他手里的蜡烛。

“诸位知道，人生途中我们将体验多种多样的痛苦，”男子以沉静而洪亮的声音道，“有肉体痛苦，有心灵痛苦。以前我也经受了各种形式的痛苦，想必诸位也不例外。然而痛苦的实际滋味在大多情况下是极难用语言告诉别人的。有人说人只知晓自身的痛苦，难道果真如此吗？我不这样认为。举例来说，假如眼前出现某人深感痛苦的情状，我们也是可以感同身受的。这就是共感力，明白吧？”他止住话，再次转身环视一圈。“人之所以歌唱，就是因为想拥有共感力，想脱离自身狭窄的硬壳，而同更多的人拥有痛苦和欢乐。但事情当然不那么简单。所以我想在此做一个实验请诸位体会简单的物理共感。”

究竟要发生什么呢？众人屏息注视舞台。沉默当中，那男子像引而不发或像集中精神力似的一动不动凝视虚空。继之，将手心默默放在蜡烛火苗上，并一点又一点地向火苗逼近。一个客人发出既非呻吟又非叹息的声音。须臾，可以看到火苗在烧灼他的手心，甚至听得见“嗞嗞嗞”的声音。女客发出低促的惊叫。其他顾客僵挺挺地看着这光景。那男子急剧地扭歪了脸，耐受着痛苦。**这到底算什么呢**？！我心想，何必干这种毫无意义可言的愚蠢勾当呢？我感到口中沙沙拉拉干渴得不行。持续五六秒后，他将手慢慢从火苗上移开，把立有蜡烛的碟子放在地板上，之后将右手心和左手心贴也似的合在一起。

“诸位看到了，火烧人体是不折不扣的痛苦，”男子说，声音同刚才毫无二致，沉静、清冽而有张力，脸上完全没了痛苦痕迹，甚至浮起了隐约的微笑。“而诸位感同身受地体验到了相应的痛苦。这就是共感力。”

他缓缓松开合在一起的双手，从中取出一块薄些的红手帕，抖给大家看，然后大大地张开双手对着顾客席。手心全然不见火灼痕迹。一瞬的沉默。旋即人们吁口长气似的热情鼓掌。灯光复明，人们从紧张中解放出来，开始唧唧喳喳交头接耳。歌手什么事也没发生似的将吉他收入盒中，走下舞台消失到什么地方去了。

付款时我问酒吧一个女孩，问那歌手是不是常在这里唱歌，除了唱歌是否不时表演那把戏。

“不大清楚。”女孩回答，“据我知道的，那人在这里唱歌今天是头一回，名字都第一次听说。至于唱歌外还表演什么绝招奇术，根本就没听说过。不过真是厉害！里边到底有什么名堂呢？有那两下子，上电视怕都不成问题。”

“是啊，活像真在烧似的。”我说。

走回旅店，我倒在床上，睡意像正等着我一样涌来。即将睡过去的刹那间我想起久美子，但觉得久美子离我很远很远，而我又什么都思索不成。蓦地，烧手心的男子浮上脑际。活像真在烧似的，我想。随即坠入梦乡。

8　欲望之根、208房间、破壁而过

天亮前在井底做了个梦。却又不是梦，只是偶然以梦的形式出现的什么。

我一个人往那里行走。宽敞的大厅中央放一台大屏幕电视，荧屏上推出绵谷升的脸，其讲演刚刚开始。驼绒西装，条纹衬衣，藏青色领带，双手在桌面合拢——绵谷升正面对摄像机就什么喋喋不休。身后挂一巨幅地图。大厅人数一百有余，无不如泥塑木雕一般神情肃然地倾听他的讲话，俨然他即将发布什么足以左右人们命运的重大事项。

我也驻足往电视看去。绵谷升面对数百万未得入其眼帘的民众以指挥若定且异常诚挚的语调振振有词。直接同他见面时感觉到的那种令人深恶痛绝的什么早已遁往眼睛看不到的纵深处。他的讲演方式具有独特的说服力。他通过片刻的间歇、声调的抑扬和表情的变化而使其话语产生一种神奇的现实性——大约是现实性。看来，绵谷升正作为演说家日新月异地向前推进。我不情愿承认，却又不得不面对这一事实。

"知道么，大凡事物既是复杂的，同时又是极其简单的，这就是支配这个世界的基本规律。"他说，"不能忘记这点。纵使看上去复杂的事物——当然实际上也是复杂的——其动机也是十分单纯的。它在追求什么，仅此而已。动机乃是欲望之根。关键就是要摸出这条根，就是要掘开现实这层复杂的地面，锲而不舍地深挖下去，直到挖出这条根的最长根须为止。这样一来，"他指着身后地图继续道，"一切就马上昭然若揭，这便是世界的真

相。蠢人则永远无法从这表面的复杂性中挣脱出来，于是他们在全然把握不住世界真相的情况下徘徊在黑暗之中，没等摸到出口便走到人生尽头，恰如在茂密的森林中或在深深的井底下一筹莫展。所以一筹莫展，是因为他们不懂得事物的法则。他们脑袋里装的仅仅是垃圾或石碴。他们浑浑噩噩，甚至何前何后何上何下何南何北都懵懵懂懂，因而不可能走出黑暗。”

说到这里，绵谷升停顿一下，让自己的话语慢慢渗入听众的意识，尔后再度开口：“让我们忘掉这些人吧！一筹莫展的人，就让其一筹莫展好了。我们有我们首先要做的事情。”

听着听着，我心中渐渐涌起一股怒气，直气得透不过气。他摆出一副面对全世界讲话的假象，其实只针对我一个人。毫无疑问，这里边有着极为阴暗和扭曲的动机，但所有人都浑然不觉。唯其如此，绵谷升才得以利用电视这一强大系统向我一个人传递暗号般的口信。我在衣袋里紧紧握起拳头，但我无处发泄自己的愤怒。而这里任何人都不可能与我分担自己心中愤怒这一事实，又给我带来深重的孤立感。

我穿过满满挤着唯恐听漏一字绵谷升讲演的男男女女的大厅，沿着通往客房的走廊大步前行。那里站着上次那个没有面孔的人，待我走近，他以没有面孔的面孔看着我，不声不响挡住去路。

“现在不是时候，你不能在这里。”

但绵谷升带给我的重创般的疼痛正一阵紧似一阵。我伸手将他推开，他像影子一样摇摇晃晃闪在一旁。

“我是为了你好。”无面人从身后说道。他发出的一字一字如锋利的玻璃片猛刺我的后背：“再往前走，你可就别想回来了！那也不怕吗？”

然而我兀自快步前进。我已无所畏惧。我必须掌握情况，不能永远一筹莫展下去！

我在这似曾相识的走廊里走着。原以为无面人会从后面追来阻拦，但走了一会回头看去却一个人也不见。拐来拐去的走廊里排列着一模一样的门。虽然每扇门都标有房号，但我已记不起上次跟人进来的房间是多少号了。本来记得好好的，却怎么也想不起，又不可能每扇门都打开一遍。

于是我在走廊里盲目地走来走去，稍顷同负责房间服务的男侍走个碰头。男侍擎着一个托盘，盘上放着未开封的 Cutty Sark 酒瓶、冰筒和两个玻璃杯。让过他后，我悄悄尾随其后。擦得锃亮的银色托盘在天花板的灯光下不时灿然一闪。男侍一次也未回头。他收紧下巴，迈着正步朝某处径自前行。他时而吹一声口哨，吹的是《贼喜鹊》序曲，开头鼓点连击那部分。口哨水平甚是了得。

走廊虽长，尾随时间里却谁也没碰见。不久，男侍在一房间前站定，轻敲三下门。数秒钟后，有人从里面将门打开，手擎托盘的男侍进入门去。我躲在那里一个大大的中国式花瓶后面，紧贴着墙，等待着男侍从里边出来。房间号是 208，对，是 208，怎么竟一直想不起来呢！

男侍久久未出来。我觑了眼表，殊不知表针早已不动。我端详花瓶的每一枝花，嗅了嗅花香。花简直像刚从庭园里折来的，枝枝都那么新鲜，色香俱全。它们大概尚未意识到自己已被从根部切断。花瓣厚墩墩的红玫瑰里钻有一只小小的飞虫。

约五分钟后，男侍终于空手从房间退出。他仍同来时一样收敛下颏，沿原路走回。待他在拐角消失后，我站在那门前，屏息敛气倾听里面有何动静。但什么动静也没有，一片沉寂。我当即果断敲门，像男侍那样轻敲三下。无回音。稍候片时，略重些再敲三下。仍无反应。

我悄悄拧动球形拉手。随着拉手的旋转，门无声地朝内侧打开。里面漆黑一团，唯独厚厚的窗帘的缝隙间有一线光泻进。凝目细看，隐约辨出窗、茶几和沙发的轮廓。一点不错，正是上次同加纳克里他交媾的房间。套间，一分为二，迎门是客厅，里边是卧室。客厅茶几上放着的 Cutty Sark 酒瓶和冰筒也可模糊认出。开门时银色的不锈钢托盘在走廊灯光下如锋利的刀刃凛然一闪。我步入黑暗，反手轻轻带上门。室内空气温暖，荡漾着浓郁的花香。我大气不敢出地四下打量，左手一直握住球形拉手，以便随时开门。房间里应该有人，所以才会通过客房服务要来威士忌、冰块和酒杯，并开门让男侍进来。

“别开灯。”一个女子的语声告诉我。语声来自里面有床的房间。我立即听出是谁。是几次打来奇妙电话的那个谜一样的女郎。我松开门拉手，蹑手蹑脚往语声方向缓缓移步。里面房间比外面的更黑。我站在两房之间的隔板处，往黑暗中定睛细看。

有窸窸窣窣的床单声传来，黑暗中依稀有黑影晃动。

“就那么黑着。”女郎道。

“放心，不开灯就是。”我说。

我的手紧紧抓着隔板。

“你一个人来这里的？”女郎以疲惫的声音问。

“是的。”我说，“料想来这儿可以见到你，或者不是你而是加纳克里他。我必须了解久美子下落。知道么？一切都是从你那个电话开始的。你打来莫名其妙的电话，从此就像打开魔盒似的，怪事一个个接连不断，后来久美子也无影无踪了。所以我一个人来这里。我不知道你到底是什么人，但你有一把什么钥匙，对吧？”

“加纳克里他？”女郎的声音甚为谨慎，“没听过这个名字。那人也在这里？”

“她在哪里我不知道。但在这里见过几次。”

吸口气，仍有浓郁的花香。空气滞重、浑浊。想必房间里放有花瓶，那些花在黑魆魆的地方呼吸并扭动身体。在这混杂着强烈花香的黑暗中，我开始失去自己的肉体，恍惚成了一条小虫。我是虫，正往肥硕的花瓣里爬。黏黏的花蜜、花粉和柔柔的绒蕊等着我，它们需要我的入侵和媒介。

“跟你说，首先我想知道你是谁。你说我知道你，但我怎么也想不起你是谁。你到底是谁？”

“我到底是谁呢？”女郎鹦鹉学舌道，不过口气里没有揶揄的意味。“想喝酒，做两个加冰威士忌好么？你也喝的吧？”

我折回客厅打开未启封的威士忌，往杯子里放冰块，做了两个加冰威士忌。由于黑暗，这点事竟费了不少时间。我拿着酒杯返回卧室，女郎叫我放在床头柜上，并让我坐在靠近床脚的椅子上。

我按她的吩咐，把酒杯一个放上床头柜，另一个自己拿着坐在稍离开点的布面扶手椅上。眼睛似乎较刚才多少习惯黑暗了。黑暗中我看到她慢慢地动，像是从床上欠起身子。听得冰块“喳喳”作响，知她在喝酒。我也喝了口自己这份威士忌。

这时间里女郎一声未响。而沉默时间一长，花的香气仿佛愈发浓郁起来。

女郎开口了：“你真的想知道我是谁？”

“我是为此来这里的。”不料黑暗中声音竟带有一种令人不快的回响。

“你是为了解我的名字才来这里的？”

我清了清嗓子代替回答。清嗓子声听起来也有点莫名其妙。

女郎摇了几下杯里的冰块。“你想了解我的名字，遗憾的是我不能告诉你。我清楚地了解你，你也对我一清二楚。但我不了解自己。”

我在黑暗中摇头道：“你说的我很费解。猜谜我早已猜够了，我需要的是具体线索，需要可触可摸的事实，需要代替撬棍撬开门扇的事实。”

女郎发自肺腑似的深深叹口气，“冈田先生，找出我的名字来。不不，用不着特意找，**你完全知道我的名字**，只消想起来就是。只要你能找出我的名字，我就可离开这里。那一来，我就可以帮你找到太太，找到冈田久美子。你如想找太太，就请想法找出我的名字。这就是你的**撬棍**。你没有时间左顾右盼。你迟一天找出我的名字，冈田久美子就又远离你一步。”

我把酒杯放在地板上。“告诉我，这里究竟是哪里？你什么时候开始在这里的？你在这里搞什么名堂？”

“你还是离开这里吧，”女郎仿佛恍然大悟，“万一**那个男的**发现你，事情可就麻烦了。**那个男的**比你想的可怕得多，很可能真要你的命，他完全干得出来。”

“那男的究竟是什么人？”

女郎不答，我也不知道往下说什么好。方向感好像彻底丧失了。房间一片寂静。沉默深不可测，且黏糊糊的令人窒息。我的头开始发涨，恐怕是花粉关系。空气混杂的微小花粉钻进我的脑袋，使我的神经偏离正轨。

“哎，冈田亨先生，”女郎道。其语声开始带有另一种韵味。不知什么缘故，声音忽然间发生了质变，同黏糊糊的空气完全混为一体。“我问你，可想什么时候再抱抱我？可想进到我里边去？可想舔遍我的全身？跟你说，你对我怎么样都成，我也什么都能为你做，包括你太太冈田久美子不肯做的都能为你做，任凭什么都行，可以让你舒服得忘不掉。要是你……”

敲门声陡然响起。声音很实，像往什么硬物上敲钉子，黑暗中发出不吉祥的回声。

女郎在黑暗中伸过手，拉起我的胳膊。“这边来，快！”声音很低。此刻她的语声恢复了正常。敲门声再度传来，以相同力度连敲两下。我想起来了：自己没把门锁按上。

“快快，你必须离开这里，方法只有从这里出去。”女郎说。

我由她领着摸黑前进。身后传来球形门拉手缓缓旋转的声音，声音无端地使我脊背掠过一道寒气。我几乎在走廊光线倏地射进房间的同时滑进墙壁。墙壁犹如巨大果冻一般冷冷的稠稠的，我须紧闭嘴巴以防它进入口中。我暗暗称奇，**自己竟破壁而过**。我是为了从某处移往某处破壁而过的，但对破壁而过的我来说，破壁而过仿佛是极为顺理成章的行为。

我感到女郎的舌头探入自己口中。舌头热乎乎软绵绵的，在我口中舔来舔去，同我的舌头搅在一起。令人窒息的花香撩抚着我的肺叶。胯间懒懒地涨起射精欲，但我紧紧闭目克制着自己。稍顷，右脸颊一阵剧烈地发热。那是一种奇妙的感触，不伴随苦痛，只觉得热**在彼处**。甚至热来自外部还是从我自身内部涌起我都浑然不觉。但一切很快过去了——舌头也好花香也好射精欲也好脸颊热也好。我穿过了墙。睁开眼睛时，我在墙的这边——深深的井底。

9　井与星、绳梯是怎样消失的

清晨五点多钟，天空虽已透亮，但头上仍可见到几颗残星。间宫中尉说的不错，从井底白天也能见到星星。被整齐地切成半月形的一小片天宇，嵌着宛如珍稀矿石标本般浅靥动人的星星。

小学五六年级时，一次跟几个同学登山野营，目睹过满天数不胜数的繁星，直觉得天空好像不堪重负，眼看就要裂开塌落下来。那以前没见过那般绚丽的星空，以后也没见过。大家睡着后，我仍难以入睡，爬出帐篷，仰面躺下，静静观看美丽的星空。时而有流星曳着银线掠过。但望着望着，我渐渐害怕起来。星斗数量过于繁多，夜空过于寥廓过于深邃。它们作为居高临下的异物笼罩、围拢着我，使我感到不安。以前我以为自己站立的这个地面是永无尽头和牢不可破的。不，压根儿就没这样特意想过，也没必要想。但实际上地球仅仅是悬浮于宇宙一隅的一块石头，以整个宇宙观之，无非一方稍纵即逝的踏脚板而已。只消一点点力的变化，一瞬间光的闪耀，这个星球明天就将裹着我们被一忽儿吹得了无踪影。在这漂亮得令人屏息的星空底下，我深感自己的渺小，险些眩晕过去。

而在井底仰望黎明星辰，较之在山顶仰观满天星斗，则属于另一种特殊体验。我觉得自己这一自我意识通过这方被拘囿的窗口而被一条特制绳索同那些星星紧紧维系在一起。于是我对那些星星产生了强烈的亲切感。这些星星恐怕仅仅闪烁在置身井底的我一个人眼中，我将它们作为特别存在接纳下来，它们则赋予我以力量和温暖。

时间不停流移，天空中弥漫着夏日更明亮的晨光，那些星星随之一个接一个从我的视野中消失。那般娴静的星星杳然不见了。我定定地守望着星们消逝的过程。然而夏日的晨光并未将所有的星星从天空抹去，几颗光芒强劲的星仍留在那里。即使太阳升得再高，它们也不屈不挠地坚守不动。对此我很是欣慰。除去不时过往的浮云，星星便是我从这里看见的唯一物象。

睡着时出了汗，汗开始一点点变凉，我打了好几个寒战。汗使我想起宾馆那个黑洞洞的房间，和房间里那个电话女郎。她说出口的那句话，以及敲门声仍在我耳畔回响。滞重而隐微的花香仍残留在鼻腔里。绵谷升仍在电视屏幕上慷慨陈词。这些感觉的记忆全然没有随时间的逝去而渐趋依稀。**因为那不是梦**，记忆这样告诉我。

醒来后仍觉右脸颊有发热感，现在又掺进了轻度的痛感，被粗砂纸打磨后那样的痛。我用手心在变长的胡须上按了按那个部位，热感和痛感怎么也不撤离。而在这没有镜子什么也没有的漆黑井底，脸颊上发生了什么又没有办法确认。

我伸手触摸井壁，用指尖摩挲壁的表面，又用手心贴住不动，然而仍旧只是普普通通的水泥壁。我又握拳轻轻敲了敲。壁面无动于衷，硬邦邦且有点潮湿。我清楚记得从中穿过时那种稠乎乎黏糊糊的感触，几乎同穿过果冻无异。

我摸索着从背囊里掏出水壶喝了口水。整整一天我差不多没吃没喝。如此一想，顿觉饥肠辘辘。又过一会儿，空腹感渐渐变弱，而并入犹如中间地带的无感觉之中。我再次用手摸脸，测量胡须有多长。下巴生出一日量的胡须。无疑过去了一天。但我一天的不在，对谁都不至于有影响吧？注意到我离去的大概一个人也没有吧？纵令我彻底消失，世界也将无痛无痒地运行不误吧？情况诚然极为复杂，但有一点是清楚的，那就是：**“我已不为任**

何人所需要。”

我再次抬头看星。看星使我的心跳多少平缓下来。我忽然想起绳梯，黑暗中伸手寻摸理应垂于井壁的梯子。竟没摸到。我仔细地、认真地大范围贴摸井壁，然而还是没有。应该有绳梯的地方却没有。我做了个深呼吸，停了一会儿，然后从背囊里取出手电筒按亮：绳梯不见了！我起身用手电筒照地面，又往头顶井壁照去，大凡能照到的地方全部照了一遍，然而哪里也没有绳梯。冷汗活像什么小动物从腋下往两肋缓缓下滑。手电筒不觉脱手掉落地面，震得光也灭了。这是一种暗示。我的意识顷刻四溅，化为细小的沙尘，而被四周的黑暗所同化所吞噬。身体如被切断电源一般停止了一切功能，不折不扣的虚无将我劈头打翻。

但这只是几秒钟的事。我很快重整旗鼓。肉体功能一点点恢复。我弓身拾起脚下的手电筒，敲打几下推上开关。光失而复明。我要冷静地清理思绪，惊慌失措也无济于事。最后一次确认梯子是什么时候？是昨天后半夜即将入睡之前，是确认之后才睡的。这没错。梯子是入睡当中不见的。梯子被拉上地面，被劫掠而去。

我关掉手电筒，背靠井壁，闭上眼睛。首先感觉到的是肚子饿。饥饿感如波涛由远而近，无声地冲刷我的身体，又悄然退去。而其去后，我的身体便如被剥制成标本的动物，里面空空如也。但最初压倒一切的恐慌过去之后，我再也感不到惊惧，也没了绝望感。这委实不可思议，我继而感觉到的分明类似一种达观。

从札幌回来，我抱着久美子安慰她。她显得相当困惑迷乱，出版社没去，说昨晚通宵没睡。“碰巧那天医院的安排和我的日程对上号，就一个人决定做了手术。”说罢，她稍稍哭了。

“已经过去了。”我说，“这件事我们两个已谈了不少，结果就是这样，再多想也没有用，是吧？如果有话想跟我说，现在就在这儿说好了，说完把这件事彻底忘掉。是有话对我说吧？电话中你说过来着。”

久美子摇摇头：“可以了，已经。也就是你说的那样。都忘掉好了！”

那以后一段时间里两人都有意避开大凡有关流产手术的话题，但这并非易事。有时正谈别的什么，谈着谈着双方陡然闷声不响。休息日两人常去看电影，黑暗中我们把注意力集中在银幕上，或考虑同电影毫不相干的事情，抑或索性什么也不考虑只管让大脑休息。我不时察觉出久美子在邻座别有所思，气氛在这样告诉我。

电影放罢，两人找地方喝啤酒，简单吃点东西。然而总有时候不知说什么好。如此光景持续了六个星期，实在是长而又长的六个星期。第六周久美子对我说：“嗳，明天不一块儿休假外出旅行一下？今天周四，可以连起来休到周日，不好么？偶尔这样恐怕还是有必要的。”

“必要我当然知道，只是我还真不清楚我们事务所有没有休假这么好听的字眼。”我笑道。

“那就请病假好了，就说是恶性流感什么的，我也这么办。”

两人坐电气列车到了轻井泽。久美子说想在静寂的山林里找个能尽情散步的地方，于是我们决定去轻井泽。四月的轻井泽自然还是旅游淡季，旅馆没什么人住，店铺也大都关门，这一带对我们倒是难觅得的清静。两人只是每天在那里散步，从清晨到黄昏，差不多不停地散步。

整整花了一天半时间，久美子才得以放松自己的心情。她在旅馆房间的椅子上哭了近两个小时，那时间里我一句话也没说，只是静静地拥着她的身体。

然后久美子一点一点、时断时续地说了起来——关于手术，关于她当时的感受，关于深切的失落感，关于我去北海道时自己是何等孤单，关于只能在孤单中实施手术。

“倒不是说我后悔，”久美子最后道，“此外没有别的办法，这我很清楚。我最难受的是不能向你准确表达我的心情和我感到的一切一切。”

久美子撩起头发，露出小巧的耳朵，摇了摇头。

“我不是向你隐瞒那个，我一直想找机会向你讲清楚，恐怕也只能对你讲。但现在还不能，无法诉诸语言。”

“那个可是指过去的事？”

“不是的。”

“要是到你能有那种心情时需花费些时间，那就花费好了，直到你想通为止。反正时间绰绰有余。往后我也一直在你身边，不用急。”我说，“只有一点希望你记住：只要是属于你的，无论什么我都愿意作为自己的东西整个接受下来。所以——怎么说呢——你不必有太多的顾虑。”

“谢谢，”久美子说，“和你结婚真好。”

然而当时时间并未绰绰有余到我设想的程度。

久美子所谓**无法诉诸语言**的到底是什么呢？会不会同她这次失踪有某种关系呢？那时倘若强行从久美子嘴里挖出**那个什么**来，说不定便可避免使我如此地失去久美子。但左思右想了一阵子，最后觉得纵然那样恐也无济于事。久美子说她还无法将其诉诸语言，不管那个是什么，总之都是她所无力控制的。

“喂，拧发条鸟！”笠原May在大声呼叫我。我正在似睡非睡之中，听见了也还以为自己是在做梦。但不是梦。抬头看去，上边闪出笠原May小小的脸庞。“嗳，拧发条鸟，是在下面吧?知道你在。在就答应一声嘛！”

“在。”我说。

“在那种地方到底干什么呀？”

“思考问题。”

“还有一点我不明白：思考问题干吗非得下到井底去呢?那可是很费劲的，不嫌麻烦？”

“这样可以聚精会神地思考嘛。又黑，又凉，又静。”

“常这么干？”

“不，倒也不是常干。生来头一遭，头一遭进这井底。”我说。

“思考可顺利？在那里难道非常容易思考？”

“还不清楚，正在尝试。”

她咳了一声，咳嗽声夸张地传到井底。

“嗳，拧发条鸟，梯子不见可注意到了？”

“呃，刚刚。”

“知道是我抽走的？”

“不，不知道。”

“那你猜是谁干的来着？”

“怎么说呢，”我老实说，“说不好，反正没怎么去猜，没猜是谁拿走的，以为仅仅消失了，说实话。”

笠原May默然了一会。“**仅仅消失了**，”她以十分小心的声音说，仿佛我的话里设有什么复杂的圈套，“什么意思，你那个仅仅消失？莫不是说一下子不翼而飞了？”

“可能。”

“嗳，拧发条鸟，现在再重复也许不大好：你这人的确相当地怪，像你这么怪的人可是不很多的哟！明白？”

“我不认为自己有什么怪。”

“那，梯子怎么会不翼而飞呢？”

我双手摸脸，努力把精神集中在同笠原May的对话上。“是你拉上去的吧？”

“就是嘛，还用说！”笠原May道，“稍动脑筋不就明白了？我干的嘛，夜里悄悄拉上来的。”

“这是何苦？”

“昨天去你家好几次，想找你再一块儿打工。可你不在，厨房留个字条，让我等得好苦，怎么等也不回来。我就灵机一动，来到空屋院里。结果井盖开了半边，还搭着绳梯。不过那时还真没以为你会在井底，以为是施工的或其他什么人来搭的。还不是，世上哪有人下到井底老实坐在那里思考问题的呢！”

“倒也是。”我承认。

“半夜里我又偷偷出门到你家去，你还是没回来。我转念一想，说不定是你在井底。在井底干什么自然猜不出。对了，可你这人不是有点怪么。就又来到井旁，把梯子拉了上来。吓坏了吧？”

“是啊。”我应道。

“水和吃的可带了？”

“水有一点，吃的没带。柠檬糖倒还有三粒。”

“什么时候下去的？”

“昨天上午。”

“肚子饿了吧？”

“是啊。”

“小便什么的怎么办？”

“凑合。没怎么吃喝，不算什么问题。”

“嗳，拧发条鸟，知道么？你可是会因为我一个念头就没命的哟！知道你在那儿的只我一个，我又把绳梯藏起来了。明白？我要是自管去了哪里，你可就死在那里喽！喊也没人听见，而且谁都不至于想到你会在井底。再说你不见了怕也没人察觉，一来没班上，二来你太太也逃了。迟早倒可能有人察觉你不在报告警察，可那时你早已玩完儿，尸体肯定都没人发现。”

“一点不错，你一转念就可以让我死在井里。”

“你会是怎么样的感觉呢？”

“怕。”我说。

“听不出来。”

我又用双手抚摸脸颊。此乃我的手，此乃我的脸颊，我想。虽黑乎乎看不见，但我的身体仍在此处。“大概是因为自己都还没上来实感。”

“我可上来实感了。”笠原 May 说，“杀人那东西比想的容易。”

“取决于杀法。”

“容易着哩，只要我再不管你就行了么！什么都不用做的。你想象一下嘛，拧发条鸟，在黑暗中又饥又渴一点点地死去，可是难受得不得了的哟！没那么痛快死的。”

“是吧！”我说。

“嗳，拧发条鸟，你不是真的相信吧？认为我实际上不会那么残忍是吧？”

“说不清楚。既不相信你残忍，也不相信你不残忍。只是觉得，任何可能性任何情况都会发生。”

“我不是跟你说什么可能性，”女孩用冷冰冰的声音说，“告诉你，我刚刚想出一个好主意——既然你特意下井里思考什么，那就让你更能集中精力思考去好了！”

“怎么样的？”

“这样的。”言毕，她把敞开的那一半井盖也严严实实地盖上。无懈可击的、完美无缺的黑暗于是压来。

10 笠原May关于人的死与进化的考察、别处制作的东西

我蹲在这完美无缺的黑暗底部。眼睛能捕捉到的唯无而已。我成了无的一部分。我闭目合眼，谛听自己心脏的鼓动，谛听血液在体内的循环，谛听肺叶那风箱般的收缩，谛听光溜溜的肠胃扭动着索要食物。在这深重的黑暗中，一切动静、一切震颤无不夸张得近乎造作。这便是我的肉体，但在黑暗中它是那样地生机蓬勃，作为肉体是那样地有过之而无不及。

而我的意识则一步步从肉体中脱壳而出。

我想象自己变成一只拧发条鸟，穿过夏日的天空，落在一株大树上拧动世界这根发条。倘若拧发条鸟真的没有了，那么该由谁来接替它的职责呢？需有谁代替它拧世界这根发条。否则，世界这根发条势必一点点松缓下去，世界精妙的系统不久也将彻底停止运作。然而除了我，还无人觉察到拧发条鸟的消失。

我试图从喉咙深处发出类似拧发条鸟叫的声音，但未成功。我所能发出的，仅仅是不伦不类莫名其妙的声音，犹如不伦不类莫名其妙的物体的对磨。想必拧发条鸟的鸣声唯独拧发条鸟方能发出。能充分拧好世界这根发条的，非发条鸟莫属。

但我还是决定作为不能拧发条的不叫的拧发条鸟在夏空飞翔一阵子。在天上飞实际并非什么难事。一度升高之后，往下只要以适当角度翩翩然扇动翅膀调整方向和高度即可。不觉之间，我的身体便掌握了飞天技术，毫不费力地在空中自由翱翔起来。我以拧发条鸟的视角眺望世界。有时飞腻了，便落在哪里的树枝

上，透过绿叶空隙俯视家家户户的屋脊和街巷，俯视人们在地表疲于奔命蝇营狗苟的景观。遗憾的是我无法以自己的眼睛看到自己的身体，毕竟我从未见过拧发条鸟这一飞禽，不晓得它长有怎样的形体。

很长时间里——不知有多长——我得以一直是拧发条鸟。然而身为拧发条鸟一事本身未能把我带往任何别的地方。变成拧发条鸟在空中翱翔固然洋洋自得，但又不能永远洋洋自得下去。我有事须在这漆黑的井底完成。于是我不再当发条鸟，恢复了本来面目。

笠原May第二次出现已经三点多了。下午三时多。她把井盖挪开半边，头上立时豁然。夏日午后的阳光甚是炫目耀眼。为避免损伤已习惯于黑暗的眼睛，我暂时闭起双眼，低头不动。只消想到头上有光存在，我都觉得眼睛里有泪花沁出。

"喂，拧发条鸟，"笠原May说，"你可还活着，拧发条鸟？活着就应一声呀！"

"活着。"我说。

"饿了吧？"

"我想是饿了。"

"还**我想是饿了**？饿死可还需要很长很长时间哟。饿得再厉害，只要有水，人就怎么也死不了的。"

"大概是吧！"我说。我的声音在井下听起来甚是飘忽不定，想必声音中含有的什么因反响而增幅的关系。

"今早去图书馆查过了，"笠原May说，"有关饥饿与干渴方面的书我看了好多。嗳，知道吗，拧发条鸟，除了喝水什么都没吃而存活二十一天的人都有！是俄国革命时候的事儿。"

"呃。"

"那一定很痛苦吧？"

"痛苦的吧，那。"

"那个人得救是得救了，但牙齿和头发却都没了，掉个精光。那样子，就算得救怕也再活不出什么滋味吧？"

"想必。"我说。

"没牙齿没头发不要紧，只要有像样的假发和假牙，怕也可以像一般人那样活下去。"

"唔，假发假牙技术比俄国革命那时候大大进步了嘛，应该多少活得有滋味些。"

"喂，拧发条鸟，"笠原 May 清了下嗓子。

"什么？"

"假如人永远只活不死，永不消失不上年纪，永远在这个世界上精神抖擞地活着，那么人还是要像我们这样绞尽脑汁思这个想那个不成？就是说，我们或多或少总是这个那个想个没完没了吧？哲学啦心理学啦逻辑学啦，或者宗教、文学等等。如果不存在死这个玩意儿，这些啰嗦的思想呀观念呀之类，也许就不会在地球上出现，是的吧？也就是说——"

笠原 May 在此突然打住，沉默下来。沉默时间里，唯独"也就是说"这句话犹被猛然拉断的思维残片，静静地悬在井内的黑暗里。或许她已没有继续说下去的打算，也可能需要时间考虑下文，总之我默默地等待着她重新开口。我依然俯脸不动。蓦地，一个念头掠过我的脑际——笠原 May 若想马上结果我，一定轻而易举。只消从哪里搬来大些的石头，从上面推落即可。连推几块，必有一块打中我的脑袋。

"也就是说——我是这样想的——正因为人们心里清楚自己迟早没命，所以才不得不认真思考自己在这里活着的意义。不是么？假定人们永远永远死皮赖脸地活着不死，又有谁会去认真思考活着如何如何呢！哪里有这个必要呢！就算有认真思考的必要，大概也不着急，心想反正时间多的是，另找时间思考不迟。可实际不是这样。我们必须现在就在这里就在这一瞬间思考什么。因为明天下午我说不定给卡车撞死，第四天早上你拧发条鸟说不定在井底饿死，是吧？谁也不知道会发生什么事。所以，为了进化，我们无论如何都需要死这个玩意儿。我是这样想的。死这一存在感越是鲜明越是巨大，我们就越是急疯了似的思考问题。”说到这里，笠原 May 略一停顿。“嗳，拧发条鸟！”

“什么？”

“你在那里在一团漆黑中，可就自己的死想了很多很多？例如自己大约在那里怎么样地死去？”

我沉吟了一下。“没有，”我说，“我想我没怎么想过死什么的。”

“为什么？”笠原 May 一副深感意外的语气，俨然在对一个先天不足的动物说话，“喂，为什么没想过？你现在可是百分之百地面对死亡哟！不开玩笑，真的！上次来不是说过了么，你是死是活全凭我一念之差。”

“还可以推石头。”

“石头？什么石头？”

“从哪里搬来大石头，从上面推下来。”

“那种方法也是有的。”笠原 May 说。但对此计她好像兴趣不大。“不说这个了。拧发条鸟，首先你肚子饿了吧？往下可饿得更厉害哟！水也要没有了。难道那时你也能不考虑死？不考虑才不正常哩，不管怎么说！”

“也许真不正常。”我说，“不过我始终在考虑别的事情。肚子要是更饿，也可能考虑自己的死。可你不是说离死还有两三个星期吗？”

“前提是有水。”笠原 May 说，“那个俄国佬能喝到水。他是个大地主什么的，革命时被革命军扔进矿山一个废弃的竖井里，好在有水渗出，他才舔着水好歹保住了一条命。和你一样周围也一团漆黑。你没带那么多水吧？”

“只剩一点点了。”我实话实说。

“那，最好留着点，一丁点一丁点地喝，”笠原 May 说，“一小口一小口地。慢慢地思考，关于死，关于自己的死。时间还绰绰有余。”

“你怎么老是叫我考虑死呢？我不明白，莫不是我认真考虑死对你有什么好处？”

“何至于！”笠原 May 到底始料未及，“对我能有什么好处呢！我怎么会认为你思考自身的死对我有好处呢！那毕竟是你的性命，跟我毫无关系。我不过是出于兴趣。”

“好奇心？”我问。

“唔——，是好奇心。人怎么样地死啦，死的过程什么滋味啦。是好奇心。”

笠原 May 止住话头，而一旦止住，深深的静寂便迫不及待朝我涌来。我想抬头上看，想确认能否看见笠原 May 在那里。然而光线太强，难免损伤我的眼睛。

“喂，有话想跟你说。”我开口道。

“说说看。”

“我的妻有了情人。”我说，“我想是有的。原先一点也没意识到。其实这几个月时间里，她虽和我一块生活，却一直在跟别的男人睡觉。起始我琢磨不透，但越想越觉得必是那样无疑。如今回想起来，很多小事都可以从这上面找到解释，如回家时间逐渐变得没有规律，以及我一碰手她就总是吓一跳似的等等。可惜当时我没能破译这类信号。这是因为我相信久美子，以为久美子不可能在外面胡来，根本没往那方面去想。”

笠原May“噢”了一声。

“这么着，我的妻一天早上突然离家出走了。那天早上我们一起吃的早饭，然后她以跟平时上班一样的打扮，只带一个手袋和洗衣店打理过的衬衫裙子就径自去了哪里。连声再见也没说，字条也没留就消失了，衣服什么的全扔在家里。久美子恐怕再不会回到这里回到我身边来了，至少不会主动地。这点我想明白了。”

“可是同那男的一块走的？”

“不清楚。”说着，我缓缓摇了下头。一摇头，四周空气好像成了无感触的重水。“不过有那个可能吧！”

“所以你就灰心丧气下井去了？”

“灰心丧气还用说？不过下井倒不是因为这个，不是想逃避现实。前面说过，我需要可以一个人静静地聚精会神思考问题的场所。我同久美子的关系到底是在什么地方破裂的？是怎样误入歧途的？这我还没弄明白。当然也不是说以前就什么都一帆风顺，毕竟是具有不同人格的男女年过二十偶然在一个地方相识进而一同生活的。完全没有问题的夫妇哪里都不存在。但我觉得我们基本上一直是风平浪静的，鸡毛蒜皮的小事就算有，我想也可以随着时间的推移而自然化解。然而事与愿违。我想我是看漏了一个大问题。那里边应该存在着根本性错误。我就是想思考这个。”

笠原May一声未吭。我咽了口唾液。

“知道吗？六年前结婚的时候，我们是想两个人建设新的世界来着，就像在一无所有的空地上建新房子。我们有明确的蓝图，知道自己需求什么：房子不怎么漂亮也不要紧，只要能遮风挡雨只要能两人相守就可以，没有多余物反而是好事。所以我们把事情想得极为容易和单纯。哎，你可这样想过——想去别的什么地方变成与现在的自己不同的自己？”

“当然想过。”笠原 May 说，“常那样想。”

“新婚时我们想做的就这么一件事。我想从过去的自己自身当中解脱出来，久美子也是如此。我们想在那崭新的世界里获取与原本的自己相符的自身，曾以为自己可以在那里开拓更适合自己的美好人生。”

动静告诉我，笠原 May 似乎在光束中移了移身体重心，像是等我继续下文。但我已再没什么好说的了，已再想不起什么了。水泥井筒中回响的自己的语声弄得我很觉疲劳。

“我说的你可明白？”我问。

“明白。”

“你怎么看？”

“我还是个孩子，不晓得结婚是怎么回事。”笠原 May 说，“所以，当然不晓得你太太是以怎样的心情跟别的男人发生关系，并扔下你离家出走的。不过从你的话听来，觉得你好像一开始就有点把什么想错了。嗳，拧发条鸟，你刚才说的这些恐怕谁都没办法做到——什么建设新的世界啦，什么塑造新的自己啦。我是这么想，即使自己以为干得不错，以为习惯于另一个自己了，在那表层下也还是有你原来的自己——每有机会他就冒头跟你打招呼，道一声‘你好啊’。你怎么还不明白，你是别处制作的，就连你想把自己脱胎换骨的意念，也同样是别处制作的。喂，拧发条鸟，这点事我都明白，你这个大人怎么倒不明白呢？不明白这个的确是大问题，所以你现在肯定是因此受到报复。报复来自各个方面，例如来自你想抛弃的这个世界，来自你想抛弃的你自身。我说的你可明白？”

我不作声，兀自注视着包围自己脚前脚后的黑暗。我不知说什么好。

“嗳，拧发条鸟，”女孩用沉静的声音说道，“想想，想想，再想想！”旋即再次将井口严严实实地盖住。

我从背囊里取出水壶晃了晃，“吧唧吧唧”的轻响在黑暗中荡开。估计也就剩四分之一左右了。我头靠墙壁闭起眼睛。笠原May或许是正确的，我想。归根结蒂，我这个人只能是由别处制作的。一切来自**别处**，又将遁往**别处**，我不过是我这个人的一条通道而已。

喂，拧发条鸟，这点事我都明白，你这个大人怎么倒不明白呢?

11 作为疼痛的饥饿感、久美子的长信、预言鸟

几次入睡，几次醒来。睡眠很短，且睡不实，如在飞机上打盹。在本来困得不行的时候我不由醒来，而在本应清清爽爽觉醒的时候却又不知不觉坠入梦乡，如此周而复始。由于缺少光的变化，时间如车轴松懈的车子摇摇晃晃。而难受扭曲的姿势又将安适从我身上一点点掠去。每次醒来我都看一眼表确认时间。时间步履沉重，且快慢不一。

无事可干之后，我拿手电筒四下照来照去，照地面，照井壁，照井盖。但情况毫无变化，地面依旧，井壁依旧，井盖依旧，如此而已。移动手电筒光时，它所勾勒出的阴影扭着身子时伸时缩时胀时收。而这也腻了，便慢慢悠悠不放过任何边角地仔细摸自己的脸，重新勘察自己到底长就一副怎样的尊容。这以前还一次也没当真计较过自己耳朵的形状，如有人叫我画自己的耳形——哪怕大致轮廓——我怕也徒呼奈何，而现在则可以毫厘不爽地再现自己耳轮赖以形成的所有边框、坑洼和曲线。奇怪的是，如此一丝不苟地抓摸起来，发觉左右两耳形状有相当差异。为什么会这样呢？其非对称性将带来怎样的结果呢(反正总该带来某种结果)？我不得而知。

表针指在七点二十八分。下井后大约已看表两千多次。总之是晚间七时二十八分，即棒球夜场比赛第三局下半场或第四局上半场那一时刻。小时候，喜欢坐在棒球场露天席上端观望夏天太阳欲落未落的情景。太阳在西边地平线消失之后，也还是有灿烂夕晖留在天边的。灯光仿佛暗示什么似的在球场上长长延展开

去。比赛开始不久，灯一盏接一盏很小心地放出光明，但周围还是亮得足以看报。恋恋不舍的余晖将夏夜的脚步挡在球场门之外。

但人工照明到底执著而文静地完全压住了太阳光，周围随之充满节日般的光彩。草坪亮丽的绿，裸土完美的黑，其间崭新笔直的白线，等待出场的击球手手中球棍头偶尔闪亮的油漆，灯光中摇曳的香烟（无风之日，它们像为寻人认领而往来徘徊的一群魂灵）——这些便开始历历浮现出来。卖啤酒的小男孩手指间夹着的钞票在灯光下一闪一闪，人们欠身观看高飞球的行踪，随着球的轨迹欢呼或者叹息，归巢的鸟们三五成群往海边飞去。这就是晚间七时三十分的棒球场。

我在脑海中推出以前看过的种种棒球比赛。还真正是小孩子的时候，圣路易斯 Cardinals 球队来日本友好比赛。我和父亲两人在非露天席观看那场比赛。比赛开始前 Cardinals 选手们绕场一周，把筐里签过名的棒球像运动会投球比赛一般连续抛出，人们拼命抢夺。我老老实实坐在那里不动，而注意到时，已有一个球落在自己膝头。事情很唐突也很奇妙，魔术似的。

我又看了眼表：七时三十六分。距上次看表相差八分钟。只过去八分钟。摘下手表贴耳一听，表仍在动。黑暗中我缩起脖子。时间感渐渐变得莫名其妙。我决心往下暂且不再看表。再无事可干，如此动不动就看表亦非地道之举。但我必须为此付出相当大的努力，类似戒烟时领教的痛苦。从决定不看时间时开始，我的大脑便几乎始终在思考时间。这是一种矛盾，一种分裂。越是力图忘记时间，便越是禁不住考虑时间。我的眼珠总是不由自主地转往手表那边，每当这时我就扭开脸，闭起眼睛，避免看表，最后索性摘下表扔进背囊。尽管如此，我的意识仍缠着表，缠着背囊中记录时间的表不放。

从表针运行中挣脱出来的时间便是这样在黑暗中流向前去，那是无法切割无法计测的时间。一旦失去刻度，时间与其说是一条绵延不断的线，莫如说更像任意膨胀收缩的不定型流体。我在这样的时间中睡去，醒来，再睡去，再醒来，并一点点习惯于不看表。我让身体牢牢记住：自己已不再需要什么时间。但不久我变得甚是惶惶不安。不错，我是从每隔五分钟看一次表这种神经质行为中解放出来了，然而时间这一坐标轴彻底消失之后，感觉上好像从正在航行中的轮船甲板上掉进夜幕下的大海，大声喊叫也没人注意到。船则丢下我照样航行，迅速离去，即将从视野中消失。

我重新从背囊中取出表，重新套进左腕。时针指在六点十五分。应是早上六时十五分。最后一次看表是在七点多，晚间七点三十分。认为过去十一小时还是妥当的，不可能过去二十三小时。但没有把握。十一小时与二十三小时之间究竟有何本质区别呢？不管怎样——十一小时也罢二十三小时也罢——饥饿是愈发气势汹汹了。它同我泛泛想象的所谓饥饿感大约是这么回事有着明显不同。我原以为饥饿在本质上大概属于缺憾感的一种，而实际上则近乎纯粹的肉体疼痛，乃是极其物理式的且直截了当的痛感，一如锥刺或绳绞。它痛得不均匀，缺少连贯性，有时涨潮一般高扬，耸起令人目眩的峰巅，继而姗姗退去。

为了冲淡如此饥饿感带来的痛苦，我把注意力集中在思维上面。然而认真思考什么已不可能。一鳞半爪虽有时浮上脑海，但转瞬已不知去向。每要抓取思维的一鳞半爪，它便如滑溜溜软乎乎的小动物一般从指间溜走。

我站起身，长长伸腰，深深呼吸。浑身无处不痛。由于长时间姿势不够自然，所有肌肉和关节都在朝我诉苦。我缓缓向上伸直身体，做屈伸运动，但没做上十个便觉头晕目眩。我颓然坐下，闭起眼睛，双耳蜂鸣，脸上流汗。想抓扶什么，但这里没有任何可供抓扶的物体。有点想呕，无奈腹中已无东西可呕。我做了几次深呼吸，试图更新体内空气，促进血液循环，保持意识清醒。然而意识总是阴沉而浑浊，料想身体已虚弱到了一定程度。不光想，还实际发出声来：身体已虚弱到了一定程度。嘴巴有些失灵。哪怕看看星星也好，但看不到，笠原 May 把井口盖得严实无缝。

以为笠原 May 上午还会来一趟，却不见影。我靠住井壁，静等笠原 May 到来。早上的不快之感在体内不肯退去，集中精神思考问题的能力也尽皆消失，尽管是暂时性的。饥饿感依然时来时去，包围我的黑暗依然时浓时淡，而这些便如同从无人的房子里搬运家具的盗贼，将我的精神集中力劫掠一空。

午后笠原 May 仍不出现。我准备闭目睡一会儿，因我想很可能梦见加纳克里他。但睡得太浅，梦也支离破碎。在放弃努力不再集中精力思考什么之后，不出片刻，林林总总的记忆断片便纷至沓来，像水一样悄然弥满空洞。我可以真真切切地记起以往去过的场所、见过的男女、受过的肉体损伤、交谈过的话语、购买过的东西、丢失的物品等等，连每个细节都清清楚楚，自己都惊讶何以记得这许多。我还记起往日住过的几座房子和几个房间，记起里边的窗口、壁橱、家具和灯盏，记起小学到大学教过自己的老师中的几位。这些记忆大多脉络不够完整，时间顺序也颠三倒四，基本上是微不足道的琐事，并且不时被汹涌的饥饿感打断，但每一单个记忆却异常鲜明，如天外猛然刮来的旋风撼动自己的身体。

如此不经意地跟踪记忆的时间里，三四年前单位里发生的一件事浮上脑海。事情本身固然不值一提，但在为消磨时间而在脑海中一一再现的过程中，我渐渐变得不快起来，继而不快又变成明显的愤怒。愤怒俘虏了我，使我全身发抖，呼吸急促，心音加大，血液里出现肾上腺素，疲劳也罢饥饿也罢，一切一切都为之退居其次。那是由小小的误解引起的争吵。对方摔给我几句不顺耳的话，我也同样出言不逊。但毕竟起因于误解，过几天双方便道歉了事，没有落下积怨，没有留下反感。忙了累了，人难免有时说话粗声大气。正因如此，我早已把此事忘得一干二净。不料在这同现实隔绝的伸手不见五指的井底，这段记忆竟是那般栩栩如生，那般“嗞嗞”作响地烧灼我的意识。我皮肤可以感受到灼热，耳朵可以听见烧灼的声音。我咬牙切齿，心想为什么给人数落得狗血淋头而自己却只那么轻描淡写地回敬几句呢？我在头脑中逐个推出当时应用来反击对方的词句，将词句打磨得无比锋利，而越是锋利我越是怒不可遏。

然而随后恰如附疣忽然脱落，一切又倏忽间变得无可无不可了。时至今日何必非翻老账不可呢！对方肯定也把那次争吵忘去九霄云外了。事实上这以前我也一次未曾记起。我做个深呼吸，双肩放松，让身体更适应黑暗。接下去我准备挖掘其他记忆，但在这可谓岂有此理的剧烈愤怒过去之后，记忆竟荡然无存。我的脑袋与我的胃同样空空如也。

我开始不知不觉地自言自语，开始下意识地把支离破碎的思维喃喃嘟囔出口。我已无法自控。我注意倾听自己在说什么，但几乎听不懂所云何物。我的口已脱离我的意识自行其是，自顾在黑暗中吐丝一样吐着莫名其妙的词句。词句从黑暗中浮出，转眼被黑暗吞噬。我的身体简直成了空荡荡的隧道，自己仅仅是在让这些词句往来通过。确乎是思维断片，但那思维是在我意识之外进行的。

到底将发生什么呢？我想，莫非类似神经箍的什么开始一点点松缓不成？我觑了眼表，表针指在三时四十二分。大概是下午三时四十二分。我在脑袋里推出夏日午后三时四十二分的阳光，想象自己置身其中的情景。侧耳细听，却不闻任何声籁，蝉鸣鸟叫儿童嬉笑声也全然不来耳畔。说不定世界因拧发条鸟不再拧发条之故而在我蛰伏井底的时间里停止了活动。发条缓缓松动，于是所有活动——诸如河水的流淌、叶片的低吟、空中的飞禽——刹那间偃旗息鼓。

笠原 May 到底怎么回事？为何不来这里？已好长时间没露面了。蓦地，这女孩或许发生什么意外的念头浮上心来，例如有可能在哪里碰上交通事故。果真如此，知道我在井底之人这世界上便一个也没有了，我将真的在这井底慢慢死去。

转而我又打消了担心。笠原 May 不是那种马虎大意的人，绝不至于轻易被车撞上，现在一定是在自己房间里一边用望远镜观察这院子一边想象我在井底的情景。她是有意拖延时间让我心神不安，让我疑心自己被活活置于死地。这是我的推测。假如笠原 May 真的如此拖延时间，那么她的鬼主意可谓大获成功。因为实际上我已极度惴惴不安，已觉得自己被活活遗弃。想到自己可能在这深沉的黑暗中一点点化为粪土，每每怕得透不过气来。若时间再长身体再弱，眼下的饥饿感势必更为酷烈更为致命，那时候说不定连动一下身体都无能为力。即使绳梯垂下，也可能无法攀登出去。头发牙齿掉个精光也未可知。

空气如何呢？我不由想到空气，在这又深又小的混凝土地穴中一连数日，且被盖得严严实实，几乎谈不上有空气流通。如此一想，周围空气似乎一下子滞重得令人窒息。至于仅仅是由于神经过敏，还是确实因为氧气不足，我无从判断。为弄明白这点，我几次大口吸气大口呼出，然而越是呼吸越觉难受，胸闷至极。我又惊又怕，津津地沁出汗来。想到空气，死骤然变得现实变得刻不容缓，在心头盘踞不动。它如墨黑墨黑的液体无声无息地漫来，将我的意识浸入其中。此前也考虑过饿死的可能性，但以为离死尚有足够的时间，而若氧气不足，进程就要快得多。

窒息而死将是怎样的感觉呢？到死要花多长时间呢？是挣扎许久才死，还是慢慢失去知觉像睡熟一样死去呢？我想象笠原May前来发现我已死时的情形：她向我连喊数声而不得回音，以为我睡着了，便往里投几颗石子，但我仍不醒来，从而知道我已呜呼哀哉。

我很想大声唤人，告诉他们我被关在这里，告诉他们我饿了，空气也越来越糟。恍惚中好像重返于童年时光。我偶因一点小事离家出走，却再也无法回家。我忘了回家的路。我曾不知多少次做过这样的梦，是我少年时代的噩梦。往来徘徊，迷失归路。多年来我早已忘却此梦，而此时在这深深的井底，觉得那噩梦正活龙活现复苏过来。时间在黑暗中倒行逆施，而被另一种与现在不同的时间性所吞没。

我从背囊里取出水壶，拧开盖，留心着一滴不洒地将水含入口中，慢慢浸润口腔，然后缓缓咽下。咽时喉咙里发出很大的声响，仿佛又硬又重的物体落于地板。但终究是我吞水的声音，尽管水量很少。

“冈田先生，”有人叫我的名字，我在睡梦中听到了，“冈田先生，冈田先生，请起来！”

是加纳克里他的声音。我勉强睁开眼睛。其实睁不睁眼四周都同样漆黑，同样什么也看不见。睡与醒已没了确切分界。我想撑起身体，但指尖气力不足。身体如长期忘在冰箱里的黄瓜，冻得萎缩而疲软。疲惫和虚脱感将意识困在垓心。无所谓，随你的便好了！我还要在意识中勃起，在现实中射精。倘你需求的即是这个，悉听尊便就是。我神思恍惚地等待她动手解我裤带，岂料加纳克里他的声音却来自很高的上方，在上方招呼我："冈田先生，冈田先生！"抬头一看，井盖掀开半边，闪出美丽的星空，闪出被切成半月形的天宇。

"在这里呢！"我吃力地撑身立起，朝上面再次叫一声我在这里。

"冈田先生！"**现实中的**加纳克里他说道，"是在那里吗？"

"啊，是在这里。"

"为什么下到那种地方去了啊？"

"说来话长。"

"听不清，听不清，能再大点声音么？"

"说来话长。"我吼道，"上去慢慢说吧，现在太大声发不出来。"

"这儿的绳梯是您的吗？"

"是的是的。"

"怎么从下面卷上来了？是您扔上来的吗？"

"不是，"我说，我何苦做那种事，又如何能做得那么灵巧！"不是，不是我扔上去的，不知是谁趁我不注意时拽上去的。"

"那样您岂不出不来了？"

"是的，"我忍住性子说，"一点不错，是从这里出不去了。所以你把它放下来好么？那样我就可以上去了。"

"嗯，当然，马上就放。"

"喂，放之前检查一下另一头是不是好好的系在树干上，若不然……"

没有回应。上面好像谁也没有了，凝目细看也不见人影。我从背囊里掏出手电筒朝上照去，还是谁也照不到。但绳梯好端端放了下来，简直像在说一开始就在此没动。我一声喟叹，随着喟叹，身体里边硬邦邦的东西似乎缓缓融解开来了。

“喂，加纳克里他？”

依然没有反应。表针指在一点零七分。当然是夜间一时零七分，因为头上星光灿烂。我把背囊背上肩，大大地做个深呼吸，尔后开始爬梯。攀登摇摆不定的绳梯实在很不轻松。一用力，身体所有筋骨所有关节都吱吱作响。但在一步步小心攀登的时间里，周围空气渐渐升温，开始糅合进明显的青草气息，虫鸣也传来耳畔。我手搭井沿，拼出最后力气蹿上身来，连滚带爬下到软绵绵的地面。**地上！**一时间我不思不想，只管仰卧不动，仰望天空，将空气大口大口接连吸入肺腑。夏夜的空气虽闷乎乎温吞吞的，但充满蓬勃的生机。可以嗅到泥土的气息，还有青草的气息。而只消嗅一嗅这气息，我便足以在手心里感觉出泥土和青草的温柔，恨不得抓起泥土青草全都吞进肚里。

天空一颗星星也找不见了，那些星星只有从井底方可看见。空中只悬着一轮几近圆满的**厚墩墩**的月亮。我不知躺了多久。好半天时间我只顾倾听心脏的跳动，觉得好像仅听心跳便可以永远活下去。后来我还是支起身，缓缓环顾四周。空无一人。只有夜幕下舒展的庭院，只有石雕鸟依然凝目仰望天空。笠原May家灯光全熄了，亮着的仅院里一盏水银灯。水银灯将青白淡漠的光投在杳无人息的胡同里。加纳克里他到底消失在哪里了呢？

不管怎样，我决定先回家再说。先回家喝点什么吃点什么，慢慢淋浴清洗全身。身上想必臭不可闻。首先须将臭味冲掉，其次填充空腹，别的都先不管。

我顺着平日那条线路往家走去，但胡同在我眼里无端地显得陌生，和我格格不入起来。或许是月光异常生动活泼的关系，胡同竟现出比平日还严重的停滞与腐败征兆。我可以嗅出动物尸体开始腐烂般的气味和毋庸置疑的尿臊屎臭。深更半夜居然不少居民仍未歇息，看着电视连说带吃。一户人家窗口荡出有些油腻的食品味儿，强烈刺激着我的头我的胃。空调机的室外风扇呜呜叫着，从旁边经过时热乎乎的气流扑面而来。一户人家浴室里传出淋浴声，玻璃窗上隐隐映出身影。

我吃力地翻过自家院墙，下到院子。从院子看去，房子黑魆魆的，静得如在屏息敛气，早已没了半点暖意，没了丝毫的亲切感。本是同我朝夕相伴的房舍，现在成了冷冷清清的空室，但此外我又别无归宿。

上得檐廊，轻轻拉开落地玻璃窗。由于长时间门窗紧闭，空气沉甸甸的，间有熟透的瓜果和卫生球味儿。厨房餐桌上放着我留的小字条。控水板上原样堆着洗过的餐具，我从中拿起一个玻璃杯，接连喝了几杯自来水。冰箱已没什么像样的食品，吃剩用剩的东西杂乱无章地塞在里面：鸡蛋、黄油、土豆色拉、茄子、莴苣、西红柿、豆腐、奶酪。我开一个菜汤罐头倒进锅里加温，放进玉米片和牛奶吃了。早已饥肠辘辘，但打开冰箱看见实实在在的食品却又几乎上不来食欲，反倒有轻度恶心。尽管这样，为了缓解空腹造成的胃痛，我还是吃了几片咸饼干。再往下就什么也不想吃了。

进浴室脱去身上衣服，摔进洗衣机，之后站在热水喷头下拿香皂上上下下洗了个遍，头发也洗了。浴室里还挂着久美子用的尼龙浴帽，还放着她专用的洗发香波、发胶、洗发用的发刷，放着她的牙刷和齿垢刷。久美子出走后，家中表面上尚看不出任何变化。久美子的不在所带来的，仅仅是久美子姿影不见这一单纯的事实。

我站在镜前照自己的脸。满脸黑乎乎的胡须。迟疑片刻，决定暂不刮除。如马上刮须，很可能连脸都刮掉。明晨再刮不迟。

反正往下也不见人。我刷牙，反复漱口，走出浴室，随后打开易拉罐啤酒，从冰箱里拿出西红柿和莴苣简单做个色拉。吃罢色拉，上来一点食欲，便从冰箱里拿出土豆色拉夹在面包里吃了。看了一次表。总共在井底待了多少小时呢？然而一想时间脑袋便一顿一顿地作痛。再不愿想什么时间。时间是我现在最不愿想的东西之一。

走进厕所，闭目小便良久。自己都难以相信花了那么久时间。小便时险些就势昏迷过去。之后我歪倒在沙发上眼望天花板。莫名其妙！身体筋疲力尽，脑袋却很清醒，全无睡意。

忽然心有所感，我从沙发上起身走到门口，瞧了眼信箱。在井底待了几天，其间可能有人来信。信箱里只有一封。信封没写寄信人姓名，但从寄达处的笔迹一眼即可看出是久美子的。字小而有个性，一笔一画，工工整整，像设计什么图案似的。写起来很费时间，但她只能这样写。我条件反射地扫了一眼邮戳。戳迹模模糊糊看不大清，勉强认出个"高"字。不妨读为"高松"。香川县的高松？据我所知，久美子在高松一个熟人也没有的。婚后我们从未去过高松，也从未听久美子说她去过。高松这个地名向来没出现在我们谈话里。未必一定是高松。

反正我把信拿回厨房，在餐桌前坐定，拿剪刀剪开封口。剪得很慢很小心，以免把里面信纸剪了，但手指还是发颤。为使自己镇定下来，我喝了口啤酒。

"我一声不响地突然离去，想必你感到吃惊和担心。"久美子写道。墨水是她常用的勃朗峰蓝黑色，信笺则是随处可见的薄薄白白的那种。

"早就想给你写信把好多事解释清楚，却不知怎样写才能准确表达自己的心情，怎样叙说才能使你了解自己的处境。如此前思后想之间，时间就这么一天天过去了。这点我真的觉得很对不起你。

“现在你可能多少觉察到了，我有了交往中的男人。我同他发生性关系差不多有三个月了。对方是我在工作中结识的，你完全不认识，况且对方是谁并不重要。从结论说来，我再不会同他见面了。不知这对你能否成为些许的慰藉。

“若问我是否爱他，我无法回答。因为这样问本身就似乎是十分不适当的。而若问是否爱你，这马上可以回答。我爱你，的确庆幸同你结合，现在也这样认为。或许你会问那为什么偏要胡来最后又离家出走，我自己也不知这样问过自己多少次，为什么非这样不可呢?

“然而我没有办法向你解释。我原来根本没有另找情人或在外边胡来的欲望，所以同那人的交往一开始是没有杂念的。起初是因工作关系见了几次面，也许因为说话投机，其后也时常打电话聊点工作以外的事，仅此而已。他年龄比我大得多，有太太有孩子，且作为男性也谈不上很有魅力，因此一丝一毫也没想到会同他发展更深的关系。

“我并非完全没有报复你的念头。你以前曾在一个女孩那里住过一次，对此我是始终耿耿于怀。你同那女孩什么事也没有这点我可以相信，但并不等于什么事也没有就算万事大吉。说到底这属于心情问题。但我同那人胡来并非出于就此报复的心理。记得以前我是说过类似的话，但那仅仅是吓唬你。我所以同他睡觉，是因为我想同他睡。当时我实在忍耐不住，无法控制自己的性欲。

“一次我们相隔许久后因什么事见了面，谈完便去一个地方吃饭，饭后又喝了一点。当然我几乎不能喝酒，出于作陪只喝一滴酒精也不含的橘汁，因此不是酒精作怪。我们只是极普通地见面，极普通地交谈。不料碰巧身体相互接触的一瞬之间，我突然从心底产生了一股想被他搂抱的欲望。相触时我凭直感觉察出他在渴求我的肉体，而且他也似乎看出我同样需要他的拥抱。那类似一种不明来由的强大的电流交感。感觉上就好像天空‘嗵’一声砸在自己头上。脸颊陡然变热，心怦怦直跳，小腹沉沉下坠，连在凳上坐稳都很困难。起始我不明白自己身上发生了什么，但很快意识到原来是性欲。我几乎透不过气地强烈渴求他的躯体。我们分不清主动被动地走进旅馆，在那里贪婪地交欢。

“这种事情详细写来很可能刺伤你，但从长远看来，我想还是详细地如实交代为好。所以，或许你不好受，但希望你忍着读下去。

“那几乎是同爱全然无关的行为。我单单期待由他拥抱，让他进入自己体内。如此令人窒息般地渴求男人身体生来还是第一次。以前曾在书上看到‘性欲亢奋得无可忍耐’的说法，但想象不出具体是怎么回事。

“至于那事为什么在那种时候突如其来地发生在我身上，为什么对象不是你而选择了别人，我也说不明白。总之当时我无论如何也忍耐不住，也压根儿不想忍耐。这点请你理解，我脑袋里丝毫没有背叛你的念头。在旅馆的床上，我发疯似的同他扭作一团。坦率地说，有生以来我还一次也未有过那般心荡神迷的体验。不，不光是心荡神迷，没那么简单。我的肉体就好像在热泥沼中往来翻滚，我的意识汲取其快感，膨胀得直欲爆裂，而且爆裂开来。那委实堪称奇迹，是我生来至今身上发生的最为痛快淋漓的事情之一。

“如你所知，此事我一直瞒着你。你没有觉察出我的胡来，对我的晚归也全然未加怀疑。想必你无条件地信赖我，以为我绝不至于有负于你。而我却对有负你的这种信赖完全没有歉疚感，甚至从旅馆房间给你打电话，告诉你因谈工作而晚些回家。如此再三说谎我也全然无动于衷，似乎理所当然。我的心在寻求同你一起生活，同你组成的家庭是我的归宿，然而我的身体却在势不可遏地追求同那人的性关系。一半的我在这边，一半的我在那边。我心里十分清楚事情迟早会败露，但当时又觉得那样的生活似可永远持续下去。我过的是双重生活，这边的我同你心平气和地生活，那边的我同他疯狂地搂在一起。

“有一点希望你别误解，我不是说你在性方面不如那人，或缺少性魅力，抑或我没兴趣同你做爱。我的肉体当时是那样莫名其妙地如饥似渴，我只能束手就擒。我不明白何以如此，只能说**反正就是这样**。同他有肉体关系期间，我也想和你做爱。同他睡而不同你睡，对你实在太不公平。但我变得即便在你怀里也**全然**麻木不仁。你恐怕也觉察到了这点。所以近两个月时间里我有意找各种理由避免同你过性生活。

“不料一天他提出要我同你分手而和他一同生活，说既然两人如此一拍即合，没有理由不在一起，说他自己也和家人分开。我让他给我点时间想想，然而同他告别后在回家的电车中，我突然发觉自己对他已再无任何兴趣。原因我不知道，总之在他提出一同生活的刹那间，我身上某种特殊的什么便如被强风刮跑一般倏然无影无踪，对他的欲望荡然无存。

“对你产生愧疚感是在此以后。前面已经说过，在对他怀有强烈性欲期间我绝对没有感到什么负疚。对你的浑然不觉我只觉得正中下怀，甚至心想只要你蒙在鼓里我就可以为所欲为，认为他与我的关系同你与我的关系分属两个不同的世界。但在对他一忽儿没了欲望之后，我全然闹不清自己现在位于什么地方。

“我一向以为自己是个坦诚的人。诚然我也有各种各样的缺点，但从未在关键事情上对谁说谎或粉饰自己。我没对你隐瞒任何事情，一次也没有的，这对我多少算是值得自豪之处。然而在这长达几个月的时间里我却说下了致命的谎话，且丝毫不以为耻。

“这一事实在折磨着我。我觉得自己这个人成了毫无价值毫无意义的空壳，实际上也恐怕如此。另一方面我又有一点无论如何不得其解，那就是‘我为什么在一个根本不爱的人身上产生如此汹涌澎湃的性欲？’这点我怎么都找不出解释。只要没有那场性欲，我现在都理应同你幸福快乐地朝夕相伴，同那个人之间也仍然会是谈笑风生的一般朋友。然而那场无可理喻的性欲，从基础上毁掉了我们迄今营造起来的生活，毁得片瓦不留。它轻而易举地从我身上夺走了一切，包括你、同你构筑的家庭，以及工作。究竟因为什么非发生这种事不可呢？

“三年前做人工流产手术时，我曾说过事后有话要对你说，记得吗？或许那时候我就应该把情况挑明，那样也许就不至于发生这样的事了。但即使事至如今，我仍无勇气向你倾吐一空。因我觉得一旦出口，很多事情都将更为根本性地变得无可收拾。所以最好还是由我一人独吞这颗苦果，并且离开你。

“抱歉地说，无论婚前还是婚后，同你之间都未有过真真正正的性快感。在你怀抱里固然舒心惬意，但感觉上总是非常模糊，甚至不像发生在自己身上，距自己很远很远。这完全不是你的原因，责任完全在我，是我未能很好地把握感觉。我身上好像有一种什么隔阂，总是将我的性感觉挡在门外。但同那个人交欢的时候，不知何故，隔阂突然滑落，自己都不知道往下如何是好。

“我同你之间，原本存在着一种非常亲密而微妙的因缘，而现在连它也失去了。那神话般的默契配合已经遭到损坏。是我损坏的。准确地说，是我身上具有迫使我予以损坏的什么。对此我万分遗憾，因为并非任何人都有希望得到同样的机遇。我深深地憎恨带来如此后果的那种东西——你恐怕很难想象我是怎样地深恶痛绝。我想知道那东西究竟是什么，无论如何我都要弄个水落石出，要找出它的根子，要斩草除根。可我不知道自己有没有足够的力量，我没有信心。但不管怎样，这终归是我的问题，同你没有关系。

“请求你，求你别再把我放在心上，别寻找我的下落，把我忘掉，考虑自己新的生活。我父母那边我准备好好写封信，说明一切都是自己过失所致，你没有任何责任。我想不会连累你的。估计近期内即可办理离婚手续，我想这对双方都是最佳方案，所以请你什么也别说地答应下来。我留下的衣服什么的，对不起，请你扔掉或捐给哪里。一切都已成为过去，我不可能再使用在和你的共同生活中哪怕用过一次的东西。再见！”

我把信重新慢慢看了一遍，然后装回信封，从冰箱拿出一罐啤酒喝了。

既然说要办离婚手续，那么就是说久美子不会马上自杀，这使我略感释然。随即我意识到自己差不多两个月没同任何人做爱的事实。久美子如她自己信上写的那样，一直拒绝与我亲热，说是医生说她有轻度膀胱炎征兆，最好暂时中止性生活。我当然信而不疑，因我觉得没有任何理由不予相信。

两个月时间里，我在梦中，或者说在我所知词汇中只能以梦表述的世界里跟女人交媾了几次。起始跟加纳克里他，继之同电话女郎。而在现实世界里搂抱现实女人，想来已是两个月前的事了。我躺在沙发上，定睛注视放在胸口的双手，回想最后一次见到的久美子的身体，回想给她拉连衣裙拉链时目睹的她背部柔和的曲线和耳后香水的清香。倘若久美子信中所写的是终极事实，那么或许我再不能同久美子同衾共枕了。既然久美子写得那般清楚，想必是终极事实。

我开始思索自己同久美子的关系一去无返的可能性，但越想越怀念久美子曾属于自己的暖融融的身体。我喜欢同她睡觉。婚前自不用说，即使婚后几年最初的激动某种程度消失后，我仍然喜欢同她做爱。那苗条的身段，那脖颈、腿和乳房的感触，活生生的仿佛就在眼前。我逐一回想性生活当中我为久美子做的以及久美子为我做的一切。

然而久美子同我不认识的一个人疯狂做爱，疯狂得超出我的想象，并且声称从中觅得了在同我做爱时未曾得到的快感。想必她在同那男子做爱当中发出隔壁都可能听到的大声呻吟，全身扭动，以致床都摇颤不已。说不定主动为那男子做了对我都不曾做过的事。我起身打开电冰箱，拿出啤酒喝了，又吃了土豆色拉。后来想听音乐，便小声打开调频广播中的古典音乐节目。“好吗，今天累了，上不来情绪。对不起，别生气。”久美子说。“好好，没什么。”我应道。柴可夫斯基的弦乐小夜曲结束后，来了一段像是舒曼的小夜曲。听过，却怎么也想不起曲名。演奏完毕，女播音员说是《森林景色》第七曲“预言鸟”。我想象久美子在那男人身底下扭腰举腿抠抓对方脊背口水淌在床单上的情景。播音员说森林中有一只能发布预言的神奇的鸟，而舒曼将其场景梦幻般地渲染了出来。

我到底了解久美子的什么呢？想着，我无声地捏瘪喝空的啤酒罐，扔进垃圾篓。我自以为理解的久美子，好几年来作为妻子抱着做爱的久美子，难道终究不过是久美子这个人微不足道的表层，正如这个世界几乎全部属于水母们的领域一样不成？果真如此，我同久美子两人度过的六载时光又到底算什么呢？意义何在呢？

我再次看信时，电话铃甚是唐突地响了起来，使得我从沙发上一跃而起——的确一跃而起。什么人居然半夜两点来电话呢？久美子？不，不可能，无论如何她都不会往这里打电话。大约是笠原May，我想，想必她看见我从空屋院里出来，因而打来电话；或者是加纳克里他，是加纳克里他想要向我解释其何以消失；抑或电话女郎亦未可知，她有可能把什么信息传达给我。笠原May说得不错，我身边女人是有点过多了。我用手头的毛巾擦把脸上的汗，慢慢提起听筒。我“喂喂”两声，对方也“喂喂”两声。但不是笠原May的语声，亦非加纳克里他，也不是谜一样的女郎。是加纳马耳他。

“喂喂，”她说，“是冈田先生吗？我是加纳马耳他。还记得吧？”

“当然记得。”我尽量让心跳恢复正常。怪事，哪里会不记得呢！

“这么晚打电话十分抱歉。但因为事情紧急，就顾不得有失礼节，明知您将被打扰得不高兴也还是打了这个电话，非常非常抱歉。”

我说不必那么介意，反正还没睡，一点关系都没有的。

12 刮须时发现的、醒来时发现的

“之所以这么晚打电话，是因为有件事我想还是尽快同您联系为好。”加纳马耳他说。同以往一样，每次听她开口，都觉得她吐出的每一个字无不严格经过逻辑筛选，排列得井然有序。“如果可以的话，请允许我问几个问题，可以吗？”

我手握听筒坐在沙发上，说：“请，问什么都可以，什么都无所谓。”

“这两三天您怕是外出到哪里去了吧？打了好几次电话，您都好像不在。”

“嗯，是的吧。”我说，“离开家一些时候，想冷静地考虑事情。我有很多必须考虑的事。”

“那自然，这我非常清楚，理解您的心情。想静静思考什么的时候，变换场所是十分明智的。不过，这么问也许是不必要的寻根问底：您莫非去了**很远很远**的地方？”

“也谈不上很远很远……”我闪烁其词，把听筒从左手换到右手说，“怎么说好呢，反正是有点儿与世隔绝的场所。但我还不能就此细说，因为我的情况也错综复杂，又刚刚回来，筋疲力尽，现在很难说很长的话。”

“当然，任何人都有自己的情况，现在不在电话里勉强说也可以的。听声音就知道您疲劳到了一定程度。请您不必介意，是我不该在这种时候心血来潮问东问西，觉得很过意不去。这事就改日再谈吧。只是，我担心这几天您身上可能发生了什么不好的事，所以才冒昧提出这么深入的问题。”

我低声附和。但听起来不像是附和，倒像呼吸方法出了差错的水生动物的喘息。**不好的事！**我身上发生的事情当中，究竟哪个算好哪个算不好呢？哪个正确哪个不正确呢？

“让你费心，实在感谢。不过眼下好像还没什么。”我调整声音道，“发生好事固然谈不上，不过也没发生什么不好的。”

“那就好。”

“只是很累。”我补充一句。

加纳马耳他小声清清嗓子，说：“话又说回来，这几天时间里您可注意到出现什么大的身体变化没有？”

“身体变化？我的身体？”

“是的，是说您的身体。”

我扬起脸，打量自己映在面对院子的玻璃窗上的形象。没发现有任何堪称身体变化的变化，在喷头下面上上下下搓洗时也全无觉察。“例如是怎么样的变化呢？”

“怎么样的我也不清楚，总之是任何人都能一目了然的明显的身体变化。”

我在茶几上摊开左手手心，注视了一会儿。手心一如往常，毫无变化。既未镀一层金，也未生出趾蹼。既不漂亮，亦不丑陋。“所谓**任何人都能一目了然的明显的身体变化**，举例说来，莫不是后背生出翅膀什么的？”

“那也不能排除，”加纳马耳他以从容不迫的声音说，“当然只是就一**种可能性**而言。”

“那自然。”我说。

“怎么样？没觉察出有什么？”

“好像还没有那类变化，眼下。要是后背长出翅膀，估计再不情愿也还是觉察得到的。”

“那倒是。”加纳马耳他表示同意。“不过冈田先生，您要当心！了解自身状况并不那么容易。比方说，人无法以自己的眼睛直接看自己的脸，只能借助镜子，看镜里的反映，而我们只是**经验性地**相信映在镜中的图像是正确的。”

“当心就是。”我答应。

“还有一点——仅仅一点——想问您一下。不瞒您说，不久前我和克里他失去了联系，同和您一样。很觉蹊跷，也许是偶然的巧合。所以我想您说不定知道一星半点，知不知道呢？”

“加纳克里他？”我心里一惊。

“不错。”加纳马耳他说，“您直觉上可有什么想得起来的？”

我答说没有。虽然没有明确根据，但我总觉得还是把自己刚才同加纳克里他见面说话而她又当下消失的情况暂且瞒着加纳马耳他为好。

“克里他担心同您联系不上，傍晚离开这里说去府上看看，可是到这个时候还没回来。而且不知为什么，克里他的**动静**也不能很好地感觉到。”

“明白了。等她来的时候，让她立即同你联系。”我说。

加纳马耳他在电话另一端沉默片刻。“坦率地说，对克里他我有些放心不下。如您所知，克里他同我从事的这项工作不是世间普通的工作，问题是妹妹还没有像我这样精通这里边的情况。倒不是说克里他不具有这方面素质，素质是够，但她还没有充分适应自己的素质。”

“明白了。”

加纳马耳他再次沉默下去，且时间比刚才长，似乎在对什么犹豫不决。

“喂喂！”我招呼道。

“我在这里，冈田先生。”加纳马耳他回答。

"见到克里他，让她马上同你联系。"我重复一遍。

"谢谢。"加纳马耳他说，之后就深夜打电话道过歉，放下电话。放回听筒，我再次打量自己照在玻璃窗上的姿影，此时心里突然浮起一念：自己很可能再没机会同加纳马耳他说话了，很可能她将彻底从我视野里消失。并无什么缘由，只是蓦然有此感觉。

继而，我忽然想起绳梯还照样吊在井口，恐怕还是尽早收回来好。那东西给谁发现，有可能惹出麻烦。何况还有倏忽不知去向的加纳克里他问题，最后一次见到她即是在那口井上。

我把手电筒揣进衣袋，穿鞋跳下院子，又一次翻墙而过，顺胡同来到空屋前。笠原 May 家依然一片漆黑。时针即将指向三点。我走进空屋院子，径直来到井边。绳梯一如刚才拴于树干垂于井中，井盖只开了半边。

我觉得有点不对头，往下窥看井底，自言自语似的唤了一声"嗳，加纳克里他"。没有回音。我从衣袋里掏出手电筒，把光束往井底探去。光照不到井底，但听得到有人低吟浅叹似的声响。我又招呼了一次。

"不要紧，在这儿呢！"加纳克里他说。

"在那种地方干什么呢？"我小声问询。

"干什么？和你同样嘛。"她不无讶然地说道，"想东西呢。这个场所想东西不错。"

"那的确是的，"我说，"不过你姐姐刚才来电话了哟！为你失踪担心得不行，说深更半夜还不回家，动静也感受不到，让我见到你让你马上跟她联系。"

"知道了。专门跑来一趟，谢谢。"

"喂，加纳克里他，不管怎样先上来好吗？有话想慢慢跟你说。"

加纳克里他置之不理。

我熄掉手电筒，揣回衣袋。

“冈田先生，下到这里来怎么样，两人坐在这儿说话。”

重新下到井底和加纳克里他两人说话倒也不坏，我想。但想到井底带有霉气味的黑暗，胃立时沉甸甸的。

“不，对不起，再不想下去了。你也差不多适可而止吧。说不准又有谁把梯子撤走，再说空气也不大好。”

“知道。可我还想待一会儿。我嘛，您放心就是。”

加纳克里他既无意上来，我自然无可奈何。

“电话中没有对你姐姐说在这里见过你，那样可合适？我总觉得还是瞒着她好。”

“嗯，那样很好，别告诉姐姐我在这里。”加纳克里他略一停顿，又补充道，“我也不想让姐姐担心，但我也有想东西的时候，大致想定就离开这儿。所以暂时就请让我一个人待着，不给您添麻烦的。”

我把加纳克里他留在那里，折身回家。明天早上再来看情况不迟。即使夜间笠原May又跑来抽走绳梯，也还是有办法把加纳克里他从井底救出来的。回到家，我立即脱衣上床，拿起枕边一本书，翻开看到的那页，毕竟情绪亢奋得实难入睡。不料刚看一两页，我意识到自己已处于半昏睡状态，遂合书熄灯，睡了过去。

醒来已是翌日九时三十分。我放心不下加纳克里他，脸没洗便匆匆穿衣，顺胡同来到空屋前。云层低垂，空气潮乎乎的，像随时都可能下雨。井口不再有绳梯悬垂，看样子被人从树干上解下来拿到哪里去了。井盖也两块盖得好好的，上面压着石头。我打开一半往井里窥看，叫她的名字，但无回音。隔会儿又唤一次。如此连续几次。我想她可能睡了，往下扔了几颗石子，可井里似乎空空无人。加纳克里他大概今早爬出井口，解下绳梯带去了哪里。我重新合好井盖离开。

走出空屋院落，靠着篱笆往笠原May家那边张望了一阵子。笠原May很可能像往日那样瞧见我出来，但等了一会儿也不见她露头。四下阒无声息，不见人影，不闻响动，蝉亦一声不鸣。我用鞋尖慢慢抠掘脚前的地面。我有一种陌生感，仿佛置身井内的几天时间里，原有的现实被另一现实挤走并由其取而代之。自我从井里出来回家时起，心底便一直有这样的感觉。

我沿胡同返回家来，在浴室刷牙刮须。胡须几天没刮，满脸黑乎乎的，活像刚刚获救的漂流者。长这么长生来还是头一遭。虽然这么留下去也无妨，但沉吟一下，决定还是刮去，还是保持久美子离家时那副面容为好。

我先把热毛巾捂在脸上，然后在上面厚厚涂了一层刮须膏。为防止伤皮，我刮得很慢很小心。刮下颏，刮左脸，继而刮右脸。刮罢右脸对镜一照，不由倒吸一口凉气：右脸竟有一块青黑色污痕般的东西。一开始我以为有什么东西阴差阳错贴到了脸上，于是洗去刮须膏，用香皂细细擦洗，又拿毛巾猛搓。不料那污痕似的东西竟不肯退去，且无退的迹象，似已深深沁入肌肤。我用手指摸了摸其上缘，较之面部其他部位似乎略微热些，此外并无特殊感触。是痣！有痣的地方正是在井内感到发热的那个部位。

我把脸凑近镜子细瞧那块痣。位于右颊骨偏外一点儿，婴儿手掌大小，颜色青得发黑，同久美子常用的勃朗峰蓝黑墨水差不多。

作为可能性首先可以设想的是皮肤过敏。可能在井底给什么搞得中毒了，如漆中毒那样。但井底什么能引起中毒呢？我曾用手电筒在井底每个边角都照了个遍，那里有的只是土和水泥井壁。况且过敏以至中毒难道会弄出如此显眼的痣不成？

我陷入轻度的恐慌之中，就像被惊涛骇浪卷走了一般，一时间手足无措，分不清东南西北。我忽而把毛巾丢在地板上，忽而推翻垃圾篓，忽而脚磕在什么地方，忽而不知所以地喃喃有声。后来总算镇定下来，靠着洗漱台冷静思考该如何对待这一现实。

我想先这样观察一下再说，不急于找医生。或许只是暂时性的，顺利的话说不定如漆中毒那样很快会不治而愈。既然短短几天就长了出来，那么消失怕也是轻而易举。我去厨房煮了咖啡。肚子早已饿了，但一旦真要吃什么，食欲便如海市蜃楼一般转眼不知去向了。

我在沙发上躺下，静静望着刚开始下的雨，不时进浴室照次镜子。但那痣不见有丝毫变化，在我脸颊上奇迹般地染出一方蓝黑地带。

作为痣的起因，唯一想得出来的便是在那场梦一般的幻觉中由电话女郎牵手钻过墙壁一事。那时门开了，为了避开进入房间那个危险的什么人，女郎拉着我的手把我领去墙壁。在穿壁的正当口，我感觉脸颊上明显发热，位置也正是痣那儿。问题是破壁同脸颊生痣之间能有什么因果关系呢？我当然无从解释。

那个无面孔的男子在宾馆大厅对我说："现在不是时候，你不能在这里！"他向我警告，然而我置若罔闻，只管前进。我对绵谷升愤愤不平，为自己的一筹莫展窝囊憋气，结果使我领受了这块痣亦未可知。

痣也可能是那场奇异梦幻给我留下的烙印。他们借助痣告诉我**那不单单是梦，那是实有之事，你必须每次照镜子时都想起**。

我摇摇头。无法解释的事情委实太多，而我仅仅明了一点，即我对什么都感到困惑。头开始鼓涨作痛，没办法再想什么。什么都不想做。我喝口冰镇啤酒，继续看外面的雨。

偏午时分，往舅舅那里打了个电话，聊了一会儿家常话之类。有时候我很想找人说说话，跟谁说都可以，否则觉得自己同现实世界的距离将越拉越远。

舅舅打听久美子是不是还好，我说还好，眼下出公差去了。一切和盘托出也并无不可，但是把一系列事件原原本本讲给第三者听几乎是不可能的。连我本人都如坠五里雾中，如何能向别人说清道明！于是决定暂把真相瞒着舅舅。

“您是在这里住过些年头的吧？”我问。

“啊，在那里怕是住了六七年吧。”他说，“慢着，买的时候是一九六〇年，住到一九六七年——七年。后来结婚搬来这座公寓，那以前一直单身住那里来着。”

“想问您一句：在这里住时可发生过什么不好的事？”

“不好的事？”舅舅有些费解。

“就是说，生病啦和女人分手啦什么的。”

舅舅在电话另一端不无好笑地笑道：“在那里住时同女人分手确实有过一次，不过那种事在别处住也是完全可能的，我想也算不得怎么不好，况且老实说来又不是很让人舍不得的女人。至于病嘛……记忆中没生过病。脖子生过一个小包，去理发时师傅劝我最好割掉，就找到医生那里。不是大不了的东西，无非想让健康保险公司开销一点，荒唐！住那儿期间找医生，那是最初也是最后一次。”

“没有什么不愉快的回忆？”

“没有。”舅舅稍想一下问道，“喂喂，干吗风风火火地问这个啊？”

“其实也没有什么的，只是久美子最近见到一个算卦先生，耳朵里装了不少风水方面的话回来，这个那个的。”我扯谎说，“这种事我是无所谓的，可她偏叫我问问舅舅。”

“唔——，我对风水什么的也完全是门外汉，问我也说不出个究竟来。不过就我住时的感觉来说，房子不存在任何问题。宫胁那里情况倒是那个样子，可离那里远着哩。”

“您搬走后有什么人住过这里？”

“我搬开以后，像是有位都[1]立高中老师一家住了三年，接着是一对年轻夫妇住了五年。年轻的大概是做买卖的，什么买卖记不得了。至于他们在那里过得是不是幸福愉快我可不知道。管理方面统统委托给了不动产商，没见过住户，什么原因迁走也不晓得，不过不好的消息却是根本没听说。估计是嫌房子窄而出去自己建房了吧。”

“有人说这地方水脉受阻，这点可有什么想得起来的？”

“水脉受阻？”舅舅问。

“我是不明白怎么回事，只听人这么说。”

舅舅沉思片刻。“想得起来的什么也没有的。不过胡同两头堵死，可能不大对头吧。没有入口和出口的路，想起来是不大正常。因为路也罢河也罢根本原理上是流动的，堵塞必然沉淀。”

“果然。”我说，“还有件事想问：您可在这儿听见过拧发条鸟叫？”

“拧发条鸟？”舅舅道，“什么呀，那是？”

我简单讲了讲拧发条鸟，说它落在院里的树上，每天像拧发条似的叫上一遍。

“不知道，那玩意儿没看过也没听过。我喜欢鸟，过去就很留意鸟叫，但这鸟名字都是头一次听到。这也和房子有什么

---

① 指东京都。

关系？”

“不，没什么关系，只是以为您知道，随便问问。”

“你要是想详细了解井啦我以后住过什么人啦，只管去站前世田谷第一不动产公司去问，说出我的名字找一个姓市川的老伯问他就是，房子一直由他管来着。他是那里的老户，或许能告诉你很多风水方面的事。实际上我知道宫胁家那么多情况也是从老伯那儿听来的。那人喜欢聊天，见见会有好处，说不定。”

“谢谢，见见看。”

“对了，工作进展如何？”舅舅问。

“还没找到。说实话，也没怎么用心找。眼下久美子工作，我在家搞家务，反正过得下去。”

舅舅似乎在思索什么，稍顷道：“也罢。要是实在有难处，到时说一声就是，或许我可以帮上忙。”

“谢谢。有难处一定找您。”说罢，我放下电话。

本想给舅舅说的那个不动产商打个电话，打听一下房子的由来以及以前住过什么人等情况，但最终觉得这念头有些傻气而作罢。

下午雨也还是一味地悄然下个不停。雨淋湿了房顶，淋湿了院里的树，淋湿了地面。午饭我吃的是烤面包片，喝了个汤罐头。整个下午一直在沙发上度过。想出门采购，但想到脸上有痣，便懒懒的没了兴致。我有些后悔，胡须留着不刮就好了。不过冰箱里还有点蔬菜，橱里放着若干罐头食品，米和蛋也有，只要不那么讲究，两三天还是可以应付的。

在沙发上几乎什么也没想。看书，用磁带听西方古典音乐，再不然就愣愣地看院里的雨。也许在黑漆漆的井底想东西想得太久了，思维能力已经枯竭，每要正经想点什么，脑袋便像给软钳子挟住似的涨痛；每要回忆什么，全身肌肉和神经便吱吱作响。

我觉得自己仿佛成了《OZ 国历险记》[1]里油干锈生的白铁皮人。

我时不时去一次洗脸间，站在镜前观察脸上的痣。可惜毫无变化。痣没再扩张，亦未缩小，颜色深浅也一成未变。我发觉鼻下尚有胡须未刮净。刚才右脸颊发现痣时头脑大乱，忘了没刮完的部位。于是我再次用热水洗脸，涂上刮须膏，将残留胡须刮除。

几次去洗脸间照脸的时间里，我都想起加纳马耳他在电话中的话：**我们只是经验性地相信映在镜中的图像是正确的。您要当心！**出于慎重，我进卧室对着久美子穿西服用的立镜照了照，痣同样在那里，不是镜子关系。

除了脸上的痣，没感觉出身体有别的不适。体温也量了，一如平日。除去三四天没吃东西而又无多大食欲以及偶有轻度呕吐感——恐是井底呕吐感的继续——之外，身体完全正常。

一个安静的下午。电话铃一次没响，信一封没来，无人穿行胡同，不闻附近人语。没有猫从院子走过，没有鸟飞来鸣啭。时闻几声蝉鸣，但不似往常聒噪。

快七点时，肚子有点儿饿，用罐头和蔬菜简单做了晚饭。相隔许久听了次广播里的晚间新闻，世间未发生什么变异。高速公路上汽车超车失败撞墙，车上青年死了几个；一家大银行的分行长伙同手下职员搞非法贷款受到警察传讯；町田市一名三十六岁主妇被一过路青年用榔头砸死。但这些无不发生在遥远的另一世界，我所在的世界只有院子里下的雨，雨无声无息，不张不狂。

时针指向九点时，我从沙发移到床上，拿书看罢一章，熄掉床头灯。

---

① 据此改编的电影我国一般译为《绿野仙踪》。

正做一个梦时，忽然睁眼醒来。什么梦记不得了，总之梦境有些凶险，醒来胸口还怦怦直跳。房间里仍一片漆黑。醒来好一会儿都记不起自己现置身何处，花了好些时间才弄明白原来在自家床上。闹钟指在后半夜两点。大概在井里睡得颠三倒四，以致生物钟整个乱了套。脑袋好歹镇静下来时，想要撒尿。睡前喝啤酒的关系。可能的话，很想再就势睡上一觉，但事不由己，只得支撑着从床上起身。这当儿，手碰上旁边一个人的肌肤。我并未惊讶，因为那是久美子常睡的位置，我早已习惯身旁有人躺卧。但我旋即想起，久美子已不在——她已离家出走。**是别的什么人睡在我身旁。**

我毅然打开床头灯：是加纳克里他。

13　加纳克里他未讲完的话

加纳克里他一丝不挂，脸朝向我这边，被也没盖，光身躺着。两座形状娇美的乳房，粉红色的小乳峰，平板板的小腹下宛如阴影素描般的黑黑的绒毛。她皮肤很白，刚刚生就似的珠滑玉润。我不明所以地定睛看这肢体。加纳克里他膝头合得恰到好处，两腿成“弓”字形躺着。头发散落在额前遮了半边脸，看不到她的眼睛。看样子睡得十分香甜。开床头灯她也凝然不动，只管发出静谧而均匀的呼吸。我反正睡意尽消，便先从壁橱里拿出夏令薄被盖在她身上，然后关掉床头灯，穿着睡衣进厨房在餐桌前坐下。

坐了一会儿，想起脸上的痣。一摸，可以感觉出仍在低烧似的发热。无须特意照镜，仍在那里无疑。看来那劳什子并非睡一晚上即可侥幸消失一尽那类好对付的东西，恐怕还是天亮后查电话簿向附近皮肤科医院咨询一下为好。问题是大夫问起自觉起因时该如何回答呢？在井下待了近三天。不不，跟工作两码事，只是想考虑点事情。因我觉得井底那地方适合思考事情。是的，没带吃的。不，不是我家的井，别人家的，附近空房子的井。擅自进去的。

我喟叹一声。啧啧，这话怎么好出口呢？

我两肘支在桌上似想非想地发呆的时间里，加纳克里他的裸体异常鲜明地浮现在脑海里。她在我床上酣然大睡。随后想起在梦中同身穿久美子连衣裙的她交媾时的情景，还真切地记得当时她肌肤的感触和肉体的重量。到底何者是现实何者是非现实呢？

不依序确认很难区别。两个领域之间的隔墙正在渐渐融化。至少在我的记忆中，现实与非现实似乎是以同一重量和亮度同居共处的。我既同加纳克里他交媾又没同她交媾。

为了把这种乱七八糟的性场面逐出头脑，我不得不去洗脸间用冷水洗脸，稍后去看了看加纳克里他。她把被蹬到腰间，依然酣睡未醒。从我这里只看得到她的背。她的背使我想起久美子的背。想来，加纳克里他的身段同久美子惊人的相像。由于发型、衣着风格和化妆截然不同，这以前没怎么注意到，其实两人个头差不多，体重也彼此彼此，衣服尺寸也相差无几。

我拿起自己的被走进客厅，倒在沙发上翻开书。我在看前不久从图书馆借来的历史书，是关于战前日本在满洲的活动和诺门坎日苏之战的。听了间宫中尉那番话，我开始对当时中国大陆的形势发生了兴趣，去图书馆借了几本回来。但跟踪书上的具体史料性记述不到十分钟，睡意突然上来，便把书放在地板上，闭起眼睛，算是休息一下眼睛，结果灯也没关就那样睡了过去，且睡得很实。

醒来时，厨房有声音传来。走去一看，原来加纳克里他在厨房准备早餐，身穿白色T恤和蓝色短裤，两件都是久美子的。

“喂，你的衣服在哪儿呢？”我站在厨房门口向加纳克里他打招呼。

“啊，对不起，您睡觉的时候，随便借您太太的衣服穿了。我也觉得不好意思，但我什么穿的也没有嘛。”加纳克里他把脖子歪向这边说道。不知何时她又恢复了以往六十年代风格的化妆和发式，唯独没戴假睫毛。

“那倒不必介意。可你的衣服到底怎么了？”

“没了。”加纳克里他倒也痛快。

“没了？”

“嗯，是的，丢在哪里了。”

我走进厨房，靠着餐桌看她做鸡蛋卷。加纳克里他熟练地打蛋、放调味料，飞快地搅拌起来。

“那么说，你是光身来这里的喽？”

“嗯，是的。”加纳克里他理直气壮地说，“完全赤身裸体。您怕也知道吧，您给盖的被嘛。”

“那的确是的。”我支吾道，“我想知道的是：你是在哪里怎么丢的衣服，怎么从那里光身来到这里的。”

“我也不清楚。”加纳克里他一边晃动平底锅一边一圈圈卷起鸡蛋饼。

“你也不清楚？”我说。

加纳克里他把鸡蛋卷倒进盘子，加进煮好的花椰菜，接着烤面包片，烤好连同咖啡摆上桌面，我拿出黄油、盐和胡椒，然后俨然新婚夫妇一般对坐着吃早餐。

我突然想起脸上的痣，而加纳克里他看我的脸也丝毫不显吃惊，问也没问。为慎重起见我用手摸了摸脸，痣那里仍有些发热。

“冈田先生，那里疼吗？”

“不不，疼倒不疼。”我回答。

加纳克里他看了一会儿我的脸，说：“在我眼里好像是痣。”

“在我眼里也像痣。”我说，“不知该不该去找医生，正犹豫着呢。”

“仅限于表面，医生怕也不好办吧？”

“或许，可也不能就这么听之任之啊！”

加纳克里他手拿叉子略一沉吟，说：“买东西办事什么的，我可以代劳。您要是不乐意出门，一直待在家里也可以的。”

“那么说倒是难得。可你有你的事，我也不能永远闭门不出，是吧？”

加纳克里他想了一下道：“若是加纳马耳他，对这个也许能知道什么，知道该怎么处置。”

“那，就请你跟加纳马耳他联系联系可好？”

“加纳马耳他不接受别人联系，要由她自己联系才行。”如此说着，加纳克里他咬了口花椰菜。

“可你联系总可以的吧？”

“那当然，姐妹嘛。”

“那，顺便问问我的痣好么？或者请她同我联系。”

“对不起，那不成。不能为别人的事开口求姐姐，这是一条原则。”

我边往烤面包片上涂黄油边叹息道：“这么说，我有事要找加纳马耳他时，只能静等她主动联系喽？”

“是那么回事。”加纳克里他说，并点了下头，“不过，如果不痛也不痒的话，我想您最好先忘掉它算了。那东西我是无所谓，所以您也无所谓就是了。人有时是会有这东西的。”

“怕也是。”

之后，我们默默吃了一会儿早餐。好久没跟别人吃早餐了，胃口大开。我这么一说，加纳克里他倒好像不以为然。

“对了，你的衣服嘛……”我开口道。

“擅自拿您太太衣服穿，您心里不舒服对吧？”加纳克里他担心地问。

“不，哪里哪里。你穿久美子衣服是一点问题都没有的。反正是放在那里，穿哪件都没关系。我放心不下的是你在哪里怎么样地弄丢了自己的衣服。”

“不光衣服，鞋也没了。”

“你是如何弄得精光的呢？”

“无从想起。”加纳克里他说，“我记得的只是一醒来就光身躺在您家床上，之前的事一件也想不起来。”

“你下井了吧，我从井里出来后？”

“那个记得，再就是躺在这里，其他的都想不出。”

“那就是说，连怎么从井里出来的也全不记得了？”

“全不记得，记忆中途两断。”加纳克里他竖起双手的食指，对我比划出约二十厘米的距离。我搞不清那表示多长时间。

“搭在井里的绳梯怎么样了也不记得？梯子已经不见了。”

“梯子也罢什么也罢都不晓得，就连是不是顺着梯子从那里爬出来的都不记得。”

我定定地注视着手里的咖啡杯，稍顷道：“哎，可能让我看看你脚心？”

“噢，当然可以。”说着，她坐到我身旁的椅子上，直直地伸长腿，让我看两个脚心。我抓起她脚腕细看。脚心甚是洁净，无伤无泥，造型原封未动。

“没泥没伤。”我说。

“就是。”加纳克里他道。

“昨天下了一天雨，假如你是在哪里弄丢鞋从那儿走到这里的，脚底板该沾泥才是，而且你是从院子进来的，脚侧也该有泥痕，对吧？可脚干干净净，脚侧也好哪里也好都不像沾过泥巴。”

“就是。”

“这么说，就不是光着脚从哪里走过来的。”

加纳克里他不无钦佩地略歪下头：“逻辑上您说得很对。”

“逻辑上或许很对，但我们什么目的也没达到。”我说，“你在哪里丢了衣服和鞋，怎么从那里走来的呢？”

加纳克里他摇头道："这——，我也摸不着头脑。"

她对着洗碗池认真冲洗碟碗的时间里，我坐在桌前就此思索。当然我也摸不着头脑。

"这类事常有？自己去了哪里都想不起来这类事？"我问。

"不是第一次。想不起自己去了哪里这类事虽说不是常有，有时还是有的。衣服弄丢以前就发生过一次，不过连鞋也无影无踪却是头一回。"

加纳克里他拧住自来水龙头，用抹布擦拭桌面。

"嗳，加纳克里他，"我说，"上次你讲起的还没全部听完呢。当时讲着讲着你突然不见了，可记得？可以的话，接着讲完好么？你给暴力团抓住，开始在那个组织里接客，在宾馆遇上绵谷升，同他睡觉——那以后怎么样了？"

加纳克里他靠着洗碗池看我，手上的水珠慢慢顺着指尖滴在地板上，白T恤胸部清晰地凸显出两点乳峰。我又完整地想起昨夜看到的她的裸体。

"好的，那就把后来发生的全部讲完吧。"加纳克里他随即重新在我对面的椅子上坐下。"那天我所以中途不告而辞，是因为我心理上还没有把话讲完的准备。但我还是觉得最好把实情如实地向您说出来，也正因为这样我才向您讲起，可是终究没能最后讲完。人突然不见了，想必你也吃一惊。"加纳克里他双手置于桌面，看着我的脸说道。

"吃一惊是吃一惊，但在最近发生的事里边还不是最叫人吃惊的。"

"上次已经讲了个开头，我作为娼妇，作为**肉体娼妇**最后接待的是绵谷升先生。因协助加纳马耳他工作而第二次见到绵谷升先生时，我即刻想起了那张脸，想忘也忘不掉。至于绵谷升先生记不记得我，我不知道。他不是轻易在脸上表露感情的那种人。

“不管怎样，还是按先后顺序往下说吧。先从我作为娼妇接待绵谷升先生时说起，已是六年前的事了。

“上回就已说过，那时我的身体已经对任何疼痛都无动于衷。不光疼痛，所有感觉都已失去，我生活在深不见底的无感觉之中。当然不是说没有冷热苦痛这些感觉，但这些感觉好像远在与己无关的另一世界里。所以，我对为赚钱同男人发生性关系没有半点抵触。因为无论谁对我怎么样，我所感觉到的都不是我的感觉，我没有感觉的肉体甚至已不是我的肉体。我已经被裹进卖淫团伙中，他们叫我跟男人睡觉，睡之后给我钱，我也就拿了。是讲到这里吧？”

我又一次点头。

“那天我奉命去的，是闹市区一座宾馆的十六楼。房间是姓绵谷的订的。绵谷并不是哪里都有的常见姓。我敲门时，那男人正坐在沙发上一边看书一边喝通过客房服务要来的咖啡。他上身穿绿色港衫，下身是褐色棉布裤，短发，一副褐色眼镜。沙发前面的茶几上放着咖啡壶、杯和那本书。大概书看得相当出神，眼里还残留着兴奋。面孔倒不很有特征，唯独眼睛显得异常活泼。看到那眼睛，一瞬间我还以为进错了房间。但当然不可能进错。他叫我进来把门锁上。

“然后他坐在沙发上，一声不响地仔细打量我的身体，从头顶到脚尖。进房间后，男人大多把我的身体和脸用视线舔一遍。恕我冒昧，冈田先生您买过娼妇吗？”

“没有。”我说。

“那同看商品是一码事，对那种视线我很快就习惯了。人家花钱买肉体，当然要过目检查。不过那个人的视线和一般人的不同，似乎要透过我的肉体来打量我身体对面的东西，这使我很不舒服，就好像自己成了半透明的人。

“我想我多少有点慌乱，手里的手袋掉在地板上，发出一点声音。但由于自己愣神，半天没意识到手袋掉下。我弯腰拾起手袋。掉时手袋卡扣开了，化妆品有几样散落在地板上。我拾起眉笔、唇膏、小瓶香水，一样一样装回手袋。那时间里他始终以同样的视线盯视着我。

“我拾起掉在地板的东西放回手袋后，他令我脱去衣服。‘可以的话，先淋浴一下好吗？出汗了。’我说。天很热，坐电车来宾馆途中出了不少汗。他说汗什么的无所谓，没时间，叫我快脱。

“脱光后，他叫我趴在床上，我照做了，接着命令我老实别动，别睁眼睛，别说话，除非他问。

“他穿着衣服坐在旁边。只是坐着，坐在我身旁静静俯视趴着的我的裸体，一根指头也没碰我。这样看了大约十分钟。我的脖颈、脊背、臀部、大腿都可以痛切地感到他尖锐的视线。我心想此人说不定有性功能障碍。客人当中不乏这样的人，买了娼妇扒光，只静静地看，也有人扒光后当着我的面自己处理。各种各样的人以各种各样的原因买娼妇。所以，我猜想此人也可能是其中的一个。

“但不久，他开始伸手往我身上摸来。十根指头从肩摸到背，从背摸到腰，像在慢慢搜寻什么。那既不是所谓爱抚，当然也不是按摩。他的手指像顺着地图线路划动一样小心翼翼地在我身上移动，仿佛一边触摸一边在不停地思考什么，并且不是一般的思考，而是聚精会神的深思熟虑。

“十根指头时而信马由缰四处徘徊，时而突然止住，长久立定不动，就像十指本身或犹豫不决或坚定不移。知道吗？十指好像各具生命、各怀异志、各有所思。那是一种十分奇妙的感触，甚至有些令人悚然。

“但不管怎样，指尖感触使我产生了性兴奋。性兴奋体验对我还是初次。当娼妇之前，性行为带给我的仅仅是痛苦，稍一想到性交头脑里都会充满对痛感的恐怖。而在当娼妇之后，来了个一百八十度转弯，竟变得毫无感觉。痛感没了，什么感觉都没了。为讨对方欢心，我也做出气喘吁吁或高潮迭起的样子，但那是骗术，是逢场作戏。然而那时我却在那男人的手指下当真喘吁起来，那是从身体深处自然而然涌上来的。我觉察自己体内有什么开始蠕动，就好像重心在身体里边到处移来移去。

“一会儿，男人停止了手指动作，双手掐在我腰间，像在思考什么。从指尖可以感觉出他在静静地调整呼吸。之后，他开始慢慢脱衣服。我闭着眼，脸伏在枕头上，等待着下面的把戏。脱光后，他分开我伏着的双臂和双腿。

“房间里静得怕人，听到的唯有空调送风的低音。那个人几乎不弄出任何动静，连呼吸都听不见。他把手心放在我脊背上。我身体没了力气。他的阳物碰在我腰部，但软软的。

“这当儿，枕旁电话铃响了。我睁眼看男人的脸，而他似乎压根儿就没听见。铃响了七八次后，不再响了，寂静重新返回房间。”

说到这里，加纳克里他徐徐嘘了口气，随后默默地看自己的手。“对不起，让我歇一会儿，可以么？”

“可以可以。”我说。我重倒一杯咖啡啜了一口，她喝冷水，两人默默坐了十来分钟。

“他再次用十指在我身上抚摸，那才叫无微不至。”加纳克里他继续道，“我的身体没有一处不给他摸到。我已经什么都想不成，心脏在我耳边异常徐缓地发出很大的声响。我已无法克制自己，在他的抚摸下我好几次大声喊叫。不想喊也不行，有什么别的人在用我的嗓子擅自喘吁擅自喊叫。我觉得整个身体的**发条**都像松动开来了。接着——好些时间之后——他仍让我趴着不动，从后面把**什么东西**插进我那里边。是什么现在我也不晓得。硬邦邦的，大得很。反正不是他的阳物，这点可以保证。**此人到底有性功能障碍**，我想。

“但不管是什么，给他插进之时，我实实在在地感到了所谓疼痛，自从自杀未遂以来那还是第一次。怎么说呢，那类似一种将我这具肉体从中间一撕两半的野蛮的痛感。然而，尽管痛不可耐，却又快活得令人眩晕。快感与痛感合为一体。明白吗？那是伴随着快感的痛感和伴随着痛感的快感，我不得不把二者作为一个东西吞下。在这样的痛感与快感之中，我的肉体更加迅猛地胀裂开来，对此我无力阻止。紧接着发生了一件怪事：我感觉从自己截然裂为两半的肉体中，迫不及待地掉出一个见所未见触所未触的什么东西。大小我不清楚，总之滑滑溜溜，像刚出生的婴儿，是什么我全然揣度不出。它原本就在我体内而我又一无所知——而由那个男人从中拉了出来。

“我想知道那是什么，极想知道，想亲眼看看，毕竟是我的一部分，我有看的权利。但我没能做到。我被淹没在痛感和快感的洪流中。肉体的我呼叫着，流着口水，剧烈拧着腰肢，连睁眼都不可能。

“于是我攀上了性快感的绝顶。不过较之绝顶，更像是被人从悬崖上推落下去。每一次大叫，都觉得房间所有玻璃都应声炸裂。不光觉得，实际我也看见窗玻璃和玻璃杯发着声响变成碎片，而细小的碎片又好像落在自己身上。之后心里非常不是滋味，意识倏然模糊，身体变冷下去。这么比方也许奇怪，就好像自己成了冷粥，黏糊糊的，满是莫名其妙的块状物，并且块状物随着心脏跳动而缓缓地深深地作痛。我确实感觉到疼痛。没费多少时间我就想起了那是怎样的痛感——那是过去自杀未遂之前我经常感到的那种闷乎乎的命中注定似的痛，而现在它像撬棍似的猛力撬开我意识的封盖。撬开后，痛感便脱离我的意愿，拖泥带水地拽起里边我那呈琼脂状的记忆。打个离奇的比方，就好像一个已死之人目睹自己被解剖的场面。明白么？就好像亲眼看到自己的身体被剖开，五脏六腑被长拖拖地掏出。

“我浑身痉挛，口水在枕头上流淌不止，小便也失禁了。我很想控制这种肉体反应，但无计可施。我身上的发条全都松缓脱落下来。意识朦胧中，我痛切地感到自己这个人是何等孤独无依何等软弱无力。各种各样的附件从肉体上接二连三脱落而去。有形的，无形的，一切都如口水如尿水，化为液体拉不完扯不断地流出体外。不能听之任之地将一切排泄一空！我想，这是我自身，不能任其化为乌有！然而无能为力。在其流失面前，我只能茫然袖手旁观。不知持续了多长时间。似乎所有的记忆所有的意识全都荡然无存，一切一切都已脱离自己。不久，黑暗突如其来地包笼了我，如同沉重的窗帘‘扑通’一声自上落下。

“等我意识恢复过来时，我又一次成了另一个人。”

加纳克里他就此止住，看着我的脸。

“这就是当时所发生的。”她沉静地说。

我一言不发，静等她说下去。

14　加纳克里他的新起点

加纳克里他继续讲：

“此后，我在身体分崩离析的感觉中度过了几天。走路好像脚没完全踩在地面，吃东西也没有咀嚼的感觉。而老实待着不动，又屡屡感到恐怖，就像自己的身体在无顶无底的空间永远下落不止，又像被气球样的东西牵引着永无休止地向上攀升。我已经无法将自己肉体的动作和感觉联结在自己身上，它们似乎同我的意识分道扬镳，自行其是，没有秩序没有方向，而我又不知如何匡正这极度的混乱。我所能做的唯有等待而已，静等时机到来时混乱自行收场。我告诉家人身体不大舒服，从早到晚关在自己房间里不动，差不多什么也不吃。

“如此昏天黑地过了几天，三四天吧。之后恰如暴风雨过后，一切突然静止。我环视四周，打量自己，得知自己已成为与原先不同的新人。也就是说这是第三个我自身。第一个我是在持续不断的剧痛中苦苦煎熬的我，第二个我是在无疼无痛无感觉中生活的我。第一个我是初始状态的我，我怎么都无法把痛苦那副沉重的枷板从脖子上卸下。在硬要卸下时——我指的是自杀失败时——我成为第二个我，这是所谓过渡阶段的我。以前折磨我摧残我的肉体痛苦确实消失了，但其他感觉也随之退化淡化，就连求生的意志、肉体的活力、精神的集中力也都随同痛苦消失得利利索索。而在通过这奇妙的中间地带后，如今我成了新的我。至于是不是我本来应有的面目，自己还不清楚，但在感觉上我可以模糊然而确切地把握到自己正朝着正确方向前进。”

加纳克里他扬起脸，定定地注视我的眼睛，仿佛在征求我的感想。她双手仍放在餐桌上。

“就是说，那男人给你带来了一个新的自己，是吧？”我试着问。

“我想恐怕是这样。”加纳克里他说，并点了几下头。她的脸宛如干涸的池底，见不到任何表情。“通过被那男人爱抚、拥抱进而获得有生以来第一次天翻地覆的性快感，我的肉体发生了某种巨大变化。至于为什么有此变化，为什么需要借助那个男人的手来完成，我不得而知。但无论过程如何，在我意识到时，我已进入新的容器，并在基本通过刚才也已说过的那种严重混乱之后，试图将新的自己作为‘更正确的存在’接受下来。不管怎么说，我已从深重的无感觉状态中挣脱出来，而那对我无异于透不过气的地狱。

“只是，事后的不快感很长时间里都如影随形地跟着我。每当想起那十指，想起他往我那里边塞的什么，想起我体内掉出的（或感觉出的）滑溜溜的块状物，我就一阵惶惶然，涌起一股无可排遣的愤怒，感到绝望。我恨不能把那天发生的一切从记忆里一笔勾销，然而无可奈何。为什么呢，因为那男人已**撬开**我体内的什么。**那被撬的感触**同有关那男人的记忆浑然一体地永远存留下来。毫无疑问，我体内有了污秽的东西。这是一种相互矛盾的感情。明白么？我获得的变化本身或许是正确的，并没有错，但带来变化的东西却是污秽的，错误的。这种矛盾或者说分裂长期折磨着我。”

加纳克里他望了一会她放在桌上的手。

“那以后我就不再为娼了，因为已经失去了为娼的意义。”加纳克里他脸上仍未浮现出类似表情的表情。

“那么容易就洗手不干了？”

加纳克里他点点头："我二话没说，反正就是不干了。什么啰嗦也没遇到，容易得甚至有点扫兴。我心里本已做好准备，料想他们肯定会打电话来。但他们就此无话。他们知道我的住址和电话号码，威胁也是完全可能的，而结果什么也没发生。

"这样，表面上我重新成为一个普通女孩。当时借父亲的钱如数还了，甚至有了一笔可观的存款。哥哥用我还的钱又买了辆不伦不类的新车。而我为还钱做了些什么，他恐怕根本无法想象。

"适应新的自身需要时间。所谓自己是怎样一个存在，具有怎样的功能，感受什么如何感受——这些我都必须一个个从经验上加以把握、记忆和积累。知道吗？我身上原有的东西几乎都已脱落，都已丢失。我既是新的存在，又差不多是空壳。我必须一点一滴填补这个空白，必须用自己的双手一一制作**我这一实体或我赖以形成的东西**。

"虽说身份我还是大学生，但我已没心思返校了。我早上离开家，去公园一个人呆呆坐在长椅上，或一味在甬道上走来走去。下雨就进图书馆，把书本摊在桌面上装出看书的样子。有时在电影院一待就是一天，也有时乘山手线① 电车来回兜上一日。感觉上就好像一个人孤零零浮游在漆黑的宇宙中。我没有人可以商量。若在加纳马耳他面前自然什么都可以托出，但前面已经说过，姐姐当时躲在遥远的马耳他岛潜心修行。不晓得地址，通信都通不成，只能孤军奋战。就连一本解释我所经历事情的书都没有。不过，尽管孤独，并非不幸。我已经可以牢牢地扑在自身上了，至少现在已经有了**可以扑上去的自己本身**。

"新的我可以感觉到疼痛，尽管不似过去那么剧烈。但同时

---

① 东京的环状地铁线路。

我也在不觉之间掌握了逃避疼痛的办法。就是说，我可以离开作为感觉出疼痛的具体的我。明白么，我可以将自己分为**肉体的我**和**非肉体的我**两部分。空口说起来你或许觉得费解，而一旦掌握方法，实际并不怎么难。每当疼痛袭来，我就离开作为肉体的我，就像不愿见面的人来时悄悄躲去隔壁，十分简单自然。我认识到疼痛涉及的是自己的肉体，肉体可以感觉出疼痛的存在。可是我不在那里，我在的是隔壁房间，所以疼痛的枷锁套不住我。”

“那么说，你是随时可以把自己那么分离开来喽？”

“不不，”加纳克里他略一沉吟，“最初我能做到的只限于物理式疼痛施加在我肉体的时候。换句话说，疼痛是我分离意识的关键。后来通过加纳马耳他的帮助，我才得以在某种程度上自主地将二者分离开来。不过那是很久以后的事了。

“如此一来二去，加纳马耳他来了信。信上说她终于结束马耳他岛上的三年修行，一周内回国，哪里也不再去了，就留在日本。我为将同马耳他重逢感到高兴。我们七八年没见了，一次也没见过。前面说来着，这世上马耳他是我唯一能够推心置腹畅所欲言的人。

“马耳他回国当天，我就把以前发生过的事统统说了一遍，说得很长。马耳他一声不响地把这段奇妙的遭遇听完，一个问题也没提。等我说完，她喟叹一声，说：‘看来我确实早该在你身旁守护你。怎么回事呢，我竟然没察觉到你有这么根深蒂固的问题，或许因为你同我太亲近了。但不管怎样，我还是有我无论如何都必须做的事情来着，有很多地方非我一个人去不可，别无选择。’

“我劝她不必介意。我说这是**我的**问题，终究我是因此而多少变得地道起来的。加纳马耳他静静地沉思了一阵，然后这样说道：

“‘我离开日本以来你所遭遇的种种事情，我想对你是难受的残酷的。但正如你所说，无论情况怎样你是因此而阶段性地一点点接近了本来的自己的。最艰难时期已经度过，一去不复返了，不会再次找到你头上。虽说并不容易，但经过一定的时间，一切都是可以忘却的。然而若没有本来的自己，从根本上人是活不下去的。就如地面一样，如果没有地面，在上面做什么都无从谈起。

“‘只有一点你必须记住——你的身体已被那个男人玷污了。这原本就是你必须经受的。弄得不好，很有可能永远失去自己，永远在完全的无中往来彷徨。所幸那时的你**碰巧**不是本来的你，因而起了很好的反作用。唯其如此，你才反倒从“假性的你”中解放出来。这实在幸运得很。不过那脏物仍留在你体内，必须找地方冲洗才行。但我无法为你冲洗，具体方法也不晓得，恐怕只能由你自己设法解决。’

“姐姐接着为我取了**加纳克里他**这个新名。获得新生的我需要新的名字。我马上喜欢上了这个名字。加纳马耳他还把我用作灵媒。在她的指导下，我一步步掌握了控制自己和将肉体与精神分离开来的方法。我生来总算第一次得以在安详的心境中欢度时光。当然，我还没有把握住**本来的我那一存在**，身上还缺少很多很多东西。可是现在我身边有加纳马耳他，有人可以依赖。她理解我，容纳我，引导我，好好保护我。”

“你再次碰到了绵谷升吧？”

加纳克里他点下头：“是的，我又一次见到了绵谷升先生。那是今年三月初，距我第一次被他抚摸、实现转变、同加纳马耳他一道工作已经过去五年多了。绵谷升先生来我家找马耳他，我在家里见到他的。没开口说话，只在门口一晃儿见到他。但我一瞥见那张脸，顿时触电似的呆立不动，因为那是最后一次买我的那个男人。

“我叫来加纳马耳他，告诉说那就是玷污我的那个男人。‘晓得了，往下全交给我，你放心就是。’姐姐说，‘你躲在里边，决不要在他面前露面。’我照姐姐吩咐做了，所以不知道他和加纳马耳他在那儿谈了什么。”

“绵谷升到底找加纳马耳他寻求什么呢？”

加纳克里他摇头道：“我一无所知，冈田先生。”

“一般都有人去你们那里寻求什么吧？”

“是的，是那样的。”

“例如寻求什么呢？”

“所有一切。”

“具体说来？”

加纳克里他咬了下嘴唇：“失物、运气、前程……等等。”

“你们都能料到吧？”

“料得到。”加纳克里他指着自己的太阳穴说，“当然也不是什么都料得到。但答案大多在这里面，只要进这里即可。”

“像下到井底一样？”

“是的。”

我臂肘支在桌上，慢慢做了个深呼吸。

“可以的话，有一件事希望你告诉我：你好几次出现在我梦里。那是你以自己的意愿有目的地进行的，是吧？”

“正是。”加纳克里他说，“是有目的地进行的。我进入您的意识之中，在那里同你交合。”

“这你可以做到？”

“可以，那是我的任务之一。”

“我和你在意识中交合。”我说。一旦实际出口，觉得很有些像在雪白的墙壁上挂一幅大胆的超现实主义画作，而我像从远处审视它是否挂得端正似的再次重复道："你和我在意识中交合，但我并没有求你们什么，也并不想知道什么，对吧？可你为什么偏要和我做那种事呢？"

"因为加纳马耳他命令我那样。"

"这么说，加纳马耳他是通过作为灵媒的你来探索我的意识，以便从中寻求某种答案？而那又是为什么呢？所寻求的答案是绵谷升委托的？还是久美子委托的？"

加纳克里他默然良久，显得有些迷惘。"那我不知道，我没得到详细情报。因为在没得到情报的情况下作为灵媒才能更为主动自觉。我只是受命通过那里而已，至于给在那里发现的东西赋予意义则是加纳马耳他的任务。不过有一点想请您理解：总的来说加纳马耳他是偏向您的。因为我憎恨绵谷升先生，而加纳马耳他是比谁都为我着想的人。大概她是为你才那样做的，我想。"

"哎，加纳克里他，我不太明白——为什么你们出现后我身边怪事层出不穷？这么说，倒不是把一切责任推到你们身上。也许你们是**为我**做了什么，不过坦率说来，我无论如何也不认为自己因此得到了幸福，莫如说反而失去了许多许多。很多东西离我远去了。一开始是猫，继而老婆失踪。久美子走后来了封信，坦白说同一个男的睡了好些日子。我没有朋友，没有工作，没有收入，没有未来的希望，没有生存的目的——这难道**对我有好处**不成？你俩在我和久美子身上到底干了些什么？"

"您说的我当然十分理解，您生气也理所当然。我也希望一切都能水落石出……"

我叹口气，手摸右脸颊上的那块痣。"啊，算了算了，就算我自言自语，别往心里去。"

她目不转睛地看着我的脸道："确实，这几个月您身边事情一个接着一个，对此我们或许有几分责任，不过我想这恐怕是或迟或早总有一天非发生不可的。既然迟早总要发生，那么早些发生不是反而好些吗？我的确是这样觉得的。跟您说，冈田先生，事情甚至会更糟糕哩。”

加纳克里他说要去附近自选商场采购食品。我递过钱，劝她外出时最好穿得多少整齐些。她点点头，去久美子房间穿了白布衬衫和绿花裙子出来。

“随便拿您太太的衣服穿，您无所谓吗？”

我摇头说：“信上叫我全部扔掉，你穿是谁都无所谓的。”

不出所料，加纳克里他穿起来件件衣服都正合身，合身得近乎不可思议，连鞋号也一致。加纳克里他穿上久美子的拖鞋出门去了。目睹她穿着久美子衣服的身姿，我觉得现实正进一步偏离方向，犹如巨大的客轮正缓缓转舵。

加纳克里他外出后，我倒在沙发上茫然望着院落。约三十分钟后，她抱着三个塞满食品的大纸袋搭出租车返回，动手为我做了火腿蛋和沙丁鱼色拉。

“您对克里特岛可有兴致？”饭后加纳克里他突然问我。

“克里特岛？”我问，“地中海的克里特岛？”

“对。”

我摇摇头：“说不清，没专门考虑过克里特岛，兴致无所谓有也无所谓无。”

“没有和我一起去克里特岛的想法？”

“和你一起去克里特岛？”我重复问道。

“说实话，我打算离开日本一段时间。上次您走开后我一个人在井底一直想这个问题。从姐姐给取这个名字时我就想迟早要去一次那个岛，为此看了不少有关克里特岛的书，还自学了希腊语，以便将来能在那里生活。我有相当的存款，一段时间里生活不成问题。钱你不必担心。”

“你要去克里特岛，加纳马耳他知道吗？”

“不，还什么也没跟加纳马耳他说起。不过，要是我说想去，姐姐不会反对，说不定认为那对我有好处呢。姐姐把我作为灵媒用了五年，但她并不单单是把我当作工具使用。在某种意义上，她是以此来帮助我恢复。姐姐认为通过让我在形形色色的人的意识或自我世界中穿行可以使我获得自己这一实体，我想。您知道么？这就是所谓自我模拟试验一类。

“想来，这以前我还一次也没有向谁明确提出过‘自己无论如何都想干这个’。说实在话，我也不曾想过‘自己无论如何都想干这个’。降生以来我就一直生活在以疼痛为中心的岁月里，设法与酷烈的疼痛共处几乎成了我生存的唯一目的。二十岁时自杀未遂倒是使得疼痛消失了，但取而代之的又是深而又深的无感觉。我简直就是行尸走肉。厚墩墩的无感觉外套裹着我的全身，根本不存在可以称为我的意志的东西。在被绵谷升先生玷污肉体掘开意识之后，我获得了第三个我。然而那仍不是我自身，我不过取得了最低限度的容器，如此而已。而作为容器的我，在加纳马耳他的指导下穿行在各种各样的自我世界。这就是我二十六年的人生。想象一下好了，二十六年时间里我竟什么也不是。我一个人在井底下思考时恍然大悟：我这个人在如此长久的岁月里居然什么也不是！我不过是娼妇，是肉体娼妇，是意识娼妇！

“但今天我要争得我新的自身。我既非容器也不是穿行物，我要在地面上竖立我自身！”

“你说的我理解，可我为什么要和你同去克里特岛呢？”

“因为这无论对我还是对您恐怕都是件好事。”加纳克里他说，“眼下一段时间我觉得我们两个都没必要留在这里，既然这样，莫如不在这里为好。或者说您往下有什么别的安排？有什么安身之计？”

“没有安排，什么都没有。”

“有想在这里办的事？”

“现在我想没有。”

“有不得不办的事？”

“找工作我想是必要的，不过也并不是说马上非找不可。”

“如此看来，您不觉得我们有很多共通点？”

“确实有的。”

“我们两人都需要从某处开始新的什么，”加纳克里他看着我的眼睛说，“作为开端，我认为去克里特岛并不坏。”

“是不坏。”我承认，“唐突固然唐突，作为开端则的确不坏。”

加纳克里他朝我莞尔一笑。回想起来，加纳克里他还是第一次朝我微笑。她这一笑，使我觉得历史似乎朝着正确方向多少前进了一步。“还有时间。就算马上做出发准备，怕也需两周时间。这期间您慢慢考虑一下。我不知道是否能给予您什么，现在好像没有什么给予您的。因为我是个彻头彻尾的空壳，我要一点点填充这空壳。但如果您认为这也无妨的话，我可以把这个自我交付给您，我想我们是可以互相帮助的。”

我点点头。

“想想看。”我说，“很高兴你这么说，果真那样，我想肯定很妙。不过我还有事必须考虑，必须处理。”

“即使万一您仍说不愿去克里特岛，我也不会因此受打击。遗憾自然遗憾，您只管不客气地说出就是。”

这个夜晚加纳克里他还住在我家里。傍晚她问我去附近公园散散步如何，我决定忘掉脸上那块痣走去外面，老是对这玩意儿耿耿于怀也没什么意思。我们在这心旷神怡的夏日黄昏散步了一个小时，然后回家简单吃点东西。

散步时，我对加纳克里他详细讲了久美子信上的内容。我说估计她再不会回到这里了，她已经有了情人，且跟他睡了两个多月，就算同那男的分手，也不至于回心转意。加纳克里他默默听着，没发表任何例如感想之类的东西，看样子她早已知晓来龙去脉。大概在这方面我是最为蒙在鼓里的人。

饭后加纳克里他提出想跟我睡觉，想同我进行肉体式性交。如此风风火火的，我不知怎么办才好。“如此风风火火的，我不知怎么办才好。”我坦率地告诉加纳克里他。

加纳克里他盯着我脸道：“您同我一起去克里特岛也罢不一起去也罢，反正请您把我作为娼妇睡一次好么？一次即可。这和去克里特岛是两码事。我想今晚在这里请您买我的肉体。这是最后一次，此后我就彻底不当娼妇，意识上的也好肉体上的也好，甚至加纳克里他这个名字都想扔掉。但为此需要**到此为止**这样一个眼睛看得到的分界。”

“需要分界我自是明白，可是何苦偏要跟我睡呢？”

“跟您说，我想通过同现实的您进行**现实**性交来从冈田先生您这个人当中穿过，想以此来使自己从自身的污秽中解放出来。这就是分界。”

“噢，对不起，我可不买人家的肉体。”

加纳克里他咬咬嘴唇：“这样吧，不用出钱，让我穿几件太太的衣服好了，包括鞋，作为形式上的买我肉体的代价，这回可以了吧？这样我就能获救。”

“你说的获救，就是指你从绵谷升最后留在你体内的秽污中解放出来？”

“是这么回事。”

我注视了一会儿加纳克里他的脸。加纳克里他没粘假睫毛的脸庞看上去比平时孩子气得多。“我说，绵谷升到底是什么东西？那小子是我老婆的哥哥。可细想之下，我对他差不多一无所知。他到底在想什么追求什么……我一点儿都不知晓。我知晓的仅仅是我们相互憎恶。”

“绵谷升先生同您是完全属于两个世界的人。”加纳克里他说，随即闭嘴筛选词句，“绵谷先生在您不断失去的世界里接连得分，在您被否定的世界里受到欢迎，反之亦然。也正因如此，他才对您深恶痛绝。”

“这我很不理解。对那小子来说我岂非微不足道？他根本不把我放在眼里。绵谷升有名声，也有势力。与他相比，我完全是零。对这样的小角色他何必非欲置之死地而后快呢？”

加纳克里他摇头道：“憎恶这东西犹如长拖拖的黑影，在大多情况下，连本人都不晓得黑影是从哪里伸过来的；也是一把双刃剑，在劈砍对手的同时也劈砍自己，拼命劈砍对方的人也在拼命劈砍自己。有时甚至会丧命，但又不可能作罢，即使想作罢也不成。您也得注意才是，这东西实在不是好玩的。憎恶这东西一旦在心里生根，要想铲除比登天还难。”

“你能觉察到是吧，觉察到绵谷升心中那憎恶的根源？”

“可以觉察到。”加纳克里他说，“是那东西把我的肉体撕为两半并玷污了的，冈田先生。正因为这样，我才不愿意把那个人作为我最后一个客人。”

这天夜里，我上床抱住了她。我脱去加纳克里他身上久美子的衣服，同她交合。文静的交合。同加纳克里他交合感觉上总好像是梦境的继续，恍惚两人梦中的云雨直接变成了现实。这是真正的血肉之躯，但又缺少什么——缺少切切实实同这女子交合的实际感受。在同加纳克里他交合的过程中，我甚至不时产生同久美子做爱的错觉。我想射精时自己肯定醒来，但没醒来。我射在了她体内，这是真正的现实，然而现实又好像在我每当认识到其为现实的时候一点点变得似是而非。现实正一点点脱离现实，却又仍是现实。

“冈田先生，”加纳克里他双手搂住我的背，“两人一起去克里特岛吧。对我也好对你也好这里都已不再是留恋的地方。我们必须去克里特岛。留在这里，您身上肯定凶多吉少，这我知道的。”

“凶多吉少？”

“**非常地凶多吉少。**”加纳克里他预言道。声音低而透澈，犹如森林中的预言鸟。

15　正确的名字、夏日清晨浇以色拉油的燃烧物、不正确的隐喻

清晨，加纳克里他失去了名字。

天刚亮，加纳克里他悄悄把我叫醒。我睁开眼睛，看窗帘缝儿泻进的晨光，又看旁边起身注视我的加纳克里他。她没穿睡衣，穿着我一件旧T恤，那是她身上穿着的一切。小腹绒毛在晨光中淡淡闪烁。

“喂，冈田先生，我已经没了名字。”她说。她不再是娼妇，不再是灵媒，不再是加纳克里他。

“OK，你已经不是加纳克里他。”说着，我用指肚揉了揉眼睛，“祝贺你，你已成为新的人。但没了名字以后怎么叫你呢？从背后叫你时就不好办。”

她——直到昨夜还是加纳克里他的女子——摇了下头。“不知道。恐怕要找个什么新名字。我过去有真名，后来当了娼妇就再不愿叫出口，而为干那种事用了个假名。不做娼妇时加纳马耳他给作为灵媒的我取名叫加纳克里他。但我已不再是以往任何一个角色，我想有必要为新的我取个崭新的名字。您心里没有什么想得到的——适合给新的我作名字的什么？”

我想了会儿，但想不出合适的名字。“还是你自己动脑筋吧。你往下就是独立自主的新的人，哪怕花些时间，肯定也还是自己物色好。”

“可这很难呀，很难为自己找到正确的名字。”

“当然不是容易事。毕竟名字这东西在某种场合代表一

切。”我说，“或者最好我也像你那样在这里把名字整个弄没，我倒是觉得。”

加纳马耳他的妹妹从床上欠身伸手，用指尖抚摸我的脸颊。那里应该有块婴儿手心大小的痣。

“要是您在这里失去名字，我怎么叫你好呢？”

“拧发条鸟。”我说，我起码还有个新名。

“拧发条鸟，”说毕，她将我的这个名字放飞到空中观望片刻，“名字是很漂亮，可到底是怎样一种鸟呢？”

“拧发条鸟是实际存在的鸟。什么样我不知道，我也没亲眼见过，只听过叫声。拧发条鸟落在那边树枝上一点一点拧世界发条，‘吱吱吱吱’拧个不停。如果它不拧发条，世界就不动了。但这点谁也不晓得，世上所有的人都以为一座远为堂皇和复杂的巨大装置在稳稳驱动世界，其实不然，是拧发条鸟飞到各个地方，每到一处就一点点拧动小发条来驱动世界。发条很简单，和发条玩具上的差不多，只消拧发条即可，但那发条唯独拧发条鸟方能看到。”

“拧发条鸟，”她再次重复道，“拧世界发条的拧发条鸟！”

我抬头环视四周。早已习惯了的房间，四五年我一直在房间里睡觉，然而看上去房间竟又那般空荡那般宽敞，令人不可思议。“遗憾的是，不知拧发条鸟去了哪里，也不知那发条是何形状。”

她把手指放在我肩上，指尖画着小圆圈。

我仰面躺着，久久注视天花板上呈胃袋形状的小小污痕。污痕正对着我的枕头。我还是第一次注意污痕的存在。它究竟什么时候出现在那个位置的呢？大概我们搬来之前就在那里的吧，在我和久美子一块儿躺在这床上的时间里它始终屏息敛气正对着我们伏在那里。这么着，一天早上我忽然注意到它的存在。

曾是加纳克里他的女子就在我身旁，我可以感到她暖暖的呼气，可以嗅到她肉体温馨的气息。她继续在我肩头画小圆圈。可以的话，我想再抱她一次，但我无法判断这是否正确，上下左右关系过于复杂。我摒弃思考，只管默默仰视天花板。稍顷，加纳马耳他的妹妹在我身上俯下身子，轻轻吻在我右脸颊上。她柔软的嘴唇触到那块痣，我顿时生出深深的麻痹感。

我闭上眼睛，谛听世界的声籁。鸽的叫声从什么地方传来。咕咕、咕咕、咕咕，鸽子极有耐性地叫着。叫声充满对世界的善意，那是在祝福夏日的清晨，告诉人们一天的开始，但我觉得光这样并不够，应该有谁在拧动发条才是！

“拧发条鸟，”曾是加纳克里他的女子开口道，“我想你肯定会有一天找到那发条的。”

我仍闭着眼睛：“果真那样，果真能找到发条并且拧它的话，地道的生活就会重返我身边吗？”

她静静地摇下头，眸子里漾出一丝凄寂，仿佛高空飘浮的一缕云絮。“我不知道。”她说。

“谁也不知道。”我说。

世上不知道为好的事情也是有的，间宫中尉说。

加纳马耳他的妹妹说想去美容院。她身无分文（不折不扣光身一人来我家的），我借钱给她。她穿上久美子的衬衫久美子的裙子久美子的鞋，前往车站附近一家美容院。久美子也常去那里来着。

加纳马耳他的妹妹出门后，我在地板上开动吸尘器，把堆积的衣服投进洗衣机，已经好些天没这样做了。之后把自己桌子的抽屉全部拉出，将里面的东西一古脑儿倒进纸壳箱，准备挑出有用的，其余全部烧掉。实际上有用的东西几乎没有，有的差不多全是无用之物：旧日记，想回而拖延未回的来信，往日写满日程的手册，排列着我人生途中擦肩而过的男女姓名的通讯录，变色的报纸杂志剪辑，过期的游泳会员证，磁带收录机说明书与保修卡，半打已投入使用的圆珠笔和铅笔，记有某某人电话号码的便笺(现已想不出是何人的了)。接着，我把放入箱子保管在壁橱里的旧信烧个精光。信大约一半是久美子来的，婚前两人经常书来信往，信封上排列着久美子细小而工整的字迹。她的字迹七年来几乎一成未变，连墨水颜色都一脉相承。

我把纸箱拿到院里，浇上色拉油，擦燃火柴。纸箱烧得很来劲，但全部烧完意外地花了不少时间。无风，白烟从地面笔直爬上夏日天空，很像《杰克与豆荚树》中高耸入云的巨木。顺其扶摇直上，最上端很可能有我的过去，有大家欢聚的小小天地。我坐在院里石头上，一边擦汗一边凝望烟的行踪。这是个燥热的夏日清晨，正预示着更热的午后的来临。T恤黏糊糊地贴在我身上。旧俄国小说中说信这东西一般是在冬夜火炉中烧的。夏天一大早在院子里洒上色拉油烧一般是没人干的，但在我们这个猥琐的现实世界里，人在夏日清晨热汗淋漓大烧其信的事也是有的，世上别无选择的事也是有的，等不到冬天的事也是有的。

大致烧尽，我用水桶提来水，浇上去把火熄灭，又用鞋底踩了踩灰。

收拾好自己的，接着去久美子工作间打开她的桌子。久美子离家后我再也没看过抽屉，我觉得那不大礼貌。但本人既已明确表明不再回来，打开抽屉久美子也不至于介意。

看样子离家前她已整理过，抽屉里几乎空无一物。剩下来的，无非新信封信笺、装在盒里的纸夹、规尺和剪刀、圆珠笔和半打铅笔之类。想必早已为可以随时出走而整理妥当，里面已没有任何可以感觉出久美子存在的东西。

可是，久美子把我的信弄哪儿去了呢？她应该拥有和我数量相等的信。那些信应该保存在哪里，但哪里也找不见。

接下去我走进浴室，把化妆品全部倒进纸盒。口红、洗面奶、香水、发卡、眉笔、棉扑儿、化妆水以及其他莫名其妙的玩意儿全给我倒进糕点盒中。量并不多。久美子对化妆不甚热心。久美子用的牙刷和齿垢刷扔了，浴帽也扔了。

如此收拾完毕，也彻底累了。我坐在厨房椅子上，满满喝了杯水。其他久美子留下来的，也就是相当于一个不大的书架的书和衣服了。书可以捆起来卖给旧书店，问题是衣服。久美子信上叫我适当处理，说再不想穿第二次，但具体怎么算是“适当”处理她却未加指点。卖给旧衣店？装进塑料袋当垃圾扔掉？送给想要的人？捐给救世军①？但哪种做法我都认为不够“适当”。不急，用不着急，眼下就那么放着算了。也许加纳克里他（曾是加纳克里他的女子）要穿用，或者久美子改变主意回来取走也未可知。这种情况固然难以出现，可又有谁能一口否定呢！明天会发生什么无人知晓，至于后天大后天，更是无人知道。不，如此说来，就连今天下午发生什么都无可预料。

曾是加纳克里他的女子从美容院回来已快中午了。新发型惊人之短，最长部分也不过三四厘米，用发胶之类固定得服服帖帖。也许是彻底卸妆的关系，乍看险些认不出来了。总之不再像杰奎琳·肯尼迪了。

我夸奖了她的新发型：“这样要自然得多，青春得多。就是觉得有点好像成了另一个人。”

“本来就成了另一个人嘛！”她笑道。

---

① 基督教新教一个派系，以军队形式传道和从事公益事业。

我问她一起吃午饭如何，她摇摇头，说往下有好多事要一个人去做。

“嗳，冈田先生，拧发条鸟，”她对我说，“这回总算作为新的人迈出了最初一步。先回家跟姐姐好好谈谈，然后做去克里特岛的准备：拿护照，订机票，打点行装。这些事我完全外行，不知怎样做才好。毕竟以前一次也没出过远门，连东京都没离开过。”

“你仍然认为和我一起去克里特岛不碍事？”我试探道。

“还用问！”她说，“无论对我还是对您都是最佳选择，所以才请您也仔细考虑考虑。这可是件大事！”

“仔细考虑。”我应道。

曾是加纳克里他的女子离去后，我穿一件新港衫，穿上长裤，并为掩饰那块痣而戴了副太阳镜，顶着炎炎烈日步行到车站，坐午后乘客寥寥的电车来到新宿。我在纪伊国屋书店买了两本希腊旅行指南，去伊势丹专卖皮箱的地方买了个中号旅行箱，买罢去最先看到的一家餐馆吃午饭。女侍应生甚是冷淡，满脸的不耐烦。我自以为对冷淡不耐烦的女侍应生相当见怪不怪，然而如此不耐烦的还是头一遭。无论我这个人还是我点的菜看来都百分之百不合她的意。我对着菜谱考虑吃什么的时间里，她以一种活像抽到一支凶签的眼神死死盯住我脸上的痣。我脸颊上一直粘着她的视线。本来我要的是小瓶啤酒，一会儿上来的却是大瓶。但我没有抱怨。就凭人家给拿来果然冒泡的冰镇啤酒这点，怕也该千恩万谢才是。量多，喝一半剩下即可。

菜上来前，我边喝啤酒边看旅行指南。克里特岛在希腊也是离非洲最近形状最为细长的岛。岛上无铁路，游客一般以公共汽车代步。最大的镇叫伊拉克利翁，附近有以迷宫著称的克罗梭斯宫殿遗址。主要产业是橄榄种植，葡萄酒也颇有名。多数地方风大，到处是风车。由于种种政治上的原因，在希腊是最后摆脱土耳其统治的。也许因此之故，风俗习惯也较希腊其他领土略有不同。尚武风气浓，第二次世界大战期间以顽强的抗德运动而闻名。卡赞扎基斯以克里特岛为舞台创作了长篇小说《希腊人卓尔巴》。我从旅行指南上所能得到的克里特岛知识基本就这么多了，至于那里实际生活如何我几乎无从知晓。这也情有可原，旅行指南这类小册子说到底是为途经那里的过客写的，而并非以准备在那里落地生根的人为对象。

我想象自己和**曾是加纳克里他的女子**单独在希腊生活的情景。我们在那里到底将过什么样的日子呢？将住什么样的房子吃什么样的东西呢？早上起来后将做什么样的事说什么样的话来打发一天时光呢？这些究竟将持续几个月以至几年呢？我脑海里全然浮现不出任何堪称图像的图像。就希腊我知道的具体光景仅仅是《星期天不行》和《骑海豚的少年》等电影场面，且已是二三十年前的老电影了。

但无论情况怎样，我想我都可以就这样去克里特岛，可以同**曾是加纳克里他的女子**同去克里特岛生活，总之。我交替看了一会儿桌面上的两本旅行指南和脚前新买的旅行箱，这是我付诸具体形体的**可能性**。为了将可能性这一概念变成可视形体，我特意上街买了旅行指南和旅行箱，并且越看越觉得这可能性充满诱惑力。一切置之度外，只消提一个旅行箱立即离开这里即可，容易得很。

我留在日本所能做的，无非闷在家里静等久美子回来，而久美子基本回归无望。信上交代得很清楚，叫我别等她别找她。诚然，不管怎么说，继续等久美子的权利我是有的，可那一来我势必眼看着损耗下去，势必更为孤独更为一筹莫展更为软弱无力。

问题在于这里任何人都不需要我！

或许应该从此同加纳马耳他的妹妹一起去克里特岛，或许如她所说这对我对她都是最佳方案。我再一次盯视脚前的旅行箱，想象自己同加纳马耳他的妹妹降落在伊拉克利翁机场（克里特岛机场名称），想象在一个村落里住下来生活、吃鱼，在碧蓝的大海里游泳。**但是如此在脑海里叠积明信片般想入非非的时间里，**胸中固体云团样的东西渐次膨胀开来。我一只手提着新旅行箱，在挤满购物客的新宿街头行走，走着走着觉得胸闷，犹如气孔被什么堵塞了，手脚都好像运作不灵。

出得餐馆正在路上走着，手中旅行箱撞在对面大踏步跨来的一个男子的腿上。是个大块头小伙子，灰T恤，一顶棒球帽，耳里塞着单放机耳塞。我对他道了声“对不起”。不料对方默默扶正帽子，一只胳膊直挺挺地伸出，猛地抓住我胸口一抡。事情完全始料未及，我踉跄着栽倒了，头磕在大楼墙上。男子见我的确倒了，毫不动容地扬长而去。一瞬间本想追上前去，又转念作罢。追上去也是枉然。我爬起身，叹口气，拍去裤子上的土，拎过旅行箱。有人拾起我掉的书递过，是一位头戴几乎无檐的圆帽子的小个子老妇人，帽子形状甚是奇特。递给我书时，老妇人一声不响地轻摇了下头。见到老妇人的帽子及其同情的眼神，我不由想起拧发条鸟——那栖息在一片树林深处的拧发条鸟。

头疼了一阵子，好在没有磕破，只脑后鼓了个小包。别在这种地方东张西望了，还是赶快回家为好，我想，还是返回那条宁静的胡同才是道理。

为使心情平静下来，我在车站售货亭买了份报纸和柠檬糖。从衣袋里掏钱付罢正挟着报纸往检票口走时，背后传来女子的叫声。“喂，阿哥，”女子喊道，“那位脸上有痣的大个子阿哥！”

叫我！喊叫的是售货亭女孩。我不明所以地折回。

“忘拿找您钱了。”她说，然后把刚才一千日元的余额递给我。我道谢接过。

“提了那块痣，别见怪，”她说，“想不出别的叫法，就顺嘴说出来了。”

我设法在脸上浮起微笑，摇下头，表示无所谓。

她看着我的脸：“汗出得那么厉害，不要紧？不大是滋味吧？”

“热，走路，就出了汗。谢谢了。”我说。

上电车打开报纸。这时我才意识到，自己实在有好久没摸报纸了。我们没订报。久美子乘电车上班路上想起来时就在车站售货亭买份晨报带回家来给我，于是翌日早晨我看前一天的晨报。看报只为看招聘广告。而久美子没了以后，买报回来的人也没了。

报纸上没有任何足以引起我兴趣的东西。眼睛从第一版扫到最后一版，我必须知道的消息一则也没有，但在叠起报纸依序看车上吊挂的周刊广告时，眼睛停在**绵谷升**三个字上。字相当大：“绵谷升氏出马政界投石激浪”。我定定地仰视这“绵谷升”，仰视了好些时候。这小子端的动真格了，端的要当政治家。我思忖，就为这一点我离开日本也是值得的。

我提着空旅行箱在电车站转乘公共汽车回到家。家虽如空壳，进得家门还是舒了口气。歇息片刻，进浴室淋浴。浴室已没有了久美子的气氛，牙刷也好浴帽也好化妆品也好统统没了踪影，没有长筒袜和内衣挂在这里，没有她专用的洗发香波。

从浴室出来用毛巾擦身时，蓦地心想该把报道绵谷升的周刊买回一本，很想看看上面到底写些什么。继而又摇摇头。绵谷升想当政治家当去就是，这个国家谁想当政治家都有权利当，何况久美子已离我而去，我同绵谷升的关系实质上已一刀两断。那小子以后交何运气和我了不相干，正如我交何运气同他了不相干一样。妙哉！**原本就该如此！**

然而我很难把那周刊逐出脑海。整个午后我都在整理壁橱和厨房，但无论手脚怎么忙脑袋怎么考虑别的，“绵谷升”那吊挂广告上三个大大的铅字都在我眼前执拗地浮上浮下，就像从公寓邻室穿壁而来的遥远的电话铃声。无人理睬的铃声久久响个不停，我尽可能做出充耳不闻的样子，权当它不存在，但就是不成。无奈，只得步行到附近一家小店买了那期周刊回来。

我坐在厨房椅上，边喝加冰红茶边看那报道。上面写道，作为经济学家和评论家声名鹊起的绵谷升氏正在具体探讨下届众议院选举由新潟××选区参加竞选的可能性。其详细履历赫然其上，学历、著述、几年来在舆论界的东杀西砍。伯父为新潟××选区众议院议员绵谷义孝氏。该氏日前以健康原因声明引退，但尚未物色到强有力的理想接班人。倘别无意外情况，舆论大多认为其侄绵谷升氏可能继之由该选区出马。果真如此，以现职绵谷众议员地盘之强，绵谷升氏之知名度之年轻，其当选基本已成定局。报道遂引用当地“一位名流”谈话：“升君出马的可能性可以说有百分之九十五。细节问题当然有待协商，但关键是本人似已有意出马，水到自然渠成。”

绵谷升的谈话也登在上面。话很长。现阶段尚未决意出马，他说，这件事的确是有，但自己也有自己的想法。问题并不那么简单，不可能一有人提出我就当场应允下来。自己希求于政界的同其可能希求于己的二者之间，恐存在相当差距。所以，往下将一步步协商一点点协调。但若双方想法一致，决定下来要参加众议院竞选，则自己无论如何也要力争当选。而一旦当选，就不甘心只当一名平庸的议院新手。自己才三十七岁，既然选择从政之路，便有漫长的路要走。自己有明晰的构想，也有能力就此争取人们的理解。自己将依据长期构想和战略开展活动，目标暂且以十五年为期。在二十世纪内，自己肯定可以作为政治家处于推动日本确立明确的国家特性的位置。这是短期目标。而最终目的，是要使日本摆脱当今的政治边缘状态，将其提升到堪称政治及文化楷模的地位。换言之，就是给日本这个国家脱胎换骨，就是抛弃伪善，确立哲理和道义。需要的不是模棱两可的词句，不是故弄玄虚的修辞技巧，而是可触可见的鲜明形象。我们业已进入务必获得这一鲜明形象的历史时期，而作为政治家当务之急即是确立这种国民共识和国家共识。现在我们推行的这种无理念政治，不久必然使这个国家沦为随波逐流的巨大水母。自己对侈谈理想和未来没有兴趣，所说的仅仅是“必须做的事”，而必须做的事是无论如何也要做的。对此我有具体的政策性方案，它将随着形势的发展而逐步变得一目了然。

周刊报道大体说来对绵谷升怀有好感，说绵谷升是精明强干的政治、经济评论家，雄辩之才早已人所共知。风华正茂，雄姿英发，仕途无可限量。在这个意义上，其口中的“长期战略”可谓亦非梦想而带有现实性。选民大多欢迎他出马。在较为保守的选区，离婚经历和独身多少有些问题，但年龄和能力的优势足以弥补之或有过之。妇女选票当可拉到不少。“诚然，”报道开始以略带辛辣的笔触结束全文，“绵谷升直接承袭伯父选区出马这点，换个看法，亦不无搭乘其本人锋芒所指的‘无理念政治’顺风车之嫌。其高迈的政见虽具一定说服力，但在现实政治活动中能否奏效，则只能拭目以待。”

看罢绵谷升报道，把周刊投进厨房垃圾篓。我先将去克里特岛所需衣服和杂物装进旅行箱。克里特岛冬天冷到什么程度我心中无数。从地图上看，克里特岛距非洲极近。但非洲有的地方冬天也是相当寒冷的。我拿出皮夹克放进旅行箱，接着是毛衣两件、长裤两条、长袖衫两件、半袖衫三件，再加上驼绒外套、T恤、短裤、袜子、内衣、帽子，以及太阳镜、游泳裤、毛巾、旅行牙具。不管怎么装，旅行箱也还是有一半空着，但必需品又想不出更多的来。

反正先把这些装进合上箱盖。旋即生出几分感慨：真的就要离开日本了！我将离开这个家，离开这个国家。我含着柠檬糖打量了好一会崭新的旅行箱，不由想到久美子离家时连个旅行箱也没带。她只带一个小挎包，只提着洗衣店打理过的一衫一裙，就那样在晴朗朗的夏日清晨离家远去。她带的东西比我箱里的还少。

接着我想到水母。绵谷升说："这种无理念政治，不久必然使这个国家沦为随波逐流的巨大水母。"绵谷升他凑近观察过活生生的水母吗？恐不至于。我观察过。在水族馆陪久美子亲眼看了——尽管不情愿——地球上种种样样的水母。久美子站在一个个水槽前，真可谓忘乎所以地默默凝视水母们安详而又曲尽其妙的泳姿，初次约会便好像把身旁的我忘去九霄云外。

那里确实有形形色色大大小小的水母。梳形水母、瓜形水母、带形水母、幽灵水母、透明水母……久美子给这些水母迷得如醉如痴，以致我事后买了本水母图鉴当礼物送给她。想必绵谷升有所不知，有的水母既有骨骸又有肌肉，且能吸入氧气，排泄也能，甚至精子卵子亦不在话下。它们挥舞触角和围盖游得潇洒自如，并非飘飘摇摇随波逐流。我绝不是为水母辩护，但它们自有它们的生命意志。

喂，绵谷升君，我说，你当政治家无所谓，那自然悉听尊便，不该由我说三道四，但有一点要告诉你，你用不正确的隐喻侮辱水母是错误的。

晚间九点多，电话铃突然响了。我半天没抓听筒，望着茶几上叫个不停的电话机，我猜想到底是谁呢？谁现在找我？干什么呢？

我明白过来。是那个**电话女郎**。为什么我不知道，反正深信不疑。她从那个奇妙的黑房间里需求我，那里至今仍荡漾着沉闷滞重的花瓣气息，仍有她排山倒海的性欲。“我什么都可以为你做，包括你太太没为你做过的。”终究我没拿听筒。电话铃响了十几遍停下，又响了十二遍，随后沉默下来。这沉默比电话铃响之前的沉默深重得多。心脏发出大大的声音。我久久盯视自己的指尖，推想心脏将我的血液缓缓输送到指尖的全过程，尔后双手静静捂住脸，长叹一声。

沉默中，唯有时钟“**嗑嗑嗑**”干涩的声音在房间回响。我走进卧室，坐在地板上又看一会儿旅行箱。克里特岛？对不起，我还是决定去克里特岛。我有些累了，不能再背负冈田亨这个名字在此生活下去。我将作为曾是冈田亨的男人，同曾是加纳克里他的女人前往克里特岛——我这样实际说出口来。至于是向谁故意说这个，我也闹不明白。是向**谁**！

“**嗑嗑嗑嗑嗑嗑**”，时钟踱着时间的脚步，那声响仿佛同我的心跳连动起来了。

16　笠原 May 家发生的唯一不妙的事、笠原 May 关于烂泥式能源的考察

“嗳，拧发条鸟，”女子说道。我把听筒贴在耳朵上觑一眼表，午后四点。电话铃响时，我正躺在沙发上睡得大汗淋漓。短暂的不快的睡眠。简直就像我正睡时有个人一屁股坐在我身上，而那感触仍然挥之不去。那个人趁我睡着时赶来坐住，在我快醒时抬屁股不知去了哪里。

“喂喂，”女子嘟囔似的低声道，声音仿佛透过稀薄的空气传来。“我是笠原 May 呀。”

“噢。”由于嘴巴肌肉不自如，不知对方听成了什么，反正我是“噢”了一声。纯粹听成一声呻吟也未可知。

“现在干什么呢？”她试探似的问。

“什么也没干。”我回答，随后离开听筒清了下嗓子。“什么也没干，睡午觉来着。”

“吵醒你了？”

“吵醒是吵醒了，无所谓，午睡罢了。”

笠原 May 有所迟疑似的停顿一下说道：“嗳，拧发条鸟，方便的话，马上来我家一趟可好？”

我闭起眼睛。一闭眼，黑暗中飘来各种各样的颜色和光亮。

“去倒也可以。”

“我躺在院里做日光浴呢，随便从后门进来好么？”

“晓得了。”

“嗳，拧发条鸟，还生我的气？”

“说不清。”我说，“反正马上淋浴换衣服，完了去你那儿就是，我也有话要说。”

先淋了一阵冷水让脑袋清醒过来，然后淋热水，最后又用冷水。如此眼睛自是醒过来了，身体的平衡感却仍未恢复。腿不时发颤，淋浴时不得不几次抓住毛巾挂，或坐在浴槽沿上。看来比自己原来想的要累。我一边冲洗还鼓着一个包的脑袋，一边回想新宿街头把我抢倒在地的那个年轻人。我想不通事情何以如此。什么原因使他做出此举呢？事情发生在昨天，却好像过去了一两个星期。

淋浴出来用毛巾擦罢身体，刷牙，对镜子看自己的脸。右脸颊那块青黑色的痣依然故我，同此前相比，没变浓也没变淡。眼珠有道道血丝，眼窝发黑，两颊明显下陷，头发有点过长，活像几天前重新缓过气从墓地里扒土爬出的还魂新尸。

之后，我穿上新T恤和短裤，扣一顶帽子，戴上深色太阳镜走进胡同。炎热的白天尚未结束，地面大凡有生命有形体的东西全都气喘吁吁地等待傍晚阵雨的降临，但天空哪里也找不见云影。风也没有，滞重的热气笼罩着胡同。一如平时，胡同里一个人也没碰见。大热的天，我可不愿意以这副狼狈相碰见任何人。

空屋院里，石雕鸟依然翘着长嘴瞪视天空。鸟似乎比以前看到时疲惫得多，脏兮兮的，视线也像透出更加急不可耐的神情。看样子鸟是在盯视空中漂浮的一幕十二分凄惨的光景。如果可能，鸟也想从那光景里移开视线，但无法如愿。眼睛已被固定，不能不看。石雕鸟周围伸腰拔背的杂草们，宛如希腊悲剧合唱团中的领唱员一样纹丝不动，屏息等待着神谕降下。屋顶电视天线在呛人的热气中无动于衷地伸着银色触手。暴烈的夏日阳光下，一切都已干涸都已筋疲力尽。

张望了一会空屋院子后，走进笠原May家院子。橡树在地面投下凉丝丝的阴影，她却避开树荫躺在火辣辣的太阳下。笠原May身穿小得不能再小的巧克力色比基尼泳衣，仰面躺在帆布椅上。泳衣不过是用几条细带把小布块连接起来，人是否真能穿这玩意儿在水里游泳，我很有些怀疑。她戴一副同第一次见面时一模一样的太阳镜，脸庞上滚着大粒汗珠。帆布椅下放着大大的白浴巾、日光浴油和几本杂志，两个雪碧空易拉罐滚在那里，一个看来被当作烟灰缸用了。草坪上一条塑料引水软管仍如上次那样没形没样地扔着。

见我走近，笠原May欠起身，伸手把收录机关了。她比上次见时晒黑了好多，不是周末偶尔到海滩晒一次那种一般的黑，黑得十分均匀，全身上下真可谓从耳轮到趾尖统统黑得完美无缺。估计每天每日一味在这里晒太阳来着，我在井底那几天怕也不例外。我四下打量一番，院落光景同上次来时差不多少，剪割得整整齐齐的草坪舒展开去，放空水的水池干涸得一看都觉得嗓子冒烟。

我在她旁边的帆布椅上坐下，从衣袋里掏出柠檬糖。热，糖和包装纸全贴在了一起。

笠原May半天没有开口，只顾盯视我的脸。“嗳，拧发条鸟，脸上那块痣到底怎么回事？是痣吧？”

“是啊，十有八九是痣，我想。你问怎么回事我也不明白，反正注意到时就已经那样子了。”

笠原May半支起身，往我脸上逼视。她用指尖揩去鼻侧的汗，往上顶了下眼镜梁。镜片颜色很深，几乎看不清里面的眼睛。

“可有过什么感觉？为什么变成那个样子？”

“一点儿也没有。”

“半点也？”

“从井里出来不久往镜子里一看就这模样，就这么回事。”

“痛？”

“不痛，也不痒，只有点儿发热。”

“去医院了？”

我摇下头：“去怕也没用。”

“或许。”笠原May说，“我也讨厌大夫。”

我摘下帽子，拿开眼镜，掏手帕擦把额上的汗。灰T恤腋下已出汗出得发黑了。

“好漂亮的泳衣嘛。”我说。

“谢谢。”

“像是什么废物利用，最大限度利用有限资源。”

“家人不在时，上边也解掉来着。”

“嗬。”

“当然喽，怎么解也那么回事，反正里面没有像样的内容。”她辩解似的说。

她泳衣下凸显的乳房确乎很小，且没甚隆起。“就穿这玩意儿游过？”我询问。

“没有。彻底的旱鸭子。你这拧发条鸟呢？”

“能游。”

“多远？”

我用舌尖翻转一下柠檬糖，说：“任凭多远。”

“十公里？”

“差不多。”我想象自己在克里特岛海滨游泳的光景。导游手册介绍说沙滩白得反正就是白，海水颜色浓得像葡萄酒。我想象不出颜色浓如葡萄酒是什么海，不过大约不坏。我再次擦把脸上的汗。

“家人现在不在？”

“昨天就去伊豆别墅了。周末，都游泳去了。都去也不过父母和弟弟。”

“你不去？”

她做出略微耸肩的姿势，接着从浴巾里拿出短支“希望”和火柴，衔在嘴上点燃。

“拧发条鸟，你脸怎么那么恶心啊？”

“在黑得要命的井底不吃不喝待了好几天嘛，脸当然要不成样子。”

笠原 May 摘下太阳镜，脸转向我。她眼旁仍有很深的瘢痕。“嗳，拧发条鸟，生我的气？”

“不清楚。我觉得自己有一大堆事情要考虑，顾不上生你的气。”

“太太回来了？”

我摇头道：“最近来了封信，说再也不回来了。既然信上说再不回来，也就是说久美子是不回来了。”

“一旦下定决心，绝不轻易改变——是这样的人吧？”

“不改变的。”

“可怜的拧发条鸟，”笠原 May 说着直起身子，伸手轻碰我的膝盖。“可怜啊，拧发条鸟！嗳，拧发条鸟，也许你不相信，我真的直到最后都打算把你好端端地从井里救出来着，只不过想吓唬你让你受受罪，让你发抖让你喊叫罢了。想试验一下你到什么地步才能迷失自己才能惊慌失措。”

我不知说什么合适，只能默默点头。

“哎，以为我动真格的了？以为我真想把你弄死在那里？”

我在手里揉搓了一会柠檬糖纸。“说不清楚啊。你那时说的话，听起来既像是真格的，又像是仅仅吓唬我。井上井下两头说话，声波很是不可思议，表情也没办法判断准确。不过说到底，我想这已不是何是何非那种性质的东西了。明白么，现实这玩意儿是由好几层复合成的。所以，在那层现实里或许你真要害我，而在这层现实里你也许没那个念头。我想问题在于你取哪层现实，我又取哪层现实。”

我把揉成团的柠檬糖纸扔进雪碧空罐。

“嗳，拧发条鸟，有件事求你，”笠原 May 说着，指了下草坪上的引水软管，“用那软管往我身上喷点水好么？不常淋水，脑袋要晒出毛病似的。”

我从帆布椅上爬起，走到草坪那边拾起蓝色的塑料软管。软管热乎乎软乎乎的。我拧开树荫下的自来水龙头放水。一开始水在软管里升温，出来的水跟开水差不多，不一会一点点变凉，最后成了冷水。我朝躺在草坪上的笠原 May 使劲儿喷去。

笠原 May 闭紧双眼，身体对着水帘。“凉丝丝的，舒服极了！你不也来点儿？”

“这可不是泳衣。”我说。不过眼看笠原 May 淋得真好像那么畅快淋漓，便觉很难再忍耐下去，毕竟赤日炎炎。于是我脱去汗水打湿的 T 恤，弯腰往头上浇水，又顺便掬到嘴里尝了尝，凉凉的蛮好喝。

“哎，是地下水吧？”我问。

“是啊，从地下泵上来的，冰凉凉的很舒坦是吧？可以喝的！前段时间请保健站的人化验过，说水质毫无问题，还说东京城里很难有这么好的水。化验的人都好像很意外。但没有饮用，总有点放心不下。这一带房子建得密密麻麻的，谁知道混进什么呢，对吧？”

“不过想起来也真是不可思议，对面宫胁家干得滴水皆无，这里却有这么新鲜的水一个劲儿上蹿。一胡同之隔，怎么差得这么悬殊？”

“这——，什么道理呢？”笠原May歪头沉思。“大概水脉不巧有了点变化，结果那边井干了，这边井没干。具体因为什么我可不大清楚。”

“你家没发生什么不妙的事？”我试探道。

笠原May锁起眉，摇摇头道：“这十年来，我家发生的唯一不妙的事，就是无聊、百无聊赖！”

笠原May由我往身上喷了一阵子水，然后边用毛巾擦身边问我喝不喝啤酒，我说想喝。她从家里拿出两罐Heineken①，她一罐，我一罐。

“拧发条鸟，下一步打算怎么办？”

“还没想好怎么办。”我说，“不过有可能离开这里，我想。或者离开日本也不一定。”

“离开日本去哪里？”

“克里特岛。”

“克里特岛？这可和那个人有什么关系？和那个**叫作什么克里他**的女的？”

“有一点点。”

笠原May想了一会说：“把你从井里救上来的也是那个叫作什么克里他的？”

“加纳克里他。”我说，“是的，是加纳克里他把我从井里救上来的。”

“你肯定朋友多。”

“也不是。总的说来以少闻名。”

“可加纳克里他怎么会晓得你在井底呢？下井的事你不是跟谁也没说的吗？那她怎么晓得你在那里呢？”

---

① 荷兰啤酒，酒精含量低，适合女性饮用。一般译为“喜力”。

“不知道。”我说，“也猜不出。”

“总之你是要去克里特岛喽？”

“还没想定。我是说有那种可能性。”

笠原May叼烟点燃，小指尖碰了下眼旁的疤痕。

“嗳，拧发条鸟，你在井底的时候，我基本上倒在这儿做日光浴。从这里一边望那空屋院子，一边晒太阳想你来着——拧发条鸟就在那里，就在黑咕隆咚的井底忍饥挨饿，正一步步接近死亡，他不可能从那里出来，只有我晓得他在那里。这么一想，我就可以非常非常真切地感受到你的痛苦你的不安你的惶恐。嗯，知道么？这样我才觉得非常非常切近地接近了你拧发条鸟这个人。真的没打算害你哟，真的，不骗你。不过嘛，拧发条鸟，我是想再往前逼你几步来着，逼到最后一步，逼到你站都站不稳怕得不得了再也坚持不住的时候。我想这对我对你都是好事。”

“但我觉得，一旦你真的逼到最后一步，说不定就一直逼到底了。这可能比你想的容易得多。因为逼到最后一步，只消再进一步就完事了。并且事后你会这样想：终究还是这样对我对你都好。”说罢，我喝口啤酒。

笠原May紧咬嘴唇沉思。“不是没有可能，”她停顿一下，“我也把握不住的。”

喝光最后一口啤酒，我欠身站起，戴上太阳镜，从头顶套上汗水湿透的T恤。“谢谢你的啤酒。”

“嗳，拧发条鸟，”笠原May说，“昨晚家人去别墅以后，我也下井来着。在井底待了五六个小时，一动不动坐着。”

“那么说，绳梯是你解开拿走的喽？”

笠原May稍微皱下眉头，“不错，是我拿走的。”

我把视线落在草坪上。吸足水的地面蒸起雾霭般的热气。笠原May把烟头投进雪碧罐熄掉。

"起始两三个小时没什么特别感觉。当然，黑得那么厉害，多少有点心慌，但还算不上害怕呀惊恐呀什么的，我不是一有点什么就吓得大嚷大叫那类女孩，心想不过黑点儿罢了，人家拧发条鸟不也在这里待了好几天，不还说什么危险也没有什么好怕的也没有吗！但两三个小时过后，我开始渐渐闹不清自己是怎么回事了，觉得一旦一个人在黑暗中一动不动，身体里就有**什么**在不断鼓胀。就好像盆里的树根很快越长越大最后把盆胀裂似的，觉得那个**什么**在我体内一个劲儿变大，很可能最后把我自身稀里哗啦地胀破。太阳光下好端端收敛在我身体里面的东西，在黑暗中却像吸足特殊营养一样长得飞快，惊人地快。我很想控制，但就是控制不住。这么着，我一下子害怕得不行。那么怕生来还是头一次。整个人马上就要给我体内那白白的烂泥似的脂肪块样的东西取代了！它要一口吞掉我！拧发条鸟，那**烂泥似的东西**一开始真的很小很小的哟！"

笠原 May 闭住嘴，以追忆当时感受的神情注视自己的手。"真的很怕，"她说，"肯定我是想让你也这么怕来着，想让你听见**它**'咔嗤咔嗤'啃你身体的声音来着。"

我在帆布椅坐下，看着笠原 May 被小泳衣包住的形体。她虽已十六，但看上去不过十三四岁，乳房和腰肢还没发育成熟，这使我想起用最少的线条栩栩如生地勾勒出的图形。但同时她的肢体又好像有一种令人感到老成的东西。

"这以前你可有过被玷污的感觉？"我不由问道。

"被玷污？"她略略眯细眼睛看着我，"所谓被玷污，指身体？指给谁强奸了，是这个意思？"

"肉体上也好，或者精神上也好。"

笠原 May 视线落在自己身体上，尔后又折回到我："肉体上没有。我还是处女呢！胸部让男孩子摸过，隔衣服摸的。"

我默默点头。

“精神上如何我无法回答，不明白精神上被玷污是怎么回事。”

“我也说不确切。那仅仅是有没有那种感觉的问题。如果你没那种感觉，那么你就没有被玷污，我想。”

“干吗问我这个？”

“因为我认识的人里有几个人有这样的感觉，并且派生出许多复杂问题。还有一点想问：你为什么老是没完没了地考虑死呢？”

她衔支烟，一只手灵巧地擦燃火柴，戴上太阳镜。“你不怎么考虑死？”

“考虑当然也是考虑，但不经常。**有时候**。和世上一般人一样。”

“拧发条鸟，”笠原May说，“我是这么想的，人这东西肯定一生下来就在自己本体中心有着各自不同的东西，而那一个个不同的东西像能源一样从内里驱动每一个人，当然我也不例外。但我时常对自己不知所措。我很想把那东西在我体内随意一胀一缩摇撼自己时的感觉告诉别人，但没人理解。当然也有我表达方式不够好的问题。总之谁都不肯认真听我说下去，表面上在听，其实什么也没听进去。所以我时常烦躁得不行，也才胡来。”

“胡来？”

“如把自己闷在井底，骑摩托时两手从后面捂住开车男孩的眼睛。”说着，她把手按在眼旁的伤疤上。

“摩托车事故就是那时发生的？”我问。

笠原May露出诧异的神情看着我，问话好像没听到。但我口中说出的理应一字不漏传到她的耳里。她戴着深色太阳镜，看不清她眼神，但其整个面部倏然布满一种麻木的阴影，好比油洒在静静的水面倏然荡漾开来。

“那男孩怎么样了？”我问。

笠原May兀自叼着烟看我。准确说来，是看我的痣。“拧发条鸟，我非得回答你的问话不成？”

“不愿回答不回答也可以。话是你引起的，你不愿说就没什么好说的了。”

笠原May全然不作一声，仿佛很难决定怎么样才好。她把烟大口吸入胸腔，又徐徐吐出，然后懒洋洋地摘下太阳镜，紧紧闭起眼睛仰面对着太阳。见到如此动作，我觉得时间的流动正在一点点减速。**时间的发条似乎开始松动**，我想。

“死了。”良久，笠原May终于像放弃什么似的，以毫无生气的声音说。

“死了？”

笠原May把烟灰抖落到地面，拿起毛巾一次接一次擦脸上的汗，之后就像想起一件忘说了的事，事务性地迅速说道：“因为那时速度已相当快。在江之岛附近。”

我默默地看她的脸。笠原May两手抓着白色的沙滩巾按住两颊。香烟从指间冒着白烟。没有风，烟笔直上升，宛如极小的狼烟。看样子她仍在犹豫不决，不知该哭还是该笑，至少在我眼里是如此。她吃力地站在这狭窄的分界线上久久左右摇晃，但最终她没倒往任何一边。笠原May猛地绷紧表情，把沙滩巾放在地上，吸了口烟。时近五点，而热浪丝毫没有收敛。

“我害死了那个男孩。当然不是有意的。我只想逼到最后一步。以前那种事我们也做了好些次，做游戏似的。骑摩托时我从背后捂他的眼睛或搔痒似的捅一下肋部……但那以前什么也没发生，偏偏那时候……”

笠原May抬头看我。

"嗯，拧发条鸟，我没那么感到自己被玷污什么的。我只是总想接近那片**烂泥**，想把自己体内那片**烂泥**灵巧地引出来消灭干净。而为引它出来，我确实需要逼到最后一步，不那样就不可能把那东西很好地诳出来，必须给它好吃的诱饵。"说到这里，她缓缓摇下头。"我想我没被玷污，但也没有获救。眼下谁都救不了我。嗯，拧发条鸟，在我眼里世界整个是个空壳。我周围一切一切都像是骗子，不是骗子的只有我体内那片**烂泥**。"

笠原May有规则地轻轻喘息许久。不闻鸟叫不闻蝉鸣一无所闻，院子里静得出奇。世界真好像彻底沦为空壳。

笠原May像陡然想起什么似的朝我转过身体，表情已从她脸上消失，如被什么冲洗一尽。"你同加纳克里他那个人睡了？"

我点点头。

"去克里特岛可能写信来？"笠原May说。

"写，要是去克里特岛的话。只是还没算最后决定。"

"反正打算去是吧？"

"我想大概会去。"

"嗳，这边来，拧发条鸟。"说着，笠原May从帆布椅上欠起身。

我离开帆布椅走到笠原May跟前。

"坐在这里，拧发条鸟。"笠原May说。

我乖乖地在她身旁坐下。

"脸转到这边来，拧发条鸟。"她面对面静静地看了一会我的脸，尔后一只手放在我膝盖上，另一只手心按住我脸上那块痣。

"可怜的拧发条鸟，"笠原May自言自语地说，"你肯定得承受很多很多东西，知道也罢不知道也罢，愿意也罢不愿意也罢，就像雨落荒原。嗯，闭上眼睛，拧发条鸟，像用糨糊粘上一样闭得死死的。”

我死死地闭上眼睛。

笠原May把嘴唇吻在我脸颊那块痣上。唇又小又薄，极像制作精巧的假唇。随后她伸出舌头，在痣上均匀地慢慢舔着。另一只手则始终放在我膝头。一种温暖湿润的感触从很远的地方——比穿过全世界所有荒原还要远的地方朝我赶来。接着，她拿起我的手放在自己眼旁的伤疤上。我轻轻抚摸着那条长约一厘米的瘢痕。抚摸中，她意识的律动顺着我指尖传来，那是似乎寻觅什么的微颤。或许应该有人紧紧拥抱这个少女，除我以外的什么人，具有能给予她什么的资格的人。

“要是去了克里特岛，可得给我写信哟，拧发条鸟。我，顶喜欢接好长好长的信，可是谁都不写给我的。”

“我写。”我说。

17　最简单的事、形式洗练的复仇、吉他盒里的东西

次日早，我去照护照用的相片。往摄影室椅上一坐，摄影师以职业目光往我脸上审视良久，之后不声不响退回里间拿来粉笔样的东西往我右脸颊那块痣上涂了涂，接着后退，仔细调整照明的亮度和角度，以使痣不至于显眼。我对着照相机镜头，按摄影师的吩咐在嘴角浮出淡淡微笑样的东西。摄影师说后天中午可以洗出，叫我偏午时分来取。回到家，给舅舅打了个电话，说自己可能几周内离开这座房子。我道歉说没有及时告诉他久美子已不辞而别，说从其事后来信看，她恐怕很难重返这个家，而作为我也想离开一段时间——多长时间现在还说不准。听我大致说完，舅舅在电话另一端若有所思地良久没有开口。

"我倒觉得久美子和你一向相处得很和睦似的……"舅舅轻叹一声。

"说实话，我也那么认为来着。"我老实说。

"你不愿意说不说也没什么——久美子出走可有什么像样的理由？"

"估计有了情人。"

"有过那种迹象？"

"不不，迹象什么的倒没有，可本人那样写的，信上。"

"是这样。"舅舅说，"那么说，就真是那么回事了？"

"大概是吧。"

他再次叹息。

"我的事您别担心。"我以开朗的声音安慰舅舅说，"只是

想离开这里一些日子。一来想挪个地方换换空气，二来也想慢慢考虑下一步怎么走。”

“去哪里可有目标？”

“可能到希腊去，我想。有朋友在那边，以前就邀我去看看。”因为是说谎，心里有点不快，但在这里把实情一五一十准确而明了地讲给舅舅听实在非常困难，彻底说谎倒还容易些。

“唔。”他说，“没关系的，反正我那房子往下也不打算租给别人，东西就那样放在里面好了。你还年轻，从头做起也来得及，去远处放松一段时间也好。希腊？……希腊怕是不错的吧。”

“总是给您添麻烦。”我说，“不过，要是我不在期间因为什么情况要把房子租给谁的话，现有东西处理掉也可以的，反正没什么值钱货。”

“不必不必，下面的事由我考虑安排就是。对了，近来你在电话中说的什么‘水脉受阻’，怕是跟久美子的事有关吧？”

“是啊，多少有点儿。给人那么一说，我心里也不够平静。”

舅舅似在沉吟。“过几天去你那边看看如何？我也有些想亲眼瞧瞧怎么回事。也好久没过去了。”

“我什么时候都无所谓，什么安排都没有的。”

放下电话，心里突然很不是滋味。这几个月时间里，一股奇妙的水流把我冲到这里。现在我所在世界同舅舅所在世界之间，出现了一堵肉眼看不见的厚厚的高墙，将一个世界同另一世界隔开。舅舅在那一边，我在这一边。

两天后，舅舅到家里来了。看看我脸上的痣，他没说什么，大概不知怎么说好吧，只是费解地眯细一下眼睛。他拎来一瓶上等苏格兰威士忌和一盒在小田原买的什锦鱼糕。我和舅舅坐在檐廊里边吃鱼糕边喝威士忌。

“檐廊这东西还是有好处的啊！”说着，舅舅频频点头。“公寓当然没檐廊，有时候挺叫人怀念的。不管怎么说，檐廊自有檐廊的情趣。”

舅舅望了一会空中悬挂的月亮。白白的一弯新月，俨然刚刚打磨出来的。那东西居然持续浮在空中而不掉下，我很有点不可思议。

“哦，那痣是什么时候在哪里弄出来的？”舅舅若无其事地问。

“不清楚。”我喝了口威士忌，“注意到时就已经在这儿了，大约一星期前吧。我也想解释得好些详细些，但做不到，没办法。”

“找医生看了？”

我摇摇头。

“还有一点我不太明白，**这东西**同久美子出走会不会有某种关联呢？”

我摇摇头：“痣总之是久美子出走后才有的，从顺序上看应该有关联，至于是不是因果关系我也不明白。”

“脸上冷不防冒出块痣，这事我还没听说过。”

“我也没听说过。”我说，“不过，说倒说不好，反正我觉得好像已慢慢对它习惯些了。当然，冒出这么个劳什子，一开始我也吃了一惊，很狼狈。一看见自己的脸心里就难受，心想要是这东西一辈子都赖在这儿不掉可怎么办。但不知为什么，随着时间的过去，就不怎么放在心上了，甚至觉得并不那么糟。什么缘故我弄不明白。”

舅舅“噢”了一声，用不无疑惑的目光久久打量我右脸颊的痣。“也罢，既然你那么说，也许没什么。终究是你的问题嘛。需要的话，可以给你介绍一两个医生。”

“谢谢。眼下我不打算去找医生。估计找也不管用。”

舅舅抱臂往上看了一会天空。和往日一样，看不见星星，只有一弯明晰的新月。“我有好长时间没和你这么慢慢说话了，以为放松不管你和久美子两个也能和睦相处，再说我这个人原本就不喜欢对别人的事说三道四。”

我说这我非常明白。

舅舅“咣咣啷啷”摇了一会杯子里的冰块，喝一口放下。“近来你周围到底发生了什么，我很有些摸不着头脑。什么水脉受阻啦，风水如何如何啦，久美子出走啦，一天脸上忽然冒出痣啦，要去希腊一段时间啦。这倒也罢了，毕竟是你老婆出走，是你脸上有痣。这么说或许欠妥，并非我老婆出走，并非我脸上有痣，是吧？所以，你不想细说，不说也未尝不可，我也不愿多嘴多舌。只是我想，你最好认真考虑一下：自己最主要的事情是什么？”

我点点头：“考虑了很多很多，但很多事情极为错综复杂，不可能解开来一个一个思考，也不知怎么才能解开。”

舅舅微微笑道：“诀窍倒是有的，有诀窍保证你顺利得手。世上大多数人所以出现判断错误，无非因为不晓得这个诀窍，失败了就牢骚满腹，或诿过于人。这样的例子我实在看得腻了，坦率地说也不大乐意去看。所以，让我说句不知天高地厚的话：所谓诀窍，就是首先从不怎么重要的地方下手。也就是说，如果你想从A到Z编排序号，那么应该由XYZ开始，而不是由A开始。你说事情盘根错节过于复杂没办法着手，那恐怕是因为你想从最上面的开始解决。当你要做出一项重大决定时，最好从似乎无所谓的地方着眼，从谁看都一目了然谁一想都豁然明白那种简直有些滑稽傻气的地方入手，而且要在这似乎滑稽傻气的地方大量投入时间。

“我做的当然不是了不起的大买卖，不外乎在银座开四五家饮食店，在世人眼里不值一提，不值得自鸣得意。但如果单就成败而论，我可是一次也没失败过。因为我一贯按这个诀窍行事。其他人往往轻易跳过任何人都一目了然那种似乎滑稽傻气的地方一门心思往前赶，我则不然，而在看上去滑稽傻气的地方投入最长时间。因我知道在这种地方花的时间越长，往下就越省事。”

舅舅又呷了口威士忌。

“举例说吧，想在某处开一家店，饭店也好酒吧也好什么都好，那就先想象一下，想象开在哪里合适。好几个地点可供选择，而终究只能选一个。如何选择才好？”

我想了想说：“那怕要就各种情况预算一番：如果定点在这里，房租多少，贷款多少，每月偿还多少，客流多少，返桌率多少，人均消费多少，人工费多少，赔赚临界点多少……无非这些吧。”

“若这么干，十之八九的人必然失败。”舅舅笑道，“告诉你我怎么干。一旦我觉得一个地点合适，我就站在那跟前，一天站三四个钟头，一连好多天好多天好多天好多天只管静静观察那里来往行人的面孔。不用想什么，不用计算什么，只消注意什么人以什么样神情从那里走过即可。起码花一周时间。那时间里势必要看三四千人面孔吧？何况有时花更多时间。但看着看着自会豁然开朗，好像云开雾散一样，明白过来那里到底属于怎样的地点，该地点到底需求什么。如果该地点需求的同自己需求的截然不同，那就到此为止，而去别处重复同样程序。但如果觉出那地点需求的同自己所需之间有共通点或折衷点，就算踩着了成功的尾巴，往下只要紧紧抓住不放即可。但为了抓住它，就必须傻子似的不管下雨下雪都站在那里以自己的眼睛盯视别人的面孔。计算之类此后你随便怎么算。我这个人嘛，总的说来很讲现实，只相信自己两眼彻底看明白的东西。什么道理呀方案呀计算呀或者什么什么主义什么什么理论等等，基本上是为不能用自己的眼睛分辨事物的人准备的，而世上大多数人也的确不能以自己眼睛分辨事物。至于为什么我也不明白，但我想任何人想做都应该做得到的。”

“大概不仅仅是靠魔感吧？”

“魔感也是要的，”舅舅和悦地笑道，“但不仅仅是那个。我在想，你应该做的事也还是要从最简单的地方开始考虑。比如说，老老实实地站在某个街角每天每日观看人的面孔。不必匆忙做出决定。这或许不够畅快，但有时候是需要沉下心来多花些时间的。”

“您是叫我暂且留在这里别动喽？”

“不，我的意思并不是叫你留下或去哪里。想去希腊也可以，想留下来也无妨，先后顺序应由你决定。只是，我一直认为你同久美子结婚是件好事，我想对久美子也是好事。却不知为何突然间分崩离析了，这是我不能理解的又一件事，你怕也稀里糊涂吧？”

“稀里糊涂。”

“既然如此，我想你还是训练一下，以自己的眼睛看东西为好，直到一切真相大白。不要怕花时间。充分投入时间，在某种意义上乃是形式最为洗练的复仇。”

“**复仇**！”我有点愕然，“指的什么？这**复仇**？到底对谁复仇？”

“噢，意思你也很快就会明白的。”

我们坐在檐廊里一起喝酒，加起来也就是一小时多一点。之后舅舅起身，说了声打扰这么久，就回去了。剩得自己一人，我靠在檐廊柱子上茫然看着院子和月亮。一时间里我可以把舅舅留下来的现实空气样的气息尽情吸入肺腑，我因此得以放松下来——好久没放松过了。

但几个小时过去，那空气渐渐稀薄起来后，周围又笼罩在淡淡哀愁的衣袍中。归根结蒂，我在这边的世界，舅舅在那边的世界。

舅舅说考虑事情须从最简单处开始，问题是我无法区别哪里简单哪里复杂。所以，翌日早晨上班高峰过后，我离家乘电车来到新宿。我决定站在这里实际观看——仅仅看——人们的面孔。我不知道这样做有没有用处，但我想总比什么也不做好些。既然不厌其烦地盯视人们的面孔是件简单的事情，不妨就此一试，至少应该没有损失。若是顺利，说不定会得到某种暗示，暗示什么对我是“简单的事情”。

第一天，我坐在新宿站前的花坛边上，定定地看眼前来往行人的脸，看了大约两个小时。但那里通过的人数量太多，脚步也快，很难看好哪个人的脸。况且坐的时间一长，便有流浪汉模样的人上前啰啰嗦嗦，警察也好几次从我跟前走过，三番五次审视我的脸。于是我放弃站前，另外物色可供我放心打量行人的场所。

穿过高架桥，移往西口，四处转了一会儿，发现一座大厦前有一方小广场。广场上有式样别致的长椅，尽可坐在上面随意打量行人。行人数量没站前那么多，也没有衣袋揣着小瓶威士忌的流浪汉。我在“丹金”糕点店买来炸面圈和咖啡当午餐吃了，在那里坐了一天，傍晚下班高峰到来前起身回家。

起始眼里尽是头发稀少者。由于受和笠原May一起为假发公司做调查时的影响，眼睛总不由跟踪发稀头秃之人，并迅速分成松竹梅三类。而若这样，倒不如给笠原May打电话再和她一同打工去好了。

但过了几日，开始不思不想地专心看起人们的面孔来。路过的人大部分是写字楼里的男女职员。男的白衬衣领带公文包，女的大多高跟鞋，此外也有来设在楼内的餐厅和商店的人，还有为登楼顶观光台而来的一家家老小。也有人只是从哪里移行去哪里。但总的来说人们并不那么步履匆匆，我便在无特定目标的情况下呆呆地注视他们的面孔，每当有某一点引起我兴趣的人，就往其脸上多扫几眼，并以视线跟踪。

一周时间内天天如此。在人们上完班的十点左右乘电车来新宿坐于长椅，几乎岿然不动看行人一直看到四点。实践起来才体会到，如此一个接一个以眼睛追逐行人的时间里，脑袋便像拔掉活塞一般变得空空洞洞。我不向任何人搭腔，也没人对我开口。什么也不思，什么也不想，有时觉得自己仿佛成了石椅的一部分。

只一次有人向我搭话。是位衣着考究的瘦些的中年女子，身穿甚为合体的鲜艳的粉红色连衣裙，戴一副玳瑁框深色太阳镜，头上一顶白帽，手上是网状图案的白皮手袋。腿很诱人，脚上是看上去很贵的简直一尘不染的白皮凉鞋。妆化得颇浓，但不致使人生厌。女子问我可有什么为难事，我说也没什么。她问那你在这里干什么呢，每天都在这里看到你，我回答看别人的脸。她问看别人的脸可有什么目的，我说倒也没什么特别目的。

她从手袋取出弗吉尼亚长过滤嘴，用小巧的金打火机点燃，并劝我吸一支，我摇下头。然后，她摘下太阳镜，不声不响细细地端详我的脸，准确说来是端详我的痣。我回报以凝视她的眼睛，但那里边读不出半点情感涟漪，单单是一对功能准确的黑色眸子。她鼻子又小又尖，嘴唇很细一条，口红涂得一丝不苟。很难看出年龄，大约四十五岁吧。乍看显得更年轻些，但鼻侧线条透出很独特的疲惫。

“你，有钱？”她问。

“钱？”我吃一惊，“什么意思，干吗问钱？”

“随便问问。问你有没有钱，缺不缺钱花。”

“眼下倒还算不上很缺。”我说。

她略略抿起嘴角，极投入地看着我，似乎在玩味我刚才的答话。之后点点头，戴上太阳镜，把烟扔在地上，倏地起身扬长而去。我目瞪口呆地注视着她消失在人流中。大概神经有点故障，不过那身穿戴又那般无可挑剔。我用鞋底碾灭她扔下的烟头，缓缓环视四周。四周依然充满一如往日的现实。人们带着种种样样的目的由某处而来向某处而去，我不认识他们，他们也不认识我。我做个深呼吸，继续不思不想地打量众人面孔。

在此共坐了十一天。每日喝咖啡，吃炸面圈，只管盯视眼前穿梭的数以千计的男女面孔。除去同那个向我搭话的打扮得体的中年女子简单交谈几句外，十一天时间我没对任何人吐过只言片语，没做什么特别的事，什么也没发生。但这十一天时间几乎白白过去之后，我仍未摸得任何边际。我依然无奈地彷徨在四顾茫然的迷途中，甚至最简单的头绪也未找到。

但在第十一天傍晚发生一桩怪事。那是个星期天，我坐在那里，过了平时起身时间也没动身，继续打量人们面孔。星期天有与平时种类不同的人来到新宿，且没有人流高峰。蓦地，一个手提黑吉他盒的年轻男人落入我的视野：个子不高不矮，黑塑料框眼镜，长发披肩，蓝牛仔裤配粗纹棉布衫，脚穿已开始变形的轻便运动鞋。他脸朝正前方，以若有所思的眼神从我眼前穿过。见得此人，有什么触动了我的神经，心底奏出低鸣。**我认得他**，我想，以前在哪里见过他。但到想起花了好几秒：是那个冬夜在札幌那家酒吧唱歌的汉子，不错，正是他。

我马上从椅子上立起，急步追去。总的说来他脚步很是悠然自得，因此我很快就赶了上去。我合着他的步调，拉开十米左右距离尾随其后。我很想向他搭话。三年前你怕是在札幌唱过歌吧，我在那里听过你的歌——想必我会这样说。“是吗？那太谢谢了。”——他大概如此应对。可往下说什么好呢？“其实那天夜里我老婆做人流手术来着，最近又离家出走了，她一直跟一个男的睡觉。”莫非我这么说不成？车到山前必有路，反正尾随不放就是。尾随的时间里计上心来亦未可知。

他往与车站相反的方向走去。穿过高楼林立地段，穿过甲州大街，朝代代木方向走去。想什么我不知道，总之他像在聚精会神思考什么，路也好像很熟，一次也没东张西望或迟疑不决，目视前方，步调始终一致。尾随过程中，我想起久美子做手术那天的事。三月初的札幌。地面冻得硬邦邦的，雪花不时飘飘洒洒。我再次返回札幌街头，满肺满腑吸入冻僵的空气，看着眼前哈着白气的人们。

说不定从那时起有什么开始变化了，我不禁想道。没错，流程是以那时为界开始在我周围现出变化的。如今想来，那次人流手术对我们两人来说乃是具有非常重要意义的事件。然而当时我未能充分认识到其重要性。我是过于注重人流手术这一行为本身了，而真正重大的或许更在别处。

我不得不那样做。而那样做我想对我们两人是最为正确的。跟你说，那里边还有你不知道的事。我现在还不能说出的事也在那里。不是我有意瞒你，只是我还没信心断定那是否属实，所以

现在还不能把它说出口来。

当时的她还没有把握断定**那个什么**是否属实。毫无疑问，较之人流手术，**那个什么**更同妊娠有关，或者与胎儿有关。而那到底是什么呢？是什么使久美子困惑到那般地步呢？莫非她同除我以外的男人发生了关系因而拒绝生下那个孩子不成？不不，那不可能。她自己断言那不可能。那的确是我的孩子，但那里又有不能告诉我的**什么**。而**那个什么**，又同这次久美子的离家出走有密切关联，一切都是从那时开始的。

可是我全然揣度不出那里边究竟隐藏怎样的秘密。我一个人被抛弃在黑暗之中。我所明白的只有一点：久美子不会再回到我身边，除非我解开**那个什么**的秘密。不多一会，我开始感觉到体内泛起一股静静的愤怒。那是我针对肉眼看不见的**那个什么**的愤怒。我伸长腰，大口吸气，平复心跳。然而那愤怒如水一样无声无息地浸满了我身体的每一部位。那是带有悲凉意味的愤怒，我无处发泄，也全然无从化解。

汉子继续以同一步调行走，穿过小田急线，穿过商业街，穿过神社，穿过弯弯曲曲的小巷。为不引起他注意，我随机应变地保持着适当距离，一直尾随不懈。他显然没有觉察我的跟踪，一次也没回头。此人的的确确有某种非同寻常之处，我想。他不仅没有回头，旁边也一眼没看，注意力如此集中到底在想什么呢？或者相反什么也没想？

不久，汉子离开人来人往的道路，走进满是两层民宅的幽静地段。路窄弯多，两旁相当陈旧的住宅鳞次栉比，阒无人息，静得出奇。原来一半以上都成了空房。空房门上钉着木板，挂着“待建”标牌，且不时闪出杂草丛生的空地。空地围着铁丝网，恰似掉牙后的牙豁。想必这一带很快将整片拆除另建新楼。而在有人居住的房子前面，紧挨紧靠地摆着牵牛花或什么花的花盆。三轮车扔在那里，二楼窗口晾出毛巾和儿童泳衣。几只猫躺在窗下或门口懒洋洋地望着我。虽是天光尚亮的薄暮时分，却无人影可寻。我已搞不清这是什么地理位置，甚至哪是南哪是北也分辨不清。估计是佐佐木、千驮谷和原宿三站之间的三角地带，但没有把握。

不管怎样，这是大都市正中被冷落了的一个死角。大概因为原有道路狭窄难以通过车辆的缘故，结果只有这一角房地产开发商长期以来手未伸到。踏入这里，时光仿佛倒流了二三十年。意识到时，刚才还满耳鼓噪的汽车声像被吸入哪里似的杳无所闻。汉子手拎吉他盒在这迷宫般的道路之间穿行，最后在集体宿舍样的木屋前停住脚步，继而开门进去，把门带上。门似乎没锁。

我在门前站了一会。表针指在六时二十分。之后靠在对面空地铁丝网上，观察建筑物外形。一座随处可见的两层木结构宿舍，这从门口的气氛和房间的配置即可看出。学生时代我也住过一段时间这种宿舍。一进门有拖鞋柜，厕所共用，房间均带有小厨房——住的不是学生便是单身职工。但这座建筑不像有人住的样子。不闻声响，不见动静。贴有塑料饰板的房门没有房客名牌挂出，大概前不久摘掉的，尚有细细长长的白痕。尽管四下里午后溽暑未消，每个房间却窗扇紧闭，里面垂着窗帘。

也许这座宿舍不久也将同周围房屋一起拆除，里面空空无人。果真如此，那么提吉他盒的汉子来此干什么呢？我以为他进去后某个房间的窗户会豁然打开，但等了一会，依然毫无动静。

但我又不可能在这无人通行的小巷里永远静等下去，遂走近这宿舍模样的建筑物推门。门果然未锁，一下子朝里推开了。我暂且不动，在门口窥看情况。里面黑麻麻的，一眼很难看出有什么，所有窗口又关得严严实实，满是闷乎乎的热气，一股很像在井底嗅到的霉气味儿。由于热，衬衫腋窝全都湿透，耳后一道汗水淌下。我毅然跨进门去，把门轻轻带上。我想通过信箱或鞋柜上的名签(假如有的话)来确认是否还有人入住，但这时我突然注意到里面有人，有谁死死盯着我。

紧靠门右侧有个高些的拖鞋柜样的东西，有谁埋伏似的躲在那后面。我屏住呼吸，注视黑幽幽热乎乎的里面。躲在那里的是我刚才跟踪的那个手提吉他盒的年轻汉子，他一进门便偷偷躲在鞋柜后头。我的心怦怦直跳，像有人就在我喉头下敲钉子。此人到底在那里干什么呢？或许在等我，或许……“你好，”我断然打声招呼，“有件事想请教……”

不料这当儿有什么冷不防打在我肩上，毫不留情。我弄不清究竟发生了什么，只觉得受到强烈的肉体冲击，眼睛有些发黑。我懵懵懂懂地伫立不动。但一瞬间我立时明白过来：是棒球棍！汉子从鞋柜后像猴子般一跃而起，用棒球棍狠狠打在我肩上，趁我发愣的当口，再次举棍击来。我来不及闪身，这次打在左臂，刹那间左臂没了知觉，但不痛，只是失去知觉，就好像左臂整个消失在空中。

但同时我几乎条件反射地飞脚踢在对方身上。上高中时跟一个有段位的空手道朋友非正式地简单学过几手。那朋友只让我日复一日练习踢脚。不摆任何花架子，只练习尽量强有力尽量居高临下地以最短距离踢去，朋友说紧急关头这招最有用场。的确如其所说。汉子满脑袋装的是挥棍打人，根本没考虑可能被踢。我也正在冲动之中，不知到底踢在哪个部位。尽管踢本身并未十分用力，但汉子还是吓得萎缩下去，不再举棍，仿佛时间在此中断一般以呆愣愣的眼神看着我。我乘机更准更狠地朝他小腹踢去，趁他痛得弯腰之时一把夺过其手中球棍，再朝侧腹猛踢。汉子要抓我的脚腕，我又踢了一脚，踢在同一部位，尔后用球棍打他的大腿。男子发出悲鸣般的沉闷声音，倒在地上。

起初踢打他莫如说是出于恐怖和冲动，是为了不使自己被打。在他倒地之后，开始变为明确的愤怒。刚才路上想久美子时涌上来的静静的愤怒仍残留在心头，而现在则释放出来，膨胀起来，火焰一般燃烧起来，由愤怒而近乎深恶痛绝。我又一次用棒球棍打在他大腿上。汉子嘴角有口水淌出。我被棍击中的肩头和左臂开始一点点火辣辣作痛，这疼痛更扇起了我的怒火。汉子的脸痛苦地扭歪着，但他仍想用胳膊支起身来。我因左手用不上力，索性扔掉棒球棍，骑在汉子身上抡起右手狠打他的脸，一掌接一掌打个不停，直打到右手发麻变痛。我准备打昏他为止，遂抓起他的领口，往地板上磕他的头。我从来没有和谁这么厮打过，一次也没有，也没有这么狠命打过人，但此时不知何故，竟一发不可遏止。脑袋里也想适可而止，告诫自己再打就失手了，再打这家伙站都站不起来了！然而欲罢不能。我知道自己已分成两个，**这边**的我无法阻止**那边**的我。我身上一阵发冷。

这时我发觉这小子在笑，被我殴打当中还朝我阴阳怪气地冷笑，打得越凶他笑得越厉害。最后他鼻子出血，嘴唇裂开流血，但仍呛着自己的口水笑得嗤嗤有声。我想这家伙怕是脑袋失灵了，遂停止殴打，站起身来。

四下看去，发现黑吉他盒倚在鞋柜横头。我扔下仍在笑的汉子不管，过去把吉他盒撂在地板上，打开卡口，掀开盒盖。里面什么也没有，空的！没有吉他，没有蜡烛。汉子见了，边咳边笑。我陡然一阵胸闷，仿佛建筑物中闷热的空气顿时变得令人难以忍受。霉气味儿、身上出汗的感触、血和口水味儿，以及自己心中的愤怒与憎恶，一切一切都变得令人忍无可忍。我开门出去，又把门关上。周围依然没有人影，只见一只褐色的大猫穿过空地，看也不看我一眼。

我打算趁无人盘问时溜出这地段，但弄不清哪个方向，边揣摩边走，最后还是找到了去新宿方面的都营公共汽车站。我想在车来之前好歹平息一下呼吸，清理一下脑袋，然而呼吸照样紊乱，脑袋也无从清理。**我不过想看人们的面孔而已**，我在头脑中这样重复道，不过如同舅舅做过的那样在街头打量行人面孔而已，不过想从最简单的谜团解起而已。跳上汽车，乘客们一齐朝我看来。他们惊愕地看我一会，随后很不自在似的移开目光。我以为是脸上痣的关系，好半天才意识到原来是由于白衬衣溅有血迹（尽管几乎全是鼻血）和我手中握着棒球棍。我下意识地把棒球棍带了来。

最终我把棒球棍拿回家扔进壁橱。

这天夜里，我通宵未眠。时间越长，被汉子用棒球棍打中的肩膀和左臂越是肿胀，阵阵作痛，右手也总有一次又一次殴打那汉子时的感触。蓦地，我发觉右手依然攥得紧紧的作格斗状。我想松开，可手偏不听使唤。首先我不想睡觉。若如此睡去，必做噩梦无疑。为使心情镇定下来，我去厨房坐在餐桌前干喝舅舅剩下的威士忌，用盒式磁带听安详的音乐。我很想同谁说话，希望有人向我搭腔。我把电话机搬上餐桌，连续望了几个小时。我期待有人打电话给我，谁都可以，是人就可以，纵使那个谜一样的奇妙女郎也可以。谁都可以。再无聊的脏话也可以，再不吉利的恶言恶语也可以，总之我想有人跟我说话。

然而电话铃硬是不响。我把瓶里差不多剩有一半的威士忌喝干，天亮后上床睡了。睡前我暗暗祷告：保佑别让我做梦，让我睡在一片空白中，只今天一天足矣。

但我当然做梦了，且是预料中的噩梦。那个手拎吉他盒的汉子来了，我在梦中采取与现实完全相同的行动：盯梢，打开宿舍门，被他一棍打中，继而由我打他，打、打、打。但下面跟事实不同起来。我打完站起身后，汉子仍然淌着口水，一边大笑一边从衣袋里取出刀来。刀很小，样子甚是锋利。刀刃在窗帘缝泻进的一缕夕晖下闪闪地发出骨头般的白光。但他并未拿刀冲我刺来。他自己脱去衣服，赤身裸体，简直像削苹果皮一般“刷刷”剥起了自己的皮肤。他大声笑着，剥得飞快。血从肌体上滴下，地板上出现了黑乎乎的令人毛骨悚然的血池。他用右手剥左手的皮，又用剥得鲜血淋漓的左手剥右手的皮，最后整个人成了鲜红鲜红的肉块。然而成肉块后他仍然张开黑洞洞的嘴笑。唯独眼球在肉块中白亮亮地大角度转动不已。不久，被剥下的皮伴随着高亢得不自然的笑声吱吱作响地朝我爬来。我想跑，但腿动不了。那皮肤爬到我脚前，慢慢爬上我的身体，旋即由上而下血淋淋地罩住我的皮肤。汉子那黏糊糊的满是血水的皮一点点贴在我皮肤上，合在一起。血肉模糊的气味充溢四周。那张皮如薄膜一般盖住我的脚、我的躯干、我的脸。稍顷眼前变黑，仅有笑声瓮瓮地回响在黑暗中。随即我睁眼醒来。

醒来时，头脑乱作一团，战战兢兢，好半天连自身存在都难以把握，手指瑟瑟发抖。但与此同时，我得出了一个结论：

我逃不了，也不该逃。这就是我得出的结论。不管逃去哪里，**那个**都必定尾随追来，哪怕天涯海角。

18　来自克里特岛的信、从世界边缘跌落的人、好消息是以小声告知的

反复思考，最后我还是没去克里特岛。曾是加纳克里他的女子动身去克里特岛前一个星期——正好一个星期——提着满满装着食品的纸袋来我家给我做了晚饭。吃晚饭时我们几乎没怎么正经交谈。吃罢收拾好后，我说觉得好像很难和你一道去克里特岛。她没怎么显出意外，顺理成章地接受下来。她一边用手指挟着前额变短的头发一边说：

"非常遗憾您不能一起去，但那也是没办法的事。放心，克里特岛我一个人可以去。我的事您不必挂念。"

"出发准备都做好了？"

"需要的东西基本齐全了。护照、订机票、旅行支票、皮箱。算不上大不了的行李。"

"姐姐怎么说的？"

"我们是对十分要好的姐妹，远离叫人很不好受，两人都很难过。不过加纳马耳他性格刚毅，脑袋又灵，知道怎样对我有利。"随即她浮起娴雅的微笑看我的脸，"您是认为还是留下来好喽？"

"是啊。"我说，然后起身拿水壶烧水准备冲咖啡，"是那样觉得的。近来我想来着，我固然可以从这里**离开**，却不能从这里**逃离**。有的东西哪怕你远走天涯也是无法从中逃离的。我也认为你去克里特岛合适，因为可以在多种意义上清算过去，从而开始新的人生。但我情况不同。"

"指久美子？"

"或许。"

"您要在这里静等久美子回来？"

我倚着洗碗池等水开，但水总不肯开。"老实说，我也不知道怎么办好，没有线索什么也没有。但有一点我慢慢想通了，那就是有什么非做不可。光坐在这里枯等久美子回来也不是办法。既然希望久美子重新返回，我就必须以自己的手捋清很多很多事情。"

"但又不知怎么办好，是吧？"

我点点头，"我可以感觉出有什么东西正在我身边一点点成形。虽然很多事情还都模糊不清，但里边应该存在类似某种联系的东西。当然，不能生拉硬扯。只有等待时机，等待事情再多少变得清晰一点，我想。"

加纳马耳他的妹妹双手摆在桌面，就我说的想了想，说："不过等待可不是那么好玩的哟！"

"那怕是的。"我说，"恐怕比我现在预想的要难以忍受得多。毕竟孤零零地被丢在这里，各种问题悬而未决，且只能死死等待不知是否真能到来的东西。坦率地说，可能的话我也恨不得把一切扔开不管，和你同去克里特岛，一走了之。很想忘掉一切，开始新的生活。为此旅行箱都买了，护照用的相片也照了，东西也整理了。真的是打算离开日本。可我又怎么都抖落不掉一种预感一种感触，总觉得这里有什么需求自己。我所说的'不能逃离'就是指这个。"

加纳马耳他的妹妹默默点头。

"表面看来，事情是单纯得近乎荒唐。妻子在哪里弄个情夫出走了，并提出离婚。如绵谷升所说，这是世上常有的事。或许不如干脆和你一块儿去克里特岛，忘掉一切开始新的人生，而不必这个那个枉费心机。问题是实际上事情并不像表面那么单纯，这点我清楚，你也清楚，对吧？加纳马耳他想必也清楚。大概绵谷升也清楚。那里边藏着我不知道的什么，而我就是要尽一切努力把它拖到光天化日之下。”

我放弃煮咖啡的念头，熄掉壶下的火，折回餐桌，看着对面的加纳马耳他的妹妹。

“如果可能的话，我想要回久美子，要用自己的手把她拉回**这个世界**，不然我这个人可能将继续损磨下去。这我已逐渐明白了一些，尽管仍模糊不清。”

加纳马耳他的妹妹看着餐桌上自己的双手，又扬脸看我。没涂口红的嘴唇闭成一道直线。稍顷，她开口了：“正因如此，我才想把您领去克里特岛。”

“为了不让我那样做？”

她微微点头。

“为什么不让我那样做？”

“因为危险。”她以沉静的语调说，“因为这里是危险地方。现在还来得及回头。咱俩去克里特岛算了，在那里我们是安全的。”

我茫然看着没涂眼影没粘假睫毛的全新的加纳克里他的脸。看着看着，一瞬间竟闹不清自己现位于何处。一团浓雾样的东西突如其来地把我的意识整个围在垓心。我迷失了我自己。我被我自己抛弃了。**这里是哪里**？我到底在这里干什么？这女子是何人？但我很快返回现实：我坐在自家厨房餐桌旁。我用厨房毛巾擦了把汗，我的头有点儿晕。

“不要紧吗，冈田先生？”以往的加纳克里他关切地问。

“不要紧的。”我说。

“哎，冈田先生，我不知道您能否找回久美子。即使实际找了回来，也根本无法保证您或久美子重新获得幸福。任何事物恐怕都不可能完全恢复原貌。这点您考虑了吗？”

我在眼前并拢十指，又松开了。周围不闻任何堪称声响的声响，我再次把自己收回自我之中。

“这点我也考虑了。事物既已破损，再怎么折腾怕也难以完全修复，修复的可能性或者说概率也许很小。但是，不完全为可能性和概率所左右的东西也是存在的。”

加纳马耳他的妹妹伸手轻碰我在桌面上的手。“如果您已对各种情况做好精神准备，留下也未尝不可，这当然是由您来决定的事。不能同去克里特岛对我固然遗憾，但您的心情我完全理解了。**往后怕有很多事情发生在您身上**，请不要把我忘了。好么，有什么的时候请想起我来，我也会记着您。”

“肯定想起你的。”我说。

曾是加纳克里他的女子再次紧闭嘴唇，久久地在空间搜寻字眼，之后以极其沉静的声音对我说道：“听我说冈田先生，您也知道，这里是充满血腥味儿的暴力世界，不是强者就休想生存。但与此同时，静静侧耳倾听而不放过任何哪怕再小的声音也是至关重要的。明白么？在大多情况下，好消息是以小声告知的，请记住这点。”

我点点头。

“但愿您能找到您的发条，拧发条鸟！”曾是加纳克里他的女子对我说，“再见！”

八月也近尾声时，我接到了来自克里特岛的明信片。上面贴着希腊邮票，盖着希腊语邮戳，无疑来自曾是加纳克里他的女子，因为除她我想不起会有什么人从克里特岛寄明信片给我。但上面没写寄信人名字。我思忖大概新名还没定下。没有名字的人自然无从写自己的名字。岂止没写名字，词句一行也没有，只用圆珠笔写着我的姓名地址，只盖有克里特岛邮局的投递戳。背面彩色摄影是克里特岛海岸风光。三面石山，一片雪白的细长海滩，一个袒胸露乳的年轻女郎在上面晒太阳。海水湛蓝一片，天空飘着俨然人工制作的白云。云很厚实，上头大约可以走人。

看来曾是加纳克里他的女子到底好端端地到了克里特岛。我为她欢喜。想必她不多时日即可觅得新的名字，找到新的自己和新的生活。但她没有忘记我，这来自克里特岛的一行字也没有的明信片告诉了我这点。

为了消磨时间，我给她写信。但不晓得对方地址，名字也没有，所以这是一封原本就不打算发出的信。我只是想给谁写信罢了。

“好长时间没得到加纳马耳他的消息了。”我写道，“她也好像从我的世界里利利索索地消失了。我觉得人们正一个接一个从我所属的世界的边缘跌落下去。大家都朝那边径直走去、走去，倏然消失不见，大概那边哪个地方有类似世界边缘的什么吧。我则继续过着毫无特征的日子。由于太没特征，前一天与下一天之间的区别都渐渐模糊起来。不看报，不看电视，几乎足不出户，顶多不时去一次游泳池。失业保险早已过期，眼下正坐吃山空。好在生活开支不大(同克里特岛比也许大些)，加上有母亲遗留的一点存款，短期内尚不至于断炊。脸上那块痣也没什么变化。老实说来，随着时间的流逝，对它我已逐渐不甚耿耿于怀了。假如必须带着它走完以后的人生旅程，带着它走下去就是。也许它就是此后人生途中**必须**带有的东西，我想。为什么我也不知道，只是总有这么一种感觉。但不管怎样，我都在此静静地侧耳倾听。”

有时我想起同加纳克里他睡觉的那个夜晚。奇怪的是那段记忆竟很依稀。那天夜里我们抱在一起交欢几次，这是无误的事实。然而数周过后，类似实实在在的感触样的东西都从中脱落一空，我没有办法具体想起她的肢体，连怎样同她交合的也已记不真切。相对说来，较之那天夜里的现实记忆，以前在意识中即在非现实中与之交媾的记忆于我反倒鲜明得多。她身穿久美子的连衣裙在那不可思议的宾馆客房里骑在我身上的身姿在我眼前历历浮现出来，联翩不绝。她左腕戴一对手镯，“喳喳”地发出很脆的声响。自己变硬的阳物也想起来了。变得那么大那么硬，以前从未有过。她抓住塞进自己的那里，像画圈似的缓缓转动。她身上那件久美子的连衣裙的下摆撩扰我肢体的感触也记得真真切切。但不觉之间，加纳克里他被一个我所陌生的谜一样的女郎偷梁换柱了。身穿久美子的连衣裙骑在我身上的，原来是几次打电话给我的谜一样的女郎。那已不再是加纳克里他的下部，而换成那个女郎的。这瞒不过我，因为温度和触感不同，恰如踏入另一不同房间。“一切都忘掉。”女郎对我悄声低语，“像睡觉，像做梦，像在暖融融的泥沼里歪身躺倒。”接着，我一泻千里。

那显然意味着什么。正因为意味着什么，记忆才远远超越现实而栩栩如生地留在我脑海里。可我还是不能理解其含义。我在这记忆永远周而复始的再现中静静闭起眼睛，喟叹一声。

九月初，站前那家洗衣店打来电话，说送洗的衣服已经可以了，叫我去取。

“送洗的衣服？”我问，“没送洗什么衣服呀……”

“可这里有的嘛，请来一趟。费交过了，取就行了。是冈田先生吧？”

是的，我说，电话号码也确是我家的。我半信半疑地去了洗衣店。店主人依旧一边用大型收录机播放轻音乐一边熨烫衬衫。站前洗衣店这小小世界全然没有变化。这里没有流行，没有变迁，没有前卫，没有后卫，没有进步，没有倒退，没有赞美，没有辱骂，没有增加，没有消泯。此时放唱的是巴特·巴卡拉克，曲名是《通往圣约瑟的路》。

进得店里，洗衣店主人手拿熨斗不无困惑地盯视了一会我的脸。我不明白他何以对敝人面孔如此目不转睛，随即意识到是那块痣的缘故。也难怪，见过之人的脸上忽然生出痣来，任凭谁都要吃惊的。

“出了点事故。”我解释道。

“够你受的。”店主说，声音真像充满同情。他看了一会手里的熨斗，这才轻轻放在熨斗架上，仿佛在怀疑是自己熨斗的责任。“能好，那个？”

“难说啊！”

接下去店主把包在塑料袋里的久美子的衬衫和裙子递给我。是我送给加纳克里他的衣服。我问是不是一个短发女孩放下的，这么短的头发——我把两个手指分开三厘米左右。店主说不是不是，是头发这么长的，旋即用手比一下肩。“一身褐色西装裙一顶红塑料帽，付了费，叫我打理好后给府上打个电话。”我道声谢谢，把衬衫和裙子拿回家来。衣服本是我送给加纳克里他的，算是买她身体的“费用”，况且归还给我也没用，加纳马耳他何苦把衣服送去洗衣店呢？我不得其解。但不管怎样，我还是连同久美子的其他衣服一起整齐地放进了抽屉。

我给间宫中尉写信，大致说了我身上发生的事。对他来说未免是一种打扰，但我想不出其他可以写信的对象。我先就此道歉，接着写道：久美子在您来访同一天离家出走了；此前同一个男的睡觉达数月之久；事后我下到附近一口井底想了三天；现在形影相吊住在这里；本田先生送的纪念物仅是个威士忌空盒。

一周后他寄来回信。信上写道：老实说那以后自己也很是不可思议地对您放心不下，觉得本应同您更加开诚布公地多聊聊才是，这点使我很感遗憾。那天我的确有急事，不得不在天黑前赶回广岛。好在能得到您的来信，在某种意义上这是件高兴的事。我在想，或许本田先生是有意让我同您相见，或许他认为两人相见对我对您都有益处。唯其如此，才以分赠纪念物为名让我前去见您，这样我想给您空盒作为纪念物这点方可得到解释，也就是说，本田先生叫我送纪念物的目的在于让我到您那里去。“您下到井底使我大为惊讶，因为我对井仍然心驰神往。如果说遭遇那场大难已使我看到井就心有余悸，那自是容易理解，但实际上并非那样，至今我在哪里看到井都情不自禁要往里窥看。不仅如此，如若井里没水，甚至想下到里边。也许我始终希求在那里遇到什么，也许怀有一种期待，期待下井静等的时间里会有幸邂逅什么。我并不认为自己的人生会因此重获生机，毕竟我已垂垂老矣，不宜再有如此期待。我求索的是我已经失却的人生意义——它是为何失去如何失去的。我想亲眼看个究竟。若能如愿以偿，我甚至觉得纵然使自己比现在失去得更多更深也心甘情愿，甚至想主动承受这样的重荷，尽管不知有生之年尚存几多。

“您太太离家出走，我也深感不忍。对此我实在不大可能向您提供如此这般的建议。漫长岁月中我一直生活在没有爱情没有家室的环境，不具有就此发表意见的资格。倘若您多少怀有暂且等待太太回归的心情，像现在这样静等下去我想未尝不是正确的选择。如果您征求我的意见，这也就算是一点吧。被人不辞而别而独自留守故地，的确很不好受，这我完全懂得。不过在这个世界上，最残酷的莫过于寂寥感——别无所求的寂寞。

“如果情况允许，近期内我还想赴京一次，但愿届时能见到您。而眼下——说起来窝囊——正患一点脚病，痊愈还需一些时日。注意身体好好生活！”

笠原May来我家已是八月末的事了——已许久没出现在我眼前。她像往常一样翻过围墙，跳进院子，叫我的名字，两人坐在檐廊里说话。

“嗳，拧发条鸟，知道么？空房子昨天扒了，宫胁家的房子。”她说。

“那么说，是有人买那块地了？”

“呃——，那就不晓得了。”

我和笠原May一起顺着胡同来到空房后院。房子确在进行解体作业。六七个戴安全帽的工人，有的拆卸木板套窗和玻璃窗，有的往外搬运洗碗槽和电器具。两人观望了一会工人们的劳作。看情形他们早就习以为常，几乎没人开口，只管极为机械地闷头干活。寥廓的天空拖着几抹传达金秋气息的直挺挺的白云。克里特岛秋天是什么样子的呢？也有同样的白云飘移不成？

“那些人连井也要毁掉？”笠原May问。

“有可能 。”我说，“那东西留在那里也没用处，何况还危险。”

“也许有人还要进去的。”她以相对一本正经的神情说道。目睹她晒黑的面庞，我真切地记起她在溽暑蒸人的院子里舔我那块痣时的感觉。

“终究没去克里特岛？”

“决定留在这里等待。”

“久美子阿姨上次不是说不再回来了么，没说？”

“那是另一个问题。”

笠原 May 眯细眼睛看我的脸。一眯眼睛，眼角的瘢痕变深了。“拧发条鸟，干嘛跟加纳克里他睡呢？”

“因为需要那样。”

“那也是另一个问题喽？”

“是的吧。”

她叹口气，说：“再见，拧发条鸟，下次见。”

“再见。”我应道。

“跟你说，拧发条鸟，”她略一迟疑，补充似的说，“往下我可能返校上学。”

“有情绪返校了？”

她微微耸下肩，说：“另一所学校。原先那所怎么都懒得返回。那里离这儿远点儿，所以见不到你了。”

我点下头，从衣袋掏出柠檬糖扔到嘴里。笠原 May 四下扫了一眼，叼烟点燃。

“哎，拧发条鸟，跟很多女人睡觉有意思？”

“不是那样的问题。”

“这已听过了。”

“唔。”我不知再说什么好。

“算了，那个。不过由于见到你，我总算有情绪返校上学了，这倒是实话。”

“为什么呢？”

“为什么呢？”说着，笠原 May 再次往眼角聚起皱纹看我，“怕是想回到多少地道些的世界吧。跟你说，拧发条鸟，和你在一起我觉得非常非常开心，不是说谎。就是说，你本身虽然非常地道，而实际做的却非常不地道。而且，怎么说呢……哦，富有意外性。所以在你身旁一点也不无聊，这对我实在求之不得。所谓不无聊，就是不必胡思乱想对吧？不是吗？在这点上，很感谢有你在身边。不过坦率地说，有时又觉得累。”

“如何累法？”

“怎么说好呢，一看见你那样子，有时就觉得好像是为我在拼命跟什么搏斗。说起来好笑，一这么觉得，就连我也和你一起浑身冒汗。懂吗？看上去你总是一副不以为然的样子，什么都像与己无关。其实不然。你也在以你的方式全力拼搏，即使别人看不出来，要不然根本不至于特意下井，对吧？不用说，那不是为我，说到底是为找到久美子阿姨才那么气急败坏狼狈不堪地和什么捉对厮打。所以犯不上我也特意陪你冒汗。这我心里十分清楚，但还是觉得你肯定也是在为我那么拳打脚踢，觉得你尽管是在为久美子阿姨拼命努力，而在结果上可能又是在为很多人抗争。恐怕正因为这样你才有时候显得相当滑稽，我是有这个感觉。不过，拧发条鸟，一瞧见你这副样子，我就觉得累，有时候。毕竟你看上去没有半点获胜希望。假如我无论如何也要赌哪一方输赢的话，对不起，必定赌你是输方。喜欢固然喜欢你，可我不愿意破产。”

“这我十分理解。”

“我不愿意看你这么一败涂地，也不愿意再继续流汗，所以才想返回多少地道些的世界去。可话又说回来，假如我没在这里遇到你，没在这空房前面遇到你，我想自己肯定还在不怎么地道的地方得过且过。从这个意义上说，可算是由于你的缘故。”她说，“你这拧发条鸟也不是丁点儿用也没有的。”

我点下头。真的好久都没受人夸奖了。

“嗳，握下手好么？”笠原 May 道。

我握住她晒黑的小手，再次意识到那手是何等的小。还不过是个孩子，我想。

“再见，拧发条鸟！”她重复道，“干吗不去克里特岛？干嘛不逃离这里？”

“因为我不能选择赌博。”

笠原May拿开手，像看什么奇珍异品似的看了一会我的脸。

“再见，拧发条鸟，下次见！”

十余天后，空房彻底拆掉了，只剩一块普通空地。房子像原来不存在似的无形无影了，井也埋得没了一点痕迹，院里的花草树木被连根拔除，石雕鸟也不知搬去了哪里，肯定被扔到了什么地方。对鸟来说或许那样倒好些。把院子与胡同隔开的简易篱笆也被高得看不见里面的结结实实的板墙代替了。

十月中旬的一个下午，我一个人在区营游泳池游泳的时候，看见了幻影。游泳池平时总是播放背景音乐，那天播放的是弗兰克[①]，大约是《梦》和《少女的忧郁》等古典乐曲。我一边半听不听地听着，一边在二十五米泳道一个来回又一个来回缓缓游动。幻影便是这时看见的，也许是神灵的启示。

蓦然意识到时，自己已置身于巨大的井中。我游的不是区营游泳池，而是井底。包笼身体的水滞重重温吞吞的。除我别无一人，四下里的水发出与平时不同的奇妙回响。我停止游泳，静静浮在水面上缓缓环视四周，而后仰躺着向头上看去。由于水的浮力，我毫不费力地浮在水面，周围黑漆漆的，只能看见正上方切得圆圆的天空。奇怪的是并不使人害怕。这里有井，井里现在浮着我，我觉得这是十分自然的事，反倒为此前没注意到这点感到费解。这是世界上所有的井中的一口，我是世界上所有的我中的一个。

---

① César Auguste F.（1822—1890），比利时出生的法国作曲家。

切得圆圆的天空亮晶晶地闪烁着无数星斗，宛如宇宙本身变成细小的碎屑四溅开来。在被层层黑暗拥裹着的天花板上，星星们寂无声息地竖起锐利的光锥。我可以听到风掠过井口的声音，可以听到一个人在风中呼唤另一个人。呼唤声仿佛很久以前在什么地方听到过。我也想朝那呼声发出回音，但发不出，大概我的声音无法震颤那一世界的空气。

井深不可测。如此一动不动向上看去，不觉之间竟好像自己大头朝下从高耸的烟囱顶端俯视烟囱底。但心情却安然而平静——许久许久没有这种心境了。我在水中慢悠悠地舒展四肢，大口大口地呼吸。体内开始升温，身体就像有什么从下面悄然支撑着一样变得轻飘飘的。我是在被簇拥、被支撑、被保护着。

也不知过了多少时间。不久，黎明静悄悄降临。围着圆形井口出现的若明若暗的紫色光环不断变换色调，徐徐扩展领域，星星们随之失去光彩，虽然尚有几颗在天空一隅挣扎片刻，终究也还是黯然失色，继而被一把抹去。我仰面躺在重重的水面上，凝神注视那轮太阳。并不眩目，我两眼好像戴有深色太阳镜，被某种力保护着免受太阳强烈光线的刺激。

片刻，当太阳升到井口正上方的时候，巨大的球体开始出现一些微然而明确的变化。而在此之前有一奇妙瞬间，仿佛时间中轴猛然打了一个寒战。我屏息凝目，注视将有什么情况发生。须臾，太阳右侧边缘出现一块痣样的黑斑。小小的黑斑浑如刚才初升的太阳蚕食黑夜一般一点一点地削减太阳的光辉。日食！我想，眼前正发生日食。

但不是严格意义上的日食。因为黑痣在大致压住太阳半边时突然中止蚕食，并且黑痣不似通常日食那样有明晰漂亮的轮廓。虽明显地以日食形式出现，实际又难以称之为日食，然而我又想不出该以怎样的字眼称呼这一现象。我像做罗沙哈实验[1]时一样眯起眼睛试图从那痣形中读出某种意味，但那既是形又不是形，既是什么又什么也不是。一眨不眨地直视痣形的时间里，我竟对自身存在渐渐失去了自信。我几次做深呼吸调整心脏跳动，而后在沉重的水中缓缓移动手指，再度确认黑暗中的自己。不要紧，没问题，我无疑是在这里。这里既是区营游泳池又是井底，我在目睹既是日食又不是日食的日食。

我闭上眼睛。一闭眼，可以听到远方含混不清的声音。起初很弱，听见听不见都分不甚清，又很像是隔壁传来的人们叽叽喳喳的低语。而不多时，便像调对收音机波段一样一点点有了清晰的音节。**好消息是以小声告知的**，曾是加纳克里他的女子说过。我全神贯注侧起耳朵，力图听清那话语。但并非人语，是几匹马交相发出的嘶鸣。马们在黑沉沉的什么场所朝着什么亢奋似的厉声嘶鸣，打着响鼻猛力刨击地面。它们像是在以种种声音和动作迫不及待地向我传递某种信息。然而我不得其解。问题首先是这种地方为什么会有马？它们要向我诉说什么呢？

莫名其妙。我依然闭着眼，想象那里应该有的马们。我想象出的马们全部关在仓房里，躺在稻草上口吐白沫痛苦挣扎。有什么在残酷折磨它们。

随后，我想起马死于日食的说法。日食置马于死地，我是从报纸上看到的，还讲给久美子听过。那是久美子晚归我扔掉炒菜的那个夜晚。马们在愈发残缺的太阳下不知所措，惶恐不安，它们中的一部分即将实际死去。

睁眼一看，太阳已经消失，那里已空无所有，唯独切得圆圆的虚空悬浮头上。此刻沉默笼罩井底，深重而强劲的沉默，仿佛

---

① 心理学上用来分析性格的一种测验，又称墨迹测验。

可以将周围一切吸入其中。俄顷我变得有些透不过气来，大口往肺里吸气。空气里有一种气味。花味儿，是大量的花在黑暗中释放的富有诱惑力的气味儿。花味儿始而虚无缥缈，犹如被强行扭落的残梦的余韵；但下一瞬间便像在我的肺腑中得到高效触媒一般变得浓烈起来，势不可当地增殖下去。花粉如细针猛刺我的喉咙、鼻孔和五脏六腑。

和 208 号房间黑暗中荡漾的气味儿相同，我想。茶几上大大的花瓶。花瓶中的花。还微微混合着杯中的威士忌味儿。奇妙的电话女郎——“你身上有一个致命的死角。”我条件反射地环顾四周。冥色深沉，一无所见。可是我分明感觉得出，感觉得出刚才还在这里的气息。她在极短时间里和我共同拥有黑暗，而留下花香作为她存在过的证明离去。

我屏息敛气，继续在水面静静漂浮。水仍在支撑我的体重，就好像心照不宣地鼓励我存在于此。我在胸口悄然叉起十指，再次闭起眼睛，集中注意力。耳畔响起心脏跳动的声音，听起来仿佛别人的心跳。但那是我的心音，只不过来自别的什么地方。你身上有一个致命的死角，她说。

不错，我是有一个致命的死角。

我在对什么视而不见。

她应该是我十分熟悉的人。

俄而一切昭然若揭，一切都在刹那间暴露在光天化日之下。光天化日下事物是那样鲜明，那样简洁。我很快吸了口气，徐徐吐出。吐出的气犹如过火的石头，又硬又热。毫无疑问，**那女郎是久美子**。岂非稍一动脑就一目了然的吗？完全是明摆着的事！是久美子从那奇妙房间里像发疯一样向我连续传送一条——仅仅一条——信息：“请找出我的名字来。”

久美子被禁闭在黑洞洞的房间里，希求被人救出。而能救她出来的除我别无他人。大千世界只我一人具有这个资格，因为我爱久美子，久美子也爱我。那个时候只要我找出她的名字，是应该可以用里边隐蔽的通道把久美子救出那个黑暗世界的。然而我未能找出，不仅如此，还对她呼叫我的电话全然置若罔闻，尽管这样的机会今后可能不再有。

不久，几乎令人战栗的亢奋悄然退去，代之以无声袭来的恐怖。周围的水迅速变冷，水母样滑溜溜的畸形物朝我汇拢过来。耳中充满很大的心跳声。我可以历历记起自己在那房间里看到的一切。那个人干硬的敲门声仍然附在耳鼓，匕首在走廊灯光下那白亮亮的一闪至今仍使我不寒而栗。那大约是久美子身上某处潜伏的光景，而那黑房间说不定就是久美子本身拥有的黑暗区域。我吞了一下口水，竟发出仿佛从外侧叩击空洞般的瓮声瓮气的巨响。我害怕那空洞，同时又害怕填满这个空洞。

但不久恐怖也一如来时很快退了下去。我把僵冷的气体慢慢吐往肺外，吸入新的空气。周围的水开始一点点升温，身体底部随之涌起一股近乎喜悦的崭新感情。久美子说恐怕再不会见我了。久美子是唐突而果断地离我而去的，但不知为什么我总觉得她并非抛弃我。相反，实际上她在切切实实地需要我，急不可耐地寻求我，却又因某种缘由无法说出口来。唯其这样，她才采取各种方法变换各种形式拼命向我传送某种类似机密的信息。

想到这里，我胸口一阵发热，原先冻僵的几块东西似乎正在崩毁正在融化。般般样样的记忆、情结、感触合为一体涌来，卷走我身上的感情块垒。融化后冲下的东西同水静静混在一起，以淡淡的薄膜慈爱地拥裹我的全身。那个就在那里，我想，那就在那里，在那里等待我伸出手去。需花多长时间我不知道，需花多大气力我也不知道，但我必须停住脚步，必须设法向那个世界伸出手去。那是我应该做的。**必须等待的时候，就只能等待**，山田先生说。

钝钝的水声传来，有人像鱼一样“刷刷”地朝我游近，用结实的臂膀抱住我的身体。是游泳池负责安全的工作人员。这以前我同他打过几次招呼。

“你不要紧吗？”他询问。

“不要紧。”我说。

原来不是巨大的井底，而是平日二十五米泳道的游泳池。消毒水味儿和被天花板荡回的水声刹那间重新进入我的意识之中。池边站着几个人看我，以为我出了什么事。我对安全员解释说脚抽筋了，所以浮在那里不动。安全员把我托出水面，劝我上岸休息一会儿。我对他说了声谢谢。

我背靠游泳池壁坐着，轻轻闭起眼睛。幻影带来的幸福感仍如一方阳光留在我心中。我在那方阳光中想：**那就在那里**。并非一切都从我身上脱落一空，并非一切都被逼入黑暗。那里仍有什么、仍有温煦美好的宝贵东西好端端地剩留下来。**那就在那里**，这我知道。

我或许败北，或许迷失自己，或许哪里也抵达不了，或许我已失去一切，任凭怎么挣扎也只能徒呼奈何，或许我只是徒然掬一把废墟灰烬，唯我一人蒙在鼓里，或许这里没有任何人把赌注下在我身上。“无所谓。”我以轻微然而果断的声音对那里的某个人说道，“有一点是明确的：至少我有值得等待有值得寻求的东西。”

之后，我屏住呼吸，侧耳谛听那里应该有的低微声响。在水花声音乐声人们笑声的另一侧，我的耳朵听到了无声的微颤。那里有谁在呼唤谁，有谁在寻求谁，以不成声音的声音，以不成话语的话语。

第三部　捕鸟人篇

1　笠原 May 的视点

好久以前就想给你这拧发条鸟写这封信，无奈怎么也想不起你的真名实姓，结果一拖再拖。不是么，若只写世田谷××2丁目“拧发条鸟收”，即使再热心的邮递员也不可能送到。不错，第一次见时你是好好告诉我名字来着。至于是怎样的名字，早已忘得一干二净（什么冈田亨呀，这种名字下过两三场雨肯定忘去脑后）。但近来碰巧一下子想了起来，如风“啪”一声把门吹开。是的，你这拧发条鸟真正的名字叫冈田亨。

首先怕要大致交代一下我现在哪里干什么才是。可事情没那么简单。这倒不是因为自己眼下处于极其困窘的立场，立场那东西或许莫如说是简单易懂的。即使就到得这里的路线来说，也绝没那么复杂，只消用格尺和铅笔由点到点划一条直线即可，一目了然！问题是——问题是一想到要一五一十向你叙说一遍，就不知为什么全然想不出词来。脑袋里一片白，白得如雪天里的白兔。怎么说呢？在某种情况下，向别人述说简单的事情却是一点也不简单的。比如说“象的鼻子极长”——因时间地点的不同，有时说起来好像彻头彻尾的谎言，是不？给你写这封信，也是写坏了好几张纸后，才算刚刚找到一个角度，如哥伦布发现新大陆。

不是要跟你捉迷藏，我所在的地方是“有个地方”，“很早很早以前有个地方”的……“有个地方”。现在我是在一个小房间里写这封信。房间里有桌子和床和书架和立柜，哪个都很小，没有多余的装饰，简易得很，正用得上“所需最低限度”一词。桌上放着荧光台灯和红茶杯和用来写这封信的信笺和辞典。说实话，辞典一般是不买的，除非迫不得已，因为我不大喜欢辞典那劳什子，不喜欢其装帧，也不喜欢里面的语句。每次查辞典都愁眉苦脸，心想什么呀这东西不知道也无所谓嘛！这种人跟辞典是合不来的。例如什么“迁移：线由此状态转变为另一状态”，这东西与我有什么相干呢，毫不相干！所以，一瞧见辞典趴在自己桌上，就觉得好像哪里一条狗闯入自家院内且大模大样在草坪上拉下弯弯曲曲的臭屎。不过，怕给你写信时有不会写的字，只好买来一本。

此外便是削得齐整整的一打铅笔了，刚从文具店买来的，新得直发光。不是向你卖乖，可的确是为了给你写信才买的哟！话又说回来，到底还是刚削出来的铅笔叫人心里舒坦。还有烟灰缸和香烟和火柴。烟不像以前吸得那么凶了，只是偶尔吸一支调节一下情绪（现在就正吸一支）。桌面上就这些了。桌前有窗，挂着窗帘，窗帘花纹蛮有情调。不过这倒不必在意。不是我觉得“这窗帘花纹不错”才选回来的，是原来就有的。除去花窗帘，房间里实实在在简单得可以，不像十几岁女孩住的，更像是一个好心人为轻量级囚犯设计的标准牢房。

关于窗外所见，暂时还不想说，留到以后再说好了。事物有其顺序，不是故弄玄虚。我能对你这个拧发条鸟说的，眼下只限于这个房间，眼下。

不再和你见面之后，我也常常考虑你脸上的痣——突然在你右脸颊上冒出的痣。那天你像獾一样偷偷下到宫胁家井里，不久出来后起了一块痣，是吧？如今想起来真好像是个笑话，可那分明是我眼前发生的事。从第一次看见时起，我就觉得那痣是个什么特殊标记，觉得对我怕是有深不可测的含义，否则脸上不可能突然长出什么痣来！

正因如此，最后我才给那块痣一个吻。因为我想知道那东西给我怎样的感觉，是怎样一种滋味。我可不是每星期都在这一带的男人脸上逐个吻一口的哟！至于当时我感觉到了什么，发生了什么，以后迟早会向你慢慢从头讲起(虽然我没把握讲得完全)。

上周末去街上一家美容院剪发——已好久没剪发了——时，在一本周刊上见到有关宫胁家空房子的报道。不用说，我非常非常吃惊。我一般不大看什么周刊，但那时那本周刊就在眼前放着，心血来潮地一翻，里面竟闪出宫胁家的空房子，心里大吃一惊。是要吃惊的吧？报道本身莫名其妙，当然你这拧发条鸟的事是一行也没提及。但说实话，当时我蓦然心生一念：说不定拧发条鸟与此有关！由于心头整个浮起这么一个疑问，便觉得无论如何该给你写封信。这么着，忽地风吹门开，想起了你的真名实姓。嗯，不错不错，是叫冈田亨。

有这样的时间，或许我应该像以往那样一下子翻过后墙找你去，和你在半死不活的厨房里隔着桌子脸对脸慢慢闲聊。这样做我想最为直截了当，但遗憾的是由于各种各样的势之所趋，现在没办法做到，所以也才这样伏俯在桌子上，手抓铅笔“吭哧吭哧”给你写信。

这段时间我总是思考你这拧发条鸟，不瞒你说，在梦里还见到了你好几次呢！也梦见了那口井。都不是什么了不得的梦，你也算不上主角，不过是“跑龙套”那样的小角色，所以梦本身并无多深的意味，可我对此又非常非常耿耿于怀。事情也巧，那本周刊上竟登了一篇关于宫胁家空房子(尽管现在已不是空房子了)的报道。

我猜想——随便想罢了——久美子阿姨肯定还没回到你身边。为了找回久美子阿姨，你怕是在那一带开始搞什么名堂了吧？当然这是我的直觉式想象。

再见，拧发条鸟，等我想写时再写信给你。

2 上吊宅院之谜

《世田谷独此一家　上吊宅院之谜》

曾有全家自杀，其地何人购得？高级住宅地段，今日何事开张？

——摘自××周刊12月7日号

位于世田谷区××2号街的这块地皮，因上吊宅院之说而左近闻名。面积约为一百坪①，位于山手幽静住宅地段的一角，朝南向阳，堪称理想的住宅用地。但知其实情之人无不异口同声说“那块地白给都不要”，原因在于，迄今大凡在那里居住的人全部遭遇不测，无一幸免。调查结果表明：昭和以来入居此处的人里边，迄今计有七人自杀身亡，且多半为自缢或自行窒息而死(自杀者详情略)。

购此不吉土地的乌有公司

作为此类很难视为巧合的悲惨事件的最新事例，当举总店设在银座的“卢福特”老字号联营西餐馆经营者宫胁孝二郎(照片1)全家自杀事件。宫胁因事业受挫而举债多多，两年前卖掉所有餐馆，宣告破产，但其后仍为一些不清不浑的借贷者穷追不舍，结果今年一月在高松市一家旅馆内用皮带勒死熟睡中的次女幸江（当时十四岁），之后与妻子夏子一同用所带绳索自缢身亡。当时为大学生的长女至今下落不明。官胁一九七二年四月购买此块地皮时，尽管听得有关不吉利的传闻，但他一笑置之，以为偶然巧合而已。买入后，拆除长期闲置的旧屋，并为慎重起见请来神社主管祈禳，新建了双层楼房。孩子开朗活泼，近邻无不交口称赞，都说一看便知是和睦家庭。然而十一年后，宫胁一家命运急转直下。

宫胁是一九八三年秋放弃这块用作贷款担保的地皮和住房的。但债权者之间因还债顺序发生内讧，故其处理便拖延下来了。去年夏天送交法院居中调停，使地皮处理成为可能。地皮首先以较实际价值低不少的价格卖给都内颇具实力的不动产公司——“××地产”。“××地产”姑且将宫胁住过的房子拆除，以期整地转卖。毕竟属于世田谷黄金地段，有购买意向者自是不在少数，但由于此类传闻的关系，未待洽谈开始便纷纷告吹。“××地产”销售科长M先生这样说道：“是的，那种不吉利的传闻我们也听到了，但我们仍很乐观，不管怎么说，毕竟位置绝佳，以为只要多少压低一些售价即可脱手。不料实际推向市场一看，根本无人问津。偏巧又赶上一月宫胁举家自杀那件惨案，坦率地说，我们也正为此伤脑筋。”

地皮好歹卖出，已是今年四月的事了。M先生拒绝透露买主和售价，详情自然不得而知。但据同行内部消息，实情似乎是“××地产”以较购入价低不少的价格忍痛抛售的。“买主对情况当然一清二楚，我方也无意弄虚作假，一开始就一一交代过了”（M先生语）。

---

① 日本土地面积单位，约3.3平方米。

这样一来，以下问题便是到底何人特意购入这块奇地。但调查无法顺利进行下去。查区政府登记簿，购得此地者乃一家“经济调研咨询”方面的公司——自称在港区拥有事务所的“赤坂调研”，购地目的在于建造公司职工住宅，并且职工住宅也很快实际建造起来。但这家公司是典型的皮包公司，按文件上的赤坂2丁目地址找到该公司，原来只在一栋小公寓一室的门上贴一条“赤坂调研”小标签，按铃也无人出来。

高度警备与彻底保密

如今的“宫胁旧址”围上了混凝土院墙，墙比附近住宅明显高出一截。涂黑漆的大铁门，一看便知坚不可摧，无从窥视内部(照片2)，门柱装有防盗摄像机。据附近人讲，这电动门不时闪开，一天之内有装着晕色玻璃的黑漆漆的“奔驰”500SEL出入数次，此外则未睹任何人出入，亦不闻任何声响。

施工自五月开始。由于自始至终在高墙内进行，附近任何人都不知晓里面建造怎样的房舍。工期速度惊人之快，仅两个半月便告竣工。近处外卖餐馆一位因送盒饭偶然进过施工现场的人这样说道：“房子本身并不很大，式样也无足为奇，像个正方形箱子，不像是一般人住的一般房子。只有园林业者进去，满满栽了好多很可观的树木——院子想必花钱不少。”

试着给东京近郊够规模的园林公司逐一打去电话，其中一家告知曾参与过“宫胁旧址”工程。但对方对委托人情况一无所知，只是从一位相识的建筑业者手里接得订单和庭院图纸，受人之托栽下这许多树。

此园林业者还说，植树过程中一位挖井工被请来，在院里挖了一口深井。

“运院角那堆从井架下挖出的泥土来着，因为在那旁边栽了一棵柿子树，所以看得清楚。说是把以前埋上的井重新挖出来，挖本身倒像并不费事，但奇怪的是挖不出水。本来就是枯井，只是按原样修复，也不可能出水。挺让人奇怪的，想必事出有因。”

遗憾的是未能找到挖井工。出入该处的“奔驰”500SEL则为总部设在千代田区的大型租借公司所有，自七月开始，以三年合同期租给港区一家公司作为公司用车使用。租车者的名称虽说不能告于外人，但从故事流程来看，当是“赤坂调研”无疑。至于租金，500SEL估计是一千万元，由租借公司提供司机，但此辆500SEL是否配有司机则不清楚。

对于前往采访的敝刊记者，附近居民皆不愿多谈此“上吊宅院”。一来原本与之交往不多，二来似不愿介入其中。附近的A先生讲了这样一段话：

“警备固然森严，但没有任何可让人说三道四的地方，附近的人也并不怎么介意。况且，较之就那么空着一座风言风语的怪房子，还是现在这样好得多。”

而归根结蒂，究竟何人买下这片房基地，“X氏”又将其派何用场呢？至今有谜无解。

3　冬天里的拧发条鸟

从奇妙的夏日过去到冬天来临之前，这期间没有任何堪称变化的变化。晨光悄悄闪露，暮色日日降临。九月绵绵阴雨，十一月有几天险些热出汗来。不过除去气候，这一天同另一天几乎没有差异。我每天都去长距离游泳、散步，准备一日三餐，使神经集中于现实而迫切的事情上。

但孤独仍不时猛刺我的心，甚至喝进的水和吸入的空气都带有尖刺刺的长针，手中的书页如薄薄的剃刀片一样白亮亮地闪着寒光。在凌晨四时寂静的时刻里，我可以听到孤独之根正一点点伸长的声音。

不肯放过我的人虽少也还是有的，那便是久美子的娘家。他们来了几次信，信中称既然久美子说婚姻生活再不可能持续，那么就请尽快同意离婚好了，也只有这样问题才能圆满解决。最初数封是事务性的，颇有高压意味，置之不理之后，遂变本加厉气势汹汹，最后又变得言词恳切，但要达到的目的却是一个。

不久，久美子父亲打来电话。

“并不是说绝对不离，”我回答，“但离之前要和久美子单独谈谈。如果谈得通，离也无所谓，否则离婚是不可能的。”

我眼睛透过厨房窗口打量着外面雨中沉沉的天空。这星期连续下了四天雨，整个世界都黑乎乎湿漉漉的。

“结婚是我和久美子两人反复商量决定的，半途而废也得履行同样程序。”我说。

于是同她父亲的交涉成了两股道上跑的车，终究哪里也没抵达。其实，准确说来并非哪里也没抵达，只是我们抵达的是一片没有收获的不毛之地。

几点疑问遗留下来。久美子莫非真心同我离婚并为此求其父母做我的工作？她父亲告诉我“**久美子说不想和你见面**”，其兄绵谷升以前见我时也说过同样的话，这大约不会完全是无中生有。久美子父母有时固然将事情往于己有利那方面解释，但据我所知，至少不至于凭空捏造。好坏另当别论，毕竟他们是颇为现实的人。如若这样，如若她父亲说的属实，那么久美子现在想必是被他们“藏”在某处。

然而我还是难以置信，因为久美子从小就几乎不对双亲和兄长怀有什么感情，而想方设法不去依赖他们。或许久美子由于某种缘由有了情人弃我而去。久美子信上说的虽然我未能一一信以为真，但不妨认为作为可能性并非没有。只是令人费解的是：久美子居然直接返回娘家或栖身于娘家人准备的某个场所且通过他们同我联系。

越考虑越觉得事情蹊跷。可以设想的一种可能性，便是久美子精神上出了问题，以致对自己自身失去了控制力，另一种可能性是因故被强行关进了什么地方。于是，我将各种各样的事实、言语和记忆或一并集中起来或变换排列方式。不一会，我放弃了思考。推想无法使我觅得归宿。

秋天日近尾声，四下里有了冬的气息。我像往年同一时节做的那样，把院里的落叶扫在一起，装进塑料袋扔掉，往房檐上竖条梯子，清扫承雨槽里沉积的树叶。我住房的小院虽无树木，但两旁邻院长有枝条发达的落叶树，风把枯叶吹得满院子都是。好在这样的劳作对我并非苦差。在午后阳光下怅怅观望落叶飘零之间，时间不知不觉地流过。右邻院子有棵挂着红果的大树，鸟们不时飞临树上竞相啼叫。鸟们颜色鲜艳，叫声短促而尖锐，刺扎空气一般。

我不知久美子的夏令衣服该如何整理保管，也曾想过索性按久美子信上交代过的一古脑儿处理掉算了，但我记得久美子对这些衣服是件件都视如珍宝的，加之又不是没地方放，所以觉得还是保留一段时间为好。

问题是每当打开立柜门，我总是不容分说地意识到久美子的不在。里边排列的衣服，全都成了一度存在却无可还原的空壳。久美子身穿这些衣服的姿影历历如昨，若干件衣服还印着我活生生的回忆。有时蓦然回神，发觉自己正坐在床沿上面对久美子的连衣裙、衬衫和半身裙发呆。已记不起在那里坐了多久，也许十分钟，或者一个钟头也未可知。

我往往一边看着这些衣服，一边想象一个自己不认识的男人给久美子脱衣服的场景。脑海中那双手脱去她的连衣裙，正在拉她的三角裤。转而开始爱抚她的乳房，分开她的双腿。我可以看见久美子丰柔的乳房，雪白的大腿，可以看见那上面一双别的男人的手。我本不愿想这种事，却又不能不想，因为那是可能实际发生的事。我必须使自己习惯这样的想象，现实是不可能随便发配到别处的。

绵谷升那个在新潟县的众议院议员伯父十月初死了。在新潟市一家医院住院期间一天后半夜突然心脏病发作，虽经医生全力抢救，还是在黎明时分成了一具普通的死尸。但绵谷议员的死早在意料之中，加之有消息说大选不日将开始，所以“后援会”的对策十分迅速及时，绵谷升得以按早已商定的计划去承袭伯父的地盘。绵谷前议员的拉票组织固若金汤，况且原本就算是保守党的票田。若无相当意外，其当选万无一失。有关报道我从图书馆报纸上看到了。当时我第一个反应就是心想如此一来，绵谷家怕要忙得不亦乐乎，而顾不上久美子的离婚了。

时过不久，翌年初春解散众议院大选，绵谷升不出众人所料地以绝对优势击败在野党候选人当选。从绵谷升宣布竞选到开票，我始终通过图书馆的报纸追踪其主要活动，但对他的当选我几乎不怀有任何感情，觉得似乎一切都是早已安排好了的，现实不过是随后毫厘不爽地再现一遍罢了。

脸上青黑色的痣没再大也没再小，不觉热亦不觉痛，而且我已逐步淡忘了自己脸上有痣这一事实，也不再为掩饰痣而戴深色太阳镜或把帽檐拉得很低。白天外出采购，擦身而过的人或对我的脸愕然而视或把视线移开时，固然使得我有时记起痣的存在，而一旦习惯，这也不怎么介意了。毕竟我的有痣没给任何人带来不便。早上洗脸刮须时我每每细看痣的情状，但不见任何变异，大小色调形状均无二致。

其实，注意到我脸上的天外来痣的也没几个人，总共才四个。站前洗衣店问过，常去的理发店问过，大村酒店的店员问过，图书馆服务台相识的女性问过，如此而已。每次问起，我都做出甚为困窘的表情，尽可能三言两语敷衍过去如“出了点事故”云云。他们也不深究，不无歉然地随口道一句“这可真是”或“够你受的”之类。

似乎自己正一天天远离自身。久久注视自己的手的时间里，有时仿佛手透明起来而能看见手的彼侧。我基本上不同谁说话，也没谁给我写信，没谁打来电话。进到信箱里的，无非催交公益金的账单和指名道姓寄来的广告。广告多是寄给久美子的名牌服装彩色图册，春令连衣裙、衬衫和半身裙照片比比皆是。冬天虽冷，仍有时竟想不起开炉。分不出是天冷，还是我心冷。要等看一下气温表弄清确系天冷之后才打开火炉。有时火炉把房间烘得再怎么暖，感觉中的寒冷也还是有增无减。

我仍像夏天那样不时翻过院墙穿过胡同走到曾有宫胁家空房子的地方。我身穿短大衣，围脖缠到下颌，脚踏冬日枯草在胡同里穿行。凛冽的风从电线间低声呼啸着掠过。空房子已片瓦不留，四周围上了高高的板墙。从墙缝间可以往里窥看，窥看也一无所剩。房子没了，石板没了，井没了，树没了，电视天线没了，石雕鸟没了，唯有给拖拉机履带碾得硬邦邦平整整黑乎乎的地面冷冷地延展开去，以及其间心血来潮似的零星长着的几丛杂草。一度存在的那口深井和自己的下井之举，恍若一场梦幻。

我靠着围墙打量笠原 May 家，扬脸注视她的房间。但笠原 May 已不在那里，她再不会出来冲我问一声“你好啊，拧发条鸟”。

二月中旬一个极冷的下午，我来到站前那家舅舅以前告诉过我的“世田谷第一不动产”。推开门，里面有一女办事员，靠门处摆着几张桌子，椅子上却空无一人。看情形大概所有人都因事外出了。房间正中一个大大的煤气炉红通通地烧得正旺。最里边有一小接待室样的房间，一个矮小的老人坐在那里的沙发上很专注地看报。我问女办事员一位姓市川的先生在不在。“我就是市川，有什么事吗？”里边的老人朝我这边招呼道。

我道出舅舅的名字，说自己是他外甥，现住在他的老房里。

“噢，是吗是吗，原来是鹤田先生的外甥！”老人说着，把报纸放在桌上，摘下老花镜揣进衣袋，而后上下打量一遍我的脸和衣装。不知对我印象如何。“啊，请这边来。如何，不来点茶？”

我说茶就不要了，请别客气，但不知老人没听见，抑或听见了没采纳，总之是命女办事员上茶。稍顷女办事员端了茶来，两人遂在接待室相对喝茶。炉火熄了，房间里阴冷阴冷的。墙上挂着一幅附近一带住宅详图，点点处处用铅笔签字笔画着标记。旁边有一挂历，画面是凡·高笔下有名的大桥，是一家银行的宣传挂历。

“许久没见了，鹤田先生身体可好？”老人啜口茶问道。

“看样子还好。还那么忙，很少见面。”我回答。

“那就好。上次见面过去多少年了？像很久很久喽。”说着，老人从上衣袋里掏出香烟，比量好角度猛地擦燃火柴。“你舅舅那房子托给了我，就一直作为出租房管理着。也罢，忙比什么都好。”

不过市川老人并不显得很忙，我猜测他大概是为了照顾老主顾而以半赋闲身份来公司照看一下。

“如何，那房子住起来可舒服？没什么不妙的？”

“房子是一点问题也没有。”我说。

老人点点头。“那就好。那可是个好房子，小是多少小点，但住起来舒服。那里住过的人个个一路顺风。你如何，是一路顺风吧？”

“算是吧。”我回答。**至少我还活着**，我对自己说。“今天来是想问件事。问舅舅，舅舅说这一带地产情况您最熟悉。”

老人嗤嗤笑道：“若问熟悉与否，那还是熟悉的，毕竟在这里搞不动产搞了四十年。”

“我想请教一下我房后宫胁家房子的情况——那里现在整地待售是吧？”

“嗯。”老人咬紧嘴唇，似乎在搜寻脑袋里的抽屉。“卖是去年八月卖掉的。债款、产权问题、法律问题都已四脚落地，可以出售了。闹腾了好长时间。这回由地产商买下，拆了房整了地以便转卖出去。反正地面建筑没人买，又不便让房子空在那里不管。买的不是本地同行，本地人不会买。那房子很多来由你都晓得吧？”

“大致听舅舅说了。”

“那么你也该知道，晓得内情的人是不会买的，我们就不买。就算抓到不知内情的人耍手段转手卖掉，不管赚多少事后心里都不是滋味，我们可不做那种骗人买卖。”

我点头表示赞同，“那么说，是哪家公司买的呢？”

老人皱眉摇了摇头，说出一家颇具规模的不动产公司名字，“怕是没仔细调查，光冲位置和价格轻率买下的，以为这下可以赚上一笔，但事情没那么简单。”

“还没卖掉喽？”

“像是可以卖掉，可偏偏脱不了手。”老人抱起胳膊，“地皮这东西可不便宜，又是一生的财产，要买的人总得从根到梢调查一番。这一来，那些怪事就一桩桩抖落出来了。而一旦得知，一般人就不会再买。那块地皮的情况，这一带的人十之八九都知道的。”

“价格大约多少呢？”

“价格？”

“就是有过宫胁家房子的那块地皮的价格。”

市川老人以多少上来点兴致的眼神看着我：“市价是一坪一百五十万，毕竟那一带是一等地，作为住宅用地环境无与伦比，采光也好，这个价还是值的。眼下这个时候地价不大看涨，不动产业也不怎么景气，但那一带不成问题。只要肯等时间，迟早会卖上好价，一般来说。但那里不一般，所以怎么等也启动不了，只有下降。现在就一降再降，已降到每坪一百十万，总共将近一百坪，再降下去，正合一亿。”

“以后还会降？”

老人果断地点头：“当然降。一坪降到九十万不在话下。九十万是他们的买入价，要降到那个数。现在他们也觉得事情不妙，能捞回本就大喜过望了。至于能不能再降我也估计不准。如果他们等钱用，多少贴点钱进去说不定也会卖；而若不缺钱花，就可能咬牙挺着。公司内部情况我不清楚。另外可以断定的一点就是，他们正为买那块地皮后悔。沾在那块地上，必定没好事。”老人“笃笃”地把烟灰磕落在烟灰缸里。

“那家院里有井吧？”我问，“关于井您可知道什么？”

“唔，有井，”市川说，“一口深井。但就在前几天给填上了。反正是枯井，有也等于没有。”

“井是什么时候干涸的您晓得？”

老人抱臂望了一会天花板。“很早以前了，我也记不确切了。战前还出水来着，不出水是战后。什么时候不出的我也不清楚。不过女演员住进去的时候就已经没水了，当时好像说过是不是把井填上，结果不了了之，因为特意填一口井终究嫌麻烦。”

“就在旁边的笠原家的井现在还有水出来，听说水还很好。”

“是吧，或许。由于地质关系，那一带以前出的水就好。水脉很微妙，那边出水而隔几步远的这边却不出水也不是什么稀罕事。你对那井有兴趣不成？”

“实不相瞒，我想买下那块地。”

老人抬起头，目光重新在我脸上对焦，然后端起茶碗，无声地喝了口茶。“**想买那块地**？”

我点头以代替回答。

老人拿起那盒烟，又抽出一支，“嗵嗵”地在茶几磕了磕烟头，但只夹在指间，没有点火。他用舌尖舔了舔嘴唇，说：“刚才一直在说，那块地可是有问题的，以前在那里住过的人没一个顺利。明白？说干脆点，即使价格便宜些也是绝对买不得的。这你也无所谓？”

“这个我当然晓得。话说回来，哪怕再比市价便宜，我手头也没有足以买下的钱款。我准备花时间想想办法。所以，想得到这方面的消息。您能提供么，比如价格变动和交易动态什么的？”

老人眼望未点燃的香烟，沉思良久，然后轻咳一声说：“不怕，不用急，短期内卖不出去。真正动要等价格低得等于白给之后。依我的直觉，到那个地步还要花些时间。”

我把自家电话号码告诉老人，老人记在有汗渍的黑色小手册上。手册揣进衣袋后，他盯视我的眼睛，又看我脸颊的痣。

二月过去，三月也快过去一半的时候，险些把人冻僵的严寒多少缓和了，开始有南来的暖风吹过。树木的绿芽已触目可见，院子里有了以前没见过的鸟。天气暖和的日子，我坐在檐廊上眼望院子打发时间。三月中旬的一个傍晚，市川打来电话，说宫胁那片地仍未出手，价格还会压低。

“我不是说没那么容易卖掉的么，”他得意地说，“放心，往下还要降一两次的。怎么样，你那边？钱可攒些了？”

当天晚上八点左右在洗脸间洗脸的时候，发觉脸上的痣开始发热。手指一摸，可以感觉到以前未曾有过的微热，颜色也较以前鲜艳起来，带有紫色。我屏息敛气，久久盯住镜子不放，一直盯到自己的脸差不多不像自己的脸。那块痣似乎在向我强烈地希求什么。我盯视镜子彼侧的自己，而镜子彼侧的我也反过来无声地盯视镜子此侧的我。

无论如何也要把那口井搞到手！

这便是我得出的结论。

4　冬眠醒来、另一枚名片、钱的无名性

无须说，那块地并非我想得到就能马上如愿以偿。实际上我能筹集的款额几近于零。母亲作为遗产留下的钱还有一点，但那不久也势必因为生计而归于消失。何况我既无职业，又无可提供的担保。找遍全世界，也没有哪家好心银行会贷款给这样的人。也就是说，这笔钱我必须像变戏法一样凭空得来，并且是在短时间内。

一天早上我步行到站前，按编号连续买了十张一等奖为五千万元的彩票，然后用图钉一张张按在厨房墙上，每天望上一遍，有时坐在椅上一望就是一小时，就像等待唯独我才能看见的一组暗号从中浮现出来。几天后，我得到了一个直觉——应该说是直觉：

我不可能中彩。

稍后，直觉变成确信。问题绝对不可能靠散步到站前小卖店买几张彩票坐等摇奖就能顺利解决。我必须运用自己的能力以**自己的力量**获得那笔钱。我把十张彩票撕碎扔掉，再次站在洗脸间镜前往里细看。**肯定有计可施**，我向镜中的自己征询意见。当然没有回答。

我闷在家中左思右想，想得累了，便出门在附近走来踱去，漫无目标地连走了三四天。附近走得累了，就坐电车到新宿——到车站附近时想上街看看，好久没上街了。在与平日不同的风景中思考问题倒也不坏。回想起来，已很长时间没乘电车了，我把

零币投入自动售票机时竟觉得有些别扭，像在做一件生疏的事。回想起来，最后一次上街距今至少已相隔半年之久了，当时在新宿西口发现并跟踪了一个提吉他盒的汉子。

久未目睹的城市的拥挤混杂令我怵目惊心。光看人流便几乎透不过气，心跳也有些加快。上班高峰已经过去，理应不至于那般拥挤，但刚开始我竟无法顺利穿过。那与其说是人流，莫如说更使人想起摧毁山体冲走房屋的滔滔巨浪。在街上走了一阵，为使心情镇定下来，我走进一家镶有玻璃幕墙、面朝大街的酒吧，靠窗坐定。上午，酒吧尚不拥挤。我要了杯热咖啡，茫然望着窗外来往的男男女女。

时间不知过去了多少，大约十五分或二十分吧。陡然回神，发觉自己的目光正执意地追逐着缓缓驶过眼前拥杂路面的擦拭得闪闪发光的“奔驰”、“美洲豹”和“保时捷”。在雨后旭光的辉映下，这些车身俨然某种象征一般闪着过于炫目耀眼的光，无一瑕疵，无一污痕。我再次意识到**这些小子有钱！**意识到这点有生以来还是第一次。我向着自己映在玻璃窗中的脸凄然摇头。**生来头一次如此迫切地需要钱。**

午休时间酒吧里人多起来，我便走上街头。并无地方可去，只想逛逛久违的闹市区。从这条街到那条街，头脑里想的只是别撞上对面来人，由着信号关系以及自己的兴之所至，或右拐或左转或径直前行。我双手插进裤袋，全神贯注地从事行走这一物理作业。从排列着百货大楼和大型超级商场橱窗的通衢大道，走进挤满花花绿绿色情商店的后街，走进喧闹的电影一条街，继而穿过静悄悄的神社，重新折回主要街道。暖洋洋的午后，差不多一半人没穿大衣，我甚至可以感觉到时而吹来的风的惬意。注意到时，我已经站在似曾相识的场景中。我看着脚下的瓷砖地面，看着小巧的雕像，仰视眼前高耸的玻璃幕墙——我已置身于一座大厦前面的广场正中，这正是去年夏天我按舅舅意见日复一日观察来往行人面孔的老地方。持续观察了十一天，最后碰巧发现那个手提吉他盒的奇妙汉子，尾随其后，在一座没有印象的宿舍楼门口被棒球棍打伤左臂。漫无目标地在新宿街头转了半天，结果又返回了这里。

我像上次那样在附近“丹金”糕点店买来咖啡和炸面圈，坐在广场椅上吃了，一动不动地盯视着眼前行人的面孔。如此时间里，心情多少平和舒缓下来。不知何故，这里有一种舒坦，如在墙角觅得一处与自己体形正相吻合的凹陷。我有好久不曾这么认真地看人们的面孔了。随即，我意识到自己长期未看的并不限于人的面孔。这半年时间里，我实际上**几乎什么也**没看。我在椅子上端正姿势，重新看人们的姿影，看高耸入云的大楼，看云开雾散阳光灿烂的春空，看五颜六色的广告板，看从身旁拿到手上的报纸。随着暮色的降临，颜色似乎又一点点**返回**到了周围事物。

翌日早晨，我同样乘电车来到新宿，坐在同一椅子上打量来往行人的面孔。中午时分买咖啡喝了，买炸面圈吃了。傍晚下班高峰到来前乘上电车回家。第三天也如出一辙。还是什么也没发生，什么也没发现。谜团依旧是谜团，疑问仍然是疑问，但我朦胧地觉得自己正一小步一小步向什么接近。我可以站在洗脸间镜前用眼睛确认那种**接近**。痣的色调比以前更加鲜艳，也更加温煦。我一时心想：**这痣是活的**。我活着，痣也活着。

一如去年夏天，一周时间里我每天都如此反复：上午十点多乘电车上街，枯坐在大楼广场的椅子上，不思不想地一整天打量来来往往的行人。有时候，现实声响不知因为什么突然远离我的四周以至杳然消失，耳畔唯有水流沉静的潺潺。我不期然地想起加纳马耳他，她是说起过听水声的事，水是她的主题。但我已记不起加纳马耳他关于水声具体说了些什么，我能记住的，仅有其帽子的红色。她为什么总戴一顶红塑料帽呢？

不多会儿，声音渐渐恢复，我又将视线投往人们的脸。

上街第八天下午，听得一女子的招呼声。当时我正手拿空了的纸杯往别处张望。“喂，我说，”女子说。我回头仰视站在那里的女子的脸。是去夏同样在这里邂逅的中年女子，她是那十天中唯一向我搭话之人。我并没预想到会同她重逢，而实际给她打起招呼来，很有一种水到渠成之感。

女子仍如上次那样身穿显得甚为高档的衣服，搭配也恰到好处：深色玳瑁太阳镜，带垫肩的黛蓝色上衣，红色法兰绒裙子。衬衫是丝质的，小巧玲珑的饰针在上衣领上闪烁。红色高跟鞋式样十分简练，但抵得上我几个月的生活费。相形之下，我这方面还是那么狼狈：上大学那年买的夹克、里面一件脖领松松垮垮的鼠灰色运动衫，下面一条到处起毛边的蓝牛仔裤，原本白色的网球鞋遍是污痕，已不知是何颜色了。

她在如此德性的我的身旁坐下，默默架起腿，打开手袋卡口，掏出一盒“弗吉尼亚”，仍像上次那样劝我吸一支，我仍说不要。她衔一支在嘴上，用铅笔擦一般细细长长的金打火机点燃，之后摘下太阳镜装入上衣袋，仿佛在浅水池中搜寻硬币似的盯住我的眼睛。我也回视对方。那是一对不可思议的眼睛，有纵深感，但无表情。

她略略眯起眼睛：“终归又旧地重游了？”

我点点头。

我看着烟。烟从纤细的烟支头上升起，随风摇摇曳曳地消失。她环顾一圈我周围的景致，像是想以自己的眼睛实际确认我一直坐在这椅子上看什么。但那场景似乎没怎么引发她的兴致。

她再次将视线收回到我脸上：看痣看了半天，而后看我的眼睛，看我的鼻和嘴，又一次看我的痣。瞧那样子她很想如鉴定狗那样撬开嘴巴检查牙齿窥视耳孔，倘若可能的话。

“恐怕需要钱。”我说。

她略一停顿，“多少？”

“大约八千万。”

她把视线从我眼睛移开，仰望了一阵子天空，仿佛在脑袋里计算金额——从某处暂且把什么拿来这里，又从这里把别的什么移往某处。这时间里我观察她的化妆，淡淡涂过的眼影如意识微弱的阴翳，睫毛弯曲得很微妙，犹如某种象征。

她稍咧了下嘴角，说：“可不是个小数啊！”

“我觉得多得不得了。”

她把吸了三分之一的烟扔在地上，用高跟鞋底很小心地碾灭，旋即从瘪瘪的手袋里取出名片皮制夹，拈出一枚塞到我手里。

“明天下午四点准时到这里来。”

名片上面只用黑黑的铅字印着住址：港区赤坂××号××大厦××室。没有姓名。没有电话号码。出于慎重翻过来看了看，背面是空白。我把名片凑到鼻端闻了闻，什么味儿也没有，一枚普普通通的白纸片。

我看着她的脸：“没名字？”

女子初次漾出笑意，轻轻摇头：“你需要的不是钱吗？莫非钱有名字？”

我也同样摇头。钱当然没有名字。钱若有名字，便不再是钱。使钱真正获得意义的，即是其沉沉黑夜般的无名性，其压倒一切的互换性。

她从椅子上站起，说：“四点能来？”

"那样钱就能到手么？"

"能不能呢……"微笑犹如皱纹在她眼角荡开。她又环视一遍周围景致，象征性地用手拍了下裙围。

女子脚步匆匆地隐没在人流中之后，我看了一会她碾灭的烟头及其过滤嘴上沾的口红。鲜亮亮的红使我想起加纳马耳他的帽。

如果说我有优势的话，优势即是我没有可以失去的东西，想必。

5　深夜怪事

少年真切地听到那声音是在深夜。他睁眼醒来，摸索着打开台灯环视房间。墙上挂钟即将指向两点。如此深更半夜里发生了什么事呢，少年无法想象。

随后又传来同一声音。声音无疑来自窗外。谁在哪里拧动偌大的发条。如此深夜到底什么人在拧什么发条呢？不对，声音虽像是拧发条，却又不是拧发条声。肯定是鸟在什么地方叫。少年把椅子搬到窗边，上去拉开窗帘把窗户打开一条缝。一轮晚秋满月胀鼓鼓白亮亮地悬浮在天宇正中，庭院亮同白昼一览无余。树木同少年白天看时印象甚是不同，全然觉察不出平日的温馨与亲和。橡树赌气似的在不时吹来的阵风中摇颤其黑压压的枝叶，瑟瑟地发出令人不快的声响。院子里的石块较往常白而滑，浑如一张死人脸在煞有介事地凝望天空。

鸟似乎在松树上叫。少年从窗口探出上身朝上看去。但鸟躲在重重叠叠的大树枝中，从下面无法看见。什么样子的鸟呢？少年很想看上一眼，以便记下颜色和形状，明天慢慢用图鉴查一下鸟名。强烈的好奇心使少年的睡意不翼而飞。他最中意查阅鱼类鸟类图鉴，书架上排列着让父母买来的堂皇的大厚本图鉴。虽说小学还没上，但已能看懂有汉字的文章了。

鸟接连拧了几遍发条，再度沉默下来。少年心想，除了自己有没有其他人听见这声音呢？爸爸妈妈听见了么？奶奶听见了么？都没听见，明天早上自己就可以把这个告诉大家了：半夜两点院里有鸟在松树上叫，叫声真的像是在拧发条哟！要是看见——哪怕一眼——它什么样就好了！那样连鸟名都能讲给大家听了。

可是鸟不再叫了。鸟在沐浴月光的松树枝上如石鸟一般不声不响。不一会，冷飕飕的风警告似的吹进房间。少年陡然打个寒战，关上窗扇。那鸟和麻雀鸽子不同，不肯轻易亮相给人看。少年看图鉴得知，几乎所有的夜鸟都很聪明机警。想必那鸟晓得自己在这里守候，所以再等多久都不会出来。是否要上厕所？他拿不定主意。上厕所必须穿过又长又黑的走廊。算了，就这么上床躺下吧，又不是挺不到明天早上。

少年熄掉灯，闭起眼睛，但总惦记着松树上的鸟，怎么也睡不着。熄掉灯也还是有月光挑逗他似的从窗帘的边边角角泻进来。**当拧发条鸟的叫声再次传来时**，少年毫不迟疑地翻身下床，这回没开台灯，在睡衣外披一件对襟毛衣，蹑手蹑脚爬上窗边的椅子，掀开一点点窗帘从缝隙里往松树那边窥看。这样，鸟就不会察觉自己在此守候了。

不料少年见到的是两个男人。少年大气也不敢出。两个男人如黑魆魆的剪影一般在松树下蹲下身子。两人都穿深色衣服，一个没戴帽，一个戴一顶礼帽式的带檐帽子。这么晚怎么有陌生人钻到自家院里来呢？少年感到奇怪。首先是狗为什么没叫？恐怕还是马上告诉父母为好。然而少年没离开窗口。好奇心把他钉在了那里。看那两人要干什么！

拧发条鸟突然想起似的在树上叫了起来。“吱吱吱吱”，长发条拧了几次。但两人没注意鸟叫，脸没抬，身子一动不动。他们脸对脸悄悄蹲在那里，像在低声商量什么。由于月光被树枝挡住了，看不见两人的面部。片刻，他们不约而同地站起。两人身高相差二十厘米左右，都瘦，高个子那个（戴帽子的）身穿风衣，矮个头那个衣服紧裹身体。

矮个头走近松树，朝树上看了一会，双手在树干上像查看什么似的摸来抓去弄了半天，之后一下子扑住，毫不费力地(在少年眼里)顺树干“吱溜溜”向上爬去。简直是马戏表演，少年心中暗暗称奇。爬那松树没那么容易，树干光溜溜的，一个抓手也没有。他像熟悉朋友那样熟悉那棵树。不过，何苦深更半夜里爬树呢？想抓上面的拧发条鸟不成？

高个子站在树下静静地向上望着。不一会矮个头从视野里消失了。不时传来松叶“窸窸窣窣”的摩擦声。听动静他还在继续往上爬那棵大松树。拧发条鸟听到有人爬树必定马上飞离。即使爬得再灵巧，也不可能轻易捉到鸟，弄得好也许能在鸟飞离时一晃儿看见鸟影。少年屏住呼吸等待鸟翅声传来，然而怎么等也没有扑棱声，叫声也已止息。

四下里许久无一动静，无一声响。看上去一切无不沐浴着虚幻的皎皎月光，庭院如不久前顿失滔滔的海底一般湿光光的，少年纹丝不动，忘情地凝视着松树和留在树下的高个子，再不能移开眼睛。少年呼出的气使窗玻璃变得白蒙蒙的，窗外想必很冷。高个子双手叉腰，一直扬头看着树上，他也仿佛冻僵一般凝然不动。少年思忖，大概他在不安地等待矮个头完成什么任务后从松树上爬下来吧。担心也是有道理的，大树下比上还难，这点少年非常清楚。不料高个子忽然一切置之不理似的大踏步迅速离去。

少年觉得唯独自己一人剩留下来。矮个头在松树中消失了，高个子转身不见了，拧发条鸟闷声不叫了。该不该叫醒父亲呢！叫醒也肯定不相信自己的话，转而会问自己又做的什么梦。少年固然经常做梦，经常把现实和梦境混在一起，但这次无论谁怎么说都是真的，拧发条鸟也好，穿黑衣服的两个人也好，只不过它

(他)们不觉间遁去哪里罢了。好好解释一下父亲应该可以相信。

接着，少年蓦地注意到**矮个头有点像自己的父亲**。只是个头似乎有点过矮。除去这点，体形、动作简直同父亲一模一样。不不，父亲爬树不那么灵巧。父亲没那么敏捷，没那么有力气。少年越想越莫名其妙。

不多工夫，高个子返回树下，这回双手拿着什么，是铁锹和大提包。他把提包放在地上，用铁锹在靠近树根那里挖起坑来。"嚓、嚓"，爽快利落的声音回荡在四周。少年暗想，家人保准给这声音吵醒，毕竟声音如此清晰如此之大。

然而谁也没醒。高个子对四周毫不在意，兀自默默挖坑不止。他身体虽然单薄，但力气像是大得厉害，这从挥铁锹的动作即可看出。动作有条不紊恰到好处。挖罢预定的大坑，高个子将铁锹靠在树干，站在旁边打量四周光景。或许他早已把什么上树的矮个头忘在脑后，一次也没往树上张望。现在他脑袋里装的唯独这坑。少年有些不满——若是自己，会担心上树的矮个头怎么样了。

坑不很深，这从挖出的土量看不难了然，也就是比少年膝部略深一点。看样子高个子对坑的大小形状颇为满意。稍后，高个子从提包里轻轻掏出一个黑乎乎的布包样的东西。从手势来看，东西软绵绵松垮垮的。说不定高个子要往坑里埋什么人的尸体。想到这里，少年胸口怦怦直跳。不过，布包里的东西顶多猫那么大，若是人的尸体，无非是婴儿。问题是为什么非要埋在**我家院里**不可呢？少年下意识地把积在口里的唾液咽进喉咙深处，那"咕噜"一声把少年自己吓了一跳。声音很大，大约外面的高个子都可听到。

继而，拧发条鸟受到吞唾液声刺激似的啼叫起来。吱吱吱吱吱吱、吱吱吱吱吱吱，拧的发条似乎比刚才的还要大。

听到这鸟鸣，少年凭直感察觉出来了：一件极为重大的事即将发生。他咬紧嘴唇，不由自主地"咔嗤咔嗤"搔两臂的皮肤。一开始没撞见就好了，但现在为时已晚，已不可能对此视而不见。少年微张着口，把鼻子按在凉冰冰的窗玻璃上，密切注视着庭院里上演的这幕怪剧。他已不再指望家里会有谁起身。**他们即使声音再大怕也不会醒来**，少年想，除自己以外没有**人听得这声音，这是一开始就已定下的。**

高个子弯下腰，轻手轻脚地将包着什么的黑布包放进坑去，而后站在那里向下盯着坑里的东西。脸看不见，感觉上好像一脸庄重，闷闷不乐。果然是什么尸体，少年想。未几，高个子毅然决然地拿锹埋坑，埋罢，轻轻把表面踩平。之后把铁锹靠树干立定，拎起提包迈着慢悠悠的步子离去。他一次也没回头看，没往树上瞧。拧发条鸟再没叫一次。

少年歪头看墙上挂钟。细细看去，见时针指在两点半。少年接着又从窗帘缝隙里往松树那儿看动静看了十分钟。之后睡意汹涌袭来，仿佛一面沉重的铁盖劈头压下。他很想弄清树上的矮个头和拧发条鸟往下如何，但已没办法睁开眼睛。于是连对襟毛衣也顾不得脱，一头钻进被窝，人事不省般地睡了过去。

6　买新鞋、返回家中的

从地铁赤坂站穿过饮食店鳞次栉比的热闹路段，往缓坡没上几步，便有一座六层写字楼。既不很新又不太旧，既不太大又不很小，既不豪华又不寒伧。一楼是家旅行社代理店，偌大的橱窗贴有米科诺斯岛港口和旧金山有轨电车的广告画，两幅画都褪色了，如上个月的梦境。三名工作人员在橱窗里面不无紧张地或接电话或敲击电脑键盘。

从外观看这座建筑物倒普普通通，并无特征可言，俨然直接以小学生图画簿上的楼房为图纸建造的，甚至可以说是为使其隐没于街头而特意建造得平庸无奇，就连依序跟踪门牌号的我也险些看漏走过。大楼正门静静立在旅行社代理店入口的旁边，上面一排入住者名牌。一眼看去，主要是法律事务所、设计事务所、外贸代理公司和牙科疗所等规模不很大的单位。名牌有几个依然新得发光，往前一站可谓光可鉴人。602 室名牌则相当古旧，颜色有些模糊，大概她很早以前便在此安营扎寨了。名牌上刻的是“赤坂服饰设计所”，其古旧程度使得我多少感到释然。

门厅里边有一道玻璃门，上电梯须跟所去房间通话让对方将门打开。我按了下 602 室蜂鸣式门铃。料想摄像枪已把我的形貌传入监控电视荧屏。四下环顾，天花板一角果真有个摄像枪样的器物。稍顷，待开启门锁的蜂鸣声响起，我方得进入。

乘上了无情调可言的电梯上到六楼，沿着同样了无情调的走廊左右张望了一阵子找到 602 号门，看清楚上面确乎刻有“赤坂服饰设计所”字样，短短地按了一次门旁的铃。

开门的是一个青年人，身材瘦削，五官端庄，一头短发，恐怕是我以前见过的男人中最为漂亮的。但较之相貌，真正令我刮目的是其服装。他身穿白得刺眼的白衬衣，打一条深绿色细纹领带。领带本身固然潇洒，但不止如此，打法也无可挑剔。那凹凸和力度，简直同男士服装杂志上的凹版图片毫无二致。我死活也打不到那么完美。到底是如何打得那般无懈可击的呢？有可能是天赋之才，或者纯属百般苦练的结果也未可知。西裤是深灰色，皮鞋是有饰带的褐色乐福平底，都像两三天前刚刚批发来的一般。

个头比我稍低，嘴角浮起不无欣慰的微笑。笑得甚为自然，仿佛刚刚听完一个愉快的笑话。那笑话也不是低级趣味的，洗练得就像过去某外务大臣在游园会上讲给皇太子听而周围人忍俊不禁的一般。我告以自家姓名，他只是略略偏一下头，表示什么都不必说，旋即往里打开门，让我进去，然后往走廊里掠了一眼，把门关上。这时间里他一句话也没说，只向我微微眯起眼睛，仿佛在说对不起就在旁边沉沉睡着一只神经质黑豹，现在出声不得。当然根本不存在什么黑豹，只不过给人以如此感觉而已。

迎门是间会客室，有一套大约坐上去甚是舒坦的皮沙发，旁边立着古色古香的木衣架和落地灯，里面墙上有一扇门，看样子通往另一房间。门旁安着一张式样简练的橡木写字台，台上放一台大型电脑。沙发前有个茶几，好像很想让人放一本电话簿上去。地上铺着淡绿地毯，色调品味极佳。不知藏于何处的音箱低声淌出海顿的四重奏。墙上挂着几幅漂亮的花鸟版画。房间里井井有条，一看就觉得爽快。一面墙上的固定格架上摆着布料样品集、时装杂志等。家具陈设绝对算不上豪华也算不上新潮，但恰到好处的古旧感却有一种令人心怀释然的温馨。

青年人把我让到沙发坐下，自己绕到写字台后落座。他静静地摊开手，手心朝我这边，示意在此稍候。他没有说“对不起”，代之以微微一笑；没有说“不会久等”，代之以竖起一根手指。看来他纵使不开口也能向对方传达自己的意思。我点下头，表示明白。和他在一起，我觉得开口好像成了不识趣不光彩的行为。

青年人俨然拿一件易碎品一般将电脑旁的一本书轻轻取在手上，翻开读到的那一页。书黑黑厚厚的，包着书皮，书名不得而知。他从打开书页那一瞬间起，便开始把注意力百分之百集中在阅读上，连我在其对面这一点都好像置之度外了。我也想读点什么消磨时间，但哪里也觅不到可读的东西，只好架起腿，靠在沙发上听海顿的音乐(若有人问是否绝对是海顿的，则无充分把握)。韵味诚然不坏，只是旋律每一流出便似乎马上被空气吞噬掉了。桌上除了电脑，还有式样极为普通的黑色电话机和笔盒、台历。

我身上基本是昨天的衣装：夹克、带风帽的游艇用圆领套衫、蓝牛仔裤、网球鞋。无非把大体有的东西适当拾来穿上罢了。在这洁净规整的房间中同这位洁净而标致的青年人对坐起来，我的网球鞋显得格外污秽狼狈。不，不是显得，**实际也很污秽狼狈**。后跟磨偏，颜色变灰，鞋帮出洞，各种脏物宿命似的一古脑儿渗入其中。毕竟一年时间里我天天都穿这同一双鞋。穿它一次又一次翻越院墙，时不时踩着动物粪便穿过胡同，甚至钻进井去，所以污秽也罢狼狈也罢都不足为奇。回想起来，离开法律事务所以后我还一次都没意识到自己此时此刻穿的是什么鞋。但如此细览之下，我切实感到自己是何等孑然一身，何等远离人世。差不多也该买双新鞋了，这样实在有失体面。

片刻，海顿一曲终了。终了得毫不爽朗，虎头蛇尾。沉默有时，这回响起大约是巴赫的羽管键琴(约摸是巴赫，还是没有百分之百把握）。我在沙发上左右换了几次二郎腿。电话铃响了，年轻人在所读书页那里夹一纸条，合上书推到一边，拿起听筒。他听得很专注，不时微微颔首，眼睛觑着台历，用铅笔在上面做着记号，把话筒挨近台面，敲门般地在台面上“橐橐”敲了两声，之后放下电话。电话很短，二十多秒，他一言未发。自把我让进房间后此人一个音节也未吐出。开不得口不成？但从他听到电话铃响拿起听筒倾听对方说话看来，耳朵应当正常。

青年人若有所思地望了一会台上的电话机，然后从台前悄声立起，径直走到我跟前，毫不犹豫地在我身旁坐下，双手整齐地并放在膝头。如我从其脸形想见的那样，手指斯斯文文，细细长长。手背与关节部分当然略有皱纹，毕竟不存在全无皱纹的手指，弯曲活动也还是要有一定程度的皱纹才行，但没那么多，适可而止。我不经意地看着那手指，猜想青年人有可能是那女子的儿子，因为指形酷似。如此想来，其他也有若干相像之处。鼻形像，小而稍尖，瞳仁的无机式透明也颇相似。那优雅的微笑又返回他的嘴角，情形仿佛海边因波浪关系时隐时现的洞口一般极为自然地一忽儿闪出一忽儿隐没。稍顷，他一如落座时那样迅速起身，朝我动了动嘴唇。唇形像是在说“这边请”、“请”之类。无声，唯嘴唇微动，做出无音的音形，但我完全领会他要表达的意思，于是我也站起跟在他后面。青年人打开里面的门，将我让入其中。

门内有小厨房，有卫生间样的设施。再往里另有一个房间，同我刚才所在的会客室样的房间差不多，只是小了一圈。里面有同样适度古旧的皮沙发，有同样形状的窗口，铺有同样色调的地毯。房间正中有一张大工作台，上面井然有序地排列着剪刀、工具盒、铅笔和设计参考书。有两个仅有上半身的人体模型。窗户不是百叶窗帘，而挂着布、纱两层窗帘，两层都拉得严丝合缝。

天花板吊灯关着，房间里如迷离的暮色一般有些幽暗，稍稍离开沙发的地方有盏小些的落地灯，亮着一个灯球。沙发前的茶几上有一玻璃花瓶，插着唐菖蒲。花很鲜，刚剪下来的一样。水也极清。不闻音乐，墙上无画无钟。

青年人依然无声地示意我坐在沙发上。我顺从地刚一落座（坐起来同样舒服），他便从裤袋里摸出防水镜样的东西，在我眼前打开。果然是游泳用的防水镜，橡胶和塑料制成的普通型，同我在游泳池游泳时用的式样大体相同。防水镜何以带到这种地方来呢？我不解其故，也想象不出。

〈完全不用怕的。〉青年人对我说。准确说来并非“说”，只不过嘴唇做出那样的变化，手指略微动了动，但我大致可以正确把握他表达的内容，遂点了下头。

〈请把这个戴上，自己不要摘下，到时由我来摘。也不要动。明白了么？〉

我再次点头。

〈谁也不会加害于你。不要紧，别担心。〉

我点头。

青年人转到沙发后给我戴上防水镜。他把橡皮带绕往脑后，调整压住眼眶部位的垫圈。与我平时所用防水镜不同的是它的一无所见。透明塑料部分似乎厚厚抹了一层什么。于是彻头彻尾的人工黑暗包笼了我。全然一无所见，甚至落地灯光在哪边也闹不清。我立时陷入错觉之中，全身好像被什么涂得体无完肤。

青年人鼓励我似的将双手轻轻置于我的肩上。指尖纤纤，但绝非软弱无力，而有一种恰如钢琴师把手指静静落在键盘上的毋庸置疑的实在感。我可以从其指尖读出某种好意。正确说来并非好意，但近似好意。那指尖仿佛告诉我〈不要紧，别担心〉。我点下头。随后他走出房间。黑暗中他的足音由近而远，传来开门关门的声响。

青年人离去后，我就那样一动不动地坐了许久。莫可名状的黑暗。就一无所见而言同我在井底体验的黑暗并不两样，而性质则截然不同。这里没有方向，没有纵深，没有重量，没有抓手。与其说是黑暗，莫如说近乎虚无。视力被技术性地劫掠，一时双目失明，身体肌肉紧缩，喉咙深处干渴。往下到底要发生什么呢？我想起青年人指尖的感触，它告诉我**别担心**。我觉得他的“话”还是可以全盘相信的，尽管没什么理由。

房间实在太静了。在此屏息敛气，仿佛世界就此止步，一切都将很快被吸入永恒的深渊。然而世界仍好像在继续运行——未几，一个女人打开入口的门，蹑手蹑脚走入房间。

之所以知道是女人，是因为有隐约的香水味儿。不是男人用的香水。香水大概相当昂贵。我努力记忆那气味儿，但没有自信。视力突然被劫，嗅觉也好像失去了平衡，但至少种类同把我招来这里的那位衣着得体的女子身上的不一样。女人带着衣服微微摩擦的声音穿过房间走来，在我右边静静坐在沙发上。坐得那般无声无息，当是个小体轻的女人。

女人从旁边目不转睛地看我的脸——皮肤上明显感到她的视线。我想即使眼睛全然看不见东西，自己也能感觉出对方的视线。她纹丝不动地久久逼视我。根本听不出她的呼吸。她在缓缓地、不出声地呼气吸气。我以原来的姿势直视前方。我的痣像在微微发热，颜色也必定鲜艳起来。又过了一会，女人伸出手，就好像触摸容易破碎的值钱物件一样小心翼翼地把指尖触在我脸颊的痣上，开始轻轻抚摸。

我全然不知道她期待我做出怎样的反应，不知道如何反应合适。现实感只存在于遥远的天际，这里有的只是不可思议的乖离感，恰似从一种交通工具飞身跳上速度不同的另一交通工具。在乖离感的空白中，自己简直成了一座空房子，如同宫胁家曾几何时存在过的空房子一样，我现在是另一座空屋。女人进入这空屋中，**出于某种缘由**用手擅自触摸墙壁和立柱。无论她出于何种缘由，作为空屋（只能是空屋）的我也完全奈何不得，也**无此必要**。如此一想，我多少宽释下来。

这女人全不作声。除去衣服窸窸窣窣的摩擦声，房间笼罩在深深的沉默里。她就像要破译遥远的往昔刻于此处的细小的秘密文字一样用指尖在我身上匍匐移行。

一会儿，她停止抚摸，从沙发上立起，转到我身后，舌尖触在痣上，如同笠原May夏天在那院子里曾为我做的那样舔着我的痣，但舔法比笠原May成熟得多，舌头巧妙地紧贴我的肌肤，以各种力度、各种角度、各种动势品味着、吮吸着、刺激着。我感到腰间腾起一股滞重重热辣辣的痛。我不想勃起，觉得那丝毫构不成意义，然而无法阻止。

我力图使自己同空屋这一存在更加天衣无缝地合为一体。我设想自己是柱是壁是天花板是地板是屋顶是窗口是门是石头。似乎这样才是道理。我闭起眼睛，离开我这一肉体——离开穿着脏兮兮网球鞋戴着奇异防水镜笨拙地勃起的肉体。离开肉体并非什么难事，也只有这样我才能抛弃窘迫感而畅快许多。我是荒草丛生的庭院，是不能飞动的石雕鸟，是干涸的井。我知晓女人置身于我这一空屋中。我无以目睹她的姿容，但一切都无所谓了。如若这女人在其中希求什么，给予她就是。

时间的步履愈发难以把握，我不知道现在自己在这里的诸多时制中用的是哪一种。我的意识徐徐返回我的肉体，同时传来女人离去的动静，二者如在换班。同她进来时一样，离开房间也那么悄无声息。衣服的摩擦。香水的摇曳。门的开启门的闭合。我意识的一部分仍然作为一栋空屋坐落在**那里**。与此同时，我作为我位于**这**沙发之上。往下如何是好呢？哪个是现实呢？我还无法判定。“此处”一词似乎正在我身上发生裂变。**我在此处，但我也在此处**，我觉得二者对我同样真实。我仍坐在沙发上不动，让自己沉浸在奇妙的乖离感中。

稍后，门开了，有人进来。听脚步声知是那个青年人，我记得那足音。他转到我背后，解下防水镜。房间黑乎乎的，唯独落地灯微弱的灯光亮着。我用手心轻揉一下眼睛，让眼睛习惯现实世界。现在他身穿西装，领带颜色同夹带绿色的深灰色上衣十分相得益彰。他浮起微笑，轻轻搀起我的胳膊，让我从沙发上立起，并打开房间尽头的门。进得门是卫生间，有抽水马桶，里面附带不大的淋浴室。他让我坐在合上盖子的马桶上，拧开淋浴龙头，静等热水出来。片刻，准备完毕，示意我淋浴，剥开新香皂的包装纸，递给我，而后走出卫生间，关门。自己为什么必须在这等场所淋浴呢？我不得其解。莫非事出有因？

脱衣服时我明白过来了，原来不知不觉之间往内裤里射了精。我站在热水喷头下，用新开封的绿香皂彻底搓洗身体，冲去沾在毛丛的精液，之后走离喷头，拿大毛巾擦身。毛巾旁边放着拳击短裤和T恤，包装在塑料袋里，都合我的尺寸。有可能我早已被安排在此射精。我望了一会儿镜中自己的脸，但脑袋运转不灵。不管怎样，我把脏内裤扔进垃圾篓，穿上这里准备好的干干净净的白色新短裤和干干净净的白色新T恤，接着穿上蓝牛仔裤，从头顶套上圆领套衫，穿上袜子，提上污秽的网球鞋，穿上夹克，走出卫生间。

青年人在外面等我。他把我领回原来房间。

房间和刚才一样。台上放着打开的书，书旁是电脑，音箱中流出不知名的古典音乐。他让我在沙发上坐下，往杯里倒入充分冰镇过的矿泉水端过来。我只喝了半杯。我说“好像累了”，听起来不像自己的语声，并且我也没打算说这样的话。语声是脱离我的意志从哪里自行发出来的，然而那是我的语声。

青年人点下头。他从自己上衣内袋里取出一个洁白的信封，犹如将一个恰如其分的形容词加进文章一般使其滑进我夹克的内袋，而后再次轻轻点头。我把目光投向窗外，天空已经漆黑，霓虹灯、楼宇窗口的灯光、街灯、车头灯把街道弄得五光十色。我渐渐忍受不了待在房间里，于是默默地从沙发上立起，穿过房间，开门走到外面。年轻男子站在写字台前看着我，还是一言未发，也没阻止我的不辞而别。

赤坂见附站给下班的人挤得一塌糊涂。我不愿意坐空气不佳的地铁，决定走路，走多少是多少。从迎宾馆前走到四谷站，又顺着新宿大街走，走进一家不甚拥挤的小食店，要了一小杯生啤。呷了口啤酒后觉得肚子瘪了，便点了份简单的饭菜。看表，时近七点。不过想来这已同我没多大关系，管它现在几点。

动身体时，发觉夹克内袋里装着什么。我已忘了青年人在我离开前给我的信封，忘得死死的。信封倒是普普通通的极白的信封，但在手上一掂，比看上去有分量得多。不单重，还重得不可思议，似乎里面有什么在一个劲儿屏住呼吸。我略一迟疑，打开信封——反正迟早要打开。里面装着一叠齐齐整整的万元面值钞票，无一道折，无一条折痕。由于太新了，看着竟不像真的纸币，却又找不出理由怀疑。钞票共二十张。出于慎重又点一遍，没错，仍是二十张——二十万元。

我把钱装回信封，揣回衣袋，随后把桌上的餐叉取在手上怔怔地看着。首先浮上脑海的念头，是用此款买双新鞋。不管怎么说新鞋总还是少不得的。付款出店，走入面临新宿大街的鞋店，挑了一双极为常见的蓝色轻便运动鞋，向店员告以号码，没看价格。我说只要号码合适想直接穿回家去，中年店员(是店主亦未可知)给两只鞋麻利地穿上雪白的鞋带，问我“现在脚上的鞋怎么办？”我说不再要了随便处理就是，转念又说算了算了还是带回去吧。

“旧鞋虽脏，但还是有一双为好，有时候会帮不小的忙哩！”店员浮起让人愉悦的微笑，像是在说脏成这模样的鞋每天见得多了，然后把网球鞋塞进刚才装新鞋的鞋盒，用手提纸袋套了递给我。进了鞋盒，鞋活像小动物的尸骸。我从信封里抽出一张无一道折的万元钞付款，找回几张不很新的千元钞，接着手提装旧鞋的纸袋，乘小田急线回家。车上挤满了下班的乘客，我手抓吊环，开始思索此时附在身上的几样新物件：**新短裤、新T恤、新鞋**。

回到家，我一如往常坐在厨房餐桌前喝了罐啤酒，开收音机听音乐。很想和谁说说话，谈论天气也罢，谩骂政府也罢，什么都无所谓，总之我想做的是**和谁说说话**。遗憾的是想不出可供说话的对象，一个也没有，甚至猫。

第二天早上在洗脸间剃须时，像往日一样对镜检查脸上的痣。没发现痣有什么异常。我坐在檐廊里，打量一小片后院——好些天没打量了——无所事事度过一天。惬意的清晨，惬意的午后。初春的风轻轻拂动树叶。

我从夹克内袋里掏出装有十九张万元钞的信封，放进抽屉。信封在手中仍重得出奇。重量似乎充满了意味，但我无法理解那意味。**与什么相似**，我蓦然觉得。我所做的，与什么极为相似。

我一边盯视抽屉里的信封，一边努力追索那是什么。可是想不起来。

我推上抽屉，进厨房泡杯红茶，站在洗碗池前喝了。后来总算想起：自己昨天做的，同加纳克里他说的应召女郎做的**甚为相似，近乎离奇地相似**。虽然实际上没同那女人睡（仅仅裤内射精），但除了这点基本上是一码事。我需要一笔相当数目的钱，为此将自身肉体抛予他人。我啜着红茶试着就此思考。远处传来狗吠，俄顷传来直升机马达的轰鸣。思路不成条理。我又折回檐廊，看着午后阳光包拢的庭院。看腻了，便看自己手心。**这个我**竟成了娼妇！我看着手心想道。谁能想象我会为了钱出卖肉体呢？会最先用那钱买新鞋呢？！

我很想呼吸外面的空气，决定去附近买点东西。我蹬上新的轻便运动鞋走在街上。新鞋似乎使我变成了不同以往的新的存在，街头风景和擦肩而过的男女面孔也好像较以前多少有些异样。我在附近的自选商场买了蔬菜、鸡蛋、牛奶、鱼、咖啡豆，拿昨晚买鞋找回的钱付了款。我想对敲收款机的圆脸中年妇女坦白交代这钱乃我昨天卖身所得。作为酬金我拿了二十万。是二十万。过去在法律事务所每天拼死拼活加班，一个月也不过十五万多一点。我很想这么说，当然什么也未出口，只是递出钱，接过装有食品的纸袋。

不管怎么说，**事情动起来了**——我一边抱着纸袋行走一边如此自言自语。总之，现在只能扑上去抓住而不要被甩掉。这样，我大概便会抵达一个地方，**至少抵达有别于现在的场所**。

我的预感不错。回到家时，猫出来迎我。我一开门，它迫不及待似的大声叫着，摇动尖头有点弯的秃尾巴朝我这边赶来。这就是将近一年下落不明的“绵谷·升”。我放下购物袋，抱起猫。

7　细想之下即可知道的地方（笠原May视点之二）

你好，拧发条鸟！

你大概以为我现在正在一所高中教室里，像普通高中生那样打开教科书学习吧？不错，最后一次见你时我是亲口说“去另一所学校”来着，你那么认为怕也是理所当然的。事实上我也去上学来着，去一所很远很远的私立女高，实行全体住宿制的货色。不过倒没有寒酸气，房间如宾馆一样干净漂亮，吃饭是可以选择的自助式，网球场啦游泳池啦也有，蛮大，光闪闪的。当然费用也够高的。里面全是有钱人家的千金，而且清一色是**有点成问题的**。我这么说，你拧发条鸟可以大致想象出是怎样的地方了吧。就是在山里边、带有高雅栅栏的高级林间学校那种。高高的墙严严实实围了一圈，墙上铁丝网都有，大门是对开的大铁门，结实得即使哥斯拉来踢打也毫不碍事，俨然电动陶俑的门卫二十四小时轮班看守。与其说是为防外面的人进来，倒不如说是为防里边的人出去。

也许你要问，既然一开始就晓得是如此混账，那为什么还要去那种地方呢？不愿去就不去不可以么？言之有理。但老实说那时我没有什么选择余地。由于我惹出的种种样样的麻烦事，此外再无一所宽宏大量的学校乐意接受我这个转学生，况且反正我是想先离开家。所以，知道那地方混账我也还是下决心进去再说。可到底混账。有句比喻说如噩梦一般，那里却比噩梦还噩梦。即使做噩梦大汗淋淋醒来（实际上也常在那里做噩梦），一般我也懒得爬起。毕竟噩梦也比现实强出不少。知道那是怎么一种滋味？

你拧发条鸟以前可曾置身于那种混账得嘎吱嘎吱响掉底的地方?

这么着,终究我只在那所“高级宾馆监狱林间学校”待了半年。春假回家我对父母明确宣布:如果再让我返回那里,宁愿自杀!我说要把三个棉球塞进嗓子眼再咕嘟咕嘟喝水,用刮须刀片割开两腕,再从学校楼顶大头朝下跳下去!我是真心那么说的,不是开玩笑。我父母加起来也就是一只小雨蛙那么大的想象力,但我真心说出什么来,也还是听得出不单单是吓唬人,从经验上说。

结果,我没重返那所不做正经事的学校。三月末和整个四月,都是关在家里看书、看电视,或横躺竖卧什么也不干。很想去找你来着,每天想不下一百次。想穿过胡同一下子跳下院墙和你说话,可是又不能那么想去就去地找你去,这样就又重复去年夏天的日子了。我从房间里眼巴巴望着胡同,猜想此时此刻你在干什么呢。如此一来二去,春天不声不响地、偷偷摸摸地来到了整个世间,我就想你在这个时节怎样打发日子,久美子阿姨回家来了么?加纳马耳他加纳克里他那等怪人怎么样了?绵谷·升猫可返回了?你脸上的痣可消失了……

一个月后,我再也忍受不住这样的生活了。什么原因不清楚,总之对我来说这里已只能是“拧发条鸟的世界”,而在这里的我只能是包含在“拧发条鸟的世界”里的我。不知不觉间事情就成了这样子。我想这可不是儿戏,尽管不是你拧发条鸟的责任。因此我必须去哪里寻找属于自己的天地。

思来想去,心里怦然一动。

(提示)那是你细想之下即可知道的地方,只要用心即可想象到的地方。不是学校,不是宾馆,不是医院,不是监狱,不是民居。是个有点特殊的所在，位于很远很远的远方。那是——秘密，眼下。

这里同样是山中，同样有围墙（不是了不得的墙），有大门，有个看门的老伯，但出入完全自由。占地面积很大，里面有树林，有水塘，早晨散步常可见到动物。狮子啦斑马啦——这倒是骗你；而是狐狸、野鸡一类好玩的家伙。里边有宿舍，我在宿舍里生活。每人一个房间，虽说比不上那所高级宾馆监狱林间学校，但也够漂亮的。呃——，房间上次信里可写过了？从家带来的两用机（大家伙，还记得吧）放在板架上，现在放的是慢四步爵士舞曲。现在是周日下午，大家都出去玩了，放大声些也没人抱怨。

眼下唯一的乐趣，就是周末去附近街上的唱片店选几盒音乐磁带回来（书几乎不买，有想读的向图书室借）。邻室一个蛮要好的朋友买了一辆半旧车，拉我上街。说实话，我也用那车练习开车来着。地方大得很，随你怎么开。正式的驾驶执照虽然没有，可我已开得很够水平了。

不过不瞒你说，除了买盒式音乐磁带，上街没多大意思。大家都说每星期不上一次街脑袋要出故障，可对我来说还是在大家外出后独自留下来这么听音乐更能放松神经。一次给那个有车的朋友拉去搞了个双重约会，尝试性地。她是当地人，熟人相当不少。我的对象是个大学生，人倒不坏，但怎么表达好呢，说痛快点，我对好多好多事都还不能很好地把握感觉，觉得好像各种各样的东西如同靶子排列在极远的地方，而靶子同我之间又影影绰绰垂着好几层透明长帘。

坦率说来，我那个夏天见你的时候，例如在厨房餐桌前两人对坐喝啤酒聊天时就总是这样想来着：万一拧发条鸟在这里霍地把我按倒要强奸我可怎么办好？我不知怎么办好。我想我会反抗，说不行的拧发条鸟，不是那样的！但在这个那个思考为什么不行，想到必须解释哪里怎么**不是那样的**时间里，脑袋就渐渐混乱起来，而拧发条鸟说不定会趁我脑袋混乱之际把我鼓捣得一塌糊涂。这么一想，胸口就跳得不得了。那可不行！那可有点不公平！你大概半点也不晓得我脑袋里在想这玩意儿吧？不认为我发傻？肯定这样认为，毕竟我的确傻乎乎的嘛。可当时那对我可是**非常非常**严肃的事哟！因此——我想——那时候我才抽掉梯子把你闷在井底，井盖盖得严严实实，像密封似的。那一来，世上就再也没有拧发条鸟，我也就暂且不用想那些伤脑筋事了。

对不起，我是不该对你拧发条鸟（或者说对**任何人**）做那种事的，如今觉得。我不时犯那样的毛病，没办法控制自己。我明知自己在干什么，可偏偏停不下来，这是我的弱点。

不过我不认为你这拧发条鸟会对我施以什么暴力，这点现在我也总算是清楚了，就是说虽然不能断定你不会一贯地对我施暴（又有谁知道会发生什么呢），但至少不会为了使我陷入困惑而干那种勾当。说倒说不好，喏，总有这么一种**感觉**。

算了，不再啰嗦什么强不强奸了。

总之我就这个样子，外出同男孩约会的情绪也提不起来。即使说说笑笑，脑袋也像断线的气球在别的地方摇摇晃晃地游荡，没完没了地胡思乱想。怎么说呢，归根结蒂还是觉得自己一个人待一会好，宁愿一个人想入非非。在这个意义上，或许我仍处于“恢复阶段”。

过几天再写封信给你。下次我想可以谈得多些，谈谈将来。

你要好好想一想我现在哪里做什么，接到我下封信之前。

——**又及**。

8　肉豆蔻与肉桂

猫全身——从脸到秃尾巴尖——沾满了干泥巴。毛卷起来了，一个球一个球的，看样子是在哪里的脏地上长时间打滚来着。我抱起兴奋得喉咙咕咕直响的猫，全身上下细细检查一番。多少显得憔悴些了，此外无论脸形体形还是毛色都与最后见到时没甚不同。眼睛闪闪动人，亦无伤痕。怎么看都不像是差不多离家一年的猫，就像在哪里游逛了一夜刚刚回来似的。

我在檐廊里把从自选商场买来的生青箭鱼片放进盘子喂猫。猫看来饿了，大口猛吃，不时噎得直吐，眨眼间就把生鱼片一扫而光。我从洗碗池下面找出猫喝水用的深底碟，装满水给它，这也差不多喝个精光。好歹喘了口气后，猫舔了一阵子脏乎乎的身子，舔着舔着突然想起似的来我这儿爬上膝头，团团蜷起睡了过去。

猫将前肢缩到肚子底下，脸藏在秃尾巴里睡着，起始“咕噜咕噜”声音很大，后来小了，不久彻底没了戒心，酣睡如泥。我坐在阳光暖洋洋的檐廊上，手指轻轻摸猫，生怕弄醒。说实话，由于身边怪事迭出，也没怎么想起猫的丢失，但这样在膝头拢着小小的软乎乎的生灵，看它这副无条件依赖我的睡相，心头不由一阵热。我手贴在猫的胸口，试探它心脏的跳动。跳得又轻又快。但也还是同我的心脏一样，一丝不苟地持续记录着与其身体相应的生命历程。

猫到底在哪里干什么了呢？为什么现在突然返回？我琢磨不出。若是能问问猫就好了——一年来你究竟在哪里？在那里干什么了？你失却的时间痕迹留在什么地方了……

我拿来一个旧坐垫，把猫放在上面。猫身子瘫软软的如洗涤物。抱起时猫眼睁了条缝，小小地张开嘴，没吭声。猫在坐垫上摩摩挲挲换个姿势，伸下懒腰又睡了过去。如此确认好后，我进厨房归拢刚买回的食品，豆腐、蔬菜、鱼整理好放进冰箱。不放心地往檐廊里觑了一眼，猫仍以同样姿势睡着。由于眼神有的地方像久美子哥哥，遂开玩笑称其为绵谷·升，并非正式名字。我和久美子没给猫取名，竟那样过去六年之多。

不过，纵是半开玩笑，“绵谷·升”这个称呼也实在不够确切。因为六年时间里真正的绵谷升已变得形象高大起来，已不能把那样的名字强加给我们的猫了。应该趁猫没再离开这里时为它取个名字，越快越好，且以尽可能单纯的、具体的、现实的为佳，以眼可看手可触者为上。需要的是将大凡与“绵谷·升”这一名称有关的记忆、影响和意味清除干净。

我撤下鱼盘。盘子彻底洗过擦过一般闪闪发光，估计鱼片相当可口。我为自己正好在猫回家时买来青箭鱼感到高兴，无论对我还是对猫，都似乎是值得祝福的吉兆。不妨给猫取名为青箭。我摸着猫的耳后告诉它：**你再也不是什么绵谷·升而是青箭**。如果可能，真想大声向全世界宣告一遍。

我在檐廊里挨着猫看书看到傍晚。猫睡得很深很熟，活像要捞回什么。喘息声如远处风箱一样平静，身体随之慢慢一上一下。我时而伸手碰一下它暖暖的身体，确认猫果真是在这里。伸出手可以触及什么，可以感觉到某种温煦，这委实令人快意。我已有很长时间——自己都没意识到——失却这样的感触了。

第二天早晨青箭也没有消失。睁眼醒来，猫在我身旁直挺挺地伸长四肢，侧身睡得正香。看来夜里醒来后它自己仔仔细细舔了一遍身体，泥巴和毛球荡然无存，外表几乎一如往日。原本就是毛色好看的猫。我抱了一会青箭，喂了它早餐，换了饮用水，而后从稍离开些的地方试着叫它“青箭”，到第三遍猫才往这边转过脸低低应了一声。

我需要开始自己新的一天。冲罢淋浴，熨烫刚洗过的衬衫，穿上棉布裤，蹬上新便鞋。天空迷蒙，阴得没有层次，但不太冷，便只穿件厚点的毛衣，没穿风衣。我坐电车从新宿站下来，穿过地下通道步行至西口广场，坐在常坐的那条长椅上。

那女子是三点钟出现的。看到我，没怎么显得吃惊。我见她走近也没特别诧异。简直像早已约定在此见面似的，两人都没寒暄，我只是稍微扬了下脸，她仅朝我约略歪了下唇。

她身穿甚有春天气息的橙黄色布上衣，黄玉色紧身裙，耳上两个小巧的金饰。她在我身旁坐下，默默吸了支烟。她像往常一样从手袋里掏出弗吉尼亚长过滤嘴，衔在嘴上，用细长的金打火机点燃。这回到底没劝我。女子若有所思地悄然吸了两三口，便像试验今日万有引力情况一样一下子扔在地上，而后说了句“随我来”，欠身立起。我踩灭烟头，顺从地跟在后面。她扬手叫住一辆过路的出租车，钻了进去，我坐在旁边。她以分外清澈的语声向司机告以青山的地址，出租车穿过混杂的路面开上青山大街，这时间里她一次口也没开，我则眼望窗外的东京景致。从新宿西口到青山之间建了几座以前不曾看过的新楼。女子从手袋拿出手册，用小小的金圆珠笔往本上写着什么，时而确认什么似的觑一眼表，是手镯样的金表。她身上的小东西看上去大多都是金制，或者说无论什么只要一沾她身就瞬间成金不成？

她把我领进表参道旁一家名牌服装专卖店，为我选了两套西装。青灰色一套暗绿色一套，衣料都很薄。穿它去法律事务所式样显然不合适，但胳膊一进衣袖就知是高档货。她没做任何解释，我也不求其解释，只管言听计从。这使我记起学生时代看过的《艺术电影》中的一个镜头，那部电影始终在鞭挞情况说明，视说明为损坏客观性的弊端，那或许不失为一种想法一种见解，只是自己作为活生生的人实际置身其间，则觉得相当奇妙。

我基本属于标准体型，无须修正尺寸，只调整衣袖裤筒长度即可。她为两套西装分别选配了三件衬衣三条领带，还挑了两条皮带，袜子也一气拣了半打，用信用卡付罢款，叫店里送往我的住处。大概她脑海里早已有了我应该穿怎样的衣服的清晰图像，选择几乎没花时间。我即使在文具店选择铅笔擦也还多少花些时间的。我不能不承认她在西装方面具有绝对出类拔萃的审美力。她几乎信手拈来般地挑出的衬衣领带，颜色花纹简直浑然天成，搭配非比寻常，仿佛是几番深思熟虑的结果。

之后把我领进鞋店，买了两双同西装相宜的皮鞋。这也几乎没花时间。付款同样用信用卡，同样叫送到我家去。我想无非两双鞋，大可不必特意让人送货上门。想必这是她的习惯做法：挑选当机立断，付款用信用卡，让人送货上门。

接下去我们去的是钟表店，重复同一程序。她根据西装为我买了配有鳄鱼皮表带的式样潇洒而典雅的手表。同样没花什么时间。价钱大概五六万之间。我一直戴廉价塑料表，似乎不甚合她的意。手表她到底没让送去。店员包装好，她默默递过。

再往下带我去了男女通用的美容院。里面相当宽敞，地板光闪闪的同舞厅无异，满墙都是大镜子。椅子共十五六把，美容师们或拿剪刀或拿发刷如被操纵的木偶一般四下走来走去。盆栽观叶植物点缀各处，天花板黑漆漆的扩音器中低声淌出吉斯·查理德不无饶舌的钢琴独奏曲。看样子来之前她已从哪里约好，一进门我就被领去椅子坐定。她对一位大约认识的瘦削的男美容师如此这般指点了一番，美容师一边看我镜中的脸——活像看一碗满满敷着一层芹菜梗的盖浇饭—— 一边对女子的指令一一点头称是。此人长相颇像年轻时的索尔仁尼琴[1]。她对男子说“完时我再来”，遂快步出店。

理发时间里美容师几乎没有开口，只是将洗头时说句“这边请”，动手洗时说声“失礼了”。趁美容师转去别处，我不时伸手轻轻触摸右脸颊的痣。整面墙都是镜子，镜里有很多人，我是其中一个，且我脸上有一块光鲜鲜的青痣，但我并不觉得它难看亦不觉其污秽。它是我的一部分，我必须接受它。有时感觉出有谁的视线落在痣上，似乎有人看我映在镜中的痣，但镜中嘴脸过多，无法分辨到底是何人看我，唯感觉其视线而已。

约三十分钟理毕。辞去工作以来渐渐变长的我的头发重新变短。我坐在沙发上边听音乐边看并不想看的杂志。女子很快返回，看样子她对我的新发型还算满意，从钱夹里抽出一张万元钞付罢款，将我领去外面站定，恰如平日我察看猫一样把我从上到下细细端详一遍，以免留下什么缺憾。看来其原定计划是大体完成了。她觑一眼金表，发出不妨称为叹息的声音。时近七点。

“吃晚饭吧，”她说，“能吃？”

我早上只吃了一片烤面包，中午只吃了一个炸面圈。“能吧。”我回答。

她把我带进附近一家意大利餐馆。这里她也不像是生客，我们被悄然让到里面一张安静的餐桌。她在椅子上坐下，我坐在她对面。她叫我把裤袋里的东西统统掏出，我默默照办。我的客观性似乎与我分道扬镳，在别处彷徨不定。**若是能一下子找到我就**

---

① 俄罗斯作家(1918—2008)。主要作品有《癌病房》、《炼狱中》等。

好了，我想。裤袋没装什么像样的东西，钥匙掏出，手帕掏出，钱夹掏出，一并排在桌上。她兴致并不很大地注视片刻，拿起钱夹打开，里面仅有五千五百元现金，此外无非电话卡、银行卡、区立游泳池入场证，没有罕见之物，没有任何必须闻气味量规格稍微摇晃浸到水里对光细瞧那等物件。她不动声色地全部还给我。

“明后天上街买一打手帕，一个新钱夹，一个钥匙包。”她说，“这些自己可以选吧？对了，上次买内衣裤是什么时候？”

我想了想，却想不起来。我说想不起来。“我想不是最近。不过相对说来我是爱清净的人，就一个人生活而言算是勤洗勤换的……”

“反正各买一打新的来。”她以不容分说的口气说道，像是不愿再多接触这个问题。

我默默点头。

“拿收款条来，钱可由我出。尽量买上等的。洗衣费也由我付，所以衬衣一旦上过身就送洗衣店去，明白？”

我再度点头。站前那家洗衣店老板听了笃定欢喜。可是，我略一沉吟，旋即从这足以通过表面张力贴在窗玻璃上一般的简洁的连接词中拽出一长串煞有介事的词句：“可是，你何以专门为我购置成套的衣服且出钱给我理发甚至报销洗衣费呢？”

她没有回答，从手袋中取出弗吉尼亚长过滤嘴衔在嘴上。一个身腰颀长五官端正的男侍者不知从何处快步赶来，以训练有素的手势擦火柴将烟点了。擦火柴时声音甚为干脆，堪可促进食欲。其后他把晚餐菜谱递到我们面前。女子则不屑一顾，并说她也不大想听今天的特殊品种。“拿蔬菜色拉卷形面包白肉鱼来。稍淋一点调味汁，胡椒一点点。再来杯碳酸水，别加冰。”我懒得看菜谱，便说也要同样的。男侍者致一礼退下。我的客观性似乎仍未找到我。

“只是出于纯粹的好奇心问问，不是说要如何如何，”我咬咬牙又问一次，“给我买这许多东西，对此我不是要说三道四。只是，事情难道重要得要费这样的操办花这么多钱吗？”

依然不闻回声。

“纯属好奇心。”我重复一句。

还是没有回答。女子根本不理会我的发问，兀自饶有兴味地看墙上挂的油画。画是风景画，画的是意大利田园风光（我猜想）。上面有修剪得齐齐整整的松树，沿山坡坐落着几处墙壁发红的农舍。农舍不大，但都叫人看着舒坦。里边住的是些什么样的人呢？大概是过地道生活的地道男女吧？应当没有人让莫名其妙的女人唐突地买西服买皮鞋买手表，没有人为把一口枯井弄到手而设法筹措一笔巨款。我是何等羡慕那些住在地道世界里的人们！只要可能，恨不得现在就钻进画里，走进其中一户农舍喝上一杯，然后宠辱皆忘地蒙头大睡。

不多工夫，男侍者走来，在我和她面前各放一杯碳酸水。她在烟灰缸里熄掉烟。

“还有别的什么要问吗？”女子开口了。

“赤坂事务所那个小伙子，可是你的儿子？”我试着问。

“是的。”这回她应声回答。

“好像开不得口，是吧？”

她点下头，说：“原先也不怎么说话的，但快六岁那年突然说不出话了，压根儿发不出声音。”

“那是有什么原因吧？”

她不予理睬。我思索别的问法。

“讲不得话，有事时怎么办呢？”

她略略蹙了下眉头，尽管不完全是充耳不闻，但仍好像没有回答的意思。

“他穿的衣服也一定是你从上到下挑选的吧？像给我做的一样。”

她说：“我只是不喜欢看到人们打扮得不伦不类罢了，那样我无论如何**无论如何**也无法忍受。起码想让我周围的人尽可能穿着得体些，打扮正确些，不管那部位看得见看不见。”

“那，对我的十二指肠可介意？”我开玩笑道。

“你十二指肠的形状有什么问题么？”她以一本正经的眼神盯住我问。我后悔不该开玩笑。

“我的十二指肠时下不存在任何问题，随便说说而已，**比方说**。”

她不无疑惑地凝视了一会我的眼睛，大约是在思考我的十二指肠。

“所以，哪怕是自己出钱也想让人穿得像那么回事，如此而已，不必放在心上。**说到底**是我的个人爱好。我在**生理**上不堪忍受污秽的衣服。”

“如同耳朵敏感的音乐家忍受不了音阶错乱的音乐？”

“算是吧。”

“那么说，周围的人你都要给买衣服喽？这样买来买去的？”

“是吧。不过，并非有很多人在我周围。不是么？再看不顺眼，也不至于给全世界所有人买衣服嘛。”

“所谓事情总是有限度的。”

“算是吧。”

一会儿，色拉上来，我们吃着。调味汁果然只淋一点点，也就是几滴吧，指着数得过来。

“其他有什么想问的？”女子道。

“想知道你的名字。”我说，“或者说，还是要有个名字什么的好些吧。”

她不作声地咬了一阵子小萝卜，像误吃了什么辣得要命的东西一样眉间聚起深深的皱纹。“我的名字你为什么需要呢？不至于给我写信的吧？名字那玩意儿总的说来不是小事一桩吗？”

“问题是比如从背后叫你时，没名字不方便吧？”

她把餐叉放在盘子上，拿餐巾轻轻擦下嘴角。“倒也是。这点我从未想过。那种场合的确怕不方便。”她久久陷入沉思，这时间里我默默吞食色拉。“就是说，从背后叫我时需要个合适的名字对吧？”

“也就是吧。”

“那么，不是真名实姓也无妨吗？”

我点点头。

“名字、名字……什么样的名字好呢？”她问。

“容易叫的简单些的就行。可能的话，最好是具体的、现实的、手可触目可见的东西，也容易记。”

“举例说？”

“例如我家的猫叫青箭。倒是昨天才取的……”

“青箭，”她说出声来，像在确认声韵如何，而后目光盯在眼前的一套食盐胡椒小瓶上，俄顷扬起脸。“肉豆蔻。”她说。

“肉豆蔻？”

“突然浮上心头的。我看可以当作我的名字，如果你不讨厌的话。”

“我倒无所谓……那，儿子怎么称呼呢？”

“肉桂。”

“荷兰芹、鼠尾草、迷迭香、果石龙刍、百里香……”我唱歌般说道。

“赤坂肉豆蔻和赤坂肉桂——蛮不错的嘛！”

若是知道我和这等人物——赤坂肉豆蔻和赤坂肉桂——打交道，笠原 May 恐怕又要目瞪口呆。嘿，拧发条鸟，你就不能和多少地道些的人打交道？为什么不能呢，笠原 May，我也全然摸不着头脑。

“如此说来，大约一年前我和名叫加纳马耳他和加纳克里他的打交道来着。”我说，“我因此遭遇了种种怪事。如今倒哪个都不见了……”

肉豆蔻略点下头，没有就此发表感想。

“消失到了哪里，”我无力地加上一句，“就像夏天的晨露。”或像黎明的星辰。

她用叉子把菊苣样的菜叶送入口去，随即像蓦然想起往时一个约会似的伸手拿杯喝了口水。

“那么，你怕是想知道那笔钱是怎么回事吧？前天你拿的那笔钱。嗯，不对？”

“非常想知道。”我说。

“说给你听也可以的，只是说起来可能很长。”

“甜食上来前可以完吧？”

“恐怕很难。”赤坂肉豆蔻说。

9 井　底

顺井壁铁梯下到漆黑的井底，我仍像往次那样摸索着寻找靠在井壁的棒球棍。那是我从吉他盒汉子那里几乎下意识地拿回来的。而在井底的一团漆黑中将这遍体鳞伤的球棍抓在手里，心里顿感一阵释然，真是不可思议。这释然又帮助我把意识集中起来，所以每次我都仍将球棍放在井底——我懒得次次携带球棍顺着梯子爬上爬下。

每当找到球棍，我便像站进击球区的棒球手，双手紧紧抓住棍柄，以确认这是**我的**那根球棍，随后在伸手不见五指的黑暗中一一核实事物有无变化。我侧起耳朵，将空气吸入肺腑，用鞋底试探脚下土质，用棍头轻轻叩击井壁以测其硬度。但这些不过是使心情镇定下来的一种习惯性仪式。井底同深海底甚为相似，这里所有的物质都如被压力压迫一般静静地保持其原形，而不因星移斗转而现出怎样的变化。

光在头顶圆圆地悬浮着。黄昏的天空。我仰着头，思索十月黄昏时分的尘世。那里应该有**人们**的生活。在秋日淡淡的阳光下，他们或行走街头，或选购商品，或准备饭食，或在回家的电车中，并且视之为——或者无所谓视之为——无须特别思考的极其顺理成章的事，一如我的以往。他们是被称为“人们”的抽象存在，我亦曾是其中无名的一分子。在秋光之下，人们接受着某人，又被某人接受。无论持之永远，还是仅限一时，其中都应有阳光笼罩般的亲昵。但我已不置身其中。他们在地面之上，我在深井之底。他们拥有光，我则正在失去。我不时掠过一丝疑虑，担心自己再也返回不了那个世界，再也领略不到被光明包笼的恬适，再也不能把猫软乎乎的身体抱在怀中。如此一想，胸口便有一种闷乎乎的绞痛。

但在我用胶鞋底掘动柔软的地面时，地表光景渐次离我远去。现实感一点点稀薄，井的温馨将我拥裹起来。井底暖暖的静静的，大地深处的温柔抚慰着我的肌肤。胸口的疼痛如波纹消失一般渐渐稀释。此处接受我，我接受此处。我紧紧握着球棍柄，闭起眼睛，又再度睁开，朝头上仰望。

之后我拽动头顶的绳子，合上井盖(心灵手巧的肉桂做了个滑轮，我可以从井底自行合上井盖)，黑暗于是完美无缺。井口被封，光无从泻入，时而传来的风声也已杳然。我与“人们”之间彻底隔绝。手电筒我也没带。这类似某种信仰的告白，我在向**他们**表示自己正在无条件地接受黑暗。

我坐在地上，背靠混凝土井壁，棒球棍夹在膝间，闭上眼睛。我侧耳谛听自己的心音。黑暗中当然无须闭什么眼睛，反正一无所见，然而我还是闭上了。无论处于怎样的黑暗中，闭目这一行为也还是自有其含义的。我深深呼吸数次，让身体习惯于又深又黑的圆筒形空间。这里有与往日同样的气息，同样的空气感触。井一度被完全掩埋，唯独其中的空气近乎不可思议地同以前一样，有点发霉，有点潮湿，同第一次在井底嗅到的毫无差异。这里没有季节，甚至没有时间。

* * *

我依然穿着旧网球鞋，戴着塑料手表。是我第一次下井时的鞋和表。同棒球棍一样，此鞋此表也可以使我心情沉稳下来。黑暗中我确认这些物件确乎牢牢附着于自己的身体，确认我没有脱离自身。我睁开眼睛，稍顷又闭上，以便使自己一点点接近并习惯自己内部的黑暗压力和自己四周的黑暗压力。时间在流失。不多工夫，两种黑暗的界线便无法很好地分辨了，甚至弄不清眼睛是闭着还是睁着。脸颊上的痣开始隐隐发热，想必带有亮丽的紫色。

我在混合不同种类的黑暗中将意识集中在痣上，思考**那个房间**。我像对待“她们”时那样试图离开自己，从蜷缩在黑暗中的我那笨拙的肉体中脱离出去。现在我不外乎一座空屋，不外乎被遗弃的井。我准备从中逃出而转乘速度不同的现实——在双手紧握棒球棍的同时。

现在将这里的我同那奇妙房间隔开的，仅仅是一堵墙壁。我应该可以穿过这墙壁，通过我自身的力与这里深重黑暗的力。

每当我屏息将意识集中起来时，便可以见到那房间里的东西。我不在其中，**但我正看着它**。那是宾馆的一个套间。208 房间。严严实实地拉着窗帘，房间里十分黑暗。花瓶中有足够的花，暗示性的香气滞重地弥漫于房间。门旁一座大大的落地灯，但灯泡犹如清晨的月一般死白死白的。我定定地注视着。注视的时间里，由于某处透进一丝微光，我得以勉强看出里面东西的形体，一如眼睛习惯于电影院的黑暗。房间正中的小茶几上面，放着一瓶稍微喝了一点的 Cutty Sark。冰壶里有刚刚割裂的冰块（依然棱角分明）。玻璃杯里有已加冰的威士忌。不锈钢盘子在茶几上显得冷清而孤寂。时间无从知晓，也许早上，也许晚间，也许夜半，抑或压根儿无所谓时间。套间里边的床上躺着一个女子，耳畔传来其衣服的窸窣声。她轻轻摇晃玻璃杯，发出“咣啷咣啷”惬意的声响。空气中飘浮的细微花粉随着声响宛如活物般地颤抖。空气的哪怕一点点震颤，都足以使这些花粉陡然恢复生机。淡淡的黑暗静静地接受花粉，被接收的花粉使得黑暗愈发变浓。女子将嘴唇贴在威士忌杯上，往喉咙里吞了一点液体，然后要对我说句什么。卧室里漆黑一团，什么也看不见，唯有影子在隐约晃动。她是有什么要对我说。我在耐心地等待，等待她的话语。

那便是那里所有的。

* * *

我如一只在虚拟的空中飘浮的虚拟的鸟，从上面望着那房间里的情景。我将那光景扩大开来，继而后退俯瞰，复近前扩大。不用说，细部在这里具有很大意义。它们具怎样的形状，呈怎样的颜色，有怎样的感触，必须依序逐一确认。各细部之间几乎没有联系，温度亦已失却。在这种时候，我所做的仅限于细部的机械式罗列。可是这尝试不坏。是不坏。犹如石块与木片的摩擦不久产生热与火焰，有联系的现实逐渐形成具象，恰如几个单音偶然的重叠使得一个音阶从似乎单调无聊的反复中产生出来……

我可以在黑暗深处感觉出联系的微弱萌生。**是的，这就可以了**。周围寂静至极，**他们**尚未察觉我的存在。将我与那场所隔开的墙壁正如果冻一般一点点瘫软融化。我屏息敛气。**此其时也！**

然而当我向那墙壁举步的一瞬间，突然响起了刺耳的敲门声，仿佛我的目的被谁一眼看透。有人在用拳头猛敲房门，一如我上次听见的——犹如铁锤在墙上直直地敲铁钉一般果断而尖锐。敲法也一模一样，间隔很短敲两下，接着又敲两下。我知道女子正屏住呼吸。周围飘浮的花粉随之发颤，黑暗大幅度摇晃，并且由于这声音的侵入，我那条好容易刚刚成形的通道一下子应声而断。

像以往那样。

* * *

我再次是我肉体中的我，坐在深深的井底。背靠井壁，紧握棒球棍。如同图像逐渐聚焦一样，**此侧**世界的感触重返我的手心。球棍柄给汗粘得有点发潮，心脏在喉咙深处跳得正急。耳里仍真切地存留着刺穿世界般的硬邦邦的敲门声。随即黑暗中传来球形门拉手缓缓转动的声音。外面有谁（**有什么**）正要开门，正要慢慢地悄悄地进入房间。然而刹那间图像尽皆消失，墙壁再次成为坚固的墙壁，我被弹回此侧。

我在深深的黑暗中用球棍头敲了敲眼前的壁。壁又硬又凉，一如往常。我被围在圆筒形混凝土中间。**还差一步**，我想，我正在一点点接近那里，毫无疑问。我迟早会通过这间隔而“进入”那里，会先于那敲门声潜入房间在那里止步不动。但到那一步究竟要花多少时间呢？又有多少时间剩在我手上呢？

而与此同时，我又害怕**它实现**，害怕同应该在那里的什么对峙。

接下去我在黑暗中蹲了好一会。我必须恢复正常心跳，必须将双手从球棍柄上放开。我还需要一点时间一点力气才能从井底立起，才能顺着铁梯爬上地表。

10　袭击动物园（或不得要领的杀戮）

“赤坂肉豆蔻”讲起一九四五年八月一个酷热的下午，被一伙士兵射杀的虎、射杀的豹、射杀的狼、射杀的熊们。她讲得井井有条栩栩如生，如将记录胶片投映在雪白的银幕上，其中没有一丝一毫的暧昧，却又不是她实际目睹的情景。肉豆蔻那时站在开往佐世保的运输船甲板上，她实际目睹的是美国海军的潜水艇。

她逃离蒸汽浴室般的船舱，站到甲板上，同其他很多人一起靠着栏杆，迎着清风眺望水波不兴的海面。这时，一艘潜水艇没有任何前兆地简直如残梦一般突然浮出海水。最先是天线、雷达和潜望镜在海面现出，继而指挥塔激浪分水，俄顷湿漉漉的大铁块在夏日阳光下闪出流线型的裸体。虽说它采取的是潜水艇这一特定形体，但看上去更像是某种象征性标记，或者含义不明的譬喻。

潜水艇窥探猎物似的同运输船并行了一会，之后甲板升降口打开，船员们一个接一个以不无迟缓的动作走上甲板。谁也没有惊慌。军官们从司令塔甲板上用很大的双筒望远镜观察运输船的情况，镜片时而对着太阳光一闪。运输船满载返回本土的民间人员，多半是妇女和儿童——为躲避迫在眉睫的战败混乱而撤退回国的“满洲国”日本官吏和满洲铁道公司高级职员的家属。与其留在中国大陆，他们宁可承受航行中可能遭遇美国潜水艇攻击的危险，至少潜水艇实际出现在眼前之前他们是这样想的。

潜水艇司令官确认运输船没有武装，附近也没有护卫舰。他们已无所畏惧。时下掌握制空权的也是他们。冲绳业已陷落，日本本土能飞的战机已所剩无几。无须惊慌。时间在他们手中。士兵们一圈圈地旋转舵盘，让甲板炮对准运输船。值班的下级军官发出准确而简短的命令，三个士兵在操纵大炮，另两个士兵打开后端甲板升降口，从中搬出重型炮弹。几个人以熟练的手势将弹药箱搬近指挥塔旁高出一截的甲板上的机关炮。负责炮击的士兵全部头戴作战钢盔，有的还光着上身，差不多一半穿着及膝短裤。凝眸细看，已可以看到他们臂上鲜明的文身。细看之下，她看到了好些东西。

一门甲板炮一门机关炮，这是潜水艇上所有的火力，但用来击沉老朽货轮改造的动作迟缓的运输船却是绰绰有余。潜水艇上搭载的鱼雷数量有限，且要对付可能遭遇的武装舰队——倘若那玩意儿日本还剩有的话——所以保留不用，这是铁的原则。

肉豆蔻抓住甲板栏杆，注视着黑乎乎的炮筒转向这边。夏日的阳光转眼之间便把刚才还湿淋淋的炮筒晒干了。这么大的炮她还是第一次目睹。在新京街上看过几次日军的炮兵团，但潜水艇上的甲板炮大得让它根本无法相比。潜水艇向运输船发出灯火信号：马上停船，即将开炮击沉之，速以救生艇疏散乘客（肉豆蔻当然读不懂信号，可脑袋里清楚地记得那条信息）。问题是战乱中勉强用旧货轮改成的运输船并不备有数量足够的救生艇。乘客船员加起来超过五百人，可救生艇却仅有两只，甚至救生衣救生筏也无从谈起。

她紧紧抓着栏杆，出神地注视着流线型的潜水艇。舰艇如刚刚出厂一般通体发光，无一锈痕。她凝视着指挥塔上的白漆番号，凝视着塔顶旋转的雷达，凝视着戴深色太阳镜的沙色头发的军官。潜水艇是为杀死我们大家而从海底亮相的，她想，但这没什么奇怪。**这是任何人身上任何地方都可能发生的，而与战争无关**。大家都以为是战争的关系，但并非如此，战争这东西不过是许多东西里边的一个。

面对潜水艇和大炮她也没感到恐惧。母亲对她喊了句什么，但未能传进她的耳朵。她觉得自己的手腕被一把抓住要拉她离开，而她抓着栏杆不放。周围的惊呼和喧嚣如同扭小收音机音量一般渐渐远逝。为什么这么困呢？她觉得不可思议。一闭眼睛，意识顿时模糊起来，进而离开了甲板。

那时，她看见日本兵包围偌大的动物园一个接一个射杀可能伤人的动物的光景。军官一声令下，三八式步枪的子弹当即穿进老虎光滑的肌肤，撕开五脏六腑。夏空碧透。四周树上蝉鸣阵阵，如傍晚的骤雨哗然而至。

士兵们始终保持沉默，血色已从他们晒黑的脸上褪去，俨然古陶器上的部分图案。几天后，最迟一星期后，苏联远东军的主力部队就该开到新京了。无任何手段阻止其前进。开战以来，为维持南洋拉长的战线而调走了原本兵员充足的关东军大部分精锐部队和装备，而其大半现已沉入深深的海底或烂在密林深处。反坦克炮和坦克也几乎荡然无存，运兵车实际能转动的也寥寥无几，要修理也没零件。总动员虽可凑足人数，但就连老式步枪也无法发齐，子弹也差不多告罄。夸口说北部防线不会动摇的关东军如今全然同纸老虎无异。击败德军的苏联强大的机动部队已利用铁路完成了向远东战线的转移，他们装备精良，士气高昂。“满洲国”的崩溃迫在眉睫。

这点任何人都清楚，关东军的参谋们更是了如指掌，所以他们才令主力部队向后方撤退，而这事实上是对边境附近的守备部队和开拓团农民见死不救。没有武装的农民们大多被急于推进的——即无暇带俘虏的——苏军杀掉。妇女为避免被施暴而大半选择或被迫选择集体自杀。边境附近的守备队躲在被其命名为

“永久要塞”的混凝土碉堡里顽抗。由于没有后援，几乎所有部队都在势不可当的火力下全军覆没。大多数参谋和高级将领开始向位于与朝鲜接壤的通化附近的新司令部“迁移”，溥仪皇帝及其家人也十万火急地卷起财物乘专列逃离新京。担负首都警备任务的“满洲国军”听到苏联进攻的消息，大多开小差离开兵营，或造反射杀指挥他们的日本军官。他们当然无意为了日本而舍命同优于自己的苏军作战。如此一连串动作的结果，日本为了面子而在荒野中建造的“满洲国首都”——新京特别市便被抛在了莫名其妙的政治空白中。“满洲国”的中国高官为避免无谓的混乱和流血，主张新京作为非武装都市和平打开城门，但被关东军一斥了之。

往动物园行进的士兵们也在考虑自身命运——数日后难免在这里同苏军交战而死(实际上他们在解除武装后被送去西伯利亚煤矿，有三人在那里丧生)。他们能够做的，唯有祈祷尽可能死得不那么痛苦万状。他们不愿意被坦克一点点碾成肉泥，或在战壕里被火焰发射器烧焦，或被击中腹部久久垂死挣扎。最好被一下打穿脑袋或心脏。然而在那以前反正他们必须杀掉动物园里的动物们。

即使为节约宝贵的子弹，也必须用毒药把动物们“处理”掉——负责指挥的年轻军官是这样得到上级指示的。所需数量的毒药已经交给动物园。他带领八名全副武装的士兵朝动物园前进。动物园距司令部步行约二十分钟。苏军进攻以来动物园便已关门，门口站着两个手持上了刺刀的步枪的士兵。中尉出示命令进得园门。

然而动物园园长说他虽然确实得到过军方指示，要他在非常时候“处理”猛兽并知道采用毒杀方法，但实际上并未接受过用于毒杀的毒药。中尉听了困惑起来。他本是一直蹲司令部机关的会计官，除了在此非常事态下被外派之外，以前未有过实际统兵的经验。从抽屉里匆忙抽出的手枪已有好多年没上手了，子弹能否出膛都心中无数。“中尉，官场上的事经常这样，”中国人园长可怜巴巴地对中尉说道，“需要的东西总是不在那里。”

为了确认，叫来了动物园主任兽医。兽医对中尉解释说，近来由于后勤难以为继，现在动物园所有的毒药其量极小极小，能否毒死一匹马都令人怀疑。兽医三十过半，五官端正，只是右脸颊有一块青黑色的痣，痣有婴儿手掌大小。大概是与生俱来的吧，中尉推想。中尉从园长室往司令部打电话请示，但关东军司令部自数日前苏军越境开始即已陷入极度混乱，多数高级军官销声匿迹，留下来的或在院子里焚毁大量重要文件，或率部在城郊手忙脚乱地挖防坦克壕，下令给他的少校此刻也不知何在。去哪里才能搞到所需用量的毒药呢？中尉摸不着头脑。首先是毒药这东西是由关东军哪个部门管理的呢？他这里那里把司令部各部门统统要了一遍，最后接起电话的军医大校声音颤抖着吼道：“混账东西！一个国家生死存亡关头还管什么动物园不动物园，我他妈不知道！”

我他妈也不知道！中尉忿忿地挂断电话，放弃了找毒药的念头。有两条路可供选择：一是动物一个不杀地撤离这里，二是用枪射杀。正确说来，二者都有违所下达的命令。最后他选择了射杀。日后也许会由于浪费弹药受到申斥，但至少猛兽“处理”这一目的达到了。而若留着动物不杀，便有可能以违抗军令之罪被送交军法会议。虽然届时军法会议存在与否都是疑问，但命令总归是命令。只要军队存在，命令就必须执行。

可能的话，我也不想杀什么动物园里的动物，他自言自语道（实际上他也是这样想的）。然而动物配给的食料已经匮乏，且往下事态将日益恶化——至少无好转迹象。对动物来说，恐怕也还是被一枪打死舒坦。何况若战斗激烈遭遇空袭致使饥饿的动物窜上街头，无疑将造成悲惨后果。

园长将接到“非常时刻消除”指令的动物名单和园内示意图交给中尉。脸颊有痣的兽医和两名中国杂役随同射杀队行动。中尉往接过的名单上大致扫了一遍。所幸列为“消除”对象的动物数量没预想的那么多，但其中包括两头印度象。“象？”中尉不由皱起眉头。糟糕，象这玩意儿如何消除？

由于路线关系，他们决定首先对老虎实施“消除”，象放在最后。栏前说明上说老虎是在“满洲国”大兴安岭山中捕获的。虎有两只，每四人对准一只。中尉指示瞄准心脏，而哪里是心脏他们也没有足够的信心。八个士兵一齐拉开三八枪的枪栓推子弹上膛，不吉利的干涩声响使周围风景为之一变。虎们闻声呼地从地上爬起怒视士兵，从铁栏内发出最大限度的威慑性怒吼。出于慎重，中尉也将自动手枪从枪套中取出，打开保险栓。他轻咳一声使心跳平稳下来。他努力去想**这种事没什么了不得的，这种事人们时时都在干。**

士兵们单腿跪地，端枪对准目标，中尉一声令下，一齐扣动扳机。明显的后坐力猛烈撞击他们的肩窝，脑袋里刹那间像被排空了一般一片空白。寂无人息的封闭的动物园回荡起齐射的轰鸣。轰鸣声从建筑物折向建筑物，从墙壁折向墙壁，穿过林木，掠过水面，如远处的雷鸣不吉利地刺痛了闻声者的心。所有动物立时屏息敛气，蝉也停止了合唱。枪声回响过之后，四下里不闻任何声息。虎们犹如被看不见的巨人挥棍猛击一般刹那间一跃而起，旋即“呼嗵”一声倒在地上，继而痛苦地翻滚、呻吟，喉咙里冒血。士兵们最初的齐射未能制服老虎。由于虎们在铁栏里慌乱地蹿来蹿去，无法打得那么准。中尉用平板板的机械语声再次命令进入齐射状态。士兵们恍然大悟，迅速拉栓排壳，重新瞄准。

中尉让一个部下进虎栏看两只虎死掉没有。它们闭着眼，龇着牙，一动不动，但是不是真死还要确认才行。兽医打开栏门，一个二十岁刚出头的年轻士兵往前伸着上了刺刀的步枪，战战兢兢地跨进栏去，样子甚是滑稽，但没一个人笑。他用军靴后跟往虎腰那儿轻踢一脚，虎依然一动不动，又稍稍用劲往同一部位加踢一脚——虎彻底死了。另一只(母的)也同样不动。这年轻士兵生来从未进过动物园，真老虎也是头一次看到。也是由此之故，感觉上根本就不觉得自己一伙人此时在此地杀死了真老虎，而认为自己只是被**偶然**领到与己无关的场所干了一桩与己无关的勾当。他站在黑乎乎的血海中茫然俯视着老虎的尸体。看上去死虎比活虎大出许多。为什么呢？他不得其解。

虎栏的混凝土地面沁满大型猫科动物刺鼻的尿臊味儿，现在又混杂着热烘烘的血腥。虎身上仍有几个开着的枪洞一个劲儿冒血，在他脚边流成黏糊糊的血池。他突然觉得手中的步枪又重又凉，恨不得扔开枪蹲下来把胃里的东西一古脑儿吐空，那样肯定痛快。但不能吐，吐了过后要给班长打得鼻青脸肿的(本人当然蒙在鼓里，其实这个士兵十七个月后将在伊尔库茨克附近煤矿上给苏联看守用铁锹劈开脑袋)。他用手腕揩了把额头上的汗。钢盔好像极重。蝉们似乎总算省悟了，一只接一只叫了起来。不久，鸟鸣也混在里面传来。鸟的鸣声很具特征，简直像拧发条一般，吱吱吱吱吱吱吱、吱吱吱吱吱吱。他十二岁时从北海道一个山村来到北安开拓村，一年前被征入军队，那之前一直帮父母做农活，所以大凡满洲的鸟他无所不知，但奇怪的是不知道如此鸣叫的鸟。莫不是在哪个笼子里叫的外国鸟？可鸣声好像就是从身旁树上传来的。他回头眯起眼睛，抬头朝鸟鸣方向看去，却一无所见，唯独一棵枝繁叶茂的大榆树把阴凉凉的树影投在地上。

他请示似的看着中尉的脸。中尉点下头，说可以了，命令士兵出来。中尉再次打开园内示意图，他想，虎总算收拾了。其次是豹。接下去大概是狼。还有熊。大象最后再说。不过也太热了，中尉让士兵休息一会喝口水。大家喝了水壶里的水，然后扛起步枪，列队朝豹栏默默行进。不知名的鸟又从哪里的树上以果断的声音继续拧动发条。汗水打湿了他们半袖军装的前胸后背。全副武装的士兵们列队行走起来，种种金属的碰撞声在无人的动物园里"咣啷啷"一阵空虚的回响。贴在栏上的猴子们预测什么似的发出撕裂长空般的尖叫，急切切地向这里的所有动物发出警告。动物们以各自不同的方式和猴们一唱一和。狼向天长嚎，鸟奋然振翅，大动物在哪里恫吓似的猛力撞击围栏。拳形云块心血来潮般地赶来把太阳暂时挡去身后。在这八月间的一个下午，人也好动物也好无不在考虑死。今天他们杀死动物，明天苏联兵杀死他们，或许。

* * *

我们总在同一家饭馆拥着同一张桌子说话，账单总是由她支付。饭馆里面的房间分别自成一体，说话声泄不到外面去，外面的说话声也传不进来。晚餐一晚只此一轮，因此我们可以免受任何干扰慢慢聊到关门时间。男侍者也很识趣，除去上菜其他时间尽可能不靠近桌子。她一般总是要一瓶指定年份的勃艮第葡萄酒，且总剩下半瓶。

"拧发条鸟？"我扬脸询问。

“拧发条鸟？”肉豆蔻原样重复一遍，“不明白你的意思。到底要说什么呢？”

“刚才你不是提到拧发条鸟了吗？”

她悄然摇头：“啊，想不起来。我想我没提到什么鸟。”

我于是放弃追问。这是习以为常的谈话方式。关于痣我也没再问。

“那么，你是生在满洲喽？”

她再次摇头：“生在横滨，三岁时给父母带去满洲。父亲原先是兽医学校老师，当新京那边要求为新动物园派一名主任兽医时，他主动报了名。母亲不乐意抛弃国内生活去那种天涯海角似的地方，但父亲坚持要去。较之在日本当老师，他或许更想在广大的天地里施展身手。我当时还小，日本也罢满洲也罢哪里都无所谓。动物园里的生活我顶喜欢来着。父亲身上老是有一股动物味儿，各种动物的气味儿混在一起，每天每日都像改变香水配方似的变化不一。父亲一回家我就爬上他膝头使劲儿闻那气味儿。

“但战局恶化周围形势不稳定之后，父亲决定把我和母亲送回日本。我们和别人一起从新京乘火车到朝鲜，再从那里转乘一艘专用船。这样，父亲一个人留下了。在新京车站挥手告别是我见到父亲的最后一面。我从车窗里探出脑袋，只见父亲越来越小，直到他在月台的人群中消失。至于父亲那以后怎么样了，谁都不晓得，想必给进驻的苏军捉住送往西伯利亚强制劳动，和大多数人一样死在了那里，连个墓标都没有就埋在一片寒冷荒凉的土地上，成为一把枯骨。

“新京动物园我至今仍记得清清楚楚，哪怕每一个角落都可以在脑海里推出，从一条条甬路，到一头头动物。我们的宿舍位于动物园一个小区，那里干活的人都认得我，随时随地任我自由出入，即使是动物园休息的日子。”

肉豆蔻轻轻闭上眼睛，在脑海中再现那番光景。我默默地等待着下文。

“可我记忆中的动物园是否真的就是和我所记忆的一样的那个动物园，不知为什么我却没有把握。怎么说好呢，有时我觉得那实在过于鲜明了，而且越想越搞不清那种鲜明到底有多少是真的有多少是我想象的结果。简直像坠入迷宫。这样的经验你可有过？”

我没有。

“那座动物园现在还存在？”

“存在不存在呢，”肉豆蔻说着，用手指碰了下耳环尖，“动物园战后关闭倒听说了，至于是不是一直关到今天，我也不清楚的。”

很长时间里赤坂肉豆蔻是我在这个世界上唯一的说话对象。我们每周相见一两次，拥着饭馆桌子交谈。几次见面之后，我发现肉豆蔻是个十分娴熟的听讲者。她脑袋转得快，善于通过附和和发问使谈话顺利发展下去。

为使她不至于感到不快，每次见她我都尽量做到衣着整洁得体。刚从洗衣店取回来的衬衣，色调相宜的领带，擦得锃亮的皮鞋。每次见我她都以厨师挑选菜蔬似的眼神首先将我的衣着上上下下打量一遍，稍有不如意之处，她便把我直接领去精品专卖店选购正宗的西装，如果可能即让我当场换上。在服装方面，她尤其不肯接受任何缺憾。

这样，不觉之间，我的衣服量在家里的立柜中直线攀升。新套装新上衣新衬衫逐步然而确实地蚕食了久美子衣裙占据的领域。立柜变得窄了，便把久美子的装进纸箱，放上防虫剂塞入壁橱。她若回来必当感到纳闷，不知自己不在期间到底发生了什么。

我花了很长时间一点点向肉豆蔻讲了久美子的事，告诉她自己无论如何也得救出久美子，把久美子领回这里。她在桌上托着两腮，看了我半天。

“那么你到底从哪里救久美子出来呢？那地方可有名字什么的？”

我在空气里搜寻合适的字眼，但根本无从觅得。空中没有，地下没有。“很远的什么地方。”我说。

肉豆蔻微微一笑：“呃，这不有点像莫扎特的《魔笛》？用魔笛和神铃救出关在远处城堡里的公主。我嘛，最喜欢这个歌剧，看了好多好多遍，台词记得一字不差。‘我就是全国上下无人不晓的捕鸟人，就是帕帕基诺。’看过？”

我再次摇头。没看过。

“歌剧中王子和捕鸟人在三个腾云驾雾的神童带领下往城堡赶去，但实际上那是昼王国与夜王国之间的一场战事，夜王国要从昼王国那里把公主夺回。哪一方是真正对的呢？主人公中途糊涂起来。谁被关，谁没被关呢？当然最后王子救出了公主，帕帕基诺救出了帕米娜，恶人落入地狱……”说到这里，肉豆蔻用指尖轻轻捅了下眼镜框，“但是你眼下既没有捕鸟人，也没有魔笛没有神铃。”

“我有井。”我说。

“如果你能把它搞到手，”肉豆蔻像悄悄打开高级手帕一般绽开微笑，“把你的井。不过，所有东西都是有价格的。”

我讲话讲累了，或者语言迷失前进不得的时候，肉豆蔻就让我休息，而由她讲自己的身世阅历，比我讲的还要冗长还要曲折。而且她不按顺序讲，总是兴之所至地从这儿跑到那儿从那儿飞到这儿，年代的顺序也不加说明任意颠倒，从未听过的人物突然作为重要角色粉墨登场。为了把握她所讲片断属于其人生哪一时期，听时必须做周密的推理，有的推也推不出。并且，她在讲亲眼目睹情景的同时，又讲其并未目睹的情景。

* * *

他们杀了豹，杀了狼，杀了熊。射杀两头巨熊最费工夫。虽然中了几十发子弹，熊们仍然凶猛地撞击围栏，向士兵龇牙咧嘴，喷涎咆哮。总的说来熊们同凡事想得开的（至少旁观者如此认为）猫科动物不同，看样子无论如何也难以理解自己此刻被杀至死这一事实。或许由此之故，它们需要花更长时间来向被称之为生命的暂定性状况作诀别。等到熊们好歹咽了气，士兵们早已累得恨不能趴在那里不动。中尉关上手枪保险栓，用军帽擦拭淌在额头上的汗。深深的沉默中，几个士兵忍无可忍似的往地上大声吐唾液。弹壳在他们脚下浑如吸剩的烟头一般稀稀落落散了一地。他们耳中仍有枪声回响。十七个月后将在伊尔库茨克煤矿里被苏联兵劈杀的那个年轻士兵背过脸去不看尸体，一口接一口地深呼吸。他死命把顶上喉头的呕吐感压下去。

象最终得以免于杀戮。实际在眼前看上去，象实在过于庞大了。在大象面前，士兵手里的步枪不过是小小的玩具而已。中尉略一沉吟，决定象就不动了。士兵听了都嘘口长气。奇异的是——也许丝毫不足为奇——他们心里全是这样想的。如此杀害栏里的动物，还不如去战场杀人痛快，纵然反过来自己也被杀死。

现在，纯属尸体的动物们由杂役拖出兽栏，装上车运往空荡荡的仓库。形状不同大小不一的动物们摆在仓库地上。见到这番作业结束，中尉返回园长室让园长在有关文书上签名。随即士兵们站好队，一如来时一样带着金属声响撤了回去。杂役们开始用软管冲洗兽栏那满是黑血污的地面，墙壁上沾着的动物肉片也被刷子刷去。作业完毕后，中国杂役问脸颊有青痣的兽医动物尸体准备如何处理，兽医回答不出。平时动物死了都是找专干此行的人处理，但在新京喋血攻防战迫在眉睫的现在，不可能打一个电话就有人跑来拾掇动物死尸。时值盛夏，苍蝇已开始落得黑乎乎一堆了。唯一的办法是挖坑埋掉，可是现有人手显然无法挖那么大的坑。

他们对兽医说，先生，如果能把死动物全部让给我们，一切处理包给我们好了。用车拉去郊外，处理得妥妥当当，帮忙的人也有的，不给先生添麻烦。只是我们想要动物毛皮和肉，尤其大家想得到熊肉。熊和老虎能取药，值几个好钱。现在倒是晚了，其实很希望只打脑袋来着，那样毛皮也会卖上好价钱，外行人才那么干的。若是一开始就全交给我们，处理肯定更得要领。兽医最后同意了这项交易。只能交给他们，不管怎么说这里是**他们的国家**。

一会儿，十来个中国人拉着几辆空板车出现了。他们从仓库里拖出动物尸体，装到车上，用绳子捆了，上面盖了席子。这时间里中国人几乎没有开口，表情也丝毫没变。装罢车，他们拉车去了哪里。动物压得旧车发出呻吟般的吱呀声。于是，在一个炎热午后进行的这场针对动物的——让中国人来说是极其不得要领的——杀戮就此结束了，剩下来的只是几座清洁得干干净净的空兽栏。猴子仍在亢奋地发出莫名其妙的语声。獾在狭窄的围栏里气势汹汹地走来走去。鸟们绝望地扇动翅膀，羽毛脱得遍地都是。蝉也在不停地叫着。

完成射杀任务的士兵们撤回司令部，留在最后的两名杂役跟随装有死动物的板车消失了。之后，动物园便如搬走家具的房子一般变得空空荡荡。兽医在已不出水的喷水池沿上坐下，抬头望天，望轮廓分明的白云，谛听蝉鸣。拧发条鸟已不再叫了，但兽医没注意到。他原本就没听到拧发条鸟的鸣声，听到的唯有日后将在西伯利亚煤矿被铁锹劈杀的可怜的年轻士兵。

兽医从胸袋里掏出一包潮乎乎的香烟，抽一支叼在嘴上，擦了根火柴。点烟时，他发觉自己的手在不住地微微颤抖，且怎么也控制不住，点一支烟竟用了三根火柴。这倒不是因为他感情受到了冲击。那么多动物转瞬之间在他眼前被"消除"掉了，但不知为什么，他并未感到惊愕、悲哀和不满。实际上，他**几乎**一无所感，有的只是极度的困惑。

在此他坐了好久，一边吸烟，一边设法清理自己的心情。他目不转睛地看着膝上的双手，转而再次仰首望天。他眼睛里的世界在外表上仍是往日那个世界，看不出任何变化，然而又应该与迄今为止的世界确乎有所不同。说到底，自己现在是置身于虎豹熊狼被"消除"了的世界中，那些动物今早还好端端活在这里，而下午四时的现在却已形影无存。它们被士兵们杀害了，甚至尸体都不知去向。

如此看来，这两个不同的世界之间应当有也**必须有**某种重大的、决定性的**差异**，但他怎么也无法找出这差异。在他眼里世界仍是往日那个世界。致使他困惑的是他自己身上的这种无感觉，这种不曾有过的无动于衷。

接着，兽医陡然意识到自己已彻底筋疲力尽。回想起来，昨晚就几乎没睡。他想，若是在一片清凉的树荫下躺倒睡上一会——哪怕一小会——该有多妙，什么也不思不想地片刻沉入寂无声息的无意识黑暗中该有多妙！他觑了眼表。他必须为剩下的动物找到食物，必须照料一只正在发高烧的狒狒，要做的事堆积如山，但不管怎样总要先睡上一觉，往下的事往下再想不迟。

兽医走进树林，在别人看不见的草地上仰面躺下。树荫下的草叶凉丝丝的甚是惬意。草丛中散发着儿时闻过的撩人情怀的气息。几只大满洲蚂蚱“呜呜”地带着威势十足的声音从脸上飞过。他躺着点燃第二支烟。好在手已不似刚才那么抖了。他往肺里深深吸了一口，在脑海中推出中国人在哪里一头接一头给刚刚杀掉的那许多动物剥皮卸肉的光景。这以前兽医也看过好几次中国人的这种操作，他们手艺非常高超，操作要领也无可挑剔。动物的皮肉骨内脏眨眼间就分离开来，简直像原本就是各自独立的，只是在某种情况下偶然凑在了一起。想必在我一会睡醒之时，那些肉就摆到市场上了。现实这东西可是迅雷不及掩耳的。他拔了一把脚旁的草，草软软的，他在手心里搓弄一会，之后熄掉烟，随着一声深深的叹息，把肺里的烟全部排到外面。一闭眼，黑暗中蚂蚱的振翅声听起来比实际大得多。兽医顿时有一种错觉，似乎癞蛤蟆般大小的蚂蚱在他身边团团飞舞。

恍惚中他蓦地心生一念：世界或许就是像旋转门一样原地滴溜打转的东西，至于从哪个间隔跨入门去，不过是脚如何踏出的问题。这一间隔有老虎，另一间隔则无老虎，如此而已。这里边几乎没有逻辑上的连续性，唯其没有连续性，所谓若干对象选择才不具意义。自己所以不能很好地感觉出世界与世界的差异，原因恐怕就在这里。但他的思考到此为止了，无法再深入下去。身上的疲惫如湿毛巾一样重，让人透不过气。他什么也不再想，只是嗅取青草的气息，倾听蚂蚱的羽声，感受薄膜般覆在身上的浓荫。

不久，他坠入了午后的睡眠中。

运输船按照命令关掉引擎，不久静静地停在海面。无论如何，从以快速为自豪的新式潜水艇眼前逃走的可能性是微乎其微的。艇上的甲板炮与两门机关炮依然定定地瞄准运输船，士兵们已进入随时发动炮击的状态。尽管如此，舰船之间仍飘着奇特的静谧。潜水艇上的船员们出现在甲板上，总的说来是以一种百无聊赖的情态并排望着运输船。他们大多连作战钢盔也没戴。一个无风的夏日午后。引擎声消失了，除了徐缓的海浪拍打船体那懒洋洋的声音外再不闻任何声响。运输船向潜水艇发送信号：本船是运送民间非武装人员的运输船，完全没有军需物资或兵员，救生艇亦几乎未备。“那不是我方的问题，”潜水艇冷冷地回答，“无论避难与否，十分钟后准时开炮。”往下再未交换信号。运输船船长决定不向乘客传达信号内容。那管什么用呢？也许能有几人侥幸逃生，但大部分人都将随同这巨大铁盆样的破船沉入海底。他想最后喝一杯威士忌，但瓶子在船长室桌子的抽屉里。一瓶没舍得喝的苏格兰威士忌。可惜没时间去取。他摘下帽子，仰望长空，期待日军战机奇迹般地列队出现在天空的一角。那当然没有可能。船长已无法可想，便又转而去想威士忌。

炮击延缓时间即将过去时，潜水艇甲板上突然发生了奇妙的变动。在指挥塔平台上并排站立的军官慌忙交谈着什么，一个军官下到甲板在士兵中间迅步穿梭大声传达着什么命令，已在开炮位置做好准备的全体士兵听了分别表现出轻微的动摇。一个士兵大幅度摇头，挥拳打了几下炮筒。一个士兵摘下钢盔凝然望天。那些动作看上去既像是愤怒又像是欣喜，既像是泄气又似乎是兴奋。到底发生了什么或者有什么将要发生呢？运输船上的人全然无法理解。人们像看没有剧情介绍的（然而包含重要消息的）哑剧的观众一样屏住呼吸，全神贯注地注视着他们的动作，拼命想看出线索来，哪怕一个线头也好。俄尔，在士兵中间荡开的混乱之波徐徐收敛，他们依照军官的命令迅速将炮弹从甲板炮卸下，转动炮舵把对准运输船的炮筒转回原来的朝前位置，将黑洞洞的骇人炮口扣上盖子。炮弹运回升降口，船员们跑步撤回艇内。和刚才不同，所有动作都进行得干脆利落，无多余的举止，无人交头接耳。

潜水艇引擎发出实实在在的低吼，蜂鸣器几次尖利地回响，命令“全体撤下甲板”。这时间里潜水艇开始前进，士兵们从甲板上消失，升降口从内侧关闭，艇体迫不及待地扬起巨大的白沫开始潜水。细细长长的甲板覆上了一层水膜，甲板炮沉入水下，指挥塔分开湛蓝色的水面沉下身去。最后，简直就像一把拧去自己曾存在于此的证据残片一样，天线和潜望镜一下子了无踪影。波纹扰乱了一会海面，之后也消隐了，只剩下夏日午后安静的大海，仿佛一切都发生在另一个地方。

一如潜水艇出现之时，在它唐突地消失之后，船客们仍以同样姿势立在甲板上定定地注视着海面。人们连咳嗽都没有一声。片刻，船长回过神来，向大副下令，大副同轮机室取得联系，于是落后于时代的引擎犹如被主人一脚踢开的狗，发出气喘吁吁的长音开始启动。

运输船上的船员屏息敛气，准备着遭受鱼雷攻击。美国人可能因故取消花费时间的炮击，改而发射快捷省事的鱼雷。运输船开始锯齿形航行。船长与大副用望远镜扫描夏日炫目的海面，寻找鱼雷曳出的致命白线。但鱼雷没来。潜水艇消失二十多分钟后，人们终于从死神的禁锢中解脱出来。起初半信半疑，随后渐渐信以为真，自己从死亡边缘折回来了！美国人为什么突然中止攻击呢？船长也不明所以。究竟发生了什么（事后得知，原来潜水艇在即将炮击之际收到司令部指示：在未受到对方攻击的情况下停止积极的战斗行为。八月十四日日本政府宣布向盟国无条件投降，接受波茨坦公告)？紧张消除后，有几个船客顿时坐下放声大哭，大部分人则哭不得也笑不出，他们一连几个小时甚至几天都陷入虚脱状态。那尖利地刺入他们肺、心脏、脊骨、脑浆、子宫的长而扭曲的噩梦之刺久久难以脱落。

年幼的赤坂肉豆蔻那时在母亲怀中睡得正香。她人事不省似的连续睡了二十个小时，一次也没醒过，母亲大声叫也罢打脸蛋也罢都奈何不得。她睡得是那么深，就像沉进了海底。呼吸与呼吸的间隔逐渐加长，脉搏也迟缓下来，甚至一丝细微的睡息也听不到了。然而船到佐世保时，肉豆蔻突如其来地一下子睁开眼睛，仿佛被一股强力拉回到**此侧**世界。因此，肉豆蔻未得实际目击美国潜水艇中止攻击消失不见的过程，所有过程都是母亲多年后告诉她的。

运输船于翌日即八月十六日上午十点多踉踉跄跄驶入佐世保港。港口静得令人不寒而栗，见不到有人出迎。港湾口附近的高射炮阵地周围也空无人影，唯独夏日阳光无声地灼烤着地面，仿佛世界上的一切都被深重的无感觉拥裹起来。船上的人们坠入了一种错觉，就好像阴差阳错地踏入了死者的国度。他们默默无语地打量着阔别的祖国。十五日正午，收音机播出“天皇终战诏书”。七天前，长崎市区被一颗原子弹烧成废墟。几天后，“满洲国”将作为虚幻的国家淹没于历史的流沙中。脸颊有痣的兽医将在旋转门的另一间隔与“满洲国”共命运，无论他情愿也罢不情愿也罢。

11 那么，下一个问题（笠原May视点之三）

你好，拧发条鸟。

上封信最后请你猜我“现在哪里做什么”，可想过了？多少想象得出？

我暂且假定你全不晓得我在哪里做什么——肯定不晓得——来和你说话。

细说麻烦，先告诉你答案吧。

我眼下在“一座工厂”做工。厂很大，位于日本海岸边一座地方城市的郊外山中。说是工厂，可并非你拧发条鸟想象的那种最新式的大型机器隆隆运转传送带长流不息烟囱浓烟滚滚的“极有气派”的工厂。工厂很宽敞很明亮很安静，根本就没什么烟囱探出。我想都没想到世上居然有这般敞阔的工厂。此外我所知道的工厂，也就是小学时参观的都内奶糖厂了。记忆中那地方又吵又窄，人们沉着脸默默劳作，所以我便一直认为所谓工厂就是教科书里“产业革命”插图上的那种地方。

这里做工的几乎全是女孩。稍离开些的另一栋建筑物里有研究室，身披白大褂的男人们神情抑郁地在里面开发新产品，不过从比例上说他们只是极小部分，剩下的清一色是一二十岁的女孩子，其中七成和我一样住厂内宿舍。因为一来每天都从镇上坐公共汽车或小汽车来这里上班挺辛苦，二来宿舍又蛮舒服的。宿舍楼很新，全是单人房间，饭菜任选且味道也不坏，设施应有尽有，而费用倒很便宜。温水游泳池也有，图书馆也有，如果愿意（我是没那份心思），甚至茶道花道都学得成，体育活动也搞得起来。这么着，起始自己租房住的女孩不久也退掉房子搬来了宿舍。周末全都回家，同家人一起吃饭看电影或跟男朋友约会。一到周六宿舍就成了废墟，我这样周末都不回家的人好像还没有。上次我已写过了，我喜欢周末“空空荡荡”的感觉，一天时间里或看书或用大音量听音乐或在山里散步或如现在这样给你拧发条鸟写信。

厂里的女孩都是本地人也就是农家的女儿，虽说并不是每一个人都这样，不过一般说来她们都精神饱满身体壮实性格开朗工作肯干。这地方没有大企业，过去女孩子高中一毕业就跑去城里找工作，镇子上就没了年轻姑娘，留下来的男人找对象也成了问题，人口变得格外稀少。由于这种情况，镇上就把大片土地作为工业用地提供给企业，招来工厂，使得女孩们留在这里不去外地。这主意我觉得实在不赖。甚至像我这样特意从外地来的人都有的。她们高中毕业(也有和我一样辍学的)来这工厂做工，忙不迭地把工资攒起来，等婚龄一到就结婚，辞去工作生两三个小孩儿，一个赛一个胀鼓鼓的胖得海象一般。当然婚后来这里做工的人多少也是有的，但大多数人一结婚就不再干了。

对我所在的地方你可把握住感觉了?

那么下一个问题——**这里到底是制作什么的工厂**?

提示：我曾跟你一起做过一次与“这个”有关的工作。两人一道去银座搞调查了是吧?

你就是再迟钝也该明白过来了吧?

是的，我在制作**假发**的工厂做工。没想到吧?

上次我跟你说过的那所不伦不类的高级林间学校兼拘留所，

才半年我就跑出来了，那以后就像后肢受伤的狗一样在家里东躺西歪。躺歪时间里那家假发公司属下的工厂蓦地浮上心头，想起负责临时工的伯伯半开玩笑说的话，他说他们厂女工人手不足，想做的话什么时候都可以。他还给我看过一次工厂的漂亮简介，工厂似乎十分了得，当时就想在这地方做工倒也不坏。负责人说那里的女孩都是用手来往发套里栽植假发的。假发那玩意儿神经得很，不可能像生产铝锅那样匆匆忙忙轰轰隆隆用机器制造。高级假发必须把真头发一小缕一小缕仔仔细细用针栽植上去。你不觉得简直让人发晕？你猜人脑袋瓜上长着多少根头发？以十万单位计哟！这要全部用手像插秧那样一点点栽上去的，不过这里的女孩们都没因此发什么牢骚。这地方气候寒冷，自古以来女人们就习惯在漫长的冬季做手工细活来挣钱，都说这活儿不怎么苦。所以假发工厂才把厂址选在这里，听说。

说实话，我以前就不讨厌这类手工活儿。外表上也许根本看不出，可实际上我缝东西很有两下子，在学校常受老师表扬来着。看不出来？这可半点儿也不骗人。所以不由想道，从早到晚在这山间工厂做这种手工细活，完全不去考虑啰嗦事以打发一段人生时光也未尝不可。学校那边早已忍无可忍，却又不愿意总这么无所事事死皮赖脸靠父母过活（对方怕也不愿意）。问题是眼下没有“这个我非做不可”那样的事……这么一想，觉得不管怎样只能先到这工厂干干再说。

让父母当保证人，又求管临时工的伯伯美言几句（我是这儿的临时工这点颇受青睐），在东京总部经面试被顺利录用，一星期后就收拾行李——其实也就是衣服和两用机之类——一个人乘上新干线，换了次车，就一蹿一跳地来到这凄凄凉凉的小镇，感觉上好像来到了地球背面。到站下电车时心慌得不行，心想这回可是走错了一步棋。但归根结蒂，我想我的判断并没错，差不多半年了，没什么不满也没闹什么问题，算是在这里安顿下来了。

也不知为什么，很早以前我就对假发这东西怀有兴趣。不，不仅仅是兴趣，莫如说被**迷住了**。如某种男人被摩托迷住一样，我被假发迷住了。上街搞那个市场调查，看到那么多秃脑瓜子(公司里称为**头发简约者**)，深感世上的的确确有好多秃脑袋(或头发稀少的人)，而以前可没怎么意识到。我个人对秃脑袋并没有什么，既谈不上喜欢，也无所谓讨厌。即使你拧发条鸟头发比现在少了(我认为你很快就会稀少)，我也完全不会改变对你的心情。见到头发稀疏者我最强烈地感觉到的——以前好像对你说过——就是所谓“正在遭受磨损”。这使我觉得非常非常好玩儿。

一次在哪里听人说过，人在某一年龄(忘了是十九岁还是二十岁)到达成长的顶点，之后身体便只落得损耗。果真如此，头发脱落变薄也终究不过是身体损耗的一环，一点也没什么奇怪。说是理所当然大势所趋也未必不可。只是，若说这里边有什么问题的话，恐怕也就是“世上既有年纪轻轻就秃的，也有上了年纪也不秃的”。所以在秃的人看来，不免想抱怨一句“喂，这不是有点不公平么！”毕竟是最醒目的部位，这种心情即使是暂且与头发稀少问题无关的我也很理解。

而且大多数情况下，头发脱落的数量较他人多或者少并不是脱发者本人的责任，对吧？打零工时负责人伯伯就告诉我来着：根据调查结果，秃与不秃九成取决于遗传基因。从祖父、父亲那里领受“薄发遗传基因”的人，本人再努力也迟早必“薄发化”不可。什么“有志者事竟成”云云，在事关脱发上面是几乎行不通的。遗传基因一旦在某个时候觉得“噢差不多该动手了”而欠起腰身(不知遗传基因有无腰身)，头发便只有哗哗啦啦脱落的份儿。说不公平也倒是不公平，你不认为不公平？我是觉得不公平。

总之你是可以明白了，明白我是在遥远的假发工厂每天紧张而勤奋地做工，明白我对假发这一制品怀有浓厚的个人兴趣。下次我想就工作和生活再详谈一下。

好了，再见！

12　这铁锹是真铁锹吗？（深夜怪事之二）

沉沉睡熟之后，少年做了个真真切切的梦。他知道是梦，多少有点放心。**知道这是梦，即是说那不是梦，那的确是实有之事。我完全可以看出两者的不同。**

梦中，少年走进夜幕下一个人也没有的院子，用铁锹挖坑。铁锹靠在树干上。坑刚被那个高个子怪男人埋上，挖起来不费多大力。但到底是五岁儿童，光拿重重的铁锹就已喘不过气了，况且鞋又没穿，脚底板冰凉冰凉的。他上气不接下气，但还是挖个不停，终于把高个子埋的布包挖出土来。

拧发条鸟不再叫了。爬上松树的矮个头也再无动静。四下里简直静得人耳朵发痛。他们似乎就势遁去了哪里。**但这终归是梦**，少年想。拧发条鸟和长得像父亲的爬树人则不是梦，**是实际发生的事**，所以二者之间才没有联系。不过也真是奇怪，我是在梦中这么重挖刚才挖出的坑。这样一来，梦与非梦到底该怎样区别呢？例如这铁锹是真铁锹还是梦中的铁锹呢？

少年越想越纳闷。他不再想了，只管拼命挖坑。一会儿，锹尖触到了布包。

为了不把布包弄伤，少年小心翼翼地铲去周围的土，双膝跪地从坑里拉出布包。天空一片云也没有，满月毫无遮拦地将湿润润的银辉泻在地上。奇怪的是梦中他没感到害怕。好奇心以无比强大的引力控制了他。打开包一看，里面是一颗心脏，人的心脏。心脏呈少年在图鉴上看到的颜色和形状，而且很新鲜，如刚被扔掉的婴儿一般一动一动的，虽然动脉被切断，血已不再输送，但依然顽强地保持着律动。动的声音很大，“扑通扑通”传到少年耳畔。然而那是少年自己的心跳。坑里埋的心脏同少年的心脏里应外合般大大地硬硬地动着，就像在诉说什么。

少年调整呼吸，坚定地告诉自己“这一点儿也用不着害怕”，这单单是人的心脏，不是什么别的，图鉴上都有的。谁都有一颗心脏，我也不例外。少年以沉着的手势将仍在跳动的心脏重新用布包住，放回坑内，拿锹填土，然后用光脚板踩平地面，以免给人看出被挖过一次，铁锹按原样靠树干立定。夜间的地面冰一样凉。然后，少年翻过窗口，返回自己温暖可亲的房间。为了不弄脏床单，少年把脚底沾的泥刮进废纸篓，准备上床躺下。不料他发觉已经有谁躺在这里，有谁取而代之地躺在床上蒙头大睡。

少年生气了，一把撩开被子。“喂，出去！这是我的床”——少年想对来人喊叫，但声音没发出，因为少年在这里发现的，竟是自己的形体，他自己早已上床，甚是香甜地打着鼻息酣睡。少年欲言无语地呆立不动。假如我自身已经睡在这里，那么**这个我**睡在哪里呢？少年这时才感到恐惧，恐惧得体芯都快冻僵了。少年想大声呼喊，想用尽可能尖利的喊声叫醒熟睡中的自己，叫醒家里所有的人。但声音出不来，无论怎么用力，口中也发不出一丝半缕的声音。他把手放在熟睡中的自己肩上使劲摇晃了一下，可睡觉的少年并不醒来。

无奈，少年脱去对襟毛衣甩在地板上，拿出吃奶力气把睡梦中的另一个自己推去一边，好歹把身体挤进小床的一角。否则，说不定自己会被挤出原本拥有的世界。姿势虽然憋屈得难受，又没有枕头，但一上床马上困得不得了，再也想不成什么。下一瞬间他便坠入了睡境。

翌日早晨睁开眼睛，少年独自一人躺在床正中，枕头一如往常枕在头下，身旁谁也没有。他慢慢撑起身体，环顾房间，一眼看去看不出变化。同样的桌子，同样的立柜，同样的壁橱，同样的台灯，挂钟指在六时二十分。但少年知道还是有怪异之处。即使表面一样，场所也还是不同于昨晚睡觉的地方。空气和光亮和声响和气味也多少与平时有所不同。别人可能不明白，但他明白。少年蹬掉被，上下打量自己的身体，依序伸屈手指。手指好端端地在动，脚也在动，不痛也不痒。接下去，他下床走进卫生间，小便后站在洗脸台镜子前端详自己的脸，又脱去睡衣爬上椅子照自己小小的、白白的身体，哪里也不见异常。

但还是有所不同。简直就像自己被换成另一个人似的。他知道自己尚不能充分适应自己这个新身体，觉得好像有某种与本来的自己格格不入的东西。少年突然心慌起来，想喊妈妈，可是喉咙吐不出声音。他的声带无法震动这里的空气，恰如“妈妈”一词本身从世界上消失了一般。但少年不久意识到：消失的并非语言。

13　M的秘密治疗

《神秘疗法侵蚀下的演艺界》

——据《月刊××》12月号

（上文略）

如此在演艺界成为一种时髦的神秘疗法，其消息大多数情况下是以口头传播的，有时还带有秘密组织色彩。

这里有一位叫M的女演员，年龄三十三岁，自约十年前在一部电视连续剧中被起用为配角并获得承认以来，一直作为准主角演员活跃于影视界，六年前同一位经营具有相当规模的不动产公司的"青年实业家"结婚。最初两年婚姻生活可谓一帆风顺，丈夫工作顺利，她本人也留下了作为演员堪可欣慰的业绩。但后来丈夫由于以她的名义作为副业经营的夜总会和妇女时装店不景气而开具空头支票，以致名义上使她负起债务包袱。M似乎一开始就对开店不很热心，只是被致力于扩展事业规模的丈夫勉强说服。也有人认为是中了丈夫形同欺诈的计谋，况且同丈夫父母的不和以前就相当严重。

由于这些缘由，夫妇间的龃龉开始成为传闻，不久发展成为分居。其后经人调停债款处理问题，两年前终于正式协议离婚。那以后不久M出现抑郁症倾向，为跑医院过着几近退休的生活。据M所属演出公司有关人士介绍，离婚后她苦于严重的周期性妄想，而为此服用的安定剂破坏了身体健康，一时竟落到"再也无法继续演员生涯"的地步。"表演时的精神集中力失去了，姿色也衰退得惊人。本来人就认真，这个那个想得太多了，致使精神状态更加恶化。好在分手时金钱上处理得还可以，暂时不工作也生活得下去。”

M同一位当过大臣的知名政治家的夫人有远亲关系，得到夫人不亚于对亲生女儿般的疼爱。两年前夫人给她介绍了一位女士，据说此女士只以数量极有限的上流社会人士为对象进行一种心灵治疗。在那位政治家夫人劝说下，M定期去女士那里治疗抑郁症，约持续一年时间。至于具体为怎样的治疗则不清楚，M为此绝口不提。但不管怎样，M的病情的确通过与女士的定期接触而朝好的方向发展，为期不长即可停止服用安定剂了。结果，身上异常浮肿尽消，头发全部长齐，容貌恢复如初，精神状态也已康复，可以逐步从事演员工作了。于是M不再前往治疗。

不料今年十月间噩梦般的记忆开始淡化之际，一次——仅仅一次——M无端陷入一如从前的状态。偏巧几天后又有重大任务等着她，如此状态自然无法胜任。M同那位女士取得联系，请其施以同样的“治疗”，但那时女士已抽身不做了。“对不起，我已没那种资格那种能力了。不过如果你肯绝对保密，可以给你介绍一个人。只是，哪怕如果向别人泄露一句，你都会遇上麻烦。明白吗？”

于是她在某个场所被引见给了一个脸上有青痣的男子。男子三十岁上下，见时一言未发，而其治疗效果却“好得难以置信”。M没提及当时支付的款额，但不难推定“咨询费”不会是个小数。

以上是M向她所信赖的“极要好”的人讲述的谜一样的治疗情况。她在“都内一家宾馆”同一负责向导的年轻男子碰头，从地下VIP[①]专用特别停车场乘上“漆黑漆黑的大轿车”前往治

---

① very important person之略，最重要人物。

疗场所，这点毫无疑问。但关于实际治疗内容，则不得而知。M说：“那些人势力非同小可，我若言而无信，会遇上很大麻烦。”

M仅去过那里一次，那以来再未发作。对于治疗及那位谜一样的女士，不出所料，M拒绝直接接受采访。最知内情者认为，此“组织”大约避开演艺界方面的人，而以守口如瓶的政界财界人士为对象。因此从演艺界渠道得到的情况仅以上这些。

（下文略）

14 等待我的汉子、挥之不去的东西、人非岛屿

晚间过了八点四下完全黑下来后，我悄悄打开后门走进胡同。后门又窄又小，须侧身方得通过。门高不足一米，在围墙最边角的地方伪装得甚是巧妙，从外面光看或触摸一般不至于看出是出入口。胡同仍同以往一样，承受着笠原 May 家院子水银灯清冷的白光，浮现在夜色中。

我迅速关门，在胡同中快步穿行。走过各家起居室和餐厅的后面，隔着院墙瞥一眼里面的男女，有的正在吃饭，有的在看电视剧。各种饭菜味儿通过厨房窗口和排气扇飘入胡同。一个十几岁的男孩儿在用调低音量的电吉他练习快节奏小品。一户人家二楼的窗口闪出伏案用功的小女孩儿一本正经的面庞。夫妇的争吵声。婴儿凶猛的哭叫声。哪里响起的电话铃声。现实犹如未能全部装进容器而从周边哗然溢出的水一样淌进胡同——作为声音，作为气味，作为图像，作为需求，作为呼应。

为了不发出脚步声，我仍穿着往日那双旧网球鞋。行走速度既不能过快又不可太慢，关键是不要引起人们不必要的注意，不要被四下充溢的“现实”意外拖住脚步。我熟记所有的拐角所有的障碍物，纵然伸手不见五指也能够不磕不碰地通过胡同。不一会走到自家后头，我立定观察周围动静，翻过低矮的院墙。

房子如巨大的动物空壳静悄悄黑魆魆地伏在我面前。我打开厨房门锁，开灯，给猫换水，接着从壁架上拿下猫食罐头打开。青箭闻声从哪里走来，在我脚上蹭几下脑袋，开始津津有味地进食。这时间里我从冰箱拿出啤酒喝着。晚饭一般在“公馆”里用

肉桂准备的东西应付一顿，所以回家即使吃也不过简单做个色拉或切片奶酪。我边喝啤酒边抱起青箭，用手心确认它身体的温度和绵软，确认今天一天我们是在各自的地方度过又各自返回家中。

不料进门脱掉鞋，一如往日伸手去开厨房灯时，忽觉气息有些异样。我在黑暗中停住手，侧耳倾听，从鼻孔中静静吸入气体。一无所闻，只有一丝香烟味儿。总好像家中有自己以外的什么人，此人正在此等待我回来，刚才大概忍耐不住吸了支烟。他仅吸了两三口，还打开窗扇放烟，但烟味儿还是留了下来。恐怕不是我认识的人。房门上了锁，认识我的人除赤坂肉豆蔻没人吸烟，而肉豆蔻断不至于为见我而摸黑静等。

黑暗中我下意识地去摸棒球棍，然而球棍已不在那里，它现在位于井底。心脏开始发出大得近乎不自然的声音，仿佛已跑到我体外在我耳畔浮动。我调整呼吸。用不着棒球棍，倘若有人为害我而来，肯定不会在里边悠悠然等我。可我手心痒得不行。我的手在寻求棒球棍的感触。猫从哪里赶来，依然叫着往我脚上蹭脑袋，但它肚子不像平时那么饿，这点听叫声即可明白。我伸手打开厨房灯。

“对不起，猫刚刚喂过食。”客厅沙发上坐着的汉子以自来熟的语气对我说道，“噢，在这里一直等你来着，可猫总是脚前脚后叫个不停，就随便从壁架上拿猫食罐头喂了。说实在话，我不大会养猫的。”

汉子也不从沙发上起身。我默默地看着他。

“擅自进来，偷偷等待，吓一跳吧？抱歉，真的抱歉。可要是打开灯等，您怕有所警觉而不进来吧，所以才摸黑静等您回来。我绝不是加害于您的那种人，请别把脸搞得那么吓人。我只是有话要跟您说。”

汉子身穿西装，个头不高，因为坐着看不准确，恐怕一米五十超不出多少。年龄四五十岁，脑袋胖得跟青蛙似的又鼓又秃，按笠原May的分类法该是“松”。耳朵上边倒贴着几根头发，但由于黑黑的残留形状很滑稽，反而更显光秃。鼻子蛮大，但或许有点堵塞，吸气呼气之时竟如风箱带着声响一胀一缩。架一副度数似乎很高的金属框眼镜。说话时因吐字而上唇陡然卷翘起来，闪出给烟熏黄的参差不齐的牙齿。即使在我迄今见过的人之中，他也无疑是几个最丑的当中的一个。不单单相貌丑陋，还给人一种黏黏糊糊的无可诉诸语言的悚然感，类似黑暗中手一下子碰上不明实体的大毛虫时的不寒而栗。总之此君看上去与其说是现实人物，莫如说是昔日见过一次而早已忘得死死的噩梦的一部分。

“对不起，吸支烟可以吗？”汉子询问，“一直忍着，不过这么坐等起来也真不是滋味。烟这东西不是个好玩意儿啊！”

我不知说什么合适，兀自默默听着。风貌奇特的汉子从上衣袋里掏出不带过滤嘴的“和平”叼在嘴上，很干很大声地擦燃火柴，拿过脚下的空猫食罐头，扔火柴杆进去。看情形这空罐给他当烟灰缸使用来着。汉子十分香甜地蹙起满是毛的粗眉头吸了一口，甚至发出不胜感慨般的低音。每当他大口吸烟时，烟头便如煤球烧得鲜红鲜红。我打开靠檐廊的玻璃窗，放进外面的空气。外面又静静地下起了雨，虽然眼睛看不见耳朵听不见，但从气味上可知道雨正在下。

汉子褐色西装白衬衣暗红色领带，哪一样看上去都属于便宜货，都用得年长日久狼狈不堪。西装的褐色令人想起外行人给破车凑合着涂的油漆，上衣和裤子上宛如空中摄影图片的一道道深褶早已不存在平复的余地。白衬衣整个微微泛黄，胸口那儿一个纽扣摇摇欲坠，而且尺寸还像小了一两号，最上端的扣子开了，衣襟扭歪得不成样子。带有俨然失败了的 ectoplasm[①] 般花纹的领带，看样子从太古时代就始终以同一样式扎在脖子上。此君对于服装的几乎不予注意和不存敬意，任何人都可一目了然，无非是因为到人前须穿点什么才不得已而为之，甚至让人觉得其中不无恶意。想必他存心日复一日穿这几件行头穿到破裂开线条分缕析为止，犹如高地上的农夫从早到晚狠命驱使毛驴直到使死。

汉子匆忙地把所需数量的尼古丁深深吸入肺腑，尔后轻嘘一声，脸上浮起介乎微笑与讥笑之间的莫可名状的笑，开口说道：

“噢，忘了自我介绍了，失礼失礼。我姓牛河，动物的牛，三点水的河。好记吧？周围人只叫我牛，‘喂，牛！’什么的。也是奇怪，给人这么一叫，渐渐觉得自己真成了牛，在哪里看见真牛，竟有一种亲切感。姓这东西真是奇妙，你不这样认为，冈田先生？这点上冈田这个姓实在潇洒。我也时不时心想要是自己有个地道些的姓氏该有多好，遗憾的是姓是由不得自己随便选择的。一旦作为牛河生于此世，情愿也好不情愿也好就得活活当一辈子牛河。这么着，从小学到这把年纪，一直给人‘牛、牛’叫个不止。没办法的事。有个姓什么牛河的，谁都要一口一个‘牛’，对吧？常说名以表体，我看倒好像体这方面不由自主没脸没皮地往名那边靠近，总有这个感觉。反正，就请记住叫我牛河好了。要是想叫，叫‘牛’也没关系。”

我去厨房拉开冰箱，拿一小瓶啤酒折回，也没对牛河客气。又不是我请他来的。我默然喝着啤酒，牛河也不再吭声，大口大口往肺里吸无过滤嘴香烟。我没在他对面椅子上落座，而是背靠柱子站着朝下看他。未几，他把烟头碾灭在空猫食罐头里，仰脸

---

① 心灵科学术语，设想由灵媒释放的一种物质。

看我。

“冈田先生，大概您感到纳闷，想知道我是怎么开门进来的吧？不对？奇怪呀，出门时上锁来着，肯定锁得好好的，毫无疑问！可我是有钥匙的，原配钥匙。喏，这个，您瞧！”

牛河把手插进上衣袋，掏出只穿一把钥匙的匙扣，举在我眼前。的确像是自家钥匙。但引起我注意的是匙扣，匙扣同久美子身上的极为相似，式样简单的一块绿色皮革，匙圈开合有些别致。

“这是原配钥匙，您也该看出来了，而且是您太太的。误解了不好，出于慎重我先交代一下：这是从您太太手里拿来的，从久美子女士那里，不是悄悄偷来的或死活抢来的。”

“久美子在哪里，现在？”我的语声有点怪异。

牛河摘下眼镜，确认镜片水蒸气似的看了一眼戴回。

“太太在哪里我自是一清二楚。不瞒您说，我等于在照料久美子女士嘛。”

“照料久美子？”

“照料是照料，可也没别的什么，放心好了！”牛河笑道。一笑，左右脸明显失去均衡，眼镜歪斜下来。“别用这种神情瞪着我。我嘛，只是作为一项工作帮帮久美子女士的忙，不外乎跑跑腿干干杂务，冈田先生，一个打杂的罢了，像样的事什么也没做，毕竟太太出不得门。明白了吧？”

“出不得门？”我再次鹦鹉学舌。

他停顿一下，用舌尖舔一下嘴唇：“呀，不知道倒也罢了，其实我也解释不了，不知是出不得门还是不愿意出门。您或许想了解，但请不要问我，详情我也不大清楚。不过用不着担心，并非硬给人关起来了。不是电影不是小说，现实中绝没那种事。”

我把手里的啤酒瓶小心翼翼地放在脚下：“你在这里为的什

么事呢？”

牛河用手掌拍打几下膝盖，使劲点了下头道：“哦，我这还忘说了，真是疏忽。特意做了自我介绍，居然把这个漏掉了。废话絮絮不止而关键事丢在一旁是我生来一贯的缺点，常在这方面栽跟头。说晚了—— 其实我是久美子女士兄长手下的人，牛河。啊，姓刚才说了。就是‘牛’。算是给太太的哥哥绵谷升先生当秘书吧。不不，说是秘书，可同所谓议员秘书不是一回事，那种角色是更上面更像样的人干的。开口都叫秘书，却是五花八门的，冈田先生，大小高低各所不同。我是最小最低的，以妖怪来说，充其量算小妖一级，脏乎乎地老实趴在厕所或壁橱旮旯那类货色。可我奢望不得。不说别的，像我这样形体欠佳的跳到台上去，岂不有损绵谷升先生雄姿英发的形象！前台须由文质彬彬风流倜傥的人上去，三块豆腐高的秃老头上去说什么‘呃，我是绵谷的秘书’，只能落得给人当笑柄。是吧，冈田先生！”

我默然。

“所以嘛，我一手负责给先生办理不宜见人的也就是背后的事，上不得台的事。走廊地板下拉小提琴——这正是我的专业，比如久美子女士这件事就是其中的一件。不过冈田先生，您别以为我照料久美子女士是什么无足轻重的杂役，请您别这么看。如果我的话给您这种印象，那可是天大误解。毕竟久美子女士是我们先生独一无二的宝贝妹妹，能照料这样的人物，连我都觉得是件相当有意义的工作，老实说。

“对了，由我开口自是有些厚脸皮——啤酒什么的让我也来上一瓶好么？说起话来嗓子就渐渐地渴了。可以的话我自己拿，在哪我知道的。刚才等你的时间里，冒昧往冰箱里瞧了一眼。”

我点点头。牛河起身走去厨房，拉开冰箱门取出一小瓶啤酒，折回坐在沙发上有滋有味地对着瓶嘴喝起来，大喉结在领带上俨然什么活物似的一动一动。

“我说冈田先生，一天下来，喝上一瓶冰镇透了的啤酒，实在美上天了。世上有些小子说什么冰镇过头的啤酒不好喝，我可不那么认为。啤酒那东西，第一瓶最好冰凉冰凉凉得觉不出什么味儿，第二瓶嘛，的确还是多少温和点的好。反正第一瓶我是中意冰一样凉的，凉得太阳穴直发痛的。当然这只是我的个人嗜好。”

我依旧背靠立柱站着，啤酒只喝了一口。牛河把嘴唇闭成一条直线，环视了一会房间。

“不过，冈田先生，您太太不在家倒拾掇得挺利索，钦佩之至！说来不好意思，我可是半点都不行。家里一塌糊涂，垃圾站，猪窝！就拿浴缸什么的来说，都一年多没刷洗了。忘告诉你了，我老婆其实也离家出走了，走五年多了。说同病相怜是不大合适，总之我非常理解您的心情。和您不同的是，我那老婆逃走也属情有可原，毕竟我作为丈夫坏到了极点，无可抱怨。不如说我倒佩服人家居然肯熬那么久——我这当丈夫的就是糟糕到了这步田地。一生气就欺负老婆打老婆。我嘛，在外头从未打过谁，打不来。您也看到了，我胆子小得很，跳蚤胆。在外面逢人就低三下四，任凭人一口一个‘牛’地叫，不管说我什么我都诺诺连声毫无怨言，满脸诚惶诚恐的神情。可一回到家就反过来揍老婆，嘿嘿嘿。如何，一文不值吧？这我自己也明白。不过冈田先生，就是欲罢不能。一种病，这是。动不动就打得她眼斜嘴歪。不光手打，还又摔又踢，再不然就泼热茶、扔东西，无恶不作。孩子上来劝阻，索性连孩子一块儿打，可是很小的孩子哟，才七八岁。而且不是吓唬几下，是真打实揍。魔鬼呀，我！想停手也停不下来，这个。自己管不住自己。心里倒是明白该适可而止了，可不知怎么个止法。如何，不可救药吧？这么着，五年前一咬牙把个五岁女孩儿胳膊一把折断了，咔嚓。老婆终于彻底心凉，领上两个孩子离家走了。那以来老婆孩子一次都没见过，也从没联系，无可救药啊，我。全身上下没一处不生锈的家伙！”

我默然。猫来到脚下撒娇似的一连声叫。

“哎呀，尽扯闲话了。您那么累，对不起。是想要问你这小子是有什么事才专门跑来的吧？不错，是有事才来的。不是来这里跟您天南海北的。先生也就是绵谷升先生托我来办点事，就把他说的照本宣科告诉您，先请听一下。

“首先第一件，先生认为您和久美子的事重新考虑也未尝不可。就是说，如果双方有意，言归于好破镜重圆也没有关系。眼下久美子女士没这个打算，不可能说办就办。但如果您横竖都不愿意离而打算一直等下去，那么等也可以。不像以前那样强求离了。所以嘛，若是您想跟久美子联系，可以通过我这个渠道。总而言之就是恢复邦交，不必如往日那样一一对着干。这是第一件事。这个您以为如何？”

我蹲在地板上摸猫的脑袋，未作一声。牛河看了一会我和猫，随后又开口道：

“是啊，话不最后听完是不便表示什么的。心里嘀咕着现在看光是一件，后面不知还贴上来什么。也罢，就一竿子插到底好了。那么第二件事。这件有点费唇舌，实际就是一家周刊登载的‘上吊宅院’那篇报道，不知您看了没有。这东西非常有意思，也真是会写：世田谷高级住宅地段有一块怪地，好些年来上面不少人死于非命。这回购得此地的谜团人物究竟是谁？高高的围墙里面现在搞的是什么？一谜未解一谜又起……

“这样，绵谷先生看了这篇报道，突然想起您家就住在那附近，并且渐渐放心不下，怕您同那宅院之间万一有什么关联，所以就调查了一下里边的情况——当然实际上是我这不肖牛河驱动两条短腿上蹿下跳，总之调查算是调查过了。结果不出所料或者说果不其然，得知您似乎天天都通过这条后巷到那宅院里去，看来您是同那宅院内进行中的事情有千丝万缕的联系。噢，我也吃了一惊，不愧为绵谷先生，到底独具慧眼……

“这报道时下只此一回，没有下文，但在某种情况下死灰未必不能复燃，毕竟作为话题是妙趣横生的。所以坦率说来，先生多少有点困惑。就是说，您这个妹夫的名字一旦因为什么无聊事端给捅出来，说不定会成为绵谷先生的丑闻。绵谷先生可谓如日东升的人物，舆论如影随形，何况先生同您之间业已存在例如久美子女士那么一件麻烦事，客观上很容易被人家捕风捉影。说是捕风捉影，其实任何人都有一两件不大希望别人知道的事，不管是怎样的，尤其是事关个人的时候。现阶段毕竟是先生作为政治家的关键时期，也就是说正处于即使石板桥也要敲上几遍才可通过且须赶紧通过的阶段。这么着，这里有个小小的交易：您如果同那个‘上吊宅院’一刀两断，绵谷先生方面准备认真考虑您同久美子言归于好的问题，痛快说来就是这样。如何，大致味道琢磨出来了吧？”

“大概。”

“那么意下如何呢，对我所说的？”

我手指摸着猫的喉结沉吟片刻。

“绵谷升何以觉得我可能同那宅院有关系呢？为什么想到那上面了呢？”我问。

牛河再次眼斜嘴歪地笑了。像是因为好笑，但仔细看去，眼珠竟如玻璃球一样冷漠。他从衣袋掏出一盒压变了形的“和平”，擦火柴点燃。“啊，冈田先生，问我那么深的问题可不好办。我再啰嗦一遍，我不过是个跑腿学舌的罢了，太绕弯子的道理我不懂，无非一只信鸽，那边的信叼过来，这边的回信叼过去，明白？只是有一点我能说：那个人可不是傻瓜。那个人谙熟脑袋的用法，有一种非一般人可比的直觉。而且绵谷升那个人嘛，冈田先生，他在这个世界上拥有比您想的强大得多的现实力量，而且那力量每天得到增强，这点必须承认。因为诸多缘由您好像不喜欢那个人，那不关我的事，也和我全没关系，但事至如今，可就不仅仅是喜欢不喜欢的问题了，这点要请您认清才行。”

“既然绵谷升拥有强大的力量，那么伸手把周刊上的报道压住就是了，那样岂不省事？”

牛河笑了，再次深深地吸了一大口烟。

“冈田先生，我说冈田先生，话可不能那么说。知道么，我们是住在日本这个极其民主的国家里，对吧？可不是那种一转身只能看到香蕉园和足球场的独裁国家。在这个国家里，纵使政治家再有力量，压住一家杂志的报道也非举手之劳，那样实在过于危险。就算想方设法把上头的人笼络住，也必然让什么人不满，反而可能招引世人耳目，也就是所谓引火烧身。更何况，为这么一篇报道就大动干戈也是**划不来的**，老实说。

“还有——此话只是在这里讲——这件事很可能有您不知道的**粗线**缠在里边。果真那样，时过不久事情就不仅仅限于我家先生了，势必出现完全不同的流程，势必。总之冈田先生，若用牙医治病打比方，眼下触动的还是麻醉好了的部位，所以谁都不怎么抱怨，但很快就要用锥尖触动活生生的正常神经了，那一来必然有人从哪里跳出，跳出的人很可能真的是动气。我说的您明白吗？牛河的意见是——绝不是恫吓——您说不定已在不知不觉之间卷入了一场不无危险的游戏。”

牛河要说的似乎暂且告一段落了。

“未烫伤先缩手喽？”我问。

牛河点点头："嗯，冈田先生，这可就像在高速公路练习接球，实在危险。"

"而且还给绵谷升添麻烦。所以要赶快缩回手来，而换取同久美子的联系。"

牛河再度点头："大体是这么回事。"

我喝了一口啤酒。

"首先，久美子**由我**以自己的力量找回来，"我说，"无论如何不想借助绵谷升的力量，用不着他帮忙。的确，我是不喜欢绵谷升这个人，但正如你所说，这并不仅仅是喜欢不喜欢的问题，是那以前的问题，那以前就**不能接受他的存在本身**。所以不同他搞交易。请这样转告好了。其次，请别再擅自进到这里来，不管怎样这是我的家，不同于宾馆大厅和车站候车室。"

牛河眯细眼睛，从镜片后面看了我一会，眼珠一动不动，依然没有感情色彩。并非没有表情，但那里有的只是一时逢场作戏的应付。随后，牛河像确认雨的大小一样朝上轻轻伸出他那大得同身体不成比例的右手。

"您说的我完全明白了。"牛河道，"一开始就没以为会马到功成，所以你这么回答我也不怎么惊讶。我是不大容易惊讶的人。您的心情我理解，话也说得果断干脆，没什么不好。拖泥带水的一概没有，或是或不，简明易懂。若是领受一个不黑不白曲里拐弯的什么回答，作为信鸽也够辛苦的——总要把话嚼碎了带回去。不过世上这种情况还真多——倒不是发牢骚——每天每日就像猜斯芬克司谜语似的。干这行对身体不好哟，冈田先生，不可能好。这么活着，不觉之间性格也变得啰啰嗦嗦，明白吗，冈田先生？变得总是怀疑别人，总是翻过来倒过去看个没完，简洁明快的信不过。伤透脑筋，真的。

"也罢，冈田先生，就这么干干脆脆回话给我家先生好了。

只是，冈田先生，这话不能算完，即使您想三下五除二也没那么痛快。所以，我想我恐怕还会来这里打扰。我是脏兮兮的三块豆腐高，让人看着别扭，但对不起，要请您多少习惯我这一存在才行。我个人对您没有任何成见，不骗您，但您喜欢也好不喜欢也好，时下我是您无法简单挥之而去的东西之一。说法是有点儿怪，就请您先这么看我好了。不过如此厚脸皮地擅自钻到您家来以后绝无第二次。如您所说，这样的做法是不够地道。噢，只有伏地请罪的份儿。不过，这回作为我也是出于无奈，要请您谅解。也不是经常这么胡来，如您所见，我也是普通人嘛。往后跟普通人一样先打电话。打电话可以吧？铃响两次挂断，再让铃重响一次——若这样的电话打来，您就得认为是我，请先想那个混账牛河又搞什么名堂，然后好好地拿起听筒。好么，一定请拿听筒，否则只好再次擅自进到这里。从个人角度我也不想干这种事，但毕竟是拿人家的钱向人家摇尾巴的角色，人家叫我干我就不能不效犬马之劳。明白吧？”

我未应声。牛河将吸短的烟支在空猫食罐头底碾灭，忽然想起似的看了眼表。“这可这可这可真是够晚的了，实在抱歉，随便开门闯进别人家来，喋喋不休了半天，还讨喝啤酒，敬请多多包涵。刚才说过了，我这德性回家也一个人没有，好容易找到人说话就不知不觉说得忘乎所以，不好意思啊！所以嘛冈田先生，单身生活可不能拖得太久哟，喏，不是说人非岛屿吗？或者说小人闲居而为不善吗？”

牛河用手轻拍一下膝部莫须有的灰，悠悠地站起身来。

“就不用送了，既然能一个人进来，就能一个人回去。门我来锁好了。还有，冈田先生——也许是我闲操心——世上不宜知晓的事也还是有的。可是人们偏偏对这种事感兴趣，不可思议啊。当然这只是泛泛之论……迟早恐怕还得见面，那时但愿事态能朝好的方向进展。晚安！”

雨静悄悄地下了一整夜，到第二天早上四周放亮时失踪般地止息了，但奇妙的矮个儿汉子那黏黏糊糊的感觉与他吸过的无过滤嘴香烟的尼古丁味儿，和潮气一起长久地留在了家里。

15　肉桂奇特的手语、音乐的奉献

“肉桂的彻底封嘴，是快过六岁生日的时候。”肉豆蔻对我这样说道，“正是他上小学那年。那年二月他突然不再开口说话了。也真是奇怪，对他彻底一言不发这一事实，大家直到那天夜里才注意到，虽说他本来就是沉默寡言的孩子。注意到时，原来肉桂从早上开始就一句话也没讲。我想方设法让他开口，向他搭话或者摇晃他，但无济于事。肉桂简直石头一样就是默不作声。是因为什么**开不得口的**，还是自己下决心不开口的——这点都弄不清楚。现在也不清楚。自那以来他不光是话不说了，大凡**声音本身**都一概不发了，明白？痛也一声不叫，痒也一声不笑。”

肉豆蔻领他到几个耳鼻喉科专诊医生那里看病，但原因仍不清楚，清楚的只是并非肉体缺陷或疾患所致。医生们未能从发音器官中找出任何异常。肉桂可清晰听取声音，只是不说话罢了。“这恐怕属于精神科领域。”他们异口同声地说。肉豆蔻于是领肉桂去找自己认识的精神科医生，然而精神科医生同样查不出他持续闭口不语的起因。医生给肉桂做了智力检查，结果思维能力毫无障碍。实际上他显示出相当高的智商指数，情绪上也没有什么紊乱之处。“没受到非同一般的精神打击什么的吗？”医生问肉豆蔻，“请仔细想想，例如撞见什么异常场面或在家里遭受暴力——没有这样的情况吗？”但肉豆蔻想不出任何类似情形。儿子一如平时地吃饭，一如平时地同她说话，一如平时地乖乖上床睡觉。而翌日一早肉桂便深深沉入静默的世界中。不存在家庭纠纷，孩子在肉豆蔻和她母亲无微不至的守护下发育成长，从来没人向孩子举起过巴掌。“只有再观察一段时间了。”医生说，“病因既不清楚，就没有办法治疗。每星期领来一次，也许会慢慢摸清原因。或者过些时日突然如梦初醒开起口来也不一定。我们恐怕只能耐心等待。孩子诚然不开口，但此外眼下并没有具体问题……”

可是，无论怎样等待，肉桂再未从沉默的深海底浮上水面。

* * *

早上九点，大门响着低低的马达声朝里面打开，肉桂驾驶的“奔驰”500SEL开进院内。汽车电话的天线在后车窗的后头犹如刚刚生出的触角一样探出。我从百叶窗的缝隙里窥看着这光景。汽车看上去浑如无所畏惧的庞大的洄游鱼，崭新的黑漆漆的车轮在混凝土地面上无声地画出弧形，停在指定位置。每天画毫无二致的弧形，准确停在毫无二致的位置，误差应不出五厘米。

我喝着刚刚煮好的咖啡。雨虽停了，天空仍布满灰云，地面黑乎乎冷清清湿漉漉的。鸟们发出尖锐的啼叫，急切切地往来穿梭寻觅地面上的昆虫。俄顷，驾驶室门开了，戴太阳镜的肉桂跨下车来。他慎之又慎地环顾四周，确认并无异常之后，摘下眼镜放进衣袋。车门关闭。大型“奔驰”恰到好处的关门声与其他任何车相比都有些微的不同。对我来说，这意味自己在“公馆”的一天由此开始。

我一清早就开始考虑昨晚牛河的访问。我犹豫不决，不知该不该把他作为绵谷升的差役来访以及要求我从这里抽身之事告诉肉桂。最后我决定不告诉，至少暂时不作声。这是我同绵谷升两人间必须解决的问题，不想把第三者牵扯进去。

肉桂依然一身得体的西装，每一件都那么超凡脱俗那么做工精良那么正相合身。样式总的来说虽然属保守型不起眼，但由肉桂穿上便如撒上一层魔粉一般变得焕然一新生机勃勃。

当然，由于西装的关系，领带也每天不同。衬衣不同。皮鞋不同。估计都是他那位肉豆蔻母亲如此那般一件件买给他的。总之，肉桂身上的衣服全无污痕，脚上的皮鞋绝无阴翳，一如他驾驶的“奔驰”的车身。每天早上如此目睹他的形象，我都不由一阵由衷钦佩，甚至可以说**为之感动**：如此十全十美的漂亮外表下，到底能容纳怎样的实体呢？

他从车后行李厢里提出两个装有食品和日用品的纸袋，双臂抱着走进房门。给他一抱，就连自选商场平平常常的纸袋也显得高雅而有艺术性。或许抱的方式别具一格，也可能是更深层次的问题。一看见我，肉桂整个脸盈盈含笑。绝妙的微笑，就好像在遮天蔽日的森林里散步良久而来到一片豁然开朗的空地。我出声地说“早上好”，他不出声地说〈您早〉——我可以根据他嘴唇细微的变动译出。他从纸袋里取出食品，如同头脑聪明的孩子往大脑皮层记录新知识一般井井有条地藏进冰箱，继而整理日用品，放入壁架，之后喝我做的咖啡。我同肉桂隔着餐桌相对而坐，一如过去我同久美子的每日清晨。

* * *

“最终，肉桂一次、一天学校也没去。”肉豆蔻说，“开不得口的孩子一般学校不肯作为学生招收，而我又无论如何也不认为该送去聋哑学校。因为他不能开口的缘由——不管是怎样的缘由——全然不同于其他孩子。而且肉桂也不愿意到学校去。他一个人关在家里静静地看书，听古典音乐唱片，和当时养的杂种狗在院子里玩耍，看上去他顶喜欢这样。有时也外出散步，但他不愿意和附近同龄孩子在一起，对外出也不怎么积极。”

肉豆蔻学了手语，开始用手语和肉桂进行日常对话，手语不够用时就用便笺笔谈。但一天她发觉不特意用那么烦琐的手段，自己也能同儿子沟通感情且几乎没什么不便。只消通过一点点身体动作和表情，她就能了如指掌地读出对方的所思所需。觉察出这点之后，她便不再怎么介意肉桂的不说话了，因为这并不妨碍自己同儿子之间的精神交流。当然，声音式语言的阙如所带来的物理式不便也并非感觉不到，但那终究只是“不便”这一层次的东西。在某种意义上，这种不便反而净化了母子间交流的品味。

工作之余她教给肉桂汉字和语言，教给计算方法，但实际上必须由她教的东西并不很多。他喜欢看书，必要的东西都一个人随便通过看书掌握了。肉豆蔻的任务较之教给什么，更在于为儿子选择他所需要的书。儿子喜欢音乐，想学钢琴，最初几个月跟专业老师学了基本指法，后来便不再接受正规教育，而只靠书本教程和录音带掌握了作为那个年龄的孩子来说相当有难度的演奏技巧。主要喜欢演奏巴赫和莫扎特，除普朗克和巴托克以外，对浪漫派以后的音乐几乎不感兴趣。最初六年时间兴趣集中在音乐和读书上面，到上初中年龄开始对外语学习表现出热情。一开始学英语，接着选学法语，分别用半年时间即可看简单的书刊了。发音固然不会，但肉桂的目的在于阅读用该语言写的书而不是会话。此外还喜欢摆弄复杂的机器，买齐专用工具，组装收音机和真空管放大器，拆开钟表修理。

周围的人——其实肉桂真正接触的对象只限于母亲、父亲和外祖母三人——早已习惯于他的概不开口，并且不认为有什么不自然不正常。几年后，肉豆蔻不再把儿子领去精神科医生那里了。每周一次的面谈，一来未给治疗他的“症状”带来任何效果，二来如医生一开始就指出的那样，除去不开口这一点，其他方面肉桂毫无问题。在某种意义上他是完美无缺的孩子。记忆中肉豆蔻从未命令过他做什么，没有叱责他不许他做什么。肉桂自己决定自己应做的事，以自己的方式做到底。在所有方面都跟其他孩子不同，比较本身都可以说是没有意义的。十二岁时外祖母去世后（他无声地连哭了几天），他便在肉豆蔻白天外出工作时间里主动承担了家务，做饭、洗衣服、清扫房间等等。本来肉豆蔻在母亲去世后打算雇人做家务，但肉桂执意地摇头反对。他拒绝不相识的人介入，不喜欢家中秩序发生变化。最终，家庭生活的大部分由于肉桂的努力而维持得井然有序。

* * *

肉桂用双手对我说话。手指得其母亲遗传，长得纤细而漂亮。长是长些，但绝不过分。十个手指在他脸前恰似十分乖巧听话的生灵活泛而流畅地动着，向我传达着必要的信息。

〈今天下午两点有一个**客人**。就这一件事。两点之前什么事也没有。我在这里花一小时做完事后回去。两点时领客人再来。天气预报说今天一天都是阴天，我想您天没黑时下井也不至于损伤眼睛。〉

如肉豆蔻所说，理解他十指诉说的话语我没觉得吃力。手语我自然一无所知，但可以畅通无阻地跟踪其手指自如而复杂的动作。或许由于他手指动作过于完美，所以只消凝目注视即可领悟其含义，就如看听不懂的外语剧却时而为之心动一样。也可能我虽然眼睛盯其手指，而实际上全无所见。手指动作可以说是建筑物的装饰性外表，而我则在不知不觉地注视其背后别的什么东西也未可知。每天早上同他隔桌交谈时，我都想找出其分界，但把握不住。即使有那样的分界，恐怕也是经常移位变形的。

简短的对话或者说传达完了之后，肉桂脱去上装挂在衣架上，领带掖进衬衣，开始打扫房间，站在厨房，为我做简单的饭菜，这时间里用小音响装置放听音乐。有一个星期只放罗西尼的宗教音乐，又一个星期只放贝瓦尔德的管乐协奏曲，一遍又一遍放，其旋律我差不多已背得滚瓜烂熟。

肉桂做事干净利落无可挑剔，没有多余动作。起始我要帮忙，每次他都微笑摇头。看肉桂的一系列动作，的确像是交给他一个人办一切更能顺利。后来我便在肉桂做事的时间里坐在“试缝室”沙发上看书，免得去打扰他。

房子不太大，家具也只放必需之物。没有人实际在这里生活，不怎么脏，也不凌乱。但肉桂每天哪怕每个角落都要过一遍吸尘器，拿抹布擦家具和壁架，窗玻璃也一扇扇过一遍清洁刷。茶几打一遍蜡，擦电灯泡。房间一切都放回原来位置。整理餐具橱里的餐具，锅按大小顺序整齐排好。把橱里的亚麻巾和毛巾的边角重新对得整整齐齐，统一咖啡杯把手的朝向。确认洗脸间香皂的位置，毛巾即使没有用过的迹象也要换新。垃圾归拢入袋，扎起袋口拎去哪里。按自己的手表(我可以打赌：误差不超过三秒)校正座钟。大凡稍微偏离应有姿态的东西，都被他优雅准确的手指动作纠正回去。假如我试把壁架上的座钟向左移动两厘米，翌日早晨他必定向右移动二十毫米。

但肉桂如此举止不给人以神经质印象，看上去自然而“正确”。或许这个世界——至少这里存在的一个小世界——的样态早已鲜明地烙在他脑袋里，对他而言，保持其不变大概便如同呼吸一样理所当然，但也可能是肉桂在产生想使一切各就原位的强烈内在冲动时的一举手之劳。

肉桂将做好的饭菜收入器皿放进冰箱，指示我中午应吃什么什么。我道声谢谢。之后他对镜重新打好领带，检查衬衣，穿起上装，继而嘴角浮出微笑，动下嘴唇向我说〈再见〉，迅速转身环视一圈走出房门。他钻进“奔驰”，把西方古典音乐盒式磁带塞进车内收放机，用遥控器打开大门，逆向划着和来时同样的弧形离去。车一出门，门即关上。我同样手拿咖啡杯，从百叶窗的缝隙间打量这番光景。鸟们已不似刚才那般聒噪，低云四分五裂随风流去，但低云之上还有别的厚厚的云层。

我坐在厨房椅子上，咖啡杯置于桌面，四下打量肉桂动手收拾齐整的房间。俨然偌大的立体静物画。唯独座钟静静地刻计时间。时针指在十点二十分。我眼望肉桂刚才坐过的椅子，再次自问没把昨晚牛河来访的事告诉**他们**是否合适。这样做果真是明智的选择吗？不至于损害我与肉桂或肉豆蔻之间业已存在的信赖感吗？

我很想静观一下事态的发展，想知道我正在做的何以使得绵谷升那般坐立不安，想看一看我踩上了他怎样的秃尾巴以及他将对此采取怎样的具体对抗措施。这样，我或许可以多多少少接近绵谷升保有的秘密，而在结果上使我朝久美子所在的场所更迈进一步。

肉桂向右移动两厘米（即放回原来位置）的座钟快指在十一点时，我走到院子准备下井。

* * *

“我对小肉桂讲了潜水艇和动物园的故事，讲了一九四五年八月我在运输船甲板上见到的一切，讲了在美国潜水艇转过大炮准备击沉我们船的时间里，日本兵枪杀我父亲动物园动物们的经过。长期以来这话我对谁也没讲，一个人闷在心里，独自在幻影与真实之间幽暗的迷途中无声地彷徨。但肉桂出生时我这样想道：我能讲的对象只有这孩子一人。从肉桂还不能理解语言时我就开始给他讲了不知多少遍。当我向肉桂低声讲述事情的来龙去脉时，其情其景每每如刚启封一般在我眼前历历复苏过来。

“多少听懂话语之后，肉桂反复让我重述那段往事。我重复了一二百次，甚至可能是五百次之多。但并非一成不变的周而复始。每次讲起，肉桂都想知道故事里的其他小故事，想知道树上的**其他**枝条。所以我按照他的发问攀援枝条，讲那里的故事。故事于是迅速膨胀起来。

“那大约类似以我们两人的手构筑的一种神话体系，明白？我们每天每日都讲得如醉如痴。讲动物园里的动物名称，讲它们毛皮的光泽和眼神，讲那里飘荡的种种不同的臊臭，讲每一个士兵的姓名和长相，讲他们的身世，讲步枪和弹药的重量，讲他们感觉到的恐惧与干渴，讲天空飘浮的云朵……每次对肉桂讲述，我的眼睛都能见到林林总总的形状和色彩，都能将我见到的当即诉诸语言传达给肉桂，我可以恰如其分地找出恰到好处的字眼，这里边不存在极限，细节无穷无尽，故事越讲越深越讲越多。”

她像想起当时似的漾出了微笑。我还是第一次目睹肉豆蔻如此水到渠成的微笑。

“但是有一天，一切突然结束了。”她说，“自他不再开口的那个二月间的一个早上，肉桂便不再和我共同拥有那个故事了。”

肉豆蔻点燃支烟，停顿一下。

“现在我也明白了：他的语言被那个**故事世界**的迷宫所彻底吞噬了，那个**故事里出来的东西**把他的舌头劫走了。几年后，它杀死了我的丈夫。”

* * *

风比早晨就略有加强，浓重的灰云被一刻不停地径直吹向东去。风在叶片脱尽的庭树枝头时而发出不成节奏的短促的呻吟。我站在井旁望了一会如此的天空，猜想久美子大概也在某处望着同一云絮。并无什么根据，只是蓦然心有所觉。

我顺梯爬下井底，拉绳合上井盖。而后做了两三次深呼吸，摸起棒球棍紧紧握住，在黑暗中悄然弓身坐下。完全的黑暗。是的，不管怎么说这是最为重要的。别无杂质的黑暗握有一把钥匙。这颇有点像电视烹调节目："记住了么，完全的黑暗乃是关键。所以说太太，您要准备好尽可能浓重的完全的黑暗！"**其次便是尽可能结实的棒球棍**，我想。随即我在黑暗中绽出一丝笑。

我可以觉出痣在脸颊上开始微微发热。我正朝事物的核心一步步接近，痣这样告诉我。我闭起眼睛。肉桂早上做事时反复听的音乐旋律贴在我的耳鼓。巴赫《音乐的奉献》。它如同人们的喧哗萦绕在天花板很高的大厅里一样萦绕于我的脑际。但不久，沉默从天而降，就像产卵的昆虫潜入我大脑皮层的皱隙，一个个接踵而至。我睁开眼睛，再次闭上。黑暗混沌一团，我开始一点点从自己这一容器游离出去。

一如往常。

16 有可能到此为止（笠原May视点之四）

你好，拧发条鸟。

上次说到我在很远很远的深山里的假发工厂同很多当地女孩一起做工，这回接着往下讲。

最近我暗暗觉得好笑：人们这样从早到晚忙得不亦乐乎有点怪。没这样想过？怎么说好呢，我在这里的工作，只不过按头头如此这般的吩咐如此这般地干罢了，丝毫用不着动脑，等于说脑浆那东西上工前放在寄存柜里下工时再随手拿回。一天七小时对着操作台一个劲儿往发罩上栽头发，然后在食堂吃饭进浴室洗澡，接下去当然就得像一般人那样睡觉。一天二十四小时可自由支配的时间实在少得可怜，而且“自由时间”也由于人困马乏而多用来打瞌睡或怔怔发呆，几乎谈不上用心想点什么。当然周末不用做工，却又要集中洗衣服搞卫生。有时还要上街，一忽儿就过去了。一次曾下决心写写日记，但简直没什么好写，只一周就扔一边去了。日复一日千篇一律嘛！

尽管这样，**尽管这样**，对于自己如此成为工作的一部分我还是**半点**厌恶情绪都没有，别扭感什么的也没有。或者不如说由于这样蚂蚁式地一门心思劳动，我甚至觉得渐渐靠近了“本来的自己”。怎么说呢，说倒说不好，总之好像是由于不思考自己而反倒接近自己的核心。我所说的“有点怪”就是这个意思。

我在这里干得非常卖力。不是我自吹，还作为月度最佳职工受过表扬呢。说过了吧，别看我这样，干起手工活来十分灵巧。我们分班干，我进哪个班，哪个班的成绩就比较好。因我干罢自己这份就去帮干得慢的人，大伙儿对我评价相当不错。你不觉难以置信？**能信这个，我得到好评**？好了，不说这个了。总之我想向你拧发条鸟说的是：我来到这座工厂以后一直像蚂蚁像村里的铁匠师傅一样只知埋头干活。这回明白了吧？

我每天做工的场所很是怪模怪样，活活有飞机库那么大，天花板高得出奇，空空荡荡。里边就大约一百五十个女孩儿聚在一处做工，光景甚是了得吧？又不是制造潜水艇，何苦占这么大的场所呢？分成几个小房间就不可以吗？但也许这样做容易使大家产生连带感，觉得“有这么多人在一起劳动”。也可能便于头头统一监视。这里边肯定有一种“驱动心理学”样的玩意儿。操作台像解剖青蛙的理科实验室那样按班分开，最头上由年龄大的班长坐。一边动着手一边说话固然不碍事（毕竟不可能一整天都哑巴似的干），但若大声喧哗或放声傻笑抑或光说不干，班长就阴沉着脸走来提醒，说什么“××小姐，别光动嘴，手也得动哟！进度怕是有点落后了吧？”所以，大家全都像夜里捅空鸟巢似的小声细气交头接耳。

工场有线广播放着音乐，音乐种类因时间而异。如果你是巴里·马尼罗迷和埃亚·萨普莱迷，想必会中意这里。

我在这里花了几天工夫做成一个“自己的”假发。做一个假发虽因等级不同费时也不同，但一般做一个需要好几天时间。先把发套细细分成围棋眼，再往一个个小方眼里依序栽头发。这不是流水线作业，是**我的**任务。就像卓别林电影里的工厂似的，拧完一个固定位置的螺栓，便赶紧去拧下一个，不是么？我花了几天完成了一个“我的假发”。完成时我真想在哪里签上我的名字——×月×日笠原May。当然真那样做了笃定要挨训，所以没做的。只是，想到我做的假发将在这世界某个地方给某个人扣在脑袋上，就觉得很是开心，好像自己这个人和什么紧密联系在一起似的。

说起来，人生这东西也真够奇妙的。不信？假如三年前有人对我说“三年后你将在一座深山工厂里同乡下女孩一起做假发”，我保准笑得前仰后合，我想。那是根本无法想象的。所以反过来说，也没有哪个人知道我三年后做什么。难道你拧发条鸟晓得三年后自己在哪里做什么？一定不晓得。可以拿我手上所有的钱打赌：别说三年后，连一个月后的事我想你都稀里糊涂。

现在我周围的人可都是大体知晓或者**以为**知晓三年后自己处境的。她们在这里做工攒钱，准备几年后物色一个合适的对象幸福地结婚。

她们结婚的对象大多是农家子弟、小店主继承人或者在地方小公司上班的人。前次信上也说过了，由于这一带年轻女子慢性不足，她们的“行情”十分看好，除非运气极坏，否则不可能剩下，都会觅得一个差不多的搭档和和美美走入洞房，身价十分了得。一旦结婚——上封信也写到了——十之八九都离开工厂。对她们来说，假发工厂的工作不过是填补跨出校门到找见结婚对象这几年空白的一个阶段，犹如进来坐一会就出去的房间。

不过假发工厂方面倒无所谓，或者不如说似乎还是适当干几年婚后立即辞工为好。较之她们沉下心来连干好多年而提出工资啦待遇啦工会啦啰啰嗦嗦的问题，还是差不多就换新手上来合算。熬到有些身手的班长一级，公司也在某种程度上当一回事了，而一般女孩子也就和消耗品差不许多。所以结婚就辞工不干等于是两者的默契。这么着，不难想象三年后她们将面临何去何从的选择：或者仍在这里一边干活一边斜眼物色结婚对象，或者结婚一走了之——二者必居其一。你不觉得这样洒脱得很？

像我这样全然不知道三年后干什么而又觉得无所谓的人这边

是没有的。她们都很勤劳。几乎看不到有人或多或少地偷懒耍滑躲躲闪闪。牢骚都听不到几句，顶多有时对食谱有所挑剔。当然，既然是工作，就不可能尽是开心事，即使今天想去哪里散散心，也必须作为义务干完九点到五点（中间有两小时休息）的工作才行。不过我想总的说来，大家都干得蛮快活。这大概是因为她们都明白这是一段从这个世界过渡到另一个世界的缓冲时光，都想在此期间尽可能欢天喜地。对于她们，这里终究不过是个驿站。

但对我不是这样。对于我，既非缓冲时光，也不是驿站——我根本不晓得从这儿往哪里去。弄不好，我有可能到此为止，是吧？所以准确说来我并不是在此享受工作的乐趣，只是想**全面地**接受这项工作。做假发时只想假发，而且想得相当认真，认真得浑身黏糊糊沁出汗来，真的。

说不好，但近来有时想起摩托车事故中死去的那个男孩。老实说，这以前没怎么想起过。在事故的打击下，我类似记忆的什么突然一下子走了样，记住的总的说来全都是不怎么好的怪事情，例如腋下的汗臭味啦，头脑无可救药的迟钝啦，要钻进怪地方的手指啦，尽这些。不过，偶尔也开始一闪想起不太糟糕的来了，尤其在掏空大脑一个劲儿往发套里栽头发那种时候，会孤零零地突然冒出什么——是的是的，**是这样的**。时间这东西肯定不是按ABCD顺序流淌的，而是一会跑去那里一会折回这里那样的玩意儿。

拧发条鸟，老实老实老实说，我有时感到非常害怕。半夜醒来，一个人孤苦伶仃，离谁离哪里都有五百多公里之远，黑漆漆的，往哪边看都根本看不到头，怕得我真想大声喊叫。你或许也有这种情况吧？每当这时，我就尽量设想自己是同哪里联系在一起的，在脑袋里拼命排列联系在一起的对象的名字，其中自然包括你拧发条鸟。那条胡同、那口井、那棵柿子树之类也都包括在里边。包括自己亲手做的假发，包括对那个死去男孩的一点点追忆。由于这种种**微不足道**的对象的协助（当然你拧发条鸟不属于“微不足道”的范围，基本上），我可以一点点返回“这边”。这种时候，我就不由心想若是给那个男孩完整地看我的身体让他好好摸一下该有多好！可当时心里却想的是“哼，岂能给你碰我！”喂，拧发条鸟，我可是打算就这么处女一辈子哟！我是真这么想的。对此你怎么看？

再见，拧发条鸟！但愿久美子阿姨快些回来……

17 整个世界的疲敝与重荷、神灯

晚间九点三十分电话铃响了。响两次停下，稍顷再次响起。我记起这是牛河电话的暗号。

“喂喂，”牛河声音传来，“您好，冈田先生，我是牛河。现已来到府上附近，这就过去不大合适吧？啊，其实我也知道时间晚了，但有事要当面谈。如何？是关于久美子的，料想你可能也有些兴趣……”

我边听电话，边在脑海里推出电话另一头牛河的嘴脸。脸上浮现出自来熟式的笑，像是在说**这你不便拒绝吧**。嘴唇上卷，龇着脏牙。但的确如他所料。

刚好过十分钟，牛河来了。衣着同三天前的一模一样。也可能是我的错觉，而实际完全是另外一套。但不管怎样，西装类似衬衣类似领带类似，全都脏兮兮、皱巴巴、松垮垮。这套猥琐不堪的行头看上去仿佛在委屈地承负着整个世界的疲敝与重荷。纵使会转世托生成什么，纵使来生有获稀世荣光的保证，我也不想、至少不想成为这样的行头。他打声招呼，自己开冰箱拿出啤酒，用手碰一下确认冰镇程度之后，倒进眼前的杯子喝起来。我们隔着厨房餐桌坐定。

“那么，为了节省时间，就不闲扯了，来个开门见山单刀直入。”牛河说，“冈田先生，您不想同久美子说话吗？同太太单独地直接地？想必这是您朝思暮想的吧？否则一切都无从谈起——不是这样想的吗？”

我就此略加思索，或者说装出思索的样子。

“能说当然想说。”我回答。

“不是不能。”牛河静静一句，点了下头。

“可有条件？”

“什么条件也没有。”说着，牛河呷了口啤酒，“只是今晚我方也有一项新建议。请您听一下，考虑一下。这跟您同不同久美子通话又是两个问题。”

我默然沉视对方的脸。

牛河道：“那就开始说了。冈田先生，那块地是您连同房子从一家公司租来的，是吧，那块有‘上吊宅院’的地？为此每月您支付一笔相当数目的租金，但那不是普通租约，而是几年后具有优先购买权的租约，对吧？当然，租约没有公开，您冈田先生的名字谁都没有见到。呃，本来就是为此要的手腕嘛。问题是实际上您是那块地的主人，租金实质上发挥着同分期付款完全相同的作用。最终支付款额，对了，连房子大约也就是八千万。以此计算下去，往下不出两年地和房子的产权就属于您的了。啧啧，真是了不起，速度之快，令人佩服之至。”说到这里，牛河像要核实似的看着我。

我依然沉默。

“至于为什么了解得这么详细请不要问我。这种事，只要存心调查总会水落石出，关键是要懂得调查方法，谁是那家挂名公司的幕后人物也大致推测得出。这次调查还真费了不少力气，在许多地方像钻迷宫似的来回绕许多弯子。打个比方，就像寻找被盗的汽车——漆被全部改涂了，轮子给换了，座席也换过外罩了，发动机编号也剜掉了——手脚做得就是这么细，行家啊！找起来当然很辛苦。可我干的可就是这种细上加细的活计，行家嘛。好在没白辛苦，千头万绪现在基本上理出来了。蒙在鼓里的是您，是您自己。您不知道究竟付钱给谁吧？”

“因为钱没有名字。”我说。

牛河笑道：“不错不错，说得实在妙。钱确实没名字，名言！真想记在手册上。不过冈田先生，大凡事情不可能那般一帆风顺。例如税务署那衙门就不怎么好惹。他们只能向有名字的地方收税，所以拼命想给没名字的地方找出名字。何止名字，编号都安上了。根本没有什么诗情画意可言。然而这也正是我们生活在其中的现代资本主义社会赖以存在的基础……因此，我现在讲的这笔钱是有其堂堂正正的名字的。”

我默默盯视着牛河的脑袋，由于光线角度的不同，那上面生出了几道奇妙的坑洼。

“别担心，税务署绝不会来。”牛河笑了笑，说，“即使来，钻这许多迷宫时间里也要在哪里碰上什么，咔嗤一声，撞出个大包来。税务署的人懒得讨这个麻烦，反正都是工作，较之棘手之处，从好下手的地方稳稳当当收税岂不快活得多！毕竟从哪里收成绩都一样，尤其是上头有人好心好意地打招呼说‘这边就算了，还是那边好搞吧’，一般人总是去那边的。我调查得这么滴水不漏，也只有我做得到。不是我吹牛皮，别看我这德性，我可还是有两下子的。我熟悉不致受伤的诀窍，我可以顺顺当当穿过漆黑的夜路，就像抬轿的猴子，提着小田原灯笼……

“不过冈田先生，也因为是您，我才真正实话实说：就连我也压根儿闹不清你到底在那里搞什么名堂。去那里的人都付给您不少钱，这个我清楚。也就是说，您给予了她们足以使她们付这么多钱的某种特殊东西。到这一步我是清清楚楚了，就像在雪地里数乌鸦。我不清楚的是您到底在那里具体搞的什么，和您为什么对那块地情有独钟？简直如坠云雾。毕竟这是这件事关键的关键，但这点被看手相这个幌子遮得严严实实，叫人困惑不解。”

“就是说绵谷升为之困惑喽？”我问。

牛河没有回答，手指拉了拉耳朵上面所剩无几的头发。

“噢，只是在这里说——其实我对您冈田先生相当心悦诚服。”牛河说，“不骗您，不是恭维话，这么说或许不大合适，本来无论怎么看您都是个平平庸庸的人。说得再露骨些，就是说**别无可取之处**。抱歉，这么说您别见怪。在世人眼里也就这么个印象。不料和您这么见面这么面对面谈起来，我觉得您很不简单，手段相当厉害——不管怎么说使得绵谷升先生动摇了困惑了。唯其如此，他才接二连三让我当这信鸽的和你交涉。等闲之辈弄不到这个程度。

“作为个人，我很欣赏您这点。不是说谎。如您所见，我固然令人生厌，固然不够地道，但这上面我是不说谎话的，也不觉得您和我毫不相干。我这个人，在世人看来比您还无可取之处。五短身材，没有学历，教养也一塌糊涂。父亲在船桥编草席来着，差不多喝成酒精中毒，实在看不顺眼，还很小我就盼望他快点死算了。好也罢坏也罢还真的早死了，那以后就简直穷出一朵花来。记忆中小时候什么开心事都没有，半点都没有。父母一句好话没跟我说过，我当然也就乖戾起来。高中好歹混得个毕业，往下就是人生大学，漆黑小道上的抬轿猴子。我是靠自己这仅有一颗的脑袋活过来的。什么精英什么干部，我厌恶这类人，说不好听点简直深恶痛绝。厌恶从上面吱溜溜滑入社会，讨个漂亮老婆养尊处优的家伙。喜欢您这样单枪匹马踢打的人，我喜欢。”

牛河擦燃火柴又点了一支烟。

“不过冈田先生，您不可能长此以往。人早晚要跌跤子，没有人不跌。从进化来看，人用两条腿直立行走边走边打小算盘不过是最近的事。这笃定要跌跤子。特别您所**投身**的世界，不跌跤子的人一个也没有。总而言之这个世界啰嗦事太多，也唯其啰嗦事多才得以成立。我从绵谷先生伯父那一代起就始终在这个世界里折腾，如今整个地盘连同家具在内都给现在的先生继承了。那以前这个那个干了很多险事，要是一直那样干下去，现在肯定在监牢或在哪里僵挺挺躺着哩，不是危言耸听！碰巧给上一代的先生收留了。所以，一般事情都看在了我这两只小眼睛里。在这个世界里，外行也罢内行也罢全都得‘吱溜’一声跌倒，长得结实的不结实的都同样受伤，所以才全部加入保险，连我这样的草民也不例外。入了保险，即使跌倒也能苟延残喘，但如果您单个一人哪里也不属于，一朝跌倒就算玩完—— 一曲终了！

“而且冈田先生，说痛快点，您差不多该到跌跤子时候了。这不会错。在我的书上一翻过两三页——用大大的黑体字清楚印着咧：**冈田先生即将跌倒！**不骗您，不吓唬您。在这个世界里，我要比电视上的天气预报准确得多。所以我想说的是，事情是有适可而止的时候的。”

牛河就此闭上嘴，看我的脸。

“好了，冈田先生，不厌其烦地互探虚实就到这里，下面谈具体些吧……前言够长的了，下面总算要进入**那项**建议了。”

牛河双手置于桌面，舌尖舔了下嘴唇。

“好么冈田先生，我刚才建议您差不多该从那块地上抽身出来了。但，或许有某种您想抽身也抽不得的情由，例如已经讲定不还清债款动弹不得，等等。”牛河在此打住，搜寻似的仰视我的脸。“好么冈田先生，如果是钱方面的问题，那部分钱由我方准备好了。需要八千万，就把八千万整整齐齐拎来这里。万元钞八千张一张不少。您从中偿还实质性贷款余额，剩下的钱一把揣进兜里就是，往下您就一身轻松自在了。怎么样，岂非求之不得的好事？意下如何？”

“那块地和建筑物就归绵谷升所有，是这么回事吧？”

“大约是的吧，从发展趋势上看。当然要经过不少烦琐的手续。”

我就此思考片刻。“我说牛河，我感到很费解：绵谷升何苦要费这么大操办把我从那里支开呢？地和房子弄到手后到底干什么用呢？”

牛河用手心很小心地搓着脸道：“噢，冈田先生，那种事我也不清楚。一开始就说过了，我只不过是一个无所谓的信鸽。给主人叫去，喝令我干这个我就诺诺连声照干罢了，而且差不多都是麻烦事。小时候读过《阿拉丁与神灯》，记得对那个任人驱使的神灯非常同情，没想到长大自己竟也成了那个角色，窝囊得很，窝囊透了。但无论如何，这是我传递的口信，是绵谷升先生的意向。选择何者是您的自由。如何？我该带怎样的答话回去好呢？”

我默然。

“当然您冈田先生也需考虑的时间。也好，给您时间，也不是说现在非在这里决定不可，请花时间慢慢考虑……话是想这么说，不过坦率说来您或许没那么多余地。冈田先生，跟您说，据我牛河个人意见，这么慷慨的提议并不是任何时候一直摆在桌面上的哟！有时候甚至稍往那边一歪头就一忽儿不见了，很可能像玻璃上的气晕一样眨眼间消失得无影无踪。所以您务必真正抓紧考虑才是。条件不坏的。怎么样，明白了吧？”牛河叹口气，觑了眼表。“哎呀哎呀，该告辞了，又打扰这么久。啤酒也喝了，依然是由我一个人从头到尾喋喋不休，实在厚脸皮得很。不过不是我辩解，一来您这里就莫名其妙地一坐好久，肯定是坐起来舒坦喽。”

牛河站起身，把玻璃杯、啤酒瓶和烟灰缸拿去洗碗池那里。

“近期还会联系的，冈田先生。安排一下您同久美子女士通话。一言为定。您好自等着。”

牛河走后，我马上开窗把烟气放去外边，然后往杯子里加了冷水喝着，把青箭猫抱上膝头。我想象牛河一出门就脱去伪装返回绵谷升那里的情景，但纯属胡思乱想。

18 试缝室、继任人

关于前来这里的女人们的来历，肉豆蔻并不晓得。没人自我介绍，肉豆蔻也不问。她们道出的姓名显然是假的，但她们身上有一种金钱与权势合而为一时散发出来的特殊气味。她们并不想加以炫耀，但肉豆蔻从她们的衣装打扮上一眼即可看穿她们所处的地位背景。

肉豆蔻在一座写字楼里租了个房间。顾客们大多对隐私极为神经质，所以她尽可能选择不引人注目场所的不引人注目建筑物。经再三考虑，把名堂定为服饰设计事务所。实际上她也曾是服装设计师，就算有一些非特定对象的人前来找她也不至于有人觉得奇怪。凑巧顾客全都是看上去大可定做高价衣服的三五十岁的妇女。她在房间里摆上西式衣裙、设计图纸和时装杂志，拿来服装设计用的工具、工作台和假模特儿，甚至逢场作戏地在那里实际设计过几套服装，还把一个小些的房间作为试裁试缝之用。顾客们给领到试缝室，在沙发上由肉豆蔻“试裁试缝”一番。

开具顾客名单的是一位大商店老板的夫人。夫人交际虽广，但人选上面很慎重，只选有数几个堪可信赖的对象。夫人确信只有采取俱乐部形式且其成员仅限于经过严格挑选之人，方能避免传出莫名其妙的丑闻，否则很快就会弄得满城风雨。夫人再三叮嘱被选定为俱乐部成员的人绝对不得将“试缝”张扬出去。她们均是守口如瓶之人，知道一旦失约势必被永远逐出俱乐部。

她们事先电话预约“试缝”，按指定时间前来。顾客们不必担心相互照面，隐私万无一失。酬金当场以现金支付，金额由商店老板的夫人随意决定，比肉豆蔻预想的大得多。但一度经肉豆蔻“试缝”过的女人，必定还打来预约电话，无一例外。“不必把钱多少放在心上。”夫人一开始就对肉豆蔻解释道，“数额越大那些人反倒越是放心。”肉豆蔻每星期去事务所三天，一天只“试缝”一名顾客，这是她的限度。

肉桂十六岁时开始为母亲帮忙。肉豆蔻当时一个人已很难处理所有杂务，而又不能雇用不熟识的人，想来想去便问肉桂打不打算给自己帮忙，他表示〈可以〉，甚至母亲从事的是什么工作都没问一声。上午十点他乘出租车来事务所(他无法忍耐同别人一起坐地铁或公共汽车)，打扫房间，使一切各得其所，往花瓶里插花，煮咖啡，买所需物品，用盒式磁带放古典音乐，记账。

不久，肉桂就成了事务所必不可少的存在。无论有没有顾客，他都一身西装领带坐在接待室写字台前。没有哪位顾客抱怨过他的不开口。人们没有因此感到不便，甚至反倒喜欢他的**不说话**。预约电话也由他接。顾客说罢自己希望的日期和时刻，肉桂敲桌作答。敲一下为“No”，敲两下为“Yes”。女人们中意如此简洁的回答。肉桂五官端正，端正得依样雕刻下来即可放到美术馆去，何况他又不说年轻男子动辄令人扫兴的话。女客临走时向肉桂搭话，肉桂面带微笑，点头倾听。这种“对话”使女人们感到释然，从外部世界带进来的紧张得以消除，“试缝”结束后的莫名感得以减缓。而不愿跟别人接触的肉桂也并不为同前来事务所的女人们打交道感到痛苦。

十八岁时肉桂拿到了汽车驾驶执照。肉豆蔻找来一位面目和善的驾驶老师，单独教不开口的儿子学习开车。而肉桂涉猎过专业书刊，早已巨细无遗地领会了驾驶方法，只用几天把着方向盘掌握光靠书本无法明白的几个实际**诀窍**之后，他便马上成了一名熟练的驾驶员。拿到执照，肉桂通过查阅专门介绍二手车的杂志，买了一辆半新不旧的“保时捷”。首期付款用的是母亲每月给的所有工资存款(他在日常生活中根本不花钱)。车到手后，他把引擎打磨得闪闪发光，用邮购方式买来新零件，几乎使车焕然一新。车轮也换了，差不多可以开出去参加一场小规模赛车，但他只是开这辆车每天以同一路线穿过广尾自己家到赤坂事务所之间混杂的街道。因此，“保时捷”自到肉桂手上以来，几乎没跑出时速六十公里以上的速度，成了世界罕见的“保时捷”911。

这项工作由肉豆蔻连续做了七年。这期间有三个顾客离去(一个死于交通事故，一个因故被“永远驱逐”，一个因丈夫工作关系去了“远处”)，而另有四人新加入进来。无一不是同样身着昂贵的服装同样使用假名的富有魅力的中年妇女。七年间工作内容一成未变。她为顾客“试缝”，肉桂保持房间整洁，记账，开“保时捷”。这里没有进展，没有后退，无非年纪一点点增大。肉豆蔻年近五十，肉桂二十岁了。肉桂对工作像是一贯觉得津津有味，而肉豆蔻则一步步陷入力不从心的感觉中。她长年累月对顾客体内怀有的**什么**进行“试缝”，她不能准确把握自己做的是什么，只是在尽力而为。但肉豆蔻无法治愈那个**什么**。它绝对没有消失，不过因她的努力而暂时放松而已，几天过后(短则三日长则十天)便周而复始。一进一退自是有的，但以长期观之，无不一点点有增无已，一如癌细胞。肉豆蔻手中可以感觉其有增无已的态势，这无疑告诉她：你做什么都没用，怎么折腾都无济于事，最后胜利的是我们！而这又是事实。肉豆蔻没有获胜希望，她只不过是在稍微放慢其进度而已，只能给顾客以数日虚假的安稳。

“也不单单是这些人，莫非世上所有女人全怀有类似的**什么**不成？”肉豆蔻不知多少次这样自问，“可为什么来这里的全是中年女人呢？难道我自己体内也和她们同样怀有那个什么不成？”

不过肉豆蔻也并不是很想知道答案。她所明白的只是自己由于某种不得已的情况而被关进了“试缝室”这一事实。人们有求于她。只要人们有求于她，她就别想离开这个房间。肉豆蔻不时觉得自己成了一具空壳，感到越来越力不从心，仿佛自己正加倍地自我磨损，正消失在无边的黑暗之中。这时候她就对肉桂坦率道出自己的心情。文静的儿子点着头倾听母亲的话。他诚然什么也没说，但肉豆蔻只消向儿子诉说一番心里便奇异地沉静下来，感觉上自己并不孤独，并非完全力不从心。不可思议，肉豆蔻想，我治别人，肉桂治我。但谁又治肉桂呢？莫不是唯独肉桂犹如宇宙中的黑洞一样由自己一人吞下所有的苦闷和孤独吗？一次肉豆蔻把手按在肉桂的额头上，像为顾客“试缝”一样。可她的手心一无所感。

肉豆蔻开始认真考虑辞去这项工作。我已不再有那样的力量了，如此下去，自己势必在无奈感中焚毁一尽。问题是人们仍在迫切地求其“试缝”，她不可能为一己之因而将顾客断然抛开不管。

肉豆蔻觅得此项工作的继任人，是这年夏天的事。当她瞧见新宿那座大楼前坐着的那个年轻男子脸上的痣时，肉豆蔻便认定继任者非此人莫属。

19　傻里傻气的雨蛙女儿（笠原May视点之五）

你好，拧发条鸟。

现在是夜里两点半。周围人全如木材一般睡得死死的，我睡不好，就爬下床给你写信。说老实话，对我来说睡不着的夜晚犹如适合戴贝雷帽的大相扑一样稀奇，通常时间一到就咕噜一下子睡着，再时间一到就咕噜一下子醒来。闹钟倒是有一个，几乎没用过。但偶尔也有这种情况：半夜忽然醒来就再也睡不着了。

我要对着桌子给你写信一直写到睡意上来。大概一会儿就会困的吧，所以自己也不知道这封信是长还是短。话又说回来，也不光是这次，哪次都不晓得什么时候停笔。

我在想，世上大多数人，虽多少有所例外，但恐怕基本上都认为人生或世界是个（或者应该是）始终一贯的场所。同周围人聊起来时常有这个感觉。每当发生什么，无论是社会的还是个人的，总是有人说什么“那个嘛，因为是这样的，所以变得那样”，而大多情况下大家也点头称是，说什么“是啊是啊怪不得”。但我对此可是想不大明白的。所谓“那个是这样的”“所以变得那样”岂不同用微波炉蒸鸡蛋羹是一回事了——把“蛋羹料”放进去一按开关，再听“叮当”一声开门端出——等于没做任何说明。也就是说，按开关同“叮当”一声之间实际发生了什么，合上门后根本搞不清楚。说不定“蛋羹料”在大家不知道的时间里变成奶汁烤通心粉，之后又摇身变回鸡蛋羹，而我们却以为将“蛋羹料”放入微波炉后“叮当”了一声，结果当然出来的是鸡蛋羹。我倒是觉得“蛋羹料”放进去“叮当”一声，开门一看偶有奶汁烤通心粉出来更叫人开心。当然会吓一跳，不过终究还是要多少感到开心，至少我想不会怎么困惑。因我觉得在某种意义上，还是这样来得更有“现实意义”。

而要有条有理地用语言来说明“为什么有现实意义”，又马上觉得困难得很。不过若以自己以前大约经历过的为例仔细分析，就不难发现那其中几乎不存在所谓“连贯性”。首先一个谜，就是我为什么作为那对雨蛙一样枯燥无味的夫妇的女儿降临人世。这是一大谜。因为——自己说倒不大合适——那对夫妇加起来都还没有我地道。这是实实在在的事实，非我自吹自擂。不敢说我比父母出色，只是说至少作为人是**地道**的。你拧发条鸟见到那两人也肯定这样认为，我想。那两人居然相信世界是如同单元住宅那样始终一贯如此这般的，以为只要以始终一贯的方法干下去，一切终将水到渠成，所以他们也才为我的倒行逆施而困惑而伤心而气恼。

我为什么作为那般傻里傻气的父母的孩子来到这个人世呢？为什么尽管由那两人养育却又没有成为同等傻气的女孩呢？从很早很早以前我就为这个绞尽脑汁，但找不出答案。心里觉得应该有某种像样的原由，但就是想不出。这类没道理好讲的事情此外还有很多。比如“为什么周围人统统那么讨厌我？”我又没干什么坏事，只是平平常常地活着。然而有一天**忽然发现**，没有一个人喜欢我。对此我实在费解。

一个莫名其妙引出另一个莫名其妙，于是发生了种种样样的事，我觉得。举例说吧，同那个摩托男孩相识后闯下一场大祸。在我的记忆中，或者说作为我脑袋里的顺序，里边并没有所谓“这个是这样的所以变得这样”。“叮当”一声开门一看，闪出来的每每是自己完全陌生的东西。

就在我压根儿闹不清周围发生了什么而辍学在家东倒西歪的时间里，认识了你这个拧发条鸟。对了，那之前我在假发公司打零工来着。为什么偏偏是假发公司呢？这也是个谜。想不起来了。或许那场事故中磕了下脑袋，使得脑里的弦乱了套。也可能是精神打击使得我习惯上一忽儿就把记忆藏去什么地方，好像松鼠打洞藏了松子却转身忘了藏在哪里（你见过吗？我见过。小时的我还嘲笑松鼠真傻呢，不料竟轮到自己头上）。

总之由于在假发公司做那个调查，而命中注定似的喜欢上了假发。这也是莫名其妙的事。为什么偏是假发而不是长筒袜不是饭勺子呢？假如是长筒袜是饭勺子，眼下我不至于在假发工厂不停手地做工吧？是不？假如不惹出那场混账摩托事故，那个夏天恐怕不至于在房后胡同碰见你；而若不碰见你，大概你也就不至于晓得宫胁家院里那口井，因而你脸上也就不会冒出一块痣，不会卷入那种怪事里边……如此一来二去，我就认为"世界上哪里有什么连贯性"！

或者说世上人分几类，对一类人来说人生和世界是有鸡蛋羹式连贯性的，而对另一类人来说则是奶汁烤通心粉式随心所欲的？我不明白。不过据我想象，我那雨蛙父母，即使放进去"蛋羹料"而"叮当"一声出来奶汁烤通心粉，想必也会自言自语道"肯定是自己错放了奶汁烤通心粉料进去"，或者手拿奶汁烤通心粉而连声自语"噢，这看上去像奶汁烤通心粉，其实是鸡蛋羹的"。如果我对这样的人热心解释说"放进去蛋羹料而'叮当'一声变成奶汁烤通心粉的事偶尔也是有的"，他们也断断不会相信，甚至会反过来大发脾气。这个你可明白？

以前信上我写过日后再谈一下你那块痣，谈一下我在痣上的吻了吧？记得像是第一封信中写的，记得？实际上自去年夏天跟你分手以来，我屡屡想起当时，像猫看下雨似的反复想个没完没了：**那到底是什么呢**？但说实在话，我没有可能找出答案。也许以后——十年或者二十年后——如果有那样的机会，如果我再长大些聪明些，我或许会向你道一声“其实嘛”，给你一个圆满的解释，遗憾的是现在我似乎还不具有把它准确诉诸语言的资格和思维能力。

但有一点我可以坦率告诉你：我还是喜欢当时你那个没有痣的拧发条鸟。不，不不，这么说不大公平，毕竟那痣不是你想有才有的。也许应该说，**没有痣**的拧发条鸟对于我来说**足够了**……但光这样说你怕是摸不着头脑。

跟你说跟你说拧发条鸟，我在这样想：那块痣说不定带给你一个重大的什么。但它又将从你身上夺走什么，索取回报似的。而在将什么夺走之后，你可能很快地磨尽耗空。就是说——怎么说呢——我真想说的是，你即便没那玩意儿，我也是一点都无所谓的。

不瞒你说，如今在这里闷头制作假发，有时我也觉得到底是我当时吻了你那块痣的结果。恐怕唯其如此，我才下决心离开那里，离开你拧发条鸟，远离一点儿也好。这么说也许有损你自尊心，但这大体是真的。我也因此找到了自己的位置，在某种意义上我很感谢你。**而在某种意义上被人感谢**未必令你愉快。

至此，我觉得我基本上说了要对你说的话。快凌晨四点了。七点三十分起床，还可以睡差不多三个小时——但愿马上入睡。反正信写到这里也该止笔了。再见，拧发条鸟，请祝愿我睡个好觉。

20　地下迷宫、肉桂的两扇门

“那座公馆里有一部电脑，冈田先生。谁用的倒不清楚……”牛河说道。

晚间九点。我坐在厨房餐桌旁，把听筒贴在耳朵上。

“有的。”我简短回答。

传来牛河抽鼻涕的声音。“我又照例调查了一下，知道可能有。当然喽，有电脑也没什么可大惊小怪。如今对于从事时髦工作的人来说，电脑是必备之物，有也完全不足为奇。

“所以嘛冈田先生，咱们长话短说，由于那么一点原因，我想要是能利用那部电脑同您通讯该有多好。所以我才摸了下情况，呃呃，这还真没那么简单。一般线路号码连接不上去，而且要一个个输入密码才能进行访问。没有密码休想开机，厉害厉害！”

我默然。

“喂喂，别把事想歪了，我也不是想钻进电脑或者想干什么坏事，这种权宜之计我可没设想过。光是使其发挥通讯功能都必须冲破如此重重封锁，想要从中调出情报来自然更非易事。所以，压根儿就没考虑要做什么手脚。我考虑的只不过是想通过它来实现久美子女士和您的对话。以前不是讲好了么，说要争取让您和久美子女士直接交谈。别看我这样，我也想方设法劝说久美子女士来着。对她说您已离家这么久了，老是没个交代也不好，长此以往冈田先生的人生也难免一节接一节脱轨。无论出于什么缘由，人也还是得面对面畅所欲言才行，否则必然产生误解，误解将使人不幸……

“可是久美子女士横竖都不肯点头。她说不打算跟您直接交谈，见面自不用说，电话交谈也不可能。她说她讨厌电话。噢，我也伤透脑筋，摇断了三寸不烂之舌，可人家决心坚硬，简直如千年岩石，如此下去必生藓苔无疑。”

牛河停一会等待我的反应。我依然一言未发。

“当然喽，我也不可能给她那么一说就道一声‘呃，是吗，明白了’而轻易败下阵来，若是那样肯定给绵谷升先生骂得一塌糊涂。对方是岩石也罢土墙也罢，反正死活得找出个折衷点来……我就是干这个的嘛。对，折衷点！电冰箱买不成也要买块冰回去，就这种精神。这么着，我就抓耳挠腮另思良策。其实人这东西什么都能想个差不多。想着想着，就连我这不入流的半黑不明的脑袋里都像云间星斗一闪似的浮出一条妙计：对了，利用电脑画面通话岂不可行！就是敲打键盘往屏幕上排字，这个您没问题吧？”

在法律事务所工作时我利用电脑搞过案例调查，检索过委托人个人信息，通讯系统也用过。久美子在单位也应当使用来着，她编的自然食品杂志需将各种食品的营养分析和烹调法之类一一输入电脑。

“随处可见的普通电脑是不顶用，但使用我们这里和您那边的电脑，应该可以相当迅速地实现互通。久美子女士也说若是通过电脑屏幕和您说话也未尝不可——总算搞到了这个地步。这基本算是实际即时交谈，和对话差不许多。这就是我所能提供的最大限度的折衷点，微不足道的猴头智慧。如何？也许你不中意，可这都费了好多脑筋了。本来没这方面脑筋，勉为其难，够我受的。”

我默默地把听筒换到左手。

“喂，冈田先生，您听着吗？”牛河不无担心地问。

“听着呢。”我回答。

“那好，一句话，只要把您那边电脑的密码告诉我，马上就接上让您同久美子女士通话。尊意如何，冈田先生？”

“这里有几个实际难点。”我说。

“愿闻。”

“一个是无法确认通话对象是不是久美子。使用电脑画面对话，看不见对方的脸，也听不见声音，未必就没有人假装久美子敲打键盘。”

“言之有理。”牛河钦佩似的说，“我固然没想到那里，但作为可能性不能完全排除。不是奉承，事情这东西一一怀疑是对的。我疑故我在。那，您看这么办怎么样——您最先问一个只有久美子女士才晓得的问题，如果对方答得上，就是久美子女士了。毕竟是一起生活多年的夫妻，只两人晓得的事一两件总还是有的吧？”

牛河说得有道理。

“好吧。不过我还不知道那个密码，从没碰过那部电脑。”

据肉豆蔻说，肉桂已经把那电脑程序彻头彻尾做了改动。他提高了电脑的固有设计功能，自己制作复杂的数据库，使程序密码化并巧妙做了手脚，以致别人无法轻易开启。肉桂以十个手指牢固控制和严密管理着这座具有三维错综通路的地下迷宫，所有线路都被他系统性地刻入脑中，他只消动一下键盘即可沿捷径飞速到达任何自己喜欢的场所，然而不谙内情的入侵者(即肉桂以外之人)要想走到特定信息地带就很可能在迷宫中摸索数月之久，何况到处都有报警装置和陷阱。这是肉豆蔻告诉我的。其实“公馆”中的电脑并不很大，同赤坂事务所的差不多，但都已同其家里的母机联网，可以相互交换和处理信息。其中想必装满肉豆蔻肉桂工作上的机密，从顾客一览表到复杂的双重账簿，但我推测应当不止于此。

之所以这样想，是因为肉桂和这电脑的关系实在过于密切，他常常关在自己小房间里弄来弄去。这是我从不时因为什么打开的门外一晃窥见的，而每次我都有一种类似窥看他人云雨场面的强烈的愧疚感。因为看上去他同那部电脑已难解难分地合为一体，动作甚是热情。他敲一阵子键盘，看一会屏幕显现的文字，或不满地扭扭嘴角，或时而微微一笑。有时候边想边慢悠悠一个一个击键，有时候则如钢琴手弹奏李斯特练习曲一般指下有疾风骤雨。这样子他好像就一边同电脑进行无声的对话，一边透过画面眺望另一世界的风光，而那对于肉桂是温馨而重要的景致。我不能不觉得他真正的现实恐怕不在这个地上世界而存在于那地下迷宫之中，或许在那个世界里肉桂才以光朗朗的语声慷慨陈词，才大声痛哭开怀大笑。

“从我这边不能访问你那里的电脑吗？”我问，“那样岂不就用不着密码了？”

“那不成。那样即使您那边的信息传到这里，这里也还是没有办法把信息送过去。关键在于**开机**密码。密码不解开就束手无策。无论用怎样的甜言蜜语，也不会给狼开门的。哪怕你敲门说‘你好啊我是你的朋友小白兔’，没暗号也还是毫不客气地给你吃闭门羹。钢铁处女。”

牛河在电话另一端擦火柴点燃香烟。眼前于是浮现出他黄乎乎的里出外进的门牙和松松垮垮的嘴角。

“密码是三个字：或是英文字母或是数字或是二者的组合。指示语出来后须在十秒钟内输入密码。若连错三次就要关机，警报响起。说是警报其实也并非‘嘀嘀’响声大作，而是一看足迹即可知晓有狼来过那样的玩意儿。怎么样，巧妙至极吧？实际依序组合计算起来固然可以明白，问题是二十六个字母和十个数字相互组合的可能性几乎是无穷无尽的，不知道的人只能干瞪眼睛。”

我就此沉吟良久。

“喂，琢磨出来没有啊，冈田先生？”

* * *

第二天下午，客人乘肉桂开的“奔驰”回去之后，我走进肉桂的小房间，坐在桌前打开电脑。显示屏上推出蓝幽幽的冷光，旋即列出两行字来：

> 本电脑操作需要密码，
> 请在十秒内正确输入。

我打入事先准备好的三个英文字母：

> zoo

画面不开，警告声响起：

> 密码非登录密码，
> 请在十秒内再次正确输入。

画面上开始读秒。我将字母换成大写，按原来顺序再次打入。

ZOO

然而反应仍是否定的：

密码非登录密码。
请在十秒内再次正确输入，
若密码仍不正确，
访问系统将自动关闭。

读秒开始。十秒。我试着将第一个字母Z变成大写，其余两个O变成小写。此乃最后一着。

Zoo

随即响起惬意的回声：

所输密码正确，
请从下列菜单中选择。

继而画面闪出。我从肺腑中缓缓嘘出一口气，之后调整呼吸，将指示箭头依序划过一长列菜单，选在“线路通讯”上，画面无声地推出通讯菜单。

请从下列菜单中选择通讯方式。

我选定“相互通讯”。

相互通讯的接收功能部分需要密码，
请在十秒内正确输入。

想必是肉桂一道重要的封锁线。为阻止手段高超的黑客，只能在入口处严加设防。既是重要防线，所用密码也必然非同一般。我叩击键盘：

SUB

画面未开。

密码非登录密码，
请在十秒内正确输入。

开始读秒：十、九、八……我使用刚才的顺序，以大写开始，小写继之。

Sub

惬意之声响起：

所输密码正确，
请输入线路编码。

我抱臂盯视画面。不坏。我已连续打开了肉桂迷宫的两扇门。实在不坏。动物园与潜水艇。接下去我按下“取消访问”指令，画面返回初始菜单，操作完毕。而当我叩键令其暂时中止时，画面浮出几行字来：

> 若无其他指令，
> 本次操作程序
> 将自动记入外存储器。
> 若无此必要，
> 请选用“不储存”指令。

我按牛河意见，选择了“不储存”。

> 本次操作程序不记入外存储器。

画面静静逝去。我用手指抹了把额上的汗，将键盘和鼠标小心放回原来位置(甚至两厘米都不可偏离)，离开已经变冷的显示屏。

21　肉豆蔻的话

赤坂肉豆蔻花了好几个月时间向我讲述她的身世阅历。故事长得看不到尽头，且充满无数岔路，所以我在这里只能极为简短地(其实也不很短)介绍一下梗概。至于能否准确传达实质，老实说我也没有信心，但至少可以表述她人生各个阶段所发生事件的主要脉络。

赤坂肉豆蔻和母亲作为财产只带着随身的宝石，从满洲撤回日本，寄居在横滨的母亲娘家。娘家主要从事对台湾的贸易，战前还算财大气粗，但旷日持久的战争使之失去了大多贸易伙伴。执掌一切的父亲因心脏病去世，协助父亲的次子在即将停战时死于空袭。当教师的长兄于是辞职接替父亲，但其性格原本就不适合做生意，未能振兴家业。偌大的宅院自是剩下了，但在物资匮乏的战后，寄人篱下的生活不那么令人好受。母女两个总是缩手缩脚大气不敢出，饭比别人吃得少，早上比谁都起得早，主动干家务杂活。少女时代的肉豆蔻，所有穿着——从手套、袜子到内衣——没有一件不是捡表姐妹穿过的，就连铅笔也到处拾别人用短扔掉的。早晨醒来都是一种痛苦，想到又一个新的一天开始了，心里便一阵作痛。她想哪怕再穷也好，只要能跟母亲无所顾忌地单独生活该有多妙啊！然而母亲无意从那里离开。“母亲过去是个活泼开朗的人，但从满洲回来简直成了空壳。肯定是生命力消失在哪里了。”肉豆蔻说道。母亲再不能做什么，只是向女儿反复讲述愉快的往事。这样，肉豆蔻不得不设法掌握独自谋生的才能。

她并不讨厌学习，但对高中一般科目几乎提不起兴致。她无论如何都不认为灌满一脑袋历史年号英文语法几何公式之类于自己有什么用处。肉豆蔻只想尽快掌握一门实际技能以便早日自立。她与那些欢度高中生活的同学们实在相距太远了。

事实上，当时她脑袋里装的唯有时装，朝朝暮暮无时不在思考时装。当然实际上她没有赶时髦的余地，只是不厌其烦地翻看从哪里弄到的时装杂志，依样画些素描，或者在练习本上永无休止地描绘浮上脑海的衫裙。她自己也不明白何以对服装这般如醉如痴。也许是因为在满洲时不时摆弄母亲的西式套装的缘故，肉豆蔻说。母亲衣服多也喜欢衣服，西服和服多得箱子几乎装不下，少女时代的肉豆蔻每有时间就拉出来又看又摸。但临回国时衣服不得不大半扔在那里，而腾出背囊位置来一个个塞进食物带走。母亲每每展开下次要卖掉的衣服叹息不已。

肉豆蔻说："对于我，服装设计是通向另一世界的一扇秘门。打开那扇小门，里面就是为我一个人准备的广阔天地。在这里，想象就是一切。只需把自己要想象的东西顽强地神奇地想象出来，你就可以因此远离现实。最使我高兴的是它不用花钱。想象一分钱也不用花，岂不好极了？在脑海中描绘花枝招展的服装并把它移到纸上，不但使我远离现实耽于梦想，而且成了我人生必不可少的内容，如同呼吸一样当然而自然。因此，我想大概任何人多多少少都是这样做的。而当我明白其他人一来不怎么做二来想做也做不好的时候，我便这样想道：我在某种意义上与别人不同，所以只能选择与别人不同的人生道路。"

肉豆蔻从高中退学，转入西服裁缝学校，为筹措学费央求母亲从所剩无几的宝石中卖掉了一个。她在那里从裁缝到设计学了两年实际技术，裁缝学校毕业出来，租了间宿舍开始一个人独立生活，一边打工缝缝织织，晚间又当女侍，一边到服装设计专门学校学习。毕业之后，进入一家高级妇女时装公司工作，如愿以偿地被分配到设计部门。

她无疑具有独创才能，不仅形象图画得出色，看法想法也独辟蹊径。肉豆蔻脑袋里装有想做什么的明晰图像，而且不是对他人的效仿，而是自己心中自然浮现出来的。她能够像大马哈鱼溯流而上直至大河源头那样无穷无尽地追索图像的细部。肉豆蔻废寝忘食地工作着。她以工作为乐，脑袋里只有早日成为合格服装设计师的念头。她不想到外边玩，如何玩也不知道。

不久，肉豆蔻的工作得到上司的承认，其流畅奔放的设计线条赢得了上司的赏识。几番见习过后，她被委任独立负责一个小部门的工作，这在公司内可谓破例提拔。

肉豆蔻的工作实绩逐年稳步进展。后来不仅公司内部，外面不少同行也开始对其才华和精力流露出兴趣。服装设计这个世界既是封闭的，在某一方面又是公平竞争的社会。自己设计的服装拉到多少订单，就无可辩驳地显示出设计师的实力。具体数字一出，胜负一目了然。非她有意同别人竞争，但实绩说明一切。

肉豆蔻一直埋头工作到二十五六岁，那期间她同很多人相识，有几个男子对她表示过好感，而她同他们的关系却浅尝辄止。她无论如何都无法对血肉之躯的人怀有很深的兴趣。肉豆蔻脑袋里满满装着服装图像，较之实实在在的人，她觉得服装设计图更为有血有肉活龙活现。

但二十七岁时，在服装界新年晚会上认识了一个相貌奇特的男子。男子脸形虽还端庄，但头发乱蓬蓬的，下颏和鼻端尖如石器，看上去与其说是妇女服装设计师，更像是个狂热的宗教活动家。比肉豆蔻小一岁，瘦如钢筋，眼睛深邃无底，富有挑衅性的视线存心让人不舒服似的到处扫描，然而肉豆蔻从那眸子中发现了自身的投影。对方当时只是尚不出名的服装设计新手，两人见面也是第一次。当然其传闻肉豆蔻是听到过的：有特异才能，但傲慢自私动辄吵架，几乎无人喜欢。

“我们两个算是同类，都是大陆出生，他也是战后只身一人坐船从朝鲜撤回来的。他父亲是职业军人，战后过了一段相当贫苦的日子。小时候母亲得伤寒死了，因此他也才开始对妇女服装感兴趣。才华是有，但为人处世简直笨拙得无以复加。自己是搞妇女服装设计的，却一到女人面前就脸红，举止粗鲁。就是说，我俩双双都像是失群的动物。”

第二年两人结婚了。那是一九六三年的事，转年（东京奥林匹克那年）春生的孩子就是肉桂。**名字是叫肉桂吧**？大概？肉桂一出生，肉豆蔻就把母亲接来照看孩子。她从早拼命干到晚，没时间照料幼小的孩子，所以肉桂几乎是外祖母一手带大的。

至于是否真的把丈夫作为男性来爱，肉豆蔻并不清楚。她不具有做此判断的价值基准，丈夫那方面也是如此。将两人结合在一起的是偶然邂逅，是对于服装设计的共同热情。尽管如此，结婚头十年对双方都可谓硕果累累。两人一结婚便同时离开所在的公司，独立开了一间服装设计事务所。那是青山大道后街一栋小楼里朝西的小房间，通风不好，又没空调机，夏天汗出得手里铅笔直打滑。无须说，工作一开始并不顺利。两人都令人吃惊地缺乏实际能力，或轻易落入不良对手的圈套，或因不知道服装界惯例而拿不到定单，抑或犯下无可设想的简单错误，事业无论如何也走不上正轨，险些落到负债夜逃的地步。突破口是肉豆蔻由于偶然的机会找到一位高度欣赏两人才华并发誓效忠的精明强干的经理。此后公司俨然证明以前的挫折纯属子虚乌有似的蒸蒸日上。销售额逐年倍增，两人白手起家的公司在一九七〇年取得了堪称奇迹的辉煌成功，就连不谙世事自视甚高的他们本身也始料未及。两人增加职员人数，迁入主要大街的大写字楼，在银座、青山和新宿开了直销店，首创的名牌得到舆论界广泛报道，广为世人知晓。

随着公司的发展壮大，两人分担的工作性质也发生了变化。服装设计虽说是一种创作行为，但与雕刻与写小说不同，它同时也是涉及很多人利益的商业行为——不是说只消关起门来一个人鼓捣自己喜欢的东西即可，而需要有人出头露面。商业的贸易额越大，这种必要性越是迫切。必须有人到晚会和服装表演会上寒暄致词或闲聊，有时还要接受舆论界采访。肉豆蔻完全无意扮演这样的角色，结果由丈夫走上前台。而丈夫也和肉豆蔻同样不擅长交际，起初甚为痛苦。面对陌生人他无法谈笑自如，每次回来都筋疲力尽。但大约持续半年之后，他突然发觉自己对出面讲话也不似以前那般不堪忍受了，笨嘴笨舌虽一如从前，但与年轻时相反，他的这种生硬与木讷竟似乎成了吸引人的魅力。人们没有将他冷若冰霜的应答(尽管那出自他天生的内向性格)视为不谙世事的傲慢，而作为别具一格的艺术气质接受下来。为时不久，他甚至开始对自己所处立场自得其乐起来。如此一来二去，他竟被誉为一个时代的文化精英。

"你恐怕也听到过他的名字。"肉豆蔻说，"但实际上当时设计工作的三分之二都是我一个人做的。他大胆而有独创性的构思已作为商品步入正轨，他已经淋漓尽致地发挥了他的构思，而使其展开、扩大和成形是我的任务。公司规模扩大以后我们也没有从外面请设计师。当帮手的人固然增加了，但关键部分只我们自己干。这里边绝没有什么等级意识，我们想做的只是我们心目中的服装。什么市场调查呀成本计算呀会议呀，一律不屑一顾。

如果想做这样的衣服，就直接设计成样，最大限度利用优质布料，投入时间精心制作。别的厂家用两道工序做的地方我们用四道，别的厂家用三米布料做成的地方我们用四米。检查一丝不苟，不中意的绝不出手。卖剩下全部扔掉，不搞减价处理。当然价格也高一些。最初同行们都不以为然，认为不可能成功。但最终我们的服装成了一个时代的象征之一，就像彼得·马科斯的画、**伍德斯托克**①、《逍遥骑士》②这类东西一样。那时设计服装实在叫人心花怒放，再大胆的设计都不在话下，都有顾客跟上来，简直就像脊背生出大大的翅膀，任凭哪里都可自由飞去。”

但从事业进入顺境时开始，肉豆蔻和丈夫的关系就逐渐疏远了，一起工作时她也不时觉得丈夫的心似乎在别处晃晃悠悠地游转。往日亮闪闪如饥似渴的光已从丈夫眼睛中失去，一不如意便顺手扔东西的暴烈脾性也已几乎不再形诸于色，而若有所思怅然远望的时候多了起来。两人在工作场所以外几乎不再说话，丈夫夜不归宿也已不鲜见。肉豆蔻隐约知道丈夫有几个交往中的女人，但她没怎么受伤害——两人已长期没有肉体关系（主要因为肉豆蔻感觉不到性欲），丈夫另找情人亦属情有可原。

丈夫被杀是在一九七五年末。那时肉豆蔻四十岁，儿子肉桂十一岁。他在赤坂一家宾馆房间里被人用刀刺死。上午十一时女工用万能钥匙开门进来打扫房间时发现了尸体。浴室里洪水泛滥一般到处是血。身体里所有的血一滴不剩地流了出来，另外心

---

① Woodstock：纽约东部一个小村庄，一九六九年八月十六日在此举行了有三十人参加演出的大型流行音乐演奏会。

② 《EASY RIDER》，美国电影，意为“飙车手”，一九六九年上映。该片表现两个年轻人骑摩托车横穿美国大陆的流浪生活，开拓了美国新电影之路。

脏、胃、肝、两个肾、胰脏都已不在体内。看样子是凶手把这些内脏割下装进塑料袋或什么袋子拿去了哪里。脑袋从身体上割下来，脸朝上放在马桶盖上，面部也已被刀割损。看来犯人是先割头毁面再回收五脏六腑的。

切除人的内脏需要锋利的刀具和相当高的专业技术，起码肋骨要用锯锯断几根，既花时间，又弄得到处是血。何苦费这番麻烦呢，令人费解。

宾馆服务台人员记得他是头天夜里十点左右领一女子办的住宿手续，房间在十二层。但正值年末忙的时候，只知对方是个三十岁上下的漂亮女子，身穿红色风衣，个头不太高，仅此而已。但那女子只带了一个小钱夹。床上有性行为痕迹。从床单上回收的阴毛和精液是他的，房间里留下很多指纹，多得没办法搜查。他带来的小皮包里，仅装有用来替换的内衣、化妆品、一本杂志和一个夹有工作文件的纸夹。钱夹中十万多元现金和信用卡一起剩了下来，但应该带在身上的手册没找到。房间里没有打斗的痕迹。

警察调查了他的交际范围，未能发现同宾馆服务台人员所说特征相符的女性。名录中有三四个女性，但据警察调查，都不存在怨恨或嫉妒情节，而且均有不在现场的证明。而时装界纵令有人对他不怀好感(当然有几个，没有人会以为那里是充满温馨友爱气氛的世界)，但也不至于对他怀有杀意。至于具有用刃器剜出六个内脏的特殊技术之人，就更加难以设想了。

由于是世所闻名的服装设计师，案件被报纸杂志广为报道，甚至成了不大不小的丑闻。但警察讨厌案件被作为猎奇性杀人案弄得沸沸扬扬，遂以种种技术原因为由未公布内脏被人剜走这一点。还有传闻说是不愿声誉受损的那家名牌宾馆打通关节施加了压力。结果只发表说他在宾馆一室被人用刃器刺杀。其中“有所异常”的风言风语固然是有的，但最终都不了了之。警察大规模搜查过，可到底没抓住罪犯，甚至杀人动机都不得而知。

“那房间现在还钉得严严实实呢！”

丈夫遇害的翌年春天，肉豆蔻将公司连同直销店和库存和名牌商标一并卖给了一家大型服饰厂。负责出售的律师拿来文件时，她几乎未加细看就默默盖了印章。

公司脱手后，肉豆蔻发觉自己对服装设计的热情已荡然无存。以往曾与生存同义的那无可抑止的欲望水脉居然唐突而彻底地归于干涸。偶尔受人之托也接受过服装设计，并且也能作为一流行家做得得心应手，但从中已感觉不到喜悦，味同嚼蜡，就好像**他们**连她的内脏也一古脑儿剜走了。知道她往日精力和别开生面的设计才华的人记忆中将其视为传奇性人物，这些人虽然仍在求她设计，但她除百般推辞不掉的以外一概不予接受。她听从税务代理专家的忠告，将出售公司的钱转买股票和搞不动产投资，由于景气，资产逐年膨胀。

公司脱手后不久，母亲因心脏病死了。八月里一个大热天，母亲正在门口洒水，突然说一声“心难受”便躺在褥子上发出极大的鼾声而再未醒来，于是只剩得肉豆蔻肉桂两人。此后一年多肉豆蔻几乎足不出户，一直关在家里。她像要一举捞回迄今人生中未曾得到的平静和安详似的，日复一日坐在沙发上眼望庭院，饭也不正经吃，一天睡十个小时。按理已到上初中年龄的肉桂代母亲料理家务，家务之余弹莫扎特和海顿的奏鸣曲，学会了几门外语。

如此度过了近乎空白的安静的一年之后，一个极偶然的机会使她得知自己具备了**某种特殊的能力**。那是她完全陌生的奇妙能力。肉豆蔻推想那大约是代替其对服装设计的汹涌激情而在自己体内萌生出来的。实际上那也成了肉豆蔻取代服装设计的一项新职业，尽管不是她主动寻求的。

那起因在于一位大百货商店老板的夫人。夫人年轻时当过歌剧歌手，聪颖而充满活力。她在肉豆蔻成名之前即已注意到其作为服装设计师的才华，给过不少关照，倘若没她的支援，公司很可能早已破产。由于这样的关系，肉豆蔻决定为夫人独生女的婚礼而给母女两人挑选衣裳搭配服饰首饰。这并非特别难的工作。

不料在边等试缝边同肉豆蔻闲聊的时间里，夫人突如其来地双手抱头，踉踉跄跄蹲在地板上。肉豆蔻愕然地抱住她的身体，用手摩挲她右侧的太阳穴。肉豆蔻不假思索反射性地感觉出那里有什么存在。她手心可以感到其形状和感触，恰如从口袋外面触摸里面的物体。

由于不知所措，肉豆蔻闭目考虑别的事情。她想到新京的动物园。休园日空无一人的动物园，唯独她作为主任兽医的女儿被特许进入。对肉豆蔻来说那恐怕是她以往人生中最幸福的时光，在那里她得到呵护得到关怀得到许诺。这是最初浮上脑际的图像。无人的动物园。肉豆蔻逐一浮想起那里的气味、光的亮丽、空中云絮的形状。她一个人从一个兽栏走去另一个兽栏。时值金秋，天高气爽，满洲的鸟们成群结队从这片树林飞向那片树林。那是她本来的世界，又是在多种意义上永远失却的世界。不知经过多长时间，夫人开始慢慢站起，向肉豆蔻道歉，虽仍未恢复常态，但剧烈的头痛似已过去。几天后，肉豆蔻作为工作酬金收到一笔意想不到的款额，她很感吃惊。

此事大约过去一个月的时候，商店老板夫人打电话邀她一起吃午饭。饭后夫人把肉豆蔻领到自己家里，说有事要确认，求她再摸一次自己脑袋。也没理由拒绝，肉豆蔻便照做了。她坐在夫人身旁，手心轻轻贴在夫人太阳穴，她重新在那里感觉到了什么。她聚精会神试图摸出其具体形状，然而她刚一集中精神，那个什么便一扭身迅速改变了形状。**它是活的**。肉豆蔻多少有点惶恐。她闭起眼睛想新京的动物园。这没有什么难的，只要想起即可，想起她曾为肉桂讲过的故事及其光景即可。她的意识离开肉体，在记忆与故事之间的狭窄地带彷徨，之后返回。注意到时，夫人正拉着她的手致谢。肉豆蔻什么也没问，夫人什么也没说。肉豆蔻一如上次略有疲劳，额头微微出汗。告辞时夫人说特意请她来一次，又递过一个酬金信封，但肉豆蔻郑重地谢绝了，说这次不是工作，况且上次已拿得够多的了。夫人也没勉强。

几个星期后，夫人引见了另一个女士。女士四十有余，身材不高，眼睛深陷而目光敏锐。衣着很高档，但除一枚银结婚戒指外别无饰物，凭气氛不难明白来人不是普通身份。商店老板夫人事先对肉豆蔻耳语道："那个人希望你像给我做过的那样给她做做，别拒绝。酬金只管默默收下，因为从长远看来无论对你还是对**我们**都是必要的。"

她和那女士单独留在里面的房间，她同样用手心按在对方太阳穴上。那里有别的**什么**，比商店老板夫人的要明显，动得也快。肉豆蔻闭目凝息，不让它动。她更加全神贯注，更加真切地追踪记忆。她进入其细褶之中，向那个**什么**输送自己记忆的余温。

"这么着，我不知不觉做上了这项工作。"肉豆蔻说。她知道自己已被卷入一股巨流之中。不久，长大的肉桂开始给她帮忙。

22 上吊宅院之谜（其二）

《世田谷“名胜”——

上吊宅院的出入者》

——政治家身影时隐时现，隐身物之巧令人叫绝，是何秘密隐藏其间？

——《× ×周刊》

12 月 21 日号

12 月 7 日号已有过介绍，世田谷幽静的住宅地段有一座被私下称为“上吊宅院”的住宅。其中住过的人们最终无不不约而同地遭遇不幸自绝身亡，且大多选用自缢方式。

（中略——上次报道梗概从略）

迄今为止的调查已澄清了这样一个——只此一个——事实：即每当即将探明“上吊宅院”新主人真相之际，必然迎头碰上铜墙铁壁，无论通过任何途径。找到承担宅院施工的建筑公司却被一口拒绝采访，而购置地皮的挂名公司在法律上绝对无懈可击，全无文章可做。一切都被处理得巧妙至极无机可乘，个中奥秘只能推测而已。

另一点引人注意的，是在购买该地皮的挂名公司成立时助以一臂之力的会计事务所。此事务所实际上是作为一家政界闻名的会计事务所的“承包”机构于五年前成立的。也就是说，其作用在于发挥主管事务所的阴面功能。那家“会计事务所”拥有几个这样的“承包”机构，分别根据不同目的各尽其用，一旦风吹草动，即如蜥蜴尾巴似的被一刀斩断。此“会计事务所”虽然尚未受到过检察厅的直接盘查，“但不止一次涉嫌数起政治收受贿赂案件，自然受到当局注意”（某报社政治记者语）。这样一来，难免有人从此会计事务所插手这条线索猜测“上吊宅院”的新入居者同权威政治家之间可能有某种关系。以此观之，那高高的围墙，那利用最新电子设备的严密警备，那租借的黑色“奔驰”，那巧为呼应的挂名公司……凡此种种不同凡响的表现无不实实在在地向我们暗示其中有政治家的介入。

令人惊叹的彻底保密

对已经查明的几项事实怀有兴趣的采访小组调查了出入“上吊宅院”的“奔驰”情况。记录表明，十天时间里“奔驰”总出入次数为二十一次，等于每天约两次从大门出来进去。有若干规律性：早上九点钻进门去，十点半开出。司机极为准时，两次误差不出五分。但较之早上的出入，此外时间则没有规律。其中多数集中在下午一时到三时之间，车来时间和离开时间各所不一。有时开进不到二十分钟便离开，有时则滞留一小时之久。

据以上事实不妨做以下推测：

（1）早上规律性出入——这意味着有人来此“上班”。由于车体四面均为隐形玻璃，无法窥看里面，不知晓“上班者”真相。

（2）午后非规律性出入——这大约意味着有来客。往来时间的不统一恐怕是“客人”情况所使然。至于客人是单人还是多人则不得而知。

（3）晚间似乎没有活动。宅院有没有人不清楚，灯光的有无也无法从墙外看见。

另外一点得以明白的是：十天调查时间里出入院门的，仅仅是同一辆涂着黑漆的“奔驰”，别无另一辆车、另一个人通过院门。就一般常识而言这是相当不自然的。住在院内的“某人”既不外出购物，又不外出散步。人们只乘坐落着晕色车窗玻璃的大型“奔驰”来到这里，离去时亦是如此。换言之，**他们因某种缘故而决定绝不对外亮相**。其缘故是什么呢？他们为什么如此不厌其烦不惜开销地把事情弄到这般彻底保密的地步呢？

补充一点，宅院的出入口只正大门一个。宅院后面有条狭窄的胡同，但是条死胡同——除非翻过某户住宅的院墙，否则既进不来又出不得。问附近居民，也说无人走此胡同。大概由此之故，此宅院亦无通此胡同的后门，唯见围墙高耸，坚似城墙。

十天时间里有报纸导购员或商品推销员模样的人按了几次门上的呼应器，然而完全没有回音，门当然也未打开过。纵使里面有人，想必也在通过监视摄影枪观察来访者，没必要便不予理睬。没有邮件送交，没有速递公司送货上门。

这样，唯一剩下的调查手段便只有跟踪“奔驰”以弄清其去向。“奔驰”闪闪发光且车速徐缓，跟踪本身并不难办，但这也只是跟至一家一流宾馆地下停车场时为止。停车场入口站有穿制服的保安员，无专用通行卡无法入内，我们的车至此再前进不得。这家宾馆常有国际会议召开，因而多有要人下榻。访日明星亦常住此处。作为一座所需安全措施和隐私保护措施，另设了VIP专用停车位以区别于一般住宿客人用的停车场，所用数台电梯亦为独立专用，运行状态外人无从得知。就是说，在这里办理住宿手续和退房手续可以完全避人耳目。而这辆“奔驰”确保和利用的便是这样的VIP专用车位。对于本刊的询问，宾馆方面小心而简单地解释说：此类车位是在“平时”严格的身份调查的基础上以特别租金专门租给具有相应资格的法人的。关于使用条件及使用者等情况则不知其详。

这个宾馆里既有购物廊又有数间酒吧和餐厅，另有婚礼厅四个会议厅三个。这就是说，若非有特殊权限，在如此众多的非特定男女昼夜络绎不绝的场所调查乘坐“奔驰”之人的身份是不可能的。车上下来的人钻入眼前专用电梯，在适当楼层下来直接融入人群之中。不难明白其采用的是滴水不漏万无一失的保密系统，从中窥知的是金钱与权力的过度介入。据宾馆说明也可以想见 VIP 专用车位的租借利用实非轻而易举之事。所谓“严格的身份调查”想必有担负外国要人警卫任务的保安当局参与意见，需要政治门路，并不是说有钱即可，而同时又需大额租金自然无须赘述。

（后略——利用宅院的当是以权威政治家为后台的宗教组织的猜测从略）

23 世界上形形色色的水母、变形报废的人

我在指定时刻坐在肉桂的电脑前，用密码启动通讯程序。我把牛河告诉自己的号码输入画面。接通需五分钟。我喝了口准备好的咖啡，调整呼吸。咖啡索然无味，吸入的空气似有粗糙的颗粒。

片刻，线路接通，可进行相互通讯的指示语随着轻快的呼音浮出画面。随即我指定通讯费由收讯人支付，往下只要注意操作记录不留在外存储器，我即可以在肉桂不知晓的情况下使用电脑（信心固然没有。毕竟是**他的迷宫**，我不过是无能为力的外乡人）。

所需时间比预想的长。但画面终于浮现出对方已接受通讯费由收讯人支付的回答。这画面的另一侧、这在东京地下黑暗中蜿蜒伸展的线路的某处当有久美子存在，在那里她应该同样坐在电脑前，双手置于键盘。但我在这里实际目睹的只是“唧唧唧”发出轻微机音的监视屏。我选定发讯模式，打入已在头脑中反复拟就的语句：

>有一点要问，不是了不得的问题。我只是需要位于那里的人真正是你的证据。问：结婚前两人第一次外出我们去了水族馆。请告诉我你在那里看得最专注的东西。

我在画面上逐字排好，锁定发讯箭头（请告诉我你在那里看得最专注的东西⇦）。之后转为收讯状态。

回答在寂静的停顿后返回。答话很短：

>水母。世界上形形色色的水母⇦

我的提问及其回答上下并列于监视屏的画面上。我凝目注视两段文字。**世界上形形色色的水母**⇦。无疑是久美子。但彼处即是真正的久美子这一事实反而使我心里难受，就好像自己的五脏六腑被统统剜出抽空一样。**为什么我们只能用这种形式交谈呢**？然而此刻我除此别无选择。我敲击键盘。

>先从好消息开始。今年春天猫突然回来了。固然瘦了许多，但很精神，无一伤痕。那以后猫哪里也没去，一直待在家里。我擅自为它取了个新名——按理是必须同你商量的——青箭，青箭鱼的青箭。我和猫两个相处得很不错。这是好消息，或许⇦

间歇片刻。不知是通讯时间差的关系，还是久美子在沉默，我无法分辨。

>那只猫还活着真叫人高兴，一直担心来着⇦

我啜了口咖啡润润干渴的喉咙，继续敲击键盘。

>其次是坏消息。其实除去猫的回来，基本都像是坏消息。首先第一个：我仍未能解开各种各样的谜。

我在画面上书写。大致回览一遍继续下文：

谜之一：你现在在哪里呢？在那里干什么呢？为什么还要离开我？为什么不愿见我？理由何在？我们之间本来有很多事情需见面交谈！你不这样认为？⇦

她的回答需要时间。我在键盘前想象久美子咬着嘴唇沉思的神情。稍后，箭头在画面上开始随着她的手指迅速移动：

我要告诉你的，已全部写在寄给你的信中。我想请你最后明白的是这样一个事实：如今的我在多种意义上已不是你所了解的我。人是会由于很多原因发生变化的，在某种情况下会变形报废。我之所以不想见你，原因即在于此，不想回到你那里也是因为这个。

光标久久停在一点，一闪一灭地搜寻词语。十五秒、二十秒……我紧紧盯住光标，等待屏幕出现新的语句。**变形报废**？

可能的话，请你尽快把我忘掉才好，正式离婚，你开始新的人生，这对我们两人都是最佳选择。我如今在哪里以至做什么都是无足轻重的，最重要不过的事实是：我们两人已由于某种理由而业已分属不同的世界，且已无法返回原处。希望你知道，甚至这样和你通讯对我都是撕肝裂肺般痛苦的事，痛苦得无疑超出你的想象⇦

我反复阅读这段文字。字里行间充满着强烈得令人恻隐的自信，几乎不见拖泥带水的痕迹。大概这些话此前已在久美子脑袋里重复了不知多少次。但作为我，必须摇撼她这坚固的自信之壁，哪怕摇撼一点也好。我叩击键盘。

＞你说得有点抽象费解。你的所谓“报废”具体指什么呢？意味着什么呢？我很难理解。西红柿报废，雨伞报废……这个自然明白，无非是说西红柿烂了伞骨断了。但你“报废”是怎么回事呢？具体想象不出。你信上写道，你同除我以外的人发生了肉体关系，莫非这点使你“报废”了？这于我当然是个打击，但与使一个人“报废”多少有所不同⇦

长长的间歇。我有些不安，担心久美子就势消失去了哪里。但画面上终于出现了久美子的字：

这点是有的，但不止这点。

写到这里，又出现深深的沉默。她正在从抽屉里小心翼翼地挑选字眼。

这只是一个方面的表现。所谓“报废”，其上溯时间要更长。那是事先在某处一个极黑的房间里由某人的手单独决定下来的。但在同你结婚时，其中似乎出现了一种新的可能性，以为可以直接顺利地通往某个出口。然而那仍好像仅仅是个幻影。一切都是有标记的，所以那时我才千方百计想找回我们失踪的猫。

我长时间地注视画面上这段文字。但发讯终了的符号怎么等也未出现。我画面的通讯模式也依然呈收讯状态。久美子在思考下文。**所谓“报废”，其上溯时间要更长。**久美子究竟想向我传达什么呢？我把注意力集中于画面，但上面有着肉眼看不见的墙壁样的东西。画面再次有字排出：

可以的话，请你这样考虑：就是说我患了一种不治之症，我正慢慢向死亡靠近，四肢和脸正在分崩离析。当然这是比喻，并非四肢和脸真正如此。但这比喻是极其接近真实的。唯其这样我才不愿意出现在你面前。自然，以这种不确切的比喻，不可能使你理解我现在处境的一切。所以也不认为你会领悟。但抱歉的是，此时的我无法向你说得更多，只能请你这样全盘接受⇦

不治之症。
确认画面处于发讯状态后，我开始敲击键盘。

＞如果你希望我接受那个比喻，全盘接受也未尝不可。可是我有一点无论如何不能理解。就算如你所说你“报废”了，就算你得了“不治之症”，那为什么偏偏非得去绵谷升那里不可呢？为什么不留下来和我在一起呢？我们不是为此结婚的吗？⇦

沉默。仿佛可以托在手上确认重量和硬度的沉默。我在桌上叉起双手，缓缓地深呼吸。回答返回：

＞我之所以在这里，是因为这里适合我，无论我愿意与否。这里是我必须在的场所。我没有任何选择的权利，即便我想见你也无法如愿。你以为我不想见你不愿意见你吗？

屏息敛气般的空白。俄顷，她的手指开始移动：

所以我才希望你别再为此让我痛苦。如果你能为我做什么的话，那就是尽早尽快将我这一存在忘掉，将我们两人朝夕相处的岁月权当其不存在逐出记忆，而这归根结蒂将带来对我们双方都是最好的结果。对此我深信不疑⇦

我说道：

你叫我忘掉一切，叫我放开你不管。但与此同时，你又在这个世界的某处向我求助。尽管那声音很远很小，可我能在静静的夜晚听得一清二楚。那无疑是你的声音。不错，我想是有一个你在努力离我远去，你这样做想必有其一定的缘由；同时另一个你又在拼命朝我接近。对此我毫不怀疑。而作为我，不管你怎么说都不能不相信向我求助并力图朝我接近的那个你。无论你如何解释，也无论理由如何正当，我都不可能轻易将你忘记，不可能将我们共同生活的日日夜夜置之度外。因为那是我的人生过程中实际发生的事，将其一笔勾销根本无从谈起，因为那无异于将我自身一笔勾销。如要那样做，我必须知道所以那样做的理由⇦

一段空白时间。我从显示屏的画面上可以真切地感觉出她的沉默。它仿佛是高浓度的烟，从画面一角冒出，低回弥漫于房间。我十分熟悉这种久美子式的沉默，在共同生活中我不知多少次体验和目睹了这样的沉默。久美子此刻正屏住呼吸锁起眉头在画面前全神贯注。我伸手拿过杯子，呷了一口变冷的咖啡，而后手拿空咖啡杯和久美子一样凝神屏息逼视画面。沉默的纽带穿过两相分离的世界的墙壁，把我们联结在一起。我想我们比什么都相互需要对方，毫无疑问。

＞我不明白⇦

＞我明白。

我把咖啡杯放下，抓住时间时隐时现的秃尾巴飞速敲击键盘。

我明白。我正设法找到你的所在，找到“正在求助”的你所在的场所。遗憾的是我还不清楚怎样才能找到，不清楚那里等待我的到底是什么。你出走以后很长时间里，我好像一直被禁闭在伸手不见五指的黑暗中。然而我正在——尽管速度极慢——接近事物的核心，正在朝那场所走近，我想。这点我无论如何都想告诉你。我正朝那里走近，并准备继续走近⇦

我双手置于键盘，等她回答。

＞我真的不明白的。

久美子打出一行字来。通话就此为止。

再见⇦⇦⇦

画面告诉我对方已经离开。对话到此中断。但我仍然盯视着画面，等待变化的出现。或许久美子转念返回，也可能想起忘说的什么。然而久美子没有返回。等了二十分钟，我终于作罢。我将画面内容保存下来，起身走进厨房喝了杯冷水。一时间我将头脑排空，在冰箱前调整呼吸。周围静得出奇，似乎整个世界都在向我的思考侧起耳朵。但我什么也思考不成，什么都想不下去，实在惭愧。

我折回电脑前，坐在椅子上，将在蓝色画面上进行的对话从头至尾细细重读一遍。我说了什么，她说了什么。对此我怎么说的，她又怎么说的。我们的对话原封不动留在画面上。有的是那样生动，近乎不可思议的生动。我可以一边用眼睛扫视画面上排列的字，一边听取她的语声。我听得出她抑扬有致的音调和微妙的顿挫方式。光标在最后一行仍如心脏跳动一般有规则地一闪一灭，它在凝息静等下文，然而无以为继。

我把那上面的对话全部牢牢刻入脑海之后（我判断恐怕还是不印刷出来为好），点击按钮退出通讯模式，下指令给外存储器不留记录，确认操作别无疏漏，然后关掉电源。监视屏的画面随着一声呼音而白惨惨地归于寂灭。单调的机音隐没在房间的岑寂中，如被虚无之手拧下来的鲜活的梦。

不知道此后过了多长时间。意识到时，我正目不转睛盯视自己并放于桌面的手。我的双手有被长时间凝视过的痕迹。

所谓“报废”，其上溯时间要更长。

到底有多长呢？

24　数羊、位于圆圈中央的

牛河第一次来我家后数日，我托肉桂每天带报纸过来。差不多也该到接触外部世界现实的时候了，我想，即使再想回避，时机一到他们也要从那边不请自来。

肉桂点点头，从此每天早上将三种报纸带来宅院。

吃罢早餐，我浏览这些报纸。久未沾手的报纸很有点奇妙，看上去生疏疏空落落的。带有刺激性的油墨味儿令我脑袋作痛，黑乎乎的细体活字挑衅似的刺入我眼球。版式、标题、字体、文章格调无不给我以极度的非现实感。我好几次放下报纸，闭目叹息。以往应该不是这个样子，以往我也像普通人那样读报来着，到底报纸上的什么如此不同以往呢？不不，报纸大概没有任何不同，**不同的是我自己**。

但我还是读了一会。读报使我就绵谷升明确把握了一个事实，这就是他正在世间构筑其愈发稳固的地位。他一方面作为新当选的众议院议员积极开展政治活动，一方面在杂志上拥有专栏连载，在综合刊物上发表意见，在电视上作为定期解说员摇唇鼓舌。种种样样的场合我都不难见到他的名字。不知什么缘故，人们看上去越来越热衷于听他高谈阔论。尽管作为政治家他刚刚登台，但其名字已作为堪可寄予厚望的年轻政治家而广为人知。一家妇女杂志进行的政治家人缘投票中他竟跻身前列。他被视为富有行动力的知识分子，被视为以往政界未曾有过的新型智能政治家。

我请肉桂买来一份他所执笔的杂志。为了不给他以自己只注意某一特定人物的印象，还一起买了几种不相关的杂志。肉桂粗略地扫了一眼清单，若无其事地揣入上衣口袋，第二天把杂志和报纸一并放在餐桌上，而后边听古典音乐边整理房间。

我将绵谷升写的文章和有关他的报道从报纸杂志上剪下来归为一册。马上成了厚厚一册。我试图通过这些文章和报道接近“政治家”绵谷升这个崭新人物，试图忘掉迄今两人之间存在的很难称之为愉快的个人关系，摈除偏见而作为一个读者从零开始理解他。

然而要理解绵谷升其人的真实面目仍然是很困难的。平心而论，他笔下的东西哪一篇都不算坏，行文颇为流畅，条理也很清楚。有几篇还写得甚为出色。材料翔实且处理得当，结论之类也已提出，较之他过去写的专业书上那些诘屈聱牙的文字要地道好几倍，至少写得平明易懂，连我这等人也知其所以然了。尽管如此，我还是不能不蓦然觉出那看上去平易近人的文章背后仍伏有洞悉别人肺腑般的傲慢阴影。那潜在的恶意使我脊背掠过一道寒战，但这终究是因为我知道绵谷升实际是怎样一个人且其尖锐而冷漠的眼神和口吻浮现于眼前的缘故，一般人恐怕是很难从中读出其言外之意的，所以我尽可能不去考虑这点，而仅仅追逐其文章的脉络。

问题是无论我怎样仔细怎样公平地反复阅读，我都没有办法把握绵谷升这个政治家真正想说的东西。每一个论点每一项主张诚然地道合理，然而若要加以归纳弄清其意图到底何在，我便如坠云雾了。无论怎样拼接细部，也不见整体形象清晰浮出，全然不见。我推想这恐怕是因为他不具有明确的结论。不，他具有明确的结论，但隐藏起来了。他似乎只在于已有利的时候稍稍打开一点于已有利的门扇，从中跨出一步大声向人宣告什么，言毕即退回把门紧紧关上。

例如，他在刊载于某杂志的一篇文章中这样写道：当今世界经济发展方面存在的巨大地区差所带来的暴力式水压，是政治努力和人为力量永远无法抑制的，为期不远它势必给世界结构带来雪崩般的变化。

“而且，桶箍一旦如此除掉，世界必将呈现出漫无边际的〈混沌状态〉，往日存在的作为自明之物的世界共同精神语言（这里不妨暂且称为〈共同 Principle[①]〉）将陷于瘫痪或几近瘫痪，而由混沌状态向下一代〈共同 Principle〉过渡，其所需时间恐比人们预想的还要漫长。一言以蔽之，一场长得令人透不过气的深刻的危机性精神混沌即在我们眼前。自不待言，日本战后的政治社会结构和精神结构也将被迫进行根本变革，很多领域都将归为一张白纸，框架将大规模清洗而重新开始构筑——无论政治领域还是经济领域，抑或文化领域。这样，迄今为止被视为自明之物、任何人都不曾怀疑的事情，势必无所谓自明而在一夜之间失去其正当性，这当然也是日本这个国家洗心革面的良机。然而具有讽刺意味的是，尽管我们面临这千载良机，手里却没有堪可用作〈清洗〉指标的共同 Principle。我们有可能在致命的 Paradox[②] 面前茫然伫立——由于我们注意到这样一个简单事实即造成迫切需要共同 Principle 这一状况的，乃是共同 Principle 的丧失本身。”

论文相当冗长，扼要归纳起来大致如此。

“但是，现实中人的行动不可能没有任何指标。”绵谷升说道，“至少需要暂时的、假设的 Principle 模式。而日本这个国家现阶段所能提供的模式恐不外乎‘效率’。如果说长期以来不断

---

① 英语，意为原则、原理、规则、根本方针。

② 英语，意为似是而非的议论悖论。

给予共产主义体制以拦腰一击并导致其崩溃的是‘经济效率’，则我们在混乱时期将其视为实务性规范而敷衍于整体未必没有道理。试想，除了**如何才能提高效率**以外，我们日本人在整个战后难道创造过其他哲学或类似哲学的东西吗？诚然，效率性在方向性明确的时候是立竿见影的，而一旦方向性的明确度失去，效率性刹那间即会变得软弱无力，如同在大海正中遇险失去方向之时任凭有多少熟练得力的划船手也毫无意义一样。高效率地朝错误方向前进，比原地踏步还要糟糕。而规定正确的方向性的，只能是拥有高度职能的 Principle。可惜我们现在阙如，无可救药地阙如。”

绵谷升铺展的逻辑有一定的说服力和洞察力，对此我也不能不承认。问题是读了好几遍我还是弄不清楚绵谷升作为个人或作为政治家到底在寻求什么——**措施何在**？

绵谷升还在另一篇文章中谈及“满洲国”，这个我倒读得津津有味。文章说，帝国陆军在昭和初期便为设想中的对苏全面作战探讨过大量征调防寒军服的可能性。那以前陆军未曾经历过西伯利亚那样极端寒冷地带里的实际战斗，所以冬季防寒措施乃是亟待完善的一个方面。可以说部队几乎没有任何冬季作战准备以应付可能由边境纠纷引起的突发性大规模对苏战争(这并非没有可能)。为此，参谋本部设置了对苏战争可能性研究班，在兵站部门就严寒地带专用被服进行实质性研究。为了把握真正的严寒是怎么一种程度，他们实际跑到时值隆冬的萨哈林岛，在酷寒中使用实战部队试穿防寒靴、大衣和内衣，对于苏军现有装备以及拿破仑军队用于对俄作战的衣服进行了彻底研究，从而得出结论说：“陆军现有防寒装备不可能度过西伯利亚的冬季。”他们预计前线士兵将有大约三分之二因患冻伤而失去战斗力。陆军防寒被服的设想条件是多少温和些的中国北方的冬季，且绝对数量也不足。研究班暂且试算出有效装备十个师的防寒被服所需绵羊的只数（班上流行的玩笑是算羊只数算得睡觉工夫都没有了）及其加工所需设备的规模，提出了研究报告。

报告书中说，日本国内饲养的绵羊的只数显然无法保证日本在受到经济制裁或实质性封锁的情况下在北方打赢一场长期对苏战争。这样，满蒙地区稳定的羊毛（以及兔毛皮等）供给及其加工设备的确保便是必不可少的。为视察情况而于一九三二年前往成立不久的“满洲国”的，即是绵谷升的伯父。他的任务是估算“满洲国”内需多长时间才能实际保障如此数量的供给。他毕业于陆军大学，是专门搞 logistics（兵站学）的年轻技术官僚，这项任务是他接受的第一个重头任务。他将防寒被服问题看作现代兵站一个典型事例而详尽地做了数据分析。

绵谷升的伯父经熟人介绍在奉天见到了石原莞尔[①]，两人对饮了个通宵。石原强调围绕中国大陆难以避免同苏联全面开战，认为打赢战争的关键在于兵站的强化，即在于新生满洲的迅速工业化和确立自给自足经济。石原说得条理清晰而又热切感人。此外还说到日本农业移民在农牧畜业的组织化效率化方面的重要性。石原原本主张不应该将“满洲国”弄成如朝鲜和台湾那样的赤裸裸的日本殖民地，而应使其成为亚洲国家的新样板，但在认为“满洲国”终归乃是日本对苏以至对英美作战的兵站基地这点上却是十足的实用主义。他相信：现阶段拥有实施对西欧战争（即他所说的“最终战争”）的能力的国家亚洲唯独日本，因此其他国家有义务**协助**日本使自己从西欧诸国统治下解放出来。不管

① 日本陆军中将（1889—1949）。策划“九一八事变”，在伪“满洲国”的成立过程中起重要作用。

怎么说，在当时帝国陆军将校中石原是最为关心兵站问题且深有造诣的人物。一般军人总以为兵站本身是“女人气的”，而认为纵使装备不足也舍身勇敢作战才是陛下的军人之道，以可怜的装备和少量人员扑向强有力的对手并取得战果方是真正的武功，“以兵站跟随不上的快速”驱敌前进被视为一种荣誉。这在身为优秀技术官僚的绵谷升伯父看来纯属荒唐至极。没有兵站作后盾即开始持久战争无异于自杀行为。苏联由于斯大林的集约性经济五年计划而使军备得到飞跃发展进入现代化。长达五年的充满血腥的第一次世界大战使得旧世界的价值观土崩瓦解，机械化战争使欧洲各国的战略和后勤概念为之一变。作为驻外武官在柏林生活过两年的绵谷升伯父对此感同身受，然而大多数日本军人的认识水平，仍停留在陶醉于日俄战争胜利的当时。

绵谷升伯父在石原明晰的逻辑和世界观以至超凡的魅力面前大为折服。两人的亲密交往在伯父返回日本后仍未间断。后来石原从满洲回来转任舞鹤要塞司令，绵谷升伯父还去见了他好几次。他关于“满洲国”内绵羊饲养与加工设备情况的详细而中肯的报告，回国不久即提交给本部而受到高度评价，但不久由于一九三九年诺门坎事件中的惨败以及英美加强经济制裁，军部的目光逐渐转向南洋，对苏作战可能性研究班的活动于是不了了之。不过，诺门坎事件之所以秋初早早结束而没有发展成为大规模战争，研究班那份断言“以现有装备无法实施冬季对苏战斗”的报告是起了一定作用的。秋风吹起之后，注重面子的日军居然痛痛快快退出了战斗，通过外交谈判将不是很好的呼伦贝尔草原的一角让给了外蒙和苏军。

绵谷升讲述这段从已不在人世的伯父口里听来的逸闻之后，随即以兵站思想为依据从地势学角度就地域经济展开了论述。但我感兴趣的是绵谷升伯父曾是在陆军参谋本部工作过的技术官僚，曾与“满洲国”和诺门坎战役有过关系这一事实。停战后绵谷升伯父被麦克阿瑟占领军开除公职，在老家新潟度过一段隐居生活，不久开除令取消，他乘机步入政界，作为保守党人出任过两期参议院议员，之后转入众议院，其事务所墙上挂有石原莞尔写的字幅。至于绵谷升伯父是怎样一个议员以及作为政治家做过什么我自是不晓。当过一次大臣，在地方上似有很大的影响力，但终究未能成为国政一级的领导人。而如今，其政治地盘由绵谷升承袭下来了。

我合上剪报集放进抽屉，之后胳膊抱在脑后，怔怔地看着窗外的大门。大门即将朝内侧打开，放进肉桂驾驶的“奔驰”。他将像往常一样拉来“客人”。我和“客人”们由于这块痣联系在一起。我由于这块痣和肉桂的外祖父（肉豆蔻的父亲）联系在一起。肉桂的外祖父同间宫中尉因新京那座城市联系在一起。满蒙边境的特殊任务将间宫中尉和占卜师本田先生联系在一起。我和久美子通过绵谷升家介绍而同本田先生相识。而我和间宫中尉因井底联系在一起。间宫中尉的井在蒙古，我的井在这座住宅的院内。这里曾有中国派遣军的指挥官住过。这一切连成一个圆圈，位于圆圈中央的是战前的满洲，是中国大陆，是一九三九年的诺门坎战役。可是我和久美子何以被卷入这种历史因缘之中呢？我不得其解。那些全都是我和久美子出生以前的事啊！

我坐在肉桂的桌前，手指放在键盘上。我还记得自己同久美子通话时手指的感触。刚才我同久美子的电脑对话毫无疑问被绵谷升的电脑监控下来了，他想从中了解什么。他促成了我们两人的对话，当然并非出于关心。也有可能他们以通讯访问作为阶梯而企图从外部进入肉桂电脑窃取这里的秘密，但对此我不甚担忧。因为这电脑的奥秘即是肉桂其人的奥秘本身，而他们不可能洞悉肉桂这个人深不可测的奥秘。

我往牛河的事务所打电话。牛河在，当即拿起听筒。

“喃，冈田先生，真是太巧了！老实说，我刚刚出差回来十分钟，匆匆忙忙的。从羽田机场搭出租车飞奔回来的（说是飞奔，其实路上塞得一塌糊涂），擤把鼻涕的工夫都还没有，抓起文件就又要出去。出租车还在门前等着没动。噢，电话简直就像瞄准空当打来的。眼前‘丁零零’电话一响，我就自己问自己：喃，这么巧而又巧的人物到底是什么人呢？对了，特意给这不肖牛河来电话，可有何贵干？”

“今晚能用电脑和绵谷升通话吗？”我说。

“您是说先生？”牛河压低嗓门，变得谨慎起来。

“嗯。”

“不是电话，是使用电脑画面吧？像上次那样？”

“正是。”我说，“我想那样对双方都容易些，不至于拒绝吧？”

“蛮有把握嘛。”

“把握是没有，只是那么觉得。”

“那么觉得。”牛河低声重复一遍，“恕我冒昧，您的‘那么觉得’是经常准的吧？”

“难说。”我事不关己似的说。

牛河在电话另一端沉吟片刻，似乎是在脑袋里飞速计算什么。好兆头。不坏。让这小子哪怕沉默一会都非易事，纵令没有让地球倒转那般难。

“牛河先生，你在吗？”

“在在，当然在。”牛河慌忙开口，“像神社门前那对石雕狮子狗似的待在这里呢，哪里也没有一颠一颠地走动。下雨也好，猫叫也好，我都得老老实实在这守护香资箱。好的，明白了。”牛河恢复了平日的口吻，“可以。设法把先生稳稳扣住就是。不过今晚无论如何也不成。如果是明天，我可以用这颗脑袋瓜子打保票：明天夜间十点把坐垫摆在电脑跟前，让先生好好坐上去。这样如何？”

“明天也不碍事。”我略一停顿回答。

“那好，就由我这猴子牛河安排好了。反正我一年到头总像是忘年会干事那种角色。不过冈田先生，倒不是我哭哭啼啼抱怨什么，这样硬叫先生做点什么，可不是轻而易举的，同让新干线改停别的车站一样难。毕竟是大忙人嘛，又是上电视又是写稿件又是应付采访又是会见选民又是院内会议又是同某某人吃饭，活动几乎是以十分钟为单位安排的，每天都折腾得犹如搬家和衣服换季赶在了一起，比差劲儿的国务大臣还要繁忙。所以，事情不可能是这个样子：我一说‘先生明晚有电话“丁零零”响起您抽时间乖乖坐在电脑前等着’，对方便说‘呃，是吗，牛河君那太好了泡茶等着就是’。”

“他不至于拒绝。”我说。

“只是那样觉得？”

“不错。”

“那好那好，那比什么都好。您这鼓励委实令人心暖。”牛河不无兴奋地说道，“那么，就这样说定了，明晚十点恭候。老地方老办法，你我这黑话简直是一句歌词。密码千万别忘了。对不起，我这就得出去，出租车等着哩。抱歉抱歉，真的连擤鼻涕的工夫都没有。”

电话挂断。我把听筒放回电话机，手指重新搭在键盘上。我开始想象黑幽幽死掉的画面对面的东西。我很想再同久美子通一次话，但在此之前必须同绵谷升两人单独交谈。如下落不明的预言家加纳马耳他向我说的那样，生活中我不可能同绵谷升没有干系。如此说来，这以前她还向我讲过什么并非不吉利的预言没有呢？我试着回想。然而我已无法想起她说出口的一切。不知为什么，加纳马耳他好像已成为隔世之人。

25　信号变红、远处伸来的长手

翌日早上九点肉桂来“公馆”时，不是他一个人，助手席上坐着他母亲肉豆蔻。距最后一次出现在这里，肉豆蔻已有一个多月没来了。那次她也事先什么招呼没打，径自跟肉桂来到这里同我一起吃早餐，闲聊一个小时回去的。

肉桂把上衣挂上衣架，一边听亨德尔的合奏协奏曲（他已连听三天了），一边在厨房做红茶，给尚未吃早餐的母亲烤面包片。他烤的面包片简直像商品样品一样漂亮。随后肉桂一如往日地拾掇厨房，这时间里我和肉豆蔻隔着餐桌喝茶。她只吃了一片薄薄地涂了层黄油的面包。外面下着夹雪雨一样冷的雨。她不大开口，我也没有多说。只谈了几句天气。但肉豆蔻看上去是有什么想说，这从她的神情和口气中看得出来。肉豆蔻撕下一块邮票大小的面包片慢慢送到嘴里。我们不时觑一眼窗外的雨，如同看我们共同的老朋友。

肉桂收拾完厨房开始打扫房间时，肉豆蔻把我领去“试缝室”。“试缝室”装修得同其赤坂事务所里的一模一样，大小和形状也基本相同。窗口同样垂着双层窗帘，白天也一片昏暗。窗帘唯独打扫房间时由肉桂拉开十分钟。里面有皮沙发，茶几上有玻璃花瓶，瓶里有花，有高挑的落地灯。房间中央摆着一个大作业台，上边有剪刀、布头、木针线盒、铅笔、设计册（里面当真画有几幅形象图），以及其他叫不出名也不知作何用的专门工具。墙上一面硕大的穿衣镜，房间一角还有更衣用的屏风。来“公馆”访问的客人均被领来此处。

我不晓得母子两人何以在此另辟一个同那独特的“试缝室”毫无二致的房间，因为这座房子里无须那般伪装。也许他们(或客人们)看惯了赤坂事务所“试缝室”的光景而在室内装饰方面容不得此外的任何方案。反言之，提出“何以非试缝室不可”的疑问也未尝不可。但不管怎样，我个人是喜欢上了这个房间。这是“试缝室”不是别的房间，甚至对自己被林林总总的裁缝工具包围这点有一种奇妙的释然。尽管颇有非现实意味，但算不上很不自然。

肉豆蔻让我坐在沙发上，自己也在我身旁坐下。

“过得怎么样？”

“过得不坏。”我回答。

肉豆蔻身穿鲜绿色西装套裙。裙子短些，大大的六角扣犹如往昔的尼赫鲁制服一般一直系到喉部，肩部衬有卷形面包大小的垫肩。我想起过去看过的描绘未来图景的科幻电影，影片上的女性大多身穿这样的服装，在未来都市中生活。

肉豆蔻戴一对同套裙颜色完全相同的大塑料耳环。耳环暗绿色，绿得很别致，仿佛几种颜色搅和在一起，大约是为配这身套裙而专门定做的，也可能反过来为配耳环而定做了套裙，恰如为配合冰箱形状而使墙凹进去。这想法未必不好，我觉得。尽管下雨，她来这里也还是戴一副太阳镜，镜片似是绿色。长筒袜也是绿色的。今天或许是绿色日。

她像往常一样以一连串流畅的动作从手袋里掏出烟衔在嘴上，稍顷扭起嘴角，用打火机点燃。打火机不是绿色，是以往那个细细长长的很值钱似的金打火机，但那金色同绿色甚是谐调。随后肉豆蔻架起裹着绿色长筒袜的腿。她慎之又慎地审视自己的双膝，正一正裙摆，接着像打量自己膝盖延长部位似的看我的脸。

“过得不坏，”我重复道，“一如往常。”

肉豆蔻点下头：“不怎么疲劳？不想休息一下什么的？”

“谈不上有多疲劳。工作渐渐上手了，比以前轻松不少。”

肉豆蔻没再说什么。烟头冒出的烟犹如印度人的魔绳，呈一条直线节节上升，直到被天花板换气装置吸走。在我知道的范围内，这恐怕是世界上最为安静的高效换气装置。

“你怎么样？”我问。

“我？”

“我是说你不觉得累吗？”

肉豆蔻看我的脸，说：“样子显得累？”

从第一眼开始，她看上去就好像累。我如此一说，肉豆蔻短短地叹了口气。

“今早发售的周刊上又写这座宅院了，‘上吊宅院之谜’系列报道。啧啧，标题简直像鬼怪影片似的。”

“第二回？”我问。

“是啊，系列报道的第二回。”肉豆蔻说，“其实最近其他杂志也有过相关报道，幸好没什么人注意到其中关联，至少眼下。”

“那，可有什么新的被捅出来了，我们的事？”

她伸手把烟头小心碾灭在烟灰缸里。然后轻摇下头，一对绿耳环于是如早春蝴蝶般摇摇摆摆起来。

“倒没写什么大不了的事。”她略一停顿，“我们是谁，在这里干什么……这点还没人知道。杂志放这儿，有兴趣一会儿读一下。只是，有人在我耳边吹风，说你有个内兄什么的是有名的年轻政治家，这可是真的？”

“是真的，很遗憾。”我说，“我老婆的哥哥。”

“你不见了的太太的兄长？”她确认道。

"是的。"

"那位大舅子对我们这里的事没有抓到什么?"

"我每天来这里做什么事他是知道的,派人调查来着。好像对我的活动不大放心,但更多的应该还不清楚。"

肉豆蔻就我的回答思索良久,之后扬起脸问:"你不大喜欢那位大舅子吧?"

"确实不大喜欢。"

"而且他也不大喜欢你?"

"千真万确。"

"现在又对你在这里做的事有所担心,"肉豆蔻说,"这是为什么呢?"

"假如妹夫涉嫌莫名其妙的事,有可能发展成为他自身的丑闻。他是所谓正走红的人物,担心出现那样的事态怕也是理所当然的。"

"那么说,你那位大舅子不至于有意图地把这里的情况捅给舆论界,是吧?"

"坦率地说,我不清楚绵谷升想的是什么。但从常识分析,捅出去他也一无所得。可能的话,应该还是想避人耳目息事宁人吧。"

肉豆蔻一圈圈地转动指间的细长金打火机,转得颇像风弱日子的金色风车。

"那位大舅子的事为什么一直瞒着我们?"肉豆蔻问。

"不光是你,基本上我对谁也没提起过。"我答道,"一开始就和他别别扭扭,现在可以说是相互憎恶。非我隐瞒,只是我不认为有提他的必要。"

肉豆蔻这回长长地喟叹一声,"可你是应该提的啊!"

"或许是那样的。"我承认。

“我想你也猜到了，这里来客中有几个是政界财界方面的，而且是相当有势力的，此外便是各类名人。对这些人的隐私无论如何都要保护好，为此我们挖空了心思费尽了神经。看得出吧？”

我点点头。

“肉桂投入时间和精力，独自构筑了这套现有的保密系统。几家迷魂阵一样的挂名公司、账簿里三层外三层的伪装、赤坂那家宾馆秘而不露的停车场的确保、对顾客的严密防范、钱款出纳的管理、这座‘公馆’的设计——全都是从他脑袋里出来的，而且迄今为止这一系统几乎是毫厘不爽地按其计算运转的。当然，维持这一系统需要钱，但钱不成问题。关键是要给她们以安全感，使她们知道自己是万无一失的。”

“就是说现在有点危险了？”我说。

“很遗憾。”

肉豆蔻拿过香烟盒取出一支，但半天也不点火，只是挟在指间不动。

“不巧我又有这么一个有点名气的政治家大舅子，事情就更变得不够光彩了？”

“是的吧。”肉豆蔻略略扭下嘴角。

“那么，肉桂是怎样分析的呢？”我询问。

“他在沉默，沉默得像海里的大牡蛎。他潜入自身之中，紧紧关上门，在认真思考什么。”

肉豆蔻的一对眸子定定地注视我的眼睛，俄尔恍然大悟似的将烟点燃。

肉豆蔻说道：“如今我还常在想，想我被害的丈夫。那个人为什么要杀我的丈夫呢？为什么特意弄得满屋子是血，还把内脏掏出来带走呢？怎么都想不明白。我丈夫并不是非惨遭那种特殊杀法不可的人。

“也不单单是丈夫的死，我此前人生途中发生的几件无法解释的事——例如对于服装设计的澎湃激情在我身上涌起而又突然消失，肉桂变得全然开不得口，我被卷入这种奇妙的工作之中——都恐怕是为了把我领来这里而从一开始就严密而巧妙地安排好组织好的。这种念头无论如何都挥之不去，简直就像有一双远处伸来的长手——长得不得了的手在牢牢控制着自己，而我的人生只不过是为了让这些事物通过的一条便道而已，我觉得。”

隔壁低低地传来肉桂用吸尘器给地板吸尘的声响。他一如既往有条不紊一丝不苟地从事着这项作业。

“嗯？你就没有过这样的感觉？”肉豆蔻问我。

我说：“我不认为自己被卷入什么之中。我之所以在这里，是因为有必要在这里。”

“为了吹魔笛找到久美子？”

“是的。”

“你有追求的东西，”她缓缓地换了一条绿色长筒袜裹着的腿架起，“而一切都是需要代价的。”

我默然。

肉豆蔻终于端出结论：“一段时间这里不会再来客人了。肉桂这样判断的。由于周刊的报道和你那位大舅子的出现，信号已由黄变红。今天以后的预约昨天已全部取消。”

“**一段时间**究竟是多长时间呢？”

“直到肉桂修复好破绽百出的保密系统，危机彻底过去。对不起，我们是一点风险都不愿意冒的。肉桂照常来，但客人不来。”

肉桂和肉豆蔻出门时，早上开始下的雨已完全止息。停车场的水洼里有四五只麻雀在专注地清洗翅膀。肉桂驾驶的“奔驰”消失不见、电动门徐徐关上之后，我靠窗坐下，观望着树枝远处冬日阴沉沉的天空。蓦地，我想起肉豆蔻说的“远处伸来的长手”。我想象那只手从低垂的乌云中伸过来的情形——俨然画本小说里不吉利的插图。

26　损毁者、熟透的果实

晚间九点五十分，我在肉桂的电脑前坐定，打开电源，用密码逐个解除关卡，开启通讯系统。待十点一到，我把线路编码输入画面，提出通讯费由收讯人支付。几分钟后，画面传达对方业已应允。于是，我同绵谷升隔着电脑屏幕对谈。最后一次同他交谈是一年前的夏天，我和他在品川那家宾馆连同加纳马耳他见面谈了久美子的事，结果带着更深的相互憎恶不欢而散。那以后我们再未有过只言片语。那时他还没有成为政治家，我脸上也还没有痣，一切恍若隔世。

我首先选择发讯，如打网球发球之时。我静静调整呼吸，双手置于键盘。

> 听说你想让我从那座宅院抽身出来，地皮和建筑物可由你收买。若我同意这个条件，你可以促使久美子返回我这里。果真如此吗？

我按下表示发讯终了的⇦键。

回答须臾返回，画面迅速排出一行行字：

> 我想首先排除误解——久美子返不返回你那里并不取决于我，而终归取决于久美子自己的判断。通过前几天同久美子通话你也应该明白，久美子没有被监禁。我无非作为亲属为她提供落脚之处暂时保护其人身安全而已。所以我所能做的仅限于说服久

美子并提供和你通话的机会，实际上我也使用电脑线路促成了你和久美子的通话，我能具体做的舍此无他⇦

我将画面改为发讯：

> 我这方面的条件非常明白——倘若久美子回来，我即可以从我在那座宅院做的事情中彻底脱身。否则，将一直持续下去。仅此一个条件⇦

绵谷升的回答简洁明了：

> 再重复一遍，这不是交易。你不处于向我提出条件的立场，我们仅仅是就可能性互相磋商。如果你从那“公馆”抽身出来，我当然去说服久美子，但无法保证她一定回到你那里。因为久美子是具有独立人格的成年人，我不可能强制她做什么。但不管怎样，假如你继续在那里出出入入，不妨认为久美子将永远不会返回。这点非常明白，我可以保证⇦

我叩击键盘：

> 告诉你，根本用不着你保证。我完全知道你心里的算盘。你想让我从那宅院抽身，非常想。问题是我即便真那样做了，你也丝毫无意说服久美子，一开始你就没有放开久美子的打算。难道不是吗？⇦

回答当即传来：

> 你用你的脑袋想什么当然是你百分之百的自由。我无法阻止⇦

不错，我用我的脑袋想东西是我的自由。

我敲击键盘：

＞ 告诉你，我并非完全不处于向你提出条件的立场。对我实际在此干什么，你应该相当耿耿于怀。你不正在为此——为尚未弄得水落石出而坐立不安吗？⇦

绵谷升这回足足停了一会，似乎有意让我着急，让我知道他的临阵有余。

＞ 我想你相当误解了你的立场。说得更准确些，你对自己估计过高了。你在那里到底搞什么我固然不知道，也不很想知道。只是出于自己所处的社会立场，可能的话，不愿意在不清不浑无聊无谓的事件中蒙受池鱼之灾，故而我想在久美子事情上不妨尽一下自己的努力。但如果你对我的建议不屑一顾，作为我也问题不大，无非往后再不和你打交道，而由自己保护自己罢了。这恐怕是你我通话的最后机会，你和久美子通话也不会再有第二次。如果再无新的内容，差不多该到此为止了，我还要去见一个人⇦

不，话还没完。

＞ 话还没完。近来对久美子也说过，我正一步步接近事物的核心。这一年半来，我始终都在思索久美子为什么非得离家出走。在你当上政治家声名鹊起的时间里，我一直在幽静的暗处反复推察不止，追索各种可能性，筑构假设。如你所知，我脑袋并不灵活，但毕竟时间——唯独时间——多的是，足以考虑许多许多问题，并且有一天得出了这样的结论：久美子突然离家出走的背后，必定藏有我不知晓的重大秘密。只要不破译其潜在的真正原因，久美子就不会真正回到我身边，而打开那秘密的钥匙则牢牢掌握在你手里。去年夏天见你时我也说过同样的话，就是说我完全清楚你那副假面具下面的货色，只要我有意就可以把它暴露示众。坦率地说，那时几乎是虚张声势，并无根据，只是想动摇你罢了。然而那并没错。眼下我正在步步逼近你怀中物的真相，料想你也有所觉察。惟其如此，你才对我的所作所为放心不下，才准备出大钱整个收买那块地。如何，所言不对？⇦

轮到绵谷升说话了。我合拢十指，追逐画面上的字：

> 很难理解你的意思。看来我们是在用两种不同的语言说话。以前就已说过，久美子对你感到厌倦，因而找了个情人，结果离家出走了，并且希望离婚。过程诚然不幸，但也是常有之事，不料你却接二连三搬弄出许多奇妙的逻辑，徒然使事态混乱。这无论怎么看都是互相白耗时间。

一句话，从你手中收买那块地的事根本就不存在。那项提议——对不起——业已烟消云散。我想你也知道，今天发售的那份周刊又第二次登出了关于“公馆”的报道，看来那里已成为世人注目之地，时至如今已无法再染指那样的场所。而且据我掌握的情报，你在那里的名堂也即将寿终正寝。你大约在那里会见了若干信徒或顾客，给予他们什么，作为回报收取金钱。但他们再也不会到那里去了，因为接近那里已不无危险。而若没有人来，自然无钱进账。这样一来，你势必无法支付每月的债款，迟早关门大吉。我只消静等就是，就像等待熟透的果实从树枝上掉下地来，不是么？⇦

这回该我中顿了。我喝了口杯里的水，反复过目绵谷升送过来的文字，随后慢慢移动手指。

> 的确，我不晓得何时关门大吉，如你所言。但我提醒你，耗尽资金尚需数月时间，而只要有数月时间，我便可以做很多很多事，包括你意想不到的事。这回不是虚张声势。仅举一例：最近你没做不开心的梦吗？⇦

绵谷升的沉默如磁力一般从画面上传来。我打磨着感觉逼视电脑画面。我力图从中多少读取绵谷升感情的震颤，但不可能。俄顷，画面有字排出：

> 对不起，恫吓于我毫无作用，那种绕弯设套的无聊呓语，还是写在手册上好好留给你那些出手大方的顾客去好了！他们肯定听得冷汗淋漓献大钱于你——假如他们早晚还能回来的话。再和你说下去也是徒劳无益。差不多可以了，刚才也说过，我很忙⇦

我接道：

> 且慢，往下的话请你听仔细些，不是坏话，听也决不吃亏。听着：我可以使你从那梦中解放出来，原本你就是为此才出马交易的，不是吗？作为我，只要久美子回来即足矣。这是我提出的交换条件，不为苛刻吧？

我理解你企图将我一笔抹杀的心情，也理解你尽可能不同我做交易的想法。你用你的脑袋想什么百分之百是你的自由，我无法阻止。不错，在你眼里我这一存在几近于零，然而不幸的是，我并非彻头彻尾的零。你诚然拥有远大于我的力量，这点我也承认。可即使是你，夜晚来临也必须睡觉，睡觉必然做梦，我可以保证。而你又无法选择自己做的梦，对吧？有一点想问：你每天晚上到底换几件睡衣？不是洗都洗不完的吧？

我停住手，深深吸一口气，徐徐吐出。我再次确认上面排列的字句，选词继续下文。我可以感觉出画面黑魆魆的深处有东西在布袋里悄无声息地蠢动，我正在通过电脑连线逼近那里。

甚至你对久美子死去的姐姐做的什么如今我都可以推测得出。不骗你。迄今为止你始终如一地损毁着各种各样的人，并且将继续损毁下去。但你无法从梦境中逃开。所以还是乖乖将久美子归还为好，我所希望的仅此一点。另外，你最好不要再对我装出某种“样子”，装也毫无意义。因为我正在稳扎稳打地接近你假面具下的秘密。你打心眼里为之战栗。最好不要遮掩你的这种心态。

我按上表示发讯终了的⇦。几乎与此同时，绵谷升切断了通讯。

27　三角形的耳朵、雪橇的铃声

已无须急于回家。估计可能晚归，早上临出门已给青箭准备了两天吃的干食，虽然猫未必中意，但起码不至于挨饿。如此一想，便懒得穿胡同翻墙回家了。老实说，我还真没有信心翻越院墙。同绵谷升的通话弄得我筋疲力尽，身体所有部位都异常滞重，脑袋运转不灵。那小子为什么会把我弄得这般疲惫呢？我很想躺一会，在这里睡一觉再回家。

我从壁橱里拿出毛巾被和枕头，在试缝室沙发上放好，熄掉灯，躺下闭起眼睛。我想了一下青箭猫，打算想着猫入睡。不管怎么说，猫已经回来，已经从远处好端端回来了。这应该带有某种祝福意味。我闭着眼睛静静地想猫脚心那柔软的感触，那凉冰冰的三角形的耳朵，那粉红色的舌头。青箭在我的意识中弓成一团悄然酣睡。我的手心可以感觉它的体温，耳朵可以听见其有规律的睡息。尽管神经比平日亢奋，但睡意还是很快上来了。我睡得很深，没有做梦。

但半夜里蓦然醒来，觉得远处有雪橇的铃声传来，一如圣诞节的背景音乐。

雪橇的铃声？

我在沙发上坐起身，摸索着拿起茶几上的手表。夜光表针指在一时三十分。睡得好像意外地香。我侧耳谛听，只听得心脏在体内嗑嗑嗑发出低沉枯燥的声响。也可能是幻听，或者不觉之间做了场梦。为慎重起见，我决定把所有房间检查一遍。我拾起脚下的裤子穿上，蹑手蹑脚走进厨房。出来时铃声愈发真切了。的确像是雪橇的铃声，听起来似乎是从肉桂的小房间传来的。我站在小房间门前倾听一会，敲了敲门。也许我睡觉时肉桂返回这里了。但没有回音。我打开一点，从门缝往里窥看。

黑暗中，齐腰高的白光明泛泛地浮现出来。光呈正方形。是电脑屏幕放出的光。铃声是其反复发出的呼音(此前未曾听过的新呼音)。电脑在那里呼唤我。我顺从地坐在那白光前，阅读画面上推出的信息：

> 你现在正在访问“拧发条鸟年代记”程序，请从文件1—16中选择编号。

有人打开电脑，调出了“拧发条鸟年代记”。这宅院中除我应该没有任何人。有谁从外部遥控不成？果真如此，能够做到的唯肉桂一人。

“拧发条鸟年代记”？

雪橇铃声般轻快惬意的呼音响个不停，很像圣诞节早晨。它似乎**要求我**做出选择。我略一迟疑，并无什么理由地选择了#8。呼音当即停止，屏幕上像展开卷轴一般推出文件。

28 拧发条鸟年代记#8(或第二次不得要领的杀戮)

兽医清晨六时醒来，用冷水洗罢脸，独自准备早餐。夏季天亮得早，园里的动物们大多已睁开眼睛。打开的窗口照常传来它们的声音，顺风飘来它们的气味。凭这声音和气味，即使不一一往外面看兽医也可以说中每日的天气。这是他早上的一个习惯：首先侧起耳朵，从鼻孔吸入空气，让自己习惯新来的一天。

但较之到昨天为止的每一天，今天大约有所不同。当然也应该有所不同。因为几种声音与气味已从中失去。虎和豹和狼和熊——它们昨天下午被士兵们消除了清理了。经过一夜睡眠，此事竟好像成了往日一场懒洋洋旧梦的一个片断，但毫无疑问实有其事。鼓膜还微微留有枪声造成的疼痛。不可能是梦。现在是一九四五年八月，这里是新京城区，突破边境线的苏军正一刻刻迫近。这同眼前的洗脸盆牙刷一样是实实在在的现实。

听到大象的声音，他心里多少宽慰了些。是的，象总算死里逃生了。所幸负责指挥的年轻中尉还具有将大象从消除一览表中刨除的正常神经，他边洗脸边想。到得满洲以来，兽医碰见很多唯命是从盲目狂热的年轻军官，弄得他噤若寒蝉。他们大多数农村出身，少年时代正值经济萧条的三十年代，在贫困多难中度过，满脑袋灌输的都是被夸大了的妄想式国家至上主义，对上级下达的无论怎样的命令都毫不怀疑地坚决执行。若以天皇陛下的名义下令“将地道挖到巴西”，他们也会即刻拿起铁锹开挖。有人称之为“纯粹”，但兽医则想使用另外的字眼，如果可能的话。不管怎样，较之将地道挖至巴西，用步枪射杀两头象要容易得多。作为医生的儿子在城里长大、并在大正时期较为自由的气氛中受教育的兽医，和这些人怎么都格格不入。而指挥射杀队的中尉口音固然不无方言味儿，但远比其他军官地道得多，有教养也似乎懂事理，这点从其言谈举止看得出。

总之象没有被杀，光凭这点恐怕就必须感谢才是，兽医自言自语道。士兵们也大概因为没杀象而吁了口气。不过那几个中国人或许感到遗憾，毕竟大象的死可使其得到大量的肉和象牙。

兽医用水壶烧水，拿热毛巾敷在脸上刮须，之后一个人喝茶，烤面包，涂上黄油吃了。在满洲，食品供应虽说不够充分，也还是比较丰富的，这无论对他还是对动物都很难得。动物们虽然因食物配量分别减少而心怀不满，但较之粮草告罄的日本本土动物园，事态终究乐观得多。往后如何谁也无法预料，但至少眼下动物也罢人也罢尚不至于遭受饥肠辘辘的痛苦。

兽医想，妻子和女儿现在怎么样了呢？按计划，她们乘坐的火车该到朝鲜釜山了。他在铁路上工作的堂兄一家就在釜山，母女将在那儿住到乘上回国客轮为止。睁开眼睛时见不到两人，兽医有些寂寞。没有了早上做饭收拾房间的欢声笑语，家中一片死寂。这已不再是他所热爱的、属于这里的家庭。然而与此同时，兽医又不能不为仅自己一人留在这空荡荡的公家宿舍内而萌生一股奇异的喜悦，此刻他深切感到“命运”那不可摇撼的巨力就在自己体内。

命运感是兽医与生俱来的心病。从很小时开始，他就怀有一种鲜明得近乎奇异的念头，认为自己这个人的一生归根结蒂是由某种外力所左右的。这有可能是他右脸颊有一块鲜亮的青痣的关系。小时他非常憎恶**他人没有自己独有**的这块刻印样的痣。朋友开他的玩笑之时，被生人盯视之时，他甚至想一死了之。若是能用小刀把那个部位一下子削掉该有多好啊，他想。但随着长大，他渐渐找到了将脸上的痣作为无法去掉的自身一部分、作为“必须接受之物”来静静予以接受的方法，这恐怕也是他对命运形成宿命式达观的一个主要原因。

命运的力量平时如通奏低音，静静地单调地装饰着他人生风景的边缘，日常生活中他极少意识到其存在，**但因于偶然的因素（什么因素他不清楚，几乎没发现什么规律性）**而势头增强的时候，那种力量便把他驱入类似麻痹的深深的万念俱灰之中。每当那时他只能放下一切，任自己随其波流而去，因为经验告诉他即使想什么做什么也丝毫奈何不得事态。命运在任何情况下都必定取其应取的部分，在那部分到手之前根本不会离去，对此他深信不疑。

但这并不意味他是缺乏活力的消极被动之人，毋宁说他是一个有魄力的人，一个雷厉风行贯彻始终的人，一个专业上出类拔萃的兽医，一个热心的教育工作者。创造性的火花他虽然有所欠缺，但从小学业优异，班干部他亦有份。工作后也被高看一眼，受到很多年纪小些的同事的敬重。他并非所谓世间普通的“命运论者”，然而他无论如何也不曾实际感到自己有生以来单独决定过什么，而总是觉得自己是在听天由命地“被动决定”。纵然下决心这回一定由自己独断，到头来也仍然觉得自己的决定其实是早由外部力量安排好了的，一贯如此，只不过被“自由意志”的外形巧妙欺骗而已。那充其量只是为使其乖乖束手就擒而撒下的诱饵，或者说由他**单独**决定的仔细看去全都是无须决定的鸡毛蒜皮的琐事，感觉上自己不外乎在握有实权的摄政大臣强迫下加盖国玺的傀儡国王，一如“满洲国”的皇帝。

兽医从内心爱着妻子和女儿，相信两人是他前半生中最可宝贵的幸遇，尤其溺爱独生女。他由衷地觉得为这两人自己宁愿一死。他翻来覆去地想象自己为这对母女赴死的场面，那死法大约甘美到了极点。而与此同时，每当他一天工作回来看见家中的妻女，有时却又觉得这两人终究只是与自己并不相干的另一存在，她们仿佛位于距自己十分遥远的地方，是自己并不了解的什么。这种时候，兽医便想这两个女人说到底也同样不是自己选择的。尽管如此，他爱这两人，毫无保留毫无条件地爱得一往情深。这对兽医是一个很大的矛盾，永远无法消除的(他觉得)自我矛盾。他感到此乃设在自己人生途中的巨大陷阱。

但当他形单影只留在动物园宿舍之后，兽医所属的世界顿时变得单纯得多明了得多。他只消考虑如何照顾动物即可。妻子女儿反正已离开自己身边，暂且没有就此思考的必要。兽医眼下再无别人介入，唯独剩得他和他的命运。

归根结蒂，一九四五年八月的新京城被命运的巨大力量统治着。在这里发挥最大作用的和以后将发挥重大作用的，不是关东军，不是苏军，不是共产党军队，不是国民党军队，而是命运。这在任何人眼里都昭然若揭。在这里，所谓个人力量云云，几乎不具任何意义。命运前天葬送了虎豹熊狼救了象，至于往下到底葬送什么救助什么，任何人都无从预料。

走出宿舍，他准备给动物们投放早餐。本以为再没人上班，却见两个从未见过的中国男孩在事务所等他。两个都十三四岁，黑黑瘦瘦，眼睛像动物一般亮闪闪地转来转去。男孩们说有人叫他们来这里帮忙。兽医点下头。问两人名字，两人没答，仿佛耳朵听不见，表情一动未动。派来男孩的显然是昨天在这里做工的中国人，想必他们看穿了一切而不愿意再同日本人有任何往来，但认为孩子未尝不可。这是他们对兽医的一种好意，知道他一个人照料不过来所有动物。

兽医各给两个少年两块饼干后，便让他们给动物投放早餐。

他们用骡子拉起板车逐个兽栏转，给各种各样的动物分别投了早餐，换新水进去。清扫是不可能了，用软管大致冲了一下粪尿，更多的已没有时间做。反正动物园已经关闭，臭一点也无人抱怨。

就结果而言，由于没了虎豹熊狼，作业倒轻松了不少。给肉食大动物投饵绝非易事，又有危险。兽医以空落落的心情从空落落的兽栏前走过，同时也不能不隐约感到一丝释然。

八点开始作业，做完已十点多了。兽医给这重体力劳动弄得疲惫不堪。作业一完，两个男孩一声不响地消失不见了。他折回事务所，向园长报告早间作业结束。

快中午时，昨天那个中尉带领昨天那八个人再次走进动物园。他们依然全副武装，带着金属相撞的响声由远而近。军装出汗出得黑了。蝉在周围树上依然鼓噪不止。中尉向园长简单致一礼，请园长告诉他“动物园能够使用的板车和挽马情况”。园长回答现在这里只剩一头骡子和一台板车。中尉点头说据关东军司令部命令，即日征用骡子与板车。

“等等！”兽医慌忙插嘴，“那是早晚给动物投饵的必需之物。雇的满洲人都已不见，如果再没有骡子和板车，动物势必饿死。现在都已苟延残喘了。”

“现在**全都**苟延残喘，”中尉说。中尉两眼发红，脸上胡须长得有点发黑。“对我们来说，保卫首都是首要任务。实在无法可想，那就全部放出去。危险的肉食动物已经处理掉，别的放出去保安上也不碍事。这是军令。其他事由你们看着办。”

他们不容分说拉起骡子和板车撤了回去。士兵们消失后，兽医和园长面面相觑。园长喝口茶，摇下头，一言未发。

四小时后，士兵们让骡子拉车返回。车上装了货，上面搭着脏乎乎的军用野营苫布。骡子热得、也是给重货累得气喘吁吁，直冒汗。八个士兵端枪押来四个中国人，都是二十岁上下的小伙子，身穿棒球队球衣，手被绳子绑在后面。四人被打得一塌糊涂，脸上的伤痕已变成青黑色的痣。一个人右眼肿得几乎看不见眼球，一个人嘴唇流血染红了球衣。球衣胸部没有印字，但有揭去名字的痕迹。背部均有编号，分别是1、4、7、9。为什么在这非常时刻中国人身穿棒球队球衣并惨遭毒打又给士兵们押来呢？兽医想不明白。眼前俨然一幅出自精神病画家笔下而世上不应有之的幻想画。

中尉问园长能否借铁锹和洋镐一用。中尉的脸比刚才还要憔悴还要铁青。兽医把他领进事务所后面的材料库，中尉挑了两把铁锹两把洋镐，叫士兵拿着，之后他让兽医跟在他后头，径自离开路走进茂密的树丛。兽医顺从地尾随其后。随着中尉的脚步，草丛中很大声地飞出很大的蚂蚱。四周洋溢着夏草气息。震耳欲聋的蝉鸣声中，不时传来远处大象警告般的尖叫。

中尉一声不响地在林中走了一会儿，找到一处空地样的开阔地。那是用来修建能让儿童和小动物一起玩耍的广场的预留地。由于战局恶化建材不足，计划无限期拖延下来—— 一个圆形范围内树木被砍除，地面全是裸土，阳光如舞台照明一般光朗朗地仅照此一处。中尉站在正中环顾四周，军靴底不停地画圈。

“往下一段时间我们驻扎在园里。”中尉蹲下用手捧把土说。

兽医默默点头。他们为什么非驻在动物园不可呢？他不得其解，但没问出口。**对军人最好什么都不要问**，这是他在新京城凭经验学到的守则。大多情况下发问会触怒对方，反正得不到像样的回答。

“先在这里挖个大坑。”中尉自言自语地说，而后站起身，从胸袋里掏出烟叼在嘴上。他劝兽医也吸一支，一根火柴点燃两支烟。两人像要埋掉这里的沉默似的吸了一阵子。中尉仍用靴底在地面上来回地画，画出图形样的东西又抹去。

“你哪里人？”中尉询问兽医。

“神奈川县。叫大船的地方，离海近。”

中尉点头。

“您老家在哪里？”

没有回答。中尉眯细眼睛，兀自看着指间升起的青烟。**所以对军人问也没用**，兽医再次心想。他们经常问话，但绝不答话，大概问几点钟也不会回答。

“有电影制片厂。”中尉说。

兽医好一会才明白过来他是在说大船。“是的，有座很大的制片厂，倒是没进去过。”兽医说。

中尉将吸短的烟扔在地上踩灭。“但愿能顺利回去，但回日本必须过海。到头来大家都可能死在这里。”中尉依然眼看地面说，“怎么样，死可怕吗，兽医先生？”

“那恐怕取决于死法。”兽医略一沉吟答道。

中尉从地面上抬起眼，兴味盎然地注视着对方，似乎他预想的是另一种答法。“的确，是取决于死法。”

两人又沉默有时。中尉好像站在那里睡着了，他便是显得这样的疲劳。又一会儿，一只大蚂蚱竟如鸟一样高高飞起，“啪嗒啪嗒”留下急促的声音消失在远处的草丛。中尉看了眼表。

“该开始了。”他像说给谁听似的说道，然后转向兽医，“暂时请跟我在一起，或许还有事相求。”

兽医点头。

士兵们把中国人带进林间空地，解开绑手的绳子。伍长操起棒球棍——士兵何以带棒球棍呢，这对兽医又是个谜——在地面上一转身画下一个大圆圈，用日语大声命令就挖这么大的坑。身穿棒球队球衣的四个中国人拿起洋镐和铁锹，闷头挖坑。这时间里士兵们四人一班轮流休息，躺在树荫下睡觉。大概一直没睡过，一身军装往草丛里一倒，很快打鼾睡了过去。没睡的士兵以随时可以射击的架势贴腰端着上刺刀的步枪，从稍离开点的地方监视中国人干活。负责指挥的中尉和伍长轮班钻进树荫打瞌睡。

不到一小时，直径四米的大坑挖好了，深度到中国人的脖子。一个中国人用日语说要喝水。中尉点头，一个士兵用桶打水拎来。四个中国人交替用勺子喝得颇有滋味，满满一桶水差不多喝光了。他们的球衣又是血又是汗又是泥，黑得不成样子。随后中尉叫两个士兵把板车拉来。伍长拽下苫布，原来上面摆着四具尸体，身上同是棒球队球衣，看上去也是中国人。估计他们是被射杀的，球衣给流出的血染得黑乎乎的，足够大的苍蝇开始在上面聚拢。从血凝状况来看，死去快一天了。

中尉命令挖罢坑的中国人将尸体投入坑去。中国人依然默不作声，卸下死尸，毫无表情地投进坑内。死尸砸到坑底时发出"嗵"一声钝重的无机音。死去的四人的背部编号是2、5、6、8。兽医记在心里。死尸全部投入坑后，四个中国人被牢牢绑在旁边树干上。

中尉抬起手腕，以认真的神情看看表，继而视线寻求什么似的投向天空一隅，俨然站在月台上等待晚点晚得无可救药的列车的站务员。其实他并非在看什么，只是想让时间逝去片刻。之后，他简洁地命令伍长将四人中的三人(背部编号1、7、9)用刺刀刺死。伍长挑三个士兵站在中国人面前。士兵们脸色比中国人还青。看上去中国人委实太累了，累得别无他求。伍长逐个劝中国人吸烟，但谁都不吸。他把一盒烟收回胸袋。

中尉领着兽医站在稍稍离开士兵们的地方站定。“你也最好看仔细些，”中尉说，“因为这也是一种死法。”

兽医点头，心想**这中尉不是对我，而是在对他自身说话。**

中尉以沉静的声音向兽医解释：“作为杀法还是枪毙痛快得多简单得多，但上级有命令不得浪费宝贵的子弹，一发都不行。弹药要留着对付俄国人，用在中国人身上不值得。不过同样是用刺刀刺杀，也并不那么简单。对了，你可在军队里学过刺杀？”

兽医说自己作为兽医进的是骑兵部队，没受过刺杀训练。“用刺刀一刀刺人致死，首先要刺肋骨下面的部位。就是说，”中尉指着自己腹部偏上的地方，“要像搅动内脏那样刺得又深又狠，然后向心脏突进，不是‘噗嗤’一声捅进去即可。士兵们这方面是训练有素的。刺刀尖上的白刃战和夜袭是帝国陆军的法宝——说干脆点，也就是因为比坦克飞机大炮来得省钱。不过，纵使训练有素，用的靶子终究是稻草人，和活人不同，不流血，不哀叫，不见肠子。实际上这些兵还没杀过人，我也没有。”

中尉向伍长点头示意。伍长一声令下，三个士兵首先取立正姿势，继而弓腰，向前伸出刺刀对准。一个中国人(背部编号为7)用中国话念了句什么咒语，往地面唾了一口。但唾液未能落到地面，而是有气无力地落到了他自己球衣的胸口。

随着一声号令，士兵们将刺刀尖朝中国人的肋骨下“扑”一声猛地刺去，并像中尉说的那样，拧动刀尖搅动一圈内脏，往上一挑。中国人发出的声音并不太大，较之惨叫，更接近于呻吟，仿佛体内残留的气从哪条缝隙里一下子全部排出。士兵们拔下刺刀，身体回撤，随着伍长的命令再次准确重复同样的作业：刺刀刺入、搅动、上挑、拔下。兽医无动于衷地看着。他产生了一种错觉，似乎自己正在分裂，自己既是刺入之人，又是被刺之人。

他可以同时觉出刺出刺刀的手感和被刺内脏的疼痛。

中国人彻底死去的时间比预想的长。他们五脏六腑被剜得一塌糊涂，血流满地，但微弱的痉挛仍持续不止。伍长用自己的刺刀割断将他们缚在树上的绳索，让没参加刺杀的士兵帮忙拖起倒在地上的三人的尸体扔进坑里。落入坑底的声音虽说还是那么重重的钝钝的，但与刚才扔死尸时的似乎略有不同。也可能尚未彻底死掉，兽医想。

最后只剩一名背部编号为4的中国人。三个脸色发青的士兵薅起脚前的大草叶擦拭沾满鲜血的刺刀。刀刃粘着颜色奇妙的液体和肉片样的什么。为使长长的刀身重新变得雪亮，他们不得不左一把右一把薅草。

兽医觉得奇怪：为什么只此一人(4号)留下不杀呢？但他决定什么也不问。中尉又一次掏出烟，又一次劝兽医也吸。兽医默然接过，衔在嘴上，这回自己擦火柴点燃。手诚然没有发抖，但已觉不出有什么感觉，就像戴着厚手套擦火柴。

“这伙人是满洲国军军官学校的学生，拒绝接受新京保卫战任务，昨天半夜杀死两个日本教官逃跑。我们夜间巡逻时发现后当场射杀四人，逮捕四人，只有两人在黑暗中跑掉了。”中尉又用手心去摸下巴的胡须。“想穿棒球衣逃跑。担心穿军装跑给人逮住，或者害怕穿满洲国军装被共产党部队俘获。不管怎样，兵营里除军装只有这军官学校棒球队的球衣，所以才撕掉球衣上的名字穿起来逃跑。你怕也知道，这军官学校的棒球队非常厉害，还去台湾朝鲜参加过友谊赛。这样，那个人，”说着，中尉指了指绑在树干上的中国人，“那个队里的主将4号击球手，像是这次逃跑事件的主要策划者。他用棒球棍打死了两名教官。日本教官知道营内空气不稳，决定不到紧急关头不发给他们武器，但没考虑到棒球棍。两个人脑袋都被打开了花，几乎当场死亡。即所谓一棍命中。就这球棍。”

中尉令伍长把棒球棍拿来。中尉把棒球棍递给兽医。兽医双手握住，像进入击球区那样在眼前一挥。一支普普通通的棒球棍，不怎么高级，加工粗糙，木纹也杂，但沉甸甸的，用了很久，手握部位已被汗水浸黑。看不出这便是刚刚打杀过两个人的球棍。记得大体重量后，兽医将球棍还给中尉。中尉拿在手中，以甚为熟练的手势轻轻挥了几下。

“打棒球么？”中尉问兽医。

“小时常打。”兽医回答。

“长大后没打？”

“没打。”他本想反问中尉，话到嘴边又咽了回去。

“我从上边接得命令，命令我用同一球棍把他打死。”中尉一边用球棍头“嗵嗵”轻敲地面一边说道，“叫我以眼还眼以牙还牙。跟你我才好直言：无聊的命令！时至今日杀了这伙人又能解决什么呢！已经没有飞机，没有战舰，像样的兵差不多死光了，一颗新型特殊炸弹一瞬间就让广岛城无影无踪。我们不久也要被赶出满洲或被杀死，中国还是中国人的。我们已经杀了很多很多中国人，再增加尸体数量也没什么意义。但命令总是命令。我作为军人，什么样的命令都必须服从。就像杀虎杀豹一样，今天必须把这伙人杀死。好好看清楚，兽医先生，这也是人的一种死法。对于刃具、血、内脏你怕是习以为常了，但用棒球棍打杀还没见过吧？”

中尉令伍长把背部编号为4的4号击球手领到坑旁。他依旧手被绑在背后，眼睛被蒙，双膝被迫跪在地上。此人高大魁梧，胳膊有一般人大腿那么粗。中尉叫来一个年轻士兵，递出球棍，说：“用这个把他打死！”年轻士兵直立敬礼，从中尉手中接过球棍。但他只是手握球棍愣愣地伫立不动，似乎还没有弄明白用

棒球棍将中国人打死这一行为是怎么回事。

“以前打过棒球吗？”中尉问年轻士兵(此人后来不久在伊尔库茨克煤矿被苏联看守用铁锹劈杀)。

“没有，自己没打过。”士兵大声回答。他生在北海道一个开拓村，那里和他长大的满洲开拓村同样贫穷，周围没有一家人能买得起棒球和棒球棍。少年时代他只是无端地在原野上跑来跑去，用一截木棒耍枪弄棍，或捕捉蜻蜓。有生以来既没打过棒球，也没有看过棒球赛，拿球棍在手当然也是头一遭。

中尉告诉士兵球棍的握法，教他挥棍基本要领，自己还实际挥了几下。“记住：关键是腰部的转动。”中尉不厌其烦地说，“球棍朝后举起，像拧动下半身那样旋转身体，球棍头随后自然跟上。我说的你可明白？如果只想怎么挥棍，势必仅有手头一点点力量，那一来棍落时就失去了惯力。挥棍不要用胳膊，要以身体的转动一举出手！”

很难认为士兵理解了中尉的指示，但他按照命令脱去沉重的军装，做了一会挥棍练习。大家都在看着。中尉就关键之点手把手矫正士兵的姿势。他教得非常得法，不多工夫，士兵虽动作尚很笨拙，但已能发出挥棍的“嗖嗖”声了。年轻士兵从小就天天都做农活，毕竟很有臂力。

“噢，这样就差不多了，”中尉用军帽擦去额头的汗，“记住，尽可能一棍击毙，不得花时间折磨。”

我也不想用棒球棍打杀什么人，中尉想这样说，**这混账主意到底是哪个想出来的！**但作为指挥官不可能对部下如此出口。

士兵站在蒙眼跪地的中国人背后，举起球棍。傍晚强烈的阳光把球棍粗大的影子长长地投在地面。兽医觉得这光景很是奇妙。确如中尉所说，自己对于用球棍打杀人还一点也不习惯。年轻士兵一动不动在空中举着球棍，棍头明显地不住颤抖。

中尉朝士兵点下头，士兵于是向后扬棍，深深屏息，将球棍全力向中国人后脑勺砸下。动作异常准确。一如中尉所教，随着下半身一圈转动，球棍的烧印部分朝耳后直击下去。到最后球棍都很有力。旋即“咕”一声发出头盖骨破碎的钝响。中国人一声未出，他以奇异的姿势一瞬间静止不动，而后想起什么似的重重倒向前去，耳朵流血，脸贴地面，凝然不动。中尉看了眼手表。年轻士兵仍双手紧握球棍，张口望天。

中尉这人甚是细心。他等待一分钟，确认中国人再不动弹后，对兽医说：“劳驾，看他死了没有好吗？”

兽医点头走到中国人旁边，蹲下取掉蒙眼布。眼睛直愣愣地睁着，黑眼珠朝上，鲜红的血从耳朵里流出，半张的嘴里舌头卷曲着，脖颈被打得以不可思议的角度扭歪着，鼻孔中有浓浓的血块溢出，染黑了干燥的地面。一只反应快的大苍蝇钻进鼻孔准备产卵。出于慎重，兽医把拇指放在动脉上试了试，脉搏早已消失，至少应有脉搏的部位全然听不到脉搏。那个年轻士兵只一次(尽管是生来头一次)挥棍便将这壮汉子打没了气。兽医看了眼中尉，点下头，意思像是说放心的的确确是死了，然后开始慢慢起身。照在背上的阳光似乎骤然强烈起来。

正当此时，4 号中国击球手如梦初醒地飒然起身，毫不迟疑地——在众人看来——抓住兽医手腕。一切都是瞬间发生的。兽医莫名其妙。**他的的确确是死了**。然而中国人却以不知从何而来的最后一滴生命力像老虎钳子一般紧紧抓住了兽医的手腕，并且依然双目圆瞪黑眼球朝上，以同归于尽的架势就势拉着兽医栽入坑中。兽医和他上下重叠着掉了下去。兽医听见对方肋骨在自己身下折断的声音。但中国人仍然抓住兽医的手不放。士兵们整个过程都看在眼里，全都目瞪口呆伫立不动。中尉最先反应过来跳下坑去，他从腰间皮套拉出自动手枪，朝中国人的脑袋连扣两次扳机。干涩的枪声重合着传向四方，太阳穴开出一个大大的黑洞。中国人已彻底失去生命，但他还是不松手。中尉弯下腰，一手拿枪，一手花时间撬也似的把死尸的手指一根根掰开。这时间里兽医被八个身穿棒球队球衣的中国人尸体围在中间。在坑底听来，蝉鸣同地面上的截然不同。

兽医好歹从死尸手中解放出来后，士兵们把他和中尉拉出墓穴。兽医蹲在草地上大大地喘息几次，而后看自己手腕。那里留有五个鲜红的指印。在这酷热的八月的下午，兽医觉得有一股剧烈的寒气钻入自己体芯。我恐怕再不可能把这寒气排出去了，他想，**那个人的确是真想把我一起领去哪里的**。

中尉推回手枪安全栓，慢慢插回皮套。对中尉来说朝人开枪也是第一次，但他尽可能不去想这件事。战争恐怕至少还要持续一阵子，人还要继续死，对各种事情的沉思放到来日不迟。他在裤子上擦去右手心的汗，然后命令未参加行刑的士兵把扔有死尸的坑埋上。现在便已有无数苍蝇在四周旁若无人地飞来飞去。

年轻士兵依然手握球棍，茫然地站在那里。他没有办法将球棍从手中顺利放开，中尉也好伍长也好都没再理会他。他似看非看地看着本应死去的中国人突然抓住兽医手腕一起掉入坑去，中尉随后跳进坑里用手枪给予致命一击，接着同伴们拿铁锹和圆铲填坑。而实际上他什么也没看见，只是在侧耳谛听拧发条鸟的鸣叫。鸟一如昨天下午，从哪里的树上像拧发条那样吱吱吱、吱吱吱吱吱叫个不停。他扬脸环顾四周，朝鸟鸣传来的方向定睛看去，但还是见不到鸟在哪里。他感到喉咙深处微微作呕，但没有昨天强烈。

倾听发条声音的时间里，各种支离破碎的场景在他眼前忽而浮现忽而遁去。年轻的会计中尉在被苏军解除武装后交给中方，因此次行刑责任被处以绞刑。伍长在西伯利亚收容所死于鼠疫，被扔进小隔离室任其死去。其实伍长并未感染鼠疫，只是营养失调——当然是说在进隔离室之前。脸上有痣的兽医一年后死于事故。他虽是民间人员，但由于同士兵一起行动而被苏军拘留，同样被送往西伯利亚收容所。在煤矿强制劳动期间，一次下深井作业井内出水，和其他很多兵一起淹死。而我呢——但年轻士兵看不到自己的未来。不单单是未来，就连眼前发生的事也不知何故而不像真有其事。他闭上眼睛，兀自倾听拧发条鸟的鸣啭。

蓦地，他想到大海，想到在从日本驶往满洲的轮船甲板看到的大海。看大海是生来第一次，也是最后一次。八年前的事了。他可以记起海风的气味。海是他此前人生中所目睹的最美好的景物之一，那般浩瀚那般深邃，超出他所有的预想。海面因时间天气位置的不同而变色变形变表情，在他心里撩起深重的感伤，同时也静静地给他以慰藉。什么时候再能看到海呢？他想。随后，棒球棍从士兵手中落在地上，发出干巴巴的声响。球棍脱手后，呕感比刚才略有加强。

拧发条鸟继续鸣叫不止，但其他人谁也没有听见。

“拧发条鸟年代记#8”至此结束。

29　肉桂进化链中失却的一环

〈拧发条鸟年代记#8〉至此终了。

确认终了之后，我调回原来的画面，从下一菜单中选出〈拧发条鸟年代记#9〉。我很想阅读下文。但画面没开，只闪出两行字：

〈拧发条鸟年代记#9〉因被code R24锁住，无法访问。请选择其他文件。

我试着选择#10，仍是同一结果。

〈拧发条鸟年代记#10〉因被code R24锁住，无法访问。请选择其他文件。

#11亦如此。到头来只弄清了这里所有文件均处于不能访问状态。〈code R24〉是什么样的东西我不清楚，总之以上文件似乎由于某种原因或原理而无法调出，〈拧发条鸟年代记#8〉开启之际我一度被允许调出所存文件，而在选择#8而阅毕的现在，则每一道门皆被牢牢锁住。或许这个程序不允许对文件进行连续访问。

我对着画面，考虑往下如何是好，然而无可奈何，这是个依据肉桂的智谋及其原理成立并运作的天衣无缝的世界。我不晓得其游戏规则，只好放弃努力，关掉电源。

不妨认为，这〈拧发条鸟年代记#8〉乃是肉桂**讲述**的故事。他在〈拧发条鸟年代记〉这一标题下往电脑里输入十六个故事，而我偶尔选择其中第八个读了一遍。我想了想自己刚才读过的故事的大致长度，单纯地扩大十六倍。故事绝不算短。实际整理成铅字，应该可以成为一本有相当页码的书。

〈#8〉这个编号意味着什么呢？既然取名为“年代记”，那么故事有可能是按年代顺序展开的：#7之后是#8，#8下面是#9。这是稳妥的推测。但也未必。甚至故事是按全然不同的次序排列的可能性亦不能排除，由现在溯及过去的倒叙手法也是可能的。再大胆一点假设，也许仅仅是以编号将各种版块拼接起来的单一故事。但不管怎样，我所选择的#8无疑是肉桂母亲肉豆蔻以前向我讲过的新京动物园的动物们被士兵们射杀那个一九四五年八月故事的继续，舞台就是翌日同一动物园。故事主人公仍是那个没有名字的兽医，即肉豆蔻的父亲、肉桂的外祖父。

至于故事真实到何种程度，我无由判断。就连通篇累牍纯属肉桂的虚构还是若干部分实有其事我都分辨不出。母亲肉豆蔻说那以后兽医下落“一无所知”。所以，故事全部属实基本上不大可能，但若干细节基于史料性事实还是可以设想的。混乱时期在新京动物园内对满洲国军官学校的学员行刑将其尸体埋入土坑而战后负责指挥的日本军官被处死便有可能属实。满洲国军官兵逃走和造反在当时并不稀奇，被杀害的中国人身穿棒球队球衣——纵是奇妙的假设——也并非全是无中生有。肉桂知道这一事件并将其外祖父的面影叠印其中从而完成**他的故事**是有其可能的。

问题是肉桂为什么写这个故事呢？为什么必须付之以故事体裁呢？为什么必须赋予此故事系列以“年代记”的标题呢？我坐

在试缝室沙发上，一边在手里一圈圈转动设计用的彩色铅笔一边思索。

为找出答案，恐怕必须读完里边所有的故事。但只读罢一个#8，我便推测出——尽管很模糊——肉桂于中追求的东西。他大约是在认真求索自己这个人所以存在的理由，并且无疑上溯到了自己尚未出生的以前。

而为此势必填补自己鞭长莫及的过去的几个空白。于是他企图通过自己动手构筑故事来补足进化链中失却的一环。他以从母亲口中反复听得的同一故事为主线，使之派生出更多的故事，从而在新的构想中重新塑造已成不解之谜的外祖父的形象。故事的基调则百分之百来自母亲讲述的故事。就是说，**事实未必真实，真实的未必是事实**。至于故事的哪一部分是事实哪一部分不是事实，对于肉桂大概无关紧要。对他来说重要的不是他外祖父在那里**实际干了什么**，而是**可能干了什么**。而在他有效地讲述这个故事时，他便同时知道了这个故事。

故事显然以“拧发条鸟”为点睛之语，用年代记方式（或非年代记方式）一直讲到现在。不过“拧发条鸟”一词并非肉桂的杜撰，那是他母亲肉豆蔻以前在青山那家餐馆向我讲故事时无意中说出口的，而那时候肉豆蔻应该还不知道我被称为“拧发条鸟”的事。果真如此，我与他们的故事便由于偶然的一致而连在了一起。

但我没有把握。肉豆蔻或许因某种因素已经知道我被称为“拧发条鸟”，也可能这个词已在潜意识中作用于她的（或母子两人共有的）故事并加以侵蚀。抑或并非固定为一种形式的故事，而是如口头传说那样不断变化不断繁殖而不拘于一格。

但是，无论是不是偶然的一致，在肉桂的故事中“拧发条鸟”这一存在都不可漠视。人们在它那只有特殊人方可听见的鸣声引导下走向无可回避的毁灭。在那里，一如兽医自始至终感觉的那样，所谓人的自由意志等等是无能为力的。他们像被上紧背部发条而置于桌面的偶人，只能从事别无选择余地的行为，只能朝别无选择余地的方向前进。处于听到鸟鸣范围内的人们，几乎人人都遭受剧烈磨损以至消失。大部分人死掉了，他们直接从桌边滚到了地下。

肉桂肯定监听了我和绵谷升的谈话，几天前我同久美子的交谈恐怕也是同样。凡是这电脑里发生的一切，估计没有他不知道的，并且等我和绵谷升的谈话结束后，把〈拧发条鸟年代记〉这个故事推到了我眼前。这显然不是出于偶然或临时灵机一动。肉桂是为着明确的目的而操纵电脑向我展示故事中的一个的，同时将其中存在漫长故事系列的可能性暗示于我。

我躺在沙发上，仰望试缝室暗幽幽的天花板。夜又深又重，四下静得我几乎胸口作痛。白色的天花板俨然整个覆在房间上方的厚厚的冰盖。

我同肉桂那个没有名字的外祖父之间，存在着几个奇妙的共通点，共同拥有几样东西：脸颊上的青痣、棒球棍、拧发条鸟的鸣声。另外，肉桂故事中出场的中尉使我想起间宫中尉。同一时期间宫中尉也在新京关东军总部服役，但现实中的间宫中尉不是财会军官。他隶属于制作地图的部门，战后没有上绞刑架(一句话，命运将其死拒之门外)，而只在战斗中失去一条胳膊，后来返回日本。可是我无论如何也挥不去指挥行刑的中尉实际就是间宫中尉这一印象。至少，纵然真是间宫中尉也并不奇怪。

还有那根棒球棍。肉桂晓得我在井底放有棒球棍，所以棒球棍图像才有可能与“拧发条鸟”一词同样随后“侵蚀”他的故事。问题是即便果真如此，关于棒球棍也有无法简单解释清楚的部分。那个在门窗紧闭的集体宿舍门口抡起棒球棍打我的吉他盒汉子……他在札幌一家酒吧用烛火灼烧掌心，后来用棒球棍打我—— 又被我用棒球棍还击—— 并将棒球棍**传递**到我手里。

为什么我脸颊非得烙上一块其色其形均同肉桂外祖父的一样的痣不可呢？莫非是我的存在“侵蚀”了他们故事的结果？莫非兽医的脸颊事实上没有痣？不过肉豆蔻完全没有就她父亲向我编织谎言的必要。别的且不说，肉豆蔻所以在新宿街头“发现”我，无非因为我们两人共有那块痣。事情简直像三维智力测验题一样纵横交错难解难分，在那里，真实的未必是事实，事实未必真实。

我从沙发上起身，再次走进肉桂的小房间，坐在桌前凝视电脑屏幕。**肉桂大概在那里**。他沉默的语言在那里化为若干故事在蠕动在呼吸，在思考在求索，在生长在发热。然而屏幕在我面前如月亮般死气沉沉，其存在之根消失在迷宫般的森林中。这正方形玻璃屏幕及其背后应有的肉桂，已无意向我讲述下文。

30　房子不可信赖（笠原May视点之六）

还好吗？

上次信中最后，我写道想向你拧发条鸟说的好像基本都说完了，口气很像是“至此为止”。是不是？但过几天这个那个地一想，觉得最好再向你写上一点，所以再次半夜里蟑螂似的窸窸窣窣爬起来，对着桌子写这封信。

也不知为什么，近来总是想宫胁一家——想过去住在那座空房子里后来因债台高筑而在哪里全体自杀了的可怜的宫胁一家。记得报道说只有大女儿没死，至今下落不明……无论做工还是在饭堂吃饭，抑或在宿舍里听着音乐看书，那一家子总是无端地一下浮上脑海。虽说不至于缠住不放，但只要脑袋里稍有一点点缝隙（实际上到处都是缝隙），他们就从中“吱溜”一声钻进来，恰似从窗口进来篝火的烟，要持续好大一阵子。这一两个星期每每如此。

我生下来就一直住在那里，一直隔胡同望那座房屋，因为我的房间窗口正对着它。我是上小学后有自己房间的，那时宫胁家就已经盖新房住进去了。那里常有人影闪动，天气晴朗的日子有很多很多衣服晾出，两个女孩在院子里大声呼唤黑毛大狼狗的名字（名字现在横竖记不起来了）。太阳一落，窗口便腾起温馨的灯光。时间一晚，灯光就一个接一个消失不见。大女儿学弹钢琴，小女儿学拉小提琴（大女儿比我大，小女儿比我小）。过生日和圣诞节有晚会什么的举行，满满一屋子朋友反正很热闹。那情景，只看到废墟般寂静的空房子的人恐怕是无法想象的，我想。

休息的日子主人时常修剪院里的花木。宫胁家的主人似乎非常喜欢清扫承雨槽、领狗散步、给汽车打蜡，喜欢做这类花时间的手工活。至于人家为什么会喜欢上这种不胜其烦的玩意儿，我是永远理解不了，但那终归属于别人的自由，而且一家里边有一两个这样的人肯定不坏。还有，那一家子都好像爱好滑雪，一到冬天就把滑雪板绑上很大汽车的车顶欢天喜地跑去了哪里（我可半点也不中意滑雪，这个先不提）。

这么一说，听起来很像是随便哪里都可见到的普普通通的幸福家庭。也不光是听起来，实际上也的的确确是随处可见的极为普通的幸福家庭。那里边压根儿就不存在"奇怪呀到底怎么回事呢"那类令人皱眉头歪脖子的问题。

周围人都暗地里叽叽喳喳议论，说什么"那么怕人的地方就算白给盖一座房子也不稀罕住"。可是宫胁一家——上面已经说了——都美满得足可画进画里装进画框掸一掸挂在墙上。一家人过得那么平和美满，简直像童话中"那以后大家都过得很幸福"的尾声，起码看上去比我家幸福十倍。时常在门口见面的两个女孩也都让人觉得愉快，我常想要是自己有那样的姐妹该多好。总之印象中那一家人笑声不断，甚至狗都一起笑。

我做梦都没想到，如此场景居然会一下子中断得利利索索。一天注意到时，那里的人（包括德国狼狗）像被一阵大风刮跑一般忽然无影无踪，唯独房子剩下没动。一段时间里——大约一个星期吧——左邻右舍谁也没注意到宫胁一家的失踪。我见晚上也没灯光便有些奇怪，但转念一想，一家人大概又像往常一样外出旅行了。后来母亲不知从哪里听说宫胁一家好像"夜逃"了。记得我不大清楚"夜逃"是怎么回事，还问过这个词的含义。用现在的话来说，就是"蒸发"了。

夜逃也罢蒸发也罢，住的人一旦消失，宫胁家房子给人的印象开始变得不同起来，不同得令人不可思议。那以前我没看过空屋，闹不清一般空屋外观上究竟是怎么一个东西，不过感觉上觉得所谓空屋必定像被遗弃的狗或像蜕下来的空壳一样凄凉一样疲惫。但宫胁家那座空屋根本不是那么回事，根本不给人以“疲惫”之感。宫胁刚刚离去，那房子便做出一副若无其事的样子，仿佛在说“什么宫胁某某已跟我毫无干系”，至少在我眼里是这样，活像忘恩负义的傻狗。总之，那房子在与宫胁离去的同时就陡然变成同宫胁一家幸福时光毫无关系的“自成一体的空屋”。我觉得事情原本不应是这个样子，房子和宫胁家在一起时也应该过得蛮开心的嘛，被打扫得仔仔细细，何况毕竟是宫胁建造起来的。你不这么认为？房子那东西可真让人信赖不得。

你也知道，那房子后来再无人住，沾满鸟粪，被彻底弃置一旁。我从自己房间窗口望那空屋望了好几年。对着桌子学习或装作学习时不时地瞧它一眼，晴天也好雨天也好下雪也好刮风也好。毕竟近在窗外，一抬眼自然看到。也真是奇怪，眼睛竟没有办法从那里移开，甚至时不时臂肘支在桌上怔怔地看上三十分钟之久。怎么说呢，不久之前那里还洋溢着欢声笑语，雪白的洗涤物还像电视上的洗衣粉广告一样呼啦啦迎风招展（宫胁太太喜欢洗衣服的程度无论怎么看都在一般人之上，即使算不得“异常”），不料刹那间一切便不翼而飞，庭院里满目杂草，谁都不再记起宫胁一家的幸福时光。对此我实在觉得莫名其妙。

有一点要说明一下：我同宫胁一家谈不上怎么要好。说实在话，口都几乎没有开过，也就是路上遇见寒暄一句那个程度。但由于每天每日都从窗口望个不止，宫胁一家那幸福光景简直成了我自身的一部分。对了，就像全家福照片的一角一闪钻进一个不相干的人。有时甚至觉得自己的一部分也可能同那家人一起“夜逃”消失去了哪里。不过怎么说好呢，这种心情其实很不正常，自己的一部分怎么可能同不怎么熟识的人一起“夜逃”消失呢！

顺便再讲一件不着边际的事吧，坦率地说，实在不着边际得可以。

不瞒你说，近来我不时觉得自己好像成了久美子阿姨。我实际上是你拧发条鸟的太太，因故从你身边逃出，在山里一座假发工厂做工，同时把自己隐蔽起来。但由于各种各样的原因，我暂且使用笠原May这个假名，戴假面具装得不像是久美子阿姨。而你在那边凄凉的檐廊里苦苦等着我回去……怎么说呢，反正就是有这么一种感觉。

对了，你有时可想入非非吗？不是我自吹，那在我可是经常性的，经常想，严重时甚至一整天都在妄想云团整个儿笼罩下做工。好在是简单劳动，没受什么影响，但周围人偶尔会流露出不无诧异的神色。也许我像傻瓜一样独自嘟囔什么来着。尽管我仍有时不情愿，不愿意想入非非，然而妄想那东西如同月经，该来之时必从那边赶来，总不能站在门前一口拒绝——说什么“眼下正忙着对不起改天再来好吗”。伤透脑筋！不管怎样，但愿你不至于因为我动不动扮作久美子阿姨而心生不快，毕竟不是我有意为之的。

困意慢慢上来了，我这就不管三七二十一死死睡上三四个钟头，然后起床闷头干上一天——听着可有可无的音乐和大家一起拼命做假发。请别为我担心。我会一边想入非非一边把一切处理妥当的，也希望你拧发条鸟能顺顺利利。但愿久美子阿姨返回家来和你静静地幸福地生活，一如从前。

再见！

31　空屋的诞生、替换了的马

翌日早晨九点三十分了肉桂仍未露面，十点了也没来。这是破天荒的奇闻。自我在这个场所开始“工作”以来，每天早上九点一到门便准时打开，现出“奔驰”炫目耀眼的鼻端，无一例外。随着肉桂如此常规而富有戏剧性的出场，我得以明确开始我的一天。我已经彻底习惯了每天这种周而复始的生活模式，正如人习惯于引力和气压的存在。肉桂如此的有条不紊毫厘不爽之中，有一种远非所谓简单机械式可比的大约堪可抚慰我鼓励我的温情。唯其如此，没有肉桂身姿的早晨，便成了一幅技法精妙而失却焦点的平庸的风景画。

我怅怅地离开窗口，削个苹果吃了，算是早餐。之后窥看一下肉桂房间，说不定电脑上有什么消息浮现出来，但屏幕依然一片死寂。无奈，遂像肉桂平日做的那样，边听巴罗克音乐磁带边在厨房洗东西、用吸尘器给地板吸尘、擦拭玻璃窗。为消磨时间，我有意对每一件事都不厌其烦做得很细，连换气扇的扇叶根都擦到了，然而时间仍慢吞吞地不肯快走。

十一点，再想不出可做的事了，便躺在试缝室沙发上把自己交给缓慢的时间河流。我尽量认为肉桂肯定是因为什么缘故而仅仅迟到一会。或许途中车出了故障，也可能被裹进难以置信的塞车长龙。然而那是不可能的，不妨用我所有的钱打赌。肉桂的车不会出什么故障，塞车的可能性也早已被他计算进去了。即便万一遇上意外事故，也会用车内电话同我联系。肉桂的没来这里，**乃是因为他决定不来。**

将近一点，我往肉豆蔻的赤坂事务所打了个电话。没有人接。连打几次都没人。之后往牛河事务所打电话，不闻呼音，却传来录音带上的声音，告诉我该号码现已不再使用。莫名其妙！两天前还用那个号码打电话同牛河交谈来着。我只好重新折回试缝室沙发。看来这一两天人们就好像商量好了似的一概对我置之不理。

我再次走到窗边，从窗帘缝里眺望外面的情形。两只一看便知是甚为活泼的冬令小鸟飞来落于树枝，很紧张地东望西望，接着一忽儿飞去了哪里，仿佛对那里的一切都已彻底厌倦。此外便没有任何动静了，房子好像成了刚刚建成的空屋。

* * *

此后五天时间，我再没跨进“公馆”。下井的欲念不知为什么也已彻底丧失，原因不得而知。如绵谷升所说，不日我将失去那口井。如果就这样不再有客人来，以我手头的资金，那宅院顶多能维持两个月，因此我本应趁井还在手中之时尽可能频繁地利用它。我感到窒息般的痛苦。我突然觉得那里成了不自然的错误场所。

我不去宅院，在外面漫无目的地转来转去。到得下午，便去新宿西口广场，坐在那条长椅上无所事事地消磨时间。肉豆蔻没出现在我面前。我到她赤坂事务所去了一次，在电梯前按门铃，目不转睛地盯视监视摄像机镜头，然而怎么等也没有回应。于是我只得作罢。估计肉豆蔻和肉桂已决定斩断同我的关系。那对奇特的母子大概离开了开始下沉的船，逃往安全地带。这使我意外伤感，就好像危急时刻被自己家人出卖了。

第五天偏午时分，我来到品川太平洋宾馆咖啡屋。这是去年夏天同加纳马耳他和绵谷升碰头说话的地方。其实来这里并非出于对当时的怀念，也不是由于对这间咖啡屋情有独钟。谈不上什么理由什么目的，只是差不多下意识地从新宿坐山手线到品川下来，从车站过天桥走进宾馆而已。进来后在靠窗桌前坐下，要了一小瓶啤酒，吃着误时的午饭。我像注视一长排无意义数值一样茫然打量着来往天桥的行人。

从洗手间出来，在混杂的客席里端发现一顶红帽，红得同加纳马耳他常戴的那顶塑料帽毫无二致。在它的吸引下我朝那张餐桌走去，但近前一看，却是别的女人。一个外国女人，比加纳马耳他还要年轻和硕壮。帽子也不是塑料，而是皮革的。我付款走到外面。

我双手插进藏青色短大衣的口袋，在附近走了一阵。我头戴与大衣同一颜色的毛线帽，为掩饰那块痣戴了一副深色太阳镜。十二月的街头充溢着独特的季节性生机，站前购物中心挤满了身穿厚厚衣服的顾客。冬日一个祥和的午后。到处流光溢彩，各种声响听起来都比平日短促而清晰。

看见牛河是在品川站月台等电车的时候，他在对面站台以正对着我的姿势等待开往相反方向的山手线电车。牛河依旧身穿不伦不类的西服，扎一条花哨的领带，歪着形状欠佳的秃头专注地看一本什么杂志。我所以能在品川站人群中一眼看出牛河，是因为他与周围人有着明显的不同。这以前我仅仅在自家厨房里看过牛河，时值半夜，只我们两人，在那里牛河给人一种甚为非现实的印象。然而即使在别的场所别的时间，即使混在非特定对象的人群之中，牛河也还是显得那般奇妙那般游离于现实之外那般迥然有别于众人，那里似乎飘忽着一种同现实风景格格不入的异质空气。

我分开人群，也不管撞上谁不管给谁怒骂，只顾跑下车站楼梯，冲上对面月台，寻找牛河。但我已记不得他的位置，不知他站在月台哪一段。月台又大又长，人也过多。这时间里，有电车进站，开门吐出不知姓甚名谁的男女，吞入另一伙不知姓甚名谁的人们。没等我发现牛河，开车铃已响了。我姑且跳上转往有乐町的电车，一节车厢一节车厢搜寻牛河。原来牛河在第二节车厢门口那里看杂志。我调匀呼吸，在他面前站了一会。牛河看样子毫无察觉。

“牛河先生！”我招呼一声。

牛河从杂志上抬起脸，隔着厚厚的镜片像看什么晃眼物体似的看我的脸。在白天的光亮下凑近看去，牛河比往常衰颓得多，疲劳像无法控制的油汗一样从皮肤里浓浓地渗出一层，眼睛浮现出脏水般浑浊的钝光，耳上所剩无几的发缕活像从废屋瓦缝里探出的杂草，翻卷的嘴唇之间一闪露出的牙齿比我记忆中的还要污秽且参差不齐。上衣依然满是可观的皱纹，就好似蜷缩在仓库角落睡了一觉刚刚爬起，而且肩部竟沾有——大概总不至于是为了加深印象——锯屑大的灰尘。我摘下毛线帽，拿掉太阳镜揣进衣袋。

“噢，这不是冈田先生吗？”牛河以乏味的声音应道，而后像把七零八落的物件重新加以组合似的端正姿势，扶正眼镜，轻轻干咳一声。“这可真是……又相见了，在这么一种地方。那么说，呃……今天是没到那里去喽？”

我默然点头。

“怪不得。”牛河再没多问。

牛河的声音里已感觉不到往常的张力，话说得也比平日缓慢，颇见特色的饶舌也不翼而飞。莫非时间的关系？莫非牛河在白昼光朗朗的天光下无法获取应有的精力？抑或牛河真的筋疲力尽亦未可知。两个人如此面对面说话，我好像在居高临下地看他。在光亮地方俯视，他脑袋的形状欠佳更加显而易见，俨然果园里因长坏形状而被处理掉的什么果实。我想象某人用棒球棍一棍砸开的情景，想象其头盖骨如熟透的水果“砰”一声四分五裂的场面。我不愿意做如此想象，但图像偏偏浮上脑海，无可遏止地历历扩展开来。

“嗯，牛河先生，”我说，“可以的话，想两个人单独谈谈。下车找个安静地方好么？”

牛河困惑地蹙了下眉头，抬起短粗胳膊瞥了眼表。“是啊……作为我心情上也想跟你慢慢聊聊……不骗你。只是我这就要去一个地方。就是说，有件迫不得已的事。所以这次就算了，等下次另找时间……你看这样不可以么？怎样？”

我略略摇下头。“一小会就行，”我紧紧盯住对方的眼睛，“不耽误你更多时间，你非常忙我也完全知道。但你所说的**下次另找时间**，我觉得我们两人很可能再没什么下次了。你不这么觉得？”

牛河对自己若有所悟似的轻轻点了下头，卷起杂志插进衣袋。他在脑袋里盘算了大约三十秒，然后说道：“也罢。明白了。那就下站下车，边喝咖啡什么的边聊三十分钟吧。那件迫不得已的事由我想法安排就是。和你在这里巧遇也是一种缘分。”

我们在田町站下来，出站走进一家最先看到的小咖啡馆。

“不瞒你说，我是准备不再见你的了。”咖啡端来后牛河首先开口，“毕竟一切都已完结了。”

“完结了？”

“实话实说吧，我在四天前已经辞去了绵谷升先生那里的工作。是我主动请辞的。事情倒是很久以前就有所考虑的。”

我脱去帽子和大衣，放在旁边椅子上。房间里有点热，但牛河仍穿着大衣。

我说：“所以前几天往你事务所打电话也没人接喽？”

“是那么回事。电话线拔了，事务所退了。人要出去还是痛痛快快出去才好，拖泥带水的我不喜欢。这么着，眼下我是不为任何人雇用的自由之身，说好听点是自由职业者，换个说法，也就是所谓无业游民。”牛河说着微微一笑。一如往日的皮笑肉不笑，眼睛里全无笑意。牛河用小羹匙搅拌已放入奶油和一匙砂糖的咖啡。“喂，冈田先生，你肯定是要向我打听久美子女士吧？”牛河说，“久美子女士在哪里啦干什么啦等等。如何，对不？”

我点下头。随即说：“但首先想听听你为什么突然辞去绵谷升那里的工作。”

“真想知道？”

“有兴趣。”

牛河啜了口咖啡，皱了下眉，看着我。

“是吗？哦，叫我说我当然奉告，不过也并不特别有趣，这个。实在说来，一开始我就没有怀着一莲托生的心情准备跟绵谷先生跟到底。以前也说过，绵谷先生这回出马竞选，靠的是原封不动接收老绵谷先生的选区地盘，我当然也一起转给了绵谷先生。这场变动并不坏。客观地说，较之侍候来日无多的老绵谷，还是新绵谷有前途。我本以为绵谷升这个人如此发展下去，可以成为这个世界上相当可观的人物。

“尽管如此，‘永远跟定此人’的心情——也可以说是忠心吧——不知为什么却是一丝半点也没有。说来或许奇怪，我这人也不是没有效忠之心。跟老绵谷那时候，又是拳打又是脚踢，待遇简直跟耳屎差不多。相比之下，新绵谷客气得多。可是，冈田先生，世上的事就是怪，老绵谷那里我基本上诺诺连声地一直跟下来了，而对新绵谷却没能做到。你知道什么缘故吗？”

我摇摇头。

“归根结蒂——这么说也许过于露骨——因为骨子里跟绵谷升先生彼此彼此，我想。”说着，牛河从衣袋里掏出香烟，擦火柴点燃，慢慢吸入，缓缓吐出。

“当然我同绵谷先生长相不同出身不同脑袋不同，开玩笑时相提并论都不够礼貌。可是嘛可是，只消剥开一层皮，我们大体属于一丘之貉。这点从第一眼看到他时，就如晴天里打伞一样看得明明白白：喂喂，这小子外表倒是文文静静白白生生，实际是个不折不扣的冒牌货，一个无聊透顶的俗物！

“当然啦，也不是冒牌货就一定不行。冈田先生，政界那地方，靠的是一种炼金术。我就看过好几例档次低得无以复加的欲望结出堂而皇之的硕果。也看过好几个相反的例子，也就是说高洁的大义不止一次留下腐烂发臭的果实。所以坦率地说，我不是说哪个好哪个不好。政界那玩意儿，关键不在于之乎者也的理论，结果就是一切。问题是绵谷升这个人——这么说或许不好——纵使在我眼里都坏到了极限。在他面前，我这点坏水简直小巫见大巫，根本不是对手。一眼我就看出我们属于同类。说句下流话吧——别见怪——和胯下那玩意儿的大小是一码事，大家伙就是大。明白？

“跟你说冈田先生，一个人憎恶一个人时，你猜什么时候憎恶得最厉害——就是看见一个人把自己梦寐以求的东西毫不费力地弄到手的时候，就是口衔手指目睹一个人依仗权势平步青云进入自己百般欲进不得的地界的时候。对方离自己越近就越是深恶痛绝，事情就是这样。对我而言，那个人就是绵谷先生。他本人听了也许惊讶。如何，你没有过这类憎恶？”

我的确憎恶过绵谷升，但同牛河说的憎恶不是一个定义。我摇了下头。

“那么，冈田先生，下面就该说到久美子女士了。一次我给先生叫去，交给我一个美差——让我照顾久美子女士。具体情况绵谷先生没怎么告诉我，只是说是他妹妹，婚姻不大顺心，眼下分居一个人单过，身体情况不太好。这么着，一段时间我就受命事务性地处理此事。每月把房租汇入银行，帮忙找钟点女佣，全是这类无所谓的杂务。我也很忙，对久美子女士起始几乎没有什么兴趣，不外乎有实际事务的时候用电话谈两句。久美子女士极端沉默寡言，感觉上好像闷在房间角落里一动不动。”

说到这里，牛河停一会喝了口水，一闪觑了眼表，不胜珍惜似的重新点燃一支烟。

“但事情不止于此。其间突然掺进你的事来，就是那座上吊宅院。周刊报道出来时绵谷先生把我叫去，说有点放心不下，叫我调查一下你和那篇报道里的宅院有无牵连。绵谷先生也清楚这类秘密调查是我的拿手好戏。不用说，该我不肖牛河派上用场了。我挖地三尺玩命搜寻了一番，往下过程你都晓得了。不过结果委实令人吃惊。原本就怀疑有政治家介入，但我也没料到会挖出那么大的人物。说得失礼些，简直像用小虾钓上一条大鲷鱼。但这点我没向绵谷先生汇报，自己留了一手。”

“你就凭这手换马成功了是吧？”我问。

牛河朝天花板喷了口烟，转而看我的脸，眼里微微浮现出刚才没有的戏谑之色。

“好直觉啊，冈田先生！说痛快点，完全如此。我这么对自己说：喂，牛河，若要改换门庭此其时也！当然，先得游逛一段时间。但工作去向已经明确，也就是眼下要有个冷却期间。不管怎么说，马上从右向左也太露骨了嘛。”

牛河从上衣袋里掏出纸巾擤把鼻涕，团了团又塞回衣袋。

“那么，久美子那边怎么样了？”

“对对，该接着说久美子女士了。”牛河突然想起似的说道，“在此得老实交代一句：我可是一次也没有见过久美子女士，无幸一睹芳容。只在电话里说过话。那个人嘛，冈田先生，也不光我，任何人都一概不见。至于见不见绵谷先生我不知道，那是个谜。此外恐怕谁都不见，连钟点女佣都不怎么见，这是我从女佣口里直接听来的。要买的东西和要办的事全部写在便笺上，找她也避而不见，口也几乎不开。事实上我也到公寓探过情况，久美子女士应该住在里边，却丝毫没有那样的动静，实在静得出奇。问同公寓的人，也都说一次也没见过她什么样。就是说，久美子女士在公寓里始终过着那样的生活，有一年多了，准确说来一年五个月了。她不愿外出必有她万不得已的理由。”

“久美子的公寓在什么地方，这你肯定不会告诉我吧？”

牛河缓缓然而明显地摇了下头：“对不起，这点务请包涵。毕竟世界狭小得像个长筒屋子，又关系到我个人信用。”

“久美子身上到底发生了什么呢？这个你没有什么知道的？”

牛河迟疑良久。我一声不吭地盯住牛河的眼睛。时间好像在四周流得慢了。牛河再次大声擤把鼻涕，欠了欠腰，又沉回椅子，叹了口气。

“好么，这可只是我的想象。据我想象，那绵谷家原来就有些啰啰嗦嗦的问题。什么问题具体我不明白，但反正久美子女士以前就有所感觉或有所了解，想要离开那个家。那时正好你出现了，两人相爱结婚，发誓白头偕老，可喜可贺……如果长此以往自然再好不过，然而无法如愿以偿。不知什么缘故，绵谷先生不愿意让久美子女士从身边离开。怎么样，这方面可有什么记得起来的？”

“多多少少。”我说。

“那好，我就继续随便想象下去。绵谷先生想把久美子女士从你手中强行夺回到自己阵地。在久美子女士同你结婚时他或许还无所谓，但随着时间的过去，久美子女士的必要性逐渐变得明显起来，于是先生决心把久美子重新夺回，为此竭尽全力，结果获得成功。使的什么手段我不清楚，但我猜想在那强拉硬扯的过程中，久美子女士身上曾经有的什么**被损毁掉了**，一直支撑她的类似支柱的东西‘嚓’一声折断了。当然，这只是我一厢情愿的推测。”

我默然不语。女侍走来往杯里倒水，将空咖啡杯撤下，这时间里牛河看着墙喷云吐雾。我注视牛河的脸：

“这就是说，你的意思是绵谷升同久美子之间有类似性方面的关系？”

“不不，我没那个意思，”牛河挥了几下带火亮的香烟，说，“我不是在做那样的暗示。先生同久美子女士之间有过什么和有什么，我是**彻头彻尾不知道的**。这可是想象都想象不到的。只是，我觉得那里边似乎存在某种扭曲的东西。还有，听说绵谷先生同离婚的太太完全没有正常的性生活——这也不过是道听途说罢了。”

牛河拿起咖啡杯，又作罢喝了口水，随后用手摩挲腹部。

“呀，这些日子胃不妙，一点也不妙，一顿一顿地痛。说起来这是世代遗传。我们这个家族个个都胃不行。DNA① 的关系。遗传下来的没一样正经东西：秃头、虫牙、胃痛、近视，岂不正是正月里装满咒语的福袋②！伤透脑筋！去医院医生说话可能不

---

① deoxyribonucleicacid 之略，脱氧核糖核酸。一种遗传物质。

② 日本新年里面装有若干商品任人自取的彩色纸袋。一般在一月二日出售。

中听，不敢去。

“不过冈田先生，也许我多管闲事，把久美子女士从绵谷先生手里领回来可能没那么简单，更何况现阶段久美子女士也不愿意回到你那里去。而且说不定她已经不再是你所了解的久美子女士，说不定已有所改变。所以嘛，恕我冒昧直言，即使现在你能找到久美子女士并且顺利把她领回来，往下等待你的事态恐怕也不是你这两条胳膊所能应付得了的——我是不无这样的感觉。果真如此，半途而废就没什么意思了。久美子女士所以不回到你身边，原因恐怕也在这里。”

我默然。

“啊，虽然前前后后够复杂的，能见到你还是很有兴味。你好像有一种不可思议的个性什么的。如果将来能写写自传，一定浓墨重彩给你写上一章。可惜怕是很难如愿。那么就在这里高高兴兴分手，一切到此为止好吗？”

牛河很疲劳似的靠住椅背，静静地摇了几下头。

“好了，有点说多了。对不起，我那份咖啡钱，就请给我付了吧，毕竟是失业之身……可你也同是失业者。噢，互相好自为之吧，祝你好运！你心情好转时，也请为我牛河祝福。”

牛河说罢立起，转身出了咖啡屋。

32　加纳马耳他的秃尾巴、剥皮鲍里斯

梦中（当然做梦的我并不知是梦），我和加纳马耳他对坐喝茶。长方形房间又长又宽，可以从这一头一眼望到另一头。里面井井有条地排列着大约超过五百张四四方方的餐桌。我们坐在正中间一张。这里除我们俩别无一人。天花板——令人想起寺院的高高的天花板上有无数粗大的横梁，所有梁上都悬垂着吊盆植物样的东西，很像假发，但定睛细看，原来是真人的头皮，因为内侧沾有黑乎乎的血渍。肯定是刚刚剥下来吊在梁上风干的。我不由胆战心惊，怀疑我们正用的茶杯中落有尚未干透的血滴。实际上也有活像漏雨似的滴血声四下传来，声音在空荡荡的房间里听来异常之大。但我们桌子上方悬吊的头皮似乎血已干了，不必担心血滴落下。

茶热如沸水，碟上羹匙旁放着三块浓绿浓绿的砂糖。加纳马耳他拿两块投入杯中，用羹匙慢慢搅动，但怎么搅也不溶化。不知从何处来了只狗，蹲在我们桌旁。细看之下，狗的脸却是牛河的。一只敦敦实实的大黑狗，仅脖子往上是牛河，头和脸也同身上一样长满乱糟糟短巴巴的黑毛。“嗬，这不是冈田先生吗？”以狗形出现的牛河说话了，“喏，好好看看！如何，脑袋毛茸茸的吧？跟你说，一变成狗立时生出毛来，真个十分了得。连阳物都比以前大多了，胃也不再一顿一顿地痛，眼镜都没戴是吧？衣服也不用穿了，天大的好事！也真是奇怪，以前我怎么就没悟出来呢？怎么样，冈田先生，当一回狗如何？”

加纳马耳他拿起剩下的一块方糖，猛地朝狗脸掷去。方糖出

声地打在牛河额头，顿时淌出血来，染黑了牛河的脸。血黑如墨。但牛河好像不怎么疼，依然嬉皮笑脸，不声不响摇着秃尾巴去了哪里。其睾丸确乎大得异乎寻常。

加纳马耳他身穿有腰带的双排扣短大衣，领口在前面合得严严实实，而大衣里却一丝不挂——这我看得出。微微有股女人的裸肤味儿。无须说，她戴一顶红塑料帽。我拿起杯子啜了口茶。茶索然无味，唯热而已。

“太好了，您总算在！”加纳马耳他以释然的声音说道。很久没听她说话了，语声较以前多了几分欢快。“这几天给您打了好多次电话，您大概一直不在，也不知前后情况，担心出了什么事。您好像还很有精神，这就比什么都好。听到您的声音就放心了。不管怎么说，实在好久没联系了。具体过程或来龙去脉一一道来难免话长，况且又是电话，只简单说几句好了：其实我长期旅行来着，一个星期前才总算回来。喂，冈田先生……您听着吗？”

“喂！”我应道。原来不知何时我竟手握听筒贴在耳上，加纳马耳他则在桌对面拿着听筒。电话声听起来很遥远，仿佛音质差劲儿的国际电话。

“那期间我一直远离日本，在地中海的马耳他岛—— 一天我突然觉得应重返马耳他岛留在那个水旁，到时候了！那还是我最后一次给您打电话后的事。记得吗？电话里我说克里他下落不明来着。不过坦率地说，我并没有如此长期离开日本的打算，准备两三个星期就回国的，所以才没有特意跟您联系。我几乎谁也没告诉，就穿着随身衣服上了飞机。可实际到当地一看，就再也离不开了。冈田先生您去过马耳他岛么？”

没有，我说。记忆中几年前和同一对象谈过大体同样的话。

“喂！”加纳马耳他呼道。

我也“喂喂”两声。

我想我应该有什么要对马耳他说，却横竖想不起来，歪头沉思半天总算想起来了，于是握好听筒道：“对了，有件事一直想告诉你——猫回来了！”

加纳马耳他沉默了四五秒。“猫回来了？”

“是的。你我两人本来是为找猫相识的，所以我想最好告诉你一声。”

“猫回来是什么时候的事？”

“今年初春。那以来一直守在家里。”

“猫外表没有什么变化？没有同失踪前不一样的地方？”

不一样的地方？

“那么说，秃尾巴的形状倒好像跟以前有点不一样……”我说，“猫回来摸它的时候，蓦地觉得过去秃尾巴好像卷得更厉害。也可能是我记错，毕竟快一年多不见了。”

“不过猫肯定是同一只猫吧？”

“那没错。养那么久了，是不是同一只猫还是看得出的。”

“倒也是。”加纳马耳他说，“不过很抱歉，实话跟您说：猫真正的秃尾巴在这里呢！”

言毕，加纳马耳他将听筒置于桌面，一下子脱掉大衣亮出裸体。果然她大衣里什么也没穿。她有着与加纳克里他同样大小的乳房，生着同样形状的阴毛。但她没有摘去塑料帽。加纳马耳他转身把背对着我。她屁股上的确长着一条秃尾巴，为了同她身体尺寸保持平衡，固然较实物大出许多，但形状本身则同青箭的秃尾巴一般模样。尖端同样弯得毫不马虎，弯法细看之下也比眼下青箭的远为现实而有说服力。

“请仔细瞧瞧，这才是猫失去的那条真尾巴，现在猫身上的是后来做的假货。乍看一样，细看就不同了。”

我伸手去摸那秃尾巴，她一甩躲开，依然赤身裸体跳往另一张桌面。“吧嗒”，一滴血从天花板掉到我伸出的手心里。血鲜红鲜红的，活像加纳马耳他的红帽子。

“冈田先生，加纳克里他生的孩子名叫科西嘉。”加纳马耳他从桌子上对我说，秃尾巴急剧地摇个不停。

“科西嘉？”我问。

“所谓人非岛屿啦！”黑狗牛河不知从哪里过来插嘴道。

加纳克里他的小孩？

我一身大汗醒来。

实在许久没做过如此鲜明如此有头有尾的长梦了，何况又这般奇妙。醒后好半天胸口都“怦怦”大声跳个不止。我冲了个热水淋浴，拿出新睡衣换上。时间是半夜一点多，睡意却没了。为了平复心情，我从厨房壁橱里拿出一瓶老白兰地倒一杯喝着。

之后，进寝室找青箭。猫在被窝里弓成一团睡得正香。我撩开被，把猫的秃尾巴拿在手中细细端详。我一面回想尾端卷曲的形状一面以指尖确认，猫一度不耐烦地伸了下腰，又很快睡了过去。我开始没了信心，闹不清青箭的秃尾巴是否同“绵谷·升”时代的完全相同。不过加纳马耳他屁股上的的确确有很像真正的“绵谷·升”的秃尾巴，我可以历历记起梦境中的颜色和形状。

加纳克里他生的孩子名叫科西嘉，加纳马耳他在梦里说。

第二天我没远出。早上去车站附近自选商场买了一堆食品回来，站在厨房做午饭。喂了猫一大条生沙丁鱼。下午去了一次好久没去的区营游泳池。大概快年末的关系，游泳池人不太多。天花板扩音器传来圣诞节音乐。慢慢游到一千米时，趾尖开始抽筋，遂作罢上岸。游泳池壁贴着很大一张圣诞节装饰画。

回到家，信箱里居然有一封很厚的信。不用翻过来看寄信人姓名也知道信是谁寄来的。写那笔漂亮毛笔字的，除间宫中尉别无第二人。

* * *

久疏函候，深以为歉，间宫中尉写道。语气依然那么谦恭那么彬彬有礼，读之我倒有些歉然。

久怀唯此必写必说之念，无奈碍于诸多缘由而始终无力对案提笔，迟疑不决之间今载亦将倏忽逝去。自己也马齿徒增，此身已随时可入死境，再无法久拖下去。此信或许意外冗长，但愿不多扰清神。

去年夏天去府上递交本田先生纪念物时我向您讲述的蒙古之行的长话，坦率地说，还有下文待续，称之为后话亦未尝不可。去年提起时我之所以未能将后半部分一并推出，里面有几点原因。其一是因为集中说完话未免过长。不知您是否记得，当时我不巧有急事要办，没有时间全部说完。而与此同时，心理上我也没有完成将后半部分向别人如实说出的准备。

但同您分手之后，我以为还是把眼下的事统统放下，连同真正的结局毫不保留地如实讲给您听为好。

一九四五年八月十三日我在海拉尔郊外激烈的攻防战中给机枪子弹打中倒地之际，被苏军 T34 坦克的履带碾去了左臂，昏迷不醒中被运往赤塔苏军医院，在那里做手术留得一命。上次我也说过，我是新京参谋本部兵要地志班的人员，上边已决定一旦苏联参战立即撤往后方。但我宁愿一死，志愿转入边境附近的海拉尔部队，率先手持地雷朝苏军坦克队扑去。但如本田先生曾在哈拉哈河畔向我预言的那样，我未能轻易死去。命未失掉，只失掉左臂。估计我率领的连队在那里无一生还。虽说是依令行动，实质上无异于无谓的自杀。我们使用的小小的手提地雷，在大型T34坦克面前根本无济于事。

我之所以受到苏军周到的治疗，是因为我昏迷不醒时用俄语说了梦话——是我后来听说的。上次也说过，我有一定的俄语基础，在新京较为空闲的参谋本部服役期间又不住地磨炼，到战争末期已经能讲一口流利的俄语了。新京城住有不少白俄人，又有年轻的俄国女侍，不愁找不到人练习口语，结果人事不省时顺口说了出来。

苏军一开始就打算占领满洲后把俘虏的日本兵送去西伯利亚进行强制劳动，一如欧洲战后对德军采取的做法。苏联虽然取得了胜利，但经济由于长期战争而面临严重危机，所有地方都有人手不足问题，首要任务之一就是确保作为成人男性劳动力的俘虏，为此势必需要很多翻译，但数量远远不够。唯其如此，才优先把我送去赤塔医院，以不让可能会讲俄语的我死掉。假如我不冒出俄语梦话来，肯定被扔在那里不管很快一命呜呼，连个墓标也没有就埋在哈拉哈河边。命运这东西委实不可思议。

我作为翻译要员受到严格的身份审查，又接受数月思想教育，之后被送往西伯利亚煤矿。那期间的详情就不细说了。学生时代我偷偷看过几本马克思著作，总体上并非不赞同共产主义思想，但现在若要我全面信奉，我则受阻于我所见过的太多东西。由于我所属的部门和情报部门的关系，我十分清楚斯大林及其傀儡独裁者在蒙古国内实行怎样的血腥镇压。革命以来他们将数以万计的喇嘛地主及反对势力送进收容所无情地除掉了，在苏联国内的所作所为也完全如此。纵然对于思想本身我可以相信，但也无法信任将这一思想和大义付诸实践的组织和人。我们日本人在满洲干的也不例外，在海拉尔秘密要塞设计和修建过程中，为了杀人灭口，我们不知杀害了多少中国人！这点你肯定无从想象。

况且我曾目睹苏联军官和蒙古人活剥人皮的地狱场面，其后又被逼进蒙古一口深井，在那奇妙而强烈的光照中半点不剩地失去了生之热情。这样的人如何能相信什么思想什么政治呢！

我作为翻译在下矿干活的日本俘虏兵和苏方之间充当联络员。西伯利亚其他收容所情况如何我不知道，但我所在的煤矿每天都有人死去。那里的死因无所不有：营养失调、剧烈的体力消耗、塌顶事故、冒水事故、卫生设施不足造成的传染病、难以置信的冬日严寒、看守暴行、对于轻微反抗的残酷镇压，还有日本人之间的致命殴打。人们有时候相互憎恨相互猜疑、战战兢兢、悲观绝望。

每当死者增加、劳动力数量渐渐减少之时，便有新兵不知从哪里由火车悄悄拉来。他们衣着褴褛骨瘦如柴，其中两成受不住煤矿剧烈的劳动，不出几个星期就死掉了。死后统统被投进废弃的深竖井中。几乎所有季节都冰天雪地，掘墓也掘不了，锹尖根本插不进土。废井于是成了最佳墓场，又深又暗又冷，一点味儿都没有。我们时常从上面洒石灰。快填满时，便从上面封顶一般扔土扔石块。接下来便是另一个竖井。

不仅仅死去的，为了杀一儆百，有时连活人都被扔进去。苏军看守把采取反抗态度的日本兵拉到外面，装进麻袋打断四肢，然后投进黑洞洞的地狱。我至今仍能听到他们的惨叫。简直是人间地狱。

煤矿作为重要战略设施，由党中央派来的人进行指导，由军队严加警备。处于最高领导地位的政治督导员据说和斯大林是同乡，年轻气盛，野心勃勃，严厉冷酷，脑袋里装的只有煤矿产量的数字，至于劳动力消耗根本不在他考虑范围之内。只要产值上去，中央就会将这里视为优秀煤矿，作为奖赏而优先补充足够的劳动力。所以，即使死人再多，也不会减员，缺多少补充多少。为了提高成绩，他们一个接一个开采一般不会开采的危险煤矿，事故当然有增无减，但事故全然不以为意。

冷酷的也不全部是上边的人，现场看守本身几乎全是犯人出身，没受过教育，残忍至极，报复心重得令人震惊，在这些人身上几乎找不到同情友爱之心。天涯海角般的西伯利亚严寒，天长日久简直把他们变成了人以外别的什么生物。他们在哪里犯了罪，被关进西伯利亚监狱，在那里服完长期徒刑，早已没了归宿没了家庭，于是娶妻生子在西伯利亚安顿下来。

被送来煤矿的不单单是日本兵，还有为数众多的俄国犯人。他们大多想必是遭到斯大林清洗的政治犯和前军官，其中不少人受过高等教育，气质高雅不凡，也有——尽管数量不多——妇女和儿童，估计是被拆得天各一方的政治犯家属。妇女儿童做饭扫地洗衣服，年轻姑娘甚至被迫从事卖淫之类。也不仅俄国人，波兰人匈牙利人以及皮肤微黑的外国人（大概是亚美尼亚人和库尔德人）也被火车运来。居住区分成三个。一个是集中住有日本俘虏兵的最大居住区，一个是其他犯人和俘虏居住区，此外便是非犯人居住的地带。在煤矿劳动的一般矿工、专家、警备部队的军官、看守及其家属或普通俄罗斯市民都住在这里。车站附近另有一大片兵营，俘虏或囚犯禁止从那里经过。居住区与居住区之间拦着几道铁丝网，端着机关枪的士兵往来巡逻。

不过，我因为具有翻译联络员资格，也有事天天要去总部，只要出示通行证，基本上可以在各区之间自由通行。总部附近有铁路车站，站前有一座小镇，镇上有卖日用品的门面寒碜的商店，有酒馆，有中央来的官僚和高级军官专用的宿舍。有饮马池的广场上飘扬着苏维埃联邦的巨幅红旗，旗下停有一辆坦克，全副武装的年轻士兵经常一副百无聊赖的神情靠在机枪上懒洋洋站着。那前面有一所新建的医院，门前照例立着约瑟夫·斯大林巨大的塑像。

我碰见那个人是在一九四七年春天，记得雪终于融化了，应该是五月初。我被送来这里转眼一年半过去了。那个人身穿俄国犯人的囚服，和十多个同伴一起从事车站维修工程，拿锤子把石头打碎，用来铺路。四下里回荡着捶击硬石的“当当”声，我去煤矿管理总部报告完回来，从那站前通过。监督施工的下级军官把我叫住，命令出示通行证，我从衣袋里掏出来递给他。身材高大的中士满脸狐疑地看了半天，但他显然认不得字，于是叫来一个正在干活的犯人，叫他念通行证上的字。此犯人与他身边干活的其他犯人不同，显得颇有教养。但**他就是那个人**。一看见他，我顿时面色苍白，呼吸都几乎停止，就像溺水时透不过气一样。

居然是那个在哈拉哈河对岸让蒙古人剥山本皮的苏联军官！他瘦了，头发一直秃到头顶，门牙少了一颗。衣服不再是一道褶都没有的军装，而是脏兮兮的囚服，脚上不再是光闪闪的长筒靴，而是开着窟窿的布鞋。眼镜片污损得一塌糊涂，镜腿也弯了。但他无疑是那个军官，不可能认错。对方也重新盯视我的脸，大概对我过于茫然呆然的伫立不动感到诧异。同九年前相比，我想自己也同样瘦了，老了，头上甚至夹杂着白发。但看样子他终于记起了我，脸上浮现出惊愕——他肯定以为我早已在蒙古井底化为粪土了，作为我也做梦都没想到居然会在这西伯利亚的煤矿小镇碰上身穿囚服的那个军官。

但他很快掩饰住惊愕，对脖子上挎着机枪的不识字的中士以沉静的声音朗读通行证：我的姓名、我的翻译身份、我的可越区通行资格等。中士将通行证还给我，扬了扬下巴说可以了。走了一会我回头看去，对方也在看我，脸上似乎浮现出浅浅的微笑——也许是我的错觉。好半天我都两腿发抖走不好路，当时的恐怖场景刹那间历历复苏过来。

我猜测他大概因为什么垮了台而被作为囚犯送来这西伯利亚。这在当时的苏联绝不稀罕。政府内、党内、军内斗争愈演愈烈，斯大林近乎病态的猜忌也使得斗争变本加厉。下台的人只粗略经过一下审判便马上被枪毙或送入收容所，结果哪个更好只有天晓得了。因为纵免一死，也无非落得从事严酷至极的奴隶性劳动，一直干到死为止。我们日本兵是战时俘虏，活下来尚有返回祖国的希望，而被驱逐的俄国人则几乎没有生机。那个人想必也将在这西伯利亚大地上化为一抔黄土。

然而有一点我放心不下：现在他已掌握了我的姓名住所。战前我同山本一起参加了——尽管自己也蒙在鼓里——秘密作战，渡过哈拉哈河，潜入蒙古境内进行间谍活动。万一这一事实从他嘴里透露给谁，我势必处境不妙。但他终究没有密告我。事后得知，那时他正在悄悄制订更为长远的计划。

一星期后我又在站前看见他。他依然身穿满是污垢的囚服，脚戴铁链，用铁锤敲石头。我看他，他也看我。他把锤子放在地上，像穿军装时那样伸长腰对着我这边。这回他脸上浮现出了无可怀疑的微笑。尽管笑得极其轻微，但笑毕竟是笑，只是那笑里边含有足以使我脊背冻僵的冷酷，那便是他观看给山本剥皮时的眼神。我一声不响走了过去。

苏军的司令部里边，仅有一个和我亲切交谈的军官。他是列宁格勒大学毕业的，和我一样学的是地理，年龄也不相上下，同样对绘制地图感兴趣。由于这样的关系，两人经常借题发挥谈论绘制地图方面的专业性话题，以此消磨时间。他对于关东军绘制的满洲作战地图怀有个人兴趣，他的上司在旁边时当然不能谈，不在时便趁机畅谈共同的专业。他不时送食物给我，还把留在基辅的妻子相片给我看。在我被苏联扣留的漫长时间里，他是能让我多少感到亲切的唯一的俄国人。

一次，我以无所谓的语气问起在车站干活的那伙犯人，说其中有一个人看气质不像普通囚犯，说不定以前地位很高，并详细介绍了其相貌特征。他——此人名叫尼古拉——神情肃然地看着我。

“剥皮鲍里斯！”他说，“为了自身安全，最好不要对那个人怀有什么兴趣。”

我问为什么，尼古拉看样子不大想说，但若我有意的话，可以也曾经为他提供若干方便，于是尼古拉终于很不情愿地把剥皮鲍里斯被送来煤矿的原委讲给我听了。“我说的对谁也不要讲哟！”尼古拉说，“不开玩笑，他那个人的确非同小可。我也是一丝一毫不想和他沾边的。”

据尼古拉讲，情况是这样的：剥皮鲍里斯原名叫鲍里斯·格洛莫夫，果不出我所料，是内务部秘密警察，NKGB 的少校。在乔巴山掌握实权出任部长会议主席的一九三八年，被作为军事顾问派往乌兰巴托，在那里依照贝利亚领导的苏联秘密警察模式组建了蒙古秘密警察，在镇压反革命势力当中大显身手。人们被他们驱赶集中，投入收容所，受到拷问。大凡有一点嫌疑的以至多少可疑的人，全被干干净净地干掉了。

诺门坎战役结束，东面危机得以暂时缓解之后，他立即被召回中央，这次被派往苏联占领下的波兰东部，负责清洗旧波兰军队，在那里他得到了“剥皮鲍里斯”外号。因为拷问中他将从蒙古领来的汉子活剥人皮，波兰人当然怕他怕得要死，凡是目睹剥皮的人无不统统坦白。德军突然突破国境线、抗德战争开始后，他从旧波兰撤回莫斯科。很多人因涉嫌有组织地里通希特勒而遭到逮捕，或被稀里糊涂地杀害或被关进收容所。这期间他也作为贝利亚的得力心腹滥用其拿手的拷问大发淫威。斯大林与贝利亚为了掩饰未能事先预测纳粹进攻的责任并巩固领导体制，不能不捏造出这种内奸之说。在严刑拷打阶段很多人便被无谓地杀害，据说——真伪不得而知——那期间鲍里斯及其手下的蒙古人至少剥了五个人的皮，鲍里斯甚至把剥下的皮挂在房间里加以炫耀。

鲍里斯一方面生性残忍，一方面又是个极其小心谨慎的人。正由于小心谨慎，他才得以避过所有的阴谋和清洗。贝利亚对他喜爱得一如亲子。然而或许有点过于得意，一次他干过了头。那是一次致命的失败。他以在乌克兰战役中私通纳粹德国党卫军坦克部队的嫌疑逮捕了一名坦克部队的部队长，审讯当中予以杀害——将烧红的烙铁伸进身体各个部位（耳穴、鼻孔、肛门、阴茎等等）折磨致死。不料这名军官是身居高位的某共产党干部的侄子。事后红军总参谋部通过周密调查，查明该军官纯属无辜。不用说，那名共产党干部大发雷霆，伤了面子的红军也不肯忍气吞声，这回即使是贝利亚也无力包庇了。鲍里斯当即被解职押上法庭，同蒙古副官一起被判以死刑。但NKGB全力为其争取减刑，结果鲍里斯被送往西伯利亚收容所强制劳动（蒙古人则被处以绞刑）。贝利亚那时给狱中的鲍里斯悄悄捎去口信，叫他自己设法在那里存活一年，那期间贝利亚往红军和党那里打通门路，一定恢复他往日地位——至少据尼古拉说来是这样的。

“知道吗，间宫，”尼古拉压低嗓音说，“这里普遍相信鲍里斯早晚会重回中央，说贝利亚很快就会把那家伙救出去。不错，这个收容所目前由党中央和红军管理，贝利亚不便贸然下手。但也不能因此麻痹大意，风向说变就变。要是现在让那家伙在这里受苦受难，到那时候肯定会遭到骇人听闻的报复，这是明摆着的事。世上固然傻瓜不少，但自己往自己死刑判决书上签名的却是一个也没有。所以他在这里被奉为上宾，生怕碰他这个肿包。住宾馆让人侍候毕竟不可能，为摆样子也得让他戴脚镣干些轻活，但即使现在也给他住单人房，烟酒随便受用。若让我说，那家伙跟毒蛇没什么两样，留着对国家对谁都没好处，有人半夜里一下子割断他的喉咙该有多好！”

一天，我从车站附近路过，那个大个子中士再次把我叫住。我取出通行证给他看，他却摇头不接，而叫我马上到站长室去。我莫名其妙地跟到站长室一看，是身穿囚服的鲍里斯·格洛莫夫在等我。他正坐在站长桌前喝茶。我呆呆地站在门口不动。鲍里斯没再戴脚镣，他招手让我进去。

“哎呀，间宫中尉，好久不见了嘛！”他和颜悦色地笑道，并劝我吸烟，我摇头拒绝。

他自己叼支烟擦火柴点燃，说道：“一晃不见九年了，或者八年？反正你还好端端活着就谢天谢地。故友重逢，一大喜事啊！尤其是在那场残酷的大战之后。不是吗？对了，你到底是怎么从那眼混账井里出来的？”

我闭紧嘴保持沉默。

“也罢，算了。总之你是侥幸从那里出来了，并且在哪里丢了一条胳膊，还不知不觉讲上了一口流利的俄语——再好不过了！胳膊少一条无所谓，重要的是活着。”

我回答说自己并非想活才活着的。

鲍里斯听了放声大笑。

“间宫中尉，你真是个非常风趣的人。不想活的人如何会安然死里逃生？实在有趣至极。我这双眼睛可不是那么好蒙骗的哟！一个人逃出深井又过河跑回满洲，一般人万不可能。不过别担心，我不打算讲给任何人听。

“只是，不幸的是我已失去原来地位，如你所见，成了在押的一个囚犯。可是我无意永远在此天涯海角拿锤子敲什么石头，即使在如此沦落的现在，也还在中央堂堂正正保存力量，并且凭借那力量在这里日日养精蓄锐。跟你是开诚布公，实际上我很想同你们日本俘虏兵保持良好关系。不管怎么说，这煤矿的成绩来自多数日本俘虏兵诸君辛勤的劳动，无视你们的力量无论如何无法开展工作，而在开展工作之际，我希望你助我一臂之力。你曾服役于关东军谍报机关，胆大敢为，俄语也好。如果你肯居中斡旋的话，我想我可以对你和你的同胞提供最大限度的方便。这提议绝不算坏！”

“我以前没当过间谍，以后也不想当。”我断然回答。

“我也不是说让你当间谍，”鲍里斯安抚似的说，“不要误解。知道么，我是说准备给你们提供尽可能的方便，提议开创良好的关系。跟你说间宫中尉，我甚至可以把那个不干好事的格鲁吉亚混账政治督导员从椅子上打翻在地！不骗你。如何，你们不是对他恨之入骨吗？把那家伙驱逐之日，就是你们赢得部分自治之时。你们成立一个委员会，自主地进行组织。这样，至少可以不必像以前那样遭受看守的无端虐待。你们不是一直怀有这种愿望的么？”

确如鲍里斯所言，长期以来我们几次向当局提出这样的要求，均被一口回绝。

“对此你要求怎样的回报？”我问。

“没什么大不了的，”他笑眯眯地说，“我需求的只是同你们日本俘虏兵诸君有个密切而良好的关系。为了将若干看来很难沟通的同志从这里驱逐出去，需要你们日本兵的协助。我们的利害有几个部分是共同的。如何，我和你们携一次手好么？也就是美国人常说的‘give and take’[①]。如果你们协助，不会让你们吃亏，我绝对无意蒙蔽利用你们。当然喽，我知道自己没有资格请求你们喜欢，我们之间多少有过不幸的回忆，但别看这样，我还是个讲究信义的人，讲定的事必然履行。所以过去的事情就付诸东流好么？

“几天内请对我的建议给予实实在在的答复。尝试一下的价值我想是有的，更何况你们应该没有什么再可失去的东西，对吧？记住，间宫中尉，这话只能极端保密地告诉给真正可靠的人。实在说来，你们当中混有几个协助政治督导员的告密分子，千万不要传到那几个家伙耳朵里。一旦泄露，事情很可能遇到麻烦。这方面我的力量还不能说很充分。”

我回到收容所把情况悄悄讲给一个人听。此人原为中校，有勇有谋，是死守兴安岭要塞直到停战都没举白旗的部队的部队长，如今是整伙日本俘虏兵的幕后领导，俄国人也不得不对他另眼看待。我略去哈拉哈河山本一事，告诉他鲍里斯原是秘密警察的高级头目，说出了他的建议。中校看样子对赶走现任政治督导员取得日本俘虏自治权的可能性颇感兴趣。我强调说鲍里斯残忍危险，长于阴谋诡计，不可轻易相信。“或许是那样，但确如他所说，我们没有任何可失去的。”中校对我说。给他如此一说，我也无言以对，觉得无论因此发生了什么事，情况也不至于变得比现在更糟。然而结果我犯了个大错误，地狱这东西真是个无底洞。

几天后，我设法选中一个避人耳目的地方安排中校和鲍里斯单独见面，我作为翻译参加。三十分钟后达成秘密协议，两人握手。至于后来过程如何，我就不晓得了。为不引人注意，他们大

---

① (在同等条件下)交涉、互让、妥协，(友好)协商。

概避免直接接触，采用秘密联络手段频繁交换密码文字，因此我再没机会介入其间。中校也好鲍里斯也好那期间采取的都是彻底的保密主义，但这对我是求之不得的。可能的话，我不想再次同鲍里斯发生关系。当然事后才知道，那是不可能的。

约一个月后，如鲍里斯向我讲定的那样，格鲁吉亚政治督导员被中央调离，两天后派来了新的督导员。又过两天，三个日本俘虏兵在同一晚上被勒死。为制造出自杀假象，早上他们被人用绳子吊在棚梁——毫无疑问是其同伴即日本俘虏兵本身干的。三人大约是鲍里斯所说的密告分子，但事件没受到任何追究和处分而不了了之。那时，鲍里斯已基本上把收容所实权握在手中了。

33 消失的棒球棍、回来的《贼喜鹊》

我身穿毛衣和短大衣，毛线帽戴得低低的，翻过后墙下到阒无人息的胡同。到天亮还有一段时间，人们尚未起床，我放轻脚步顺胡同走到“公馆”。

房子里仍是六天前我离开时的样子。厨房洗碗池仍旧堆着用过的餐具。没有留言条，录音电话没有留言，肉桂房间的电脑屏幕早已僵死，空调机一如往常保持着室内恒温。我脱去大衣，摘下手套，烧水泡红茶喝着，吃几片带奶酪的饼干权作早餐，然后洗好洗碗池里的餐具放回壁橱。九点钟了，肉桂依然没有出现。

我走到院子掀开井盖，弓腰往里窥视。里面仍然黑洞洞的。对这井我现在已十分了解，仿佛了解自己肉体的延长，其黑暗、气味和岑寂已成为我的一部分。在某种意义上，我比了解久美子还更详细地了解这眼井。当然我还清楚地记得久美子，闭上眼睛，她的声音相貌身体和举止的细微处都能一一记起，毕竟同她在一个屋顶下生活了六年。但与此同时，又似乎觉得她身上有了自己记不那么鲜明的部分，或者说已不如以前那样对自己的记忆具有十足的自信，就好像无法准确记起失而复得的猫的秃尾巴的卷曲形状。

我坐在井沿上，双手插进大衣袋，再次环顾四周。看样子马上就要下起冰冷的雨雪。没有风，空气干冷干冷的。一群小鸟像勾勒暗号图形一样以复杂的线路在空中盘旋几次，之后箭一般不知飞去了哪里。片刻，传来大型喷气式飞机沉闷的马达声，其姿影则被厚厚的云层挡住了全然看不见。阴晦到如此程度，白天下井也不必担心上来时阳光刺伤眼睛。

但好半天我什么也没做，兀自在那里静坐不动。无须急躁。一天刚刚开始，还不到中午。我就这样坐在井沿上任凭脑海里浮想联翩。过去在这里的石雕鸟被搬去哪里了呢？莫非此时点缀在别人家院子里，依然以展翅欲飞的姿势表现它那永远无从实现的冲动不成？抑或去年夏天拆除宫胁家空屋时被当垃圾扔掉了呢？我很有些怀念那只石雕鸟，觉得院子由于石雕鸟的不在而失去了往日微妙的谐调。

过了十一点，不再浮想联翩之后我开始下井。顺着梯子下到井底，我照例做了个深呼吸确认周围空气情况。空气没有变化，多少有点霉气味儿，但氧气没有问题。接下去，我伸手去摸靠井壁立着的棒球棍。**但球棍哪里也找不到**。球棍不见了，毫无踪迹地不翼而飞。

我在井底坐下，背靠井壁。

我叹息几声。没有目的的空虚的叹息，一如无名空谷中心血来潮地掠过的风。叹息也叹累了，便用双手“咔嗤咔嗤”搓自己的脸颊。到底谁把棒球棍拿走了呢？肉桂？这是我所能想到的唯一可能性。除他无人知道那根棒球棍的存在，也不会有人下到这井底。可是肉桂为什么非拿走我的棒球棍不可呢？黑暗中我无奈地摇头。这是我所不能理解的，或者说是我不能理解的很多事之一。

反正今天只能在没有棒球棍的情况下进行了，我想。没有办法。棒球棍原本不过是护身符样的东西。不怕，没有也毫无关系，一开始我不是两手空空走到那个房间的吗？如此说服自己之后，我拉绳合上井盖，继而双手拢在膝头，在深深的黑暗中静静闭起眼睛。

但一如上次，意识很难集中于一点。纷繁的意念悄然潜入脑海干扰集中。为把意念驱逐一空，我开始考虑游泳池，考虑我常去的区营二十五米泳道室内游泳池，想象自己在游泳池往来爬泳的光景。我忘掉速度，只管静静地缓缓地游动不止。我将臂肘从水中悄悄抽出，由指尖轻轻插入，以免发出不必要的声响，溅起不必要的水花。我像在水中呼吸一样将水含入口中再徐徐吐出。如此游了一会，渐觉身体竟如乘缓风，自然随波逐流。传入耳畔的只有我规则呼吸的声息。我如空中飞鸟在风中飘忽，俯视地面风光：远处的街市、渺小的人影、流动的河渠。我的心绪充满祥和，不妨称之为**心旷神怡**。游泳是我人生旅途中发生的最为辉煌的事情之一。尽管没有解决任何我面临的问题，但也没受任何损失，也没有任何缘由可以使我受损。**游之泳之！**

蓦地，有什么传来。

意识到时，黑暗中我听到类似飞虫羽声那“嗡嗡嗡嗡嗡”低沉单调的吟哦，但不同于真正的飞虫羽声，而更带有机械的人工的意味，其波长犹如短波调频一样时高时低变化微妙。我屏住呼吸，侧起耳朵，试图弄清声音来自何处。它既像来自黑暗的某一点，又似乎发自我自身的脑袋。漆黑中极难分辨。

将神经集中于声音的时间里，我陡然坠入睡眠。这里边完全不存在“睡意”这种阶段性认识，它来得是那样的唐突，就像在走廊上不经意行走时有人一把将自己拖入全然陌生的房间。这如深泥层般的昏睡不知包笼了我多长时间。我想大概不长，或许一瞬之间，但当我偶然回过神时，发觉自己竟置身于另一种黑暗。空气不同，温度不同，黑暗的深度和质量不同。黑暗中混杂着隐约不透明的光，且有似曾相识的浓郁的花粉气味扑鼻而来——我是在那座奇妙宾馆的房间里。

我扬起脸，环视四周，屏住呼吸。

我穿过了墙壁。

我坐在地毯上，背靠贴着墙布的墙壁，双手在膝头合拢。我醒得完全彻底，一如睡眠的无比深重。由于对比是那样的极端，好一会才能适应自己的觉醒。心脏发出很大的声音，迅速收缩不已。**没错，我是在这里。**我好不容易来到了这里。

在重重设防的细密的黑暗中，房间看上去与我记忆中的样子毫无区别。但眼睛逐渐适应黑暗之后，细小部分便多少不同起来。首先电话机位置变了，由床头柜移至枕头，在枕上悄然伏身。其次瓶中的威士忌减少了许多，现在只剩瓶底一点点。冰筒里的冰块已彻底融化，成了混浊的陈水。玻璃杯干得甚是彻底，手指一碰不难看出沾有白色的灰尘。我去床边拿起电话机，把听筒贴在耳上，却已绝对死寂。看来房间已被弃置很久遗忘很久了，完全感觉不到人的气息，唯独花瓶里的花依然保持近乎怪异的蓬勃生机。

床上有谁躺过的痕迹。床单床罩和枕形有点乱。我掀开床罩查看，但已没有余温，化妆品味儿亦未留下。我觉得那个人已离床很长时间了。我坐在床沿上，再次缓缓四顾，侧耳谛听，但一无所闻。房间仿佛被盗墓者运走尸体的古墓。

这时，电话铃突然响起。我的心脏如蜷缩的猫一般就那样冻僵着。空气瑟瑟发颤，飘浮的花粉被击中一般睁眼醒来，花瓣在黑暗中微微扬脸。电话？可是电话刚才已如深深埋在土里的石头一样死寂。我调整呼吸抑制心跳，确认自己确乎置身于这房间中而并未移往别处。我伸手用指尖轻触听筒，须臾慢慢提起听筒。铃声共响了三四次。

我“喂喂”两声，但电话在我拿起的同时即已死掉。无可挽回的死，如手中托着沙袋一般重。我以干涩涩的声音重新“喂喂”一次，不料我的声音被厚墙一样的东西原封不动地反弹回来。我将听筒放回，然后又一次拿起贴上耳朵。寂无声响。我在床头坐下，屏息敛气等待铃声再度响起。却不肯响。我望着空中的灰尘又一次照原样失去意识在黑暗中昏倒沉沦下去。我在头脑中再现铃声。现在我已无法判断是否真的响起过铃声。但如此怀疑下去，事情根本无法收场。我必须在哪里画一条线，否则连我自身这一存在都岌岌可危。**铃声确实响了**，毋庸置疑，并且又在下一瞬间死了。我轻轻干咳一声，然而咳声也倏然在空气中死去。

我站起身，再次在房间内走动。我注视脚前的地面，仰望天花板，在茶几上坐下，轻轻靠住墙壁。我若无其事地拧动球形门拉手，打开落地灯又关上，关上又打开。当然，门纹丝不动，灯无动于衷。窗口从外面封死了。我试着凝神谛听。沉默如光溜溜的高墙。尽管如此，我觉得里边仍有什么想**欺骗**我——似乎全都在鸦雀无声，紧贴墙壁，隐去肤色，不让我觉察其存在。所以，我也**佯作**不知。我们在巧妙地互相欺骗。我再次清清嗓子，用指尖碰了下嘴唇。

我决定重新检查一遍房间。又按了一次落地灯开关，灯不亮。打开威士忌瓶盖嗅了嗅残留的酒味儿，味儿一如往常。Cutty Sark。我拧好瓶盖，放回茶几原来位置。出于慎重，我又提起听筒贴在耳上。死死的，死得无法再死。继而在地毯上缓缓踱步确认鞋底的感触。耳朵贴在墙壁上，集中神经看能否听见什么，当然什么也听不见。接着站在门前转动球形拉手——尽管自知徒劳——结果很容易地向右转了一圈。但我好一会儿都无法将这一事实作为事实接受下来。刚才，它还像给水泥固定住了似的一动不动。我将一切还原为白纸，再一次从头核实。缩手，伸手，左右转动球形拉手。拉手在我手中左右旋转自如。有一种舌头在口腔中鼓胀般的奇妙感触。

门没锁。

我把转动后的拉手往里一拉，令人目眩的光从门缝泻入房屋。我想起棒球棍。若有那球棍在手，原本可以再沉着一些。**算了，忘掉棒球棍！**我毅然大大地打开门，左顾右盼确认无任何人之后，走到走廊。一道铺有地毯的长长的走廊。不远的前方有一个插满花的大花瓶，是吹口哨的男侍敲房门时我用来藏身的那个花瓶。记忆中，走廊相当之长，且中途拐了好几个弯后岔开了。当时我碰巧遇上吹口哨的男侍，尾随其后来到这里。房门上钉有208的门牌号。

我一步一步稳稳地朝花瓶方向走去。但愿能走到电视荧屏上曾有绵谷升出现的那座大厅，那里当时有很多人，且有动感，弄得好，说不定可以从中发现一点线索。但那无异于没带指南针就闯入漫无边际的沙漠，倘若既找不到大厅也返不回208房间，我很可能滞留在这迷宫般的宾馆中而无法回归现实世界。但我无暇犹豫。这恐怕是最后机会。我每天等在井底持续等了半年，现在门终于在我面前打开了，况且不久井也将被人从我手中夺走，若在此裹足不前，迄今为止花费的时间和精力势必化为泡影。

有几个拐角。我的脏网球鞋无声地踏着铺满地毯的走廊。不闻人语不闻音乐不闻电视机声，空调机换气扇电梯声也听不见，宾馆安静得犹如被时间遗忘的废墟。我拐过好些拐角走过好些门前。有几条岔路，每次我都选择右侧的。这样，在我想返回的时候，只要向左向左即可回到原来房间。方向感已荡然无存，弄不清自己是朝着什么前进。门牌号的排列顺序颠三倒四乱七八糟，毫无用场，还没等记住便已纷纷滑出意识不见了，不时觉得有和上次相同的门牌号出现。我站在走廊正中调整呼吸。难道我像迷失在森林中那样在同一地方团团打转吗?

正当我茫然伫立时，远处传来似曾听见的声音。吹口哨的男侍。口哨吹得有板有眼，吹得如此漂亮的别无他人。他仍如上次一样在吹罗西尼的《贼喜鹊》序曲。那旋律并不容易用来吹口哨，他却吹得潇洒自如。我沿走廊朝口哨方向前进。口哨声越来越大越来越清晰，大概他正沿走廊朝这边走来。我找一根柱子躲在阴影里。

吹口哨的男侍手托银盘，上面同样放着 Cutty Sark 和冰筒和玻璃杯。男侍目视正前方，以仿佛陶醉于自家口哨的神情从我面前快步走过，看也没看我一眼，样子似乎在说正争分夺秒着呢。**一切都一成未变**，我想。肉体仿佛被时间的逆流冲了回去。

我立即尾随男侍。银盘随着口哨不无惬意地一摇一闪，明晃晃地反射着天花板的灯光。《贼喜鹊》的旋律咒语一般无数遍周而复始。《贼喜鹊》究竟是怎样一部歌剧呢?我所知道的仅仅是其序曲单纯的旋律和离奇的剧名。小时候家里有托斯卡尼尼指挥的这一序曲的唱片。较之克劳迪奥·阿巴多那充满青春活力和现代感的流畅华丽的演奏，托斯卡尼尼则令人热血沸腾跃跃欲试，就像经过一场激烈格斗之后把强敌压在身下而即将开始慢慢的绞杀。但《贼喜鹊》果真说的是偷东西的喜鹊吗?等一切水落石出，我要去图书馆查查音乐辞典才是。如果有全曲唱片卖，不妨买来听听。噢，怎么样呢?也许届时我会失去兴趣。

吹口哨的男侍如机器人一样稳稳当当正步前行，我稍拉开一点距离跟在后面。他去哪里不想我也知道：他准备给 208 房间送新的 Cutty Sark 和冰筒。实际上男侍站定的地方也是 208 门前。他把盘子换到左手，确认门牌号，伸腰端正姿势，事务性地敲门。三下，又三下。

听不清里面有无回音。我躲在花瓶后面窥看男侍的动静。时间在流逝，但男侍简直像考验忍耐力极限一样直立在门前凝然不动。他不再敲门，静等着门打开。一会儿，祈愿大约传到了里面，门从内侧打开一条小缝。

34　让别人想象(剥皮鲍里斯故事的继续)

鲍里斯没有失约。我们被赋予部分自治权，重新设置了由日本俘虏兵代表组成的委员会，由中校领导。以前那种俄国看守和警卫的暴行被禁止，所内治安由委员会负责。新政治督导员的(即鲍里斯的)表面姿态是：只要不闹事和完成生产定额，其他事不加干涉。这种看上去堪称民主的变革，对我们俘虏自然是一大喜讯。

可是事情没那么简单。我们——包括我在内——由于过于欢迎改革而放松了警惕，未能看穿变革背后鲍里斯的阴谋诡计。

新上任的政治督导员在以秘密警察为后盾的鲍里斯面前完全抬不起头，于是鲍里斯趁机将收容所和煤矿镇变成自己为所欲为的领地。阴谋与恐怖在这里成了家常便饭。鲍里斯从囚犯和看守中挑选出残忍而魁梧的人加以训练(这地方不缺少此类人)，组成近卫队一样的团伙。他们被武装以枪、刀、尖镐，按鲍里斯的命令对不从其意的人进行威胁、伤害或者有时拉去哪里打杀。任何人对他们都无能为力，军方派来负责煤矿警备的一个连队也对这伙人的胡作非为佯作不知。那时就连军队也无法轻易对鲍里斯下手了。军方只在后头悠然负责车站和兵营附近的警备，对于煤矿和收容所里发生的事情基本上采取视而不见的态度。

近卫队团伙里特别得到鲍里斯青睐的，是一个被称为“塔尔塔尔”的蒙古囚犯出身的人，他总是如影随形不离鲍里斯屁股后。“塔尔塔尔”据说原是蒙古摔跤冠军，右脸颊有块紧绷得变形的火烧伤疤，乃是拷打遗痕。鲍里斯如今已脱去囚服，住进整洁漂亮的公房，将女囚轮流当女佣使用。

据尼古拉讲（他愈发沉默寡言了），他认识的几个俄国人夜里神不知鬼不觉地失踪了，对外说是下落不明，或是作为事故处理掉了，而实际上无疑是给鲍里斯的爪牙悄悄“干掉了”。人们只要对鲍里斯的意向、命令稍有不从便面临生命危险。有几个人向党中央上告这里的不正当行为，结果因事情败露而失踪。“听说为了杀一儆百，那些家伙连七岁小孩都不放过，”尼古拉脸色发青地偷偷告诉我，“而且是当着父母的面活活打死的。”

鲍里斯起始没有对日本人地块如此凶相毕露。他首先要完全控制那里的俄国人，全力巩固自己的地盘，那期间日本人的事交由日本人自己管。因此，变革后最初几个月我们得以品尝短暂的安稳。对我们来说，那真是一段风平浪静的日子。劳动强度由于委员会的要求而多少有所减轻，也无须再害怕看守的暴力。我们甚至在来到这里之后第一次萌生了希望，大家认为事情有了些许好转。

当然，这数月的蜜月时期里鲍里斯对我们也并非放任不管。他悄悄地然而稳稳地埋下了基石——鲍里斯逐个威胁或收买日本人委员会成员，暗地里一步步使委员会处于他的控制之下。但由于他推进得非常谨慎，避免使用露骨的暴力，因而我们完全没有觉察到他的用心。觉察到时一切都已经晚了。就是说，鲍里斯在自治名义下使众人麻痹大意，从而更有成效地确立了他铁一样的独裁体制，其计算恶魔一般精确而冷静。不错，无谓而无用的暴力是从我们身边消失了，但取而代之的是基于冷酷计算的新型暴力。

他大约花了半年时间确立坚如磐石的独裁王国，其后回过头来镇压我们日本俘虏。中校因在几个问题上代表日本俘虏兵利益同鲍里斯针锋相对而被其除掉。那时，委员会里不仰鲍里斯鼻息的人已经只剩下中校和几个同伴了。中校夜里被人按住手脚扼住喉咙，用湿手巾蒙在脸上窒息而死。那当然是鲍里斯命令干的。鲍里斯杀害日本人时决不动用自己人。他命令委员会指使日本人杀害了中校。中校的死简单地作为病死了结，我们晓得谁直接下的手，但不能说出口，因为当时已有鲍里斯的特务潜入我们中间，无法在人前随便开口。中校遇害之后，日本人委员会的委员长通过委员会的互选由对鲍里斯言听计从的人接任。

劳动环境也由于委员会的变质而逐步恶化，终归一切又回到了原来的样子。为了换取自治，我们曾向鲍里斯保证过生产定额，而这对我们渐渐成了沉重负荷。定额以各种名义步步升级，结果我们的劳动比以前更为不堪忍受。事故增加，许多人成为野蛮采煤的牺牲品而徒然抛骨异乡。所谓自治云云，说到底无非以前由俄国人负责的劳务管理改由日本人自己担当罢了。

不用说，俘虏之间的不满情绪与日俱增。以往平分苦难的小社会里产生了不公平感，产生了深深的怨恨和猜疑。为鲍里斯效命的人分得较轻劳动和好处，其他人则必须忍受以死为邻的残酷生活。但没有人敢大声抱怨，因为明显的反抗即意味着死，很可能被关进奇冷的惩罚室因冻伤和营养失调而丧命，或者夜里睡着时被“暗杀队”用湿毛巾捂在脸上，抑或在矿井干活时被人从背后用洋镐劈开脑袋扔进竖井。黑暗的矿井深处谁也不知道发生了什么，只知道不觉之间某某人消失不见了。

我不能不感到自己负有将中校引见给鲍里斯的责任。当然即使我不参与，鲍里斯也会通过别的渠道打入我们中间，迟早会出现同样情况，但这并不等于说我可以多少减轻一点内心痛楚。我那时判断失误，自以为得意地干了错事。

一天，我忽然被叫到鲍里斯作为事务所使用的建筑物里。已经许久没见到鲍里斯了，他像在站长室见到时那样坐在桌子前喝茶，背后依然屏风般站着腰插一支大自动手枪的“塔尔塔尔”。我一进去，鲍里斯便回头示意蒙古人出去。于是只剩下我们两个人。

“怎么样，间宫中尉，我是言而有信的，是吧？”

是的，我回答。不错，他是言而有信，很遗憾，他并非说谎。他向我许下的诺言确实实现了。一如同恶魔的媾和。

“你们获得了自治，我获得了权力。”鲍里斯大大地摊开两手笑嘻嘻地说，“所谓各取所需。采煤量也比以前增加了，莫斯科也高兴。皆大欢喜，无可挑剔。所以，我非常感谢你这位中介人，并想实际给你一个报答。”

用不着感谢，也不必报答，我说。

“我们早有交往，大可不必那么冷若冰霜嘛！”鲍里斯笑道，“开门见山地说，可以的话，我打算把你作为部下收在身边。就是说，想请你在此协助我工作。这个地方遗憾的是能动脑思考的人实在少而又少。依我之见，你虽然胳膊只有一条，脑袋却很够用。所以只要你肯当我秘书一类的角色，作为我非常求之不得，可以为你提供最大限度的方便使你在此快活度日。你肯定能久活下去，甚至可以返回日本。在这地方跟着我绝对没亏吃。”

一般情况下，对此我想必一口回绝。我无意当鲍里斯的喽啰出卖同伴以求自己一人享福。假如因拒绝而被鲍里斯杀了，对于我莫如说正中下怀。但那时我脑袋里产生了一个计划。

“那么我做什么样的工作好呢？”我问。

鲍里斯交给我的工作不那么简单，必须处理的杂务堆积如山。最重要的是为鲍里斯管理个人财产。鲍里斯将莫斯科或国际红十字会送来的食品衣物以及药品的一部分(约占总数的四成之多)贪污下来运进秘密仓库，之后到处抛售。他还将部分原煤用货车运往别处，通过地下渠道流出。燃料慢性短缺，供不应求。他收买了铁道工作人员和站长，足可以为私人生意而随心所欲地调用火车，负责警备的部队也因得了食物金钱而睁一只眼闭一只眼。由于有这种“营业”，他已经积累了惊人数额的财产。他向我解释说以后这将用作秘密警察活动资金，说他们本身的活动需要不便留下正式记录的大量资金，而他自己就是在此秘密筹资。但那是谎言。当然，其中极小一部分或许上交给了莫斯科，但绝大部分我坚信都已变为其个人资产。详细的我不清楚，但情况似乎是他将这笔钱通过秘密渠道汇入外国银行的账户，或者换成金子。

不知什么缘故，他好像彻头彻尾信任我这个人，根本不担心我会把他的秘密泄露出去，现在想来都觉不可思议。对于俄国人及其他白人，他总是疑神疑鬼，严加防范，而对蒙古人和日本人则莫如说怀有百分之百的依赖感。也许认为我即使泄密也对他没什么损害。说到底，我究竟又能向谁道穿他的秘密呢？我身边清一色是鲍里斯的爪牙，而这些人无不从鲍里斯的营私舞弊中捞得残羹剩饭，因他贪污占用食品药品中饱私囊而遭受涂炭之苦以致丧生殒命的是软弱无力的囚犯和俘虏。况且所有邮件都受检查，同外界接触是被禁止的。

总而言之，我热心而忠实地履行鲍里斯秘书的职责，将他混乱不堪的账簿和库存目录一一加以清理，物品和资金流向也弄得有条不紊一目了然。我分门别类地造册登记，以便马上可以查出何物何款在何处数量多少以及升值动向如何。我把他收买的人列了个长长的一览表，计算出其“所需经费”。我从早到晚为他忙个不停，结果使我原本不多的朋友统统弃我而去，人们认为我已沦为鲍里斯的忠实走卒，为人一钱不值，当然这也是无可奈何的事(可叹的是，纵使现在他们恐怕也这样看我)。尼古拉也跟我再无二话，以前要好的两三个日本俘虏也对我避而远之。相反也有人因我得到鲍里斯赏识而朝我靠近，但我这方面又将其拒之门外。这样，我在收容所里愈发孤立和孤独起来。我所以免于被杀，无非因为我有鲍里斯这个后台。我被鲍里斯视为至宝，杀了我不可能简单了事。人们完全知道鲍里斯会在必要情况下变得如何残忍，其有名的剥皮情节在这里也成了传奇。

但，我越是在收容所里孤立，鲍里斯越是信任我，对我井井有条手段高明的工作情况啧啧称赞，大为满足。

"真是了不起！只要有众多你这样的日本人，日本早晚会从战败的混乱中崛起。可是苏联不行。很遗憾，几乎没有希望。沙皇时代还多少好一点，至少沙皇不必一一动脑考虑繁琐的是是非非。我们列宁从马克思理论中搬出自己能够理解的部分为己所用，我们斯大林从列宁理论中搬出自己能够理解的部分——量少得可怜——为己所用。而在这个国家里，理解范围越窄的家伙越能执掌大权，愈窄愈妙。记住，间宫中尉，在这个国家求生手段只有一个，那就是不要想象，想象的俄罗斯人必遭灭顶之灾。我当然不想象。我的工作是让别人想象，这是我的衣食之源。**这点你最好牢牢记住**。至少在这里的时间里你要想象什么，就想起我的脸来，并提醒自己这可不成这要掉脑袋的。这是我的无价忠告：想象让别人去想！"

如此转眼过去了半年。到一九四七年秋末，我于他已经成了必不可少的存在。我负责他活动的实务性部分，"塔尔塔尔"和近卫队负责暴力部分。鲍里斯仍未被莫斯科秘密警察召回，但此时他看样子已不怎么想回莫斯科了。他在收容所和煤矿中建立了属于他自己的坚不可摧的王国，在此他活得畅快淋漓。他可以在强有力的私家军队保护下，四平八稳地积蓄财产。说不定莫斯科上层也有意不把他叫回中央，而把他放在这里巩固西伯利亚的统治地盘。莫斯科同鲍里斯之间有频繁的信件往来，当然不是邮寄，而由密使乘火车一一送达。密使们个个牛高马大，眼神冷若冰霜。他们一进门，室内温度都会骤然下降。

与此同时，从事劳动的囚犯们死亡率依然居高不下，其尸体一如从前被一个个投入竖井。鲍里斯严格检查囚犯的体能，对体弱者一开始便彻底驱使，削减营养，为减少人数而使其劳累消耗致死，而将那部分粮食转给身体强壮的人，提高生产效率。收容所完全成了效率第一、弱肉强食的世界。强者多吃多占，弱者连连倒下。劳动力不够用，又有新的囚犯像运家畜一样塞满货物列车从哪里运来。严重时运输途中即有差不多两成死去，但谁都不放在心上。新来的几乎全是从西边运来的俄国人和东欧人，对鲍里斯来说，难得的是西边斯大林性格无常的强权政治似乎仍在继续。

我的计划是杀死鲍里斯。当然，杀死他一个人也无从保证我们处境好转，大同小异的地狱生活仍将持续下去。但不管怎样，我不能允许这个世界上有鲍里斯这个人存在。如尼古拉所预言的那样，他简直是条毒蛇，必须有个人砍掉他的脑袋。

我不惜一死。如能同鲍里斯对杀而死自是求之不得。但不许失败。必须等待万无一失那一瞬间的到来，一枪就让他呜呼哀哉。我作为他的秘书装出忠实工作的样子，同时虎视眈眈地窥伺时机。然而鲍里斯——前面已经说过——是十分小心谨慎的人。他身边无论白天黑夜都有“塔尔塔尔”如影随形。纵使偶尔鲍里斯单独一人，没有武装的独臂的我又如何能杀死他呢？但我耐住性子等待着时机到来。假如哪里有神存在的话，我相信机会迟早会降临。

一九四八年来临后不久，收容所里传说日本俘虏兵终于可以回国了，说开春就会来船接我们回去。我就此问了鲍里斯。

“是那样的，间宫中尉，”鲍里斯说，“传说是真的。不远的将来你们会全部返回日本。国际舆论的压力也越来越大，不可能永远把你们当劳动力使用下去。不过，怎么样，中尉，我有个建议——你有没有不是作为俘虏而作为自由的苏联公民留在这个国家的想法？你为我工作得十分出色，你走了找后任很不容易。反正你回日本也身无分文，相比之下笃定在我身边快活。听说在日本吃都吃不饱，人一个接一个饿死，而这里金钱女人权力应有尽有。”

鲍里斯的建议是认真的，大概认为我对他的个人秘密知道得太多，把这样的人放出手去未免有点危险。如果拒绝，他或许会为灭口而把我除掉。但我已无所畏惧，我说谢谢你的建议，但自己放心不下留在故乡的父母和妹妹，还是想回国。鲍里斯耸了耸肩，没再说什么。

回国日期临近的三月一天夜里，杀他的绝好机会出现在我面前。当时房间里只鲍里斯和我两个人，总贴着他的“塔尔塔尔”也不在场。时近晚间九点，我一如往日在整理账簿，鲍里斯对着桌子写信。他这么晚还在办公室里是很少有的事。他一边呷着玻璃杯里的白兰地，一边用自来水笔在信笺上疾书。衣架上连同他的皮大衣和帽子一起挂着装有手枪的皮枪套。手枪不是苏军配给的大手枪，是德国造的瓦尔萨 PPK，那是鲍里斯在多瑙河渡河战役后从俘虏的纳粹党卫军中校身上没收来的。手枪擦得锃亮，枪柄上打着闪电形状的 SS 标记。他擦枪时我看得很仔细，知道弹夹里经常装有八发实弹。

他如此把枪挂在衣架上实在十分罕见。谨小慎微的鲍里斯伏案工作时，枪总是藏在右手下的抽屉里以便能随时抽出，但这天晚间不知何故他心情很好也很饶舌，大约因此而放松了平日的警惕。这对我正是千载良机。至于如何单手打开安全栓和如何将第一发子弹迅速上膛，这动作迄今为止我不知在脑海里重复了多少次。我毅然起身，装作去取文件的模样往衣架前走去。鲍里斯正专心写信，看也没看我一眼。经过衣架时我悄悄从皮套里拔出手枪。手枪不大，一只手攥得严严的。无论握感还是稳定性，一上手我就知是一把好枪。我站在他面前，打开安全栓，双腿挟枪，右手将枪栓往后一拉送子弹上膛。随着这干涩的一声轻响，鲍里斯总算抬起头来。我将枪口对准他的脸。

鲍里斯摇头叹了口气。

“对你是够可惜的，枪里没上子弹。”他给自来水笔拧好笔帽后说道，“上没上子弹从重量即可得知。上下摇一下看看，七点六五毫米的子弹八发约有八十克自重。”

我不相信鲍里斯的话。我迅速瞄准他的额头，毫不犹豫地扣动扳机，然而只有“咔”一声干响。如他所说，里边没上子弹。我放下枪，咬住嘴唇。我已什么都思考不成。鲍里斯拉开抽屉，抓出一把子弹，摊在手心上给我看。原来他已事先从弹夹里取出了子弹，我上了他的当，一切都是圈套。

“我早就晓得你想杀我。”鲍里斯静静地说，“你在脑海中反复想象杀我的场面，对吧？以前我应该对你忠告过：想象是要掉脑袋的。不过算了，反正归根结蒂你没办法杀我。”

随后鲍里斯从手心上的子弹中取出两粒朝我脚前扔来，两粒子弹“啪啦啦”滚到我脚下。

“这是实弹，”他说，“一点不骗你。装上打我好了。对你这是最后机会。如果真想杀我的话，只管瞄准开枪！如果没打中，就不得把我在这里的所作所为、把我的秘密告诉给世界上的任何人。答应我，这是我们的交易。”

我点点头。我答应了他。

我把枪夹在两腿之间，按保险扣拔下弹夹，装上两粒子弹。一只手做来并非易事，何况手在不停地微微发抖。鲍里斯以若无其事的神情看着我这一系列动作，脸上甚至透出微笑。我将弹夹插进枪柄，准星瞄定他两眼正中，控制住手指的颤抖一扣扳机。很大的枪声在房间里炸响。但子弹掠过鲍里斯耳侧打入墙壁，打得白石灰纷纷四溅。相距不过两米，我却未能命中。绝非我枪法不行，驻新京时我练射击甚是投入。虽说是单臂，但我右手握力比一般人大，且瓦尔萨手枪稳定性好易于瞄准，同我的手也正相吻合。我不能相信自己会误失目标。我拉栓再次瞄准，深深吸了口气，口中自语道我必须干掉此人。只有干掉此人，我活着才有意义。

“瞄准，间宫中尉！这可是最后一发了。”鲍里斯仍面带笑意。

这当儿，听到枪声的“塔尔塔尔”手握大手枪闯进屋来。鲍里斯制止了他。

“别动手！”他声音尖厉，“让间宫朝我开枪。如果碰巧把我打死，再随你收拾他不迟。”

“塔尔塔尔”点头把枪口定定地对准我。

我右手握住瓦尔萨笔直前伸，瞄准他仿佛看穿一切的冷冷的笑脸的正中间沉着地扣动扳机，手中稳稳地控制住后坐力。无比完美的一发。然而子弹仍紧贴他头皮擦过，仅仅将其身后座钟击得粉碎。鲍里斯眉毛都丝毫未动。他照样背靠椅背，始终以蛇一样的目光逼视着我的脸。手枪“咣啷”一声掉在地板上。

半天谁都没有开口，谁都一动不动。之后鲍里斯从椅子上站起，缓缓弓腰拾起我掉在地板上的瓦尔萨。他不无沉思意味地看着手里的枪，静静地摇头，把枪插回衣架上的枪套，随后安慰我似的轻拍两下我的臂膀。

“我说过你杀不了我吧？”鲍里斯对我说道，接着从衣袋掏出一盒“骆驼”，衔一支在嘴上，用打火机点燃。“并非你枪法不好，只是你轻易杀不得我，你还没这种资格，正因如此你才失去了机会。抱歉，你将带着我的诅咒返回故乡。记住：你在哪里都不可能幸福，从今往后你既不会爱别人，又不会被人爱。这是我的诅咒。我不杀你，但不是出于好意。以前我杀了很多人，以后也还要杀很多，但我不搞不必要的杀戮。再见了，间宫中尉，一个星期后你将离开这里开赴纳霍德卡。再见吧，恐怕再没机会见到你了。”

这是我最后一次见剥皮鲍里斯。一星期后我离开收容所，乘火车到纳霍德卡，在那里又几经周折，翌年初终于返回日本。

故事很奇妙很长，坦率地说我很难知晓对您到底有怎样的意义，或许一切不过是一个口齿不灵的老者的车轱辘话。但我无论如何都想讲给您听，我觉得必须讲给您听。读了信您不难得知，我是个彻头彻尾的败北者、失落者，是不具有任何资格的人。在预言和诅咒的魔力下，我不爱任何人，也没受任何人爱。我将作为空壳从此消失在一片漆黑之中，但由于总算将这段故事交付给了您，我觉得自己可以带着些许安详的心境杳然遁去。

祝你拥有无悔无憾的美好人生！

35　危险的场所、电视机前的人们、虚幻人

门朝内小小地打开了。男侍双手端盘，略致一礼走入房间。我躲在走廊花瓶阴影里等他出来，同时考虑下一步怎么办。我可以同男侍擦着肩闪身进去。208 **房间有谁在里面**。假如这一连串的事情进行得一如上次（现正在进行），门应该没锁，我也可以暂且不管房间而跟踪男侍。**那样的话，应该可以找到他所属的场所**。

我的心在二者之间摇摆，但终究决定跟踪男侍。208 房间可能潜伏着某种危险，而且将是带来致命后果的危险。我真切地记得那硬邦邦的敲门声和那尖刀般白亮亮的暴力性一闪。我必须小心行事。首先要盯住男侍看他去哪里，然后再返回这里不迟。但如何返回呢？我把手探进裤袋摸寻，里边有钱夹零币手帕短支圆珠笔。我掏出圆珠笔，在手心画线确认有油出来。用它在墙上做记号即可，我想。这样即可以循记号返回，应该可以，想必。

门开了，男侍走出。出来时他已两手空空。盘子整个留在了房里。他关好门，正了正姿势，重新吹着《贼喜鹊》空着两手快步折回原路。我离开花瓶阴影尾随而去。每遇岔路，便用圆珠笔在奶油色墙壁上打一个小小的蓝×。男侍一次也未回头，其走路方式有些独特，似乎在为“世界宾馆男侍步法大赛”表演标准步法，仿佛在说宾馆男侍就是应该如此走路。他扬脸收颌，挺胸直背，随着《贼喜鹊》的旋律有节奏地挥动双臂大踏步沿走廊前行。他拐过许多拐角，上下没有几级的楼梯。光因场所的不同而时强时弱，无数墙壁凹坑形成各种各样的暗影。为不使其察觉，

我保持着适当距离走在后面。跟踪他并不很难，即使拐弯处一忽儿不见了，也可凭那朗朗的口哨声寻得。男侍犹如溯流而上的大鱼不久游入静静的水潭一样穿出走廊走进宽敞的大厅，那是曾在电视上看见过绵谷升的嘈杂的大厅，但大厅此时鸦雀无声，唯见一小撮人聚坐在大屏幕电视机前，电视里正在播放 NHK 节目。吹口哨的男侍一进大厅，便像怕打扰他人似的止住口哨，径直横穿大厅，消失在工作人员专用门内。

我装出消磨时间的样子，在大厅里踱来踱去，之后在几个空沙发上坐了坐，眼望天花板，确认脚下的地毯质量。接着走去公共电话那里，投进硬币，但电话同房间里的一样死无声息。我拿起内线电话，试按 208 键，同样死寂。

于是我坐在稍离开些的椅子上，似不经意地观察电视机前的人们。全部十二个人，九男三女，大多三四十岁，只两人看上去五十有半。男的西装革履，打着式样保守的领带，除去身高体重之差，全都没有可以算是特征的特征要素。女的均三十五六，穿着三人大同小异，化妆亦颇精心，俨然高中同窗聚会回来，但从其坐椅互不接连这点来看，又似乎并不相识。看来这里的人互不相干，只是聚在一处默默看电视罢了。这里没有意见的交换，没有眉目传情没有点头称是。

我坐在稍离开他们的地方看了一会新闻节目。没什么让人感兴趣的消息。某处公路贯通，知事为之剪彩；市面出售的儿童蜡笔发现有害物质，正在回收；旭川大雪，由于能见度差及路面结冰，旅游大巴同卡车相撞卡车司机死亡，去温泉旅行途中的团体游客有几个人负伤。播音员以抑扬有致的语调，像分发低分数的卡片一般逐条朗读此类消息。我想起本田家的电视，那电视总是调在 NHK 频道。

对于我，这类消息委实过于现实，同时又毫无现实意味。我很同情死于事故的三十七岁卡车司机，谁都不愿意在大雪纷飞的旭川五脏俱裂挣扎着死去。但我个人不认识司机，司机个人也不认识我，所以我对他的同情并非个人同情，只是对这场飞来横祸的一般同情。对于我，这种一般性既可以说是现实的，也可谓毫不现实。我眼睛离开电视画面，再次环顾空空荡荡的大厅，但里边没有任何堪可成为线索的东西。不见宾馆人员的身影，小酒吧尚未营业，唯独墙上挂着一幅画有某处山峰的大油画。

我收回视线时，电视画面大大地推出有印象的男人面孔。**是绵谷升的脸**。我从椅子上欠身细听。**绵谷升发生了什么**！但消息最初部分我已漏听。须臾相片消失，男播音员重新返回画面。他扎着领带，穿着大衣，手持麦克风，站在一座大厦门前。

“现已送到东京女子大学附属医院，在综合治疗室接受治疗。情况只知道头盖骨严重塌陷，完全不省人事。对于生命有无危险的问询，医院方面只反复回答现阶段详情无可奉告。估计具体伤情需晚些时间方能发表——从东京女大医院正门前现场报道。”

画面转回演播室播音员，他面对摄像机，朗读刚刚接过的原稿：“众议院议员绵谷升受歹徒袭击身负重伤。据刚刚得到的消息，事件发生在今天上午十一点三十分，绵谷升议员在东京港区某大楼事务所内与人会见时，一年轻男子突然闯入，用棒球棍接连猛击其头部……（画面推出绵谷升事务所所在的大楼）……致其重伤。男子伪装成来访客人，棒球棍装在制图用的长筒内带入事务所，一声不响朝绵谷议员打来……（画面推出作案现场——事务所房间，椅子倒地，附近可见黑乎乎血迹）……由于事出突然，绵谷议员及其身边人员全无反抗余地。男子确认绵谷议员完全失去意识之后，手持球棍离开现场。据目击者称，罪犯身穿藏青色短大衣，头戴同样颜色的滑雪毛线帽，架一副深色太阳镜，身高一米七五左右，右脸颊有一块青痣，年龄大约三十岁。警察正在追寻罪犯行踪，但男子跑出后即混入附近人群，尚未查明去向。”（画面：警察正在检查现场。赤坂热闹的街头）

棒球棍？**痣**？我咬紧嘴唇。

“绵谷升氏是有名的新锐经济学家和政治评论家，今年春天承袭伯父绵谷××氏地盘当选为众议院议员，那以后作为实力派青年政治家和辩论家受到高度评价，虽为新议员却被寄予厚望。警察正就政治背景和个人积怨两方面可能性进行搜寻。重复一遍，众议院议员绵谷升氏今天午间被持棒球棍歹徒打成重伤，已送往医院。详细伤情尚不清楚。下面继续报告新闻……”

好像有人关掉了电视机。播音员的声音戛然而止，沉默包笼四周。人们如梦初醒般地各自放松了一下姿势。看来人们是为看绵谷升的消息而聚集在电视机前的。电视关掉后也无人起身，无人叹息，无人咂舌，甚至清嗓子之声也没有。

到底谁打的绵谷升呢？罪犯外表特征同我正相吻合——藏青色短大衣、藏青色毛线帽、太阳镜、脸上的痣，以及身高、年龄，**还有棒球棍**。但我一直把棒球棍放在井底，再说已不翼而飞了。假如击陷绵谷升头盖骨的是**那根棒球棍**，便是有人从井里拿去用来打绵谷升脑袋了。

一个女子偶尔朝我一瞥。她很瘦，高颧骨，长耳朵正中戴着白耳环。她朝后看我看了许久，同我视线相碰后也不移开，表情亦不改。继而，她旁边一个秃脑袋男子也顺其视线朝我看来。男子的背影很像站前那家洗衣店的店主。人们一个又一个把脸转向我，仿佛刚刚发觉我也在场。被他们一看，我不能不意识到自己的身穿藏青色短大衣、头戴藏青色毛线帽、身高一米七五和三十刚过的年纪。**而且我右脸有一块痣**。我是绵谷升的妹夫以及不对其怀有好感（甚至憎恶）这两点不知为什么也好像给他们知道了，这从他们的视线可以看出。我不知如何是好，只有紧紧握住椅子扶手。我没有用棒球棍打绵谷升，我不是那种人，况且已没了棒球棍，但他们不可能相信我的话。**他们对电视中说的笃信不疑。**

我缓缓欠身离席，径自朝来时走廊那边走去。应该尽快撤离此地，在这里我不受任何人欢迎。走了一会回头看时，有几个人起身尾随而来。我加快脚步笔直穿过大厅，朝走廊赶去。必须返回 208 房间。口渴得不行。

好歹穿过大厅跨入走廊时，馆内所有照明悄然消失，黑暗的重帷如被板斧一斧斩断落地，四周毫无预感地被黑暗包围。有人在身后惊叫，声音似比刚才近得多，余响中含有石一般硬的憎恶内核。

我在黑暗中前进，手摸墙壁，小心翼翼挪动脚步。我必须尽可能远些离开他们。但我撞在小茶几上，碰倒大约是花瓶的器物，它发出很大的声响"咕噜噜"在地上滚动。我顺势用四肢在地毯爬行，又慌忙立起，摸着廊壁继续前行。这时我的大衣摆如刮在钉子上一般被猛然拉向后去。一瞬间我不明所以，随即明白有人正在拽我的大衣。我果断地脱去大衣，打滚似的在黑暗中穿行。我手摸拐角拐弯，踉踉跄跄爬上楼梯，又拐过一个角。途中好多东西撞在我脸上肩上，踩空楼梯摔了脸，但感觉不到痛，只是不时在眼窝深处觉出冥暗。**不能在此给人逮住！**

四下一丝光也没有，甚至停电时备用的紧急照明也不见了。我在如此分不清左右的黑暗中没头没脑闯了一阵，总算得以停下来平复呼吸，侧耳向后倾听。一无所闻，只闻自己剧烈的心跳。我喘口气蹲下。他们大概已不再跟踪，何况黑暗中再往前赶，怕也只能在迷途中越困越深。我背靠墙壁，以便使心情多少沉静下来。

可照明到底是谁熄掉的呢？很难认为事出偶然。是在我跨入走廊后面有人追来时——恰恰在那一时刻熄掉的。估计有人想救我脱险。我摘下毛线帽，用手帕擦脸上的汗，又戴回帽子。身体各个关节突然想起似的开始疼痛，不过不至于受伤。我觑了眼手表的夜光针，这才记起表已停了，停在十一点三十分。那是我下井的时候，也是绵谷升在赤坂事务所给人用棒球棍打昏之时。

或许我真用球棍打了绵谷升？

置身于一团漆黑，不由觉得作为一种理论上的可能性并不能排除。我在实际地面上实际用球棍把绵谷升打成重伤亦未可知。**说不定唯独我一人未意识到**。有可能我心中的深恶痛绝在我不知不觉之间擅自走去那里一击为快。不，**不是走去的**！我想。去赤坂要乘小田急线电车，又要在新宿转乘地铁，这怎么能在自己不知不觉之间做出来呢？不可能！——**除非那里存在另一个我**。

假如绵谷升真的死了，或者终身瘫痪，等于说牛河确有先见之明，毕竟他以绝对罕有的时机改换了门庭，我不能不佩服他这动物式的嗅觉。耳畔似乎传来牛河的语声：“非我自吹，冈田先生，我鼻子灵，一闻便知。”

“冈田先生！”有人就在我身边呼唤我。

我的心脏像被弹簧一下子弹到了嗓子眼。我闹不清声音来自哪边。我身体僵挺，在黑暗中四顾。当然一无所见。

“冈田先生，”又是一声男低音，“别怕，我是来帮你的。以前我们在这里见过一次，可还记得？”

声音的确好像听见过。是那个“无面人”。但我出于小心，没马上回答。

男子说：“争分夺秒离开这里，亮了他们肯定找到这边来。可以抄近道出去，随我来！”

男子打开笔状手电筒。光虽小，但照脚下足够了。“这边，”男子低声催促道。我从地上站起，急急地跟在他身后。

“肯定是你熄掉照明的吧？”我冲着他后背问。

他没有回答——并未否定。

“谢谢，正是危急关头。”我说。

“他们都是危险分子，”男子说，“恐怕比你想的危险得多。”

“绵谷升真被打成重伤了？”我问。

“电视上那样说的。”无面人谨慎地斟酌着字眼。

“但不是我干的，那时候我一个人下井来着。”

“既然你那样说，想必就是那样。”男子理所当然似的说。他打开门，用手电筒照着脚下一阶一阶小心地踩着楼梯。我跟在他身后。楼梯很长。中途是上楼梯还是下楼梯我竟也辨不清了。说到底，这真是楼梯不成？

“不过，有人证明你那时在井底吗？”男子头也不回地问。

我默然。根本没有那样的人。

“那么，一声不响地逃跑确是上策。他们认定你是罪犯。”

“那伙人是什么人呢，到底？”

男子上到楼梯顶端后往右拐，走了一会开门下到走廊，站定静听片刻。“快走，抓住我的上衣。”

于是我抓住他的上衣底襟。

无面人说：“他们经常一个劲儿看电视。你在这里当然不受欢迎。他们非常喜欢你太太的哥哥。”

“你知道我是谁吧？”

“当然知道。”

“那，你知道久美子在哪里吗？”

男子沉默不语。我像做什么游戏一样抓紧他上衣底襟拐过黑漆漆的拐角，快步走了一小段楼梯，打开一扇秘密小门，走过天花板低矮的像是近道的通道，下到另一条走廊。无面人领的路甚是奇异复杂，感觉上恍惚在胎内转来转去。

“跟你说，这里发生的事我并非全都知道，因为场所大得很。我主要负责大厅，不知道的事有很多的。”

“知道吹口哨的男侍吗？”

“不知道。”男子当即回答，“这里一个男侍也没有。无论吹口哨的，还是不吹口哨的。如果你在哪里看见了男侍，那就不是男侍，而是装作男侍模样的什么。忘记问你了，你想去208房间吧，不是吗？”

“是的，我要在那里见一个女性。”

男子对此没表示什么，没问对方是什么人，没问有什么事。他以熟练的脚步沿走廊行进，我像被拖船牵引着在黑暗中穿过复杂的航道。

不久，男子没打招呼就突然停在一扇门前，我从后面撞在他身体上，险些跌倒。撞时对方肉体的感触轻飘得出奇，简直像撞上了空壳。但对方马上重新站好，用手电筒照门上的号码。门上浮现出208。

“门开着。”男子说，“带着这手电筒，我摸黑也走得回去。进去后锁上，谁来也不要开。有事赶快办，办完就回原处。这地方危险，你是入侵者，算得上同伙的只我一人。千万记住！”

“你是谁？”

无面人像移交什么似的把手电筒放在我手中。“我是虚幻人。”说罢，男子在黑暗中将无面之面一动不动地对着我，等待我的话语，然而我此时怎么也找不出准确的字眼。片刻，男子悄无声息地从我眼前消失了。他刚才还在这里，而下一瞬间即被黑暗吞噬不见了。我拿手电筒朝那边照了照，唯独白色的墙壁浮在黑暗中。

如男子所说，208房间门没有锁。球形拉手在我手中无声地转了一圈。为慎重起见，我熄掉手电筒，放轻脚步悄悄迈入房间，在黑暗中窥视里边的动静，但仍同上次一样岑寂，感觉不到任何动静，只有冰块在冰筒中“咔嗤”一声发出低音。我推上手电筒开关，锁上背后的门。干乎乎的金属声在房间里格外的响。房间正中的茶几上放着一瓶尚未开封的Cutty Sark、新玻璃杯和装有冰块的新冰筒。银盘在花瓶旁边急不可耐似的将手电筒的光反射得甚是妖艳，而花粉气味也仿佛与此呼应似的顿时浓郁起来。我觉得空气变稠，周围引力也有所加强。我背靠着门，亮着手电筒久久审视四周。

这地方危险，你是入侵者，算得上同伙的只我一人。千万记住！

“别照我，”房间深处传来女子的语声，“别用那光照我，能保证？”

“保证。”我说。

36 萤火虫的光、魔法的消解、早晨闹钟响起的世界

“保证。”我说。但我的声音有一种陌生感，好像被录了音又放出。

“别照我的脸，可能说定？”

“不照你的脸，保证不照。”

“真的保证？不骗我？”

“不骗你，一言为定。”

“那，做两个加冰威士忌来可好？放好多好多冰。”

语声带有少女撒娇般含糊不清的韵味，但声音本身显示出是妩媚的成熟女子。我把手电筒横放在茶几，调整呼吸，借着手电光做对水威士忌。我打开 Cutty Sark，用夹子夹起冰块放入玻璃杯，倒进威士忌。我必须在脑袋里一一考虑确认自己的手此刻在做什么。随着两手的动作，很大的黑影在墙上晃来晃去。

我右手拿两个加冰威士忌杯，左手拿手电筒照着脚下走进里边的房间。房间里的空气好像比刚才凉了一点。大概是黑暗中自己不知不觉出了汗，而汗又一点点变冷了。随即我想起原来路上把大衣脱掉扔了。

我按照自己下的保证，熄掉手电筒揣进裤袋，摸索着把一个杯子放在床头柜上，随后拿自己的杯子坐在稍离开些的扶手椅上。漆黑中我也记得家具的大致位置。

似乎传来床单窸窸窣窣的摩擦声。她在黑暗中静静起身，靠着床头拿起酒杯，轻轻摇晃发出冰块声后，呷了一口。黑暗中听来仿佛是广播剧的模拟音。我拿起杯子，只嗅了嗅威士忌味儿，

没有沾口。

“实在好久没见你了，”我开口道。声音较刚才多了几分熟悉感。

“是吗？”女子说，“我记不清了，好久还是实在好久……”

“据我记忆，应该有一年五个月了，准确地说。”

“唔。”女子显得兴味索然，“我可记不起来，准确地说。”

我把酒杯放在脚前地上，架起腿，“对了，刚才我来这里时你不在吧？”

“哪里，我就在这里，就这样躺在床上嘛。我一直呆在这里的。”

“但我的的确确来过208房间。这里是208吧？”

她在杯中来回晃动冰块，嗤嗤笑道：“我想你的的确确搞错了。你的的确确去的是另一个208房间，肯定。的的确确只能这样认为。”

她的语声中有一种不安的东西，这使得我也有点不安起来。也许她喝醉了。我在黑暗中摘掉毛线帽，放在膝头。

“电话死死的。”我说。

“不错，”她懒洋洋地说，“他们杀死了它。我倒是喜欢打电话来着。”

“他们把你关在这里，是吧？”

“这——，怎么说呢，我也说不清。”她低声笑道。一笑，声音随着空气的紊乱而有些颤抖。

“自从上次到这里以来，我很长很长时间里都在考虑你的问题。”我对着她在的方向说，“考虑你到底是谁，在这里到底干什么……”

“好像挺有意思嘛。”女子道。

“我设想了很多种情况，但都还没有把握，只是设想而已。”

女子不无钦佩地“噢”了一声，“是么，没有把握，只是设想？”

“是的，”我说，“不瞒你说，我认为你是久美子。起初没意识到，后来渐渐有了这种想法。”

“真的？”略一停顿后她以愉快的语声道，“我真的是久美子？”

刹那间我失去了方向感，觉得自己现在做的完全驴唇不对马嘴，仿佛来到错误的场所面对错误的对象述说错误的事情。一切都是消耗时间，都是无意义的弯路。黑暗中我勉强恢复到原来姿势，双手像要把握现实似的紧握膝头的帽子。

“就是说，我觉得假如你是久美子，此前各种各样的事情就可以顺理成章了。你从这里多次给我打过电话，想必每次你都想告诉我什么秘密，告诉久美子的秘密，想把实际的久美子在实际世界里无论如何都无法讲给我听的事情从这里代她传达给我，用一种简直是暗号的语言。”

她默然良久，之后又扬杯呷了口酒，开口说：“是吗？唔，既然你那样想，是那样也未可知。或许我真的是久美子，我自己倒还糊里糊涂。那么……果真那样，果真我是久美子，那么我在这里使用久美子的声音，也就是通过她的声音跟你说话也是可以的喽，对吧？事情是有点啰嗦，不要紧么？”

“不要紧。”我说，我的语声再次失去现实感和多少恢复了的沉着。

女子在漆黑中清了清嗓子，“不过，也不知能否说好。”说着，她再次嗤嗤笑了。“这事可没那么简单。你着急吧？能慢慢来吗？”

“不清楚。或许可以。”我说。

“等一下，对不起。唔……马上就行的。”

我等着她。

“就是说，你是为找我来这的，为了见我？”久美子活生生的语声在黑暗中回响。

最后一次听到久美子的声音，还是我给她拉连衣裙背部拉链那个夏日的清晨。当时久美子耳后有新香水味儿，其后离家再未回来。黑暗中的声音，真的也罢假的也罢，都一时把我带回了那个清晨。我可以嗅到古龙香水味儿，可以在脑海中推出她背部雪白的肌肤。黑暗中记忆又重又浓，程度恐在现实之上。我手里紧紧抓着帽子。

“准确说来，我不是为见你而来这里的，而是为了把你从这里领回。”我说。

她在黑暗中轻叹一声，说：“为什么就那么想把我领回？”

“因为爱你。”我说，“你同样爱我寻求我，这我知道。”

“就那么自信？”久美子——久美子的声音——问。没有揶揄意味，也没有温馨。

隔壁房间传来冰块在冰筒里调换位置的声响。

“但为了把你领回，有几个谜必须解开。”

“往下你打算慢慢思考这个？”她说，“你怕是没有那么充裕的时间吧？”

的确如她所说。我没有充裕的时间，而必须思考的问题又过多。我用手背揩去额头的汗。但不管怎样这恐怕是最后一次机会，我暗暗对自己说道。**思考！**

“我想请你帮忙。”

“行不行呢？”久美子的声音说，“很可能帮不成，反正试试看吧。”

“第一个疑问，是你为什么非离家出走不可，为什么一定得离开我身边？我想知道**真正的**理由。同别的男人发生关系这点我的确从你来信中知道了。信不知看了多少遍。那姑且可以算作一种解释，但我无论如何都不认为那是真正的理由，进不到心里去。倒不是说是谎言，总之……就是说好像不过是一种**比喻**。”

“比喻？”她确乎吃惊地说，“我不明白，和别的男人睡觉到底又能比喻什么呢？举例说？”

“我想说的是：那总好像是为了解释的解释。那种解释哪里也没抵达……搔抓一下表面而已。越看信我越有这个感觉。应该有更根本的**真正的**理由。说不定那里边有绵谷升插手。”

我感觉到了她黑暗中的视线。这女子能看见我的形体吗？

“插手？怎么插手？”久美子的声音问。

“就是说，这一系列事情过于错综复杂，各种人物相继出场，莫名其妙的名堂接踵而来，按顺序思考下去就不得其解；而若离远一点看，脉络便很清楚——**你从我这边的世界移到了绵谷升那边的世界**。关键就是这个转移。纵使你**真的**同某个男人发生了肉体关系，说到底那也不过是次要的，不过是给人看的假象。这就是我想要说的。”

黑暗中她静静地举杯饮酒。朝有声音那里凝目看去，似乎可以隐约看出她的身体在动；但那当然是错觉。

“人未必是为了传达真实而发送信息的，冈田先生，”她说。这已不是久美子的语声，也并非一开始撒娇少女的声音，而完全是另外一个人的，其中有着某种睿智而安闲的含义。“如同人未必为展示自己的形象而面见某人一样。我说的你可明白？”

“问题是久美子反正要把什么告诉我，无论真伪她都想告诉我，**这对于我是真实的**。”

感觉上黑暗的密度正在我周围一点点变浓，黑暗的比重在加大，恰如傍晚海潮无声无息地涌来。得抓紧时间，我想。没有那么多时间留给我，一旦光亮返回，他们很可能来这里找我。我必须把头脑中渐趋成形的东西果断地转换为语言。

“这终究不过是我的假设：绵谷家血脉中有某种倾向是遗传性的。至于是什么倾向，我还无法解释，总之是某种倾向。你为此感到惧怕。正因如此，你才对生孩子感到恐怖。怀孕时你所以陷入精神危机，无非因为你担心孩子身上出现那种倾向。可是你未能向我公开这个秘密。事情便是由此开始的。”

她一言不发，将酒杯悄然放回床头柜。我继续说下去。

“另外，你姐姐并非死于食物中毒，是死于其他原因，我想，而使她死的是绵谷升，你也知道此事。你姐姐死前应该给你留下话，警告你注意什么。绵谷升恐怕有某种特殊的力，而且能物色到容易对这种力发生感应的人，并将其体内的什么牵引出来。他对加纳克里他也相当粗暴地使用了那种力。加纳克里他好歹从中恢复过来，而你姐姐则无能为力。住在同一家中，无处可逃。你姐姐因无法忍受而选择了死，你父母则始终隐瞒了她的自杀。是这样的吧？”

没有回答。她在黑暗深处大气不出地保持着沉默。

我继续道：“什么原因我不知道，绵谷升那种暴力式能力在某一阶段在某种因素影响下得到了根本性的加强。他可以通过电视等各种传播媒介将其扩大了的力大面积施与社会，并且现在也正运用那种力把许多非特定的人无意识地隐藏于黑暗中的东西牵引出来，企图使之为作为政治家的自己服务。那实在是危险之举。他所牵引的东西，注定是充满暴力和血腥的，而且同历史深处最为阴暗的部分直接相连，结果损害以至毁掉了很多人。”

黑暗中她叹息一声。“再来一杯酒可以么？”她以沉静的声音说。

我起身走到床头柜前，把她喝空的酒杯拿在手里。我摸黑也可以自如地做如此动作了。我走去那个有门的房间，打开手电筒又做了个加冰威士忌。

“那是你的**想象**吧？”

“我把若干念头连在了一起，”我说，“我无法加以证明，没有任何根据说明这是对的。”

“但我很想听下去，如果还有下文的话。”

我折回里边房间，把杯子放在床头柜上，熄掉手电筒，坐回自己的椅子，集中意识继续往下讲。

“至于你姐姐身上到底发生了什么，你并不明了。姐姐死前警告过你什么你固然知道，但那时你还太小，无法理解详细内容。但你隐约有所觉察——绵谷升以某种方法玷污了伤害了姐姐，而自己血脉中潜伏一种阴暗的秘密，自己也不可能完全与之无关。所以你在那个家中总感到孤独，惶惶不可终日。你一直悄悄生活在不明来由的不安中，就像水族馆里的水母。

“大学毕业出来，几经周折你同我结了婚，离开了绵谷家。在同我平稳度日的过程中，你逐渐淡忘了往日阴乎乎的不安。你走上社会，慢慢恢复，成为一个新人，一段时间里看上去一切都风调雨顺，遗憾的是事情不可能那么简单了结。一天，你感到自己正不知不觉被过去本应弃置的暗力一步步掩回。你为此而困惑，而不知所措。也正因如此，你才决心去绵谷升那里了解真相，才去找加纳马耳他帮忙——只瞒着我一个人。

“而这大概始于怀孕之后，我觉得，那肯定算是个转折点。所以你做人流的那个夜晚，我才从札幌那儿弹吉他的男子那里得到最初的警告。也许怀孕刺激和唤醒了你体内潜在的什么，而绵谷升一直在静静地等待**那个**在你身上出现。他恐怕只能以那种方式才可能同女性发生性方面的关系，唯其如此，才要把**那种倾向**表面化了的你从我这边强行拉回到自己那边。他无论如何都需要你，需要你接着扮演你姐姐曾经扮演过的角色。”

我的话说罢，接下去便是深深的沉默。这是我所设想的一切。一部分是我此前朦胧感觉到的，其余则是在黑暗中说话时浮上脑海的。也可能黑暗的力量填补了我想象的空白。或许这女子的存在对我有帮助亦未可知。但我的设想也还是同样没有任何根据的。

“蛮有意思的嘛，”那女子说。语声又回到原来带有撒娇少女意味的声音。声音转换的速度渐渐加快。“是吗？是这样。那么说，我是为隐藏被玷污的身体而偷偷离开你的。雾中的滑铁卢桥，萤火虫的光，罗伯特·泰勒，费雯丽……”

“我把你从这里领回去。”我打断她的话，“把你领回原来世界，领回有秃尾尖卷曲的猫有小院子和早晨闹钟响起的世界。”

“怎么领？”她问我，“怎么把我领出这里啊，冈田先生？”

“跟童话一样，消解魔法即可。”我说。

“倒也是。”那声音说，“不过，冈田先生，你认为我是久美子，想把我作为久美子领回去。如果我不是久美子的话，那时你怎么办？你想领回的也许是一个完全不同的人。你果真那样自信吗？恐怕还是冷静地再认真考虑一次为好吧？”

我攥紧衣袋里的笔状手电筒。我觉得位于这里的不可能是久美子以外的人，但无法证明这点，归根结蒂这不过是个假设。手在口袋中满是汗水。

“领你回去。”我用没有生气的声音重复道，“我是为此而来这里的。”

传来轻微的衣服摩擦声。大概她在床上变换了姿势。

“你能确确实实地这样一口说定？”

"一口说定。我领你回去。"

"不变卦？"

"不变卦。决心已定。"我说。

她像在核实什么似的沉默有时。之后长长喟叹一声。

"我有件礼物给你。"她说，"不是大不了的礼物，但可能对你有用。别打亮，手慢慢伸来这边，伸到床头柜上，慢慢地。"

我从椅子上立起，像探寻那里的虚无深度似的在黑暗中静静伸出右手。指尖可以感觉出空气探出的尖刺。我的手终于碰上了**那个**。当我知道那是什么时，空气在我的喉咙深处被压缩得硬如石棉。那是棒球棍。

我握住棍柄部位在空中直上直下一挥。的确像是我从那个年轻的吉他盒汉子手中夺来的棒球棍。我确认其柄部的形状和重量。不会错，是那根棒球棍。但在我摩挲着仔细检查时，发觉球棍烙印往上一点粘有什么垃圾样的东西：像是人的头发，已经凝固的血糊那里似乎粘有几根黑头发。有谁用这球棍猛击了谁的——大约是绵谷升——的脑袋。一直塞在我喉咙深处的空气这才排了出去。

"是你的棒球棍吧？"

"多半是。"我控制住感情说。我的声音在深沉的黑暗中又开始带有一丝异样，就好像有人埋伏在暗处代我说话。我轻咳一声，吃准说话人的确是我之后继续道："不过好像有谁用来打了人。"

她静默不语。我放下球棍，夹在两腿之间。

我说："你应该很清楚，清楚是谁用这球棍打了绵谷升的脑袋。电视里的新闻是真的。绵谷升伤重住院，意识不清，有可能死掉。"

“他不会死。”久美子的声音对我说，仿佛毫无感情色彩地告以书中的史实。“但意识有可能丧失，将在黑暗中永远彷徨。至于是怎样的黑暗，谁也无从晓得。”

我摸索着拿起脚下的酒杯，含了一口里边装的东西，什么也不想地吞了下去。无味的液体穿过喉头，下到食管。我无端地一阵发冷，涌上一股不快的感触，仿佛有什么从并不遥远的长长的黑暗中朝这边慢慢走来。我的心脏加快了跳动，像在给我以预感。

“时间不多了，能告诉我的快告诉我。这里到底是什么地方？”我说。

“你已来过这里几次，来的方法也找到了，而且你完好无损地活了下来。你应该清楚这里是哪里。何况这里是什么地方如今已不是什么大问题。关键是……”

这时，敲门声响起，敲得如往墙上钉钉子一般硬一般单调。两下。又是两下。一如上回。女子屏住呼吸。

“快跑，”清晰的久美子声音对我说，“现在你还穿得过墙壁。”

我不知道我想的是否正确，反正位于这里的我必须战胜那个。这是我的战争。

“这回哪里也不跑了，”我对久美子说，“我领你回去。”

我放下酒杯，戴上毛线帽，把夹在双腿间的棒球棍拿在手上，而后慢慢朝门走去。

37 普通的现实匕首、事先预言了的事情

我用手电筒照着脚下，蹑手蹑脚朝门口移动。棒球棍握在我右手。这时间敲门声再度响起，两下，又两下，比刚才更硬更响。我埋伏在门旁的墙壁暗处，屏息静等。

敲门声消失后，四下又陷入沉寂，仿佛什么事也没发生。但我可以感觉出隔门对面有人，有谁站在那里和我同样屏息敛气侧耳倾听，想在静默中听取呼吸声和心跳声，或者读出思维的轨迹。为不牵动周围空气，我轻轻吸了口气。**我不在这里**，我对自己说，我不在这里，我哪里也不在。

未几，门锁打开。那个人一切动作都十分小心，不怕花时间。声音听起来像被故意延长了，且分割得很细，以致无法捕捉其含义。球形拉手在转动，接着响起门合叶轻微的"吱呀"声。心脏在体内加快收缩速度。我想尽量镇定下来，但效果不大。

有人走入房间，空气微微紊乱。我集中意识研磨五感，觉出有异物隐约的气味。那是身上的厚质地衣服、极力遏止的呼吸和被沉寂浸泡的兴奋合而为一的莫名气味。他手持匕首不成？有可能。我记得那鲜亮亮白晃晃的一闪。我沉住气，两手暗暗攥紧棒球棍。

来人进门后将门关上，从内侧锁好。然后背靠门扇，悄悄地审视房间。我紧握棍柄的双手已满是汗水。可能的话，真想在裤腿上擦把手心。但半点多余的动作都可能带来致命后果。我想到宫胁家空屋院里的雕像，为了屏住呼吸我将自己同化为那座石雕鸟。时值夏日，庭院里洒满金灿灿的阳光，我便是石雕鸟，僵挺

挺地两眼直视天空。

来人带有手电筒。一按开关，黑暗中射出一道笔直的细长光柱。光不很强，和我的差不多，都是小手电。我静等那道光从我眼前划过。但对方怎么也不肯离开。光柱如探照灯一般朝房间里的东西逐一照去：花瓶的花、茶几上的银盘（盘再次灿然生辉）、沙发、落地灯……光掠过我的鼻端，照在我鞋前五厘米的地面，犹如蛇舌舔遍房间每一个角落。等待的时间像要永远持续下去。恐惧与紧张变为剧痛，尖锥一般猛刺我的意识。

什么都不可思考，我想，**什么都不可想象！**间宫中尉信上写道，**想象在这里意味着丧身殒命！**

手电筒光终于慢慢地、十分之慢地向前移行。看情形来人是要进入里面房间。我更紧地握住棒球棍。注意到时，手心的汗早已干干的了，甚至干过了头。

对方确认踏脚板似的一点点、一步步朝我接近。我深深吸了口气打住。还有两步，那个就应该在那里。还有两步，我即可以遏止这旋转不休的噩梦。然而这时电筒光从我眼前消失了。意识到时，一切都被吞入原来彻底的黑暗中。他关掉了手电筒。一片漆黑中我想迅速启动脑筋，却启动不了，唯觉一股陌生的寒气霎时间穿过我的全身。大概他已觉察到我在这里。

要动，不能在此不动！我想转脚往左移步，却移不得。我的两脚像那石雕鸟一般死死钉在地板上。我弓下身，勉强把僵硬的上半身往左斜去。忽然，右肩重重挨了一击，冰雹样又冷又硬的东西直扎到我的白骨。

于是我双脚的麻木感如被击醒一般不翼而飞，我立即跳到左边，在黑暗中伏身窥探对方动静。全身血管扩张开来，又收缩回去。所有肌肉和细胞都在渴求新的氧气。右肩似有一股钝钝的酥麻感，但还不痛。痛要等一会才来。我不动，对方也不动。我们在黑暗中屏息对峙。一无所见，一无所闻。

匕首再次冷不防袭来，如扑面而来的野蜂从我脸前飒然划过。锋利的刀尖擦及我的右脸颊，正是有痣的那里。有肤裂之感，但伤得大概不深。对方也看不见我在何处。若是看见，早该把我结果了。我在黑暗中朝大约是匕首袭来的地方猛地挥棍打去，却什么也未打着，只是“嗖”一声劈过空中。但这不无快感的抡空之音却使得我心情多少宽释下来。我们在决斗。我被匕首划伤两处，却不致命。双方都看不见对手。他持匕首，我有棒球棍。

又开始了盲目的相互搜寻。我们小心窥探对方的举止，屏息逼视黑暗中对方的动作。我感觉到血成一直线倏然顺颊滑下，奇怪的是我没有感到恐惧。**那不过是匕首而已**，我想，**那不过是刀伤罢了**。我静静等待，等待匕首重新朝我扎来。我可以永远等待下去。我不出声地吸气、呼出。喂，动手啊！我在心里催促道。我在此静等，要扎就扎好了，不怕！

匕首从某处袭来，把毛衣领一刀削去。喉结处觉有刀尖的凉意，好在只差一点点空间，没伤我一根毫毛。我扭身闪到一旁，没等站稳就抡起球棍。球棍大概打在对方锁骨处，不是要紧部位，且不很重，不至于骨折，但仍然像是造成了相当的创痛。我清楚地感觉出对方手软了下来，甚至听得其倒吸一口凉气。我把球棍短短地向后一挥，旋即再次朝对方躯体砸下。方向相同，只稍微向喘息声传来处变了个角度。

绝妙的一击！球棍捕捉到对方的脖颈，响起骨头碎裂般的不快的声音。第三棍命中头部，对方随棍弹出，重重摔倒在地。他躺在那里出了点喉音，很快这也停止了。我闭上眼睛，不思不想，朝声音处加以最后一击。我并不想这样，却又不能不这样。这既非来自憎恶亦非出于惊惧，只不过做了**应该做的事**。黑暗中好像有个水果什么的“咕嗤”一声裂开——简直同西瓜无异。我双手紧抓球棍，朝前举着一动不动站在那里。回过神时，身体正在不住地发抖。我无法控制这瑟瑟的抖动。我朝后退了一步，准备从衣袋里掏出手电筒。

“不要看！”有谁从背后大声制止。是久美子的声音从里面房间这样叫道。但我左手仍紧握手电筒。我想知道那是什么，想亲眼看看那位于黑暗核心的、刚刚由我在此打杀的是什么东西。我意识的一部分可以理解久美子的命令，那是我所看不得的，然而与此同时我的左手又自行动了起来。

“求求你，别看！”她再次大声喊叫，“要是你想把我领回，就千万别看！”

我狠命咬紧牙关，像推开重窗一样将肺腑深处积压的空气徐徐吐出。身体的颤抖仍未停止。四周弥漫着令人厌恶的气味，那是脑浆味儿、暴力味儿、死味儿，都是我造成的。我瘫倒似的坐在旁边的沙发上，死命抑制胃里涌上的呕吐感。终究呕吐感占了上风，我把胃里所有的东西一古脑儿吐在脚下的地毯上。没什么可吐了，便吐了点胃酸。胃酸没了，便吐空气，吐口水。吐的时间里，球棍脱手掉下，在黑暗中出声地滚去一边。

胃痉挛好歹平息后，我想掏手帕擦嘴，不料手动不得，从沙发站起亦不能。“回家吧，”我冲着里面的黑暗说道，“这回完结了，一起回家！”

她没回答。

这里已别无他人。我沉进沙发，轻轻闭上眼睛。

力气一点又一点从我的手指、肩膀、脖颈和腿部撤去，伤痛也同时消失。肉体正永无休止地失却其重量与质感。但我并未因此感到不安感到悚然。我毫无保留地把自己、把肉体交给温暖、庞大而柔软的存在。这是理所当然的。意识到时，我正在那堵果冻壁中穿行，任凭其中缓缓的流势将自己带走。**我恐怕再不能重返这里了**，穿行中我想。一切都已终止。**可是久美子到底离开那房间去哪里了呢**？我本该将她从那里领回的。我是为此才杀死他的。是的，是为此才把他的脑袋像劈西瓜一样用棒球棍劈开的，是为此我才……我已无法继续思索下去，我的意识很快被深重的虚无块体吸了进去。

醒悟过来时，我仍坐在黑暗的底层，一如往常背靠硬壁——我返回了井底。

但又不是平日的井底。这里有一种陌生的新的什么。我集中意识，努力把握情况。什么有所不同呢？可是我肉体的大部分感觉依然处于麻痹状态，周围形形色色的物体把握起来是那样支离破碎，就像自己一时被错误地装进错误的容器中。尽管如此，我还是对情况有了理解。

我周围有水。

这已不再是枯井。我正坐在水中。为了让心情平复下来，我做了几次深呼吸。居然有这等事，**有水涌出**！水不凉，甚至是温吞吞的，简直像泡在温水游泳池中。随后我蓦地往裤袋摸去，我想知道还有没有手电筒揣在那里。莫非我是带着那个世界的手电筒返回这里的？**那里发生的事同现实是有联系的吗**？无奈手动不得，手指都不能动一下。四肢的力气已彻底丧失，起立都无能为力。

我冷静地转动脑筋。首先，水深只及我腰部，暂且不必担心淹死。现在身体固然动弹不得，但那大概是因为劳累过度体力衰竭，过会儿力气肯定恢复。刀伤也似乎不太深，至少可以因身体麻痹而感觉不出疼痛。脸颊上流的血好像早已凝固。

我头靠墙壁，如此自言自语：**不要紧，不用担心**。大约一切都已结束，往下只消在此休息身体，然后返回原来的世界返回地上流光溢彩的世界即可……**然而这里何以突然有水冒出呢**？井早已干涸早已死去，现在突如其来地重现生机，莫不是同我在那里做的有关系？有可能。有可能堵塞水脉的栓状物碰巧脱落了。

稍顷，我注意到一个不吉利的事实。起初我拼命拒绝它，脑袋里罗列出一大堆否定它的可能性，尽量视之为黑暗与疲劳引起的错觉。可是最后我不能不承认这乃是事实。不管我如何巧妙地哄骗自己，事实都不消失。

水在上涨。

刚才只及腰部，现在快涨到我折曲的膝盖了。水在缓慢然而稳稳地上涨。我试图再次动一动身体，聚精会神拼出所有力气，然而仍属徒劳。只能弯一点点脖颈。我抬头仰望，井盖仍盖得死死的。想看左腕戴的手表，却看不成。

水从哪里的缝隙漏出，且速度好像有所加快。最初不过静静沁出，现在似乎汩汩涌流，细听已声声入耳。已经涨及胸口。水到底会涨到多深呢?

“最好注意水。”本田先生对我说。无论当时还是其后，我都没把这预言放在心上。作为话语我倒是没忘(毕竟那含义太奇妙了，很难忘掉)，但我从未认真理睬过。对于我和久美子，本田先生终不过是“无害的插曲”。每有什么，我就拿那句话向久美子开玩笑——“最好注意水”。于是我们大笑。我们还年轻，不需要预言，生存本身就仿佛是预言性行为。然而结果一如本田先生所料。真的想放声大笑。**水出来了，我焦头烂额**。

我开始想笠原 May，想象她赶来打开井盖的光景。非常现实，非常生动，现实得生动得我足可走去那里。不动身体也可以想象。此外我又能做什么呢?

“喂，拧发条鸟，”笠原 May 说。声音在井筒中发出极大的回响。我本来不知道声音在有水的井中要比在无水的井中反响大。“在那种地方到底干什么呢？又在思考？”

“也没做什么，”我向上说道，“说起来话长，反正身体动不得，还有水出来。已不再是以前那口枯井了。我说不定会淹死。”

“可怜啊，拧发条鸟，”笠原 May 说，“你把自己弄成一个空壳，拼死拼活去救久美子阿姨。或许你能救出久美子阿姨，是吧？救的过程中你救出了很多很多人，却救不得你自己本身，而且其他任何人也救不了你。你为救别人彻底耗空了力气和命运，种子已一粒不剩地撒在别的地方，你口袋里什么也剩不下。再没有比这个更不公平的了。我打心眼里同情你拧发条鸟，不骗你，但那归根结蒂是你自己选择的。嗯，我说的可明白？”

“我想明白。”我说。

突然，我觉得肩头有些钝痛，那应该实有其事，我想。那匕首是作为现实匕首现实地刺中了我。

“嗳，死可怕吗？”笠原 May 问。

“当然。”我回答。我可以用自己的耳朵听到自己声音的反响，那既是我的声音又不是我的声音。“想到就这么在黑洞洞的井底死去，当然很怕。”

“再见，可怜的拧发条鸟！”笠原 May 说，“对不起，我什么都不能为你做，因为离你很远很远。”

“再见，笠原 May，”我说，“你的泳衣漂亮极了！”

笠原 May 以沉静的声音说道：“再见，可怜的拧发条鸟！”

井盖重新盖得严严实实。图像消失。接下去什么也没发生。图像同哪里都不相连。我朝井口大声喊叫：**笠原 May，关键时刻你到底在哪里？在干什么呢？**

水已涨到喉咙，如绞索一样悄悄地团团围住我的脖颈。我开始感到预感性胸闷。心脏在水中拼命刻录着剩下的时间。水如此涨下去，再过五六分钟就将堵住我的嘴和鼻孔，随即灌满两个肺叶，那一来我便无望获胜。到头来，是我使井恢复了生机，而我在其生机中死掉。**死法不那么糟**，我自言自语道。世上更惨的死法多着呢！

我闭上眼睛，想尽可能平静安详地接受步步逼近的死。不要害怕，至少我身后留下了几样东西。这是个小小的好消息。**好消息一般是以小声告知的**。我记起这句话，想要微笑，但笑不好。“死还是可怕的，”我低声自语。这成了我的最后一句话。并非什么警句，但已无法修改。水已漫过我的口，继而涨到我的鼻。我停住了呼吸。我的肺拼命要吸入新空气，但这里已没有空气，有的只是温吞吞的水。

我即将死去，如同世界上其他所有活着的人一样。

38 鸭子人儿的故事、影与泪（笠原May视点之七）

你好，拧发条鸟！

问题是，这封信真的能寄到你那里么？

说实话，我已经没了信心，不知这以前写的信是不是都寄到了你手里，因为我写的收信人地址是相当马虎的“粗线条东西”，而寄信人地址根本就没写。所以我的信有可能落满灰尘堆在“地址不详信件”的板格里，谁都不能看见。不过，寄不到就寄不到吧，我一直不以为意。就是说，我只是想这样“吭吭嗤嗤”给你写信，想以此来把自己所思所想变成文字。一想到是写给拧发条鸟的，就写得相当快，简直一气呵成。什么原因我是不晓得。是啊……为什么呢？

但这封信我可是希望能顺利寄到你手上，上天保佑。

恕我冒昧，得先写一写鸭子人儿的事。

以前也说过，我做工的工厂占地面积很大，里面有树林有水塘，正好用来悠悠散步。水塘够大的，有鸭子住在里面，总共十二三只。至于鸭子们的家庭成员情况我不知道，内部也许有各种各样的矛盾，例如和这个要好和那个不要好之类，但吵架场面我还没遇见过。

快到十二月了，水面已开始结冰。但冰不厚，即使很冷的时候也还是剩有大致够鸭子游动的水面。听说再冷些冰再冻得结实些，我那些女同伴们便来这里滑冰。那一来，鸭子人儿（这样说是有点怪，可我不觉之间已经说顺口了）就得到别处去了。我对滑冰压根儿不感兴趣，暗想不结冰倒好些——那当然不太可能，毕竟这地方十分寒冷，只要住在这里，鸭子人儿也必须付出一点牺牲才行。

近来每到周末我就来这里看鸭子人儿消磨时间。看着看着，两三个小时一晃就过去了。来时我像打白熊的猎人那样全副武装：紧身裤、帽子、围巾、长筒靴、皮大衣……就这一身独自坐在石头上呆呆地看鸭子人儿，一看就是好几个小时，还不时投点过期面包进去。如此好事的闲人，这里当然除我没有别人。

不过也许你不知道，鸭子实在是非常快乐的人儿，百看不厌。为什么别人就对这些人儿不大感兴趣而偏偏跑去远处花钱看什么无聊电影呢？这是我很感费解之处。举例说吧，这些小人儿们“啪啪啦啦”飞起来落到冰上的时候，脚“噌——”地一滑摔倒在地，简直跟电视上的滑稽节目似的。我见了就一个人嗤嗤作笑。当然，鸭子人儿并非为了让我发笑而故作滑稽的。一生认真生活，偶尔马失前蹄，你不觉得这很好玩？

这里的鸭子人儿的脚很可爱，颜色是小学生胶靴那样的橙黄色，扁扁的，不像能在冰上行走，看上去全都踉踉跄跄的，有时屁股还摔坐在冰上，肯定没有防滑手段。所以对于鸭子人儿来说，冬天不太像是开心季节。我不知道鸭子人儿心里对冰是怎么想的，估计不至于想得很坏，仔细看去总有这么一种感觉，似乎口里一边嘟嘟囔囔发牢骚说“又结冰了真没办法”，一边很达观地应付冬天的来临。我喜欢这样的鸭子人儿。

水塘在树林里边，离哪里都远。若非相当暖和的日子，不会有人在这个季节特意来这里散步（我自然除外）。林间小路上前几天下的雪结成冰残留下来，走上去脚底“咔咔”直响。鸟们这里那里也有很多。我竖起大衣领，围巾一圈圈缠在脖子上，一口口吐着白气，衣袋里揣着面包在林间小道走动，边走边不停地想鸭子人儿——这时我心里便能充满温馨的幸福。说起来，已有很久很久不曾体会到这种幸福心情了，我深深觉得。

鸭子人儿的事先写到这里吧。

实话跟你说，大约一小时前我梦见你来着，所以醒来才这么对着桌子给你写信。现在是……(瞥一眼表)深夜两点十八分。我是快十点上的床，道一声“鸭子人儿晚安”就死死睡了过去。刚刚睁眼醒来。我不大清楚那是不是梦，梦的内容全不记得了，也许根本就没做什么梦。即使不是梦，我耳畔也清楚地听到你的声音。你大声叫了我几次，叫得我一跃而起。

醒来时，房间里并非漆黑一团，有月光从窗口皎皎泻入。好大好大的月亮如银色的不锈钢盘明晃晃地悬浮在山丘的上方。的确很大很大，仿佛一伸手即可把字写在上面，从窗口射进来的月光宛如水洼亮晶晶地积在地上。我从床上爬起身，狠命地想那到底是什么呢？拧发条鸟为什么用那般真切的语声呼唤我的名字呢？我胸口“怦怦”跳个不停。若是在自己家里，哪怕这深更半夜我也会霍地穿上衣服顺胡同一溜烟跑去你那里，但现在是在五万公里外的山中，无论如何也没有办法跑去，是吧？

你猜我干什么来着？

我现在赤身裸体，厉害吧？别问我为什么那样，别问。为什么我也说不明白，就请默默听下去好了。总之一把脱得精光，跳下床跪在月光皎洁的地板上。房间里暖气没有了，应该凉浸浸的，但我半点儿也不觉得冷。窗口泻入的月光似乎含有一种什么特殊的东西，如薄薄的胶片一样上上下下整个包笼着我保护着我。我就这样光着身子怔了半天，之后把身体各个部位依序暴露在月光之中。怎么说呢，那是极其顺理成章的。因为月光漂亮得简直令人无法置信。不能不叫人那么做。脖颈、肩膀、手臂、乳房、肚脐、腿，直到臀部和那里，就像洗澡似的一样一样静静贴附于月光。

有谁从外面见了，首先惊异得不得了，怕要以为我头上的箍给月光弄掉了而成了“满月变态分子”。不过当然没人看见，不，那个摩托男孩在哪里看见了也未可知。那也无所谓。那孩子早已死了。如果他想看，如果这样可以满足他的话，我高兴给他看个够。

反正这时候谁也没看见我。我一个人这样待在月光中。我不时闭起眼睛，想那些在水塘旁边睡觉的鸭子人儿，想白天我同鸭子人儿共同构筑的温馨的幸福心绪。也就是说，鸭子人儿对我好比是息灾咒或护身法宝。

我一直在那里跪了许久。全身一丝不挂，孤零零跪坐在月光中。月光把我的身体染成不可思议的颜色。我的身影长长地映在地板上，真切地黑黑地映到墙壁上。看上去不像我的身影，仿佛别的女人的躯体，像成熟女子的腰肢。那身体不是我这样的处女，不似我这样棱棱角角的，而带有圆熟的曲线，乳房乳头也大得多。但不管怎样说那是我投出的影子，无非长些变形些罢了。我一动，影子也同样动。一时间我做出各种各样的姿势，直瞪瞪地审查影子与我的关系。为什么看上去那般不同呢？令人不得其解，看来看去也还是觉得奇怪。

拧发条鸟，往下可是有点不好解释的部分。能否解释好我没有信心。

简而言之，我突然哭了起来。就像有个电影导演什么的命令道：“笠原 May，突如其来地双手捂脸，放声大哭！”不过你别吃惊。这以前我始终瞒着你，其实我是哭鼻子鬼，一点点事就哭鼻子。这是我的秘密弱点。所以，无缘无故“哇”一声哭出来本身，对我不是什么稀罕事。哭的时候我总是适可而止。一下子能哭，也一下子能不哭，也就是所谓“哭叫的乌鸦”。不料这时我却怎么也不能使自己不哭，简直像瓶盖“砰”一声弹出一样一发不可遏止。根本说来只因为哭的原因不清楚，自然不知如何止住。泪水涟涟而下，就好像伤口大开血流不止无从下手。眼泪哗哗直淌，想不到竟会有那么多眼泪，真担心再流下去会把身体所有水分流干变成木乃伊。

眼泪一滴接一滴声声淌落在月华的白色水洼中，犹如光本来的一部分被悄然吸入其中。泪珠下落时因沐浴月光而如结晶体一般闪闪生辉璀璨动人。蓦然，我发现自己的影子也在流泪，泪影也历历在目。你看过泪影吗？泪影不是普普通通的泪影，截然不同，那是从另外一个遥远世界为我们的心特意赶来的。不，也可能影子流的泪是真泪，而我流的仅仅是影子，我这样想道。嗳，拧发条鸟，我想你一定不理解。一个十七岁女孩深更半夜赤身裸体在月光下潸然泪下之时，可是什么事都可能发生的哟，真的哟！

以上是大约一小时前这房间发生的事。现在我正这么坐在桌前，用铅笔给你写信(当然已穿好衣服)。

再见，拧发条鸟！说我是说不好，反正我同树林里的鸭子人儿一起向你祝福，祝你充满温馨平和的心情。若有什么，请再放心大胆地大声呼唤我。

晚安！

39 两种不同的消息、杳然消失了的

“是肉桂把你领来这里的。”肉豆蔻说。

睁眼醒来，第一个找上来的就是各种扭曲了的疼痛。刀伤痛，全身关节痛骨痛肉痛。想必摸黑奔逃时身体猛然撞在各种各样的物体上。但这些痛并非正当状态的痛，虽然相当接近于痛，但准确说来又不是痛。

接着，我发觉自己正身穿眼生的深蓝色新睡袍倒在“公馆”试缝室沙发上，身上搭着毛巾被。窗帘拉开，灿烂的晨光从窗口照射进来。估计是上午十点左右。这里有新鲜空气，有向前推进的时间，但我无法很好地理解它们存在的理由。

“是肉桂把你领来这里的。”肉豆蔻重复道，“伤不是很重。肩部伤得不浅，幸好躲开了血管。脸只是擦伤。两处伤都给肉桂用现成的针线缝好了，以免留下伤疤。他做这个很拿手。过几天可以自己拆线，或者去医院拆也可以。”

我想说点什么，但舌头转动不灵，发不出声，而只是深吸口气，复以刺耳的声音吐出。

“最好先不要动不要说话，”她坐在旁边椅子上架起腿，“肉桂说你在井下待的时间过长了，说那地方十分危险。不过，什么事情都不要问我，说实在话我什么情况都不知道。半夜里电话打来，我叫辆出租车，该带的东西也没带就跑来这里。至于这以前发生了什么，具体的我一无所知，反正先把你身上的衣服全都扔了，衣服湿漉漉的全是血。”

肉豆蔻的确像是来得匆忙，衣服穿得比平时简单。奶油色开

司米毛衣，男式条纹衫，加一条橄榄绿毛料裙子。没有饰物，头发简单地在后面一扎，还有点睡眼惺忪的样子，但看上去她仍像服装样品目录中的摄影画。肉豆蔻口里叼烟，一如往日用金色打火机发出“咔嚓”一声悦耳的脆响点燃，而后眯起眼睛足足吸了一口。我**确实**没死，听到打火机响我再次想道。大概肉桂在生死关头把我从井底救了上来。

“肉桂知道许多事，”肉豆蔻说，“那孩子和你我不同，总是思考事物的各种可能性。可是即使他也好像没有料到井会那么突然地冒上水来，那没有包括在他考虑的可能性之中，以致你差点儿没命。真的。那孩子**惊慌失措**，以前可一次都没有过的。”

她约略一笑。

“那孩子肯定喜欢你的。”肉豆蔻说。

但我再无法听清她的话语。眼底作痛，眼皮重重的。我合上眼睛，像乘电梯下降一样直接沉入黑暗。

整整花了两天身体才恢复过来。这时间里肉豆蔻一直守在身边照料。我自己既起不得床，又说不了话，什么也吃不下，只是有时喝口橙汁，吃一点肉豆蔻切成薄片的罐头桃。肉豆蔻晚上回家，早上赶来，因为反正夜里我只是昏昏大睡。也不光是夜间，白天大部分时间也睡。看来睡眠对我的恢复比什么都重要。

两天时间里肉桂一次也没露面。什么原因我不知道，总之他好像有意回避我。我听得见他开车从大门出入的声音，听得见窗外“保时捷”特有的“砰砰砰”滞闷低沉的引擎声。他已不再使用“奔驰”，而开自己的车迎送肉豆蔻，运来衣物食品。然而肉桂绝不跨入房门一步，在门口把东西交给肉豆蔻就转身回去。

“这宅院准备马上处理掉。”肉豆蔻对我说，“**她们**仍将由我照看，没办法。看来我只能一个人坚持下去，直到自身彻底成为空壳为止。想必这就是我的命运。往后我想你不会再同我们往来了，健康恢复以后，最好尽可能快地把我们忘掉。因为……对了，有件事忘了——你大舅子的事，就是你太太那位兄长绵谷升先生……”

肉豆蔻从另一个房间拿来报纸放在茶几上。“肉桂刚刚送来的报纸。你那位大舅子昨天夜里病倒了，被抬去长崎一家医院，一直昏迷不醒。报上说能否康复都难预料。”

长崎？我几乎无法理解她的话。我想说点什么，但还是出不了口。绵谷升倒地应该是在赤坂，**怎么成了长崎呢**？

“绵谷升先生在长崎很多人面前讲演之后同有关人员吃饭时突然瘫痪似的倒在地上，马上被送去附近医院。据说是一种脑溢血，血管原本就有问题。报纸上说至少短期内不易康复，就算意识恢复了怕也言语不清。果真那样，作为政治家很难再干下去了。年纪轻轻的，实在不幸。报纸留下，有精神时自己看看。”

我半天才把这一事实作为事实接受下来，因为在那家宾馆大厅里看到的电视新闻图像是那样鲜明地烙在我的意识里。赤坂绵谷升事务所的光景，众多警官的身影，医院的大门，播音员紧张的声音……但我终于开始一点点说服自己：**那不过是那个世界的新闻**。我并非在这个世界实际用棒球棍打了绵谷升，所以我不会因此实际受到警察传讯以至逮捕。他是在众人面前脑溢血倒下的，全然不存在有人作案的可能性。得知这点，我从内心舒了口气，毕竟电视播音员说殴打他的罪犯同我长相酷似，而我又无法证明我的无辜。

我在那里打杀的人同绵谷升倒地之间，应该也一定有某种关系。我在那边狠狠打杀了他身上的什么或者同他密不可分的什么。恐怕绵谷升早已预感到此并老做噩梦。但我所做的不足以使绵谷升一命呜呼，绵谷升还没到那最后一步，总算剩得一命。其

实我是必须使他彻底断气的。那久美子将怎样呢？只要他还活着，久美子就很难从那里脱身吧。绵谷升仍将从无意识的黑暗中继续诅咒和束缚久美子，想必。

我的思索至此为止。意识渐渐朦胧，合目睡了过去。随后我做了个神经质的支离破碎的梦。梦中加纳克里他怀抱一个婴儿，婴儿脸看不见。加纳克里他梳着短发，没有化妆。她说婴儿的名字叫科西嘉，一半父亲是我，另一半是间宫中尉，还说她是在日本而不是在克里特岛生育这个婴儿的，说她不久前才总算觅得新名字，眼下在广岛山中同间宫中尉一起种菜悄然地和平度日。我听了也没怎么诧异，至少在这个梦中不出我私下所料。

"加纳马耳他后来怎么样了？"我问她。

加纳克里他没有回答，只是现出凄然的神色，旋即不知遁去了哪里。

第三天早上我好歹能用自己的力撑起身来。走路虽有困难，但话多少可以说几句了。肉豆蔻给我做了粥。我喝了粥，吃了点水果。

"猫怎么样了呢？"我问她。这是我一直放心不下的。

"猫有肉桂好好照看着，不要紧的。肉桂每天都去你家喂猫，水也常换，什么都不必担心，只担心你自己好了！"

"这宅院什么时候处理？"

"宜早不宜迟。呃，大约下个月吧。你手头会有点钱进来，我想。处理价恐怕比买时还低，款额不会很大，是按你迄今支付的分期付款的数目分配的，眼下用来过日子估计没有问题，所以经济方面也不用担心。你在这里干得很辛苦，那点钱也是应该拿的。"

"房子要拆掉？"

“有可能。房子拆除，井又要填上。好不容易有水出来，怪可惜的。不过如今也没人想要那么夸张的旧式井了，都是往地下打根管子，用水泵抽水，方便，又不占地方。”

“这块地皮大概将重新成为没有任何说道的普通场所，”我说，“再不会是上吊宅院。”

“或许。”肉豆蔻停顿一下，轻咬嘴唇，“不过那和我和你都没有关系了，对吧？反正一段时间里别考虑多余的事，在这里静养就是。真正恢复我想还需要一些时间。”

她拿过自己带来的晨报，给我看上面关于绵谷升的报道。报道很短，说依然人事不省的绵谷升从长崎转到东京的医大医院，在那里的综合诊疗室接受护理，病情无特别变化。更详细的没有提及。我这时考虑的仍是久美子。**久美子到底在哪里呢**？我必须回家，但我还没有力气走回去。

翌日上午我走进洗脸间。相隔三天站在镜前，我的脸委实惨不忍睹，与其说是疲惫的活人，莫如说更近乎程度适中的死尸。如肉豆蔻所说，脸颊伤口已被齐整整地缝合了，白线把裂开的肉巧妙地连在一起。长约两厘米，不太深。做表情时多少有些紧绷，痛感则几乎没有了。不管怎样，我先刷了牙，用电动剃须刀刮了胡须，还没有把握使用普通剃刀。我蓦然有所觉察。我放下电动剃须刀，再度审视镜中自己的脸。**痣消失了！**那个男人划了一下我的右脸颊，恰巧是痣那里。伤痕确实留了下来，但不是痣。痣在我脸颊上已了无踪影。

第五天夜里我再次隐约听得雪橇铃声。时间是两点稍过。我从沙发上坐起，在睡袍外披了一件对襟毛衣走出试缝室，通过厨房走去肉桂的小房间。我轻轻开门往里窥视。肉桂又在画面深处招呼我。我坐在桌前，读取电脑画面上浮现的信息：

你现在正在访问“拧发条鸟年代记”程序。请从 1—17 文件中选择编号。

我打进 17 这个数字锁定。画面闪开，推出一行行文字。

40　拧发条鸟年代记#17（久美子的信）

往下我有很多话要跟你说。全部说完大概需要很长时间，也可能花上几年。我原本应该早些向你如实说出一切，但遗憾的是我没有那样的勇气，而且也怀有一丝渺茫的期待，以为事情不至于那么不可收拾，结果是给我们带来了如此噩梦。一切都是我的责任。但不管怎样，现在解释都太晚了，也没有足够的时间。所以现在我只能在这里就最主要的向你说一下。

那便是我必须杀死我的哥哥绵谷升。

我打算这就去他躺着的病房，拔掉生命维持装置的插头。我可以作为他的胞妹夜间代替护士守护在他身旁，拔掉插头也不会马上被人发觉。昨天请主治医生讲了装置的基本原理和结构。我准备确认哥哥死后立即找警察自首，坦白自己故意弄死了哥哥。具体的我什么也不说，只对他们说自己做了自以为正确的事。也许我会当场以杀人罪被捕，并押上法庭。也许传播媒体会蜂拥而至，七嘴八舌议论纷纷。也许有人会提及安乐死如何如何。我则缄口一言不发，无意解释无意辩护。我仅仅是想根绝绵谷升这个人的呼吸，这是唯一的真实。也许我会被关进监狱，但我丝毫也不害怕，因为我毕竟已穿过了最坏的那一部分。

假如没有你，我恐怕早就失去理智，恐怕已把自己完全交付于人而落入无可救药的深渊。哥哥绵谷升将同样的事情很早以前就对姐姐做过，致使姐姐自杀。他玷污了我们。准确说来并非肉体上的玷污，但他**远为严重地玷污了我们**。

我被夺去所有自由，一个人闷在黑房间里。倒也不是说脚戴锁链和有人看守，可是我无法从中逃脱。哥哥以远为强有力的锁链和看守把我固定在那里，那便是我自身，我自身即是锁我脚的铁链，即是永不入睡的严厉看守。我心中当然有希望从中逃出的我，但与此同时又有一个自我堕落的怯懦的我，这个我告诉我只能待在这里，没有办法逃出。而且，想要逃出的我怎么也不能制服另一个我。想要逃出的我之所以软弱无力，是因为我的身心已被玷污，我已没有资格逃出重回你的身边。我不单单为哥哥绵谷升所玷污，在那以前我便自行将自己本身玷污得一塌糊涂。

我在给你的信中说我跟一个男人睡觉，但那封信的内容是虚构的，在此我必须坦白交代。我同很多别的男人睡过，多得无可胜数。连我自己也不理解究竟是什么所使然。如今想来，说不定是哥哥的影响力造成的。我觉得是他擅自打开我体内的抽屉，擅自从中拿出莫名其妙的东西，致使我同别的男人没完没了地交媾。哥哥有这样的能量。而且我们俩大概是在某个阴暗角落连在一起的，尽管我不愿意承认。

总之，哥哥来到我这里时，我已把自己玷污到了体无完肤的地步。最后我竟得了性病。然而在那些日子里——如我信上写的那样——我无论如何也不能怀有愧对于你的心情，而觉得对我来说那似乎是理所当然的。我想那大约不是真正的我自己，也只能这样认为。但果真是这样的吗？事情能那么简单了结吗？那么，**真正的我到底是哪一个我呢**？有根据认为此刻正写信的我是“真正的我”吗？我便是如此对所谓的自己没有信心，现在也没有。

我常常梦见你，那是脉络非常清楚的首尾呼应的梦。梦中的你总是千方百计寻找我的去向。在迷宫一样的场所你来到近在我身旁的位置，我恨不得大声喊叫“这边，再过来一步！”我想如果你发现我紧紧抱住我，噩梦就一定过去，一切恢复正常，然而我偏偏发不出声音。结果你在黑暗中错过了我，径直从我跟前走了过去。每次都做这种梦，但这种梦给了我很大帮助和鼓励，起码我还剩有能够做梦的气力，这是哥哥也无法阻止的。总之我感觉到你会竭尽全力来到我身边，相信你迟早会在那里发现我，并可能紧紧拥抱我去掉我的污秽将我永久地救出这里，可能摧毁诅咒，给我以封印，使真正的我不跑去任何地方。正因如此，我才得以在这没有出口的阴冷的黑暗中好歹保持着一缕微弱的希望之火，才得以勉勉强强保有一点我自己的语声。

我是今天下午接到打开这电脑的密码的，是某个人用特快专递寄来的。我正用这密码在哥哥事务所的电脑里输送这些文字，但愿能顺利传到你那里。

我已经没有时间了。出租车等在外面。我这就要去医院。我要在那里杀死哥哥并接受惩罚。奇怪的是，我已不再怨恨哥哥，只是平静地觉得那个人的生命行将从这个世界上消失。我想即使为那个人本身也必须那样做，即使为了使我自己的生命获得意义也无论如何都要那样做。

请爱惜猫。猫能回来我真感到高兴。名字是叫青箭吧？我中意这个名字。我觉得那只猫仿佛是我与你之间萌生的好的征兆。当时我们是不该失去猫的。

我再不能写下去了，再见。

41 再 见

“遗憾呐，没能让你看到那些鸭子人儿。”笠原 May 甚为遗憾似的说。

我和她坐在水塘前，望着结得厚厚的白色冰层。水塘很大，上面留下无数划伤般的冰鞋的刀痕，令人很是不忍。这是个星期一的下午，笠原 May 特意为我请了假。原打算星期日来，因铁道事故推迟了一天。笠原 May 身穿里面带毛的风衣，头戴色泽鲜艳的蓝毛线帽，帽子上用白毛线织有几何形图案，帽顶有个小圆球。她说是自己织的，还说下个冬天到来前为我织一顶同样的。她脸颊红红的，眼睛如这里的空气一样明澈，这使我感到欣喜。她年方十七，任何变化都不在话下。

“水塘一上冻，鸭子人儿就全都不知搬去了哪里。你要是见了那些人儿，也肯定会喜欢上的。春天再来这儿一次，那时一定把你介绍给鸭子人儿。”

我微微一笑。我身穿不怎么暖和的双排扣风衣，围脖缠到下巴，双手插在口袋里。树林里寒气彻骨，地面积雪冻得硬邦邦的，我的网球鞋很好玩似的“吱溜溜”打滑。本来应该买双防滑雪靴的。

“那么说，你还要在这里住些日子？”我问。

“是啊，我想还要住些日子。再过段时间，也许又想好好上学念书了。也可能不上学一下子和谁结婚——这我倒觉得恐不至于。”说到这里，笠原 May 呼着白气笑了，“不过反正要在这里待一些时候。我需要一点思考的时间。我想慢慢思考一下自己到底想做什么，到底想去哪里。”

我点点头说：“那样或许不错。”

“嗳，拧发条鸟，你在我这样的年纪，也想这些了吧？”

“想没想呢？想也好像不很专心，坦率地说。当然多多少少还是想的，只是记忆中没想得那么如醉如痴。总体上我觉得只要普普通通活下去，各种问题差不多总会解决，但归根结蒂却像未能如愿，遗憾。”

笠原May以平静的表情盯视着我的脸，戴手套的手在膝头合拢。

“久美子阿姨还没保释出来？”

“她拒绝保释，”我解释道，“她说宁可静静地待在拘留所，也不愿去外面，也不想见我。不光我，谁都不见——在一切有着落之前。”

“审判什么时候开始？”

“大概开春。久美子明确表明自己有罪，任何判决她都准备乖乖服从。审判不会花很多时间。缓刑的可能性很大。就算实际服刑，估计也不会很重。”

笠原May拾起脚前一颗石子朝水塘正中掷去。石子在冰面上出声地蹦跳几下，滚到对岸去了。

“你是要一直等到久美子阿姨回来吗？在那个房子里？”

我点点头。

“好嘛……这样说可以吧？”笠原May道。

我也往空中吐了口白气，说：“是啊。说到底我们也是为这一步才折腾过来的，或许。”

变得更糟糕都是可能的，我想。

有鸟叫，在水塘周围广阔的树林中，在很远的地方。我扬起脸，环顾四周。但那只发生在一瞬间，现已全无所闻，毫无所见，唯独啄木鸟啄击树干的干响寂寥地荡漾开去。

“如果我和久美子生了孩子，想取名叫科西嘉。”我说。

“蛮漂亮的名字嘛！”笠原 May 说。

在林中并肩行走的时候，笠原 May 摘去右手的手套，插进我的风衣口袋。我想起久美子的动作，冬天和她一起走时她便每每这样，寒冷日子曾共有一个衣袋。我在衣袋里握住笠原 May 的手，手小小的，像深藏的魂灵一般温暖。

“嗳，拧发条鸟，人们肯定以为我们是一对恋人。”

“或许。”我说。

“嗯，我的信全部看了？”

“你的信？”我莫名其妙，“抱歉，我连一封也没接到你的什么信啊！你那边没联系，我才打电话给你母亲，好歹问出了你这里的地址和电话号码——为此我不得不胡扯一大堆谎话。”

“嘿，这是怎么搞的！我总共给你写了不下五百封信的！”笠原 May 仰天叹道。

黄昏时分笠原 May 特意送我去火车站。我们坐公共汽车到镇上，在车站附近一家餐馆一起吃比萨饼，吃完后等待只有三节车厢的内燃机列车开来。车站候车室里一个大炉子烧得正红，炉旁聚着两三个人。我们没有进去，两人单独站在冷飕飕的月台上。轮廓分明的冬月冻僵似的悬在空中。上弦月，弧形尖锐，犹如一把中国刀。笠原 May 在这月下踮脚在我右脸颊轻轻吻了一下。我可以在现已不复存在的青痣上感觉出她凉凉的薄薄的小小的嘴唇。

“再见吧，拧发条鸟，”笠原 May 低声道，“谢谢你专门来看我。”

我双手插在风衣袋里，凝视着笠原May。我不知说什么好。

车一进站，她摘下帽子，后退一步对我说："嗳，拧发条鸟，有什么事要大声叫我，叫我和那些鸭子人儿！"

"再见，笠原May！"我说。

车出站后上弦月也还是总在我的头顶。车转弯时，月亮时隐时现。我眼望月亮，望不见时，就望窗外几座小镇的灯火。我在脑海中推出一个人乘公共汽车返回山中工厂的戴蓝毛线帽的笠原May，推出在哪里的草丛中入睡的鸭子人儿，又转而考虑自己所要重返的世界。

"再见，笠原May！"我说。再见，笠原May，祝你得到牢牢的保护。

我闭眼准备睡一觉。但睡着已是很久以后的事了。我在远离任何人任何场所的地方，静静地坠入片刻的睡眠。

村上春树年谱

1949 年

1 月 12 日出生于日本关西京都市伏见区，为国语教师村上千秋、村上美幸夫妇的长子。出生不久，家迁至兵库县西宫市夙川。

1955 年　6 岁

入西宫市立香栌园小学就读。

1961 年　12 岁

入芦屋市立精道初级中学就读。

1964 年　15 岁

入兵库县神户高级中学就读。

1968 年　19 岁

到东京，入早稻田大学第一文学部戏剧专业就读。

1971 年　22 岁

以学生身份与夫人阳子结婚。

1974 年　25 岁

开办爵士乐酒吧。

1975 年　26 岁

大学毕业。毕业论文题目是《美国电影中的旅行思想》。

1979 年　30 岁

长篇小说《且听风吟》出版，获第 23 届群像新人奖。

1980 年　31 岁

长篇小说《1973 年的弹子球》出版。

1981 年　32 岁

转让酒吧，专业从事创作。移居千叶县船桥市。与村上龙的对谈集《慢慢走，别跑》出版。

1982 年　33 岁

长篇小说《寻羊冒险记》出版，获野间文艺新人奖。

1983年　34岁

曾赴希腊旅行。短篇集《去中国的小船》、《遇到百分之百的女孩》、插图短篇集《象厂喜剧》出版。

1984年　35岁

曾赴美国旅行。短篇集《萤》、随笔集《村上朝日堂》出版。

1985年　36岁

长篇小说《世界尽头与冷酷仙境》、短篇集《旋转木马鏖战记》、插图童话《羊男的圣诞节》、与川本三郎合作的评论集《电影冒险记》出版。《世界尽头与冷酷仙境》获第21届谷崎润一郎奖。

1986年　37岁

移居神奈川县大矶町，赴意大利、希腊旅行。短篇集《再袭面包店》、随笔集《村上朝日堂的卷土重来》、插图随笔集《朗格汉岛的午后》出版。

1987年　38岁

从希腊回国。随笔集《日出国的工厂》、长篇小说《挪威的森林》出版。

1988年　39岁

曾赴伦敦、意大利、希腊、土耳其旅行。长篇小说《舞！舞！舞！》出版。

1989年　40岁

曾赴希腊、德国、奥地利旅行，回国后赴纽约。随笔集《村上朝日堂　嗨嗬！》、《小而有用的事》出版。

1990年　41岁

回国。短篇集《电视人》、八卷本《村上春树作品集，1979—1989》、旅行记《远方的鼓声》、《雨天炎天》出版。

1991年　42岁

赴美国新泽西州普林斯顿大学任客座研究员。

1992年　43岁

长篇小说《国境以南　太阳以西》出版。

1993年　44岁

赴美国马萨诸塞州剑桥城塔夫茨大学任职。

1994年　45岁

曾赴中国、蒙古旅行。随笔集《终究悲哀的外国语》、长篇小说《奇鸟行状录》第一、二部出版。

1995年　46岁

从美国回国。《奇鸟行状录》第三部出版。

1996年　47岁

在东京采访地铁沙林毒气事件受害者。随笔集《村上朝日堂日记·漩涡猫的找法》、短篇集《列克星敦的幽灵》、对谈集《去见村上春树·河合隼雄》出版。《奇鸟行状录》获第47届读卖文学奖。

1997年　48岁

东京地铁沙林毒气事件受害者采访集《地下》、随笔集《村上朝日堂是如何锻造的》、文学评论集《为了年轻读者的短篇小说导读》、插图传记集《爵士乐群英谱》出版。

1998年　49岁

旅行记《边境·近境》、漫画集《毛绒绒软蓬蓬》、《地下》的续篇《约定的场所》出版。《约定的场所》获1999年度桑原武夫奖。

1999年　50岁

曾赴北欧旅行。长篇小说《斯普特尼克恋人》出版。

2000年　51岁

短篇集《神的孩子全跳舞》出版。

2001年　52岁

插图传记集《爵士乐群英谱2》、随笔集《村上广播》、插图随笔集《轻飘飘》出版。

2002年　53岁

长篇小说《海边的卡夫卡》、插图旅行记《如果我们的语言是威士忌》出版。

2003年　54岁

E-mail通讯集《少年卡夫卡》出版。

2004年　55岁

长篇小说《天黑以后》出版。

2005年　56岁

插图小说《奇怪的图书馆》、随笔集《没有意义就没有摇摆》出版。

2006年　57岁

短篇集《东京奇谭集》出版。获弗兰茨·卡夫卡文学奖。

2007年　58岁

获2006年度朝日奖。随笔集《谈跑步时我说的东西》、插图小说集《村上曲》出版。

2008年　59岁

获普林斯顿大学名誉博士称号。

2009年　60岁

长篇小说《1Q84》第一、二部出版。

2010年　61岁

长篇小说《1Q84》第三部出版。

2011年　62岁

《村上春树杂文集》出版。

2012年　63岁

与小泽征尔合著的《谈小泽征尔与音乐》获第11届小林秀雄奖。

2013年　64岁

长篇小说《没有色彩的多崎作和他的巡礼年》出版。